Claus Cornelius Fischer

Commissaris van Leeuwen und die verlorene Frau

W0371030

PIPER

Zu diesem Buch

Am Abend des in Holland wie ein Volksfest gefeierten Königinnentages wird in Amsterdam ein zwölfjähriger Junge Opfer eines unheimlichen Mordes. Commissaris Bruno van Leeuwen, ohnehin belastet durch den Verfall seiner an einer schweren Krankheit leidenden Frau, nimmt die aussichtslos scheinenden Ermittlungen auf. Doch die Suche nach dem Täter konfrontiert den eigenwilligen Beamten mehr und mehr auch mit einem dunklen Geheimnis seiner eigenen Ehe.
Erst als ein zweiter Mord geschieht, führen die Spuren zu dem besessenen Anthropologen Josef Pieters, der sein Leben der Erforschung eines aussterbenden Kannibalenstammes in Papua-Neuguinea gewidmet hat. Doch während der Commissaris die Schlinge um den für den Nobelpreis nominierten Wissenschaftler immer enger zusammenzieht, kommen ihm plötzlich Zweifel an den eigenen Beweisen …

Claus Cornelius Fischer, geboren 1951 in Berlin, besuchte bis zum Abitur ein Jesuiteninternat in Westfalen und anschließend eine Journalistenschule in München. Nach dem Diplomabschluss arbeitete er als freier Journalist unter anderem für »Die Welt« und »Die Zeit« und als Übersetzer amerikanischer Romane, bevor er sich als Drehbuchautor und Romancier etablierte. Die Krimi-Reihe um den Amsterdamer Commissaris Bruno van Leeuwen ist auch international erfolgreich.

Claus Cornelius Fischer

COMMISSARIS VAN LEEUWEN und die verlorene Frau

Kriminalroman

PIPER

Mehr Autoren und Bücher:
www.piper.de
www.thiele-verlag.com

Von Claus Cornelius Fischer liegen vor:
Commissaris van Leeuwen und die verlorene Frau
Commissaris van Leeuwen und die Händler des Bösen

FSC
www.fsc.org
MIX
Papier aus verantwortungsvollen Quellen
FSC® C083411

Ungekürzte Taschenbuchausgabe
ISBN 978-3-492-31366-7
April 2018
© Thiele Verlag in der Thiele & Brandstätter Verlag GmbH,
München und Wien, 2018
Die Erstausgabe erschien 2006 unter dem Titel
»Und vergib uns unsere Schuld«.
Umschlaggestaltung: Guter Punkt, München
Umschlagabbildung: standret/thinkstock
Satz: Satz für Satz, Wangen im Allgäu
Gesetzt aus der Goudy Old Style
Druck und Bindung: CPI books GmbH, Leck
Printed in the EU

1

Der unfertige Junge ging sonst nie durch den Park, schon gar nicht bei Nacht. Er ging nachts nicht durch den Park, weil er zwischen den Bäumen im Dunkeln Angst hatte, und manchmal schämte er sich deswegen und dachte, dass er bestimmt keine Angst mehr haben würde, wenn er eines Tages fertig wäre.

Es war allerdings nicht nur die Angst vor der Dunkelheit, die ihm das Gefühl gab, unfertig zu sein. Es war auch seine Schüchternheit und dass ihm so viele Gedanken im Kopf herumschwirrten, Fragen, ohne deren Antworten man einfach keinen Überblick hatte.

Oder sein Gesicht, wenn er in den Spiegel sah – keine einzige Falte, keine Kante, alles noch rund und weich, das Kinn, die Lippen, die Augen. Wie eine Kinderzeichnung. Er hatte immer gehofft, mit vierzehn würde er nicht mehr so *provisorisch* aussehen, und jetzt war er bald fünfzehn, und er musste immer noch die Wollmütze aufsetzen und sie tief in die Stirn ziehen, damit möglichst viel von ihm verborgen blieb.

Er spürte es am heftigsten, wenn er allein war, das Gefühl, so wie jetzt, obwohl der Rausch der Party noch in ihm flimmerte. Sein Herz raste, und er hörte die Bässe, und er fühlte sie in seiner Brust, direkt an den Rippen und bis hinauf zum Gaumen und noch höher, ein buntes Wetterleuchten dicht hinter der Stirn. Er hatte genug Zeug eingeworfen, um die Angst klein zu halten, und trotzdem lief er nur durch den Park, um schneller zu Tic zu kommen. Sobald er mit Tic zusammen war, ging das Gefühl weg. Sie brauchte ihn bloß anzusehen oder seine Hand zu berühren. Es war ziemlich kitschig wahrscheinlich.

Der unfertige Junge schwankte leicht. Er trug rote Sneakers, eine graue Bottom-down-Hose, ein grauschwarzes Sweatshirt und trotz der Wärme die Wollmütze, eine orangefarbene, weil die Königin heute Geburtstag hatte. Er hatte die Hände in die Hosentaschen geschoben. Meistens wusste er nicht, was er mit seinen Händen anfangen sollte, deswegen vergrub er sie in den Taschen, und Tic musste sie immer herausziehen, wenn sie wollte, dass er sie umarmte. Er hätte sie am liebsten die ganze Zeit umarmt, aber er traute sich nicht. Er wünschte, er wäre schon weiter; schon fertig.

Es war eine warme Nacht, besonders für April. Der Junge konnte die ersten Glühwürmchen sehen, die über den Büschen blinkten, und Lichter auf dem Rasen, wo Leute lagen und weiter Party machten, alle, die nach den Feiern noch nicht nach Hause wollten. Sie saßen da und tranken Bier oder sonst was und hörten Radio, HipHop, voll aufgedreht, oder Jazz, alles, was in den Kneipen und auf den Straßen den ganzen Nachmittag über gespielt worden war.

In diesem Teil des Parks gab es Bäume und dichte Sträucher, und von überall her drangen Musik und Lachen und manchmal auch ein Schrei. Obwohl es dunkel war, konnte der Junge genug sehen, denn der Himmel leuchtete rot über der ganzen Stadt mit ihren Straßen und Grachten, und es war noch so viel vom hämmernden Rave übrig, dass immer wieder Lichter und Farben vor seinen Augen aufblitzten.

Der Junge dachte, dass es ihm besser gehen würde, wenn er bei den anderen war und noch ein paar von den Tabletten genommen hatte, die er in den Taschen umklammerte. Nicht, dass er süchtig war. Er war auch kein Dealer, nicht mal annähernd – er hatte nur Zugang dazu, konnte was organisieren, nichts, was er nicht selbst eingeworfen hätte. Er hatte es schon gestern Abend besorgt, und alles nur für Deniz.

Er ging schneller. Das Gras war weich unter seinen Sohlen, er stellte es sich feucht und saftig vor. Er versuchte, das Gras zu riechen, aber es gelang ihm nicht; vielleicht rochen manche Sachen in der Nacht nicht so stark. Alles, was er riechen konnte, war der Rauch von den Feuern und Pferdeäpfel und Pisse, wenn er an einem der eisernen Stehurinale vorbeikam. Manchmal trat er gegen eine weggeworfene Cola- oder Bierdose, eine leere Wasserflasche aus Plastik oder einen Pizzakarton. Er trat dagegen, aber er hörte keinen Laut, als würde der Schall die Entfernung zwischen seinen Füßen und seinem Kopf nicht mehr schaffen.

Er schluckte, um seine Ohren frei zu bekommen. Er hörte die ganze Zeit ein Summen neben den Trommeln und den Bässen und dem Lärm des Verkehrs rings um den Park. Alle Autos fuhren mit offenem Verdeck oder heruntergekurbelten Scheiben, die Soundanlagen voll aufgedreht.

Der Junge hatte Lust weiterzutanzen, die ganze Nacht wegzutanzen mit Tic und Deniz und Robbie. Tic war irgendwann am Nachmittag während der Party verloren gegangen, aber zum Glück gab es den Club, und da würde sie später sein, genau wie alle anderen, mit ihm. Er schluckte wieder und merkte, dass er Durst hatte. Er schluckte auch, weil er Tic vor sich sah, wie sie auf der Straße getanzt hatte, wie ein Delphin, der aus der Musik springt und sich wieder hineinfallen lässt, und er dachte, *du darfst keine Angst haben.* Er war einem berittenen Polizisten begegnet, noch gar nicht lange her, *wovor solltest du also Angst haben?*

Überall saßen oder lagen Leute, manche in Schlafsäcken, er konnte die Glut ihrer Joints sehen und die Flammen ihrer Feuerzeuge und hier und dort eine Wunderkerze. Er stolperte über ein Fahrrad, das jemand mitten auf der Wiese liegen gelassen hatte, und als er weiterging, schwankte er wieder. *Nicht gut.* Er musste gerade gehen, *an einen, der gerade geht, trauen sie sich nicht so schnell heran.* Er blieb stehen. Er lauschte. Er hielt die Luft an, um sich zu konzentrieren. Er wurde das Bild einfach nicht los, den *Anblick.* Die Kammer mit den ganzen Handtüchern und Bettlaken, die er gestern in der Klinik aus Versehen betreten hatte, und das, was darin geschehen war. Seitdem ließ ihn das Gefühl nicht mehr los, dass sie ihn zum Tod verurteilt hatten. Während des Raves hatte er es vergessen, aber jetzt war es wieder da. Sie hatten ihn gesehen, und deswegen musste er sterben.

Der Wind raschelte in den Blättern einer Kastanie, deren Krone sich vor dem roten Himmel abzeichnete.

Der Junge hörte ein Geräusch. Es war ein *anderes* Geräusch, lauter als das Rascheln in der Kastanie und näher als die Musik, sogar lauter als das Summen in seinen Ohren. Er stand da und spürte, wie ihm etwas über die Haut strich, *und jetzt hast du doch Angst*. Das Geräusch – ein Knacken und dann ein merkwürdiges Zischen oder Fauchen – wiederholte sich, stärker, und es war irgendwie *mehr* als nur ein Laut, eine dunkle Bewegung, etwas, das neben ihm durch das Gebüsch lief. Er dachte, wenn er nicht hinschaute, wäre es nicht da, so wie auf einmal nichts mehr da war, kein berittener Polizist, keine herumliegenden Fahrräder, keine Leute an Feuern oder in Schlafsäcken. Er war gegangen und gegangen, und jetzt gab es niemanden mehr, der ihn sehen würde, und niemand würde ihn hören.

Seine Lunge schien kaum noch zu funktionieren, die Luft wehrte sich, wenn er sie anhalten wollte. Sein Herz übertönte alles andere, das Rascheln der Blätter oder die fernen Bässe, die Trommeln. Der Junge stand da, und der Rausch fiel von ihm ab, und er wünschte sich, er könnte Tic noch einmal berühren, nur ganz kurz. Sie hätte jetzt bei ihm sein müssen; das ganze Elend im Leben kam, weil man sich immerzu trennte und dann allein war, *alles* blieb irgendwie unfertig. Er dachte so heftig an sie, dass er sie spüren konnte, ihre Hand in seiner, klein und trocken, selbst wenn sie stundenlang getanzt hatte. Ihre kalte Nase, wenn sie den Mund gegen seine Wange drückte, um ihm einen Kuss zu geben. Ihre Haut, die an manchen Stellen ganz heiß war, als hätte sie da Fieber, und woanders kühl und glatt wie eine Muschel am Strand.

Er machte einen Schritt, langsam, noch einen, dann blieb er plötzlich wieder stehen. Er hörte es, wenn er ging, und wenn er stehen blieb, hörte er es nicht mehr. Er wollte etwas sagen oder rufen, aber er wusste nicht, was. Auf einmal fühlte er sich matt, kraftlos. Es gab so viel Dunkelheit auf der Welt, dunkle Parks, dunkle Zimmer. Und dunkle Menschen. Er hätte gewettet, dass *es* im Dunkeln sehen konnte. Was immer ihm da folgte, es konnte ihn sehen.

Er wusste plötzlich, dass er nie mehr fertig werden würde, nicht so, wie er es sich immer gewünscht hatte. Er wusste es. Er starrte auf die Stelle im Gebüsch, wo er die Bewegung gesehen hatte, und ohne es zu merken, zog er eine Hand aus der Hosentasche, schob den Ärmel des Sweatshirts hoch und tastete nach dem Tattoo am linken Arm, *Tic* und ein dreiblättriges Kleeblatt, wahrscheinlich ziemlich kitschig.

Sie hatte genau so ein Tattoo, nur ohne seinen Namen, innen am Schenkel. Manchmal nahm sie seine Hand und legte sie auf die Stelle, *fühl mal,* und er tat, als könne er es fühlen, es war eine von den kühlen Stellen, aber sie wurde heiß, während seine Hand darauf lag. Weiter war er noch nicht gekommen.

Morgen früh, wenn Gott will, wirst du wieder geweckt – warum fiel ihm das jetzt ein, dieses blöde deutsche Kinderlied, das er nur einmal im Fernsehen gehört hatte? Seine Mutter sang schon lange nicht mehr, meistens summte sie nur vor sich hin, Opernzeug, sie kümmerte sich um nichts, ignorierte ihn, so wie früher sein Vater. Aber dafür gab es ja die Pillen, sie lagen einfach so da, zum Mitnehmen. *Du wirst nie mehr geweckt, nie mehr,* er starrte ins Gebüsch, bis vor seinen Augen alles körnig und flimmerig wurde.

Obwohl er nicht weitergegangen war, setzte das Geräusch wieder ein, ein Knacken, schnelle Tritte. Es rannte, es rannte auf ihn zu, nein, es sprang. *Lauf*, dachte er, *lauf weg!*

Langsam hob er einen Fuß, vielleicht konnte er noch fliehen, obwohl der Strauch neben der Kastanie sich gerade teilte und etwas heraussprang, es sprang heraus und auf ihn zu, es kam so schnell näher, in großen Sätzen, dass er nicht mehr weglaufen konnte. Er sah es nur ganz kurz, körnig und flimmerig, ein Wesen mit eisweißer

Haut, schlank wie er selbst, die Augen weit aufgerissen, er sah die weißen Zähne und, als es ganz nah war, eine flache, breite Nase mit zwei weißen Knorpeln rechts und links.

Es schlug ihn, ein Knüppel sauste auf ihn zu, traf ihn hart an der Stirn, hart und trocken und dumpf. Er fiel hin, und den zweiten Schlag spürte er schon nicht mehr so stark, er merkte nur noch, wie ihm das Blut kitzelnd in die Augen lief und die Gestalt sich über ihn beugte und ihn packte und mit sich ins Gebüsch zerrte, keuchend und schnell.

Das Letzte, was er sah, bevor die Zweige über ihm zusammenschlugen, was er durch das Blut sah, waren die nackten Beine, die sich auf seine Brust knieten, aber sie waren nicht wirklich weiß, sondern angemalt wie mit Kreide und darunter schwarz, nachtschwarz. Die Hände, die nach seiner Kehle griffen und zudrückten. Das Gesicht dicht vor seinem Gesicht, Augen, Mund, die Knorpel über den Lippen wie von einem Hühnchenknochen, und er dachte, *warum tust du das, warum*, und dann fiel ihm Tic wieder ein, die in seinem Herzen schlug und bei ihm war, bis sie langsamer wurde und stehen blieb. *Tic. Tic. Tic.*

Der unfertige Junge war endlich fertig.

2

Bruno van Leeuwen betrachtete den toten Jungen am Fuß der Kastanie und spürte, wie sich sein Magen hob, als hätte die Erde unter seinen Füßen auf einmal ein Stück nachgegeben. Sein Herz geriet aus dem Rhythmus, schlug einmal heftiger, hielt inne, schlug noch zweimal zu hart und fand wieder zu sich. Er sah hinauf in den Baum, dann in den Park. Er roch Rauch, ohne ein Feuer zu entdecken. Es war ein feiner, etwas beißender Geruch, der ihn an seine Jugend erinnerte, an die Kartoffelernte auf dem Land.

Van Leeuwen wusste, dass er wieder hinsehen musste; er brauchte nur eine andere Perspektive, etwas umfassender und nicht so, als gäbe es nur ihn und den toten Jungen. Der Wind fuhr ihm in den offenen Trenchcoat und bis unter den Anzug, sogar bis unters Hemd. Die Haut auf seinem Rücken zog sich zusammen.

»Mein Gott«, sagte jemand hinter ihm. Die Stimme gehörte Hoofdinspecteur Ton Gallo. Die anderen sagten nichts, sondern verrichteten schweigend ihre Arbeit innerhalb der Absperrung – die Leute von der Spurensicherung in ihren weißen Overalls mit Mundschutz und Plastikhaube, der Polizeifotograf, der Arzt. Sie waren schon länger da und hatten Zeit gehabt, sich an den Anblick zu gewöhnen, und trotzdem sagte keiner von ihnen ein Wort.

Hinter der Absperrung standen zwei Streifenwagen, rot-weiß-blau, und eine Ambulanz, rot-weiß-orange, neben der die Sanitäter warteten, außerdem ein Kleinbus von einem Fernsehsender mit einem Kamerateam. Rechts und links von den Fahrzeugen hielten uniformierte Streifenpolizisten die Schaulustigen zurück: bleiche, übermüdete Jugendliche in verrückten Kostümen, Spaziergänger, Männer und Frauen und Kinder mit Fahrrädern, zwei Müllmänner in orangefarbenen Overalls, ein Jogger in einem Trainingsanzug aus Fallschirmseide. Der Jogger führte einen angeleinten Rottweiler mit sich, der in seinen Maulkorb hechelte.

Überall zwischen den Bäumen und Sträuchern lagen noch der Müll vom Koninginnedag und die Überreste des Flohmarkts im niedergetretenen Gras: rote Coladosen, hellblaue Mineralwasserflaschen, Plastikbecher, Pizzakartons, McDonald's-Schachteln. Zerrissene Zeitungen, die sich im Wind bauschten. Packpapiertüten, dazwischen Kippen und blinkende Kronkorken und die matt glimmenden Scherben von Bierflaschen. Der Müll erstreckte sich bis zum Ende des Parks, wo Van Leeuwen seinen Alfa geparkt hatte, und weiter über die Straßen und Grachten des Zentrums bis zum Hafen.

Sirenen zerschnitten das ferne Rauschen des Verkehrs, kreisten um den Park. Ein Polizeihelikopter stand am kobaltblauen Himmel wie eine dröhnende Libelle. Der Wind trieb Musik herüber, Bässe und Trommeln und ein Saxophon, denn das Wetter war schön, und nur ein paar Meter weiter lagen Männer und Frauen und Kinder auf Decken und hörten Radio und lasen oder spielten Ball.

Van Leeuwen atmete tief, um seinen Magen zu beruhigen.

Es war noch nicht einmal Sommer, und doch roch die Luft für ihn schon kaum merklich nach Herbst, das Gras, die Erde, die Rinde der Bäume. Als verschöben sich die Jahreszeiten und das, woran man sie erkannte, immer mehr. Es wurde jetzt später dunkel, aber für manche kam die Finsternis unabhängig von der Tageszeit. Nur die Krone der Kastanie und der Hubschrauber leuchteten noch im Schein der sinkenden Sonne. Unten, am Fuß des Baums, wo die Schatten tiefer wurden, lag der leblose Körper unter dem weißen Zelt der Spurensicherung.

»Haben Sie so was schon mal gesehen, Mijnheer?«, fragte der Hoofdagent der für den Park zuständigen Polizeiwache.

Van Leeuwen antwortete nicht. Die Leiche lag da, unter der Kastanie, im feuchten Gras, blass wie Knochensplitter. Der Körper war vollständig bekleidet, mit roten Sneakers, einer weit geschnittenen Hose voller aufgenähter Taschen, und einem grauschwarzen Shirt mit Kapuze. Die kleinen Hände waren schmutzig, mit Erde verschmiert, genau wie das Gesicht. Neben dem Kopf lag eine Wollmütze, orange wie das Oranje des Königshauses. Es gab kaum Blut.

»Er sieht überhaupt nicht tot aus«, sagte Hoofdinspecteur Gallo. »Findest du das nicht komisch? Da ist jemand so tot, wie er nur sein kann, und trotzdem sieht er nicht tot aus.«

»Das kommt noch«, sagte Van Leeuwen.

Der Commissaris wusste noch nichts, kein Alter, keine Todesursache, aber er wusste, dass er diesen Fall übernehmen würde. Er hätte nicht hier sein müssen. Er hatte den Wagen genommen, weil er am Wochenende mit Simone aufs Land fahren wollte, und er war schon fast zu Hause gewesen, als die Meldung vom Wijkteam Koninginnenweg im 4. District über den Polizeifunk ging, und trotzdem wäre er weitergefahren, wenn er nicht gehört hätte, dass es sich bei dem Opfer um einen Jungen handelte. Die Hoffnung auf ein neues Bild hatte ihn hergetrieben, die Hoffnung und die Angst davor.

»Wie lange ist er schon tot?«, fragte er.

»Die Leichenstarre hat bereits die Füße erreicht«, sagte der Arzt.

»Ich sehe gar kein Blut«, sagte Gallo. Er redete langsam, anders als sonst, wie ein Betrunkener, der nüchtern wirken möchte. »Es müsste viel mehr Blut da sein.«

Der Arzt streifte die Zellophanhandschuhe von den Fingern, legte sie in seine Tasche und stand auf. Die Leute von der Spurensicherung stocherten rings um die Leiche im Gras herum, füllten Erde in kleine Tüten, schnitten Grashalme ab, nahmen Fußabdrücke. Der Fotograf machte noch ein paar Bilder, diesmal mit Blitz, dann trat er zurück. Er ging an der Kastanie vorbei, griff plötzlich nach dem Stamm, als verlöre er das Gleichgewicht, und übergab sich.

Gallo konnte den Blick nicht von dem toten Jungen lösen. »Das ist – wer tut so etwas?«, fragte er. »Wo ist sein –? Dieses Loch! Das ist schlimmer als alles, was ich – schlimmer als Srebrenica! Wer kann so etwas tun?«

»Ist er hier getötet worden?«, fragte Van Leeuwen.

»Sieh dir mal die abgeknickten Äste an«, sagte Gallo. »Er hat ihn irgendwo hier draußen – er oder *es* –«

»Oder sie –«, ergänzte der Arzt.

»Er – oder es – oder sie – hat ihn angefallen und dann ins Gebüsch gezerrt. Und dann hat er –«

Der Fotograf wischte sich den Mund mit einem Papiertaschentuch ab. Dann rief er von dort, wo er stand: »Das war kein Mensch!« Er wedelte mit einem Polaroid in der Luft herum. »Menschen tun so etwas nicht!«

»Was ist mit seinem –« Gallo unterbrach sich, suchte nach einem anderen Wort. »Die Fraktur da an der Stirn, die könnte von einem Knüppel stammen. Aber der geöffnete Gaumen, und wo ist sein –« Wieder unterbrach er sich. »Es kann doch nicht weg sein. Das geht doch nicht. Wer tut denn so etwas? Er war doch noch ein Kind …«

»Wie alt?«, fragte Van Leeuwen.

»Zwölf«, antwortete der Arzt, »dreizehn. Vielleicht vierzehn. Schwer zu sagen, so wie die Dinge liegen. Manche sehen älter aus, wenn sie tot sind.«

Van Leeuwen fand, dass sie jünger aussahen. Keiner sah aus, als wäre er alt genug, um tot zu sein. Er trat an dem Arzt vorbei auf den toten Jungen zu. Die Augen waren geschlossen. Ameisen krabbelten in einer Kolonne um den Rand dessen, was von seinem Gesicht noch übrig war und was Van Leeuwen in Ermangelung einer präziseren Bezeichnung für sich *Wunde* nannte.

»Seid ihr hier fertig, Mevrouw?«, fragte er das Mädchen von der Spurensicherung.

Das Mädchen nickte. Van Leeuwen bückte sich, um die Ameisen vom Rand des Schläfenbeins zu wischen, aber sie kamen sofort wieder.

Der Commissaris entdeckte einen Holzsplitter unter dem Ohr im Gras. Er zog einen Zellophanhandschuh aus der Manteltasche, streifte ihn über und hob den Splitter mit der Spitze von Daumen und Zeigefinger auf. Er betrachtete ihn so genau, wie das ohne Lesebrille möglich war. Der Splitter war dünn wie eine Stecknadel, weder Ast noch Rinde. Van Leeuwen roch daran. Er roch nichts.

»Wenn ihr fertig seid, dann deckt ihn zu.«

Der Commissaris sah, wie die Leute von der Spurensicherung ihre Arbeit beendeten und die Sanitäter mit einer Trage auf den Jungen zugingen.

»Hier, untersucht den auch«, sagte er zu dem Mädchen von der Spurensicherung und hielt ihr den Splitter hin. Dann fragte er den Arzt: »Wie lange hat das Opfer schon da gelegen?«

»Er war noch nicht tot, als er oder es ihn da reingezerrt hat, aber dann muss alles sehr schnell gegangen sein.« Der Arzt zuckte mit den Schultern. »Danach hat er sich nicht mehr bewegt.«

»Wer hat ihn gefunden?«

Gallo antwortete: »Der Rottweiler von dem Jogger da.«

»Hatte er etwas dabei, einen Ausweis, eine Monatskarte, ein Handy mit Adresse oder gespeicherten Nummern?«

»Nichts.«

Van Leeuwen fragte nicht, ob es Zeugen gab, das kam später. Wenn die Todeszeit stimmte, die der Arzt geschätzt hatte, war der Mord kurz vor Mitternacht passiert, im dunklen Park. Gestorben am Geburtstag der Königin, dachte Van Leeuwen; vielleicht sollte die Monarchie abgeschafft werden. Ihn fröstelte, als er sah, wie die Notärzte die Trage mit dem schmalen Körper in den Krankenwagen schoben. Das TV-Team richtete seine Scheinwerfer auf den zugedeckten Toten, das grelle silberweiße Licht veränderte die Situation und damit das Leben und den Tod. *Pressefreiheit*, dachte Van Leeuwen.

Irgendwo läuteten Kirchenglocken. Ihr Klang mischte sich mit dem Dröhnen des Helikopters und der fernen Musik. Eine Wolke schob sich vor die untergehende Sonne, sie sah aus wie kupfergesäumt. Van Leeuwen schaute hoch und dachte, es wird tatsächlich Sommer. Er wandte sich ab und stapfte davon. Er hatte alles gesehen, was er sehen musste und was er jemals sehen wollte.

»Wo gehst du hin?«, rief Hoofdinspecteur Gallo ihm nach.

»Nach Hause«, antwortete Van Leeuwen, ohne innezuhalten. »Ich muss nachdenken.«

»Worüber?«

Van Leeuwen antwortete nicht. Erst ein paar Schritte später blieb er abrupt stehen und drehte sich doch um, suchte mit den Augen den Arzt. »Sie irren sich, Mijnheer«, rief er, »das da kann nicht jeder getan haben. Einen Mord kann jeder begehen, aber das ist kein Mord. Es ist eine Erfindung, und eine Erfindung kann immer nur einer machen. Ich werde ihn stellen und dafür sorgen, dass er nie wieder etwas erfindet.«

Er wusste, dass er ein neues Bild gesehen hatte, neben dem das des fallenden Kindes verblassen und das von nun an vor ihm auftauchen würde, ungebeten, nachts, wenn er nicht schlafen konnte, und im Traum, bis er den Täter gefunden hatte und das fallende Kind zurückkehrte.

Er erlebte den Sturz des Kindes immer wieder, manchmal im Schlaf und manchmal am helllichten Tag, wenn er nicht aufpasste. Die Bilder packten ihn plötzlich, wie aus dem Nichts. Sie waren wie ein Loch in seinem Leben, in das er unvorbereitet fiel. Es gab Zeiten, da ließen sie ihn in Ruhe, weil andere Bilder stärker waren. Doch am Ende siegte immer das Kind auf dem Fensterbrett, und der Anblick versengte sein Herz.

Als er den Alfa erreicht hatte, setzte er sich hinter das Steuer und schloss einen Moment lang die Augen. Commissaris Bruno van Leeuwen, vierundfünfzig, wusste, was Angst war.

3

Ihre ganze Ehe hindurch hatte Simone Van Leeuwen das Haar lang getragen, anfangs blond, dann mit den ersten grauen Strähnen durchsetzt, und schließlich schimmerte es silbrig. Erst vor einem Jahr, als sich ihre Krankheit nicht länger verheimlichen ließ, hatte sie es abgeschnitten, igelkurz, und weil es eine ihrer letzten bewussten Handlungen gewesen war, sorgte der Commissaris dafür, dass es kurz blieb. Sie wirkte dadurch älter, als sie war, aber das störte ihn nicht, weil ihr Lächeln gleich blieb all die Jahre, und auch ihr Blick. In diese großen braunen Augen hatte er sich vor über dreißig Jahren als Erstes verliebt, und er hatte immer gewusst, dass sie sich nie verändern würden, und so war es gekommen, er sah die Augen und das Lächeln und darin die Frau, die er geheiratet hatte, als sie beide jung gewesen waren.

Wenn er den Schlüssel ins Türschloss schob und aufsperrte, wartete sie schon im Flur der großen Altbauwohnung, in dem steten Zwielicht, das die Blätter der Ulmen vor den Wohnzimmerfenstern im Sommer noch hereinließen. Er trat auf den Läufer hinter der Türschwelle, und da stand sie und zögerte den winzigen Moment lang, den sie brauchte, um ihn wiederzuerkennen, bevor sie lächelte.

»Hallo«, sagte er in dem ruhigen Tonfall, den sie mochte, »ich bin's.« Er legte den Schlüsselbund auf die kleine Rosenholzkommode neben der Tür. »Wo ist Ellen?«

Simone antwortete nicht. Sie trug das knöchellange blaue Kleid, das sie am liebsten hatte, keinen Gürtel und weder Strümpfe noch Schuhe. »Was hast du mir mitgebracht?«, fragte sie mit einer Stimme, die hell wie die eines Kindes klang.

Van Leeuwen griff in die Tasche und holte eine Kastanie heraus, hielt sie ihr hin, als wollte er ein Tier locken. Sie kam näher, betrachtete die Kastanie und nahm sie von seinem Handteller.

»Schön«, sagte sie. Sie griff nach seiner Hand und zog ihn hinter sich her. An ihrem linken Gelenk glänzte ein dünnes Armband mit einer Metallplakette, auf der ihr Name, ihre Adresse und seine Telefonnummer im Präsidium standen.

»Wann ist Ellen gegangen?«, wollte er wissen, während er ihr gehorsam ins Wohnzimmer folgte. Im Fernsehen lief ein Zeichentrickfilm ohne Ton. Van Leeuwen spürte plötzlichen Zorn, nicht auf seine Frau, sondern auf die Pflegerin, die sie schon wieder entgegen seiner Anweisung allein gelassen hatte.

»Nn – nn«, summte Simone, »nn – nn.«

Das Wohnzimmer war der größte Raum der Wohnung, über dessen Einrichtung im Frühling und Sommer stets ein grüner Schimmer lag, so überwältigend färbten die Kronen der mächtigen Ulmen vor den drei Fenstern ihren eigenen Schatten. Auf den Bodendielen lag ein dunkelroter Orientteppich, die Fransen voller Staubflocken. Hohe Bücherregale und zwei große Gemälde verbargen die ehemals gelb gestrichenen Wände, keine Meisterwerke, nur handwerklich solide gefertigte Landschaften, eine Insel vor stürmischem Meer und Häuserruinen unter einem erloschenen Vulkan; Erbstücke von Simones Onkel.

Nicht einmal die Lampe mit ihrem Schirm aus hauchdünn geschliffenen und zinngerahmten Muschelschalen am Plafond, die den ganzen Tag über brannte, machte den Raum heller. Das Schattenmuster des Zinngeflechts vergitterte den Couchtisch und die Polstergarnitur, die abgegriffenen Bücherrücken, die nie zugezogenen Vorhänge. Nachts, wenn die Gaslampen unter den Fenstern brannten, zappelten an der Zimmerdecke kleine Lichtreflexe von den Wellen der Gracht.

Simone führte Van Leeuwen zum selten abgewischten Fensterbrett, auf dem Suppenteller voll mit Bucheckern, alten Nüssen und Tannenzapfen aus den vergangenen Jahren standen. Es gab andere Teller, mit Steinchen, Zigarettenstummeln, Knöpfen. Lächelnd beugte Simone sich über einen der Teller und legte die Kastanie dazu. Jeden Abend, wenn Van Leeuwen heimkam, fragte sie: »Was hast du mir mitgebracht?«, und wenn er mit leeren Händen vor ihr stand, wurde sie traurig. Auch wenn die Trauer nur von kurzer Dauer war, brach sie ihm das Herz.

Und jeden Abend führte sie ihn an dieses Fensterbrett, dessen weiße Lackierung abzublättern begann, zu ihren Schätzen, als hätte er sie noch nie gesehen, und er redete mit ihr. Sie mochte den Klang seiner Stimme, auch wenn sie nicht mehr verstand, was er sagte. Heute sagte er: »Du kannst dir gar nicht vorstellen, wie es da draußen zugeht. Du kannst dir nicht vorstellen, was ich eben gesehen habe.«

»Lieb«, sagte sie. Er betrachtete ihren schlanken Hals, die Grübchen in den Wangen, die kleine, zarte Nase, in die er sie früher so gern gebissen hatte. Er dachte daran, wie sie ihm oft entgegengelaufen war, an ihr atemloses Lachen, an die von Freude und Glück gerötete Stirn und an die Handtasche, die sie einfach fallen ließ, wo sie stand, wenn sie ihn küssen und umarmen wollte.

Jetzt konnte sie ihren Blick nicht von ihren Schätzen lösen. Sie berührte eine Eichel auf einem der Teller, ein verirrtes Puzzleteilchen auf dem anderen. Van Leeuwen wandte sich ab und ging durch den dunklen Flur in die Küche. Wenig später folgte sie ihm. Er konnte mit ihr reden, aber er musste nicht, denn sie wollte einfach nur in seiner Nähe sein. Er schaltete das Licht an und öffnete den Kühlschrank, um sein Essen herauszuholen, das der Lieferservice am Nachmittag gebracht hatte: Salat in einer Schüssel unter einer Zellophanfolie, Gurken, Tomaten, Zwiebeln, etwas Paprika, Öl natürlich und ein paar Scheiben Mozzarella.

Als er sich umdrehte, hatte Simone sich schon an den Tisch gesetzt, leise summend, lächelnd, von unendlicher, ewiger Geduld.

Auf dem Tisch lag eine Decke aus kariertem Wachstuch, das an allen vier Seiten mit weißen Plastikklammern festgesteckt war. Simones Hände ruhten auf dem Wachstuch wie etwas, das nicht zu ihr gehörte.

Van Leeuwen holte zwei Pappteller aus dem Küchenschrank, außerdem das Plastikbesteck. Die Zugehfrau hatte die falschen Teller gekauft, nicht die schlicht weißen, ohne Muster, sondern neue, die am Rand mit kleinen Rosen bedruckt waren. »Hast du Hunger?«, fragte er. »Möchtest du etwas essen?«

Simone nickte. Er stellte einen der Teller vor sie hin, und als er ihr das Besteck gab, versuchte sie mit der Gabel die aufgedruckten Rosen von der Pappe zu kratzen und zu essen, bis er den Salat darüberhäufte. Auf dem Kachelboden neben dem Herd standen mehrere Flaschen Montepulciano, eine war schon angebrochen. An der Backofenklappe des Herds klebte ein Zettel, mit Tesafilm befestigt, darauf stand nur ein Wort in großen roten Buchstaben – *Heiß!*

Für Simone verdünnte Van Leeuwen den Wein mit Wasser. Sie aßen schweigend. Er hatte den ganzen Tag über nicht viel zu sich genommen, außer Ei und Schwarzbrot am Morgen, einer Crêpe am Mittag und ungezählten Tassen Kaffee bis zum Abend. Die gut gewürzten Tomatenscheiben explodierten auf seiner Zunge, kühl und saftig, den neutralen Käse spürte er erst, wenn er einen Schluck Wein am Gaumen zergehen ließ. Seine Leute dachten immer, der italienische Wein und das Brot und der Käse aus der Toskana wären ihm heilig, aber er machte aus dem Essen keine Religion. Es ging ihm nur um die Erinnerungen an die guten Zeiten.

Als er aufgegessen hatte, legte er die Gabel aus der Hand und betrachtete die leere Schüssel. »Es hat einen schrecklichen Mord gegeben«, sagte er, »an einem Jungen, der fast noch ein Kind war. Seit ich bei der Polizei bin, habe ich bestimmt schon fünfzig Leichen gesehen, aber keine war wie diese. Nicht mal Goya hat jemals so etwas Grauenhaftes gezeichnet.« Er sah seine Frau an und fragte sich zum ersten Mal, ob er sie noch beschützen konnte. Und ob das, was ihn immer beschützt hatte, nicht mit ihr verschwand.

Simone summte leise vor sich hin. Bei dem Wort *Kind* hielt sie kurz inne, dann aß und summte sie weiter. Als sie den Salat gegessen oder neben den Teller hatte fallen lassen, versuchte sie wieder, die aufgedruckten Rosen zu essen, bis Van Leeuwen ihr Teller und Gabel wegnahm. Zärtlich strich er ihr übers Haar. Sie sah auf, in ihren Augen standen Tränen. »Kein Kind will zu uns kommen«, sagte sie.

»Dazu sind wir auch schon zu alt«, antwortete er.

Während des Essens war es draußen vor dem Fenster dunkel geworden. Van Leeuwen nahm noch ein Glas Rotwein mit in sein Arbeitszimmer. Als Simone ihm auch dorthin nachging, führte er sie zurück ins Wohnzimmer, setzte sie auf die Couch und drehte den Ton am Fernseher lauter. Am Fernsehgerät klebte ein Zettel mit der Aufschrift *Fernseher*. Die Buchstaben waren blau, denn die roten waren für gefährliche Gegenstände reserviert. Van Leeuwen schob eine neue Kassette mit Zeichentrickfilmen in den Videorecorder. Simone versank in den Anblick der bunten Figuren auf dem Bildschirm und kümmerte sich nicht mehr um ihn.

Er ging zum Telefon auf der Kommode im Flur. Der Zettel, der neben dem Apparat auf dem Holz klebte, verkündete nicht nur *TELEFON* in großen Buchstaben, sondern auch noch Van Leeuwens Nummer im Präsidium, die der Pflegerin und die seines eigenen Anschlusses, falls jemand zurückrufen sollte. Er wählte Ellens Nummer. Er wartete, bis der Anrufbeantworter seinen Meldetext abgespult hatte, dann sagte er: »Van Leeuwen hier. Sie haben meine Frau allein gelassen, obwohl Sie Anweisung hatten, in jedem Fall bei ihr zu bleiben, bis ich nach Hause komme. Sie sind eine gute Pflegerin, und meine Frau mag Sie, aber wenn Sie das noch einmal tun –«

Am anderen Ende wurde abgehoben, und eine müde Frauenstimme meldete sich. »Mijnheer van Leeuwen? Sie sollen nicht auf meinen Anrufbeantworter brüllen.« Er hatte nicht gemerkt, dass er brüllte, obwohl ihm danach zumute gewesen war. »Ich bin gegangen, weil Sie zu spät gekommen sind«, fuhr die Stimme fort. »Und wenn es mit Ihrer Frau noch schlimmer wird, komme ich überhaupt nicht mehr.«

»Warum nicht?«

»Weil es mich unglücklich macht.«

»Sie sind nicht auf der Welt, um glücklich zu sein«, brüllte Van Leeuwen. »Niemand ist das, Sie nicht, ich nicht, keiner! Was ist denn so schlimm an meiner Frau?«

»Sie erleben sie nur am Abend, wenn sie den ganzen Tag auf war und müde ist. Sie wissen nicht, was sie alles anstellt, wie sie leidet ohne Sie – und ohne es selbst zu merken. Sie sollten sie wirklich in ein Pflegeheim geben.«

Van Leeuwen schwieg. »Ich weiß«, sagte er schließlich leiser. »Ich brauche nur noch etwas Zeit. Bitte, lassen Sie mich nicht im Stich, Mevrouw.«

Die Frau am anderen Ende der Leitung schwieg auch, bevor sie seufzte. »Ich lasse Sie nicht im Stich. Aber nur aus *einem* Grund. Wissen Sie, warum?«

»Muss ich das wissen?«

»Weil Sie Ihre Frau immer noch lieben, deswegen.«

Er brummte etwas, legte auf und ging in sein Arbeitszimmer. Er hatte dort seinen eigenen Fernsehapparat, den er einschaltete, um die Nachrichten zu sehen. Außer dem TV-Gerät gab es in dem kleinen Raum nur einen Schreibtisch aus verwittertem Teakholz, einen ingwerfarbenen Ledersessel mit rissigem Bezug und genageltem Polster, eine Kommode und einen Bücherschrank, der eine ganze Wand vom Boden bis zur Decke einnahm. Der Schreibtisch war aufgeräumt: ein zugeklapptes Notebook, eine Schreibunterlage aus grünem Filz, ein Becher mit Kugelschreibern und Bleistiften und, in einem schlichten Metallrahmen, ein Bild von Simone.

Das Foto war vor siebzehn Jahren aufgenommen worden, Van

Leeuwen selbst hatte es gemacht. Seine Frau, damals sechsunddreißig, saß im Schatten einer Pinie am Stadtrand von Siena und lachte in die Kamera, die Stirn verborgen unter dem Schirm einer gelben Plastikkappe. Seit jener Reise hatte es keinen gemeinsamen Urlaub mehr gegeben. Ein paarmal war Simone noch allein nach Italien gefahren und beim letzten Mal mit dem zweisitzigen mokkabraunen Alfa zurückgekommen, den sie dort gekauft hatte. Immer wenn er das Foto betrachtete, dachte Van Leeuwen, dass er noch einmal mit ihr in die Ferien fahren wollte, an Orte, an denen sie glücklich gewesen waren, Madrid, Rom oder Florenz, ja, auch Paris. Vielleicht schob das Wiedersehen das Vergessen hinaus.

In den Fachbüchern, die eine Reihe des Regals füllten, stand nichts darüber. Die Medizin war noch nicht sehr weit gekommen, seit sie erfunden worden war, dachte Van Leeuwen manchmal bitter, und wahrscheinlich war dieser Gedanke ungerecht. Trotzdem schien ihm, als hätte das Verbrechen sich schneller entwickelt, neue Verbrechen und neue Krankheiten, und die Polizisten und die Ärzte hinkten hinterher, und deshalb las er am liebsten die Bücher in der zweiten Regalreihe, Biografien von Mördern, Raubmördern und Serienkillern, aber auch von Wirtschaftskriminellen, Kriegsverbrechern und Politikern. Er wollte Schritt halten.

Wenn ihm anschließend nach Trost zumute war, griff er wahllos in die dritte Reihe, die sich aus Kunstbüchern zusammensetzte, Bildbände, Monografien, Lebensgeschichten von Caravaggio, Giotto, Goya, Michelangelo, Rembrandt, Tizian, Van Gogh, Velazquez; es gab keine Kunst ohne Leiden, kein Leben.

An der Wand gegenüber dem Regal hing ein Poster mit einer Goya-Radierung, die einen müde über seinem Schreibtisch zusammengesunkenen, von Fledermäusen umflatterten Mann zeigte. Neben den angezogenen Beinen des Mannes standen auf Spanisch die Worte *Der Schlaf der Vernunft gebiert Ungeheuer.*

Wenn ihm überhaupt irgendetwas heilig war, dann die Bilder von Goya. Bilder, die das wahre Antlitz des Menschen zeigten.

Keine satten Kaufmannsgemälde wie bei den holländischen Malern, keine Distelfinken und keine Schlittschuhläufer auf zugefrorenen Grachten; stattdessen Krieg, Mord und Wahnsinn. Aber auch daraus machte der Commissaris keine Religion, obwohl seine Vorliebe für den düsteren spanischen Maler in der gemütlichen Heimat Vermeers und Rembrandts durchaus einige Züge von Ketzerei trug.

Die Szenen im Fernsehen waren eines Goya würdig: Militärlastwagen, bis obenhin mit toten Schafen und Holstein-Rindern beladen, rollten auf ein Feuer zu, ein loderndes Feuer irgendwo in England, luden die Kadaver vor dem Feuer ab und fuhren wieder davon, während Bulldozer die Schafe und Rinder auf ihre Schaufeln nahmen, um sie in die Flammen zu kippen, dutzende, hunderte von Schafen und Rindern, deren Fleisch und Knochen zu Asche versengt wurden. Dicker, öliger Qualm stieg von den brennenden Tieren in den verhangenen Himmel, wurde zu schwarzen Wolken, die über die grünen Hügel davontrieben.

Die Bulldozer ratterten vor und zurück und schütteten immer mehr totes Fleisch nach. Rinderköpfe mit offenen Augen und schmutzig-wollige Schafleiber fielen in die aufstiebende Glut und schmolzen, und Van Leeuwen dachte daran, wie es früher gewesen war, bei seinen Eltern auf dem Hof an der Amstel, auf halbem Weg zwischen Amsterdam und Utrecht.

Wenn man auf einem Bauernhof aufwuchs, wusste man schon früh, dass Tiere geboren wurden, um getötet zu werden. Sie schlüpften, wurden geworfen, kamen als Küken, Ferkel oder Kälber auf die Welt, und für jeden gab es einen Schlachttag, nur für die Hunde und Katzen nicht. Aber es blieb ein natürlicher Vorgang, obwohl Van Leeuwen als Kind immer übel geworden war, sobald er seinen Vater zum Messer oder zur Axt greifen sah. Der Magen war ihm in den Hals gestiegen, und er hatte eine Gänsehaut am ganzen Körper gehabt, manchmal stundenlang, während das Gackern der Hühner, das schrille Quieken der Schweine und das Blöken der Rinder den

Hof einhüllte. Am Abend lagen dann die abgehackten Köpfe der Hühner in einem Eimer im Stall, und die zum Ausnehmen fertigen Schweine hingen über der Rinne, in der das Blut abfloss. Es war etwas anderes, dachte Van Leeuwen, es war nicht so sinnlos. Es sah nicht aus, als würden die Menschen Krieg führen gegen

die Tiere.

»Amsterdam«, sagte der Nachrichtensprecher und leitete zur nächsten Meldung über. »Heute wurde im Vondelpark die Leiche eines etwa fünfzehnjährigen Jungen gefunden. Der Tote konnte bislang nicht identifiziert werden –«

Auf dem Bildschirm erschien ein Foto des Opfers, auf dem man nur die Augenpartie und die Stirn sah. Ein Ärmel seines Sweatshirts war hochgerollt, sodass man das Tattoo sehen konnte, *Tic* und das dreiblättrige Kleeblatt. Plötzlich spürte Van Leeuwen wieder die Gänsehaut am ganzen Körper, eine Faust schien sich um sein Herz zu schließen, wie damals.

»Über die Todesursache und ein mögliches Tatmotiv machte die Polizei aus ermittlungstechnischen Gründen noch keine Angaben«, fuhr der Sprecher, jetzt unsichtbar, fort, während eine unruhige Kamera auf Van Leeuwen zoomte, wie er sich unter der Kastanie nach irgendetwas bückte. »Anlässlich der Feiern zum Koninginnedag hielten sich zehntausende von Einheimischen und Touristen in der Umgebung des Fundorts auf. Zeugen der Tat gibt es bislang offenbar noch nicht.«

Zehntausende, dachte Van Leeuwen, was ist, wenn einer von denen der Täter ist? Wenn er gar nicht hier wohnt, sondern nur nach Amsterdam gekommen ist, um zu töten? Er sah sich selbst auf dem Bildschirm, verwackelt und unscharf und abwechselnd zu nah oder zu weit weg, und er hörte, »Van Leeuwen gilt als einer der fähigsten Kriminalisten des Landes«, und dachte, sieht der so aus, als ob er es schaffen würde, sein Versprechen – *»Ich stelle ihn!«* – wahr zu machen? Dieser Bursche da, dessen Haar allmählich grau wird? Es war mal schwarz, aber jetzt wird es grau, und er war auch mal schlank, jetzt neigt er zur Stämmigkeit, untersetzt, das kann auch der Trenchcoat nicht verbergen. Und ist das Ernst oder Müdigkeit in seinem Gesicht, in den grauen, schwermütigen Augen? Das Kinn mit dem Grübchen, der schmale Mund, die Nase, die schon gebrochen gewirkt hatte, bevor sie wirklich gebrochen worden war – sieht so einer der fähigsten Kriminalisten der Hauptstadt aus?

Er merkte, dass er das Weinglas in der Hand hielt, ohne getrunken zu haben. Er schaltete den Fernseher mit der Fernbedienung aus und nahm einen Schluck. Er stand auf, um nach Simone zu sehen, und stellte fest, dass die Tür offen stand und sie ihm zuvorgekommen war. »Da bist du ja«, sagte er. »Musst du auf die Toilette?«

Sie runzelte unschlüssig die Stirn.

»Oder möchtest du, dass wir ins Bett gehen?« Er stellte das Glas ab und nahm noch einen großen Band mit Goyas Radierungen aus dem Regal. »Ich bin so weit. Erst ins Bad und dann ins Bett, *andiamo*!«

»*Andiamo*«, wiederholte sie fröhlich, wie sie das bei allen Worten tat, die eine Saite in ihr anrührten, mit einem Bogenstrich aus der Vergangenheit, den sie wiedererkannte. Er begleitete sie ins Bad und achtete darauf, dass sie nichts verwechselte. Er half ihr, den Schlafanzug anzuziehen, die rote Hose mit den gelben und orangefarbenen Punkten und eine ärmellose schwarze Jacke mit gelben Streifen. Solange er sie kannte, konnten ihre Sachen nicht bunt genug sein, und nie passte etwas zusammen.

Anschließend ging er mit ihr ins Schlafzimmer. Die Türen des Kleiderschranks, die nicht mehr richtig schlossen, waren offen, und ein Strom von Kleidern aus dreißig Jahren des Zusammenlebens ergoss sich über den Teppich. Blusen, Röcke oder Hosen lagen auch unter den Fenstern und unter dem Bett, andere quollen aus den halb herausgezogenen Schubladen oder hingen über einer Stuhllehne und manchmal sogar über den Blumen auf dem Fensterbrett. Als Ellen am Nachmittag die Wohnung verlassen hatte, war bestimmt noch alles picobello gewesen. Er wartete, bis Simone im Bett lag, dann schaltete er den Fernseher im Wohnzimmer aus und löschte das Licht. Er ging selbst ins Bad, und als er wieder ins Schlafzimmer kam, saß sie aufrecht in ihrer Hälfte des großen Betts. »Ich bin ja da«, sagte er, »bin ja da.«

Sobald Van Leeuwen es sich auf seiner Seite des Betts mit dem Bildband im Schoß bequem gemacht hatte, streckte Simone sich beruhigt aus, schloss die Augen und schlief ein. Reglos und steif, als wäre sie aus Stein, lag sie auf dem Rücken, wie das Abbild einer Königin auf seinem Sarkophag. Ihr Gesicht war ohne jeden Ausdruck, es glich einer Maske, hinter der sich nichts verbarg und niemals mehr ein Traum Gestalt annehmen würde.

Van Leeuwen lauschte noch einen Moment lang ihren ruhigen, friedlichen Atemzügen, dann schlug er Goyas Zeichnungen auf, die *Caprichos* und die *Desastres de la guerra* von 1799. Es war zu früh zum Nachdenken; durch Nachdenken konnte er den Fall erst zu lösen versuchen, wenn er mehr wusste. Bis dahin behalf er sich mit den Zeichnungen.

Die Farbender *Caprichos* – ursprünglich mit Feder, Bister, Tusche, Rötel, rotem Lavis oder Bleistift angefertigt – waren Schwarz, Grau und Weiß, doch fanden sich darin alle Schattierungen zwischen absolutem Dunkel und lichtem Hell, bösartigsten Tätern und arglosesten Opfern, und sie zeigten vor allem das, was sie miteinander verband – das Verbrechen, begangen aus Hochmut, Neid, Geiz, Gier, Zorn, Schamlosigkeit oder Angst.

Besonders eine Darstellung, die sechste aus einer Reihe mit dem Titel *Man kennt sich gegenseitig nicht*, berührte Van Leeuwen in diesem Moment. Sie zeigte eine Karnevalsszene, venezianische Masken, dahinter verborgen Lust auf nacktes Fleisch, versehen mit einem Kommentar des Malers: *Die Welt ist eine Maskerade. Gesichter, Kleider, Stimmen – alles ist falsch. Alle möchten als etwas erscheinen, was sie nicht sind; jeder täuscht jeden, und keiner kennt den anderen.*

Goyas Koninginnedag, dachte Van Leeuwen.

Er blätterte weiter von Skizze zu Skizze. Da waren spanische Banditen, die eine junge Frau verschleppten; eine Landstreicherin, die einem Erhängten die Goldzähne herausbrechen wollte; eine kindliche Schönheit, die an einen grinsenden Krüppel verheiratet wurde. Zwei gebrechliche Männlein trugen Maultiere auf ihrem Rücken; ein Kranker lag im Bett, und ein Esel fühlte seinen Puls. So viel zur Medizin, schien die Zeichnung zu sagen.

Vogelscheuchen spreizten ihre hölzernen Beine, verkleidet mit Mönchskutten, bei deren Anblick Männer und Frauen auf die Knie sanken. Feiste Inquisitoren ragten düster über ihren in Ketten geworfenen Opfern auf, die Gesichter vom Gegenlicht verschluckt. Ketzer lagen im Schatten auf Kerkerböden, greller Sonnenschein fiel ohne sichtbaren Ursprung auf eine gemarterte Brust, auf schwarzes Blut. So viel zur Religion.

Ein nackter Mann mit einem Geiergesicht ritt auf einem Tier, halb Esel, halb Wildsau, während neben ihm im Staub ein anderer nackter Mann mit einer unbekleideten Frau kämpfte, sie an den Haaren riss, Liebesakt und Totschlag zugleich. Immer albtraumhafter wurden die Gestalten, kaum noch menschliche Ungeheuer, zweibeinige Kreaturen mit flatternden Fledermausflügeln, Hundepfoten und Eselsschwänzen. Freier mit Hahnenkamm und Schnabel, die von gierigen Stricherinnen ausgenommen wurden. Nutten mit Vogelköpfen, die von Richtern in Katzengestalt abgeurteilt wurden, aneinandergefesselte Männer und Frauen, bewacht von riesigen bebrillten Eulen. *So viel zur Justiz*, dachte Van Leeuwen.

Er überschlug den Rest der *Caprichos*, um sich den *Desastres* zu widmen, den Schrecknissen aus den napoleonischen Kriegen. Er betrachtete die Frauen von Saragossa, die sich mit dem Mut rasender Wölfinnen auf französische Infanteristen warfen und mit Messern, Lanzen und erbeuteten Säbeln ein Massaker unter ihnen anrichteten, ihre Kinder mit dem freien Arm an sich gedrückt. Eine dieser Frauen, Agustina Aragón, war für ihren gefallenen Mann an die Kanone gesprungen, um die belagerte Stadt zu verteidigen. Breitbeinig stand sie in ihrem fließenden weißen Gewand auf einem Leichenberg und hielt die brennende Lunte an das Pulver.

Van Leeuwen betrachtete die beiden französischen Infanteristen, die einen mit Armen und Beinen an eine Zypresse gefesselten Gefangenen in den Rücken schossen, wohlwollend beobachtet von einem sitzenden Offizier. Auf dem nächsten Bild versuchte ein Soldat mit einer Fellmütze eine Spanierin zu Boden zu werfen, um sie zu vergewaltigen, es sah aus, als wollte er nur mit ihr tanzen, als sei er nur ein wenig aus dem Takt geraten, wäre da nicht ihr zum Schrei aufgerissener Mund gewesen und die Hand, mit dem sie ihm das Gesicht zerkratzte.

Ein Bild weiter fiel spanischer Pöbel – ein vielgestaltiges Ungeheuer aus Männern, Frauen und Kindern – über einen nackten, an den Füßen gefesselten Kollaborateur her und rammte ihm einen abgebrochenen Stock in den After. Leidenschaftlich wurde der Tod gegeben und ebenso inbrünstig empfangen.

Van Leeuwen betrachtete an Bäumen Erhängte mit heruntergerutschten Hosen; sterbende Mönche, die mit letzter Kraft den Leib des Herrn gegen die plündernde Soldateska verteidigten; auf splitternde Äste gerammte Kadaver.

Er betrachtete die zahllosen Toten, niedergestreckt von Messern und Äxten, Kanonenkugeln, Säbeln, Bajonetten, Stricken und bloßen Händen oder, wenn sie Glück gehabt hatten, rasch und sauber von einer Kugel aus einer französischen Gießerei oder einer spanischen Pulverfabrik.

Er betrachtete verstümmelte Leichen, die Gesichter mit schwarzem Blut bedeckt, über denen flatternde Krähen den Himmel verdunkelten. Wilde, fleischfressende Köter streunten knurrend zwischen den Leichen, stöbernd, schnüffelnd, jaulend.

Er betrachtete die Hände der Toten, Hände, rissig, schmutzig, mit Erde und Blut unter den Nägeln, abgeschnitten, halbiert oder geviertelt, mit und ohne Finger. Auch Augen gab es und Ohren, ganze Köpfe, allerdings abgehackt und natürlich tot, alle tot.

Van Leeuwen wusste wohl, es gab auf der Erde alle möglichen Arten zu sterben, aber niemals gab es denselben Tod zweimal, es gab nur das Echo eines anderen, eine leicht bis stark abweichende Kopie. Jeder einzelne dieser Tode aber war sinnlos, das hatte er von Goya gelernt, alle Menschen starben, welchen Grund sie auch zu haben glaubten, für nichts, für das schwarze, höhnische *nada* – ob ermordet, von einer Seuche hinweggerafft, an Krankheit oder Hunger. Sie wurden in Gräben und Kuhlen zusammengetragen, zu Knochenbergen aufgehäuft, wie Vieh von Bulldozern schaufelweise ins Feuer geworfen. *So viel zur Menschheit*, dachte Van Leeuwen.

Müde klappte er den Band zu und legte ihn neben dem Bett auf den Boden. Er hatte kein Opfer gefunden, das dem Jungen im Vondelpark auch nur annähernd ähnelte. Und keinen Schlächter, der so aussah, dass er sich den Mörder des Jungen vorstellen konnte. Er schloss die Augen, um noch einen Moment lang nachzudenken, und war schon eingeschlafen, als er noch glaubte, nie mehr Schlaf zu finden.

Selten suchten ihn in seinen Träumen die Geschöpfe Goyas heim – auch wenn er sie vor dem Einschlafen lange betrachtet hatte –, was daran liegen mochte, dass er schon tagsüber von ihnen umgeben war. Dafür kehrte in regelmäßigen Abständen ein anderer Traum wieder, immer dieselben Bilder.

Er kletterte eine Leiter hinauf, und er sah das Kind schon fallen, obwohl es noch im Fenster stand. Wie immer presste es den Stofftiger gegen die Brust. Es trug die braune Kapuzenjacke über dem Nachthemd. Das Fauchen des Feuers wurde mit jeder Sprosse, die er hochstieg, lauter. Van Leeuwen schaute nicht nach unten. Er blickte nach oben und achtete auf den Wind, der das Löschwasser wie Sprühregen auf ihn zutrieb und die Leiter schwanken ließ. Er blinzelte, um seine Augen gegen die Hitze zu schützen. Sie tränten vom Rauch und von der Glut, aber er kletterte weiter, die Beine und Hände nahmen die Sprossen automatisch. *Ich bin gleich da*, dachte er, *ich hol dich, hab keine Angst*.

Das Kind bewegte sich nicht, obwohl die Flammen hinter ihm schon an den Zimmerwänden hochschlugen und über die Decke wirbelten. Es stand nur da, reglos, und blickte nach unten. *Sieh nicht nach unten*, dachte Van Leeuwen, *wenn du springst, wirst du sterben, der Wind wird dich gegen die Mauer schleudern, und sie werden dich nicht fangen*.

Er war fast da, nur noch ein paar Sprossen. Das Feuer wölbte sich wie ein flatterndes Segel aus dem hell erleuchteten Zimmer auf die kleine dunkle Silhouette zu. Es stöhnte und zischte, und über dem Kopf des Kindes stoben Funken in den Nachthimmel. Eine jähe Bö drängte die Lohen zurück in den Raum, sie rollten sich auf dem Boden, weiß und bläulich, aber gleich darauf sprangen sie wieder hoch und hüllten das Kind in flackerndes Rot. Kleine Flammen leckten über seinen Kopf, tanzten auf seinen Schultern. Es schrie, aus dem Prasseln und Knacken und Dröhnen konnte Van Leeuwen den Schrei hören, hell und voller Panik.

Das Stofftier fing Feuer, brannte an der schmalen Brust, brannte wie die Jacke, die Kapuze und gleich darauf auch die Haare, ein ganzer Kranz aus loderndem Licht atmete um das Kind.

Bitte, dachte er, *bitte …*

Dann hob das flackernde Kind einen Fuß. Langsam trat es vom Sims ins Leere, gerade als Van Leeuwen sich vorbeugte, um nach seinem Arm zu greifen. Er hielt sich mit der linken Hand fest, und die rechte packte den Arm, aber der Arm unter der Jacke war dünn und hart wie ein Ast, verkrampft, und Van Leeuwens Hand rutschte ab, und er griff schnell noch einmal zu und erwischte die Kapuze und dachte, *sie hält, Gott sei Dank, sie hält*. Die Kapuze riss, und das Kind stürzte in die Tiefe. Fünf Stockwerke stürzte es hinab, wie ein kleiner Meteorit mit einem flammenden Schweif, der im schwarzen Wasser einer Gracht erlosch.

In diesem Moment erwachte er, immer. Er öffnete die Augen und sah, dass die Nachttischlampe noch brannte. Es hat kein Stofftier gehabt, dachte er, und es war kein Nachthemd, und eine Leiter gab es auch nicht. Er löschte das Licht. Simone regte sich mit einem leisen Seufzer. »Schlaf gut, mein Herz«, flüsterte Van Leeuwen und streichelte ihren Kopf. Solange sie neben ihm schlief, war es noch nicht das Ende.

4

Er sah es. Er sah die Tat vor sich, als er die Berichte las. Er sah sie nicht vollständig, nicht in allen Einzelheiten, nur ein bewegtes Bild, das er nach und nach ergänzte und vervollständigte. Er versank in den farblosen computergeschriebenen Wörtern, mit denen der Hoofdagent vom zuständigen Revier, der Pathologe und der Technische Dienst ihre Erkenntnisse zusammengefasst hatten, und er tauchte wieder auf im Vondelpark, am Abend des Koninginnedags. Er ging abwechselnd neben und hinter dem Jungen, versuchte mit dessen Augen zu sehen, die Dunkelheit zu durchdringen, die Geräusche zu orten – das Rascheln der Büsche im Wind, die Musik aus den Ghettoblastern, das ferne Technodröhnen. Er sah mehr als der Junge, denn er nahm alles wahr, was in den Berichten stand – die Zeugen, die Spuren, die Hinweise, die isoliert werden konnten. Sie leuchteten in der Szenerie wie digital herausgearbeitete Effekte in einem dieser Videospiele, nach denen die Kids heutzutage süchtig waren. Er suchte den Splitter, den er gefunden hatte, aber die Stelle war noch leer, nur ein Busch unter einer Kastanie, der sich vielleicht etwas heftiger bewegte als die anderen. Der Splitter kam erst später ins Spiel, so wie die Zeugen, die den Jungen gesehen hatten, als er über das Gras dahinmarschierte, unsicher, die Hände in den Hosentaschen. Der Ärmel des Sweatshirts, unter dem auf seinem Oberarm das Tattoo prangte, war noch heruntergezogen. Niemand kam ihm entgegen, niemand war hinter ihm, er war ganz allein in der Nacht im Park, er und jemand, der ihn beobachtete.

»Ein kalkweißer Gnom«, sagte Hoofdinspecteur Gallo. »Ein Mädchen hat einen dünnen, kalkweißen Gnom in kurzen Hosen am Tatort gesehen.«

Van Leeuwen blickte auf und fand sich in seinem kleinen Büro im ersten Stock des Polizeipräsidiums wieder, belagert von den Kollegen der Mordkommission. Ton Gallo, Inspecteur Remko Vreeling und Brigadier Julika Tambur saßen ihm gegenüber auf der anderen Seite des Schreibtischs – einer auf dem Besucherstuhl, der andere auf der Fensterbank und die dritte auf einer Holzkommode, genau unter einem verblichenen Poster der Mannschaft von Ajax Amsterdam zur Jahrtausendwende. Das Poster war der einzige Schmuck in dem seit der Renovierung ganz in Weiß, Blau und Haselnussbraun gehaltenen Büro.

Es war ein helles Büro geworden, viel Glas mit Lamellenjalousien, grüne Topfpflanzen, grauer Teppichboden, absolutes Rauchverbot. Auf dem Schreibtisch standen: das Telefon; eine Lampe mit verchromtem Schirm, alles funktional; ein Computer, ausgeschaltet; ein großer Aschenbecher, gefüllt mit Karamellbonbons und Stapeln offizieller Visitenkarten; vier Pappbecher mit Kaffee, unterschiedlich voll. Daneben lag die Sonntagsausgabe des *Telegraaph* mit der Schlagzeile *Moord in het Vondelpark* in leuchtendem Rot. Das Telefon klingelte nicht, und es regnete. Selbst der Regen wirkte weniger grau seit der Renovierung.

»Wie groß ist eigentlich ein Gnom«, fragte Inspecteur Vreeling.

»So groß wie ein zwölfjähriges Kind«, sagte Brigadier Tambur.

»Vielleicht war es ein Punk«, sagte Hoofdinspecteur Gallo, »ein kleiner zwölfjähriger Punker mit durchstochener Nase. Dem Mädchen – wie heißt sie noch? Beatrix? –, Bea ist irgendwas in seinem Gesicht aufgefallen, eine Art Piercing.«

Ähnlich wie der Regen war auch Ton Gallo, sechsundvierzig, schon lange vor der Renovierung des Präsidiums und der damit einhergegangenen Neuausrichtung der Corporate Identity der Polizei Teil von Van Leeuwens Arbeit gewesen: Kollege, Freund, Offizier und Gentleman. Statt der blauen Uniform mit der goldenen Reichskrone und dem horizontalen Streifen auf dem Schulterstück trug er lieber Levis, Turnschuhe, Rollkragenpullover und bei jedem

Wetter eine Pilotenjacke aus Büffelleder, die perfekt zu seinen ungekämmten blonden Haaren und den hellen, fast bernsteingelben Augen passte. Remko Vreeling, neunundzwanzig, gezeugt in Aruba und im Mutterbauch von den Niederländischen Antillen importiert, gehörte dagegen erst seit kurzem zur Kriminalpolizei, seit er Inspecteur geworden war. Sein Aussehen verschlug den Frauen immer wieder den Atem: glatte olivfarbene Haut, dunkelgrüne Augen, kurze schwarze Locken, Zähne, so weiß wie Schnee, ein Gesicht von ebenmäßiger Unschuld, das Ganze verpackt in weite, weich fließende Markenklamotten. Das reinste Model für Freizeitkleidung von *Tommy Hilfiger*, das sich nur vorübergehend in den Polizeidienst verirrt zu haben schien – Dekoration für die Mordkommision, wie er selbst bei seinem Antrittsbesuch gesagt hatte.

Blieb noch Julika Tambur, sechsundzwanzig, von der außer Van Leeuwen niemand viel wusste, weil sie sich wie eine Auster verhielt, wenn es um ihr Privatleben ging. Die Hülle diente der Abschreckung: Jeans, stonewashed und löchrig, ein schwarzes Muscle-Shirt, eine schiefergraue Lederjacke mit einem halben Dutzend Ketten und Reißverschlüssen, Stiefeletten mit eisenbeschlagenen Absätzen. Das korallenrote Haar stand in kleinen harten Strähnen vom Kopf ab. Sie war hübsch – große blaue Augen, eine kleine zarte Nase, ein kaum geschminkter Mund – und fast zu zart für eine Polizistin. Vielleicht deswegen die harte Schale, dachte Van Leeuwen, vielleicht fuhr sie darum so schnell ihre Stacheln aus. Ein Seeigel, keine Auster. Manche weigerten sich, mit ihr zu arbeiten, und wenn *er* sie nicht behielt, stand es schlecht um ihre Zukunft bei der Polizei.

»Haben wir auch brauchbare Zeugenaussagen?«, fragte er geduldig. »Gibt es schon einen Hinweis auf diese oder diesen Tic? Ist das ein Mädchen, ein Junge oder ein Hund? Hat sich jemand gemeldet, der den Jungen identifizieren kann? Habt ihr bei den anderen Dezernaten nachgefragt – bei den Vermissten, beim Rauschgift? Wer sind die Eltern des Toten?«

»Wir haben Sonntag«, wandte Gallo grimmig ein.

»Glaubst du, das interessiert die Taliban?«

»Seit wann kümmert es dich, was die Taliban denken?«

Niemand außer Van Leeuwen und Gallo nannte sie so, die humorlosen Asketen, die inzwischen überall das Sagen hatten, bei der Polizei, der Staatsanwaltschaft, den zugeordneten Behörden. Frisch von den Universitäten oder Polizeihochschulen, hatten sie alle Führungspositionen besetzt, ohne auch nur einen Tag Streife gegangen zu sein. Sie rauchten nicht, sie tranken nicht, und wahrscheinlich hörten sie auch keine Musik, nicht mal ein bisschen Vivaldi dann und wann. Sie schalteten ihre Handys niemals aus, operierten ohne Narkose, und wann immer sie den Mund aufmachten, sangen sie als Propheten der reinen Lehre die Psalmen von Integrität und Effizienz in der Polizeiarbeit. Van Leeuwen hatte sie als Erster so getauft, *Taliban*, und den Polizeipräsidenten nannte er *Ayatollah*, und wenn er dafür in die Hölle kam, war es Allahs Wille.

Van Leeuwen hatte nicht studiert. Er gehörte keinem Club an, keinem Kreis, keiner Verbindung. Er hatte keinen Stallgeruch. Niemand konnte ihn verstoßen oder ausschließen; er musste auf niemanden Rücksicht nehmen, und seine Pension war ihm sicher. Gallo hatte Recht – es kümmerte ihn nicht, was die Taliban dachten, aber als Vogelscheuchen waren sie durchaus zu gebrauchen.

»Euch sollte es interessieren«, sagte er. »*Wer tut denn so etwas* – Ton, das hast du gestern selbst gesagt. Ein Verbrechen wie das hier hat es in Amsterdam noch nicht gegeben, in ganz Holland nicht, und ihr könnt sicher sein, dass der Hoofdcommissaris euch genau auf die Finger schaut, und wenn einer von euch Mist baut, rollen Köpfe auf dem Marktplatz!«

Er betrachtete den Regen, der gegen das Fenster schlug. Oder vielleicht betrachtete er das Fenster und die Straße darunter, und der Regen war nur eine Zugabe, sorgte für die Atmosphäre am ersten Tag einer Morduntersuchung, wenn noch alles undurchsichtig und verschwommen schien. Aber die kleinen Rinnsale und zerlaufenden Tropfen auf der Scheibe waren gar nicht undurchsichtig. Dahinter konnte man die Straßenbahn sehen und die Haltestelle und die Ulmen an der Elandsgracht, von deren Ästen das Wasser troff. Man brauchte bloß aufzustehen und ans Fenster zu treten. Also nur ein ungenaues Bild, wie so viele.

Er knipste die Schreibtischlampe an. »Woher stammt der Junge?«, fragte er. »Amsterdam? Utrecht? Den Haag? Berlin? London? Wie heißt er? Und der Täter, wo kommt der her? Von hier? Oder war es ein Tourist, ein Mörder, der herumreist, vielleicht in ganz Europa?«

Gallo sagte: »Ich glaube nicht, dass er aus Amsterdam ist. Wir haben zwischen zwanzig und dreißig Morde pro Jahr, und in den meisten Fällen sind die Täter nicht von hier.«

Der Commissaris schlug den Bericht der Gerichtsmedizin auf.

»Warum musste gerade dieser Junge sterben? Kannte er seinen Mörder? War er ein zufälliges Opfer, oder wurde er absichtlich ausgesucht? Und wenn, hatte das mit ihm zu tun oder mit dem Täter? Passte er in einen Plan, oder war er der Anlass für einen Plan?«

»Wer hat noch gesagt, es ist besser, die Fragen zu kennen als die Antworten?«, warf Julika ein.

»Noch besser ist es, den zu kennen, dem man die Fragen stellen kann«, sagte Van Leeuwen.

»Mir gefällt besonders der herzliche Ton, in dem Sie diese Fragen stellen«, sagte Vreeling.

»Der Commissaris steht sonntags einfach nicht gern so früh auf«, sagte Gallo. »Du etwa?«

»Schon als Messdiener«, sagte Vreeling mit ausdrucksloser Miene.

»Er war nie Messdiener«, sagte Gallo. »Ich auch nicht.«

»Warum ist das wichtig, ob er einen Plan hatte oder nicht?«, wollte Vreeling wissen.

»Es ist wichtig, um sich in den Täter hineinzuversetzen«, sagte Van Leeuwen.

Gallo ergänzte: »Nur wenn wir wissen, warum dieses Opfer ausgewählt wurde und wie es auf das, was ihm zugefügt wurde, reagiert haben könnte oder sollte, können wir das Vorgehen des Täters nachvollziehen. Die Persönlichkeit des Mörders offenbart sich durch die Entscheidungen, die er trifft. Quält er sein Opfer lange, oder tötet er es schnell? Was wollte er sehen, hören oder fühlen? Wollte er sich darauf freuen, oder ist es einfach über ihn gekommen? Der planvoll agierende Täter verbringt meistens viel Zeit mit der Vorbereitung, packt Handschellen oder Fesseln ein und verwischt seine Spuren. So einer ist oft intelligent, redegewandt. Der Mörder ohne Plan dagegen geht bei seinen willkürlichen Überfällen ein hohes Risiko ein, das er nicht erkennt, weil er in einer Welt der Wahnvorstellungen lebt. Er neigt dazu, seine Opfer vorher bewusstlos zu schlagen und hinterher zu entstellen. Er ist leichter zu fassen.«

»Manchmal sitzt der Mörder auch einfach neben der Leiche und weint«, sagte Julika.

»Würgemale am Hals«, las der Commissaris vor. »Prellungen auf beiden Seiten des Brustkorbs. Der Kiefer ausgehebelt, der Gaumen von unten eingestoßen. Warum steht da nichts über meinen Splitter? Kratzspuren an der Innenseite des ...«

Seine Stimme erstarb. Stumm las er weiter. In den letzten Jahren hatte er sich oft gefragt, was in einer Stadt wie Amsterdam überhaupt noch ein Verbrechen war; alles schien erlaubt oder wenigstens geduldet. Das hier, dachte er, während er weiterlas, das wird niemand dulden, egal, wie man es dreht und wendet, niemand wird es ertragen.

»Keine Kleidungsfasern unter den Fingernägeln«, fuhr er schließlich fort, »auch keine Haut oder ausgerissenen Haare, also kam er nicht dazu, sich zu wehren. Alkohol und Spuren von Chemikalien im Blut, die genaue Analyse steht noch aus. Mageninhalt fast völlig verdaut, hatte offenbar seit Stunden nichts gegessen. Warum isst von den Kindern heutzutage keines mehr richtig? Das Herz war gesund, alle anderen Organe auch. Keine Krankheiten und keine Mangelerscheinungen. Der Schließmuskel hat versagt, als der Tod eintrat. Unterhose aus schlichter Baumwolle, oft gewaschen. Moment, da haben wir ja noch was: Spuren einer fetthaltigen Substanz an Hals und Kopf. Und ein Fingerabdruck auf der Haut über dem Adamsapfel. Habt ihr den schon durch den Computer laufen lassen?«

»Ohne Ergebnis«, antwortete Gallo, »bei uns genauso wie bei Europol. Wäre ja auch zu schön gewesen.«

Van Leeuwen klappte den Bericht der Pathologie zu und griff nach dem der Spurensicherung, der nur aus einer Seite bestand. »Am Tatort weder Fußabdrücke noch Hinweise auf die Art der Mordwaffe, und unsere DNA-Spezialisten gehen auch leer aus. Dieselbe fetthaltige Substanz auf der Kleidung des Jungen. Wieso steht da nicht, was das für eine Substanz sein soll? Niveacreme? Sonnenöl? Ah, da ist ja mein Splitter –«

Bambus, las er, mit mikroskopisch kleinen Partikelchen von getrocknetem Blut, Gruppe 0, genau wie das des Jungen. Aber das musste nichts bedeuten, schließlich hatte der Splitter unter dem Kopf des Mordopfers gelegen. Van Leeuwen schob auch diesen Bericht weg und trank den Rest des kalten Kaffees aus seinem Becher. Den Splitter verstaute er in einer der zahllosen kleinen, selten benutzten Schubladen in seinem Gehirn, zur späteren Verwendung. Er sagte: »Wir müssen den Schlüssel suchen, das ist alles.« Aber wo?, dachte er.

»Frag deinen Erfinder«, sagte Gallo.

»Wovon redet ihr eigentlich die ganze Zeit?«, fragte Julika. »Von was für einem Schlüssel? Welcher Erfinder? Ich habe noch nie etwas so Grauenhaftes gesehen, und ihr redet von Schlüsseln und Erfindern …«

»Jedes Verbrechen ist ein Loch, ein negativer Raum, und in dieses Loch passt ein Schlüssel«, sagte Van Leeuwen. »Der Erfinder hat das Loch geschaffen, aber nicht den Schlüssel entworfen. Trotzdem ist der Schlüssel im selben Moment da wie das Loch, irgendwo in der Nähe. Ich muss ihn nur finden, dann kann ich ihn in das Loch stecken und die Tür öffnen, hinter der er steht, der Erfinder. Dann wird aus dem negativen Raum ein positives Ereignis.«

»Was wäre das Leben ohne Hoffnung«, sagte Hoofdinspecteur Gallo.

Mein Leben, dachte Van Leeuwen, ohne es zu wollen.

5

Er ging zu Fuß. Manchmal nahm er die Straßenbahn oder den Bus, gelegentlich den Wagen, die Metro fast nie. Er ging meistens zu Fuß, sogar wenn es regnete wie heute. Amsterdam war eine gute Stadt für Fußgänger und Radfahrer. Es war auch eine gute Stadt für die Möwen, die über den Grachten schwebten, und für die Fischreiher in den Platanen am Ufer. Nach Anbruch der Dunkelheit lockte die Stadt vor allem die Fußgänger, und die Fußgänger lockten Bruno van Leeuwen.

Er verließ das Hoofdbureau van Politie und wandte sich zur Lijnbaansgracht. An der Straßenbahnhaltestelle gegenüber vom Präsidium stand der tote Junge. Er war allein. Er trug die roten Sneakers und die graue Bottom-down-Hose und die orangefarbene Wollmütze. Er sah Van Leeuwen nicht an.

Das Wasser der Gracht schimmerte matt, und auf der schwarzen Oberfläche trieben Hamburger-Schachteln und anderer Müll, der vom Koninginnedag übrig geblieben war. Der Regen fiel wie ein Schleier zwischen dem Präsidium und dem Busbahnhof gegenüber, und wenn der Verkehr innehielt und auch keine Straßenbahn vorbeifuhr, konnte Van Leeuwen ihn auf dem Wasser flüstern hören.

Er ging nicht immer dieselbe Route. An manchen Abenden nahm er sich die Parks vor, an anderen beschränkte er sich auf ein bestimmtes Viertel – die Gegend um den Dam, die Centraal Station, die Wallen mit den Nutten, Transvestiten und Chinesen, das Hafengebiet. Oft fuhr er ruhelos von einem Ende Amsterdams zum anderen, in leeren, erleuchteten Spätbussen und ruckelnden Straßenbahnen. Er hielt die Augen offen. Er dachte, wenn er da war, passierte vielleicht nichts. Wenn er sich zeigte.

Er überquerte die Prinsengracht und ging durch die schmalen Gassen der Altstadt. Überall lagen weggeworfene Einwegdosen, Fetzen von Pizzapappe und die Scherben zerbrochener Bierflaschen. Dampf stieg aus den Gullys auf. Die Neonröhren an den Häuserfassaden sprühten ihren unruhigen Glanz auf das nasse Pflaster. Inzwischen sahen manche Straßen im Zentrum aus wie die Barviertel von Liverpool oder Hongkong.

Der tote Junge stand allein im schmutzigen Neonlicht. Er hatte die Hände in die Hosentaschen geschoben und starrte mit blicklosen Augen vor sich hin.

Der Wind wehte kalt vom Hafen her, aber statt nach Algen oder Salz roch er nach Bier und Erbrochenem, nach scharfen Gewürzen und heißem Bratfett. Aus den offenen Türen der Kneipen, Cafés und Coffeeshops in der Warmoesstraat trieben Schwaden von süßem Rauch. Kleine Schilder versprachen *Magic Mushrooms*, *Herbs* und *Sex Stimulantien*, und in jedem Club wurde eine andere Musik aufgelegt, die bei Regen voller und schwerer klang. An den Fenstern hingen Poster mit dem Porträt von Che Guevara, und im winzigen Foyer des Hotels *Kabul* stapelten sich Backpacks und Schlafsäcke. Van Leeuwen bog auf den Dam, an dessen Ende die Centraal Station aufragte. Rechter Hand dümpelten die überdachten Boote der Grachtenrundfahrten an ihren hölzernen Stegen. Auf der gegenüberliegenden Straßenseite reihten sich billige Hotels an schäbige Pensionen, die am Sonntagabend schon wieder die *Vacancy*-Schilder eingeschaltet hatten. Auf jede Pizzeria folgten ein Souvenirladen, ein Sexshop, ein Geldwechsler, eine Fritten-und-Muschel-Bude, eine Stehkneipe und wieder das nächste Geschäft für Touristenkitsch. Der Regen wurde stärker, aber nicht stark genug, um den Boulevard leer zu fegen.

Rucksacktouristen drängelten sich vor den Fastfood-Buden. Die letzten englischen Wochenendbesucher standen in kleinen blassen Gruppen unter Clubmarkisen. Wendige Skater rollten zwischen Horden von Fahrradfahrern mit Regencapes über die Radwege.

In den schmalen Seitengassen lehnten Betrunkene in dreckigen Hauseingängen, und Kinder mit leeren Augen bettelten um ein paar Cent, bis sie genug für die nächste Spritze zusammenhatten.

Der tote Junge tauchte zwischen ihnen auf und verschwand wieder, reglos. Er schaute immer in Van Leeuwens Richtung, aber er sah ihn nicht an. Er sah überhaupt niemanden an, und niemand sah ihn. Es war gut, dass er die Mütze trug und nicht so herumlief, wie er gefunden worden war.

Van Leeuwen hielt sein Tempo und schaute den anderen Passanten ins Gesicht, bis er wusste, was er über sie wissen musste, und das ging schnell. Besonders schnell ging es bei den Kindern. Ein Blick genügte, und er wusste, ob sie sicher waren, und wenn nicht, ob sie noch gerettet werden konnten. Manchmal sah er nur, dass das Leben sie schon verloren hatte. Deswegen war er hier: Er trieb mit dem Strom der nächtlichen Passanten, um eine Witterung aufzunehmen, die Witterung des toten Jungen auf den Wegen, die dieser gegangen war. Vielleicht war der Junge mit dem Zug nach Amsterdam gekommen. Vielleicht suchte gerade jetzt auf den Bahnsteigen Tic nach ihm oder sonst jemand, der ihn vermisste. Vielleicht wartete sein Mörder dort auf den Zug, der ihn wieder aus der Stadt bringen sollte.

Vor einer Straßenbahnhaltestelle stand ein Feuerschlucker mit nacktem Oberkörper und fauchte Flammenzungen in den Regen. Ein Gruppe Afrikaner in Batikgewändern trommelte auf nassen Congas, Bongos und Tablas dunkle Rhythmen. Ein Saxophonist spielte für die Münzen in der Zigarrenkiste zu seinen Füßen. Jeder, der wollte, fand einen Zuschauer, einen Zuhörer. Es gab das passende Essen für jeden Hunger; jeder Durst konnte gestillt werden. Und manchmal öffnete sich eine Tür, wo es vorher keine gegeben hatte, und dahinter stand ein Erfinder, der den Durst neu erfand, den Hunger und das Bedürfnis, und alles auf eine Weise stillte, die noch nie da gewesen war.

Auf dem Bahnhofsplatz musste der tote Junge sich gegen den

Seewind stemmen. Der Platz war riesig, und der Junge ging auf den Eingang der Centraal Station zu, und plötzlich war er verschwunden. Van Leeuwen dachte, dass sein Anblick nicht so schlimm war, wenn er die Mütze trug.

Der Geruch nach Salz und Tang war jetzt stärker als alle anderen Gerüche. Die Uhr am linken Turm des mächtigen, auf Pfählen erbauten Backsteingebäudes zeigte Mitternacht. Van Leeuwen betrat die große Bahnhofshalle. Um diese Zeit verloren sich nur wenige Reisende unter dem schlecht beleuchteten Gewölbe. Die Geschäfte und Schnellimbisse waren längst geschlossen. In einigen Ecken hatten Obdachlose in Schlafsäcken ihr Nachtlager aufgeschlagen. Van Leeuwen durchquerte die Halle und nahm die erste Rolltreppe nach oben zu den Gleisen. Der Regen hatte seinen Trenchcoat aufgeweicht, und ihm war so kalt, dass er zitterte. Windböen fegten über die verödeten Bahnsteige. Auch das *Grand Café 1er Klas* war schon dunkel. Im trüben Licht der Lampen unter der Dachkuppel stand eine junge blonde Frau in einer roten Kunstlederjacke allein auf dem Bahnsteig, auf dem noch ein verspäteter Zug einfahren sollte.

Langsam ging Van Leeuwen auf die Frau zu, und von nahem sah er, dass die Frau noch ein Mädchen war. Das Mädchen zitterte genauso wie er. Außer der Kunstlederjacke trug sie einen kurzen schwarzen Rock und kniehohe Stiefel. Die Hände hatte sie in die Jackentaschen gesteckt, die Lippen waren blass vor Kälte. Das Mädchen hielt die Ellbogen fest gegen den Körper gepresst, und die Beine waren mit einer Gänsehaut überzogen. Auch ihr Nacken zitterte unter dem strähnigen blonden Haar. Tic, dachte Van Leeuwen. Das Mädchen sah ihn nicht an, die Augen waren auf die Gleise gerichtet, dorthin, wo der Scheinwerfer des Zugs aus der Nacht auftauchen musste.

»Hallo«, sagte er. »Wartest du auf jemanden?«

Das Mädchen drehte sich zu ihm um. Die Zähne hinter den blass gefrorenen Lippen bearbeiteten einen Kaugummi. Die Augen hatten das helle Blau von Gasflammen. Ein Blechring schmückte die rechte Braue, und unter dem linken Ohr verlief ein verschorfter Kratzer.

»Wie heißt du?«, fragte Van Leeuwen.

Das Mädchen sagte nichts. Sie hörte nicht auf zu zittern. Der Kaugummi erschien kurz zwischen ihren Lippen, und jetzt sah Van Leeuwen, dass das blonde Haar verschnitten war wie schlecht gemähtes Gras.

»Wie spät ist es?«, fragte das Mädchen. Ihre Stimme war heiser und brüchig.

»Es lohnt sich nicht, auf den Zug zu warten«, sagte der Commissaris.

Das Mädchen schwieg und schaute wieder auf die Gleise. Sie schwankte ein wenig, fing sich aber wieder.

»Weißt du, dass du auf 8687 Pfählen stehst?«, fragte Van Leeuwen. Das Mädchen versuchte ein Lächeln – ein verführerisches Lächeln, das misslang. »Und worauf stehst du?«

»Mozzarella und Tomaten«, sagte Van Leeuwen.

Eine blecherne Lautsprecheranlage verkündete die Einfahrt des Eurocity aus Madrid. Das Mädchen warf Van Leeuwen einen unruhigen Blick zu. »Willst du jetzt oder nicht?«

»Nicht«, sagte Van Leeuwen.

»Dann geh weg.«

Weiß und nass tauchte der Zug aus der Nacht auf und hielt. Die hydraulischen Türen schoben sich auf, und die Reisenden stiegen aus, fast alles Touristen und ein paar Geschäftsreisende. Das Mädchen sah nur die älteren an und nur die Männer; ihr Blick flog von einem zum anderen und taxierte sie und war gleichzeitig hilflos und hoffnungsvoll, aber überhaupt nicht einladend. Einige der Geschäftsleute gingen langsamer. Dann sahen sie, wie das Mädchen zitterte, und gingen wieder schneller, ohne sie anzusprechen. Die jungen unter den Touristen wirkten etwas beklommen und lachten erst wieder, wenn sie ein paar Schritte entfernt waren.

Van Leeuwen konnte sehen, dass das Mädchen von sich aus nicht den Mut aufbrachte, einen der Männer anzusprechen. Er konnte auch sehen, wie gern sie gewesen wäre wie die anderen, eine von den aufgeregten jungen Reisenden. Als der Bahnsteig sich geleert hatte, blickte sie auf ihre Stiefelspitzen; die linke zeichnete eine unsichtbare Figur auf den Beton. Er ging wieder zu dem Mädchen und sagte: »Folgendermaßen sieht's aus: Du hast kein Geld. Du hast keinen Platz zum Schlafen. Du hast den ganzen Tag noch nichts gegessen –«

»Ich habe keinen Hunger.«

»Du denkst nur, du hättest keinen Hunger. Du musst was essen.«

Das Mädchen warf ein kurzes Lachen weg. »*Du bleibst so lange hier sitzen, bis der Teller leer ist*, so in der Art?« Sie blickte ihn wieder an. »Erinnere ich dich an deine Tochter?«

Van Leeuwen zeigte dem Mädchen seinen Ausweis. Das Licht in den hellen Augen schien sich zusammenzuziehen und langsam zu erlöschen.

»Ich hab hier nur auf meinen Freund gewartet«, sagte das Mädchen, ohne einen Blick auf den Ausweis zu werfen.

»Wie heißt du?«

»Für jeden anders.«

»Gut.« Er griff nach einem der zitternden Arme und zog das Mädchen mit sich. »Komm mit, Tic, jetzt wird gegessen, und dann geht's ab ins Bett.«

»Tic? Wieso Tic?«

»Wie alt bist du?«

»Weiß ich nicht.«

»Spiel hier nicht die dumme Straßengöre.«

»Siebzehn.«

»Fünfzehn.«

»Von mir aus. Und – was hast du damit gewonnen?«

»Ein bisschen Wahrheit.« Van Leeuwen führte das Mädchen durch die Bahnhofshalle und hinaus auf den Platz. Es regnete noch immer, und ein Himmel aus rotem Dunst hing tief über dem Dam. Das Mädchen zog den Kopf ein, sperrte sich jetzt aber nicht mehr. Sie gingen, bis sie einen Schnellimbiss fanden, der noch geöffnet hatte. »Ich sag doch, ich hab keinen Hunger«, sagte das Mädchen.

»Wie du willst.« Van Leeuwen führte das Mädchen weiter über die Straße, die jetzt leer und still dalag. Auf der anderen Seite stand eins der vielen schmalen Hotels, die alle gleich aussahen. Eine gelbe *Vacancy*-Leuchtschrift neben dem Eingang; eine Steintreppe, die zu diesem Eingang führte; dahinter eine weitere Treppe aus Holz, deren steile Stufen unter Van Leeuwens Gewicht ächzten. Ein dünner Teppich wies den Weg zu einem Empfangstisch im ersten Stock. Zwei Sessel mit Brandlöchern im Polster flankierten einen nierenförmigen Resopaltisch. Es gab Messinglampen zu beiden Seiten des altersschwachen Aufzugs, eine Topfpalme und an den Wänden die üblichen Stiche von Amsterdamer Straßenszenen aus dem siebzehnten Jahrhundert, daneben hing ein Stadtplan aus dem letzten Jahr.

Van Leeuwen studierte die vergilbte Aufstellung der Zimmerpreise am Schlüsselbrett. Sie war kurz. Auf dem Empfangstisch stand eine Klingel, aber bevor er sie drücken konnte, erschien der Portier in der Tür des dunklen Zimmers hinter dem Tisch. Seine Augen waren klein und gerötet, und er fuhr sich mit einer Hand durch das dünne Haar, während er mit der anderen die oberen Hemdknöpfe schloss.

Das Mädchen schien erst jetzt zu begreifen, wo sie waren, denn es sagte: »Du bist wie alle anderen.«

»Was kann ich für Sie tun, Mijnheer? Mevrouw?«, fragte der Portier.

»Rate mal«, sagte das Mädchen.

»Wie viel Geld haben Sie?«, fragte Van Leeuwen den Portier.

»Wie bitte?«

Van Leeuwen sah das Mädchen an. »Was verdienst du normalerweise in einer Nacht?«

»Kommt drauf an«, sagte das Mädchen vorsichtig. »Hundert Euro?«

»Sie haben eine Kasse für Barzahler in der oberen Schublade«, sagte Van Leeuwen. »Geben Sie mir hundert Euro für das Mädchen und dann den Schlüssel für das Zimmer.«

»Was für ein Zimmer?«

»Ein Einzelzimmer«, sagte Van Leeuwen und zeigte dem Portier seinen Ausweis. Der Portier rührte sich nicht. Van Leeuwen sagte: »Eine polizeiliche Maßnahme.«

»Wir haben nichts frei«, sagte der Portier kühl.

Es geschah wie immer ganz plötzlich, dass Van Leeuwen wütend wurde. Er schlug mit der Faust auf den Tisch. Die Klingel hüpfte scheppernd auf das Telefon zu, dessen Hörer von der Gabel rutschte. Das Mädchen schrie überrascht auf, und der Portier erbleichte. Van Leeuwen beugte sich über den Empfangstisch, zog die oberste Schublade auf und deutete auf die kleine Metallkassette, die darin stand. Der Schlüssel steckte. »Hundert Euro und den Zimmerschlüssel«, sagte er.

Der Portier öffnete die Kasse, holte zwei Fünfzigeuroscheine heraus und legte sie auf den Tisch. Dann legte er einen Zimmerschlüssel dazu. Van Leeuwen nahm das Geld und steckte es dem Mädchen in die Jackentasche. »Für den Verdienstausfall«, sagte er. Als er nach dem Zimmerschlüssel griff, sagte der Portier: »Ich weiß, wer Sie sind, Commissaris. Ich habe Sie im Fernsehen gesehen, aber selbst Sie dürfen nicht alles. Diesmal sind Sie zu weit gegangen.«

Van Leeuwen sagte: »Ich gehe nie zu weit. Ich erreiche immer mein Ziel.« Er dirigierte das Mädchen zum Aufzug, denn die Zimmernummer besagte, dass sie in den vierten Stock mussten.

»Darf die Polizei das, jemandem einfach Geld wegnehmen?«, fragte das Mädchen, als sie in dem ratternden Aufzug nach oben fuhren.

»Ich schicke morgen einen Agent vorbei, der es dem Hotel erstattet«, sagte Van Leeuwen.

Das Zimmer war eine Dachkammer mit schrägen Wänden, einem emaillierten Waschbecken und einem Eisenbett mit einer dünnen, groben Wolldecke. Außer dem Bett gab es noch einen Schrank aus Mahagonifurnier und einen Stuhl, dessen Sitzfläche den roten Samtbezug kaum noch erkennen ließ. Eine kleine Nachttischlampe warf einen Lichtkreis auf das Kopfkissen des Betts.

»Und jetzt?«, fragte das Mädchen.

»Jetzt ziehst du dich aus und schläfst«, sagte Van Leeuwen.

»Willst du mir beim Ausziehen zusehen?«, fragte das Mädchen.

»Ich will dir beim Schlafen zusehen, Tic.«

»Wieso nennst du mich dauernd Tic?«

»Das ist der Name, den ich dir gegeben habe.«

»Und du willst wirklich nicht mit mir –«

»Nein. Ich habe eine Frau.«

»Das haben alle.«

»Nicht so eine wie ich«, sagte Van Leeuwen und setzte sich auf den Stuhl neben der Zimmertür, ohne den Trenchcoat aufzuknöpfen. Regen trommelte gegen die schwarze Luke in der Dachschräge.

Das Mädchen ließ sich auf das Bett fallen. Als sie ihre Stiefel auszog, kamen fadenscheinige rosafarbene Söckchen zum Vorschein. Die Beine waren dünn wie die eines Kindes und wachsblass. Die Achseln rochen schal, nach trockenem Schweiß. Unter der Kunstlederjacke trug sie nur ein Sweatshirt mit der Aufschrift *Pink*. Ihre Brüste waren klein, wie flache Birnen. Das Mädchen legte auch den Rock ab, und da schaute Van Leeuwen weg und sah erst wieder hin, als sie die Decke bis zum Hals hochgezogen hatte.

Das Mädchen warf ihm einen rätselhaften Blick zu, dabei knabberte sie an einem trockenen Hautfetzen auf der Unterlippe. Dann setzte sie sich auf, angelte ein Päckchen *American Spirit* und ein Plastikfeuerzeug aus ihrer Jacke und zündete sich eine Zigarette an, wobei sie sorgsam darauf achtete, dass die Decke nicht herunterrutschte. Das Haar hing ihr ins Gesicht, und der Schein der Feuerzeugflamme huschte über die blonden Strähnen. Das Mädchen inhalierte den Rauch tief und schnell und atmete ihn hastig wieder aus. Mit der freien Hand schob sie sich eine Haarsträhne hinter das linke Ohr, bevor sie Van Leeuwen von unten herauf ansah. »Willst du nicht doch?«

»Ich will nur, dass du dich mal in einem warmen Zimmer ausschläfst«, sagte er, »und morgen früh einen Kaffee trinkst, ohne dich wegen der Nacht schämen zu müssen.«

»Was bist du«, fragte das Mädchen, »der gute Mensch von Amsterdam?«

»Ja«, sagte Van Leeuwen.

»Ich heiße Esther«, sagte das Mädchen unvermittelt.

»Esther ist ein schöner Name«, sagte Van Leeuwen.

»Du findest, er passt nicht zu mir, oder?« Esthers Augen glänzten im Schein der Nachttischlampe. »Du findest, dass ich Mist baue mit meinem Leben, oder?«

Van Leeuwen schwieg.

»Wen kümmert das schon?«, sagte Esther. Sie drückte die Zigarette in dem kleinen Blechaschenbecher auf dem Nachttisch aus und ließ sich zurücksinken. Einen Moment lang lag sie mit offenen Augen da und schaute die Dachluke an. Dann schob sie einen Arm unter den Nacken und schloss die Augen.

»*Mich* kümmert es«, sagte Van Leeuwen, »und wenn ich dich noch einmal auf der Straße sehe, wirst du dir wünschen, dass du mir nie begegnet wärst.«

Esther sagte lange nichts, sodass er dachte, sie wäre eingeschlafen. Sie atmete ruhig und gleichmäßig. Auf einmal sagte sie mit leiser Stimme: »Hast du dir die Erde schon mal von oben vorgestellt, wie sie aussieht, wenn man aus dem Weltall auf sie runterschaut? Diese Kugel, auf der man nichts sieht als Blau, wo das Wasser ist, und Grau, das ist das Land, aber man sieht keine Städte oder so, nicht mal Länder – du weißt schon, wie bei diesen Fotos, die die Astronauten machen … Und dabei ist sie gar nicht winzig, sie ist riesengroß, und darauf wimmelt es von Menschen, stell dir die Millionen oder Milliarden und Abermilliarden Menschen vor; aber aus dem All, von da, wo die Fotos gemacht werden, sieht man die nicht, keinen einzigen, sie sind kleiner als die kleinste Ameise. Wenn du dir das vorstellst, wie kannst du dann glauben, dass es irgendetwas ausmacht, was ich mit meinem Leben anfange? Was irgendjemand mit seinem Leben anstellt!? Was ich denke, wovor ich Angst habe, das ist doch völlig egal von da oben aus betrachtet, total lächerlich!

Und noch was – sie ist so schön, wenn man sie so sieht, so blau und grau und rund, so vollkommen, und wenn du hier unten bist, ist alles Scheiße, alles nur Scheiße.«

»Schlaf jetzt«, sagte Van Leeuwen.

Etwas später schlief sie tatsächlich. Er betrachtete ihr erschöpftes, selbst im Schlaf nicht entspanntes Gesicht und dachte, dass es wie abgewandt wirkte, wie die Miene von jemandem, der für immer weggegangen war, ohne sich noch einmal umzusehen. Dann dachte er an Goya und daran, dass ihre Haltung ein bisschen an die nackte Maja erinnerte, aber nicht wie auf dem Gemälde, nicht so fleischlich. Eher glich sie einer sparsamen, hastig hingeworfenen Kohleskizze, die erst viel später vom Pinsel mit großzügigen Rundungen und lockendem Mienenspiel angereichert wurde – unfertig, ein Entwurf, der vielleicht nie vollendet werden sollte.

Van Leeuwen fragte sich, wann er sich das letzte Mal als Mann aus Fleisch und Blut gefühlt hatte, wann er zum letzten Mal eine Frau begehrt hatte. Wenn er jetzt eine nackte Frau sah, war es, weil er sie waschen und danach abtrocknen und ins Bett bringen musste. Er saß auf dem Stuhl, der etwas zu klein für ihn war, und wusste nicht, wohin mit seinem Zorn. Er wusste nicht einmal, dass er diesen ganzen Zorn in sich getragen hatte oder woher er kam.

6

Später sagte sich Van Leeuwen oft: Der Schlüssel lag vor dir, du hättest ihn nur aufheben müssen. Du warst der Tür so nah, und wenn du den Schlüssel gesehen und in das Schloss gesteckt und sie aufgesperrt hättest, wäre vielleicht alles zu einem besseren Ende gekommen – für dich, für das nächste Opfer und sogar für den Mörder. Aber vielleicht auch nicht; vielleicht hätte das Mädchen in dem Hotel ihm damals noch nichts gesagt.

Wie jedes Mal, bevor der Commissaris sein Haus an der Egelantiersgracht betrat, blieb er einen Moment lang auf der Straße stehen, schaute an der Patrizierfassade hinauf zu den jetzt schwach erleuchteten Fenstern unter dem spitzen Giebel und nahm seinen Mut zusammen. Geh nach Hause, dachte er, kehr heim. Steig die engen, steilen Treppen hinauf zum vierten Stock und tritt über die Schwelle deiner Wohnung. Das ist alles, mehr musst du nicht tun. Der Regen hatte aufgehört, aber von den Blättern der Ulmen tröpfelte es weiter. Das Licht der Straßenlaternen glänzte auf dem nassen Kopftsteinpflaster. Das Wasser im Kanal leckte mit leisem Schmatzen an den Ufermauern. Die Luft, die von der Gracht aufstieg, war kalt und roch nach Moder. Van Leeuwen seufzte. Manchmal erforderte es mehr Mut, nach Hause zu gehen, als eine Festung zu erstürmen, dachte er.

Simone schlief, gottlob, und Ellen saß auf der Couch im Wohnzimmer und tat, als läse sie schon seit Stunden die Schlagzeilen vom *Handelsblad*. Sie trug ein schwarzes Kleid aus einem Material, das im Licht der Stehlampe neben der Couch matt schimmerte. Sie las weiter, damit er merkte, dass sie gewartet hatte, erst dann blickte sie auf. Ihre Augen waren grün, und mit dem hellen Teint und dem rostroten Haar sah sie aus wie eine Bilderbuch-Irin. Van Leeuwen hatte Irland immer gemocht.

»Sie können jetzt gehen«, sagte er.

Sie legte die Zeitung neben sich, stand auf und strich das Kleid über den Hüften glatt. »Ich habe Ihnen die Telefonnummer von einem ambulanten Pflegedienst aufgeschrieben«, sagte sie. »Dort können Sie Ihre Frau morgens hinbringen und abends abholen. Der Zettel liegt neben dem Telefon.«

»Wollen Sie schon wieder hinschmeißen?«, fragte er.

»Es geht einfach nicht, dass Sie kommen, wann Sie wollen, und denken, hier ist alles in Ordnung, während Sie weg sind.«

»Aber dafür sind Sie doch da«, sagte er.

Ellen ging zur Tür, ohne ihre Lesebrille abzunehmen. Daran merkte er, wie zornig sie war. »Es ist halb zwei«, sagte sie. »Sie wollten um acht da sein.«

»Es tut mir leid«, sagte er. »Kann ich Sie mit einer Flasche Wein versöhnen? Ich hole schnell eine Tragetüte –«

Sie griff nach ihrem Trenchcoat, der in der Diele am Kleiderhaken hing, schüttelte ungläubig den Kopf und öffnete die Wohnungstür. Dann blieb sie kurz stehen, den Mantel in der Hand, und noch immer hatte sie die Brille nicht abgenommen. »Eines Tages vielleicht«, sagte sie, »wenn meine Lust, Sie umzubringen, weniger heftig ist.«

»Dass dieser Tag jemals kommt, ist unwahrscheinlich«, sagte Van Leuwen.

»Was wäre das Leben ohne Hoffnung«, sagte nun auch Ellen und zog die Tür ins Schloss, bevor er noch etwas erwidern konnte. Er legte seinen nassen Mantel ab. Dann ging er in die Küche und entkorkte die letzte Flasche Montepulciano. Er schenkte den Wein in ein Wasserglas und trank den ersten Schluck im Stehen. Ihr und eure Hoffnung, dachte er, was habt ihr bloß alle? Er hatte aufgehört zu hoffen, und es ging ihm gut damit, danke.

»Also gibt es keine Hoffnung?«, hatte er gefragt, nachdem der behandelnde Professor mit der engültigen Diagnose vom Berg der Verkündigung zu ihm herabgestiegen war, um ihm zu erklären, wie die Krankheit Simone unaufhaltsam immer weiter von ihm entfernen würde.

»Nein«, hatte der Professor geantwortet, »keine«, und so war es seitdem.

Natürlich hatte er die Hoffnung nicht sofort verloren. Wann immer seine Arbeit es gestattete, hatte er Simone zu ihren Untersuchungen begleitet, war mit ihr von Arzt zu Arzt gegangen und hatte lange Stunden in der Cafeteria des Universitätskrankenhauses gewartet. Aber jedes Mal, wenn er hineingerufen worden war zu dem neuen Arzt, dem nächsten Spezialisten oder wenn er gesehen hatte, wie sie zurückkam, war der Geschmack auf seiner Zunge bitterer geworden, war wieder etwas von dieser Hoffnung verschwunden.

»Es ist, als ginge sie sich selbst verloren«, hatte der Professor gesagt. »Sie spürt, wie sie leer wird. Sie versucht, es aufzuhalten. Aber ihr Leben rinnt ihr zwischen den Fingern hindurch, und während sie es aufzuhalten versucht, vergisst sie, was sie tut und warum. Das macht sie wütend und traurig und jagt ihr schreckliche Angst ein. Aber bald wird es sie nicht mehr wütend oder traurig machen, weil sie auch ihre Gefühle vergisst, und wer Sie sind, weiß sie dann schon lange nicht mehr. Dann hat sie auch keine Angst mehr. Es gibt für sie nur noch den winzigen weißen Punkt der Gegenwart.«

»Aber sie ist doch erst fünfzig«, hatte Van Leeuwen gesagt. »Sie ist doch noch nicht so alt!«

Keine Hoffnung. Aber natürlich gab es noch das Glück, die Möglichkeit einer glücklichen Fügung.

Am Anfang, bevor sie zu all den Ärzten gegangen waren, hatte Van Leeuwen die Veränderungen, die mit seiner Frau vorgegangen waren, gar nicht bemerkt. Sie vergaß einen Termin, verwechselte einen Tag oder suchte nach einem Wort – *ging ihm genauso*. Sie musste einen Artikel mehrmals lesen, um sich daran zu erinnern, was drin stand – *weiß Gott, das kannte er*. Manchmal konnte sie sich nicht mehr an den Namen eines Freundes erinnern, aber wer wollte sich die schon alle merken? Sie kaufte Tomaten ein, ohne sie zu essen, und am nächsten Tag noch mehr Tomaten, die sie zu den alten legte. Ich verkalke allmählich, murmelte sie; aber er war älter.

Sind wir denn wirklich schon alt, hatte er sich verwundert gefragt. Wann denn – wann sind wir alt geworden?

Allerdings hatte *er* keine Schwierigkeiten, die Wagenschlüssel zu finden, die seit jeher bei den Ersatzschlüsseln für Wohnung, Keller und Briefkasten und dem lästigen Münzgeld in der Kristallschale auf der Dielenkommode lagen, wenn sie nicht gerade im Zündschloss des Alfa steckten. *In der Jackentasche*, hatte er Simone zugerufen, als er sie suchen sah, *die gelbe Wildlederjacke*, und da waren sie auch gewesen, beim ersten Mal. Er wusste noch, dass es beim ersten Mal die gelbe Wildlederjacke gewesen war.

Er benötigte auch keine unleserlich hingekritzelten Gedächtnisstützen auf unzähligen Zetteln, die bald den Tisch in ihrem Arbeitszimmer bedeckten, im Alfa auf den Bodenmatten lagen oder zusammengeknüllt in ihren Taschen steckten. Zettel, auf denen er mühsam Unverständliches zu entziffern begann, *Auto steht links vom Haus an Gracht, braun, nach rechts fahren bis Brücke, dann links hinter Brücke* oder *Connie mit Namen begrüßen (Sekretärin)*.

Eines Tages waren keine neuen Zettel mehr hinzugekommen.

Eines Tages – nein, genauer: eines Abends – war Simone in ihrem Arbeitszimmer verschwunden, aber Van Leeuwen hatte die elektrische Schreibmaschine, die sonst sofort zu rattern begann, nicht gehört, zwei Stunden lang, bis er nachschauen ging. Seine Frau saß an ihrer mit Zetteln übersäten Arbeitsplatte, im Licht der Schreibtischlampe, und sah hilflos zu ihm auf. »Ich weiß nicht, was ich tue«, sagte sie. Auf ihren Wangen glänzten Tränenspuren.

»Niemand, der für den *Telegraaf* schreibt, weiß das«, brummte er, aber jetzt konnte er nicht länger so tun, als wäre alles in Ordnung. Das konnte er auch nicht mehr, als sie anfing, länger und länger zu schlafen, und gleichzeitig aufhörte, zu essen. Sie vergaß die Mahlzeiten, und sie schien von sich aus keinen Durst mehr zu verspüren, und als wäre all dies Vergessen überaus anstrengend, entkam sie ihm durch noch mehr Schlaf. Sie versäumte Termine. Sie begann plötzlich zu weinen und bekam genauso plötzlich Wutanfälle, die im nächsten Moment schon wieder vergessen waren.

»Halt mich fest!«, flehte sie eines Abends, und er ging zu ihr und hielt sie fest. »Ich falle«, sagte sie. »Lass mich nicht fallen. Vergiss mich nicht. Lass mich nicht allein.« Er wusste nicht, was er sagen sollte, aber er hielt sie fest. Ihm schien, als wäre sie etwas wärmer als sonst, aber auch etwas fester; als wäre ihr Körper weniger weich. Sie spannte alle Muskeln an, wie eine Katze in Panik, und er hatte ein seltsames Gefühl: In seinen Armen wurde sie zu dem weißen Punkt, von dem der Arzt gesprochen hatte. »Ich halte dich ganz fest«, sagte er.

Sie sah zu ihm auf, stellte sich dann unerwartet auf die Zehenspitzen und küsste ihn auf die Lippen. Auf diese Weise hatte sie ihn schon lange nicht mehr geküsst: Es war ein leidenschaftlicher Kuss voller Verlangen und voll von einer Lust, die er längst vergessen geglaubt hatte. Später in der Nacht kehrten diese Lust und das Verlangen zurück. Sie brannten in Simones Körper und steckten Van Leeuwen an. Sie konnten nicht aufhören, sich zu lieben, und selbst als sie schon völlig leer und erschöpft waren, kehrten immer wieder Umarmungen und Küsse zu ihnen zurück, wie auslaufende Wellen, die noch einmal über sie hinwegspülten.

»Bruno«, flüsterte sie, »Bruno.« Er lag neben ihr mit zerrissenem Herzen, und er wusste, dass sie mit ihm eben auch ein letztes Mal die Vergangenheit umarmt und losgelassen hatte, das Leben, wie es einmal für sie gewesen war, ihr Leben und ihn.

Noch immer nackt und zitternd setzte sie sich auf. Ihre Haut war feucht von Schweiß. Sie zog die Beine an, schlang die Arme um die Schenkel und ließ ihre Stirn auf die Knie sinken. Das Haar, das sie damals noch lang getragen hatte, fiel ihr über die Arme bis hinunter zu den lackierten Zehennägeln. »Auf Wiedersehen, Bruno, Liebster«, sagte sie zu ihrem Schoß.

»Mein Herz«, sagte er.

»Ich bin bald nicht mehr da«, sagte sie.

Danach redete sie immer seltener und benutzte dabei immer weniger Wörter, und was sie sagte, hatte fast keinen Zusammenhang mehr. Nein, er konnte nicht mehr so tun, als wäre alles in Ordnung.

Schon gar nicht konnte er so tun, als wäre alles in Ordnung, seit sie angefangen hatte, sich zu verlaufen. Sie verließ das Haus und vergaß, wohin sie wollte, und fand nicht mehr zurück, und dann klingelte das Telefon in seinem Büro, und am anderen Ende der Leitung war ein Streifenpolizist oder ein Zeuge Jehovas oder ein Taxifahrer oder sonst jemand, der sie herumirren gesehen und seine Nummer auf einem der Zettel in ihrer Tasche gefunden hatte. Manchmal fanden sie auch andere Zettel mit den Nummern eines ehemaligen Kollegen in der Redaktion oder einer der allmählich weniger werdenden Freundinnen. Aber am Ende riefen doch alle ihn an, und er fuhr los und holte sie ab. Das war, bevor er Ellen engagiert hatte, die seine Frau betreuen sollte. Bevor er das Armband mit der Plakette anfertigen ließ, wie für ein frei laufendes Haustier.

Und jetzt stand er allein in der halbdunklen Küche, um zwei Uhr morgens, und trank nur deswegen im Stehen, weil er sogar zu müde war, sich einen Stuhl unter dem Tisch hervorzuziehen. Er hielt schon das zweite Glas in der Hand, ohne darauf zu achten, dass er drauf und dran war, sich zu betrinken. Wie lange noch?, dachte er.

Vor ein paar Wochen war er abends nach Hause gekommen – zu der Zeit, als Ellen es manchmal nicht mehr ausgehalten hatte und Simone einfach ins Bett steckte, bevor sie wegging, ohne auf ihn zu warten –, und da saß sie in der Küche: Seine Frau saß im Morgenrock in der Küche an diesem Tisch hier, vor sich einen Teller mit nichts als wildem Reis, halb gar gekocht. Mit der Gabel sortierte sie die dunklen Körner aus, die schon einen kleinen Haufen neben dem Teller bildeten. Der Reis war längst kalt. Und während sie ein schwarzes Korn zu den anderen legte, lächelte Simone ihn an, wie nur sie lächeln konnte. »Kann nicht essen«, sagte sie.

Und erst eine Woche war es her, dass er sie wie jeden Sonntag gewaschen und angezogen hatte, um mit ihr spazieren zu gehen an einem frischen Apriltag, der nach Mantel, Mütze und Schnürschuhen verlangte. Nur dass sie keine Schnürschuhe mochte und sich mit sanftem, aber unerbittlichem Starrsinn weigerte, sie anzuziehen. Schließlich gab er auf. Zufrieden verschwand sie im Schlafzimmer, um sich andere Schuhe zu holen.

Schon früher, als sie noch gesund gewesen war, konnte es dauern, bis sie die richtigen Schuhe ausgewählt hatte. Doch an diesem Sonntag vor einer Woche kam sie eine halbe Stunde lang nicht wieder, und als ihm zu guter Letzt der Geduldsfaden gerissen und er nachsehen gegangen war, hatte er sie auf dem Teppich sitzend gefunden, inmitten dutzender Schuhe, seiner und ihrer. Der ganze Boden war mit Schuhen bedeckt, und alle, die Schnürsenkel hatten, waren miteinander verknotet.

Ihre Füße in den bunten Socken sahen so schutzlos aus.

Ihm war, als sackte sein Herz ein kleines Stück. Dein Gesicht, dachte er. Erst in diesem Moment hatte er bemerkt, welche Veränderung ihr Gesicht zeigte. Es war in unsäglicher Traurigkeit erstarrt. Im Dämmerlicht des Schlafzimmers sah es aus, als hätte sich jegliches Leben daraus zurückgezogen. Ein Ölgemälde, dachte er, von einer kauernden Frau, deren Gesicht jemand mit Terpentin entfernt hatte.

Einen Moment später war sie aufgestanden, hatte lächelnd alle Schuhe auf die Bettdecke gehäuft und war dann mit der zusammengerafften Decke und den Schuhen zur Tür gestapft. »Gehen wir jetzt?«

Plötzlich war Simones Krankheit auch für ihn Wirklichkeit geworden, *ihre Wirklichkeit*. Er versuchte sich vorzustellen, wie es war, wenn man einen Artikel las, den man selbst geschrieben hatte, ohne sich daran erinnern zu können. *Warum steht mein Name darunter, ist das ein Versehen? Simone van Leeuwen bin ich, aber das habe ich nicht geschrieben. Ich bin doch Simone van Leeuwen. Wer ist Simone van Leeuwen?*

Er versuchte sich vorzustellen, was sie empfand, wenn sie spürte, dass sie sich veränderte, auf eine Weise, die sie niemanden merken lassen durfte. Dass das eigene Leben ihr fremd wurde, der Alltag zum Irrgarten. Wie fühlte man sich, wenn man mit kleinen Schritten, aber unaufhaltsam die Welt wieder verlassen musste, die man sich als Kind erobert hatte? Wenn man die Worte verlor, die eigenen Gedanken nicht mehr zu fassen bekam? Was dachte sie, wenn sie in ihren Taschen lauter Zettel fand, bekritzelt mit geheimnisvollen Anweisungen?

Du musst essen und trinken.

Was war in ihr passiert, als sie – irgendwann, unvermittelt – erkannte, dass sie die falsche Gracht entlangging, ohne zu wissen, wann sie die richtige verlassen hatte? Es musste die falsche sein, denn es gab dort nichts, was sie kannte; nichts, weswegen sie hergekommen war. Wohin wollte ich überhaupt, und *was* wollte ich da? Wie komme ich wieder zurück in eine Gegend, die ich kenne? In welcher Stadt bin ich, in welchem Land? Er versuchte sich die jähe Verlorenheit vorzustellen, die abgrundtiefe Furcht. Wo ist mein Haus, meine Wohnung, mein Bett? Wer wartet dort auf mich?

Er sah sie auf der Straße stehen, reglos. Sah die Verwirrung auf ihrem Gesicht. Sah ihre Augen, in die Besorgnis trat, dann Angst. Er wollte sie in den Arm nehmen, ihre Hand ergreifen, um sie zu führen. Um sie festzuhalten, wie er es versprochen hatte. Der Drang war so stark, dass er die Berührung spüren konnte, die nicht stattgefunden hatte, denn dieser Moment lag lange zurück, und er, Van Leeuwen, war nicht da gewesen.

Er hatte sich in Mörder hineinversetzt.

Und so stand er jetzt allein in der Küche, um zwei oder halb drei oder drei Uhr nachts, und die Wohnung war dunkel wie der sternenlose Himmel vor dem Fenster. Etwas Helligkeit glomm über der Stadt, aber eigentlich war das kein Licht, es war nur Elektrizität. Er brauchte weder das eine noch das andere, um sehen zu können; er brauchte nicht einmal ein Fenster.

Im Schlafzimmer schlief Simone, und draußen in den Häusern an den Straßen und Grachten der Stadt schliefen die, die ihm anvertraut waren, die er beschützen oder ihrer Bestrafung zuführen musste, die Arglosen und die Skrupellosen und die Kinder, Jung und Alt. Sie träumten und schliefen, allein oder miteinander oder für immer, während der Regen langsam weiterzog und der Himmel aufklarte, und bald würden die Ersten aufstehen und ihrer Arbeit nachgehen, so wie auch die Möwen aus ihrem Schlaf erwachten, im Jordaan, an der Oude Zijde und der Nieuwe Zijde und in den anderen Vierteln von Amsterdam und noch weiter außerhalb, auf dem Land, wo die Nacht noch dunkler gewesen war, in Delft, Haarlem oder Zandvoort, und keiner wusste, wie er hier gestanden und getrunken und darum getrauert hatte, dass er sich in jeden hineinzuversetzen vermochte, selbst in den Schlimmsten unter ihnen, aber nicht in die Frau, die er liebte und die gerade hinter ihm im Schlafzimmer schlief.

Er trank das Glas leer. Der Wein schmeckte anders, wenn man ihn nicht sah. Van Leeuwen fragte sich, ob es wirklich sein Schicksal gewesen war, dass er Polizist und schließlich Commissaris werden musste, verheiratet mit einer Frau, die ihn immer wieder aufs Neue vergaß.

Er fragte sich, ob er für irgendjemanden eine Hoffnung darstellte, für Esther oder Julika oder vielleicht sogar für Ellen, ob er ganz unvermeidlich zu jemandes Schicksal gehörte; ob es außer Simone noch einen Menschen gab, der etwas von ihm erwartete und den er nicht enttäuschen durfte.

Dann dachte er, dass er am nächsten Tag wieder früh aufstehen musste, weil es wieder einen Mörder in der Stadt gab. Er drückte den Korken in den Flaschenhals, stellte die Flasche in den Kühlschrank und ging mit den sicheren Schritten eines Mannes, der trotz allem wusste, was er tat, durch den Korridor ins Schlafzimmer und dann ins Bett.

7

Am Morgen war die Luft warm, wie es sich für Mai gehörte, und als Van Leeuwen das Haus verließ, war das Pflaster schon getrocknet, bis auf die Feuchtigkeit in den Ritzen zwischen den Steinen. Der Wind roch nach dem Meer hinter den Deichen. Die Sonne und das Wasser in der Gracht teilten sich denselben Messingglanz, und die Möwen sichelten blendend weiß über einen Himmel wie aus blauem Porzellan.

Van Leeuwen ging im Schatten der Ulmen die Egelantiersgracht entlang. Das sommerliche Wetter hatte auch auf Ellen einen positiven Einfluss. Vorübergehend versöhnt, war sie pünktlich auf die Minute und wesentlich frischer als er selbst bei ihm aufgetaucht, um ihm seine Frau abzunehmen, bevor sie aufwachte. Er hatte versprechen müssen, diesmal pünktlich heimzukommen oder zumindest anzurufen, falls er sich verspäten sollte, und jetzt, auf der Straße vor seinem Haus, hatte er den Kopf frei für den Mörder vom Vondelpark.

Er ging mit raschen Schritten, ohne zu hasten. Er achtete auf seinen Weg, bemühte sich, alles zu sehen, auch wenn es ihm vertraut war. Die Giebelsteine der Häuser aus dem siebzehnten und achtzehnten Jahrhundert spiegelten sich auf der Oberfläche des Kanals. Die Galerien, Druckereien und anderen kleinen Handwerksbetriebe längs der Straße hatten schon die Arbeit aufgenommen. In den Höfen hallten Hammerschläge und Sägen, und wenn der Wind sich legte, roch Van Leeuwen das Aroma frisch gekochten Kaffees. Er fragte sich, ob der Mörder Kaffee mochte und wie er ihn trank.

Er überquerte die kleine Brücke und ging auf der anderen Seite des Kanals weiter bis zur Prinsengracht. Auf den Planken der Hausboote längs der Kaimauer schimmerten Regenpfützen, und von den Bäumen gefallene Äste hingen an den Ankertauen. Vielleicht wohnte der Mörder auf einem Hausboot. Van Leeuwen versuchte, seine Stadt mit den Augen von jemandem zu sehen, der einen neuen Mord erfunden hatte.

Er ging vorbei an der kleinen Porzellanmanufaktur und an seiner Lieblingsconfiserie, an einem Maleratelier, einem *bruin café*, einem Blumenladen, einer Werbeagentur und Simones Secondhand-Boutique, alle noch verriegelt und verrammelt. Er ging jetzt schneller, als erwachte mit der Nähe zum Präsidium sein Jagdeifer. Von der Prinsengracht bog er beim Jordaan Garten in die Elandsgracht. Von dort aus konnte er schon die blaue Flagge auf dem Dach des Hoofdbureaus sehen.

Auch heute noch erfüllte ihn der Anblick dieser Fahne, das strahlende Blau der Polizei von Amsterdam-Amstelland, mit Stolz – demselben Stolz, den er schon am ersten Tag seiner Ausbildung verspürt hatte, als er in der Uniform des Aspiranten mit nichts als einem einzigen goldenen Streifen auf dem Schulterstück seines hellblauen Hemds zum Dienst angetreten war. Und dieser Stolz hatte ihn niemals mehr verlassen, während die Zahl der horizontalen Streifen auf den Schulterstücken gewachsen war, zwei für den Rang des Surveillant, dann drei für die Ernennung zum Agent und schließlich vier für die zum Hoofdagent.

Als er Brigadier geworden war, hatten zwei goldene Lorbeerblätter, eine kleine Reichskrone und ein Schwert die Streifen ersetzt, die wiederum am Tag der Beförderung zum Inspecteur einer einzigen goldenen Krone gewichen waren. Die Krone hatte er mit demselben Stolz auf der Schulter getragen wie den einen schlichten Streifen. Jetzt, als Commissaris, begleitete ihn diese Krone – ergänzt durch ein geschwungenes Lorbeerblatt – nur noch, wenn er zu offiziellen Anlässen seine Uniform als Polizeioffizier der Königin anlegte.

Der Stolz jedoch war geblieben. Er schimmerte vielleicht etwas matter, konnte hin und wieder ein bisschen Politur vertragen, aber er war da: geboren aus dem Wissen, etwas Nützliches zu tun.

Drei Minuten später stand der Commissaris unter den ausladenden Platanen vor dem Tor des Hoofdbureaus an der Elandsgracht 117. Das Präsidium war ein kantiges, wuchtiges Backsteingebäude mit weißen Fensterrahmen und blauen Sonnenblenden, das man von zwei Seiten mit dem Wagen erreichen konnte oder von der Singelgracht aus mit dem Boot. An der Fassade prunkte ein Steinrelief, die Reichskrone, die von zwei Löwen gehalten wurde.

Auf der anderen Straßenseite, hinter dem Busbahnhof, erhob sich das Europarking, ein mehrstöckiges Parkhaus, von dessen oberstem Deck aus der Blick auf die Dächer der Stadt bis zur Centraal Station und dem Nordseekanal reichte. Das überdachte Stockwerk darunter hatte die Polizeibehörde für ihre Offiziere gemietet. Es war abgesperrt und videoüberwacht, und seit Simones Zustand sich verschlechtert hatte, ließ Van Leeuwen den Alfa lieber hier stehen statt vor dem Haus in der Egelantiersstraat.

Nur der Polizeipräsident, Hoofdcommissaris Jaap Joodenbreest, hatte einen eigenen Parkplatz im Präsidium, und eben dieser Hoofdcommissaris verspürte schon eine unbezähmbare Sehnsucht nach Van Leeuwen, wie Ton Gallo den Commissaris umgehend wissen ließ, als er sein Büro betrat. »Der Ayatollah hat schon zweimal angerufen, und beim letzten Mal klang seine Stimme, als wäre er kurz davor, seinen Turban aufzufressen.«

»Allah ist groß«, sagte Van Leeuwen.

Das Büro des Hoofdcommissaris befand sich auf demselben Stockwerk am Ende eines holzgetäfelten, mit Parkett ausgelegten Gangs, der eher zu einer Bibliothek zu führen schien als zum Schreibtisch des Oberfehlshabers aller Polizisten und Polizistinnen des Distrikts Amsterdam-Amstelland. Zwei hölzerne Schwingtüren mit Glaspaneelen öffneten sich automatisch, als Van Leeuwen die Lichtschranke durchschritt. Er marschierte den halbdunklen Flur entlang und klopfte an die Tür mit dem Schildchen *Hoofdcom-*

missaris Jaap Joodenbreest. »Herein, herein!«, rief die Stimme des Hoofdcommissaris.

Van Leeuwen gehorchte. Das Büro roch nach Holzpolitur und Rückständen eines starken Aftershaves. Durch das blitzblank geputzte Fenster flutete so viel Licht herein, dass Van Leeuwen den Hoofdcommissaris nur als schmalen Schattenriss hinter seinem Schreibtisch erkennen konnte. Unter dem Fenster lag der Innenhof mit einem künstlich angelegten Mischwald, in dem ein holzgeschnitzter Fischreiher, ein reetgedeckter Pavillon und zwei Steinmonolithen etwas verloren zwischen immergrünen Bäumen und Farnen standen.

»Setz dich doch«, sagte der Hoofdcommissaris.

»Danke«, sagte Van Leeuwen und blieb stehen. Obwohl draußen helllichter Tag war, brannten an der Decke des Raums zwei fahle Leuchtstoffröhren. Sämtliche Einrichtungsgegenstände – Stühle, Aktenschrank, Schreibtisch und Konferenzecke – strahlten die karge Funktionalität von modernem Büromaterial aus, Glas, Holz und dunkles Leder. Den einzigen Farbtupfer bildete das Modell eines Streifenwagens neben dem Telefon, das sich an der makellos polierten Schreibtischplatte festgesaugt zu haben schien wie ein blauweiß-roter Blutegel. An der Wand hinter dem Schreibtisch hing das Emblem der Polizei von Amsterdam, ein gezücktes Schwert auf einem offenen Buch.

Der Hoofdcommissaris saß leicht vornübergebeugt, als wäre er sich selbst im Sitzen seiner Größe von einem Meter neunzig bewusst. Er trug seine mit Litzen, Knöpfen und Bordüren verzierte Amtsuniform, die bei jeder Bewegung blinkte und funkelte, sodass er aussah wie ein mit Lametta geschmückter blauer Weihnachtsbaum bei schwachem Wind. Seine schwarzen Slipper waren so lange gewienert worden, bis sie an die lackierten Hufe eines Rennpferds erinnerten. Sein Haar war semmelblond, und seine Haut wirkte stets leicht gerötet. Sein Lächeln hätte auf die Schneide einer Rasierklinge gepasst. »Wie geht es deiner Frau?«, fragte er.

Van Leeuwen antwortete nicht, denn er wusste nie, wie er über Simones Zustand reden sollte, ohne ein Gefühl des Verrats zu verspüren.

»Gibt gute und schlechte Tage, wie?«, meinte der Hoofdcommissaris. »Da fällt mir ein Gedicht ein, von Bob Dylan, kennst du bestimmt – *Geh nicht so sanft in diese gute Nacht* … oder so ähnlich.«

»*Das Alter soll lodern, rasen, wenn der Tag sich senkt*«, fiel Van Leeuwen ihm rasch ins Wort, denn er ertrug es nicht, diese Zeilen aus dem Mund des Hoofdcommissaris zu hören, »*so wüte, wüte doch, dass man das Licht dir umgebracht* … Dylan Thomas, Jaap. Das war der ohne Mundharmonika.«

»Wie auch immer.« Ein kurzes Räuspern. »Ist wahrscheinlich so oder so kein Spaß, alt zu werden.«

»Sie ist noch nicht alt«, sagte Van Leeuwen.

Die Stimme des Hoofdcommissariss verlor alle Jovialität. »Und du, Bruno? Wie steht es bei dir mit Lodern und Rasen? Gestern in dem Hotel am Bahnhof, da hast du ja wohl ein bisschen über die Stränge geschlagen, nicht? Requirierst ein Zimmer, langst in die Kasse –«

»Ich wollte gleich jemanden mit dem Geld hinschicken.«

»Der Hotelmanager hat gedroht, Dienstaufsichtsbeschwerde gegen dich einzureichen«, unterbrach ihn der Hoofdcommissaris, »und ich kann ihm das nicht mal verdenken! Was war das überhaupt für ein Mädchen? Eine kleine Nutte, wenn ich das richtig verstanden habe, noch minderjährig, oder? Du hast es doch nicht etwa mit ihr getrieben da oben in der Kammer unter dem Dach? Bei allem Verständnis für deine Situation zu Hause –«

»Sie hat mir leidgetan«, sagte Van Leeuwen. »Das war alles.«

»Eine Nutte braucht einem nicht leidzutun«, sagte der Hoofdcommissaris im besten Talibanton. »Niemand hat sie zu dem gezwungen, was sie tut – es war schon immer in ihr drin, und es hat nur auf jemanden gewartet, der es freilegt. So wurde sie geboren, so wird sie sterben, und du kannst daran nichts ändern, genauso wenig, wie du einen Gletscher ändern kannst.«

»Inschallah«, murmelte Van Leeuwen.

Die Stimme des Hoofdcommissaris wurde leiser. »Ich mag dich, Bruno«, sagte er. »Du bist ein Fossil, der Letzte seiner Gattung, ein analoger Mann in einer digitalen Welt sozusagen. Du stehst irgendwie unter Artenschutz. Ich bin weder herzlos noch blind für deine Erfolge. Aber wenn wir da nicht den toten Jungen im Vondelpark hätten, den du dir so öffentlichkeitswirksam unter den Nagel gerissen hast, würde ich dich trotzdem auf der Stelle vom Dienst suspendieren, und glaub mir, beim nächsten noch so winzigen Abweichen vom Dienstweg bist du fällig! Wie weit bist du überhaupt inzwischen mit dem Fall? Wissen wir schon, wer der Junge war?«

Van Leeuwen trat innerlich einen Schritt zurück und dann noch einen und noch einen, bis er sich nicht mehr im Büro des Polizeipräsidenten befand, obwohl seine leibliche Hülle noch einige Minuten Rede und Antwort stehen musste.

»Wissen wir inzwischen, wer der Junge ist?«, fragte er seine versammelte Mannschaft, sobald Seele und Körper wieder vereint in seinem eigenen Büro an ihre Arbeit gehen konnten. »Haben sich schon irgendwelche Zeugen gemeldet?«

»Nein, aber ich habe mich ein bisschen im Internet umgesehen«, sagte Julika, »nach Fällen, die Parallelen zu unserem aufweisen.«

»Unter welchem Suchbegriff?«, wollte Vreeling wissen.

»Kinder«, antwortete Julika. »Kinder als Opfer oder Kinder als Täter. In Deutschland gab es eine Mordserie, für die ein so genannter *schwarzer Mann* verantwortlich sein sollte. Er trieb sein Unwesen meistens in der Nähe von Jugendherbergen oder bei Open-Air-Konzerten. Bisher werden ihm fünf Morde an Kindern zugeschrieben, außerdem sexueller Missbrauch von mindestens vierzig weiteren Jungen.«

»An unserem Opfer gibt es keine Spuren von sexueller Gewalt«, sagte Gallo. »Außerdem haben die Zeugen den möglichen Täter nicht als schwarz, sondern als *weiß* beschrieben, kalkweiß, um genau zu sein.«

»Gehen wir denn von einem Serientäter aus?«, warf Vreeling ein. »Wir haben doch nur *einen* Toten.«

Gallo sagte: »Aber wir wissen nicht, ob es sich tatsächlich um einen isolierten Fall handelt oder ob er nicht in eine uns noch unbekannte Reihe gehört, die schon vor ihm angefangen hat und nach ihm weitergehen wird. Außerdem gibt es verhinderte Serienmörder, die bei ihrer Festnahme nach der ersten oder zweiten Tötung gestanden haben, dass sie weitergemacht hätten, wenn sie uns nicht ins Netz gegangen wären.«

»Ich glaube nicht an einen Serienmörder«, sagte Van Leeuwen, den Blick auf das En-face-Foto des toten Jungen in der aufgeschlagenen Zeitung vor sich auf dem Scheibtisch geheftet. »Sonst noch was, Mevrouw?«

»Vor fünf Jahren«, fuhr Julika fort, »sind in England zwei zehnjährige Jungen wegen Mordes an einem zur Tatzeit zweijährigen Kind zu zwanzig Jahren Jugendhaft verurteilt worden. Die beiden zehnjährigen Jungen hatten den kleinen Jamie aus einem Shopping-Center entführt, grausam gequält und dann auf ein Bahngleis gelegt, wo ihn der nächste Zug überfuhr und zerquetschte. Vorher hatten sie ihm das Gesicht mit blauer Farbe bespritzt. Sie hatten so was in einem Horrorvideo gesehen. Vor Gericht legten sie kein Geständnis ab und zeigten auch nicht die geringste Reue.«

»Wenn sie zwanzig Jahre gekriegt haben, sind sie doch erst in fünfzehn Jahren wieder draußen«, sagte Vreeling.

»Sie wurden vor einem halben Jahr aus der Haft entlassen«, sagte Julika. »Das Appellationsgericht war der Meinung, sie hätten damals keinen fairen Prozess gekriegt. Sie sind mit neuen Namen, Pässen und Geburtsurkunden ausgestattet worden, damit sie neu anfangen können, ohne von ihrer Vergangenheit eingeholt zu werden. Angeblich wurden sie sogar ins Ausland gebracht, weil die Vorsitzende des Gerichts fürchtete, die Angehörigen des getöteten

Zweijährigen könnten sich an ihnen rächen wollen, falls sie unter ihren richtigen Namen in England auf freien Fuß gesetzt werden sollten. Sie müssten jetzt fünfzehn oder sechzehn sein. So alt wie der tote Junge im Vondelpark.«

»Aber hätte das Gericht in England uns nicht informieren müssen, wenn sie die beiden in die Niederlande überstellt und hier in die Freiheit entlassen hätten?« Vreeling sah Van Leeuwen an. »Immerhin könnten sie bei uns ja nicht nur zu Opfern, sondern auch wieder zu Tätern werden.«

Gallo sagte: »Es wäre jedenfalls ein Riesenzufall, wenn es sich bei unserem Toten um einen der beiden Kindsmörder aus England handelte.«

»Es gibt keine Zufälle«, beendete Van Leeuwen die Diskussion. »Es gibt nur das Schicksal, das in verschiedenen Gestalten auftritt, als Zufall, als Wunder oder als Mord.«

»Und es gibt richtige Polizeiarbeit«, sagte Gallo, »der wir vorübergehend wieder *unsere* Gestalt leihen könnten, sobald uns dein tiefgründiger Satz lange genug auf der Zunge zergangen ist –«

»Ich sage doch gar nicht, dass sie hier sind«, unterbrach Julika ihn hartnäckig, »die beiden Jugendlichen aus England, meine ich. Es war die Farbe – das Opfer, das sie blau angepinselt hatten, und unser Mörder, der angeblich klein und kalkweiß war, vielleicht auch nur angemalt. Und dass die von einem Horrorvideo inspiriert worden sind. So wie der Junge im Vondelpark zugerichtet war, so bestialisch, so unmenschlich, könnte es doch sein, dass die Täter auch von einem Video darauf gebracht worden sind. Und wenn wir herausfinden, was für ein Film das war, brauchen wir nur noch festzustellen, wo er verliehen oder verkauft wird, und dann, wer ihn ausgeliehen hat; bestimmt gibt es da eine Kundenkartei oder ein Mitgliederverzeichnis –«

Sie verstummte, weil das Telefon auf Van Leeuwens Schreibtisch klingelte.

»Das war gut, Julika«, sagte der Commissaris, dann hob er ab und meldete sich. Der Anrufer war der Agent, der am Empfang Dienst tat. »Hier ist jemand, der euren toten Jungen aus dem Vondelpark kennt. Sie sagt, ihr Name wäre Tic.«

Van Leeuwen nickte. »Ich komme runter.« Er legte auf, lächelte und sagte: »Wir nähern uns der Tür.«

Tic saß im Verhörzimmer 4 auf einem Holzstuhl und starrte mit gerunzelter Stirn auf die heruntergelassenen Sonnenblenden. Sie trug graue Nikes, eine schwarze Hose mit verschieden großen aufgenähten Taschen und ein rotes Sweatshirt, auf dem in schwarzen Lettern *Respect* stand. Das krause Haar hatte sie straff nach hinten gekämmt, wo es von drei Metallspangen in Rot, Gelb und Schwarz zusammengehalten wurde. Ihre Hände waren klein. Weit von sich geschoben, als gehörten sie gar nicht zu ihr, lagen sie vor ihr auf dem Tisch, und die schlanken Finger mit den abgekauten Nägeln waren so fest ineinander geschlungen, dass die Haut über den Knöcheln durchsichtig schien.

Als Van Leeuwen den Raum betrat, sah das Mädchen ihn an, nicht nur mit den fast schwarzen Augen, sondern mit dem ganzen Gesicht, mit dem leicht geöffneten Mund, den vibrierenden Nasenflügeln und der besorgten Stirn.

Er sagte: »Guten Morgen. Ich bin Commissaris van Leeuwen. Danke, dass du zu uns gekommen bist.«

Ihr Blick folgte ihm, als er die Tür hinter sich schloss und durch den Raum zur anderen Seite des Tischs ging, wo er sich auf einen Stuhl mit gepolstertem Sitz setzte. Die Augen blieben wachsam auf ihm ruhen. Es gab in dem Zimmer sonst nichts, kein Telefon, keine Fenster, keine Schränke, nur den Tisch, die beiden Stühle und noch einen weiteren Stuhl an der grün gestrichenen Wand, falls ein Protokollführer benötigt wurde. »Du bist also Tic«, sagte Van Leeuwen. Das Mädchen nickte. Die Haut über den Knöcheln der gefalteten Hände wurde noch durchsichtiger.

»Wie alt bist du?«, fragte Van Leeuwen.

»Dreizehn.«

»Und du kennst den Jungen, den wir im Vondelpark gefunden haben?«

»Ich weiß nicht, auf dem Bild sah er so komisch aus«, sagte Tic, »auf dem Bild in der Zeitung. Aber ich dachte, vielleicht ist es Kevin.«

»Ist Kevin dein Freund?«, fragte Van Leeuwen.

»Wir gehen miteinander«, sagte Tic, »seit drei Monaten.«

»Und wie alt ist er?«

»Vierzehn.«

»Ist er Engländer?«

»Kevin? Nein, der ist von hier, aus Amsterdam, genau wie ich.«

»Kevin – und wie weiter?«

»Kevin van Leer.«

»Hat er sich deinen Namen auf den Arm tätowiert?«

»Ja«, sagte Tic, und dann erst ging ihr auf, was es bedeutete, dass der Commissaris das wusste. Die Finger entspannten sich, die Hände fielen auseinander wie zwei Schalen, in denen nichts lag, nicht einmal mehr Hoffnung. »Er ist es, oder?«, fragte sie leise. »Der tote Junge im Park, das ist Kevin.«

»Auf seinem Arm ist ein dreiblättriges Kleeblatt tätowiert, und daneben steht *Tic*«, antwortete Van Leeuwen ausweichend, obwohl er jetzt fast sicher war. »Ist das dein richtiger Name?«

»Eigentlich heiße ich Mareike«, antwortete sie wie in Trance. »Nur er hat mich Tic genannt.« Ein Kopfschütteln in Zeitlupe. »Er ging sonst nie durch den Park. Er hatte Angst, besonders in der Nacht. Er hatte überhaupt ziemlich viel Angst, aber das hätte er nie zugegeben, weil – ist ja nicht cool, Angst zu haben. Wir waren noch verabredet am Samstagabend, aber er ist nicht gekommen, und er hat auch nicht angerufen, nicht mal bei Deniz oder Robbie, und bei ihm zu Hause war sowieso niemand, seine Mutter ist ziemlich viel unterwegs –«

»Wann hast du ihn zum letzten Mal gesehen?«, fragte Van Leeuwen. Er drehte sich kurz um und warf einen Blick in den Spiegel an der Wand neben der Tür. Er wusste, dahinter standen Gallo, Julika und Vreeling und schauten zu, und der Blick sollte ihnen sagen, dass er vielleicht bald jemanden brauchte, spätestens in dem Moment, wo Tic alles richtig klar wurde.

»Am Samstagnachmittag«, antwortete sie. »Wir waren aus wie alle, feiern, aber dann haben wir uns irgendwie im Gewühl verloren, und für den Fall hatten wir ausgemacht, dass wir uns um zehn im Club treffen, nicht mehr so lang, weil ich um halb zwölf zu Hause sein musste, aber bis elf war er nicht gekommen, und Deniz und Robbie haben mir dann erzählt, dass er auch später nicht gekommen ist, er ist überhaupt nie mehr –«

»Wer sind Deniz und Robbie?«

»Wir hängen immer zusammen rum, wir vier. Robbie ist die Freundin von Deniz.«

»Und wer ist Deniz?«

»Deniz ist Türke – sein Vater, meine ich. Seine Mutter, woher die ist, keine Ahnung …«

»Du hast vorhin gesagt, Kevin hätte Angst gehabt. Wovor?«

Tic antwortete nicht. Sie starrte auf ihre leeren offenen Hände.

»Hatte er Feinde? War er in einer Gang? Hatte er Probleme mit anderen Kids, in der Schule vielleicht?«

Ihre Augen wurden feucht. Dann sank ihr Kopf vornüber, und sie verbarg ihr Gesicht in den Händen auf dem Tisch. Ihre Schultern zuckten. »Ich habe ihn geliebt«, sagte sie und schluchzte. »Wir haben uns doch so geliebt! Wie kann er da einfach sterben? Wie kann man sterben, wenn man so wahnsinnig geliebt wird, *so wahnsinnig*?«

»Er ist nicht gestorben«, sagte Van Leeuwen. »Er wurde ermordet.« Er sah auf das Mädchen, das aus seinen Händen zu ihm sprach, sah den zarten, zitternden Hals und das kräftige, kaum zu bändigende Haar, und er fragte sich, was der Hoofdcommissaris in ihr sehen würde, welchen kalten Gletscher, den nichts mehr verändern konnte und dem alles vorherbestimmt war. Er fragte: »Mareike, hast du deinen Ausweis bei dir?«

Sie nickte und richtete sich wieder auf. Mit einer Hand zog sie ihren Personalausweis aus einer der Hosentaschen. Sie betrachtete ihn kurz, als gehörte er jemandem, den sie nicht kannte. Dann legte sie ihn auf den Tisch, wo Van Leeuwen ihn sehen konnte. *Mareike Palmen* las er. »Danke, Mareike. Du hast uns sehr geholfen. Kannst du mir noch die Adresse von Kevins Eltern geben?«

»Ich weiß nicht, wovor er Angst hatte«, sagte sie plötzlich so ruhig, wie sie noch nie gewesen war, seit Van Leeuwen das Verhörzimmer betreten hatte. »Er tat immer, als hätte er keine Angst, vor nichts und niemandem, dabei konnte man spüren, wie er zitterte, wenn man ihn in den Arm nahm oder wenn er mich küssen sollte; man musste ihn erst ganz lange festhalten und streicheln wie ein kleines Tier, bis er ruhig war. Aber am Koninginnedag kam irgendwas Neues dazu, eine neue Angst, es hatte mit dem Krankenhaus zu tun, da hatte er was gesehen, was er nicht sehen sollte, hat er wenigstens gesagt, und das hat ihn dann verfolgt, man hat richtig gemerkt, wie es ihm nachgegangen ist, wie diese Angst in ihm gewühlt hat –«

»Was für ein Krankenhaus?«

Tic griff nach ihrem Ausweis und steckte ihn wieder ein. »Das, wo seine Mutter arbeitet. Sie ist Ärztin am Universitätskrankenhaus. Er hat sie da manchmal besucht, meistens, wenn er wieder was brauchte, und weil er ihr Sohn war, hat es auch nie Schwierigkeiten gegeben.«

Van Leeuwen wurde unruhig, wie immer, wenn ein Fall eine Wendung nahm, die ihm nicht gefiel. Im Universitätskrankenhaus war Simone zuletzt untersucht und behandelt worden, und noch immer ging er einmal im Monat mit ihr dorthin, um sie *vorzuführen*, so nannte er es: Er führte sie vor wie seinen Tanzbären, der sich für ein paar Stempel und Formulare drehte, damit die Versicherung weiter zahlte. »Was meinst du damit, wenn er wieder was brauchte?«

Tic zuckte mit den Schultern. »Na, alles, so Zeug zum Abheben oder zum Runterkommen, je nachdem. Hauptsächlich Pillen, Wachmacher oder Valium oder Codein, manchmal auch Morphium –«

»Willst du damit sagen, Kevin war ein Dealer?«

»Quatsch, er hat das ja nur manchmal gemacht, wenn die Leute ganz dringend was brauchten, nicht professionell oder so was, und eigentlich war das meiste sowieso für Deniz, der brauchte es am nötigsten –«

»Wo finden wir diesen Deniz?«

»Sie tun ihm doch nichts?«

»Ich will nur mit ihm reden«, sagte Van Leeuwen. »Wir müssen mit allen reden, die Kevin gekannt haben. Wir stellen Fragen, so wie ich jetzt dir, und manchmal zeigen wir Bilder und stellen Fragen zu den Bildern, und mit etwas Glück haben wir am Ende die Antwort und machen ein neues Bild, das von dem Mörder.«

»Er wohnt in einem Abbruchhaus, da wo die alten Speicherhallen saniert werden, beim Westerdok – Deniz, meine ich.«

»Hat Kevin selbst auch was von dem Zeug aus dem Krankenhaus genommen?«

»Höchstens mal ein paar Pillen gegen die Angst oder um richtig abzuheben, wenn Party angesagt war, wie jeder eben.« Sie breitete die Arme aus, zeigte ihm ihre nach oben gedrehten Handflächen, und einen Moment lang sah es fast so aus, als lächelte sie. »Jeder hat seine Methode, oder? Und das war seine.«

»Was für eine Methode?«

»Gegen die Angst. Um nicht unter die Räder zu kommen. Um zu überleben.«

»Seine Methode hat aber nicht besonders gut funktioniert, oder?«

Tic antwortete nicht. Sie lächelte auch nicht. Das, was wie ein Lächeln aussah, verwandelte sich und wurde zu einem lautlosen Weinen, kein Geräusch, nicht mal ein Atemholen, nur Wasser, das ihr aus den Augen lief und dann aus der Nase und den Mundwinkeln, und dann gab es endlich einen Laut, er klang wie ein Schrei, den sie einsaugte, statt ihn auszustoßen, eine ganze Reihe von qualvollen, tief in die Brust gesaugten schluchzenden Schreien.

»Ich wollte doch bloß schnell eine Pizza essen«, sagte sie unvermittelt. »Kann ich ihn sehen, bitte? Kann ich ihn noch einmal sehen?«

8

Die Straße war erfüllt von Blütenpollen, die wie gelbe Schneeflocken vom Park herübertrieben. Sie schwebten zwischen den Villen und den Gaslampen und Platanen und überzogen die geparkten Wagen an den Gehsteigen und das Pflaster mit einem feinen gelben Schleier.

Der Commissaris und Hoofdinspecteur Gallo standen vor einem geschlossenen Tor aus Schmiedeeisen und betrachteten die polierte Messingklingel neben der geschwungenen Klinke. Doktor Ruth van Leer wohnte in einem Stadtpalais mit Blick auf den Vondelpark. Das Haus hatte zwei Stockwerke und ein Dachgeschoss, und es lag hinter dem Zaun aus Schmiedeeisen, von dessen Tor eine weiße Treppe durch ein kleines Dickicht von Sonnenblumen zum Eingang führte. Es gab kein Namensschild, nur die Klingel.

Die Eingangstür aus massiver Eiche war grün gestrichen, und um das vergitterte Judasfenster rankte sich eine weiß und gold bemalte Blattgirlande. Darunter prangte ein Löwenkopf mit einem Ring im Maul als Türklopfer, ebenfalls aus poliertem Messing. Gallo drückte mehrmals auf den Klingelknopf. »Vielleicht hätten wir doch zuerst in die Klinik fahren sollen«, sagte er.

»Ich wollte sein Zuhause sehen«, sagte Van Leeuwen.

»Man sollte denken, dass jemand, der so lebt, genug Taschengeld kriegt, um auf Drogengeschäfte verzichten zu können«, meinte Gallo.

Van Leeuwen sagte: »Das Leben der Kids ist heutzutage oft teurer als das mancher Erwachsener.«

Gerade als Gallo zum zweiten Mal klingeln wollte, ging der Torsummer. Gleichzeitig wurde die Haustür geöffnet, und eine dunkelhäutige Frau mit einem geblümten Kleid, über dem sie eine Haushälterinnenschürze trug, trat auf die Schwelle. »Sie wünschen bitte?«

»Wir möchten gern zu Doktor van Leer«, rief Gallo, während er das Tor aufdrückte.

»Wen darf ich melden?«

»Die Polizei.«

Ruth van Leer war eine große, schlanke Frau mit schulterlangen blonden Haaren, die ihr in perfektem Schwung über die Ohren fielen. Auch der Rest ihres Äußeren war auf Perfektion angelegt, die dezent geschminkten Lippen, die gezupften Augenbrauen und die langen Wimpern, die Hände – gepflegt, aber nicht manikürt, mit farblos lackierten Nägeln –, die Linien und Kurven, die Hals und Oberkörper formten. Ihre Augen waren apart geschnitten, und dem wolkigen Blau der Iris verlieh ein veilchenfarbiger Schimmer einen Hauch von Erotik.

Sie trug ein dünnes Strickkleid italienischer Machart, wahrscheinlich von Missoni, wie Muster und Farben verrieten. Die kleinen Füße steckten in Sandaletten mit dunkelroten Lederriemchen. Sonst trug Ruth van Leer nichts, keinerlei Schmuck, und sie brauchte auch keinen: eine attraktive Frau, deren Eitelkeit sich trotzdem in Grenzen zu halten schien.

Sie empfing die Polizeibeamten in ihrem Wohnzimmer, das denselben Wohlstand ausstrahlte wie ihre Erscheinung, jene Art von Wohlstand, die durch einen Anflug von Unordnung noch gewinnt. Der Kamin, die Teppiche auf dem Parkett, die Polstermöbel, die Zierkissen, die schlicht gerahmte Tänzerin von Degas an der Wand über der Couch, der offene Sekretär, auf dessen Schreibplatte ein Laptop stand: Alles war teuer, aber geschmackvoll, ein etwas schwerer, gediegener Geschmack, der eher zu einem Mann zu passen schien. Oder zu einer Frau, die Missoni trug. Überall lagen Zeitschriften, Mode und Medizin, einzelne Seiten einer Tageszeitung, Bildbände.

Hinter der offenen Terrassentür erstreckte sich ein kleiner Garten, der auf keinen Fall *nature morte* sein sollte, sondern lebendig, nur halb gezähmt. Keine Rosen oder Tulpen, dafür sehr viel Grün an unbeschnittenen Büschen, exotische Blüten, die Van Leeuwen keiner Gattung zuordnen konnte, und eine mächtige Buche. Die gelben Pollen schwebten unter den Ästen der Bäume hindurch, zogen an der Tür vorbei, und einige blieben an den Scheiben der englischen Fenster hängen.

»Was kann ich für Sie tun?« Ihre Stimme war dunkel, warm.

»Wir sind hier, weil wir mit Ihnen über Ihren Sohn Kevin sprechen möchten, Mevrouw«, sagte Van Leeuwen.

Ihre Pupillen, unnatürlich geweitet, wie ihm erst jetzt auffiel, zogen sich zusammen. »Kevin, mein Gott, ja, der Junge ist wieder mal durchgebrannt«, sagte sie hastig. »Ich habe schon erwogen, ihn als vermisst zu melden, aber nun haben Sie ihn ja wohl gefunden. Ich werde kaum noch mit ihm fertig. Die Pubertät stellt so einen Jungen ganz schön auf den Kopf. Was hat er denn jetzt wieder angestellt?«

»Wollen Sie sich nicht lieber setzen?«

»Ich weiß nicht«, sagte sie, »im Stehen zeigt man meistens mehr Haltung. Erfordert das, was Sie mir zu sagen haben, Haltung, Commissaris?« Ihre Stimme zitterte ein wenig. Die Pollen im Garten schwebten sanft und leise auf den Rasen nieder.

Ruth van Leer sah Van Leeuwen unverwandt an, mit Augen, deren Pupillen allmählich wieder zu ihrer natürlichen Größe zurückfanden. Er hörte Gallo dicht hinter sich atmen, und dann hörte er auch seinen eigenen Atem. »Wussten Sie, dass Kevin Drogen nahm?«, fragte er.

»Kevin Drogen?! Was für Drogen?« Ihre Stimme wechselte die Tonlage, wurde heller. »Nein, auf keinen Fall.« Sie schwieg abrupt, ohne den Mund ganz zu schließen, berührte mit zwei Fingerspitzen die rechte Schläfe.

»Mevrouw?«

»Ich gebe mir solche Mühe mit ihm«, sagte sie. »Aber es ist nicht genug. Sein Vater fehlt ihm. Er bräuchte einen Vater. Jemanden – jemanden, der ihm zeigt, wie man leben muss.«

»Wo ist sein Vater?«, fragte Van Leeuwen.

»Ich weiß nicht, wo er ist«, sagte sie fast verwundert. »Er ist weg. Er hat uns – er ist weggegangen, vor einer – du meine Güte, vor einer *Ewigkeit*.«

»Also wussten Sie nicht, dass Ihr Sohn Drogen nahm?«

»Tun sie das nicht alle?«, fragte sie zurück, aber dann holte sie tief Luft und fügte hinzu: »Nein, das wusste ich nicht.«

»Warum nicht?« fragte Van Leeuwen. Er hörte, wie Gallos Atem sich veränderte. Lass mich nur machen, dachte der Commissaris; ich weiß, was ich tue. »Und dass er mit Drogen handelte, wussten Sie demnach auch nicht?«

»Was?! Aber – *nein* ...«

»Warum wussten Sie das nicht?«

»Weil es nicht stimmt.« Sie schüttelte entschieden den Kopf. »Kevin ist doch erst vierzehn. Er geht noch zur Schule. Wie soll er denn an – an Drogen kommen? Wo?«

»In Ihrer Klinik«, sagte Van Leeuwen. »Jedes Mal, wenn er Sie besucht hat. Ach, was halten Sie eigentlich von Tic?«

»Wer ist Tic?«, fragte Ruth van Leer.

»Sie kennen die Freundin Ihres Sohnes nicht«, sagte er. »Sie melden ihn nicht als vermisst, obwohl er seit drei Tagen nicht nach Hause gekommen ist. Nehmen *Sie* Drogen, Mevrouw?«, fragte er.

»Wie bitte?« Plötzlich war ihre Stimme wieder fester. »Was erlauben Sie sich, Mijnheer? Wovon reden Sie?«

»Amphetamine«, sagte er. »Speed. Kleine Pillen, die einem helfen, den Klinikalltag zu überstehen. Vielleicht mal eine Spritze dann und wann.«

Es war so still im Zimmer, dass man fast hören konnte, wie die Pollen auf dem Fensterglas landeten und in den Ecken der Rahmen winzige gelbe Verwehungen bildeten.

»Wann waren Sie das letzte Mal in seinem Zimmer?«, fragte Van Leeuwen. »Um einen Blick in seine Welt zu werfen, um sich dort umzusehen? Um zu schauen, welche Brücken es gibt.«

»Er mag es nicht, wenn jemand sein Zimmer betritt. Daran halte ich mich.«

»Ich würde es mir gern einmal anschauen.«

»Ich glaube nicht, dass Kevin das recht wäre«, sagte sie.

Van Leeuwen fragte sich, wovor sie sich mehr fürchtete, vor ihrem Sohn oder vor dem, was sie in seinem Zimmer über ihn erfahren könnte. »Wussten Sie, dass Kevin Angst hatte, Mevrouw?«

»Angst? Wovor denn?«

Warum wussten Sie das nicht, dachte er? »Vor etwas, das er in der Kinik entdeckt hat«, sagte er. »Bei einem seiner Besuche, wenn er seine Mutter sehen wollte.«

Sie schüttelte wieder den Kopf, als wüsste sie nicht genau, was eine Mutter war und warum man sie besuchte. Aber er sah, dass etwas hinter ihrer Stirn geschah, etwas hinter den Augen und den Schläfen, die sie jetzt mit den Fingerspitzen beider Hände rieb, während sie sich zu konzentrieren versuchte.

»Denken Sie nach, bitte«, sagte Van Leeuwen eindringlich, »etwas im Universitätskrankenhaus, das einem vierzehnjährigen Jungen eine so tödliche Angst eingejagt haben könnte –«

Plötzlich verlor sie das Gleichgewicht. Sie streckte eine Hand aus, suchte nach etwas, woran sie sich festhalten konnte, und griff ins Leere. Ein seltsames Stöhnen entfuhr ihr. Dann fiel sie auf die Knie, stützte sich mit beiden Händen auf dem Teppich ab. »Er ist tot«, sagte sie. »Kevin ist tot, nicht? Darum reden Sie immer in der Vergangenheitsform …«

Van Leeuwen ging zu ihr und versuchte, ihr aufzuhelfen, aber sie wollte nicht, sie machte sich schwer, und erst als Gallo ihm half, gelang es ihnen, sie hochzuheben und auf die Couch zu setzen.

»Sind Sie deswegen hier? Um mir das zu sagen? *Dass mein Sohn tot ist? Ist er tot?*«, fragte sie mit einer Stimme, die von einer Tonlage in die andere wechselte, als wüsste sie nicht, welche angemessen klang für das, was von ihr erwartet wurde. »*Ist er tot?*«

»Ja, Mevrouw«, sagte Van Leeuwen. »Wir möchten Sie bitten, uns in die Gerichtsmedizin zu begleiten, um ihn zu identifizieren.«

Ruth van Leer saß auf der Couch, unter der zarten Tänzerin von Degas, und zeigte durch nichts, dass sie ihn verstanden hatte. Sie sah hinüber zum Garten, dem der beginnende Abend seine Farben entzog, und nur die gelben Pollen schwebten noch weiter im letzten Licht des Tages. Vielleicht versucht sie zu weinen, dachte Van Leeuwen.

Der Park lag in tiefer Dunkelheit. Dort, wo Laternen standen, war es etwas heller, aber außerhalb ihres orangefarbenen Lichts warteten schon die Eulen darauf, ihre nächtlichen Jagdflüge zu beginnen. Die Kronen der Bäume, in denen sie saßen, verschmolzen mit dem Himmel. Van Leeuwen stand neben der Kastanie, unter der sie den toten Jungen gefunden hatten, und fragte sich, wonach er suchen sollte.

Der Commissaris war mit Hoofdinspecteur Gallo und Doktor van Leer in die Gerichtsmedizin gefahren, wo sie ihren Sohn identifiziert hatte. Reglos hatte sie neben der aufgebahrten Leiche gestanden und gesagt: »Ja, das ist er.« Schockgefroren, aber nicht erst seit heute; schon vor langer Zeit. Wieder waren Van Leeuwen die Worte des Hoofdcommissaris eingefallen: *Du kannst daran nichts ändern, genauso wenig, wie du einen Gletscher ändern kannst*, und er hatte gedacht, dass man vermutlich so redete, wenn man von morgens bis abends in einen Innenhof mit einem künstlich angelegten Mischwald und einem Fischreiher aus Holz blickte.

Danach hatte Gallo sich bereit erklärt, Kevins Muter nach Hause zu bringen, während Van Leeuwen auf dem Heimweg plötzlich umgekehrt war, um noch einmal in den Park zu gehen. Er hatte Ellen angerufen, weil er ihr sagen musste, dass es wieder später werden würde, und dann hatte er mit Simone gesprochen, damit sie wenigstens seine Stimme hörte, bevor sie zu Bett ging. Jetzt stand er hier und atmete den Geruch des Tatorts, der sich nach einem Mord noch tagelang von jedem anderen Geruch unterschied.

Er wusste nicht, wie lange er schon so dastand, als er die Schritte hörte. Es waren leise Schritte, tastend im Gras. Langsam näherten sie sich hinter dem Gebüsch, das die Kastanie umgab. Van Leeuwen hielt den Atem an und dachte an die 9 mm Luger, die in der Schublade seines Schreibtischs lag. Die Blätter an den Zweigen über seinem Kopf raschelten unruhig. Plötzlich spürte er wieder die Angst, die ihm bis ins Herz gefahren war, als er die Leiche des Jungen gesehen hatte.

Die Schritte verhielten. Dann rief eine Stimme: »Bruno?!«

»Ton?«

Hoofdinspecteur Gallo schälte sich aus der Nacht. »Du und deine Marotten«, sagte er leise.

»Ich kann sowieso nicht schlafen«, sagte Van Leeuwen erleichtert. Gallo sagte: »In Wirklichkeit hast du doch nur Angst um dein Gewissen. Dass es sich wieder entzünden könnte ...«

»Ach«, sagte Van Leeuwen, »daraus besteht doch das Gewissen. Aus lauter Narben, die von verheilten Entzündungen zurückgeblieben sind. Und wenn ich nicht schlafen kann, liege ich wach und höre zu, wie das Narbengewebe wächst.«

»Komm, ich begleite dich nach Hause«, sagte Gallo.

Van Leeuwen schüttelte den Kopf. »Da ist er gegangen, Ton, und er hatte Angst«, sagte er. »Es war dunkel, so wie jetzt. Er wollte bloß schneller zu seiner Freundin, deswegen ist er durch den Park gegangen, obwohl er sich davor fürchtete. Und der Mörder hat ihn beobachtet und auf den günstigsten Moment gewartet, bis er an eine Stelle kam, wo sie allein waren, eine dunkle Stelle. Er hatte es fast geschafft, siehst du? Dahinten ist der Park zu Ende, nur diese Bäume noch, aber da hat der Mörder zugeschlagen, und alles muss blitzschnell gegangen sein, und dann ... dann hat er ihn einfach liegen lassen ...«

Seine Stimme klang gepresst, als läge auf seiner Brust eine Bleiplatte, unter der seine Gefühle Schutz gefunden hatten.

»Warum musste er auch durch den Park gehen«, sagte Gallo, »mitten in der Nacht.«

»Es war nicht der Park«, sagte Van Leeuwen, »und auch nicht die Nacht. In manchen Ehen ist es gefährlicher als hier im Vondelpark. Es war das, was er gesehen hatte, und er hat diese Angst gespürt, weil er wusste, dass auch er gesehen worden war.«

»Im Krankenhaus?«

»Kann sein. Aber möglicherweise hat Tic uns auch nicht die Wahrheit gesagt. Oder er hat Tic nicht alles gesagt.«

»Dann war's vielleicht das«, sagte Gallo. »Dann hat der Täter vielleicht getan, was er tun musste, um einen Zeugen auszuschalten, und er muss es danach nie wieder tun.«

»Solange Kevin der einzige Zeuge war«, sagte Van Leeuwen, »und nur für den Fall, dass es keine weiteren Zeugen gibt. Das wissen wir aber erst, wenn wir rausgekriegt haben, was unser Erfinder zu verbergen hat. Ob sich das, was Kevin gesehen hat, wiederholen kann oder nicht. Oder ob es eine fortwährende Gefahr für den Täter darstellt – wie ein Geheimnis, zum Beispiel.«

»Also glaubst du nicht, dass die Tat etwas mit Drogen zu tun hat? Er könnte einem Dealer in die Quere gekommen sein. Oder ein anderer Junkie hat ihn im Rausch angegriffen. So wie Kevin zugerichtet war –«

»Ich weiß nicht, was ich glauben soll«, sagte Van Leeuwen. Gallo setzte sich auf die Erde. »Wenn du schon hierbleiben willst, kannst du dich auch hinsetzen. Der Boden ist ganz trocken.«

Auch Van Leeuwen setzte sich. Das Gras war noch warm, aber das spürte er nur, wenn er es mit der Hand berührte. Es tat gut, sich hinzusetzen, wenn man den ganzen Tag über gestanden hatte.

»Dass die Kinder Drogen nehmen, daran habe ich mich ja inzwischen gewöhnt«, sagte Gallo. »Aber dass sie immer früher anfangen, macht mir zu schaffen. Was ist bloß los? Warum tun sie das?«

»Du hast doch gehört, was Tic gesagt hat: Angst.«

»Ich habe auch manchmal Angst, und trotzdem nehme ich keine Drogen.«

»Weil du eine Vergangenheit hast, aus der du lernen konntest, dass Angst vorübergeht«, sagte Van Leeuwen. »Diese Kids haben noch keine Vergangenheit. Die Gegenwart kommt einem manchmal unerträglich vor, wenn man jung ist, und die Zukunft noch viel mehr. Wenn sie was eingeworfen haben, geht die Angst weg, und zwar sofort, nicht erst morgen, und sie fühlen sich gut. *Sofort* ist immer gut, wenn man jung ist, weil alles andere in so verdammt weiter Ferne liegt.«

Gallo schwieg. Dann fragte er: »Was hältst du von Brigadier Tambur?«

»Sie braucht etwas Zeit«, sagte Van Leeuwen.

»Sie ist noch ziemlich jung. Ob sie schon mal Drogen genommen hat?«

»Bestimmt«, sagte Van Leeuwen. »Wahrscheinlich nimmt sie jetzt noch hin und wieder was, aber das wird bald aufhören.«

»Woher weißt du das?«

»Sie will bei uns bleiben, und ich will keine Kollegen, die keinen klaren Kopf haben, wenn es drauf ankommt, so viel hat sie kapiert.« Van Leeuwen fuhr mit der Hand durch das Gras, um die Schärfe der jungen Halme zu spüren. »Sie weiß noch nicht genau, wo sie hingehört, aber sie weiß, wo sie hingehören *will*. Ich habe mir ihre Akte genau angeschaut. Ihr Vater ist Frührentner, Trinker. Sie besucht ihn. Sie besucht ihn, obwohl er den Unfall verursacht hat, bei dem ihre Mutter und ihre Schwester ums Leben gekommen sind. Sie hat sonst niemanden. Sie wohnt allein in einem dieser grässlichen Hochhäuser am Stadtrand, in Bijlmermeer. Sie fährt schnell ihre Stacheln aus, aber wenn man sie richtig behandelt, zieht sie sie auch wieder ein, etwas langsamer vielleicht. Vor uns war sie auf zwei Revieren, und auf beiden ist sie gemobbt worden. Deswegen will ich, dass Vreeling sich ihr gegenüber etwas zurückhält.«

»Läuft was zwischen den beiden?«

»Nein, aber ich sehe, wie er sie anschaut. Er versucht es bei jeder Frau, und wenn es vorbei ist …«

»Sie sieht nun mal gut aus«, sagte Gallo, »und er auch. Remko ist jung, da ist es doch normal, dass er mit den Frauen flirtet.« Der Hoofdinspecteur seufzte tief. »Letzte Weihnachten haben wir zusammen in der Kneipe seiner Eltern gefeiert, lauter Leute von den Antillen, mit karibischer Musik und einem Fischeintopf, der so scharf gewürzt war, dass ich noch zwei Wochen später das Jesuskind um einen anderen Geschmack beim Rülpsen angefleht habe. Ich war der einzige Weiße, aber selbst die weißen Mädchen dort hatten alle nur Augen für ihn. Er sieht nämlich nicht nur gut aus, er hat auch ein gutes Herz, und auf so was stehen die Frauen –«

»Es ist mir egal, ob er gut aussieht«, unterbrach Van Leeuwen Gallos Weihnachtserinnerungen. »Sie sind beide gut, und ich will nicht, dass sie anfangen, sich komisch aufzuführen, das ist alles.« Er dachte, dass es Zeit war, aufzustehen und nach Hause zu gehen. Aber allein der Gedanke ließ das Aufstehen wie eine Qual erscheinen. »Wie kommst du mit der *Giordano Bruno* voran?«, fragte er.

»Die Renovierung frisst mich auf«, antwortete Gallo, »und ob ich mir den Liegeplatz lange leisten kann, steht auch in den Sternen. Steuern, Miete, Strom, Kanalisation, ich habe keine Ahnung, wie mein Vater es geschafft hat, ohne Kredite über die Runden zu kommen. So viel haben die Eisdielen schließlich nicht abgeworfen.«

»Hat er dir die auch vererbt oder nur das Boot?«

»Die Räume waren gemietet, und die Eismaschinen und die Einrichtung kann ich höchstens noch einem Museum spenden. Sollte mich nicht wundern, wenn mein Großvater die schon damals aus Bologna mitgebracht hätte. Aber auf dem Boot bin ich praktisch aufgewachsen, und ich habe immer gehofft, dass ich eines Tages auch darauf leben kann. Hat schließlich nicht jeder Polizist ein Hausboot an der Brouwersgracht. Nur der Name … Ich glaube, ich werde es anders nennen.«

»Und wie?«

»*Rikki-Tikk-Tavi.* Wie der Mungo aus dem *Dschungelbuch*, der es mit den ganzen Schlangen aufnimmt.«

»War ein feiner Kerl, dein Vater«, sagte Van Leeuwen. »Hat was aus seinem Leben gemacht. Deine Mutter habe ich auch gern gemocht.«

»Und Fußball spielen konnte er«, sagte Gallo. »Weißt du noch, wie die Leute im Viertel ihn genannt haben? Den Maradona van de Pijp.«

»Siehst du, wir haben wenigstens unsere Erinnerungen«, sagte Van Leeuwen. »Die Vergangenheit ist was für Leute wie uns, die ihre Gegenwart unerträglich finden und keine Zukunft mehr haben. Unsere Augen leuchten auf, wenn wir einen Satz mit ›Weißt du noch …‹ anfangen.« Abrupt stemmte er sich hoch. »Falls wir uns überhaupt noch an irgendwas erinnern können.«

Gallo entging die plötzliche Düsternis in Van Leeuwens Stimme nicht. Er streckte eine Hand aus, und Van Leeuwen ergriff sie und zog ihn hoch. »Wie geht's zu Hause?«, fragte der Hoofdinspecteur.

»Von Tag zu Tag besser.«

»Weißt du, was ich mir gerade gedacht habe?«, sagte Gallo. »Wir drücken uns die ganze Zeit vor der wirklich wichtigen Frage.«

Van Leeuwen schwieg.

»Und die Frage lautet«, fuhr Gallo fort, »warum fehlt Kevins Gehirn? Warum hat der Mörder das Gehirn des Jungen mitgenommen? Was macht er damit?«

Van Leeuwen sah den geöffneten Gaumen und die leere Hirnschale wieder vor sich, und sein Herz zog sich zusammen. Die ganze Zeit hatte er versucht, den Anblick zu vergessen, aber jetzt war er wieder da. »Ich weiß es nicht«, sagte er.

»Na ja, so oder so – wenn der Mörder heute Nacht zufällig auf den Gedanken gekommen wäre, an den Tatort zurückzukehren, hätten wir ihn durch unser Gerede jedenfalls wieder verscheucht, bevor wir ihn auch nur bemerken konnten.«

»Eines Tages wird er genau da sein, wo ich auch bin«, sagte der Commissaris, »und dann werde ich ihn schnappen.«

»Was Einstein wohl dazu sagen würde …«

»Einstein glaubte nicht an das Glück«, sagte Van Leeuwen. »Und außerdem war ich sehr wohl Messdiener.«

9

Wenn der Commissaris sich an die Zeit erinnerte, in der er Messdiener gewesen war, kamen ihm stets dieselben Bilder in den Sinn. Einige davon – aus dem Zusammenhang der Vergangenheit gerissen, aber so deutlich wie Fotografien – zeigten einen großen, hageren Mann, meistens in ausgebeulten Kordhosen mit Hosenträgern, dungverkrusteten Gummistiefeln und einem grob karierten Hemd, die Ärmel hochgerollt. Tagsüber trug der Mann einen Hut, und bei der Arbeit wischte er sich oft mit dem nackten Unterarm den Schweiß vom wettergegerbten Gesicht. Im Schatten unter der Hutkrempe waren die Augen hell wie Kiesel im Wasser, und Spreu klebte in den Furchen des ausrasierten Nackens.

Auf den Bildern hatte der Mann immer zu tun, er trug Eimer mit Schweinefutter über den Hof, er forkte Mist aus den Ställen, er spannte Pflug oder Rechen hinter den Haflinger, er hielt sich immer gebeugt, sogar beim Abendessen, und der Name dieses Mannes war Vater.

Andere Bilder zeigten eine Frau, die Mutter des Messdieners, sie zeigten sie nie anders als in Rock und Bluse, selten ohne hellblaues Kopftuch oder dunkelrote Leinenschürze. Manchmal saß sie auf einem Melkschemel im Zwielicht des Stalls, wo sie mit kräftigen Griffen Milch aus den rosigen Zitzen der Kühe presste. Dann wieder stand sie am Herd, bückte sich zur Waschmaschine oder steuerte den Traktor, aber wie der Vater wandte sie dem Betrachter häufig den Rücken zu, und beim Essen sank ihr Kopf genauso tief über den Teller.

Abends war sie eine halbdunkle Silhouette, die sich auf die Bettkante des Messdieners kauerte, noch immer mit Schürze und

Kopftuch, um ihm gute Nacht zu sagen und zu fragen, ob sie ihn zur Frühmesse wecken sollte. Unter dem Kopftuch schaute eine talgdunkle Strähne blonden Haars hervor, und sie roch nach Essen und nach der Arbeit des Tages. Wenn sie sprach, unterbrach sie sich oft mitten im Satz, führte den Gedanken nicht zu Ende, und ihr Blick blieb unergründlich.

Solange Van Leeuwen sich erinnern konnte, hatte er seinen Eltern auf dem Hof geholfen, erst mit dem Vieh, später bei der Feldarbeit. Nach ein paar Stunden im Stall war er betäubt von der Ausdünstung der Tiere, ihrem schweren, süßen Geruch, der in jeder Ecke hing. Anfangs fürchtete er sich vor den Tieren, vor den Schnäbeln der Gänse, den Kopfstößen des Ziegenbocks, den Zähnen der Schweine und den Hufen der Rinder, aber sobald er einen Eimer tragen konnte, übernahm er die Fütterung, striegelte das raue Fell des Haflingers, kratzte den getrockneten Kot vom Bauch der Kühe, und schon fürchtete er sich nicht mehr so sehr.

Der Rahmen für diese allmählich zahlreicher werdenden Momentaufnahmen war ein Bauernhof an der Amstel, nur wenige Kilometer von einem kleinen Dorf mit Namen Nes entfernt. Nes hatte nicht viel zu bieten, eine Kirche, eine Mühle, eine Wirtschaft, ein paar Häuser und einen Friedhof mit alten, moosbewachsenen Steinen. An einem Steg lag eine Fähre, mit der man über den Fluss setzen musste, wenn man zur Fernstraße wollte. Wenn er an die Fähre dachte, an das Ufer und an das Dorf, fiel dem Commissaris auch wieder ein, wie sehr das Wetter dort alles geprägt hatte, den Mann, die Frau, ihr Leben.

Die Sommer brachten Stille und Trockenheit. Regen fiel nur kurz und heftig, und was nicht im Boden versickerte, wurde zu Dunst. Schon am Vormittag dörrte die Hitze das Blau aus dem Himmel; es war heißer damals. Über den Äckern schwebte ein silbriges Flimmern, außer wenn der Wind zu viel Staub vor sich hertrieb. Der Wind roch immer nach irgendetwas, nach Dünger oder brennendem Torf oder glühenden Kiefernzapfen.

Abends summten Mücken in unruhigen Wolken vor diesigen Sonnenuntergängen. Schwalben stießen im Halbbogen auf und nieder, immer nach demselben Muster, während sich über dem Birkenhain hinter den Weiden die Nacht sammelte. Am Rand des Weihers bei der Mühle schwirrten Libellen in seltsam ruckenden Bewegungen über dem Schilf. Der Haflinger schnaubte und wehrte sich mit trägen Schweifschlägen gegen den hartnäckigen Blutdurst schwarzer Pferdebremsen. Nachts lag Bruno auf der verschwitzten Matratze in seiner kleinen Kammer neben der Treppe und schlief schlecht wegen der Hitze unter dem Dach. Aus dem Stall drang die Unruhe des gereizten Viehs.

Der Herbst brachte die Ernte und lärmende Vogelschwärme, die sich auf dem Polder vor ihrem Flug in den Süden stärkten. Die Luft gewann an Schärfe, ebenso die Konturen der Bäume, die ihr welkendes Laub in die Novemberböen streuten. Nur hier und da leuchtete in den Zweigen noch ein warmes Gelb, ein rostiges Rot. Kartoffelfeuer würzten die Nachmittage mit ihrem Rauch. Morgens lag dünner Reif auf den Steinen, und es wurde früher dunkel.

Der Winter dauerte von Jahr zu Jahr länger für jemanden, der noch vor Tagesanbruch drei Kilometer durch die Kälte zur Kirche laufen musste. Wenn kein Schnee fiel, lag dichter Nebel auf dem Land. Das Wasser der Amstel stand schwarz und scheinbar unbewegt zwischen den frostharten Ufern. Die Sonne warf einen kupfernen Schein über das Land, wärmte aber nicht, und auf den Stämmen der Birken glitzerte eine zweite Rinde aus Eis.

Das Leben floss zwischen den immer gleichen Sommern und den abwechslungslosen Wintern dahin. Es drehte sich im Kreis, wie die Flügel der alten Mühle am Weiher, die Tag und Nacht ihr langsames Rad schlugen und dabei nichts anderes zu mahlen schienen als Zeit – Zukunft zu Gegenwart, Gegenwart zu Vergangenheit. Der Vater schnitt sich beim Schleifen der Sense den halben Daumen ab. Die alte Bäuerin vom Nachbarhof starb. Die Bache warf ein halbes Dutzend winziger Ferkel. All diese Ereignisse schienen nur einzutreten, um die Zeit davor und danach noch starrer wirken zu lassen, und doch stellte jedes Ereignis für Bruno, den Jungen, einen weiteren Schritt zum Horizont dar, denn ohne es zu ahnen, wartete er. Dort, am Horizont, türmte sich der Damm, auf dem ununterbrochen ein glitzerndes Metallband zwischen Amsterdam und Utrecht hin und her lief. Von dem Fenster seiner Kammer unter dem Dach sah Bruno den vorbeiflitzenden Autos zu und dachte, dass er eines Tages, bald, den Damm hinaufklettern würde, um eins der Autos anzuhalten und mitzufahren, nach Amsterdam oder Rotterdam oder Den Haag. Sein Herz schlug schneller, wenn er sich das vorstellte.

Nicht, dass er unglücklich gewesen wäre. Seine Eltern sprachen nie darüber mit ihm oder miteinander, aber sie ließen ihn glauben, dass sie mit ihrem Leben zufrieden waren. Sie konnten ihm kein größeres Geschenk machen. Seit damals wusste er, dass Eltern nichts Besseres für ihre Kinder tun können, als ihnen das Gefühl zu geben, Mutter und Vater seien glücklich. Jedenfalls so lange wie möglich, dachte er; solange es eben geht. Und manchmal dachte er: Vielleicht hätten wir nicht fortgehen sollen, vielleicht wären wir auch dort glücklich geworden, und vielleicht, ganz vielleicht nur wäre Simone gesund geblieben.

Er war dreizehn, als er sie auf dem Fahrrad am Feld vorbeifahren sah. Es hatte einen Wolkenbruch gegeben, und er war zu seinem Vater auf den Traktor geklettert, um unter dem Dach Schutz zu suchen. Der Regen fiel in dichten Fäden, sodass sie sich vorkamen, als wären sie in einer kleinen Kammer mit Wänden aus prasselndem Wasser eingeschlossen.

Danach dampfte der Acker, und auf den Furchen lag der schillernde Abglanz eines Regenbogens. Eine Zeit lang klangen alle Geräusche näher als sonst, klarer. Bruno hörte das Fahrrad schon, als er es noch gar nicht sehen konnte, das Scheppern der Gepäckträgerhalterung, das Klirren der Klingel, und dann das Spritzen des Wassers, denn der schmale Feldweg war voller Pfützen.

Das Mädchen radelte mit halsbrecherischer Geschwindigkeit über den holprigen Weg. Sie trug ein klatschmohnrotes Kleid mit weißen Punkten, das in feuchten Falten an ihren Schenkeln und an dem schmächtigen Oberkörper klebte. Auch ihr Haar war nass; dunkelbraun floss es den zarten Nacken hinunter. Das Mädchen schaute weder nach rechts noch nach links, und ihre nackten Füße traten mit aller Kraft in die Pedalen, während die Lenkstange in den kleinen Fäusten hin und her schlug.

Sie verschwand so schnell, wie sie aufgetaucht war. Eben noch ratterte sie mit quietschenden Radnaben vorbei, eingehüllt in wirbelnde Tropfen, die sie von sich zu schütteln schien wie ein aus dem Meer springender Fisch, dann wurde sie verschluckt von dem Birkenhain etwas weiter den Weg hinunter.

Bruno konnte den Blick nicht von der Stelle lösen, wo er das Mädchen zuletzt gesehen hatte. Er brachte die Feldarbeit zu Ende, und am Abend dachte er immer noch an das Mädchen auf dem Fahrrad. Am nächsten Morgen dachte er zuerst nicht mehr an sie, aber nach dem Frühstück fiel sie ihm wieder ein, und eine Woche später entdeckte er sie in der Kirche.

Wenn er sich heute daran erinnerte, wie er Simone in der Kirche wiedergesehen hatte, spürte er unweigerlich auch wieder die Schmerzen in den Knien und die vor Müdigkeit brennenden Augen, die zum Alltag eines Messdieners gehörten wie Weihrauch, Schellenklang und der Geschmack trockener Hostien. Er war ans Stehpult getreten, um die Lesung vorzutragen, und als er aufsah, saß sie genau vor ihm in der ersten Bank.

Er wusste noch, wie ihm das Blut ins Gesicht gestiegen war, wie er sich gefangen gefühlt hatte in ihrem ruhigen Blick. Plötzlich sah er Dinge, die er vorher nicht wahrgenommen hatte: seinen Atem in der kalten Luft, seine Hände, die beim Umblättern zitterten, sogar seine Fingernägel, die nie richtig sauber waren. Der Priester stand hinter dem Altar und zelebrierte das Wunder der Verwandlung von Blut in Wein. Die Kirchenorgel feierte das noch größere

Wunder eines Chorals von Bach. Bruno van Leeuwen dagegen wagte nur aus den Augenwinkeln zu dem Wunder hinüberzublicken, das an diesem Morgen ihm allein geschenkt worden war.

Vor dem dunklen Kirchenschiff schien ihr Gesicht zu leuchten – wachsglatte Haut, eine sanft geschwungene Stirn, ein entschlossenes Kinn, die schmale Nase und die zart gewölbten Wangenknochen, alles noch so frisch und jung, als hätte es eben erst seine endgültige Form gefunden. Die braunen Augen des Mädchens waren groß und klar, und sie standen ein wenig schräg, wie die eines Fuchses. Ihr spöttisches Funkeln war es, das Bruno verwirrte, vielleicht auch die unverhohlene Neugier, mit der sie ihn musterten.

Das Mädchen trug einen dunkelblauen Dufflecoat und eine Strickkappe aus blauer und roter Wolle. Unter der Kappe kräuselten sich blonde Locken hervor, von denen jede einzelne so lange poliert worden zu sein schien, bis sie im Kerzenschein glänzten wie lackierte Kastanien. Nach dem Schlusswort musste Bruno dem Priester in die Sakristei folgen, aber er ging nur bis zur Tür, dann machte er eilig kehrt und warf einen Blick zurück ins Kirchenschiff.

Das Mädchen war verschwunden. Er stürzte den Mittelgang hinunter, drängelte sich durch die letzten Besucher der Messe, doch auch draußen, vor der Kirche, entdeckte er niemanden in dunkelblauem Dufflecoat mit Strickkappe. Na gut, dachte er, na gut, sie wird wiederkommen, wenn du älter bist. Morgen bist du ja schon ein Stück älter und übermorgen auch.

Jetzt haben wir uns schon zweimal gesehen, und beim dritten Mal wirst du sie fragen, ob sie dich heiraten will, und sie wird ja sagen. Natürlich bist du noch zu klein, um zu heiraten, aber wenn du nach Amsterdam oder Rotterdam oder Den Haag gehst und dort ein Mann wirst, kannst du eines Tages zurückkehren und sie zur Frau nehmen. Eines Tages, wenn du älter bist.

Das jedenfalls musste es sein, worauf er gewartet hatte. Er kauerte vor der Fensterbank seiner Kammer und sah zum Damm hinüber, und das kleine blaue Transistorradio, das seine Mutter ihm von einer Reise nach Utrecht mitgebracht hatte, stand immer neben ihm, denn Radio Hilversum spielte von morgens bis abends ein neues Lied, *She loves you, yeah, yeah, yeah.*

»Weißt du noch, die Beatles«, sagte er. »Das war das Jahr, in dem wir uns kennen gelernt haben.«

Simone saß auf der Couch, aufmerksam vorgebeugt, und lauschte dem Lied, das er für sie auf den Plattenteller gelegt hatte. Sie trug nur einen Schuh, der andere Fuß war nackt. Das Etikett des Strickpullovers, in dem sie geschlafen hatte, stand nach hinten ab. Auch der Rock sah aus, als hätte sie darin geschlafen. Der Simone-Look.

»*Yeah, yeah, yeah*«, sagte er. Sie lächelte und nickte. Aber dann verschloss sich ihr Gesicht. »Muss morgen früh raus«, murmelte sie. »Muss jetzt ins Bett.«

»Aber da kommst du doch gerade erst her«, sagte er.

Sie schüttelte den Kopf. »Der Laden«, sagte sie. »Muss früh raus. Bin so leichtsinnig.«

Der Arzt hatte ihm erklärt, dass es gut für sie wäre, wenn er mit ihr an Orte fuhr, an denen sie früher glücklich gewesen war, oder wenn er ihr Lieder vorspielte, die sie gern gehörte hatte. Ab und zu las Van Leeuwen ihr eine ihrer Lieblingsgeschichten vor, und wenn sie so spät noch aufwachte, spielte er Musik für sie. Sie stand dann auf einmal in der Tür und fragte: »Können wir jetzt das Lied hören?« Er hatte alle möglichen Lieder aus den verschiedensten Abschnitten ihres Lebens auf Langspielplatten und Singles, und *She loves you* war das älteste. Er wusste nie, welche Erinnerungen die Lieder auslösten, ob es eine glückliche war oder eine traurige, denn manchmal weinte sie auch und sagte dennoch, es sei ein schönes Lied.

»Welchen Laden meinst du denn?«, fragte er, obwohl er wusste, es war der Gemischtwarenladen ihrer Eltern, in dem sie in den Ferien mitgeholfen hatte. »Es gibt keinen Laden mehr, du musst morgen nicht arbeiten. Weißt du noch, wie wir die Beatles in meinem Transistorradio gehört haben?« Er fing an, leise mitzusingen.« *She loves you, yeah, yeah, yeah ... She loves you, yeah, yeah, yeah ... And you know you should be glad ...* Ich habe dich abgeholt nach der Arbeit. Du warst erst zwölf. Du hattest keine Ahnung, wie man küsst ... Ich auch nicht.«

Jetzt lächelte Simone wieder, aber er hatte den Verdacht, dass es an seiner Stimme lag, daran, wie er die Töne verfehlte, wenn er mitzusingen versuchte. Er fragte: »Möchtest du etwas Wein?«

Sie hatte vergessen, dass sie ins Bett gehen wollte, um morgen in aller Frühe den Laden ihrer Eltern aufzusperren. »Ja«, sagte sie.

»Den haben wir in Siena getrunken«, erinnerte er sie, als er mit dem Glas zurückkam, in dem er wenig Wein mit viel Wasser gemischt hatte.

Ihr Gesicht leuchtete auf. Einen Moment lang schienen ihre Augen so wach und lebendig zu sein wie früher. »Siena«, sagte sie.

»Was haben sie da dauernd für ein Lied gespielt?« Er ging zum Plattenschrank. »War es – wie hieß das noch? – *Azzurro*, von diesem Italiener?« Er suchte ein Album mit zwanzig Jahre alten italienischen Sommerhits heraus, das ganz rechts im Regal neben *Saturday Night Fever* von den Bee Gees stand. Er legte es auf und setzte die Abtastnadel an den Anfang der Nummer, und das Lied begann, aber es war gar nicht *Azzurro*, sondern ein anderes von Adriano Celentano, *Don't Play that Song for me*, und später fragte er sich, ob es sich wirklich nur um einen Irrtum gehandelt hatte oder ob seine Hand von etwas geführt worden war, von seinem Unterbewusstsein vielleicht. Simone trank einen Schluck von ihrem verdünnten Brunello di Montalcino. Bei den ersten Gitarrenakkorden von Adriano Celentano runzelte sie die Stirn. Sie trank nicht weiter, ließ das Glas aber auch nicht sinken. Über den Rand hinweg sah sie Van Leeuwen an, und er sah sie an, und obwohl er unsinnigerweise gehofft hatte, es wäre anders, wusste er, es war wie meistens, wenn er zwar sie sah, sie aber nicht ihn.

»Sandro«, sagte sie überrascht.

Er schüttelte den Kopf. »Celentano«, sagte er.

»*Don't play that song for me*«, sang Celentano, »*it brings back memories*«, und etwas später sang er, »*you know that you lied*«, und noch einmal, »*you know that you lied*«, und Bruno van Leeuwen fragte sich, warum es in Schlagern immer so übertrieben zugehen musste. Wahrscheinlich, weil sie nur so wenig Zeit hatten, ihre Geschichte zu erzählen, und von jedem verstanden werden wollten. Ein Mörder, einmal gestellt und zum Reden gebracht, hatte dagegen alle Zeit der Welt für seine Geschichte, und wenn er fertig war, fand man am Ende oft nicht einmal mehr einen Mord übertrieben.

Simone fing an, leise vor sich hin zu reden und dabei immer wieder kurz aufzulachen. Van Leeuwen verstand nicht, was sie sagte. Er hätte es auch nicht verstanden, wenn ihre Stimme lauter oder die Musik leiser gewesen wäre. Das verwirrte ihn längst nicht mehr; es gab Momente, in denen er das Gefühl hatte, an die Grenzen seines Verstandes zu stoßen, und dies war kein solcher Moment. Wenn sie lachte, sah sie aus wie früher, wie am Anfang ihrer Liebe. Ihre Augen wurden schmal, füchsisch hüteten sie ein ungeteiltes Vergnügen. Aber dann schüttelte sie den Kopf und stand auf.

»Trinkst du deinen Wein nicht aus?«, fragte er.

»Muss Sandro schreiben«, sagte sie.

»Welchem Sandro?«, fragte er.

»Weißt du nicht mehr – Sandro …?«

Van Leeuwen sagte: »Wir kennen doch überhaupt keinen Sandro.«

Sie runzelte die Stirn, setzte sich jedoch wieder. Ihr Blick verlor sich in der Leere hinter ihren Augen.

»*You know that you lied*«, sang Celentano zum dritten Mal. Was willst du, dachte Van Leeuwen. Menschen lügen nun einmal, das ist so seit Kain und Abel: Bin ich der Hüter meines Bruders …?

Nein, dachte Van Leeuwen, ich bin der Hüter meiner Frau. Ich bin ihre Erinnerung, die eine Hälfte der Biografie unserer Ehe. Ich bin das Bollwerk gegen den Verlust; der Damm, der die verlöschende Erinnerung zu stauen versucht, während die vergessene Zeit an mir nagt. Und ich bin der Hüter aller Unschuldigen von Amsterdam, einschließlich der eingemeindeten Vororte.

»Ich habe heute mit einem Mädchen gesprochen«, sagte er. »Der Freundin des toten Jungen, von dem ich dir erzählt habe. Sie war so abgeklärt, ganz anders als wir damals. Weißt du noch, wie wir in dem Alter waren? Wir hatten doch so viel Hoffnung, oder? Wir waren glücklich. Heutzutage sind nicht mal mehr die Kinder glücklich, und ich frage mich, seit wann das so ist. An den Schulen gibt es inzwischen Sicherheitsdienste, Pförtner in Uniform, und am Eingang werden die Kids mit Metalldetektoren nach Waffen abgesucht.«

Simone antwortete nicht mehr; sie summte nur noch leise das Lied mit.

»Ich glaube, es liegt daran, dass wir in einer Gesellschaft leben, in der man nicht mehr stolz ist auf das, was man dazu beiträgt, sondern nur noch auf das, was man herausholen kann«, spann Van Leeuwen seinen Gedankengang weiter. »Früher verdankte man sein Ansehen seiner Leistung, und heute verdankt man es dem, was man sich leisten kann. Wer am meisten konsumiert, genießt das höchste Ansehen. Selbst auf dem Schulhof kommt es schon darauf an, welche Klamotten du trägst, auf das Image deiner Schuhe oder Pullover, was sie für eine Botschaft haben. Die wahren Dealer sitzen in den Werbeagenturen. Der Konsum ist die gefährlichste Droge, und sie zwingt uns alle in die Beschaffungskriminalität, früher oder später.«

Sein Glas war leer. Die Flasche stand in der Küche, aber er sah sich außerstande, heute noch einmal aufzustehen. Er warf einen begehrlichen Blick auf das Glas in Simones Händen. Sie hielt es in Höhe ihres Mundes, berührte es mit den Lippen, ohne zu trinken.

Er fragte sich, ob er zum Alkoholiker geworden war, ohne es zu merken. Und wenn, wem er die Schuld in die Schuhe schieben konnte – seinem Beruf, der Krankheit seiner Frau oder sich selbst? Wenn er Simone ansah, wie sie da saß, mit abwesendem Blick und kurz geschnittenem Haar, dann wusste er noch, dass sie einmal alles gewesen war, was er sich je gewünscht hatte, und weil er es noch wusste und weil er auch noch genau wusste, warum, wurde er plötzlich so wütend, dass er sie am liebsten gepackt und geschüttelt hätte – *wie konntest du so werden?!* Ich bin Polizist geworden, um deine Welt für dich sicherer zu machen; warum hast du die meine zerstört?

Aber während er noch die Wut in seiner Brust spürte, schämte er sich schon dafür. »Jetzt geh ins Bett«, sagte er heftig und stand abrupt auf. »Das wollest du doch schon vorhin. *Andiamo!*«

Er griff nach ihren Händen, um sie hochzuziehen. Ihre Nägel mussten dringend geschnitten werden, und unter den Rändern hatten sich Halbmonde aus Schmutz gebildet. »Warum hat Ellen dir nicht die Nägel geschnitten? Kümmert sie sich denn um gar nichts mehr?«

Sie hörte den unterdrückten Zorn in seiner Stimme, und als wäre ihr dieser Zorn eine vertrautere Erinnerung als alles andere, kicherte sie fröhlich, anstatt zu erschrecken. »Nicht so schlimm«, sagte sie, »alles nicht so schlimm.«

Er hatte die Lösung geliebt; jetzt musste er mit dem Rätsel leben.

»*Andiamo*.« Er sagte noch einmal das Zauberwort und nahm ihre Hand.

Das Telefon in seinem Arbeitszimmer klingelte. »Geh schon mal vor«, sagte er. »Ich komme gleich nach.« Er drehte sie mit dem Gesicht zum Schlafzimmer und gab ihr einen leichten Schubs. Folgsam setzte sie sich in Bewegung. Er ging in sein Büro, schaltete die Schreibtischlampe ein und meldete sich.

»Ich kann nicht schlafen«, sagte die Stimme am anderen Ende der Leitung.

»Sie könnten die Telefonseelsorge anrufen«, sagte Van Leeuwen.

»Ja, oder eine von den Ratesendungen im Fernsehen«, gab die Stimme zu. »Aber die interessieren sich wohl kaum für die Ergebnisse der forensischen Untersuchung Ihres Toten aus dem Park.« Van Leeuwen spürte, wie sein Kopf in Sekundenschnelle klar wurde. »Sind Sie auf etwas gestoßen, das noch nicht in Ihrem Bericht steht, Doktor Holthuysen?«, fragte er.

»Wie man's nimmt«, antwortete der leitende Pathologe. »Die Analyse der Chemikalien im Magen des Jungen hat vor allem Spuren von DL-1-Phenyl-2-Aminopropan erbracht, einem Sympathikomimetikum, das sich wegen seiner euphorisierenden Wirkung großer Beliebtheit bei all denen erfreut, für die das Betäubungsmittelgesetz nur ein Wort ist. Der gewissenhafte Mediziner dagegen benutzt es als Wiederbelebungsmittel bei Alkoholvergiftungen oder Morphinmissbrauch. Außerdem kommt es als Therapeutikum bei Narkolepsie zum Einsatz.«

»Narkolepsie?«

»Schlafkrankheit, Mijnheer van Leeuwen«, erklärte Doktor Holthuysen. »Etwas, wovon wir beide nicht befallen zu sein scheinen, wenn ich bedenke, wie spät es ist. War Ihr Toter vielleicht Narkoleptiker?«

»Sollten *Sie* das nicht feststellen?«

»Dazu würde ich sein Gehirn benötigen, aber das fehlt ja nun mal leider. Was mich zu dem eigentlichen Grund meines Anrufs bringt: Ich konnte nämlich unter anderem deswegen nicht schlafen, weil ich mir Gedanken über die Art seines Todes gemacht habe, Überlegungen, die ich lieber nicht schriftlich zu Protokoll geben möchte. Andererseits kann ich mir aber vorstellen, dass Sie sie trotzdem gern hören würden, vor allem angesichts des Bambussplitters, den Sie am Tatort entdeckt haben –«

»Einen Moment noch«, warf Van Leeuwen ein. »Diese chemische Substanz, die Sie in Kevins Magen gefunden haben, kann er die aus der Uniklinik haben?«

Holthuysen sagte: »Dank unserer fortschrittlichen Gesellschaft kann er die praktisch überall herhaben, aber Apotheken, Arztpraxen und Kliniken stehen sicher ganz oben auf der Liste. Was glauben Sie, wie viele Ärzte ihre permanenten Nachtschichten und 96-Stunden-Bereitschaften nur dank der Hilfe von Weckaminen überstehen? Außerdem hätten wir da noch die Werbebrache, das Showbusiness, die Forschung –«

»Ich interessiere mich nur für die Uniklinik«, sagte der Commissaris.

»Und was hat es nun mit dem Splitter auf sich?«

»Es ist mehr ein Gefühl«, fuhr der Pathologe fort, »oder nennen Sie's eine Ahnung, die in einem offiziellen Autopsiebericht nichts zu suchen hat. Alles, was in dem Bericht steht, könnte ein anderer Gerichtsmediziner, der dieselbe Untersuchung der Leiche vornähme, überprüfen und bestätigen. Aber was auf dem Papier steht, ist niemals die ganze Wahrheit. Ich habe mich gefragt, warum in der Nähe der Leiche keine Tatwaffe gefunden wurde.«

»Das habe ich mich auch gefragt«, sagte Van Leeuwen. »Aber viele Mörder trennen sich nicht von ihrer Waffe, sondern behalten sie, weil sie sich daran gewöhnt haben oder weil sie einen bestimmten Symbolcharakter –«

»Ja, wenn es sich um einen vertrauten Revolver oder ein lieb gewordenes Messer handelt«, fiel ihm der Pathologe ins Wort. »Aber der Junge ist ja weder erschossen worden wie, sagen wir, Abraham Lincoln, noch erstochen wie Julius Cäsar –«

»– er wurde auch nicht verbrannt wie Jeanne d'Arc –«

»– oder erschlagen wie Leo Trotzki. Es war der Sauerstoffmangel, der zu seinem Tod geführt hat«, fuhr Holthuysen unbeirrt fort.

»Aber mit Tatwaffe meine ich in diesem Fall mehr das Instrument, das den Mord im technischen Sinn zu einer Ihrer, wie Sie es bezeichnen, Erfindungen macht. Etwas, das der Täter nicht zurücklassen oder wegwerfen konnte, weil es uns womöglich Hinweise auf seine Identität gegeben oder uns auf seine Spur geführt hätte –«

»Der Spur zu der Tür, hinter der er steht und abwartet, ob jemand kommt und sie öffnet«, sagte Van Leeuwen.

»Das bringt mich zu dem Splitter«, fuhr Holthuysen fort. »Bevor er aller Voraussicht nach in der Asservatenkammer verloren geht, habe ich ihn einer Isotopenanalyse unterzogen und kann jetzt mit einiger Sicherheit sagen, dass diese Art von Bambus wahrscheinlich nur auf einigen Inseln auf der anderen Seite der Erdkugel – zum Beispiel Borneo, Sumatra, Melanesien oder Neuguinea – wächst.«

»Und die fetthaltige Substanz auf Haut und Kleidern des Opfers?«

»Pflanzenöl und Kalk. Kokosnussöl, um präzise zu sein.«

»Was bedeutet das?«, wollte der Commissaris wissen und versuchte, nicht an das ausgebrannte Haus zu denken und auch nicht an den Jungen auf der Fensterbank.

»Es könnte sich um einen Ritualmord handeln«, sagte der Pathologe.

Van Leeuwen sagte nichts. Er drehte sich um und sah, dass Simone hinter ihm hergekommen war und auf der Schwelle des Arbeitszimmers stand. Seit sie krank war, hatte sie panische Angst davor, allein zu sein. Wenn er sie wegschickte, dauerte es nur wenige Minuten, bis sie ihm wieder folgte. »Commissaris?«

»Ich bin noch da.«

»Bitte, halten Sie mich jetzt nicht für wahnsinnig«, die Stimme des Pathologen wurde so leise, dass seine nächsten Worte fast beiläufig klangen, »aber auf einigen dieser Inseln leben viele Bewohner noch in der Steinzeit, es sind Kopfjäger, Menschenfresser oder Zauberer.«

Van Leeuwen sog hörbar die Luft ein. »Alles in allem«, sagte er, »war es sehr weise von Ihnen, diese Überlegungen nicht in Ihren Bericht einfließen zu lassen, Doktor.«

»Das denke ich auch«, sagte Holthuysen, »und deswegen habe ich mitnichten vor, sie außer Ihnen noch jemandem mitzuteilen.

Schließlich könnte der Splitter auch aus dem Tropenmuseum in der Linnaeusstraat oder aus dem Tropeninstitut der Universität stammen.«

»Ist das in der Nähe der Klinik?«

»In Amsterdam ist alles in der Nähe von allem. Gute Nacht, Mijnheer.«

»Gute Nacht«, sagte der Commissaris. Er legte auf und sah zu seiner Frau hinüber, die sich nicht von der Stelle gerührt hatte.

»Wir haben vielleicht einen Kopfjäger in der Stadt«, sagte er zu ihr.

»Nicht so schlimm«, sagte sie freundlich.

10

Sie fuhren über die Nassaukade an der Singelgracht entlang in Richtung Haarlemmerplein, und wie immer saß der Commissaris auf dem Beifahrersitz und Hoofdinspecteur Gallo am Steuer. Die Platanen längs der Gracht lehnten sich gegen den frischen Wind. Ihre Blätter schimmerten im Sonnenschein wie abgegriffene Münzen, nicht zu grell, aber doch so, dass in der Luft ein stetiges Flirren und Blinken war. Ein Wetter, um Drachen steigen zu lassen.

Der Commissaris sah sich als Kind über die Wiesen am Amstelufer laufen, einen Drachen aus knatterndem roten Papier an einer kurzen Leine in seiner erhobenen Hand, bis der Aufwind den Rahmen packte und hochtrug und er den Drachen nur noch mit kurzen Rucken der Leine am Schweben halten musste. Wie eine gute Ermittlung, dachte er; vielleicht war ja Deniz der Aufwind, den sie brauchten.

»Sag mal, Ton, was weißt du über Kopfjäger?«, fragte er. »Über Kopfjäger auf Papua-Neuguinea?«

»Nichts«, sagte Gallo.

»Könntest du dir vorstellen, dass der Junge – Kevin – von einem Kopfjäger getötet wurde?«

Gallo warf ihm einen Seitenblick zu, dann betätigte er den Blinker. »Nein.«

Van Leeuwen seufzte. »Ich rede auch nur so vor mich hin. Du weißt ja, der Schlaf der Vernunft gebiert Ungeheuer.«

Gallo nickte und bog nach rechts auf die Brücke über die Singelgracht zum Haarlemmerplein. Linker Hand fingen die mächtigen weiß gestrichenen Stahlpfeiler der Eisenbahnzugbrücke das Sonnenlicht aus der Luft über der Gracht. Zwei Schnellzüge rasten über die Brücke wie endlose blau-gelbe Weberschiffchen. Gallo lenkte den Wagen an dem wuchtigen Triumphbogen auf dem Haarlemmerplein vorbei und unter dem Eisenbahnviadukt hindurch. Auf der anderen Seite folgten sie der schmalen, kaum befahrenen Planciusstraat bis zum Barentszplein.

In den kleinen Buchten zwischen den künstlichen Inseln zur Rechten lagen Hauskähne und Segelboote im stillen Wasser vor Anker. Daneben warteten abgewrackte Fischerkähne, von Rost überzogen, auf einen Dockplatz in einer der von Gestrüpp zugewucherten kleinen Werften. Das Wasser wetteiferte mit dem Himmel um die schnellsten Wolken, um das leuchtendste Blau. Zwischen den Häusern erhaschte Van Leeuwen einen Blick auf die ehemaligen Speicherhäuser der Ostindien-Kompanie, deren kunstvoll restaurierte Fassaden von Segelmasten und von Platanen in ungestümem Jadegrün unterbrochen wurden. Die großen Hallen, in denen früher Kanoneneisen gegossen und Teer gekocht worden war, beherbergten jetzt elegante Apartments, Künstlerateliers und Büros mit bunten, wie Segel aus Holz zugeschnittenen Fensterläden. Aber der Commissaris sah hinter die Fassaden, und er sah nicht die Architekten, Ingenieure und Bildhauer und auch nicht die Yuppies in durchgestylten Lofts; er sah Berge von Kautschuk, Tonnen von Gewürzen, Getreideballen, säckeweise Kaffee und Tee, gestapelt vom Boden bis unters Dach, den ganzen Reichtum einer großen Handelsnation.

Das leer stehende Abbruchhaus, von dem Tic erzählt hatte, lag ganz am Ende der Straße in einer verwaisten, schäbigen Gegend am Barentszplein, wo das Land aufhörte und unermüdlich donnernde Rammen immer neue Betonstreben in den Meeresgrund stampften. Türen und Fenster im Parterre des Hauses waren mit Brettern zugenagelt. Von den Scheiben in den beiden oberen Stockwerken hatten nur ein paar schmutzige Scherben überlebt, die wie spitze Zähne aus den geschwärzten Rahmen ragten. Gallo setzte zurück und parkte den Dienstwagen hinter der Einfahrt einer alten Seifensiederei, wo er nicht auffiel. Als Van Leeuwen ausstieg, weiteten sich seine Lungen; kaum etwas spürte er in seiner Stadt lieber als diesen Geruch von Seetang und Teer im salzigen Wind.

Durch die Fenster im ersten Stock des Hauses sah er, dass auch die Zimmerdecken schwarz von Ruß waren. Sein Puls ging langsamer, und sein Blut kühlte sich ab. Er hatte von einem Tiefseetaucher gehört, der eine kleine Ewigkeit lang ohne Sauerstoff auskommen konnte. Auf dem tiefsten Grund des Ozeans schlug sein Herz nur noch viermal in der Minute. So war es, wenn Van Leeuwen ein brennendes Haus sah oder eins, das noch Brandspuren trug; als sinke er auf den tiefsten Meeresgrund, wo sein Herz nicht öfter schlug als unbedingt notwendig.

Vom Ijsselmeer drang das schwermütige Tuten eines Schiffshorns herüber. Überall auf den Inseln wurde gehämmert; Sägen und Kranwinden kreischten, und wie immer kratzten die Schreie der Möwen am Himmel. Ihr klagendes *Hey-hey-hey* klang wie der Lärm von einem fernen Kinderspielplatz.

Van Leeuwen und Gallo gingen um das Haus herum auf den mit Sperrmüll vollgestellten Hinterhof. Der Hoofdinspecteur rüttelte an den Holzlatten, mit denen die rückwärtige Tür verrammelt war. Er schob ein paar lockere Latten zur Seite und kletterte durch die Lücke. Der Commissaris folgte ihm mühsam. Der von Zwielicht erfüllte Raum dahinter sah aus, als hätte er einmal ein Lager beherbergt. Noch immer hing Brandgeruch in der Luft.

Du musst hier nicht sein, dachte Van Leeuwen. Du kannst Gallo die Untersuchung allein weiterführen lassen und draußen warten. Aber wie viel Respekt bleibt dir dann noch, wenn du dich von einem Bild unterkriegen lässt, egal, was die Erinnerung daran mit dir anstellt?

Raschelnd bahnte Gallo sich einen Weg über Berge von Müll und alten Pappkartons bis in das von Schimmel befallene Treppenhaus. Dort, wo einst Holzstiegen nach oben geführt hatten, klaffte jetzt ein hohler Schacht, der bis zum Dachgebälk reichte. Der

Hoofdinspecteur legte den Kopf in den Nacken und rief: »Deniz! *Deniz?!*«

Außer den fernen Geräuschen der Werften war nichts zu hören.

»Hier ist niemand«, sagte Van Leeuwen.

Gallo sah sich um, ging dicht an den Wänden entlang. An einem halb verkohlten Türrahmen blieb er stehen. »Dachte ich mir doch«, murmelte er. Mit dem Fingernagel kratzte er einen kräftigen Bindfaden, der in eine Ritze des Rahmens geklemmt war, heraus und zog daran. Ein dickes Seil rutschte vom Boden des ersten Stocks und fiel herunter wie ein Glockenstrang. Gallo prüfte das Seil mit einem scharfen Ruck. »Wann bist du das letzte Mal an so was hochgeklettert?«, fragte er.

Van Leeuwen trat neben ihn und schaute den Schacht hinauf. Eine Taubenfeder schwebte aus dem Sonnenlicht hoch oben im Treppenhaus auf ihn zu. Ihm wurde schwindelig. »Ich kann das nicht«, sagte er. »Und du solltest es auch nicht versuchen.«

Gallo sagte nichts. Er packte das Seil mit beiden Händen, prüfte, ob es sein Gewicht trug, und hangelte sich dann daran hoch in den ersten Stock, wo er auf die angesengten Dielen kletterte. Das Seil schwang noch leicht hin und her. Van Leeuwen konnte den Hoofdinspecteur jetzt nicht mehr sehen. Er hörte nur einige scharrende Schritte, dann herrschte Stille.

»Was ist da oben?«, rief er. »Siehst du was, Ton?« Er erhielt keine Antwort. »Ton?« Seine Stimme verlor sich in den leeren Räumen. Er sah noch einen Moment lang nach oben, wo Gallo verschwunden war, dann griff er nach dem Seil und zog daran, versuchte sich selbst auch hochzuziehen, aber sobald seine Füße den Boden nicht mehr berührten, merkte er, dass seine Kraft nicht ausreichte. Ich bin doch zu alt, dachte er. Früher konnte ich auf Bäume klettern; das ist jetzt wohl vorbei.

Er sah es aus den Augenwinkeln. Eine Bewegung im Dunkel des nächsten Raums, links vom Treppenschacht, begleitet von einem Schwirren. Zuerst war er nicht sicher, ob er das Geräusch wirklich gehört hatte. Es klang jedenfalls wie ein Schwirren, so hätte er es in einem Bericht ausgedrückt; ihm fiel kein besseres Wort ein. Das Geräusch, das eine Taube macht, wenn sie landet. Oder ein anderer Vogel, größer, schwerer. Er ließ das Seil los. Er hielt den Atem an und lauschte. Er spürte, wie die kleinen Härchen an seinem Körper sich aufstellten, im Nacken, an den Armen.

Die Bewegung war zu schnell gewesen für eine Taube, das Geräusch zu dunkel. Ein Laut für dunkle Schnelligkeit. Van Leeuwen merkte, dass er noch immer nicht wieder angefangen hatte zu atmen. Er holte Luft. Auf seinem Rücken begann es zu kribbeln, eine kleine Stelle zwischen den Schulterblättern, als säße dort ein Pflaster, das sich zu lösen begann. Er kannte das Gefühl. Es war das Gefühl, das er immer hatte, wenn er beobachtet wurde, und es war stärker als gestern Nacht im Vondelpark.

»Ton?!«, rief er, obwohl er den Hoofdinspecteur gar nicht rufen wollte.

Er drehte sich um, wandte sich dem dunklen Raum zu. Zwischen den Brettern vor dem Fenster saßen Lichtritzen, die nur wenig Helligkeit spendeten. Gerümpel und Müll bildeten kleine formlose Hügel zwischen dem Schacht und der Tür, und dahinter war nichts als Schwärze. Du musst näher ran, dachte Van Leeuwen; wenn du nichts sehen kannst, bist du nicht nah genug. Sein Mund war trocken, und er hatte Angst, aber er tat den ersten Schritt und dann den zweiten.

Hoofdinspecteur Gallo zog sich vom Treppenschacht zurück und sah sich in dem kahl gebrannten Geschoss um. Eine Maus huschte über die morschen, mit Taubendreck verschmutzten Dielen. Unter den leeren Fensterrahmen saßen wie versteinert wirkende Vogelnester. Auf dem Boden lagen leere Limonadenflaschen, Zigarettenpackungen und Pizzakartons. Einige Meter von der Treppe entfernt lehnte eine Leiter an einem Pfeiler. Sie war lang genug, sodass man darauf über den Schacht ins nächste Stockwerk klettern konnte.

Gallo nahm die Leiter und lehnte sie mit dem oberen Ende gegen den gut vier Meter höher gelegenen Boden des zweiten Stocks. Er sah nicht nach unten. Er wusste, dass Höhenangst ganz plötzlich kommen konnte. Er hörte den Commissaris rufen, aber er antwortete nicht. Er überprüfte, ob der Fuß der Leiter fest verankert war, und drückte gegen die Sprossen. Sie gaben nicht nach.

Langsam kletterte er los, die Augen fest nach oben gerichtet. Er dachte nicht an den leeren Schacht unter sich und auch nicht an den Commissaris. Der Staub in der Luft schien sich nicht zu bewegen. Der Dachstuhl über ihm war fast unversehrt. In dem schwachen Licht, das durch ein paar Ritzen und Löcher fiel, konnte der Hoofdinspecteur sehen, dass es hier oben sauberer war als in den unteren Stockwerken.

Vorsichtig stieg er von der Leiter. Er roch kalten Zigarettenrauch und geschmolzenes Wachs, ein fast frischer Geruch. Außerdem roch er Taubenkot, Urin und getrockneten Schweiß in schmutziger Wäsche, etwas älter, wenn auch nicht so alt wie der Brandgeruch.

»Ton?«, hörte er Van Leeuwen von unten rufen. Die Stimme des Commissaris klang verändert in den leeren Räumen, verloren und geisterhaft.

Einige Meter vom Treppenschacht entfernt türmten sich im Halbdunkel Schachteln, Kartons und Kisten, aus Holz oder Pappe, auf den Seiten beschriftet mit *Sony*, *Apple*, *Konica* oder irgendeinem anderen Markennamen.

Gallo tastete nach der SIG Sauer in seinem Schulterhalfter und löste die Sicherheitsschlaufe, obwohl er nicht glaubte, dass er die Waffe brauchen würde. Leise rief er: »Deniz?! Ich will nur mit dir reden, Deniz!« Dabei setzte er einen tastenden Fuß vor den anderen, näherte sich den Kartons mit der Hand am Pistolengriff.

Er sah hinter den Wall aus originalverpacktem Diebesgut. Hinter den Kartons stand ein Ghettoblaster, an dem Vreeling seine helle Freude gehabt hätte. Daneben lagen ganze Stapel von CDs, Musikkassetten und zerlesenen Taschenbüchern. Raviolidosen türmten sich zu einem kleinen Berg, umgeben von vollen und halb leeren Wasserflaschen. Von einem mit Essensresten verkrusteten Zweiflammenkocher führte ein Schlauch zu einer kleinen Gasflasche. Wie hat er das bloß alles hier raufgekriegt?, dachte Gallo.

Er ging um die Kartons herum und entdeckte eine schäbige Matratze mit einem dreckigen Laken und zerwühlter Bettwäsche darauf. Am Fußende der Matratze stand ein offener Rucksack, der ein Dutzend Farbdosen enthielt: das Handwerkszeug eines Sprayers. Auf dem Boden dahinter lag noch mehr Zeug verstreut: aufgerissene Tablettenschachteln, ein Crack-Besteck, Pillendöschen und ein halbes Dutzend Videokassetten mit grellbunten Deckeln, *Texas Chainsaw Massacre*, *Die Körperfresser kommen*, *Hannibal*, *Zombie* oder *Die Nacht der lebenden Toten*.

Neben der nach Schweiß riechenden Matratze türmten sich Kleidungsstücke. Gallo schob sie mit der Schuhspitze auseinander, bis er plötzlich etwas Festes berührte. Es lag unter einem schwarzen Trainingsanzug, und als der Hoofdinspecteur danach tastete, entdeckte er erst eine weiße Skimaske und dann den Griff einer Uzi.

Van Leeuwen spürte sein Herz. Es schlug zu schnell, nicht nur in seiner Brust, sondern auch unter dem Gaumen, hinter den Schläfen und an den Handgelenken. Er hatte die Schwelle zu dem dunklen Raum fast erreicht, aber jetzt wurde ihm klar, dass er nicht weitergehen durfte. Er stand knöcheltief im Müll, und er sah genug, um zu erkennen, dass es gefährlich war, den Raum zu betreten. Mit halb ausgebreiteten Armen stand er da und hatte plötzlich das Gefühl für seinen Körper verloren.

Da war die Wand, gegen die er sich mit dem Rücken pressen konnte; er musste sie nur erreichen. Da war der Treppenschacht. Da war die Tür, durch die sie eingedrungen waren. Aber das alles lag hinter ihm. Er musste sich umdrehen, dem dunklen Raum den Rücken zuwenden. Dabei war ihm, als könnte er sich nie mehr von der Stelle rühren.

Er hoffte auf ein Geräusch, an dem er sich orientieren konnte. Doch so angestrengt er auch lauschte, er hörte nichts außer dem fernen Hämmern und dem Stampfen der Ramme und den Motorsägen auf den Werften. Kein Rascheln oder Scharren oder Schwirren mehr. Nur sein Herz – natürlich hörte er sein Herz hämmern. Es war so laut.

Er konnte jetzt immer mehr erkennen, verschiedene Grautöne und die Konturen von Gegenständen zwischen sich und den gleißenden Lichtritzen in den Fensterverschlägen. Wenn sich dort etwas bewegte, würde er es wahrnehmen, einen huschenden Umriss, die dunkle Silhouette des Mörders.

Ein jähes Krachen hinter ihm im Treppenschacht ließ sein Blut stocken. Sein Herz blieb stehen. Es setzte einen Schlag aus und dann noch einen, und in dieser Zeit, in der sein Herz nicht schlug, dehnte sich sein Erschrecken, und er sah das dunkle Etwas, das er bisher nur gehört hatte. Er sah es vor den Lichtritzen, aber bevor er es erkennen konnte, setzte sein Herzschlag wieder ein, und es war verschwunden.

Hoofdinspecteur Gallo stand mit beiden Füßen im Schutt neben dem Seil und rief: »Schau mal, was ich da oben gefunden habe! – Was hast du denn? Ist was mit dir?«

Van Leeuwen drehte sich um; er war plötzlich so müde, dass seine Muskeln schmerzten. »Du hast mich zu Tode erschreckt«, sagte er.

Gallo sagte: »Ich glaube, wir haben ihn.«

Der Commissaris versuchte zu erkennen, was der Hoofdinspecteur in den Händen hielt. »Was ist das?«

»Ein schwarzer Trainingsanzug«, sagte Gallo, »und eine weiße Skimaske.«

»Der schwarz-weiße Gnom«, murmelte Van Leeuwen.

Gallo nickte. »Unser Deniz bewohnt da oben seine eigene kleine Schatzinsel im feindseligen Meer der Großstadt, komplett mit geklauten Kameras, Computern, Musikanlagen und Mobiltelefonen.«

»Drogen?«

»Die reinste Apotheke – alles da, von A wie Amphetamin bis Z wie Zyklopropan.«

»Was ist Zyklopropan?«

»Ein Inhalationsnarkotikum. Man wird high, wenn man es einatmet.«

»Und warum hat er den Freund umgebracht, der ihn mit dem ganzen Zeug versorgt hat?«, fragte Van Leeuwen.

Gallo sagte: »Wenn du dir genügend von diesen Videos reingezogen und dich dabei einmal die Pharmakarte rauf und runter gefuttert hast, brauchst du kein *Warum* mehr. Da reicht eine Kleinigkeit, ein falscher Augenaufschlag, ein falsches Wort, sogar das falsche Lied aus einem Ghettoblaster, den jemand vorbeiträgt. Vielleicht hat Kevin nicht geliefert oder zu wenig oder zu spät oder nicht das Richtige. Oder Deniz wollte den Stoff mal, ohne zu bezahlen, oder er wollte die Quelle oder –«

»Aber was ist mit Kevins Angst? Das, was er in der Klinik gesehen hatte – wovor er sich so gefürchtet hat?«

»Du hast doch gehört, was die Kleine – Tic – gesagt hat, er hatte vor allem und jedem Angst. Aber umgebracht wurde er dann von jemandem, den er nicht auf seinem Radar hatte: Deniz.«

»Vielleicht«, sagte der Commissaris. »Man müsste mit ihm reden.«

»Man müsste ihn zur Fahndung ausschreiben und verhaften«, korrigierte Gallo ihn.

»Wir können hier auf ihn warten.«

»Wer weiß, wann er zurückkommt.«

»Bald.«

»Wer sagt dir das?«

»Mein Gefühl.«

»Ich glaube nicht an Gefühle«, sagte Gallo.

»Ich weiß«, sagte Van Leeuwen.

Vielleicht habe ich mich getäuscht, dachte der Commissaris;

vielleicht sehe ich Gespenster. Er spürte, dass die Gefahr vorüber war, und er fragte sich, ob überhaupt eine Gefahr bestanden hatte. Schließlich hatte er eine lebhafte Phantasie. Wenn wir jetzt das Haus durchsuchen, werden wir nichts finden, sagte er sich, wir brauchen also gar nicht erst damit anzufangen. »Du hast Recht, wir lassen das Haus beobachten, dann haben wir ihn bald.«

Er ging durch das leere Treppenhaus und den Lagerraum zur Hintertür und schob sich an den Brettern vorbei ins Freie. Das Tageslicht blendete ihn, sodass er den Jungen nicht sofort sah. Der Junge stand direkt vor der Tür und starrte ihn an, reglos vor Überraschung.

Der Junge trug eine ausgefranste Jeans mit Rissen an den Oberschenkeln, graue Nikes und ein ungebügeltes maulbeerrotes Hemd, außerdem eine gelbe Baseballkappe und eine *Chevignon*-Lederjacke, die ihm zwei Nummern zu groß war. Aber weil er die Ärmel umgeschlagen und hochgekrempelt hatte, sah man das nicht sofort, und man hielt ihn für älter.

Das Gesicht des Jungen war blass, als käme es nur selten mit Wind und Wetter in Berührung. Der Schirm der Baseballkappe warf einen gelblichen Schatten auf seine Haut. Der erste Bartwuchs, nicht mehr als ein Flaum, wirkte wie mit Feder und Tusche zart über die Oberlippe gemalt. Die braunschwarzen Augen flammten in jäher Panik.

»Bist du Deniz?«, fragte Van Leeuwen.

»Nein«, sagte der Junge so schnell, als wäre ihm diese Antwort schon zur zweiten Natur geworden. Er wollte wegrennen, aber der Commissaris war schneller und packte den viel zu weiten Ärmel der *Chevignon*-Jacke. »Wir wollen nur mit dir reden«, sagte Van Leeuwen.

»Worüber denn?«, fragte der Junge.

»Über deine Schatzinsel da oben unterm Dach«, sagte Gallo, der sich ebenfalls durch die Lücke im Bretterverschlag gezwängt hatte. »Über *das* hier.« Er hielt Deniz den schwarzen Trainingsanzug und die weiße Skibrille entgegen. »Und über deinen Freund Kevin.«

»Kevin? Kenn ich nicht.«

»Und Tic, kennst du die?«

»Nee.«

»Aber Robbie, die sagt dir doch was.«

»Robbie? Welche Robbie?«

»Deine Freundin«, sagte Gallo.

»Warst du am Koninginnedag nachts im Vondelpark?«, fragte Van Leeuwen.

»Das geht euch gar nichts an, wo ich war.«

»Das geht uns doch was an«, sagte Gallo und hielt Deniz seinen Ausweis vors Gesicht.

»Na gut«, sagte der Junge und senkte den Kopf.

Van Leeuwen lockerte seinen Griff. Deniz trat Gallo so heftig gegen die rechte Kniescheibe, dass der Hoofdinspecteur kreidebleich wurde. Gleichzeitig riss der Junge sich los und rannte über den Hof. Van Leeuwen setzte ihm nach, ohne zu überlegen. Der Junge lief schnell. Er schlängelte sich zwischen den überquellenden Müllcontainern und Stapeln von Sperrgut durch und schlug ein paar Haken. Auch Van Leeuwen lief schnell, schnappte aber jetzt schon nach Luft und merkte, dass er den Jungen niemals einholen konnte, wenn der nicht wollte.

Der Junge rannte zur Hausecke, denn wenn man zur Straße wollte, musste man dort vorbei, und deswegen rannte Van Leeuwen in dieselbe Richtung. Er konnte es vor Deniz schaffen, weil er die kürzere Strecke hatte, er musste nur aufpassen, dass er nicht stolperte und irgendwo gegenrannte. Die Sonne stand schon tief und schien ihm in die Augen, und sein Herz schlug wieder zu heftig, aber deswegen musste er sich keine Sorgen machen, denn mit seinem Herzen war alles in Ordnung und mit seiner Lunge auch, seit er mit dem Rauchen aufgehört hatte.

Der Junge sah, dass Van Leeuwen ihm den Weg zur Straße abschnitt, und schlug wieder einen Haken, und der Commissaris begriff, wo Deniz jetzt hinwollte. Er wünschte sich, Gallo würde ihn abfangen, aber der Hoofdinspecteur stand noch immer da, vornübergebeugt, und betastete sein schmerzendes Knie, und deswegen stieß Van Leeuwen sich von der Hausecke ab und lief selbst hinter Deniz her, rannte, obwohl ihm die Lungen wehtaten und der verschwitzte Stoff der Hose an seinen Beinen klebte, und dann sah er, dass der Junge den Zaun zum Nachbarhof fast erreicht hatte, aber nur fast, und mit letzter Kraft und keuchend schaffte Van Leeuwen es, sein Tempo noch einmal zu steigern, und endlich hatte er ihn, er hatte ihn beinahe, zumindest ein Bein, während der Junge schon fast oben auf dem Zaun war, dem scheppernden Maschendrahtzaun, durch den blendend die Sonne schien, und diesmal ließ der Commissaris nicht los, diesmal hielt er den Jungen fest, bis Deniz ihm mit dem anderen Fuß hart ins Gesicht trat, und nach dem dritten Tritt sagte sich Van Leeuwen, was soll's, das ist es nicht wert, und ließ doch los.

Hinter dem Zaun, auf der anderen Seite, lachte der Junge einmal laut auf und stieß den ausgestreckten Mittelfinger in die Luft, ehe er langsam über den Nachbarhof davonschlenderte und im Schatten einer verkrüppelten Akazie verschwand, ohne sich noch einmal umzusehen.

11

Der Commissaris wusste, dass es keinen Sinn hatte, gegen die Strömung zu schwimmen. Er musste dorthin gehen, wohin die Ermittlung ihn führte – den Drachen hinter sich herziehen und den Aufwind suchen, der ihn in die Luft trieb. Er hatte es zuerst mit dem Jungen versucht, weil er nicht in die Universitätsklinik wollte, aber ihm war klar, dass er nicht darum herumkam, genauso wenig, wie Brigadier Tambur darum herumkam, sich die Videos anzuschauen. Julika saß in einem fensterlosen Verhörraum vor dem Fernseher und schaute sich Horrorvideos an, auf der Suche nach einem Mord, einem Vorbild für das Verbrechen im Vondelpark. Obwohl sie die Filme im Schnelldurchlauf abspielte, wirkten ihre Augen krank, angesteckt von der flackernden Fäulnis auf dem Bildschirm.

Van Leeuwen fand, dass sie sehr jung aussah. Aber je älter man wurde, desto jünger sahen alle anderen aus, so war das nun mal. Er sagte allen, wo er zu finden war, falls die Fahndung nach Deniz Aylan – fünfzehn Jahre alt, holländischer Staatsbürger mit einem türkischen Elternteil – zu einem Ergebnis führte. Dann nahm er den Fahrstuhl ins Kellergeschoss, wo die Asservaten aufbewahrt wurden.

Er ging einen spärlich beleuchteten Korridor entlang, begleitet vom zuckenden Licht anämischer Neonröhren, bis er an eine Stahltür gelangte. Hinter einem kleinen Glasfenster saß ein Agent, der ihn kannte und auf den Knopf für den Türöffner drückte, ohne dass Van Leeuwen etwas erklären musste.

Der Commissaris wusste nicht genau, was er hier unten suchte, aber meistens ging es ihm wie mit den Gesichtern auf den Zeichnungen von Goya: Plötzlich entdeckte er etwas, das ihm eine Geschichte erzählte. Und manchmal passte diese Geschichte zu dem ungelösten Fall, an dem er gerade arbeitete, brachte ihn auf ein mögliches Tatmotiv, einen vorstellbaren Tathergang, auf den Täter selbst.

Keine dieser Geschichten war lang oder kompliziert, und keine war ein Märchen, nur eine weitere Episode aus Tausendundeiner menschlichen Nacht. Nummeriert, beschriftet und abgelegt auf endlosen Regalen, handelten sie von Mord und Totschlag, von Vergewaltigung, Raub und Betrug, den vielen Gestalten der Erbsünde. Der Commissaris suchte den Bambussplitter, den er neben der Leiche gefunden hatte. Er hatte das Gefühl, dass er ihn noch einmal in Ruhe betrachten, vielleicht berühren musste. Wenn es sich doch um einen Ritualmord handelte, um einen magischen Vorgang, steckte etwas von dem Zauber auch in dem Splitter. Nicht, dass er daran glaubte. Aber woran er glaubte, war nicht wichtig; er musste das glauben, was der Täter glaubte, bis zu dem Moment, in dem er ihm gegenüberstand.

Im trüben Licht der vergitterten Lampen ging der Commissaris die engen Gassen zwischen den Regalen entlang. Er betrachtete die Objekte, die am Ende von den Geschichten übrig geblieben waren, verpackt in Zellophanbeuteln, verschnürt in Kartons. Mordwaffen mit den Fingerabdrücken der Täter und mit der DNA der Opfer, Pistolen sämtlicher Kaliber, Messer in allen Längen und Größen, Schrotflinten, asiatische Würgehölzer, Baseballschläger, eiserne Wurfsterne. Es gab eine Stricknadel, die sich durch ein Ohr gebohrt hatte. Ein Elektrokabel, das einen Kehlkopf zerquetscht hatte. Eine Injektionsspritze, die ihr Gift in eine Blutbahn entleert hatte. Eine Geflügelschere, die Haut, Sehnen und Knochen zerlegt hatte. Einen Stein, der einen Schädel zertrümmert hatte.

Manchmal wünschte Van Leeuwen, es wäre *so* gewesen: dass die Gegenstände selbst die Taten verübt hätten, aus eigenem Antrieb. Dass kein Mensch dafür verantwortlich war.

Aber die Luft zwischen den Regalen war gesättigt vom Geruch der Verbrechen, von der Ausdünstung von Angst und Wut, von Verwesung; von Menschen im Augenblick des Todes. Es war ein süßlicher Geruch, verwoben mit dem des Materials, in dem er sich festgesetzt hatte, in dem er getrocknet war. Van Leeuwen roch den Angstschweiß in den Achselnähten blutbefleckter Hemden, den säuerlichen Speichel auf zerbissenen Klebebändern, die staubige Fäulnis der Bettlaken, auf denen sich Menschen im gewaltsamen Sterben entleert hatten.

Es gab auch die beschlagnahmten Beweismittel: Heroin in Briefchen und prallen Päckchen, bündelweise braunfleckige Guldenscheine, Ghettoblaster, Mobiltelefone, Springerstiefel, Halsketten, Armyjacken, Markenuhren, echte und gefälschte, Wagenschlüssel, ein Kinderkleid.

Das Kinderkleid traf den Commissaris immer wieder wie ein Schlag auf die Brust, direkt über dem Zwerchfell. Er nannte es nie Kleidchen, immer Kleid, aber es half nichts. Es war wieder der 10. Oktober, ein nebeliger Herbsttag, nicht kalt, aber ohne Sonne, und aus dem Nebel wurde Rauch. Van Leeuwen blieb stehen.

»Bruno?«

Der Commissaris kehrte zurück in die Gegenwart. Hoofdinspecteur Gallo stand in der Tür zur Asservatenkammer.

»Hier bin ich, Ton«, rief Van Leeuwen. Er ging weiter zum nächsten Regal, wo er das Beweisstück zu Fall 4357 fand, einen winzigen Bambussplitter in einer kleinen Zellophantüte, laut Beschriftung versehen mit Blutanhaftungen der Gruppe A, Rh-Faktor positiv. Einem Impuls folgend, griff der Commissaris danach und steckte die Tüte in die Hosentasche.

Gallo rief: »Ein Anruf von Hoofdagent Jacobs vom Zweiten Bezirk. Eine Streife hat auf der Oudezijds jemanden gesehen, auf den die Beschreibung unseres Früchtchens passt. Deniz Aylan.«

»Wo?«

»Auf den Wallen.«

»Ruf die Streife an: Sie sollen den Jungen im Auge behalten, aber nichts unternehmen. Wir kommen hin.«

Der Feierabendverkehr verstopfte die Straßen rund um den Nieuwmarkt. In Zeitlupe rollten die Autos und Busse durch die engen Straßen. Gallo schaltete die Sirene ein, aber die Zeiten, als Blaulicht und Sirene Wunder gewirkt hatten, waren schon lange vorbei. Er lenkte den Wagen auf den Bürgersteig, um weiter vorn an der Brücke wieder in den stehenden Verkehr einzuscheren. Fahrradklingeln protestierten schrill. Van Leeuwen ließ das Seitenfenster herunter und winkte, damit die Fußgänger ihnen Platz machten. Auf dem Trottoir kamen sie nur ein paar Meter weit, bis ein Müllberg den Weg versperrte.

Als der Hoofdinspecteur auf die Fahrbahn zurückschwenkte, gellten ihm wütende Huptöne entgegen. Der VW schlug mit der Heckstoßstange auf die Bordsteinkante. Reifen quietschten auf dem Kopfsteinpflaster. Gallo fuhr so schnell er konnte, gab Gas, bremste, kuppelte, gab wieder Gas.

Der Himmel über der Stadt war jetzt düster, von verhangenem Grün, das aufbrach, als ein Blitz die Wolkendecke spaltete. Langsam rollte Donner heran. Raschelnd regte sich das Laub der Bäume an der Gracht. Der erste Windstoß trieb eine zerknüllte Zeitung auf die Fahrbahn. Die Straßenlaternen wurden eingeschaltet und gaben einander ihr Licht weiter. In das dunkle Brausen des Verkehrs mischte sich ein silbriges Rauschen. Regen zog über die Straße wie ein Vorhang. Van Leeuwen fuhr die Seitenscheibe wieder hoch.

»Warum sind wir eigentlich hinter diesem Deniz her?«, fragte Julika vom Rücksitz, wo sie neben Inspecteur Vreeling saß und sich mit einer Hand am Sicherheitsgriff festhielt, um nicht gegen ihn zu fallen.

»Er ist ein Stück vom Puzzle«, antwortete Van Leeuwen. »Er ist ein Teil, das uns zum nächsten Teil führt. Wenn wir den Platz gefunden haben, an den es gehört.«

»Dazu braucht man viel Phantasie«, sagte Julika.

»Man wächst mit der Herausforderung«, kommentierte Gallo. Das Funkgerät knackte, und eine Frauenstimme sagte: »Fünf-Sieben, bitte kommen.« Van Leeuwen hob das Mikrofon aus seiner Halterung unter dem Armaturenbrett. »Fünf-Sieben«, meldete er sich.

»Wo seid ihr, Fünf-Sieben?«, fragte die Frauenstimme aus dem Präsidium. »Die Streife auf den Wallen fragt, ob ihr noch lange braucht.«

»Nein«, sagte Van Leeuwen. »Warum?«

»Sie haben Angst, dass er sie bemerkt. Soll ich Sie verbinden, Mijnheer?«

»Ja.«

»Verstanden, Fünf-Sieben. Ende.« Die Frauenstimme verschwand aus dem Lautsprecher. Es knackte ein paarmal, dann sagte ein Mann: »Hier Neun-Acht. Bitte kommen, Fünf-Sieben.«

»Hier Fünf-Sieben«, sagte Van Leeuwen. »Was macht er gerade?«

»Sieht so aus, als hätte er Hunger. Bleibt an jeder Kneipe stehen und liest die Speisekarte.«

»Ist er allein?«

»Nein. Ein Mädchen ist bei ihm. Und noch ein Junge, der dauernd vorausläuft und dann wieder zurückfällt, wie ein Hund.«

»Bleibt ihm auf den Fersen«, sagte Van Leeuwen.

»Jetzt geht er zu einem Döner am Nieuwmarkt«, sagte der Hoofdagent der Streife. »Sind ein paar Touristen vor ihm, aber ewig wird's nicht dauern, bis er drankommt.«

»Nichts dauert ewig, Neun-Acht. Ende.«

Als sie endlich am Nieuwmarkt eintrafen, war der Regen stärker geworden und wehte in dichten Schleiern durch die Straßen. Der Himmel drückte wie ein graues Kissen auf den Turm der Oude Kerk. Rings um den kleinen Platz vor der alten Kirche lockten Amüsierlokale, Sexshops, Oben-ohne-Bars und Spielhallen. An einer Fassade schlugen die Neonflügel einer Windmühle ihr rotes

Rad. Flammten auf und erloschen gleich darauf wieder, flammten auf und erloschen, magentarot.

Im Parterre alter Bürgerhäuser warteten halb bekleidete Frauen hinter großen Fenstern auf Kunden. Neonsilben in Violett, Orange und Pink über den Eingängen tauchten die nassen Baumkronen längs der Gracht in ihren Widerschein. Die uniformierten Anreißer hatten sich zwischen die grell bemalten Plakatständer unter den Vordächern zurückgezogen. Touristen in gelben Capes flanierten durch den Regen, von einem der roten Fenster zum nächsten.

Das Wasser der Gracht sah aus wie dampfendes Blei. Unberührt von dem Regen, tauchte ein Schwan neben den sacht schaukelnden Hausbooten nach seinem Abendessen. Gallo schaltete Sirene und Blaulicht aus, fuhr jetzt im Schritttempo den Voorburgwal entlang. Der Streifenwagen der Uniformierten parkte auf dem kleinen Platz vor der Oude Kerk.

»Da vorne ist ein Döner«, sagte Gallo. Er hielt unter einer Platane und stieß die Tür auf. Der Regen, der in den Wagen staubte, war kühl, aber nicht kalt. Der Imbiss war hell erleuchtet. Der Verkäufer säbelte Fleischstreifen von einem großen Drehspieß.

»Warte noch«, sagte Van Leeuwen. Er konnte Deniz erkennen und das Mädchen, das die Streife erwähnt hatte. »Da sind Deniz und Tic«, sagte er. »Den anderen Jungen kenne ich nicht.«

»Das ist kein Junge«, sagte Gallo. Er hielt die Tür fest, ohne auszusteigen. »Das ist auch ein Mädchen, wahrscheinlich diese Robbie, seine Freundin.«

Aus den Lautsprechern über den Eingängen der Amüsierlokale hinter ihnen schallte Musik – eine Polkaziehharmonika, Salsatrommeln, eine Jazztrompete. Eine japanische Reisegruppe stieg aus einem zwischen den parkenden Autos eingekeilten Bus. Die Japaner spannten kleine weiße Schirme auf, um ihre Kameras vor dem Regen zu schützen, bevor sie laut schnatternd auf einen Stripclub mit Livesex-Show zueilten. Aus den Hauseingängen riefen ihnen Prostituierte in Lackstiefeln obszöne Angebote zu. Eine Sekunde lang hielt ein Blitz alle Bewegungen an. Donner krachte über den treibenden Wolken und brach sich an den Häusern. Sodom und Gomorrha, dachte Van Leeuwen; die Ansichtskartenversion, komplett mit Drogenwracks, Transvestiten in Netzstrümpfen und gebrauchten Kondomen im Rinnstein.

Er griff zum Mikro und sagte: »Neun-Acht, hier Fünf-Sieben. Wir übernehmen jetzt. Ende.«

»Verstanden, Fünf-Sieben. Ende.«

Ein Motorradfahrer rollte fast lautlos vorbei. Fußgängerpulks schoben sich zwischen dem Döner und der Straße über das Pflaster und blockierten immer wieder die Sicht. Mehrere Radler mit Regencapes steuerten ihre Räder klingelnd durch das Gedränge. Van Leeuwen öffnete seine Tür. »Also gut. Seid ihr so weit?«

»Sind wir«, sagte Julika.

Alle vier stiegen aus und gingen über die Straße auf den Döner zu. Sie spürten den Regen nicht. Sie sahen die Fußgänger nicht mehr, und auch die Radler nicht oder den Motorradfahrer. Sie hatten nur Augen für Deniz und Tic und das zweite Mädchen, die an der Theke des Döners lehnten und redeten, eingehüllt in den Dunst von heißem Fett und angebranntem Fleisch. Jetzt drehte Tic sich um und sah genau zu ihnen her. Der Regen lief ihr in schimmernden Bächen über das Gesicht.

»Und ihr, was soll's sein?«, fragte der Verkäufer sie, gerade als Van Leeuwen hinter Deniz trat. Der Commissaris legte dem Jungen die Hand auf die Schulter. »Einmal Deniz Aylan – zum Mitnehmen!«, antwortete er.

Hoofdinspecteur Gallo drückte die Aufnahmetaste des Tonbandgeräts und sagte: »3. Mai, 20:27. Uhr Befragung der Zeugen Deniz Aylan und Robbie Maartens. Anwesend sind Commissaris Bruno van Leeuwen und Hoofdinspecteur Anton Gallo. Die Befragten verzichten auf anwaltlichen Beistand.«

Deniz gab ein verächtliches Zischen von sich. Sein Gesicht war hart vor Trotz. Seine Augen glänzten zornig, als hätte er hinter jedem eine Faust geballt. Das kalte Licht im Vernehmungszimmer schien ihn nicht einzuschüchtern, genauso wenig wie die Videokamera, die das Gespräch aufzeichnete und auf einen Monitor im angrenzenden Beobachtungsraum übertrug, wo Brigadier Tambur und Inspecteur Vreeling zusahen.

Die Kamera registrierte das leiseste Zucken der Mundwinkel, jedes Blinzeln, jedes Zittern, aufsteigende Tränen, vibrierende Nasenflügel, das kleine ABC der Körpersprache.

Van Leeuwen und Gallo saßen Deniz und Robbie gegenüber. Vor ihnen auf dem langen Tisch lag die Ermittlungsakte in einem zugeklappten Ordner, darin die Fotos des Toten, des Tatorts, schriftliche Zeugenaussagen, alles, was sie bisher wussten. Daneben lagen mehrere Bleistifte und Kugelschreiber und ein Lineal aus Metall, außerdem ein Paar Handschellen samt Schlüssel. Am Rand der Tischplatte standen eine Flasche Mineralwasser, ein paar Gläser und ein Aschenbecher, aber es gab keine Zigaretten.

Auf dem Boden lag billige Teppichauslegeware. Die Stühle waren aus Kunststoff, der sich leicht reinigen ließ. Hinter den schräg gestellten Lamellen der Jalousie funkelten die Lichter der Stadt. Sie waren im obersten Stockwerk des Präsidiums.

»Wir möchten mit euch über Kevin reden«, sagte Hoofdinspecteur Ton Gallo, »genauer, über seinen Tod. Wer von euch will anfangen?«

Sein Blick wanderte von Deniz zu Robbie. Ihren Angaben nach war Robbie fünfzehn Jahre alt und wohnhaft an der Stadhouderskade, Tochter berufstätiger Eltern. Sie versuchte genauso trotzig auszusehen wie Deniz, aber es gelang ihr nicht. Sie fröstelte leicht, und das kurz geschnittene dunkelbraune Haar war fast schwarz vor Nässe.

»Möchtest du anfangen?«, fragte Gallo sie.

Robbie antwortete nicht.

Gallo sagte: »Ihr wart an dem Abend, an dem Kevin getötet wurde, mit ihm verabredet, aber er ist nicht gekommen.«

Robbie warf Deniz einen Seitenblick zu. Deniz reagierte nicht. Er sah geradeaus, auf einen Punkt genau zwischen Van Leeuwen und Gallo.

»Er konnte nicht kommen, weil er zur verabredeten Zeit schon nicht mehr lebte«, fuhr Gallo fort. »Deswegen wollen wir von euch wissen, wo ihr zum Zeitpunkt seines Todes wart und ob es Zeugen dafür gibt.«

Deniz gab wieder sein verächtliches Zischen von sich, ohne den Punkt zwischen Van Leeuwen und Gallo aus den Augen zu lassen. Robbie begann an ihrem Daumen zu nagen. Eine halbe Minute verging, in der niemand etwas sagte. Schließlich wandte Gallo sich an den Commissaris. »Sie wollen nicht reden.«

»Das verstehe ich nicht«, sagte der Commissaris. »Heutzutage reden doch alle gern. Die meisten Morde passieren überhaupt nur, weil die Leute niemanden haben, der ihnen zuhört. Man schaltet nachmittags den Fernseher ein, und die Welt ist ein einziges Gebrabbel.« Er betrachtete Robbie. »Stell dir einfach vor, du wärst im Fernsehen.«

»*Live um elf*, zu Gast bei Van Leeuwen und Gallo«, ergänzte der Hoofdinspecteur. »Und hier unsere nächste Frage: Wissen eure Eltern, wo ihr euch herumtreibt, oder ist das denen egal? Du, Deniz, was wird dein Vater sagen, wenn wir ihm beschreiben, in was für einer Behausung du lebst? Er ist Gemüsehändler, so viel wissen wir schon, ein anständiger, hart arbeitender Gemüsehändler.«

Deniz runzelte die Stirn.

»Er redet immer noch nicht«, sagte Van Leeuwen.

»Tja«, meinte Gallo, »redet eben doch nicht jeder gern. Sind nicht alle so wie du oder ich.« Er sah erst Robbie an, dann Deniz. »*Ich* rede nämlich gern, sogar nach einem harten Tag wie heute. Ich rede über alles Mögliche, aber am liebsten über mich. Ich steh nämlich auf mich. Ich finde, ich bin irgendwie gelungen. Sieht vielleicht nicht so aus, ist aber so. Ich heiße Anton Gallo, *Ton*, aber die meisten nennen mich Hoofdinspecteur Gallo und manche sogar Mijnheer. Ich bin zweiundvierzig Jahre alt, keine Frau, keine Kinder, zurzeit nicht mal 'ne Freundin. Ich wollte immer Sportler werden, Fußballspieler bei Ajax oder Rugby, aber nie Bulle. Ich hab die Schule kurz vorm Abi geschmissen, und dann habe ich eine Malerlehre angefangen, aber das war's nun gar nicht, und deswegen bin ich zu den Soldaten gegangen, freiwillig, zur Friedenstruppe auf dem Balkan, nach Bosnien, weil ich dachte, da darf man sich nicht drücken. Willst du wissen, was ich da gesehen habe? Nein? Ich auch nicht. Aber gelernt habe ich trotzdem was, und deswegen bin ich dann Bulle geworden, und jetzt schaut mich an, diesen kleinen, aber durchaus gelungenen Kripomann in Amsterdam, und nehmt euch, verdammt noch mal, ein Beispiel an mir. Rede ich zu schnell für euch?«

Robbie schüttelte überrascht den Kopf. Gallo stand auf, ging um den Tisch herum und blieb hinter ihr stehen, hinter ihr und Deniz.

»Manchmal schieße ich ein bisschen über das Ziel hinaus«, fuhr er fort, »aber meistens lande ich genau da, wo ich hinwill, ganz im Gegensatz zu euch, denn dass ihr nicht hier sein wollt, steht in Leuchtschrift quer über eure Gesichter geschrieben. Bloß dass ihr erst dann wieder rauskommt, wenn ihr mir alles gesagt habt, was ich wissen muss, um den Mörder von Kevin zu finden. Ihr wart mit ihm verabredet – mit Kevin, meine ich –, um zehn im Club, aber er ist nicht gekommen, bis um Mitternacht, oder?«

Jetzt verlor Deniz den Punkt, den er bisher angestarrt hatte, aus den Augen. Stattdessen sah er zur Decke.

»Kevin hatte Angst«, sagte Gallo, »vor etwas, das er im Krankenhaus seiner Mutter gesehen hatte. Dort, wo er die Drogen für dich organisiert hat, wenn es dir wieder mal dreckig ging, Deniz. Wollte er dir an dem Abend was bringen?«

»Hab ich vergessen«, sagte Deniz zur Decke.

»Er spricht«, sagte Gallo.

»Was hast du vergessen?«, fragte Van Leeuwen.

»Alles«, sagte Deniz. Robbie hörte auf, am Nagelbett ihres Daumens zu kauen und betrachtete das gerötete Fleisch, das noch feucht war von ihrer Spucke.

»Wie heißt du?«, fragte Van Leeuwen.

»Das hab ich euch doch schon gesagt.«

»Ich will es aber noch mal hören. Um sicherzugehen, dass du es inzwischen nicht vergessen hast.«

»Deniz Aylan.«

»Wie alt bist du, Deniz?«

»Sechzehn.«

»Vierzehn. Und drogensüchtig.«

»Ich bin nicht süchtig.«

Gallo blieb unnachgiebig. »Hat Kevin außer dir noch andere mit Drogen versorgt?«

»Hab ich vergessen.«

»Haben *dich* noch andere beliefert, außer Kevin?«, fragte Van Leeuwen.

»Ich sag doch, ich bin nicht süchtig!«

»Tic hat ausgesagt, dass Kevin Angst hatte«, sagte Van Leeuwen. »Was Angst ist, weißt du, oder, Deniz?«

»Nein, was ist das?«, fragte Deniz. Robbie kicherte, und Deniz konnte ein selbstgefälliges Grinsen nicht unterdrücken.

»Hat Kevin dir manchmal von dem Krankenhaus erzählt?«, fragte Gallo. »Dinge, die er beobachtet hat? Ungewöhnliche Vorfälle? Menschen, die sich merkwürdig verhalten haben?«

»Kann mich nicht erinnern«, sagte Deniz, und Robbie kicherte wieder.

»Hat er *dir* etwas erzählt?«, fragte Van Leeuwen das Mädchen.

»Mir? Weiß ich nicht.« Robbie sah ihn frech an, und jetzt kicherte auch der Junge. Sie hatten ein lustiges Spiel entdeckt.

»Wann hat er euch das letzte Mal beliefert?«, wollte Van Leeuwen wissen. »War er da anders als sonst? War jemand bei ihm?« Er spürte, wie etwas in seiner Brust zu züngeln begann, und er versuchte es klein zu halten. »Weißt du, wo in der Klinik er den Stoff organisiert hat? In welcher Abteilung? Hatte er eine Kontaktperson, jemanden, der ihm die Schränke aufgemacht hat? Der ihm erklärt hat, was er brauchen konnte und was nicht?«

»Hab ich vergessen«, sagte Deniz. Wie aufs Stichwort kicherte Robbie los, und er kicherte auch, und es hätte nicht viel gefehlt, und sie hätten in die Hände geklatscht.

Aus dem Züngeln in Van Leeuwens Brust wurde eine Flamme; er konnte nichts dagegen tun. »Was heißt das?!«, brüllte er. »Was, verdammt noch mal, soll das heißen?! Hast du es vergessen, oder hast du es nie gewusst?! Erinnerst du dich nicht, oder willst du dich nicht erinnern? Bist du zugedröhnt? Hast du dir den Verstand kaputt gefixt?! Weißt du überhaupt, was es bedeutet, wenn man alles vergisst?! Weißt du, dass es Menschen gibt, die ihre rechte Hand – *beide Hände!* – dafür geben würden, wenn sie sich erinnern könnten!? Die Erinnerung ist ein Geschenk, sie hilft uns, zu leben, und falls ihr irgendwann mal so was Ähnliches wie ein Leben haben solltet, werdet ihr das kapieren. Über die Erinnerung macht man sich nicht lustig und über die Wahrheit auch nicht. Wenn man sie kennt und wenn man sie sagen kann, hat man eine verdammte Verantwortung, der man gerecht werden muss, weil man sich sonst schuldig macht! Und ihr seid schon so schuldig geworden, dass ihr dringend jemanden braucht, der euch eine Chance zur Sühne gibt! Also, wie lange wollt ihr noch dasitzen und mich für blöd verkaufen?! Ihr habt nicht die geringste Ahnung, mit wem ihr redet! Ich bin nicht von der Sozialfürsorge. Ich bin auch nicht von der Drogenfahndung, und von der Sitte bin ich schon gar nicht. Ich bin von der Mordkommission, und ich kann euch nur raten, jetzt sofort alles runterzubeten, was ihr wisst, egal, an welchen Gott im Himmel ihr glaubt, denn im Augenblick bin ich für euch die höchste Instanz auf Erden, und ich nehme keine Almosen und kein Kleingeld, damit das klar ist, ich akzeptiere nur ein Opfer, und das ist die reine Wahrheit!«

Deniz blinzelte überrascht. Der Commissaris kam zu sich und stellte fest, dass er stand und sich weit über den Tisch gebeugt hatte. Der Junge schien zu schrumpfen. Seine Wimpern begannen zu flattern, so schwach, dass es kaum auffiel. Aber er selbst bemerkte es und rieb die Lider mit dem Daumen, bis er er zu glauben schien, sie hätten aufgehört zu flattern. Sie flatterten noch immer, nur stärker jetzt.

Van Leeuwen holte tief Luft und setzte sich wieder. »Also, lass uns noch mal anfangen: Hast du in letzter Zeit manchmal das Gefühl, dass du beobachtet wirst?«, fragte er. »Dass jemand in dem Haus ist, in dem du dich verkrochen hast? Oder dass euch am Koninginnedag jemand gefolgt ist?«

»Kann ich ein Glas Wasser haben?«, fragte Deniz. Er hielt seine Hände fest, die auch zu zittern begonnen hatten. Robbie sah seine Hände, und dann sah sie ihm ins Gesicht, und ihr eigenes Gesicht nahm einen ratlosen Ausdruck an.

Gallo holte die Mineralwasserflasche und das Glas vom Ende des Tischs und stellte beides vor sich hin. Dann setzte er sich wieder. Der Hoofdinspecteur schraubte die Flasche auf und goss das Glas voll. Es war so still in dem Raum, dass man die Kohlensäure leise sprudeln hören konnte. Alle betrachteten das Glas. »Ein Schluck pro Antwort«, sagte Gallo. »Weißt du, wovor Kevin solche Angst hatte?«

»Nein.« Deniz schüttelte den Kopf. »Über so was reden wir nicht.«

»Jetzt reden *wir* darüber«, sagte Van Leeuwen. »Wovor hast *du* Angst?«

»Vor nichts«, sagte Deniz.

Hoofdinspecteur Gallo schob das Wasserglas über den Tisch.

»Warum bist du dann weggelaufen heute Nachmittag, wenn du vor nichts Angst hast? Warum nimmst du Drogen? Weil du so mutig bist? So mutig, dass du nicht mal helfen willst, den Mörder deines Freundes zu finden?«

Deniz griff nach dem Glas und trank einen großen Schluck.

»Er hat nie was erzählt, Kevin, meine ich. Ich hab ihn auch nie gefragt. Nur einmal hat er jemanden erwähnt – *den Doktor*, mehr nicht.«

»Was für einen Doktor?«, fragte Gallo.

»Einfach nur *den Doktor*«, antwortete Deniz. »Einen Mann in einem weißen Kittel. Mehr hat er nicht gesagt, ehrlich!«

Van Leeuwen beschloss, die Richtung zu wechseln. »Am Koninginnedag, wo wart ihr da das letzte Mal alle zusammen, du, Kevin, Tic?«

Deniz überlegte. Ehe er antworten konnte, sagte Robbie: »Im *Blue Note*, das ist ein Hip-Hop-Club. Da waren wir am Nachmittag.«

»Warum wollen Sie das wissen?«, fragte Deniz.

»Weil der Mörder Kevin von irgendwo gefolgt sein muss«, sagte Van Leeuwen. »Vielleicht ist er ihm zufällig begegnet, aber das glaube ich nicht. Ich glaube, er hatte schon vor, Kevin zu töten.«

»Zeugen haben uns eine Beschreibung des möglichen Täters gegeben«, warf Gallo ein. »Demzufolge ist er klein, wie ein Kind oder ein Zwerg – klein und kalkweiß. In jedem Fall muss im Gesicht irgendwas auffällig gewesen sein, ein Piercing vielleicht. Ist euch jemand aufgefallen, auf den diese Beschreibung passt? Im *Blue Note* oder in der Zeit davor?«

Deniz und Robbie wechselten einen Blick, dann schüttelten beide den Kopf.

Van Leeuwen tastete nach dem Splitter in seiner Tasche. Er dachte an den Anruf des Pathologen gestern Nacht. Ob Kopfjäger sich weiß anmalten, bevor sie jemanden töteten?

Gallo sagte: »Es könnte allerdings auch so gewesen sein, dass der Mörder sich nur tarnen wollte. Dass er gar nicht weiß ist, sondern schwarz. Oder er hat sich verkleidet, mit so was hier, zum Beispiel.«

Er griff unter den Tisch und holte eine Einkaufstüte hervor, die er vor Deniz ausleerte. Aus der Tüte fielen die Plastik-Uzi, die weiße Skimaske und zuletzt der schwarze Trainingsanzug. »Das haben wir auf deiner Schatzinsel gefunden, Deniz«, erklärte der Hoofdinspecteur. »Wozu brauchst du so was?«

»Das?« Deniz betrachtete den Inhalt der Tüte. »Das sind mein *Combat*-Anzug und meine Uzi! Damit liefern wir uns unsere *battles*!«

»Was für *battles*?«, wollte Gallo wissen.

Deniz verdrehte die Augen. »Wir fahren raus in den Wald, ziehen die Anzüge über, setzen die Brillen auf und malen uns die Gesichter schwarz an, mit Ruß von 'nem abgebrannten Korken. In unseren Maschinenpistolen sind nur Plastikkugeln, keine richtige Munition. Die werden mit Pressluft rausgehauen, und damit wir sie nicht ins Auge kriegen, wenn wir uns gegenseitig *out* schießen, haben wir die Skimasken. Wir nehmen das dann auf, mit 'ner Digitalkamera, und hinterher gucken wir's uns an.«

Er sagt die Wahrheit, dachte Van Leeuwen; er ist wahrscheinlich alles Mögliche, aber ein Mörder ist er ganz bestimmt nicht. Abrupt fragte er: »Hatte Kevin farbige Freunde oder Bekannte? Jungs in seinem Alter? Oder Feinde – hatte er Feinde, die schwarz sind?«

»Feinde? Also, nein, glaub ich nicht.«

»Hast du das auch am Koninginnedag getragen?«, fragte der Hoofdinspecteur und hob den Trainingsanzug hoch.

»Deniz hat Kevin geliebt«, rief Robbie. »Er war wie ein Bruder für ihn. Er hätte ihm nie was getan. Jeder von uns hat ihn geliebt, aber keiner so wie Deniz. Und Tic natürlich, aber das war eine andere Liebe.«

»Wie *anders*?«, fragte Gallo.

»Ganz anders«, sagte Robbie. »Anders als alles.« Sie senkte die Augen. »Ich möchte einmal so was erleben wie das von Kevin und Tic.«

»Was redest du'n da?«, fragte Deniz.

»So was erlebt nicht jeder«, sagte Robbie leiser zu sich, »und wenn, dann nur ein Mal im Leben.«

»Die meisten hätten Angst davor«, sagte Van Leeuwen.

»Was verstehen Sie denn davon?«, fuhr Deniz ihn an. »Ihr Bullen quatscht von Liebe und Angst, als wüsstet ihr, von was ihr redet.« Er zog die Nase hoch. Der Glanz in seinen Augen rührte jetzt nicht mehr von Zorn her. »Aber ihr habt keine Ahnung, von nichts, vom ganzen Leben nicht. Euch tut nichts weh, ja? Euch ist alles egal, ihr braucht kein Verfallsdatum. Aber es sind nicht alle so wie ihr, ja?!«

»Was für ein Verfallsdatum?«, fragte Van Leeuwen.

Deniz trank noch einen Schluck; die Hälfte verschüttete er. »Ich finde, man sollte wissen, wie lange man was davon hat. Von 'nem Vater oder von 'ner Mutter oder von 'ner Braut, mit der man zusammen ist. Irgendwo sollte es draufstehen, damit man rechtzeitig aufhören kann, an ihnen zu hängen und – und damit sich keiner Hoffnungen macht, dass es länger dauern könnte, als draufsteht. Auf der Stirn am besten oder von mir aus hinterm Ohr.«

»Finde ich auch«, sagte Van Leeuwen.

»Ich sag dir, warum man sich nie an die Scheiße gewöhnt«, sagte Deniz. »Weil's immer noch dicker kommt. Egal, was einem passiert, und wenn man zehnmal denkt, *so schlimm war's noch nie*, es wird trotzdem zehnmal schlimmer beim nächsten Mal. Sogar wenn man niemanden mehr hat, der weggehen und einen alleinlassen kann, weil, auch für einen allein kann's immer noch schlimmer werden. Und irgendwann – irgendwann hat man bloß noch Schiss, erst vor der Nacht, vor jeder Nacht, und dann schon vor dem Abend und am Schluss sogar vor dem Tag, vor jedem neuen Tag. Erst vor der Dunkelheit und dann vor dem Licht. Du hast Schiss vor allem, aber am meisten vor dem großen weißen Ball.«

»Welchem weißen Ball?«

»Dem großen weißen Ball, Mann«, sagte Deniz, »der auf dich

zurollt, der immer größer wird, immer schwerer und voller, und der von immer höher auf dich zurollt, um dich platt zu walzen. Immer heller wird er und immer größer. Das ist die Angst, ein großer weißer Ball, eine Lawine, die jeden Morgen auf dich wartet, und die braucht kein Verfallsdatum, weil sie ewig hält.«

Er schien den Atem anzuhalten. Seine Brust hob und senkte sich kaum, aber Van Leeuwen konnte sehen, wie sein Herz hämmerte. Robbie beugte sich zu Deniz und legte ihre Stirn an seine Schulter. Sie griff nach seinen Händen. »Ich dachte, du hättest keine Angst«, sagte sie leise. »Wir wollten doch keine Angst haben.«

Van Leeuwen sah, dass ihre Hand mit denen des Jungen zitterte.

»Jeder hat Angst«, sagte der Commissaris, »jeder.« Dann sagte er: »Ihr könnt jetzt gehen.«

12

Die ganze Nacht, während er neben seiner schlafenden Frau wach im Bett lag, dachte Van Leeuwen an den Jungen und das Mädchen und ihre Angst.

Sie kamen dem Commissaris vor wie erschöpfte kleine Vögel, die zu lange geflogen waren, weil sie nirgendwo einen Ast gefunden hatten, auf dem sie sich ausruhen konnten, ohne sofort wieder verscheucht zu werden. Es waren nur zwei, aber da draußen gab es tausende von ihnen – Zugvögel, auf der Suche nach Liebe, die sie Respekt nannten, weil das *cool* klang, nicht so sentimental. Deniz und Robbie und Tic und Kevin, der tot war. Tausende und abertausende, wund von den Schmerzen, die ihre ziellose Sehnsucht ihnen zufügte.

Für Deniz kannst du als Polizist nichts tun, dachte der Commissaris, jetzt nicht und vielleicht nie mehr. Der Junge ist tapfer – er kämpft mit sich, mit dem Teil, der traurig, schwach und einsam ist, aber er hat den Kampf schon fast verloren. Noch gibt er nicht auf, und vielleicht hat er zwischendurch den einen oder anderen guten Tag, an dem er einen Sieg erringt. Bloß werden diese Tage immer seltener und die Siege immer kleiner, weil er gar nicht mehr wirklich gewinnen will.

Simone lag auf der Seite, das Gesicht abgewandt. Schlank und verletzlich bot sich ihr Nacken dem Licht der Nachttischlampe dar. Die Decke war bis zu den Schulterblättern heruntergerutscht. Van Leeuwen zog sie wieder hoch, damit seine Frau keinen steifen Hals bekam. Sie hatte immer mehr verlangt als Respekt und nie weniger bekommen als Liebe.

»Ich will nicht, dass wir Deniz und seine Freundin in ein Heim stecken«, sagte Brigadier Tambur am nächsten Morgen, als sie auf den Parkplatz des Universitätskrankenhauses fuhren. »Ich will nicht, dass sie in Abbruchhäusern verwildern, und ich will sie nicht am Bahnhof herumlungern sehen, aber ein Heim ist nur ein Aufschub. Am Ende fliegen sie doch wieder raus, landen wieder auf der Straße und dann im Jugendknast. Ich will sie aus der Reichweite der Polizei haben, vor allem der Drogenfahndung und der Sitte. Ich will, dass sie die Liebe kriegen, die sie verdienen. Ich will jemanden finden, der ihnen diese Liebe geben kann.«

»Wer weiß schon vorher, ob er so viel übrig hat«, sagte Van Leeuwen.

Julika schüttelte den Kopf. Die roten Spitzen ihrer Stachelfrisur leuchteten im Sonnenschein wie kleine zornige Korallen. »Niemand weiß das vorher. Man kann es nur wollen – wollen und dann versuchen. Ich spreche zuerst mit den Verwandten, den Erziehungsberechtigten, mit allen. Da bin ich fanatisch. Ich glaube an Familienbande. Keine Sorge, ich habe keinen Mutter-Teresa-Komplex, außer dass ich helfen will, wo ich kann. Ich –«

»Ist ja gut«, sagte Van Leeuwen. »Tun Sie, was Sie für richtig halten, Mevrouw. Aber was Sie auch tun, behalten Sie ihn im Auge. Der Mörder folgt ihm.«

Er öffnete die Beifahrertür und stieg aus. In der Nacht hatte es aufgehört zu regnen, aber der Wind war frisch geblieben. Klar und blau erstreckte sich der Himmel über dem weitläufigen Klinikgebäude, das mehr einer Flughafenanlage ähnelte als einem Krankenhaus. Der Commissaris fühlte, wie ihm das Herz schwer wurde.

»Wenn Sie wollen, gehe ich allein da rein«, sagte Julika. »Geben Sie mir einfach den Namen eines Arztes, mit dem ich anfangen kann.« Sie stand auf der anderen Seite des Dienstwagens und sah den Commissaris abwartend an, blass, hilfsbereit und jung. Gepanzert mit abgewetztem schwarzen Leder, Reißverschlüssen und Sicherheitsnadeln. Keine einzige Falte, nicht einmal unter den

Augen, deren Blau dem des Himmels in diesem Moment sehr ähnlich war.

Es war eine Versuchung, die Van Leeuwen erhofft hatte und der er trotzdem widerstand. »Professor Max Terlinden, aber der erwartet leider mich«, erklärte er und ging voraus. Als er die Empfangshalle des Poliklinik-Trakts betrat, sagte er zu sich, *diesmal kommst du nicht als besorgter Ehemann einer kranken Frau; diesmal bist du hier in deiner Funktion als Commissaris der Kriminalpolizei, der eine Spur verfolgt*.

Er ging schnell, denn er kannte sich aus und musste auf niemanden warten. Mit großen Schritten durchmaß er die Halle und bog in den Seitengang, der zum Direktorium Neurologie und Neurochirurgie im Erdgeschoss führte. Er klopfte an die Tür von Professor Terlindens Vorzimmer.

»Soll ich hier warten oder mit reinkommen?«, fragte Julika hinter ihm. Er drehte sich um, fast überrascht, dass sie da war, dabei hatte er das Klappern ihrer harten Absätze die ganze Zeit hinter sich gehört.

»Stellen Sie fest, wo Doktor van Leer arbeitet«, sagte er, »auf welcher Station – Ruth van Leer. Sehen Sie sich ein bisschen um, aber nicht als Polizistin. Vielleicht könnten Sie so tun, als hätten Sie Kevin gekannt. Als wäre das Zeug, das er hier geholt hat, für Sie gewesen.«

»Weiß ich, dass er tot ist?«, fragte Julika. »Brauche ich dringend was?«

»Nein, Sie sind auf der Hut. Sie reden mit niemandem, Sie warten ab, ob jemand auf Sie zukommt. Versuchen Sie einfach, kaputt und verloren auszusehen, aber so, als wollten Sie, dass niemand es merkt.«

»Dafür wurde ich geboren«, sagte Julika und verschwand.

Van Leeuwen betrat das Vorzimmer, das er schon so oft betreten hatte. Es kam ihm vor, als stiege er in eine Zeitmaschine, und er wusste, was Terlindens Sekretärin sagen würde, bevor sie es aussprach: »Der Professor hat gleich Zeit für Sie, Mijnheer.« Er nickte und setzte sich auf einen der beiden Stühle an der Wand neben der Tür. Es war ein merkwürdiges Gefühl, allein hier zu warten, ohne seine Frau neben sich. Als hätte die Zeitmaschine beim Aussteigen einen Teil von ihm behalten.

Ein Jahr, dachte er; was für einen Unterschied ein Jahr macht. Vor etwas mehr als zwölf Monaten war er zum ersten Mal hier gewesen, nur besorgt damals, noch nicht ängstlich, und auf dem zweiten Stuhl hatte Simone gesessen und seine Hand gehalten, so fest, dass es schmerzte. In den Wochen davor waren sie mehrmals bei ihrem Hausarzt gewesen, der nichts gefunden hatte, keine Entzündung, keinen Krankheitsherd. Erst beim letzten Besuch war er auf die Idee gekommen, Simone zu fragen, wie der Name der Königin lautete.

»Welche Königin?«, hatte Simone gefragt.

»Die Königin der Niederlande.«

Simone hatte erst den Arzt, dann Van Leeuwen lange angeschaut, und dann hatte sie zum Fenster hinübergesehen. »Ich weiß nicht«, sagte sie. »Ist das wichtig?«

Der Arzt hatte sie in die Universitätsklinik überwiesen, und nur wenige Tage später war sie zu ihrem ersten Termin in der Neurologischen Abteilung bei Professor Terlinden bestellt worden. Van Leeuwen hatte sich freigenommen, um sie zu begleiten. Er sah sie wieder neben sich sitzen. Er sah sie auch in dem Raum jenseits der Tür sitzen, vor dem Schreibtisch des Professors, sehr gerade auf einem schlichten Stuhl und aufmerksam wie ein braves Kind. Er hörte die Fragen, die der Neurologe ihr stellte. Er sah die Gegenstände, die Terlinden auf seinem Schreibtisch ausbreitete – einen Bleistift, einen Terminkalender, einen Apfel, eine Geldmünze.

»Wie heißen Sie, Mevrouw?«, fragte der Arzt.

Simone lächelte, denn es war keine sehr intelligente Frage.

»Simone Antoinette«, sagte sie.

»Antoinette – ist das Ihr Nachname?«, wollte der Arzt wissen.

»Simone Antoinette«, wiederholte Simone.

»Antoinette ist ihr zweiter Vorname«, sagte Van Leeuwen, der auf einer schmalen Couch in einer Ecke neben dem Fenster saß.

Terlinden warf ihm einen warnenden Blick zu. *Bitte, verhalten Sie sich ruhig.* »Wie lautet Ihr Nachname?«, fragte er Simone noch einmal.

Sie schwieg.

Der Arzt fragte: »Sind Sie verheiratet?« Simone nickte zögernd.

»Und wie heißt Ihr Mann?«

Simones Rücken wurde steif. Van Leeuwen spürte, wie seine Augen zu schmerzen begannen. Rücken lügen nie, dachte er. Sie suchte nach seinem Namen. Sie suchte, und ihr Nacken begann zu zittern. »Simone«, sagte sie.

Terlinden deutete auf einen Bleistift vor sich auf der Schreibtischplatte. »Was ist das?«

»Ein Bleistift«, sagte Simone.

»Und das?« Er berührte den Apfel mit seinem Zeigefinger.

»Apfel.«

Jetzt legte er den Zeigefinger auf den Terminkalender. »Und was ist das?«

Simone beugte sich vor. »Notizbuch«, sagte sie.

»Gut, sehr gut«, sagte der Arzt. »Merken Sie sich diese Begriffe, bitte.« Er gab ihr eine aufgeschlagene Zeitung. »Lesen Sie mir die unterstrichenen Wörter vor.«

Simone beugte sich über die Zeitung. »Lebens-«, begann sie,

»Lebensver-« Sie hielt inne und begann aufs Neue. »Lebensver-... Lebensverrichtung-... nein, gleich ... Lebensversicherung-... -rungs-... Lebensverrungspoli-...« Sie schien den Atem anzuhalten, und Van Leuwen merkte, dass er selbst zu atmen aufgehört hatte. »-police«, sagte sie und ließ die Zeitung sinken. »Kann ich jetzt gehen?«, fragte sie leise.

»Gleich«, sagte der Arzt. Er schob den Bleistift und ein Blatt Papier in ihre Richtung. »Schreiben Sie mir bitte Ihren Namen auf«, sagte er.

»Meinen Namen?«

Der Arzt nickte. »Frau –?«

Sie besann sich einen Moment lang, dann schrieb sie.

Terlinden beugte sich vor, um zu lesen, was sie geschrieben hatte.

»Und jetzt zeichnen Sie das Zifferblatt einer Uhr.«

Simones Nacken begann wieder zu zittern, als wären ihre Muskeln zum Zerreißen gespannt. Sie sah auf das Blatt Papier, ohne sich zu bewegen. Sie gab ein Geräusch von sich, so leise, dass man es kaum als Geräusch erkennen konnte, geschweige denn als Weinen. Van Leeuwen hielt sich mühsam zurück. Am liebsten wäre er aufgesprungen und hätte Terlinden angebrüllt, *lassen Sie meine Frau in Ruhe! Was wollen Sie von ihr? Was hat sie Ihnen getan? Sie hat das Recht auf einen Anwalt!* »Uhr«, sagte Simone unvermittelt, »Zifferblatt«, und sie begann, etwas auf das Papier zu malen.

Langsam wanderte das Licht durch den Raum, schuf und verschob Schatten. Staubkörnchen flimmerten in der Luft. Simone schien sich kaum zu bewegen. Als sie fertig war, nahm Terlinden ihr das Blatt ab und warf einen Blick darauf. »Erzählen Sie mir etwas von sich«, sagte er.

»Was?«, fragte Simone.

»Wie sah Ihr Vater aus?«

Sie drehte sich um. Sie suchte Van Leeuwens Blick, aber bevor sie ihn gefunden hatte, sagte der Arzt: »Bitte, schauen Sie mich an. Wissen Sie noch, wie Ihr Vater aussah? Oder Ihre Mutter?«

»Mutter? Frau.« Simone nickte eifrig, als hätte sie die Lösung gefunden. »Frau. Mutter.«

»Können Sie mir nachsprechen – *Lebensversicherungspolice*?« Terlinden ließ nicht locker. »Zeigen Sie mir den Bleistift, bitte. Den Apfel. Das Notizbuch. Wie heißt Ihr Mann?«

Simone zitterte am ganzen Körper, aber sie blieb freundlich. Ihre ganze Haltung war voller Freundlichkeit, während sie keine einzige Frage beantwortete. Endlich fragte Terlinden: »Wissen Sie, warum Sie hier sind, Mevrouw?«

»Wo bin ich denn?«

»In einem Krankenhaus.«

»Wer hat mich hergebracht?«

»Ihr Mann, Mevrouw. Sie sind verheiratet, und Ihr Mann macht sich Sorgen um Sie.«

»Ich habe nicht viel Geld.«

Terlinden lächelte beruhigend. »Wir würden Sie gern ein paar Tage bei uns behalten«, sagte er. »Nur zur Beobachtung.«

Simone erstarrte. »Ich will mich nicht scheiden lassen«, sagte sie ängstlich.

»Aber nein, Mevrouw, ich glaube, das will auch sonst niemand«, sagte Terlinden und bat sie, einen Moment draußen zu warten. Sie wollte nicht ohne Van Leeuwen gehen, und so brachte er sie hinaus und setzte sie auf den Stuhl im Vorzimmer.

Der Neurologe zeigte ihm das Blatt Papier, auf dem sie ihre Aufgaben gelöst hatte. Das Zifferblatt der Uhr war nicht zu erkennen, und die Zahlen darauf gehorchten keiner erkennbaren Ordnung. Es gab nur *einen* Zeiger. Dort, wo Simone ihren Namen hingeschrieben hatte, stand nichts als *Frau* in krakeligen, kaum erkennbaren Buchstaben.

Lautlos wie rieselnder Schnee löste sich die Welt, in der Van Leeuwen zu Hause gewesen war, in Nichts auf.

»Wir müssen sie einigen Tests unterziehen«, sagte der Arzt. »In zwei Tagen können Sie Ihre Frau wieder abholen.«

Am nächsten Tag hatte Van Leeuwen Simone nicht besuchen können, und als er in der Klinik anrief, hieß es, sie sei nicht zu sprechen. Auch Terlinden war unabkömmlich gewesen, sodass der Commissaris keine andere Wahl gehabt hatte, als bis zum Abend des darauf folgenden Tages zu warten. Die Nacht allein in der leeren Wohnung hatte er als befremdlich empfunden, sorgenvoll, aber auch dankbar für die Stille.

Am folgenden Nachmittag war er weit vor der verabredeten Zeit in die Klinik gefahren. In Terlindens Büro sagte man ihm, Simone sei noch mit dem Professor bei der Magnetresonanztomographie. Das Wort jagte Van Leeuwen Angst ein. Er suchte die Tomographiestation, und als man ihn nicht hineinlassen wollte, schob er die Assistentin in ihrer gestärkten weißen Kluft einfach beiseite und platzte in den Untersuchungsraum.

Terlinden schien nichts anderes erwartet zu haben. Er blickte nur kurz von seinem Monitor zur Tür, ehe er zu erklären begann.

»Was Sie auf diesem Bildschirm hier sehen, ist das Gehirn Ihrer Frau. Schön plastisch; so haben Sie sich das nicht vorgestellt, oder? Das Gehirn ist das einzige Wunder, das dreitausend Jahre zu seiner Entstehung benötigt hat – und darüber hinaus auch noch das einzige, das in der Lage ist, sich selbst zu zerstören. Auf den ersten Blick scheint es sich nur um einen zweieinhalb Pfund schweren Brocken grauweißer Zellmasse zu handeln, aber es ist dieser Brocken, der Dostojewski befähigt hat, *Die Brüder Karamazov* zu schreiben; ohne den Bach nicht in der Lage gewesen wäre, die *Goldberg Variationen* zu komponieren und Rembrandt niemals einen Pinsel geführt hätte, kurz, dem wir alles verdanken, was es auf der Welt an Großartigem gibt. Aber natürlich auch das andere, das Höllische.«

Van Leeuwen betrachtete das dreidimensionale farbige Gebilde auf dem Monitor.

»Das Gehirn besteht aus Zellen, die sich, anders als beispielsweise die der Haut, nicht regenerieren«, fuhr der Professor fort. »Tag für Tag sterben davon etwa zehntausend. Wenn Sie glauben, das sei viel, dann irren Sie sich – bei etwa drei Billionen Zellen macht diese Zahl selbst während eines langen Lebens drei Prozent der gesamten Menge aus. Diese drei Billionen verteilen sich auf Vorderhirn, Mittelhirn und Hinterhirn, von denen uns hier aber nur der vordere Bereich interessiert, denn das ist der Sitz des Erinnerungsvermögens. Dort entstehen Gefühle wie Liebe oder Hass oder Angst; von dort senden angeborene oder erlernte Triebe ihre Impulse. Und da beginnt auch die Alzheimer'sche Krankheit.«

Es war das erste Mal, dass Van Leeuwen diesen Begriff im Zusammenhang mit seiner Frau gehört hatte, und jetzt wusste er, dass seine Angst berechtigt gewesen war.

»Was bedeuten die Farben?«, fragte er.

Terlinden sagte: »Wir haben eine Glukoselösung in die Blutbahnen Ihrer Frau gespritzt, um die Gehirnströme und die Konzentration chemischer Verbindungen messen zu können. Nervenzellen nehmen Zucker besonders schnell auf. Sehen Sie, einige Zellen tanken mehr Glukose als andere, das sind die aktiven – die dunkelroten da. Die passiven bleiben blass, das helle Grün hier, das bisschen Gelb oder Rosa. Salopp gesprochen, sind das die Wege der Erinnerung, die Sie da sehen, und Dunkelrot tritt dann auf, wenn das Gehirn eine Information erhält, die es sich wahrscheinlich merken wird, weil es sie für wichtig hält.«

»Da ist nicht sehr viel Dunkelrot«, sagte Van Leeuwen. Genau genommen erlosch es zusehends: Es versickerte wie ein Wassertropfen in einer grauen Wüste. Er konnte seinen Blick nicht von dem Monitor lösen. So also sah es im Kopf seiner Frau aus, das war ihre innere Welt, deren Vielfalt er immer in ehrfürchtigem, vergnüglichem Staunen bewundert hatte. Er starrte auf die Landkarte eines unbekannten Kontinents, auf merkwürdig verschlungene Flüsse, undurchdringliche Wälder, schroffe Berge und eintönige Wüsten. Städte in Ruinen. Gab es menschliches Leben dort drin, *irgendein* Leben, oder war es erloschen wie das Dunkelrot der Gehirnzellen?

Dort, dachte er, ist meine Frau sich selbst verloren gegangen, sich und mir. In dem Dunkel, in das sie gereist ist, ohne es zu wollen. Verschlungen vom versteinerten Dschungel am Ufer dieser ausgetrockneten Flüsse.

»Wie kann so was passieren?«, fragte er. »Wie kann so viel verloren gehen?«

»Wollen Sie die medizinische Erklärung oder die verständliche?«, fragte Terlinden.

»Beide.«

»Genau hier«, sagte Terlinden und berührte mit dem Zeigefinger Simones Vorderhirn auf dem Monitor, »bilden sich aus heiterem Himmel Ablagerungen, die sich nicht mehr auflösen – außerhalb der Nervenzellen. Wir nennen sie amyloide Plaques. Aluminiumsilikat. Proteine, Eiweiß, das nicht mehr abtransportiert wird. Nach und nach befallen die Eiweißbrocken das ganze Großhirn, sie ersticken alle Nervenzellen in ihrer Umgebung. Eine besetzte Zelle zieht die nächste mit sich in den Untergang, immer mehr, immer schneller und unaufhaltsam. Und, wie ich ja schon sagte, Gehirnzellen regenerieren sich nicht. Mit der Zeit werden alle Wege, die bei gesunden Menschen dem Transport und Austausch von Informationen dienen, immer unpassierbarer und schließlich ganz verstopft.«

Van Leeuwen schwieg. Er versuchte, sich diese kleinen amyloiden Plaques vorzustellen, die das Gehirn seiner Frau zerstörten. Mikroskopisch kleine Mörder, geduldige Würger, sicher vor seinem Zugriff, behütet von ihrem Kopf.

»Ihr Leben spielt verrückt«, erklärte Terlinden, »weil Sie keine Koordinaten mehr haben, nach denen Sie sich richten können, keinen Kompass. Sie können Ihre Wahrnehmungen nicht mehr einordnen und vergleichen, weil Sie nicht mehr zu dem Punkt vordringen, wo Sie Ihre Erfahrungen gespeichert haben.«

»Meine Frau hat also praktisch keine Vergangenheit mehr«, sagte Van Leeuwen.

»Keine, die sie selbst noch kennt«, sagte der Professor.

»Und dabei hatte ich immer ein Faible für Frauen mit Vergangenheit«, sagte der Commissaris.

Terlinden sah ihn verblüfft an – *ein befremdlicher Scherz*, schien seine Miene zu sagen, *eines höchst befremdlichen Menschen*. Er drückte auf einen Knopf; der Monitor erlosch. »Stellen Sie sich eine Landschaft vor, die Stück für Stück von einem undurchdringlichen Nebel verschlungen wird. Erst nehmen Sie den Nebel kaum wahr, doch bald können Sie nur noch Schemen erkennen, halbwegs vertraute Umrisse, und schließlich ist alles um Sie herum darin verschwunden, und Sie wissen nicht einmal mehr, dass es diese Landschaft innerhalb des Nebels überhaupt gibt.«

»Das möchte ich mir lieber nicht vorstellen«, sagte Van Leeuwen. Bei seiner Tätigkeit war es umgekehrt: Ganz am Anfang war er von Nebel umgeben, und dann arbeitete er sich langsam zu den Schemen und Umrissen vor, um die Welt zu entdecken, von der er genau wusste, dass es sie gab – die andere, fremde Welt, in der ein Opfer auf seinen Mörder gestoßen war.

»Wer hat noch mal gesagt, die Vergangenheit sei immer anders und immer ein fremdes Land?«, fragte Terlinden.

Eine halbe Stunde später saßen sie wieder zu dritt in seinem Büro, und Van Leeuwen schöpfte neuen Mut aus dem strahlenden Lächeln, mit dem Simone bei ihrem Wiedersehen auf seinen Anblick reagiert hatte. Geduldig und freundlich – viel geduldiger, viel freundlicher als früher – saß sie da vor dem Schreibtisch des Professors, und sie war so sauber wie selten in den letzten Monaten. Sie glänzte geradezu.

»So.« Beiläufig schob Terlinden seinen Notizblock ein Stück auf sie zu. »Wissen Sie noch, was für Gegenstände ich Ihnen vor zwei Tagen gezeigt habe, Simone?«

»Was für Gegenstände?«, fragte sie.

»Ein Notizbuch vielleicht?«

»Notizbuch?« Ihre Stimme, obschon leise, klang heller als sonst, fast unschuldig. In ihrem Haar schimmerten silberne Strähnen, wenn sie den Kopf bewegte.

Terlinden zog das Notizbuch wieder an sich. »Wie lange sind Sie schon hier, Simone?«

»Lange.«

»Was haben Sie heute Mittag zu essen bekommen?«

»*Spinacio*«, sagte Simone.

»Spinat«, erklärte Van Leeuwen.

»Es gab Kalbsragout und Butterkartoffeln«, sagte der Professor, »keinen Spinat.« Er stand auf, trat um den Schreibtisch herum und hielt Simone einen Bleistift an die Lippen. Statt zu protestieren, begann sie daran zu saugen. »Absturz in die Kindheit«, erklärte Terlinden, »samt dazugehörigem Saugverhalten ist typisch bei Alzheimer.«

Der Commisaris erkannte, dass er eine trügerische Hoffnung genährt hatte. »Das reicht jetzt«, sagte er mit der geballten Autorität von Ehemann und Polizeioffizier in einem, denn er ertrug dieses Verhör nicht eine Sekunde länger.

»Wir haben Ihre Frau auf Herz und Nieren untersucht«, erklärte Terlinden, nachdem Van Leeuwen Simone wieder ins Vorzimmer geführt hatte. »Wir haben umfangreiche Bluttests durchgeführt, ihr Sprachvermögen überprüft, ihre Reflexe getestet und ihre Links-Rechts-Orientierung auf die Probe gestellt. An der Diagnose besteht leider kein Zweifel mehr.«

»Kann sie sich wirklich an gar nichts mehr erinnern?«, fragte Van Leeuwen, »nicht mal an die schönen Dinge?«

»Das Gedächtnis unterscheidet nicht zwischen schön und hässlich«, sagte Terlinden. »Es speichert nur, und gelegentlich bereinigt es die Archive. Wenn Sie etwas suchen, die Erinnerung an einen Namen, an ein Ereignis, dann sind das schlicht die Moleküle in den Nervenfasern Ihres Gehirns, die blitzschnell Milliarden Zellen nach der benötigten Information abklappern und schließlich dort die Verbindung herstellen, wo sie die passende Synapse gefunden haben. Das ist ein Vorgang, der in jedem Gehirn gleich abläuft. Allerdings finden sie natürlich bei jedem etwas anderes, und das ist dann die Erinnerung, die nur Ihnen gehört.«

»Davon habe ich schon zu viele«, sagte Van Leeuwen.

»Und Ihre Frau hat kaum noch welche.« Terlinden schaltete die Lampe auf seinem Schreibtisch an, denn es war dunkel geworden.

»Sie können versuchen, die eine oder andere zu wecken, und vielleicht lichtet sich der Nebel für einen Moment, und da liegt eine Erinnerung, die einmal als schön gespeichert worden ist. Sie können Lieder spielen, die sie gemeinsam gehört haben. Sie können auch verreisen, an Orte, wo Sie zusammen glücklich waren. Aber viel Zeit bleibt Ihnen nicht mehr.«

Van Leeuwen schwieg. Wenn ich aufmerksamer gewesen wäre, dachte er, wenn ich die Veränderungen rechtzeitig bemerkt hätte –

»Ich weiß, was Sie jetzt denken«, sagte Terlinden. »Aber auch wenn Sie früher zu mir gekommen wären, hätte das nichts geändert. Bei Alzheimer kommt ein Arzt immer zu spät, so wie Sie ja auch erst an den Tatort gerufen werden, wenn der Mord schon geschehen ist. Oft trägt man die Krankheit seit der Geburt in seiner DNA. Es gibt kein wirkliches Mittel dagegen, denn, wie ich schon sagte, tote Nervenzellen können nicht ersetzt werden, und der lange Abschied vom Leben hat lange vorher begonnen.«

»In der DNA?«, fragte Van Leeuwen.

»Die Erbsubstanz der Zellen«, erklärte Terlinden. »Der genetische Code zum Aufbau eines lebenden Organismus – Blutgruppe, Muskeln, Knochen, Nervenzellen. Die DNA steuert über Millionen von Zellgenerationen die Biochemie der Vererbung –«

»Sie sprechen mit einem Polizisten«, unterbrach der Commissaris ihn schroff. »Wir überführen Mörder anhand der DNA-Analyse. Wir ordnen Blut, Speichel, Sperma oder Haare mit Hilfe des genetischen Fingerabdrucks zu. Wir finden Knochen in Massengräbern, führen eine DNA-Untersuchung durch und sagen den Überlebenden am Rand der Gräber, dass sie auf ihre Verwandten hinunterschauen. Was ich wissen wollte: Wie kann Altersdemenz von Geburt an in der Erbsubstanz vorhanden sein?«

»Je älter ein Mann bei der Zeugung ist, desto größere Schäden haben sich schon in seiner eigenen Erbsubstanz angesammelt, die er dann an sein Kind weitergibt. Manchmal wirken sie sich irgendwann für alle sichtbar als Wahnsinn aus, in anderen Fällen führen sie zu den eindrucksvollen Spätwerken genialer Künstler – denken Sie an Van Gogh, Goya oder De Kooning. Nur, so oder so: Ein wirkliches Mittel gegen Alzheimer ist bisher nicht entdeckt worden.«

»Also gibt es keine Hoffnung?«, hatte Van Leeuwen gefragt. Das war vor zwölf Monaten gewesen.

Auf dem Schreibtisch der Sektretärin ertönte ein Summer. »Sie können jetzt hineingehen, Mijnheer.«

13

Professor Max Terlinden arbeitete im Schatten halb heruntergelassener Jalousien an seinem Rosenholzschreibtisch, und als der Commissaris eintrat, blieb er noch einige Sekunden lang sitzen, wie um wortlos zu sagen: *eine liebe Gewohnheit, Besucher diese wenigen Sekunden im Stehen warten zu lassen, Sie verstehen gewiss*. Dann nahm er fast widerstrebend eine horngerahmte Brille ab, blickte hoch und stand auf. »Mijnheer van Leeuwen, wie geht es Ihnen? Und wie geht es Ihrer Frau?«

Er trug den unvermeidlichen weißen Kittel, ein weißes Hemd, eine weiße Leinenhose und weiße Segeltuchschuhe mit Gummisohlen. Auch seine Hände waren weiß. Wie die Hände einer Leiche, die eine Zeit lang in der Erde gelegen hat, dachte Van Leeuwen; weiße, schlanke Finger. Ihr Druck war kühl und betont fest, Vertrauen erweckend. Van Leeuwen mochte Terlinden nicht, obwohl er ein guter Arzt war. Aber seit einiger Zeit mochte er sowieso kaum noch jemanden, und deshalb hatte seine Abneigung wohl nicht viel zu bedeuten.

»Ich bin nicht wegen meiner Frau hier«, sagte Van Leeuwen. »Ich bin hier, weil ich einen Mörder suche.«

»Setzen Sie sich doch, Commissaris.« Terlinden deutete auf den Patientenstuhl vor dem Schreibtisch. Van Leeuwen blieb stehen. Seit er das letzte Mal mit Simone hier gewesen war, hatte sich nichts verändert. Die Wände waren schmucklos, bis auf eine grafische Darstellung des Gehirns in verblassten Farben, beschriftet mit ebenso verblassten lateinischen Begriffen. In Regalen aus gebeizter Esche türmten sich ledergebundene Fachbücher bis fast zur Decke. Die Goldprägung auf den abgegriffenen Rücken der Folianten glomm in den dünnen Sonnenlichtstreifen, die durch die Ritzen in den Jalousien fielen. Eine Perserbrücke führte von der Tür zum Schreibtisch. Sie musste ein kleines Vermögen gekostet haben. Vielleicht das kleine Vermögen, das Van Leeuwen bisher für Simones Behandlung bezahlt hatte.

Auf dem Schreibtisch stand eine Teetasse aus Delfter Porzellan, und nachdem Terlinden wieder in dem mit grünem Leder gepolsterten Armstuhl hinter dem Tisch Platz genommen hatte, begann er, mit einem Silberlöffel in der Tasse herumzurühren. Er war groß und kräftig, auf die Art, wie Männer über sechzig groß und kräftig sein können, wenn sie nicht mehr über die Straffheit der Jugend verfügen. Sein Haar, blond und kurz gelockt, war spärlich geworden, aber Grau suchte man darin vergeblich. Er besaß eine sehr schöne goldene Armbanduhr, die er mit einem halben Blick streifte, *wie wenig Zeit wir doch immer haben, selbst bei grausamster Knauserei.* »Suchen Sie den Mörder unter unseren Patienten, Mijnheer?«, wollte er wissen.

»Vielleicht«, antwortete der Commissaris. »Vielleicht aber auch unter den Ärzten.«

Die Armbanduhr tickte, der Löffel klirrte sacht gegen das Porzellan, und der Besitzer von beiden ließ seine ernsten Augen eine ganze Weile auf Van Leeuwen ruhen. »Wenn es um den Fall geht, über den kürzlich im Fernsehen berichtet wurde, dieser tote Junge im Vondelpark –«

»Genau darum geht es.« Der Commissaris schilderte ihm, wie sich die Ermittlungen entwickelt hatten und dass er auf der Suche nach einem geheimnisvollen *Doktor* war, der den toten Kevin – Sohn der hiesigen Ärztin Ruth van Leer – mit Drogen beliefert haben könnte. »Präzise gesprochen, brauche ich eine Liste aller Ärzte und Pfleger des Krankenhauses, besonders von denen, die Zugang zu Medikamenten und anderen Drogen haben könnten –«

»Doktor van Leer?«, fiel Terlinden ihm ins Wort, »Ruth van Leer? Du meine Güte, ich hatte ja keine Ahnung. Davon stand nichts in der Zeitung, oder?« Er wirkte erschüttert. »Sie ist die Leiterin unserer Kardiologischen Abteilung, und in den letzten Tagen ist sie zum Dienst erschienen, als wäre nichts gewesen …«

»Wo Sie es erwähnen«, sagte Van Leeuwen ungerührt, »ich muss wissen, wer wann Dienst hatte und wer sich zu welcher Zeit freigenommen hat. Anfangen möchte ich gern mit den engeren Mitarbeitern von Doktor van Leer, dann benötige ich eine weitere Liste aller legalen und illegalen Präparate, die hier an der Klinik in Umlauf sind –«

»Warum kommen Sie damit zu mir?«, unterbrach Terlinden ihn erneut. Der Commissaris hatte den Eindruck, als zöge der Professor sich innerlich möglichst unauffällig über eine Zugbrücke zurück, die er jeden Moment hochzuziehen gedachte. »Ich bin nur für die Neurologie und Neurochirurgie zuständig.«

Van Leeuwen lächelte, zumindest fühlte es sich auf seinen Lippen so an. Er sagte: »Natürlich könnte ich die Klinikleitung veranlassen, eine Untersuchung sämtlicher Abteilungen vorzunehmen – wer hatte Zugang zu den Ärztezimmern, den Behandlungsräumen, den Medikamentenschränken, wer hatte Dienst, an welchen Tagen, zu welchen Zeiten, wer hat seinen Dienst getauscht oder eine Vertretung gemacht et cetera et cetera –«

»Aber Sie fürchten, das Ganze verliefe ziemlich kläglich im Sande«, bestätigte Terlinden Van Leeuwens Vermutung. »Sie haben vollkommen Recht. So eine Universitätsklinik ist ein Riesenunternehmen, und von den vielen Menschen, die sich berechtigt oder unberechtigt tagsüber und nachts in unseren diversen Abteilungen aufhalten – Patienten, Ärzte, Pfleger, Schwestern, Medizinstudenten, Reinigungspersonal, Sicherheitsdienst –, kann praktisch jeder Ihr *Doktor* sein, er muss nicht mal wirklich als Arzt durch die Gänge geistern. Es reicht, wenn er einen weißen Kittel anzieht oder sich Doktor nennt oder nennen lässt oder vielleicht auch nur den Spitznamen *Doktor* hat, weil jemand wie Kevin ihm mit irgendwelchen Beschwerden kommt, und er hat prompt das richtige Mittelchen dagegen, keine Verschreibungspflicht, kein Rezept, nur Barzahlung, bitte. Solange Sie keinen Namen oder wenigstens eine Beschreibung haben und nicht mal genau wissen, ob es wirklich Doktor Ruth van Leers Kardiologie war, aus deren Beständen die Drogen stammten, sehe ich genauso schwarz für eine derartige Untersuchung wie Sie. Sie werfen lediglich einen Stein in einen großen Teich, und früher oder später erreichen die Wellen auch Ihren Doktor, und dann ist er gewarnt.«

Die Sonnenlichtstreifen auf den Bücherrücken über Terlindens Kopf verblassten, weil eine Wolke über den Himmel zog. Van Leeuwen trat ans Fenster und sah durch die Ritzen zwischen den Lamellen der Jalousie hinaus in einen kahlen Innenhof. »Andererseits«, sagte er und unternahm einen kleinen Ausfall gegen die Zugbrücke des Professors, »könnte ich noch heute ein halbes Dutzend meiner Leute undercover als Pfleger oder Reinigungskräfte hier einschleusen und alles genau unter die Lupe –«

»Das wäre möglicherweise etwas überstürzt.« Hastig setzte Terlinden die Teetasse wieder ab, deren Rand er eben erst an die zufrieden gewölbten Lippen geführt hatte. »Ich meine, ohne konkreten Verdacht oder dergleichen.« Der Löffel begann wieder zu kreisen.

»Wenn ich es mir genau überlege, war es vollkommen richtig von Ihnen, zuerst zu mir zu kommen. Lassen Sie mich sehen, was ich tun kann, um Ihnen bei dieser Liste zu helfen, ja? Ach, und ich möchte mir Ihre Frau gern mal wieder anschauen, möglichst bald. Haben Sie inzwischen die Reise unternommen, über die wir gesprochen hatten?«

Der Commissaris drehte sich um. »Welche Reise?« Er konnte sich nicht erinnern. »Ich hatte viel zu tun in letzter Zeit«, antwortete er. »Letzte Woche habe ich daran gedacht, aber dann gab es ja diesen neuen Mord –«

»Und ein Heim? Haben Sie schon einmal über ein Pflegeheim nachgedacht?«

Anstatt zu antworten, blickte der Commissaris wieder aus dem Fenster. Die Fenster des gegenüberliegenden Trakts spiegelten den Himmel, das blendende Frühlingsblau. Als die nächste Wolke vorbeizog, erlosch der blendende Glanz, und die Scheiben gaben den Blick frei auf die Korridore dahinter.

Hinter einem der Fenster ging ein Junge vorbei, klein, flüchtig wie ein undeutlicher Schatten, und einen Herzschlag lang befiel den Commissaris ein Gefühl der Beklemmung, fast ein Schrecken. Das Abbruchhaus, dachte er; es war dasselbe Entsetzen. Er stellte fest, dass er die Hand in die Hosentasche geschoben hatte und die Tüte mit dem Bambussplitter darin berührte. Er starrte weiter auf das Fenster, dann auf das nächste, aber der Junge tauchte nicht wieder auf.

Terlinden stand auf und klappte die Zeitschrift zu, die aufgeschlagen vor ihm gelegen hatte. Mit einem Räuspern gab er zu verstehen, dass die Audienz beendet war. »Wenn Sie mich nicht mehr brauchen, würde ich mich jetzt gern wieder meiner Arbeit widmen, Commissaris.«

»Ja, natürlich.« Van Leeuwen atmete tief durch, zog die Hand aus der Tasche und löste sich vom Fenster. Terlinden legte die Zeitschrift auf einen Stapel von Magazinen neben dem Schreibtisch.

Das Titelbild zeigte einen bärtigen Mann in einem kurzärmeligen Safarihemd und Khakishorts vor einem grünen Hintergrund, der sich erst bei genauerem Hinsehen als ein Gewirr aus Dschungelpflanzen entpuppte. Aber es war nicht dieser sonnengebräunte bärtige Mann, der Van Leeuwens Aufmerksamkeit erregte, sondern die großen Buchstaben *CJD*, weiß wie sonnengebleichte Knochen, neben seiner Brust.

»Entschuldigen Sie, Mijnheer«, sagte der Commissaris und griff nach dem Magazin. Es handelte sich um eine englische Zeitschrift mit dem Titel *Science Monitor,* und Van Leeuwens Englischkenntnisse reichten gerade aus, um zu entschlüsseln, dass der Name des Mannes auf dem Cover Doktor Josef Pieters war und dass er bei der

Erforschung von *mad cow disease* einen Durchbruch geschafft zu haben schien.

»*Mad cow disease?*«, fragte Van Leeuwen.

»*Mad cow disease* ist die englische Bezichnung für BSE, Sie kennen das wahrscheinlich als Rinderwahnsinn«, antwortete Terlinden.

»Insofern hat es im weiteren Sinn auch mit der CJD zu tun.«

»Haben Sie nicht mal gesagt, dass Alzheimer und die Creutzfeldt-Jacob-Krankheit sich sehr ähnlich wären?«

»Nicht ähnlich«, widersprach der Professor, »nur vergleichbar; das ist ein Unterschied. Alzheimer nimmt mehr oder weniger immer denselben Verlauf, während Creutzfeldt-Jakob in allen möglichen Varianten auftritt: Die einen werden blind, die anderen verlieren den Verstand, und manche erleiden schwerste Persönlichkeitsstörungen, unter denen die mangelnde Koordination der Bewegungsabläufe noch am ehesten an Rinderwahnsinn erinnert. Bei Alzheimer wird der befallene Bereich härter und schrumpft, bei CJD verwandelt er sich in eine weiche Masse. Alzheimer ist nicht ansteckend, CJD kann durchaus virologisch übertragen werden. Davon abgesehen, richtet Alzheimer seine Verwüstungen vor allem im Großhirn an, wohingegen CJD sich auf das Kleinhirn konzentriert.«

»Und was ist das für ein Durchbruch, den dieser Pieters erzielt hat?«

»Dieser Pieters, wie Sie ihn nennen, ist ein überaus geschätzter Kollege«, belehrte Terlinden den Commissaris, jetzt wieder auf vertrautem Terrain, mit genau der richtigen Dosis Herablassung und Stolz in der Stimme. »Er ist Kinderarzt und Professor für Anthropologie an unserer Alma Mater, außerdem Neuropathologe, Biochemiker und Epidemiologe, und irgendwann in naher Zukunft wird er auf einem dieser Gebiete den Nobelpreis erhalten.«

»Er ist hier? In Amsterdam?« Van Leeuwen betrachtete das Bild, den sonnengebräunten Mann mit den schweißverklebten Haaren, den Urwald hinter ihm, seine eingeborenen Träger.

»Ich weiß nicht, ob er schon zurück ist, aber wenn Sie wollen, kann ich das für Sie herausfinden«, sagte Terlinden. »Nur sollten Sie sich keine Hoffnungen machen, dass ein Fortschritt, gleich welcher Art, auf dem Gebiet der CJD-Forschung sich in absehbarer Zeit auf die Alzheimer-Therapie übertragen lassen könnte. Der Durchbruch, den Pieters mit seiner Beobachtung der Kuru-Fälle unter den Fore vorbereitet hat, betrifft vor allem die Bereitschaft der Pharmaindustrie, Geld in die Entwicklung eines Medikaments gegen CJD zu stecken.«

»Ich mache mir keine Hoffnungen«, sagte Van Leeuwen. »Ich bin nur neugierig – das ist eine Polizistenkrankheit. Und ich bin auf einem Bauernhof groß geworden.«

»Auch wenn es sich so ähnlich anhört – Kuru hat nichts mit Kühen zu tun«, sagte Terlinden, und der Commissaris fragte sich, ob der Professor es noch merkte, wenn sich Herablassung in seine Stimme schlich. »Es handelt sich um eine Krankheit, die in fast allen Symptomen mit Creutzfeldt-Jakob übereinstimmt, außer dass sie auch Kinder dahinrafft. Allerdings kommt sie in den Niederlanden nicht vor. Soweit ich weiß, bis jetzt in ganz Europa nicht.«

»Wo finde ich Professor Pieters?«, fragte der Commissaris und legte den *Science Monitor* auf den Stapel zurück. »Hat er ein Büro hier auf dem Gelände?«

»Ich bitte Sie, Mijnheer – bei einer Kapazität wie Pieters brauchen Sie einen Termin, das dauert oft Wochen. Da können Sie nicht einfach so mir nichts, dir nichts durch die Tür spazieren.«

»Ich werde vorher klopfen«, sagte Van Leeuwen. »Vielen Dank, dass Sie mir Ihre Zeit geopfert haben, Professor. Und denken Sie an die Liste, bitte.« Er verließ das Büro, und erst als er auf dem Korridor war, merkte er, wie die Anspannung von ihm abfiel, die den ganzen Vormittag auf ihm gelastet hatte.

Brigadier Tambur wartete auf einer der Holzbänke neben der Tür und verschickte eine SMS. Als sie Van Leeuwen herauskommen sah, brach sie die Übertragung ab und stand auf. »Da sind Sie ja endlich, Commissaris. Das Büro hat schon zweimal angerufen. Hoofdinspecteur Gallo will wissen –«

»Hoofdinspecteur Gallo will immer alles wissen, aber er muss lernen, dass das unmöglich ist«, fiel Van Leeuwen ihr ins Wort. »Was haben Sie in der Kardiologie herausgefunden?«

»Nichts.« Julika verstaute das Mobiltelefon in der rechten Außentasche ihrer Lederjacke. »Doktor van Leer operiert schon den ganzen Morgen, und auf ihrer Station habe ich nichts Verdächtiges bemerkt, keinen Mann im weißen Kittel, der mir Stoff verkaufen wollte, und angefallen hat mich auch niemand, kein kalkweißer Gnom oder –«

»Wie kann man sich stundenlang in der Kardiologie eines großen Krankenhauses aufhalten und nichts Verdächtiges bemerken?«, fuhr Van Leeuwen sie an. »Und wer, in drei Teufels Namen, sollte *Sie* anfallen wollen?! Werfen Sie mal einen Blick in den Spiegel, falls der Ihr Bild überhaupt wiedergibt! Ich hätte große Lust, Sie in diesem Aufzug zum Hoofdcommissaris hochzuschicken und dann einfach an meinem Schreibtisch zu sitzen und zu warten, bis er anruft.«

»Ist der auch so jähzornig wie Sie?«, fragte Julika trotzig.

»Niemand ist so jähzornig wie ich!«, brüllte Van Leeuwen, und da spürte er endlich, wie er wieder zu dem Menschen wurde, den alle Welt so gern um sich hatte.

14

In den ersten Sekunden nach dem Aufwachen hatte Bruno van Leeuwen das Gefühl, um etwas betrogen worden zu sein. Im Schlaf war er glücklich gewesen, aber er wusste nicht mehr, warum. Das Glücksgefühl verschwand mit den letzten Bildern eines schon verblichenen Traums und wich dem Wunsch, die Wohnung zu verlassen, ins Büro zu gehen, solange Simone noch schlief. Er lag auf dem Rücken, mit geschlossenen Augen, und lauschte dem leisen, regelmäßigen Atem seiner Frau, bis er den Wunsch nicht mehr so stark spürte. Er hatte fast die ganze Nacht in seinem Arbeitszimmer gesessen und nachgedacht. Es gehörte zu seinen Gewohnheiten, jeden Tag die Ergebnisse seiner Ermittlungen aufzuschreiben, genauso wie die Gedanken und Überlegungen, die er dabei angestellt hatte.

Ist mein Erfinder vielleicht Mediziner? Kann es sein, dass Kevins Mörder ein Arzt ist – der Doktor, von dem Deniz im Verhör gesprochen hat? Hat Kevin ihn vielleicht erpresst, gedroht, ihn zu verraten? Ein Arzt, so klein wie Toulouse-Lautrec, der ihm die tödliche Wunde mit chirurgischer Präzision zugefügt hat? Weiß oder schwarz? Welches ist die richtige Tür?

Plötzlich war ihm der Anruf des Pathologen vor einigen Tagen wieder eingefallen, und er hatte beschlossen, noch einen kleinen Abstecher ins Internet zu machen. Bis um sechs Uhr früh hatte er den Cyberspace nach sämtlichen Informationen über Papua-Neuguinea durchforstet, wo es lag, wer dort lebte, was man über seine Geschichte wusste. Danach brannten seine Augen, und der Rücken schmerzte bis hinauf zu den Nackenwirbeln. Seine Hände zitterten von dem vielen Kaffee, den er getrunken hatte.

Es gibt keine Kopfjäger mehr, dachte er. Es gibt keine, und wahrscheinlich hat es überhaupt nie welche gegeben, weder in Neuguinea noch anderswo.

Einmal, gegen drei Uhr morgens, war er an seinem Schreibtisch eingenickt. Im Schlaf hatte er den Jungen gesehen, der auf der Fensterbank des brennenden Hauses stand. Er hatte ihn festgehalten und schon gewusst, dass die Jacke reißen würde, und er war aufgewacht, bevor er den Jungen verlor, mit einem jähen Ruck.

Er war aufgestanden, um sich auszuziehen und sich zu waschen. Aber statt ins Bett war er danach in die Küche gegangen, wo er sich eine Kanne Kaffee gekocht und mit ins Arbeitszimmer genommen hatte, und etwas später, so schien es, war der Himmel schon hell geworden, und die Giebel, Dächer und Turmspitzen vor seinem Fenster ragten in das Rot der Morgenluft hinein.

Es gab keine Kopfjäger; der Pathologe hatte sich geirrt. Van Leeuwen hatte den Rest des kalten Kaffees in der Küche in die Spüle geschüttet und war endlich zu Bett gegangen. Simone hatte wie immer fest geschlafen, ein lautlos atmender Schatten. Kein Kopfjäger, dachte der Commissaris, und kein Ritualmord, nicht bei uns in Amsterdam.

Kurz bevor er endgültig einschlief, erinnerte er sich an etwas, irgendetwas, das er vorhin in der Flut der Informationen aus dem Internet bemerkt, aber inzwischen vergessen hatte. Auch jetzt fiel es ihm nicht wieder ein, nur dass es da gewesen war und in einer Beziehung zu seinem Fall stehen konnte. Er tastete nach der Hand seiner Frau und hielt sie fest. Er grübelte nicht weiter. Was immer er dort entdeckt hatte, er würde wieder darauf stoßen, wenn der Zeitpunkt richtig war. Nichts verschwand für immer aus seinem Blickfeld, wenn es ihm einmal aufgefallen war.

Um zehn wachte er wieder auf, aus einem glücklichen Traum, an den er sich nicht erinnern konnte, weil das Glück einen nicht verfolgte und nicht heimsuchte. Es hinterließ keine Risse in der Seele. Schließlich stand er auf, kochte sich frischen Kaffee und nahm die Tasse mit ins Bett. Er schob sich das Kopfkissen in den Rücken und griff nach dem Buch auf dem Nachttisch, das er für schlaflose Stunden dort bereitliegen hatte, eine Chronik der ungewöhnlichsten Morde seit Kain und Abel.

Von den beigefarbenen Leinenvorhängen gedämpft, drang das Licht des frühen Vormittags in den Raum. Aus den Hinterhöfen unter dem Schlafzimmerfenster stiegen Geräusche hoch, die der Commissaris als beruhigend empfand: Alltagslärm, ein friedlicher Samstagmorgen ohne Katastrophen. Das Glockenspiel im Turm der Westerkerk durchwob die Luft mit einem Psalm, dessen helle Töne wie goldene Federn auf die Dächer der umliegenden Häuser schwebten.

Das schabende Geräusch, wenn er die Seiten umblätterte, oder das leise Klirren, wenn er die Tasse auf der Glasplatte des Nachttischs absetzte, schienen Simones Schlaf nicht zu stören. Überhaupt schlief sie mehr und tiefer, seit sie krank geworden war. Manchmal, wenn er sie so betrachtete, war ihm, als hätte er keine echte Erinnerung mehr daran, wie sie einmal miteinander gelebt hatten. Als könnte er ihr Leben noch einmal neu erschaffen.

Es soll Künstler geben, hatte er gehört, die eine Blume erst dann wirklich sahen, wenn sie ihr aus der Erinnerung auf einer Leinwand Gestalt gaben oder sie in die Verse eines Gedichts fassten, wiedererstanden vor ihrem inneren Auge. Manchmal kam er sich vor wie einer dieser Künstler: Wenn er dachte, dass er seine Frau nie so genau gesehen hatte wie jetzt, wo er sie sich ins Gedächtnis zurückzurufen versuchte, dass er seine Liebe nie so deutlich gespürt hatte, weil sie nicht mehr so leichtfiel.

Früher wäre sie um diese Stunde längst auf gewesen und hätte unten auf der Terrasse eines Straßencafés ihren ersten Cappuccino getrunken, bevor sie sich an die Arbeit machte. Sie hätte ihm einen Kuss gegeben, leidenschaftlich oder hingetupft, und dann wäre sie gegangen, mit einem Blinzeln, mit dem schimmernden Haar, das stets zu fliegen schien. Es gab kein Früher mehr. Deswegen durfte er nicht vergessen, dass sie einmal anders gewesen war.

Er trank den Kaffee aus und legte das Buch auf den Nachttisch zurück, bevor er sich in dem Kapitel über Charles Manson festlesen konnte. Er duschte, rasierte sich und räumte die Wohnung auf. Er ging zum Bäcker, um frische Brötchen zu holen. Es war ein heller Frühlingstag, der die Straße in Seide hüllte. Nach seiner Rückkehr verdünnte er den restlichen Kaffee mit viel heißer Milch, um ihn Simone ans Bett zu bringen. Als er sie mit einem Kuss auf die Stirn weckte, roch er, dass sie gewaschen werden musste.

Sie frühstückten im Bett. Er saß auf der Matratzenkante und tunkte Croissants in den Milchkaffee, die Simone dann mit vergnügtem Glucksen aß. Noch vor ein paar Monaten hatte sie morgens nach dem Aufwachen oft geweint, machmal auch in zorniger Panik um sich geschlagen, wie ein verängstigtes Pferd, das mit den Hufen gegen die Bretterverschläge seiner Box tritt. Als hätte sich der Nebel in ihr einen Moment lang gelichtet und ihr einen Blick in den Abgrund ihrer Lage gewährt. Doch inzwischen schien ihr die Verzweiflung erspart zu bleiben.

Nach dem Frühstück ließ Van Leeuwen warmes Wasser in die Badewanne und schälte Simone aus den verschiedenen Schichten klammer Kleidung, die sie trug wie eine Zwiebel ihre Häute. Kichernd klammerte sie sich an jedes einzelne dieser Stücke, in denen sie sich so wohl fühlte, aber am Ende blieb er Sieger, wie immer. Er setzte seine Frau in das warme Wasser und sah zu, wie ihre blasse Haut sich sanft rötete. Dann nutzte er die Zeit, um die mit Milchkaffee, aufgeweichtem Blätterteig und Körperflüssigkeiten verschmutzte Bettwäsche zu wechseln.

Danach warf er einen Blick ins Badezimmer. Simone lag friedlich in der Wanne. Er rief im Präsidium an und erkundigte sich nach den Vorfällen der vergangenen Nacht. Wie immer gab es Menschen, die den Morgen nicht erlebt hatten, aber keiner der Tode schien im Zusammenhang mit seinem Fall zu stehen, und es war auch kein Mord darunter.

Neben dem Telefon lag der Zettel mit der Telefonnummer von

Professor Pieters, die er sich gestern im Sekretariat der Klinik geholt hatte. Ich dachte, du hättest keine Hoffnung mehr, sagte er sich und betrachtete den Zettel. Warum bist du trotzem zu Pieters' Büro gegangen, obwohl Terlinden dir davon abgeraten hat? Warum hast du deine Karte unter der verschlossenen Tür durchgeschoben? Was hast du dir erwartet? Du glaubst doch schon lange nicht mehr an Wunder, oder?

Auf dem Weg zurück ins Bad bemerkte er nasse Fußspuren im Korridor. Er folgte ihnen ins Wohnzimmer. Nackt, nass und fast noch dampfend stand seine Frau am Fenster und goss die Blumen mit Wasser aus der Badewanne.

Der erste Topf war schon überflutet, und über den Rand des zweiten trat gerade ein Rinnsal aus aufgeschwemmter Blumenerde. Simone stand mit beiden Füßen in der Pfütze, die sich unter dem Heizkörper gebildet hatte. In der einen Hand hielt sie die inzwischen leere Schüssel für Fußbäder, während sie mit der anderen eine Neuordnung ihrer Fundstücke auf dem Fensterbrett vornahm, den getrockneten Seestern zu den Streichholzbriefchen legte, die Kronkorken gegen Kürbiskerne austauschte und ein paar Kiesel in die Pfütze zu ihren Füßen legte.

»Was machst du denn da?«, fragte Van Leeuwen. »Wie läufst du nur herum? Willst du nicht wenigstens etwas anziehen? Schau dich an, du siehst aus wie ein Krebs mit deiner roten Haut. Komm, ich hole dir einen Bademantel.«

Er schaltete den Fernseher ein, denn er wusste, dass samstagmorgens fast auf allen Kanälen Comicfilme liefen, die unweigerlich ihre Aufmerksamkeit auf sich zogen. Schrille Musik und das Krakeelen überdrehter Zeichenmännchen erfüllte den vom Schatten der Ulmen gemusterten Raum. Er ging den Bademantel holen und fand seine Frau in ihrem Lieblingssessel, auf dem Bauch ein Kissen, das sie in beiden Armen hielt. Glücklich versunken in den Anblick der bunten Hysterie auf dem Bildschirm.

Er hüllte sie in den flauschigen Mantel, bevor er sich neben sie auf den Boden setzte, um ein paar Minuten mit ihr fernzusehen. Wenn eine der Zeichentrickfiguren lachte, brach auch Simone in fröhliches Gelächter aus, und wenn jemand weinte, gab sie einen Laut von sich, als müsste sie selbst gleich weinen. In einer Werbepause legte sie die Hand auf Van Leeuwens Kopf und fragte: »Was machen wir denn?«

»Überraschung«, sagte er.

Sie dachte darüber nach, dann lächelte sie zustimmend. »Aber was machen wir?«, fragte sie.

»Wir gehen spazieren«, sagte er. »Mit Ton.«

»Mit Ton?«

»Ton Gallo, den kennst du doch. Er kommt nachher, und wir gehen zusammen ein bisschen raus, auf den Markt.«

Es war eine Seltenheit, dass sie Besuch bekamen; genau genommen kam überhaupt nur Gallo. Alle anderen schienen Angst vor ihnen zu haben, als wäre ihr geteiltes Leid ein schwarzes Loch, etwas Dunkles und Unbekanntes, das einen aufsaugen oder in einen Abgrund ziehen konnte. Krankheit und Mord sind sich ähnlich, dachte der Commissaris manchmal – man gerät damit in Berührung, und das Dunkle, Unbekannte ist plötzlich Teil des eigenen Lebens. Man nimmt den Abgrund wahr, so weit man auch davon zurückzutreten versuchte.

Simone stand auf, presste das Kissen zusammen und murmelte dringlich: »Spazieren gehen ... Müssen uns schnell anziehen!«

»Noch nicht«, beruhigte er sie, »noch nicht, erst nach dem Essen.«

»Was gibt es zu essen?«

»Mal sehen, was da ist.« Van Leeuwen stand auf und ging in die Küche. Er inspizierte den Kühlschrank, die Brotdose, die Vorratskammer. Es gab Eier, Brot und Spargel, den er gestern nach dem Besuch in der Klinik gekauft hatte. Ein Omelett mit Spargel, dachte er, dazu etwas roher Schinken, Toskanabrot, einen Rucolasalat und einen leichten Weißwein.

Als er sich umdrehte, stand Simone hinter ihm im Türrahmen.

»Wann gehen wir?«, fragte sie.

»Jetzt noch nicht«, antwortete Van Leeuwen. »Erst musst du dich anziehen, und dann essen wir.«

»Was gibt es denn?«

»Das ist doch völlig egal«, sagte er lauter, als er wollte. »Seit wann macht es einen Unterschied, was du isst? Wahrscheinlich gibt es sowieso nichts, weil ich nicht kochen kann, wenn du dauernd hinter mir herläufst. Warum kannst du mich nicht wenigstens für eine Viertelstunde in Ruhe lassen!? Du bist doch keine Gans! Willst du das den ganzen Tag lang machen!?«

»Entschuldigung«, murmelte sie. Ihr Gesicht verzog sich, als hörte sie die Zeichentrickfiguren weinen. »Muss zur Arbeit!«

»Ja, geh zur Arbeit!«, rief Van Leeuwen. »Geh zur Arbeit, so wie du bist, und verlauf dich auf dem Weg zum Laden deiner Eltern. Dann kann ich auch zur Arbeit gehen und darauf warten, dass mich jemand anruft, weil er dich nackt aus einer Gracht gefischt hat! Hast du überhaupt die leiseste Ahnung, was du aus unserem Leben gemacht hast?«

Simone begann zu weinen, nicht weil er schrie, sondern weil der Kummer in seiner Stimme größer war als der Zorn. Sie stand da, das Kissen gegen den Bauch gepresst, und als er verstummte, versiegten ihre Tränen. »Macht doch nichts«, sagte sie lächelnd, »weil ich dich liebe.«

Er seufzte. Er nahm sie in den Arm und führte sie aus der Küche.

»Ja, ich liebe dich auch. Jetzt sage ich dir, was wir anziehen, und wann wir gehen, sage ich dir danach, und essen können wir später, auf dem Markt.«

15

Hoofdinspecteur Gallo sagte: »Ich habe nachgedacht über das, was Deniz ausgesagt hat. Und diese Tic. Vielleicht hatte der Doktor, von dem Kevin seinem Freund erzählt hat, gar nichts mit seiner Angst zu tun, und mit dem Mord auch nicht. Einen *Doktor* hat es gegeben, genauso wie die Drogen, aber Angst hatte Kevin vor etwas anderem, und dieses andere war es auch, das ihn getötet hat, nicht die Kleindealerei. Was meinst du?«

»Wäre möglich«, gab der Commissaris zu. »Wir wissen nicht viel, oder? Wir wissen, dass er Angst hatte und dass er getötet wurde und dass die Zeugen jemanden gesehen haben, der wegrannte und der klein und kalkweiß war. Aber soll ich dir sagen, was ich glaube? Er war gar nicht weiß. Er hatte sich nur so angemalt.«

Es war später Nachmittag, und sie gingen die Egelantiersgracht hinauf zur Prinsengracht. Simone stapfte in der Mitte, untergehakt bei Van Leeuwen und fröhlich wie ein Distelfink am Morgen. Sie hatte Gallo nicht wiedererkannt, aber sie fürchtete sich auch nicht vor ihm, und manchmal schenkte sie ihm sogar ein Lächeln, nur anfassen durfte er sie nicht.

Sie sah aus wie eine Puppe, aus hellem Holz geschnitzt und mit schlecht sitzender Kleidung. Sie trug klobige Gummistiefel, eine Segeltuchhose und einen beigefarbenen Trenchcoat, dessen Gürtel sie mehrmals verknotet hatte, während Van Leeuwen damit beschäftigt gewesen war, die Knöpfe des Mantels zu schließen. Ihr Haar verschwand unter einer Finnenmütze aus roter und blauer Wolle, der Mund unter einer dicken Schicht Lippenstift. Der Simone-Look.

Früher hätte Van Leeuwen sich geschämt, so mit ihr auf die

Straße zu gehen, aber inzwischen spielte das keine Rolle mehr. Einer der Vorteile, wenn man älter wird, dachte er, keine Scham, kein falscher Stolz. Auch Gallo benahm sich ganz natürlich in Simones Gesellschaft, ohne so zu tun, als wäre sie gesund wie eh und je: einer der vielen Gründe, warum der Commissaris seinen Hoofdinspecteur schätzte.

Über ihren Köpfen raschelten die Ulmen im Wind. Eine Möwe stieg mit sparsamem Flügelschlag vom Wasser auf und schwebte wie eine weiße Sichel zum Giebel eines Hauses auf der anderen Seite der Gracht, wo sie sich auf dem höchsten Punkt niederließ, um über den Dächern Ausschau zu halten nach allem, was für Möwen an einem späten Nachmittag wie diesem von Interesse sein konnte. Simone blieb unvermittelt stehen, als wäre ihr etwas eingefallen, dann drehte sie um und trat ans Ufer. Dort verharrte sie im verschleierten Sonnenschein und starrte hinunter in den Kanal. Auch Van Leeuwen und Gallo blieben stehen. »Wie war's mit Brigadier Tambur im Krankenhaus?«, fragte Gallo.

»Sie gibt sich Mühe«, brummte der Commissaris.

Gallo sagte nichts, nur ein Lächeln huschte über seine Lippen. In der Nachmittagssonne leuchteten seine Augen wie Bernstein, und das blonde, wie üblich ungekämmte Haar flatterte im Wind.

»Ich habe über das nachgedacht, was du gesagt hast, und sie beobachtet. Es ist mehr als nur Mühe. Sie arbeitet wirklich hart daran, das ganze Kuddelmuddel in den Griff zu kriegen. Dieses Durcheinander aus Sehnsucht, Liebe, Respekt, Nähe, Distanz, *cool* sein und Gefühle zeigen.«

»Da wäre sie die Erste, die das schafft«, sagte Van Leeuwen.

»Du hast es doch auch geschafft. Du liebst Simone, ohne deswegen blöd zu werden. Und du respektierst sie, selbst jetzt noch.«

»Sie verdient es«, sagte Van Leeuwen.

»Denkst du manchmal daran, sie in ein Heim zu geben?«

»Sie hat Angst vor fremden Menschen. An Ellen hat sie sich

gewöhnt, aber es hat lange gedauert. Damals hat sie *ihr* Opfer gebracht, jetzt bringe ich meins. Wir sind fast dreißig Jahre verheiratet, davon waren mindestens fünfundzwanzig schön. Wegen ihr war ich sehr oft glücklich, ohne ein Anrecht darauf zu haben. Sie würde mir fehlen.«

»Was für ein Opfer?«, fragte Gallo.

»Kinder«, sagte Van Leeuwen. »Ich wollte nie welche haben. Ich weiß, dass Simone gern welche gehabt hätte. Als ich es ihr gesagt habe, hätte sie mich verlassen und woanders ein vollkommeneres Glück suchen können. Aber sie hat darauf verzichtet, und zwar ohne großes Tamtam. Sie hat mir keine Szene gemacht, hat mich nicht erpresst, hat keine Bedingungen gestellt. Sie hat akzeptiert, dass es als Beweis für unsere Liebe nur uns gibt. Und ich habe versucht, dafür zu sorgen, dass es wirklich Liebe ist.«

Gallo schwieg wieder. Dann fragte er behutsam: »Hast du nie – ich meine, man hat doch seine Gefühle nicht immer unter Kontrolle, oder? Man verliebt sich doch mal, selbst wenn die eigene Frau nicht –«

Der Commissaris seufzte. »Klar gab es immer mal wieder jemanden, bei dem man in Versuchung geraten konnte – eine Kollegin von Simone aus dem *Telegraaf*-Zoo oder eine Frau, der man bei den Ermittlungen näherkommt, oder eins von unseren Mädchen beim Belegschaftsausflug. Und ich hätte mir auch einreden können, dass es nicht so schlimm ist, dass es niemandem wehtut, weil es nie jemand erfahren wird, aber dann habe ich es doch nicht übers Herz gebracht, uns das anzutun.«

»Warum wolltest du keine Kinder haben?«

»Es war einfach so. Wenn man Kinder hat, muss man ihnen ein guter Vater sein. Ich war nicht sicher, ob ich das schaffen konnte. Oder wollte. Aber man muss sicher sein.«

»Hat es dir jemals leidgetan?«

»Nein. Manchmal für Simone. Für mich nie.«

»Du wärst ein guter Vater geworden.«

»Um das herauszufinden, ist es zu spät.«

»Wie lange schaffst du es, so weiterzuleben?«

»Mal sehen«, sagte Van Leeuwen. »Im Augenblick sehe ich mich so: Ich bin ein Überlebender des Happyends.« Er fand, dass Simone jetzt lange genug an der Gracht gestanden hatte, und trat zu ihr, um zu sehen, was sie so in seinen Bann schlug.

Das Wasser war grün und schwarz und voller Unrat, der gemächlich dahintrieb. Unter der Oberfläche wuchsen Algen und langarmige Pflanzen, die sich schwankend in der schwachen Strömung wiegten. An den moosbewachsenen Steinen kletterten Wasserspinnen über den nassen Bewuchs. Ein dunkler Fisch stand reglos in der Dunkelheit des unsichtbaren Grundes. Wenn man lange genug hinuntersah, hatte man das Gefühl, den Boden unter den Füßen zu verlieren, hinabzusinken in den Schlick. Die Zeit blieb stehen, während das Wasser floss. Plötzlich stieß eine Möwe herab wie ein weißer Blitz. Van Leeuwen nahm Simones Hand und zog sie fort vom Kai. »Komm«, sagte er.

»Venedig«, sagte sie. Sie folgte ihm nur widerwillig, drehte sich mehrmals um. Er hielt sie fest, gab ihr einen Kuss auf die Wange und noch einen auf die Nase. Sie lächelte und reckte ihm ihr Gesicht entgegen. »Eskimos«, sagte sie. Er rieb seine Nase an ihrer, und sie gab ihren Widerstand auf.

»Sie war immer verrückt nach dem Wasser«, sagte Van Leeuwen zu Gallo. »Als ich sie zum allerersten Mal gesehen habe, ist sie auf ihrem Rad durch einen Platzregen geradelt. Im Sommer konnte sie an keinem Bach und keinem Teich vorbeigehen, ohne hineinzuspringen. Wie ein Otter. Einmal hatten wir ein kleines Haus gemietet, in der Toskana, auf einem Hügel in der Nähe von Siena. An den Hängen unter dem Haus wuchs Wein, und ein schmaler Weg führte zwischen den Rebstöcken hinunter zu einem Fluss, aber ich habe vergessen, wie der hieß. Es war nur ein kleiner Fluss. An der Straße über dem Ufer standen Pinien und Zypressen, und dann ging man durch Huflattich hinunter zum Wasser. Es war ein heißer August, die Sonne schien jeden Tag, und wir gingen morgens aus dem Haus, den staubigen Weg hinunter und verbrachten den Tag an einer Biegung des Flusses. Wir hatten immer einen Picknickkorb mit Wein, Schinken, Käse und Weißbrot dabei, der bis zum Abend reichte. Den Weißwein stellten wir in das kühle, klare Wasser, und wenn wir nicht damit beschäftigt waren, verrückte Sachen anzustellen, legten wir uns einfach in den Fluss. Wir lagen da, den Wein in Reichweite, und beobachteten die Libellen, die über dem Schilf standen, blau schimmernd in der Sonne, während die Strömung dicht an unseren Ohren flüsterte und schmatzte wie ein großes, zufriedenes Tier.«

Er drückte Simone an sich. »Sie konnte den halben Tag so im Wasser liegen, auf dem Rücken, und wenn sie aufstand, schüttelte sie eine Kaskade glitzernder Tropfen in den Sonnenschein. Am Abend gingen wir dann in die Stadt. Warst du schon mal in Siena, Ton? Die Stadt liegt auf einem Hügel, umgeben von uralten Mauern. Ihre Türme ragen streng und eckig in den Himmel, und im Sommer ist der Horizont am Abend noch lange hell, während sich in der Ebene schon die Nacht sammelt wie Rauch, der dann langsam aufsteigt zu den Mauern und den Türmen. Das ist ein schöner Anblick, auch das anheimelnde Licht in den engen Gassen und den winzigen Fenstern. Simone konnte gar nicht genug kriegen von Siena.« Van Leeuwen blickte seine Frau an. »Weißt du noch, der Sommer damals in der Toskana? Wie wir nachts *palio* gespielt haben, auf dem schiefen Platz?«

Simone nickte, als könnte sie sich daran erinnern, wenn sie auch sonst alles vergessen hatte. Sie griff nach seiner Hand, ließ sie aber einige Schritte später wieder los.

Über den Dächern Amsterdams begann die kurze Dämmerung eines Frühlingsabends. Der Himmel verfärbte sich zu einem rosigen Blau, in das schnell das Graugrün der Nacht sickerte. Auf den Brücken der Gracht sprang gelbes Licht von Laterne zu Laterne, und die Fenster der Häuser schwebten noch eine Zeit lang wie weiße

Vierecke in der Luft, während die Mauern mit der Dunkelheit verschmolzen.

Sie gingen an der Gracht entlang, bis sie den Noordermarkt erreichten. Unter der Brücke an der Brouwersgracht hing violetter Dunst. Im Schatten der schroff aufragenden Kirche mit ihren wuchtigen braunen Mauern drängten sich Passanten zwischen den Ständen. Die weißen Glockengiebel der umstehenden Häuser säumten den Platz wie eine steinerne Borte.

»Pass auf, dass du nicht verloren gehst«, sagte Van Leeuwen. Simone griff wieder nach seiner Hand, beunruhigt von den vielen Menschen. Ihr Gesicht zeigte Neugier, aber auch einen ersten Anflug von Panik.

Der ganze Platz roch nach brennender Holzkohle, nach scharf Gebratenem, Zwiebeln und Knoblauch. Im dunstigen Licht der Glühlampen an den Marktbuden tanzten die ersten Mücken. Fliegen summten über saftigem Fleisch und silbrigen Fischen auf blutbespritztem Eis. Fasane hingen in Bündeln an blank polierten Stahlhaken und äugten auf schlanke Hasen hinunter, die – lang gestreckt – im Tod noch zu rennen schienen. Pyramiden von Käse, Obst und Gemüse türmten sich unter den Markisen der Stände und Verkaufskarren. Daneben Berge von Austern, Muscheln oder Schnecken, das rote Schalengewirr lebender Hummer in wassergefüllten Eimern. Ofenfrisches Brot, Wein, Honig, alles lockte verführerisch, und Simone blieb immer wieder stehen, gebannt von der Fülle.

Der Commissaris betrachtete die Händler, wie sie Fische auf dem Eis umdrehten, Fleisch einpackten, Geld entgegennahmen und herausgaben. Nicht nur die Gerechtigkeit ist blind, dachte er, das Glück auch. Wie einfach das Leben sein konnte, wenn man es so nahm, wie es kam, nichts verbessern oder verändern wollte.

Der Himmel war jetzt kupferrot hinter dem Turm der Noorderkerk, und der Mond zeigte schärfere Konturen. Das Wasser der

Gracht leuchtete im Widerschein des Abends. Vor dem Hauptportal der Kirche stand ein Straßenmusikant mit einer reich verzierten Drehorgel. Die Walze der Orgel spielte *Tulpen aus Amsterdam.* Kühle Windstöße fuhren knatternd unter die Öltuchplanen und verwehten die Musik und das Geschrei der Bauern, Fischer und Fleischer.

Als Van Leeuwen sich durch das Gedränge schob, erkannte er viele vertraute Gesichter. Er ließ seine Blicke über die Passanten schweifen, nahm den einen oder anderen genauer in Augenschein, hielt ihn im Geist fest, bis er wusste, wer es war, ob es eine Akte über ihn gab oder nicht. Er grüßte zurück, wenn er gegrüßt wurde, aber er grüßte nicht als Erster.

»Werden die Kinder weiterbeschattet?«, fragte er Gallo, der neben ihm ging.

»Ein Team überwacht Deniz und eins diese Robbie«, sagte der Hoofdinspecteur. »Wir haben jemanden vor dem Abbruchhaus postiert und noch jemanden vor dem Haus von Tics Eltern. Aber lange wird der Hoofdcommissaris das nicht genehmigen.«

»Solange ich es will, bleiben sie da, wo sie sind.« Van Leeuwen spürte sein Mobiltelefon in der Brusttasche seines Sportjacketts klingeln, holte es heraus und meldete sich. »Ja?« Zuerst vernahm er nur Gesprächslärm und Fetzen von Rockmusik, dann das Klirren eines Spielautomaten. »Hallo?«

Endlich fragte eine leise Stimme: »Mijnheer van Leeuwen? Commissaris?«

»Ja.«

»Ich bin's. Esther. Das Mädchen vom Bahnhof.«

Van Leeuwen verstand sie nur schlecht. »Kannst du etwas lauter sprechen, Esther?«

Es rauschte und knackte in der Leitung, aber die Verbindung wurde nicht besser. Esther sagte: »Ich wollte Sie fragen, warum Sie mich Tic genannt haben, Sie wissen schon, auf dem Bahnsteig.« Ihre Stimme klang undeutlich und fern, als hätte sie sich nun doch aufgemacht in den Weltraum, um die Erde, auf der sie so unglücklich war, aus der Astronautenperspektive zu betrachten.

»Weil ich ein Mädchen gesucht habe, das Tic genannt wird«, sagte Van Leeuwen. »Und weil ich das Gefühl hatte, jemand hätte mich zu dir geführt.«

»Wer hat Sie zu mir geführt?«, fragte das Mädchen.

»Ein toter Junge.«

»Sie meinen Kevin.«

»Wie kommst du darauf?«

»Ich weiß, dass Sie seinen Mörder suchen«, sagte das Mädchen. »Robbie hat mir davon erzählt. Sie hat auch gesagt, Sie wären in Ordnung.«

»Robbie Maartens? Woher kennst du die?«

Esther schwieg. Sie schien zu überlegen. »Wir begegnen uns eben manchmal, nachts auf der Piste. Sie hat mir auch erzählt, dass Kevin eine Freundin hatte, die Tic hieß. Und plötzlich hat das alles einen Sinn ergeben, verstehen Sie?«

»Was hat einen Sinn ergeben?«

»Na, das mit dem Jungen. Sie hat gesagt, sein Mörder könnte vielleicht schwarz sein, ein Afrikaner oder so was, das hätten Sie beim Verhör gesagt, und ich hab da einen gesehen, am Koninginnedag, und vor kurzem habe ich ihn wieder gesehen.«

Mit einem Mal merkte Van Leeuwen, dass seine Achseln schweißnass waren. Er spürte den Puls unter den Fingernägeln pochen.

»Wo? Wo hast du ihn gesehen?«

Die Musik im Hintergrund wurde lauter, und wieder schepperte ein Spielautomat. »Ich habe ihn aus dem Park rennen sehen«, rief Esther undeutlich, »so um die Zeit, als Kevin getötet worden sein soll. Er hatte Blut an den Händen und im Gesicht, aber ich wusste nicht, dass es Blut war, nur so was Rotes, da, wo er eigentlich weiß war, aber darunter war er schwarz.«

»Wohin ist er gerannt?«

»Er ist ziemlich dicht an mir vorbeigerannt. Wohin, weiß ich nicht.«

»Und wo hast du ihn wieder gesehen? Wann?«

»Gestern Nacht. Im *Blue Note*. Das ist ein –«

»Ich weiß, was das *Blue Note* ist. Woran hast du ihn erkannt?«

»Er hatte so eine komische Nase, als hätte er sich da ein Loch reingebohrt, aber er trug keinen Ring, auch keine Perle, wissen Sie, nichts, nur dieses Loch.«

Er ist noch in Amsterdam, dachte Van Leeuwen. Jetzt ist es sicher; der Täter ist noch hier. »Glaubst du, dass er heute Abend auch wieder im *Blue Note* ist?«, fragte er. »Kannst du ihn uns zeigen?«

»Ich weiß nicht.« Esthers Stimme wurde noch dünner. »Eigentlich, also, lieber wär's mir, ich hätte nichts damit zu tun –«

»Wir treffen uns um zehn, vor dem Club«, sagte Van Leeuwen schnell. »Hörst du, Esther? Um zehn –«

»Besser um elf«, sagte Esther. »Und nicht direkt vor dem Club. Ein paar Häuser weiter ist ein Coffee-Shop –«

Van Leeuwen spürte, dass jemand seinen Arm berührte. Er sah auf. Gallo stand vor ihm und fragte: »Wo ist Simone?«

»Was?« Van Leeuwen erschrak. »Um elf im Coffee-Shop!«, rief er und brach das Telefonat ab. »Ich dachte, sie ist bei dir!«

»Als ich sie zuletzt gesehen habe, stand sie direkt neben dir. Du hast telefoniert, und sie –«

Der Commissaris hatte das Gefühl, dass sich der Platz um ihn zu drehen begann. Die Gesichter der Passanten flogen vorbei, die beleuchteten Marktstände, die brüllenden Händler. »Simone!« Keines der Gesichter gehörte ihr, ihre schlanke Gestalt tauchte nirgendwo in der Menge auf. Van Leeuwens Blick flog umher, suchte nach der bunten Finnenkappe, dem beigefarbenen Trenchcoat, einem blassen, verängstigten Gesicht. Da war sie wieder, diese dumpfe, wütende Angst, die er den ganzen Tag zu vergessen versucht hatte.

»Simone!«

Auch Gallo rief ihren Namen und tauchte in das Gewühl der Passanten. »Simone!« Er blieb stehen, hielt wahllos Vorbeigehende an, schob sie beiseite, ging weiter.

Van Leeuwen widerstand dem Impuls, einfach loszulaufen. Er blieb, wo er war, nur seine Augen tauchten in die Gassen zwischen den Buden, fächerten durch die Gesichter, legten ein Raster über die Menge, teilten sie in kleine Quadrate, die er einzeln vergrößerte und wieder schrumpfen ließ, trennten Körper von ihren Schatten. Er spürte, wie sein Herz vor Sorge klein und hart wurde, während es gegen seine Brust hämmerte.

Er sah sie nicht. Je länger er Ausschau hielt, desto mehr verwischten sich die Gesichter. Er hörte den Leierkastenmann *Tulpen aus Amsterdam* spielen, und irgendwo hörte er auch Gallo Simones Namen rufen, aber er sah nur die vorbeitreibenden Passanten, die alles Vertraute verloren, je länger er sie betrachtete. Sie veränderten ihre Farbe, ihre Form, ihr Aussehen.

Eines der Gesichter starrte ihn an. Der Junge bewegte sich mit den anderen, in ihrem Schutz. Er glitt hinter einem der Marktstände hervor ins Licht und verschwand wieder im Schatten. Er war klein, aber sogar in der Dunkelheit erkannte der Commissaris, dass er kein Kind mehr war. Nicht zehn oder zwölf, sondern älter. Der Junge ging schnell, und als er Van Leeuwens Blick begegnete, ging er noch schneller, und doch konnte der Commissaris seine Augen sehen, und es waren die Augen eines Jägers, der ein Wild beobachtet, seine Beute.

Daher kommt die Angst, dachte der Commissaris; es ist nicht Simones Verschwinden, es ist der Junge. Er war im Abbruchhaus, und er war auch im Krankenhaus, und jetzt ist er hier, und wenn du weißt, was er an all diesen Orten gesucht hat, hast du den Schlüssel zu der Tür.

Der Leierkastenmann spielte ein neues Lied, *Penny Lane*. Der Junge, eben noch da, war plötzlich verschwunden. Wer bist du?, dachte Van Leeuwen. Wen hast du beobachtet, mich oder meine Frau? Woher weißt du, wer ich bin? Und wenn du weißt, wer ich bin, was willst du von mir? Willst du mich warnen, oder willst du mir drohen?

Die Walze der Drehorgel spulte das Lied ab, und Van Leeuwen schob sich durch das Gedränge zum Hauptportal der Kirche, wo Simone vor dem Leierkasten stand und der Musik zuhörte. »Überraschung«, sagte er. »Das war sehr unvernünftig von dir.« Sie wandte sich ihm zu, und er sah, dass ihr Gesicht tränenüberströmt war.

»Warum weinst du denn?«, fragte er.

Natürlich wusste sie es nicht.

16

Über dem Rijksmuseum spannte sich der Himmel wie dunkelblaue Seide. Auf der Stadhouderskade schoben sich die Autos in langen Blechschlangen von Ampel zu Ampel. Bremslichter blinzelten rot durch die Abgasschwaden. Das *Blue Note* lag in einer Seitenstraße, und der Commissaris ließ Gallo an der Ecke halten und stieg aus, um das letzte Stück zu Fuß zu gehen.

»Ich gehe zuerst rein«, sagte er. »Ton, du kommst etwas später mit Brigadier Tambur, und du, Vreeling, kommst als Letzter. Wir kennen uns nicht, und ihr unternehmt auch nichts, bis ich es euch sage. Das Mädchen, Esther, vertraut nur mir. Deswegen muss ich mit rein, obwohl die Zielperson mich vielleicht erkennt, falls sie überhaupt kommt. Sobald Esther den Jungen identifiziert hat, nehmen wir ihn fest, und das war's dann.«

»Dein Wort in Gottes Ohr«, sagte Gallo. Van Leeuwen sagte nichts, denn er hatte das Mädchen entdeckt. Es stand vor dem Coffee-Shop ein paar Häuser weiter, wie abgemacht. Obwohl kein Wind wehte, war dem Commissaris, als striche ihm etwas über die Haut, zart wie Schmetterlingsflügel. Er ging los, langsam, nicht so, als hätte er ein bestimmtes Ziel vor Augen. Er hatte Übung darin, sein Jagdfieber zu verbergen, aber es war da.

Um diese Zeit waren die Gehsteige fast menschenleer. Vor dem Eingang des Clubs stand ein Pulk von Vespas und Fahrrädern. Darüber an der Fassade hing ein Schild mit der stilisierten Abbildung einer Bongo und eines Saxophons, das von einem kleinen Scheinwerfer angestrahlt wurde. Blau gestrichene Eisenläden verwehrten den Blick ins Innere des Clubs. Eine Steintreppe führte zu einer offen stehenden Stahltür, hinter der HipHop-Musik dröhnte.

Van Leeuwen ging an der Treppe vorbei zu dem Mädchen vor dem Coffee-Shop. Esther stand da, als wäre das ihre einzige Bestimmung im Leben: irgendwo in der Nacht auf etwas zu warten, das sie nicht beeinflussen konnte. Sie hatte dieselben Sachen an, die sie am Sonntagabend auf dem Bahnsteig getragen hatte, aber sie war nicht mehr so blass. Sie sah Van Leeuwen erst, als er vor ihr stand. Ihre Augen brannten noch immer so hell und blau wie Gasflammen. Sie nickte dem Commissaris zu und zuckte gleichzeitig mit den Schultern. »Haben Sie eine Zigarette?«

»Ich rauche nicht«, sagte der Commissaris. »Geht es dir besser?«

»Sicher«, sagte Esther. »Ist das nicht der Lauf der Welt?«

»Ja«, sagte er. »Du gehst voraus, ich komme in ein paar Minuten nach. Wenn er drin ist, tust du gar nichts, bis ich dich anspreche. Wenn er nicht da ist, kommst du zur Tür und bleibst da, und sobald er auftaucht, gibst du mir ein Zeichen.«

Esther nickte, schob die Hände in die Jackentaschen und ging auf die Treppe des *Blue Note* zu. Van Leeuwen wartete zwei Minuten, dann folgte er ihr. Durch die Stahltür am Fuß der Treppe gelangte er in einen kleinen, schlecht beleuchteten Raum, der von süßlich riechendem Rauch erfüllt war. Gegenüber der Tür saßen drei Afrikaner in schwarzer Ledermontur auf einer Bank mit blauen Vinylpolstern. Einer von ihnen trug das Haar zu einem langen Zopf geflochten, die beiden anderen verbargen es unter roten Piratentüchern, die seitlich verknotet waren. Sie schenkten ihm keine Beachtung, und er ging an ihnen vorbei in einen höhlenartigen Keller, der unter dem Lärm einer fünfköpfigen Liveband erzitterte.

Ihr seid es nicht, dachte er.

Der scharfe Klang elektrisch verstärkter Trompeten mischte sich mit abgehackten Schlagzeugrhythmen und peitschenden Gitarrenriffs. Batterien roter, gelber und blauer Scheinwerfer schütteten Licht auf die zuckenden Körper der Tänzer vor dem Bandstand. Zwei farbige Sänger mit roten Strickmützen, Lederjacken, Bottom-down-Hosen und *Puma*-Sneakers rappten einen monotonen Song vom Leben auf der Straße, die offenbar kalt und tödlich war, bevölkert von Strichern, Schwulen und Motherfuckern in Lexus-Limousinen und P-Diddy-Klamotten. Sie trugen genug Gold an Hals und Händen, um damit auf einen Schlag die Auslandsschulden mehrerer afrikanischer Kleinstaaten bezahlen zu können.

Der Commissaris blieb unwillkürlich am Rand der Tanzfläche stehen, als wäre der Boden aus dünnem Eis, das ihn vielleicht nicht zu tragen vermochte. Die dumpf wummernden Bässe veränderten seinen Herzschlag. Es waren plötzlich nicht mehr *sein* Herz und *sein* Rhythmus.

Esther war nirgendwo zu sehen. Van Leeuwen ging um die Tanzfläche herum in einen kleineren Raum, der von einer langen Bar dominiert wurde. Neben der Bar drängten sich mehrere Hip-Hopper in Breakdancer-Outfits um einen Barbarella-Flipper. Auch sie trugen rote Mützen. Es gab ein halbes Dutzend Nischen mit Stehtischen und am Boden festgeschraubten Hockern. An den Tischen saßen Mädchen in Jeans oder kurzen Lederröcken mit ärmellosen T-Shirts, mit kunstvollen Rastafrisuren.

Zwischen ihnen lehnten – kleinen Raubvögeln gleich – ihre Begleiter, flaumbärtige Jungen in weit geschnittenen Jogginganzügen aus Kunstseide, an den Handgelenken kopierte Rolexuhren. Die roten Skimützen schienen ein geheimer Code zu sein, *ich gehöre dazu*. Einer von ihnen warf Van Leeuwen einen kurzen scharfen Blick zu.

Ganz recht, mein Junge, ich bin ein Bulle. Aber du interessierst mich nicht, egal, was du angestellt hast.

Du bist es nicht.

Esther saß im Gedränge an der Bar und beobachtete ihn im Spiegel hinter dem Tresen. Er schlenderte zu einem freien Hocker neben ihr. Der weiße Barkeeper tat, als beachtete er Van Leeuwen gar nicht. Er trug ein rotes Muscle-Shirt mit der Aufschrift *Jailhouse Rock*, und das Haar fiel ihm in grauen Locken bis auf die mageren Schultern.

Der Commissaris setzte sich auf den Hocker. Er begegnete Esthers Blick im Spiegel. Sie schüttelte kaum merklich den Kopf, stand auf und ging zur Tanzfläche. Van Leeuwen beobachtete sie in dem von Flaschen eingerahmten Spiegel. Er beobachtete auch den Barkeeper, der aufgehört hatte, ihn zu ignorieren. Der Barkeeper taxierte ihn kurz, dann fragte er: »Was darf's sein?«

»Haben Sie einen offenen Rotwein?«, fragte Van Leeuwen. Die Musik übertönte seine Stimme. Er sagte lauter: »Einen Rotwein, bitte.«

Der Barkeeper nickte und gab einer Frau drei Hocker weiter mit einem zerkratzten Zippo Feuer. Es war Viertel nach elf, und bisher schien der Junge, den Esther am Koninginnedag gesehen hatte, nicht aufgetaucht zu sein. Der Commisaris schaute sich unauffällig um. Auf keinen der Anwesenden traf die Beschreibung der Augenzeugen zu, aber Zeugen hatten schon Marsmännchen und Aliens beschrieben, und manchmal waren Zeugen auch gar keine Zeugen, sondern bloß Wichtigtuer oder Hilfesuchende.

Der Commissaris erwartete nichts. Erwartungen stellten sich immer als falsch heraus, genauso wie Hoffnungen. Er behielt den Durchgang zur Tanzfläche im Auge und den Jungen, der ihm den scharfen Blick zugeworfen hatte.

Zwei Männer in verschwitzten bunten Hemden schoben sich neben ihn. Ihre Gesichter waren aufgeschwemmt von zu viel Alkohol und zu wenig Schlaf. Beide trugen farbige Vereinsschals mit Emblemen, die Van Leeuwen nicht kannte, aber keine roten Mützen. Hooligans, dachte er, vermutlich aus Chelsea. Ajax hatte heute gegen Chelsea gespielt, aber er wusste nicht, wie das Spiel ausgegangen war.

»*Two Guinness!*«, brüllte einer der beiden.

»Wo bleibt mein Rotwein?«, rief Van Leeuwen. Der Barkeeper schüttelte gerade mit beiden Händen einen frostig beschlagenen Cocktailshaker. Seine Augen wurden so stumpf wie das Metall des eisgefüllten Mixbechers. »Immer langsam«, antwortete er. »Sie sehen ja, was hier los ist. Ich mache die besten Drinks in der ganzen Stadt. Das dauert eben.«

»Ich habe einen Rotwein bestellt«, sagte Van Leeuwen. »Nach meiner Erfahrung ist der schon fertig in der Flasche. Man braucht ihn bloß noch in ein Glas zu gießen.«

Der Barkeeper schüttete den Inhalt des Shakers in zwei langstielige Gläser. Er stellte die Gläser vor sich auf den Tresen, ehe er nach einer angebrochenen Flasche Mouton Cadet griff und den Bordeaux in einen bauchigen Rotweinkelch goss. Im Spiegel sah Van Leeuwen, wie Hoofdinspecteur Gallo und Brigadier Tambur sich an der Tanzfläche entlang auf die Bar zuschoben. Inspecteur Vreeling konnte er nirgendwo entdecken, und auch Esther sah er nicht mehr.

Die Band machte eine Pause, stattdessen legte ein DJ Platten auf, deren Musik genauso aggressiv und monoton war. Van Leeuwen hoffte, dass er nicht mehr lange warten musste. Der Rotwein korkte, aber er trank ihn trotzdem. Er sah, wie Gallo sich zu Julika beugte, die ihm etwas ins Ohr rief, und wie Gallo den Kopf schüttelte. Sie sagte noch etwas, und da nickte er. Julika ließ Gallo stehen und trat an die Bar, um etwas zu bestellen. Was tut sie denn?, dachte Van Leeuwen.

Julika gab sich Mühe, nicht in seine Richtung zu schauen. Sie redete mit dem Barkeeper, und dann stand sie da und wartete, und während sie wartete, zündete sie sich eine Zigarette an. Durch den aufsteigenden Rauch musterte sie die Männer am Tresen. Sie sollte das nicht tun, dachte Van Leeuwen. Sie läuft Gefahr, dass sie von jemandem angesprochen wird, dass jemand sie ablenkt. Ton hätte ihr das nicht erlauben dürfen. Sie sind als Paar gekommen, und jetzt steht sie da wie eine, die jemanden für die Nacht sucht. Wo, verdammt noch mal, bleibt eigentlich Vreeling?

Dann entdeckte er den Inspecteur unter den Tanzenden. Vreeling war der Einzige von ihnen, der mit seiner wollenen roten Skimütze, der Sonnenbrille und der dunkelblauen Kapuzenjacke nicht aus dem Rahmen fiel. Er hielt sich am Rand der Tanzfläche, bewegte sich graziös, entspannt. Gute Idee, dachte der Commissaris.

Der eine der beiden Hooligans in den verschwitzten bunten Hemden nahm sein Guinness und ging auf Julika zu. Als er bei ihr war, sah er sie an und trank einen langen Schluck. Er sagte etwas zu ihr, aber sie reagierte nicht. Er verzog den Mund zu einem schmalen Grinsen. Er trank noch einen Schluck, dann sagte er wieder etwas. Julika schüttelte den Kopf.

Gallo war noch nicht wieder aufgetaucht, und Vreeling tanzte weiter. Einige Schritte von ihm entfernt stand Esther. Was macht sie denn an der Tanzfläche?, dachte der Commissaris; sie soll doch an der Tür warten und mir ein Zeichen geben, wenn der Junge auftaucht.

Dann sah er das Zeichen, die Hand, mit der sie sich durchs Haar fuhr. Er sah das Zeichen, und im selben Moment sah er den Jungen.

Der Junge trug einen Hut ohne Krempe, eine Sonnenbrille und einen knöchellangen, beigefarbenen Staubmantel. Unter dem Mantel erkannte Van Leeuwen weiße Sneakers, aber weder Hemd noch Strümpfe. Hut und Sonnenbrille sollten den Jungen älter wirken lassen, aber seine Größe konnte er nicht verändern: etwa ein Meter sechzig, Alter zwischen vierzehn und siebzehn, schwarz. Mit federnden Schritten strich er hinter den Zuhörern auf und ab, wie ein Panther im Käfig. Die Schritte verrieten ihn, Van Leeuwen erkannte sie wieder.

Er stellte sich den Jungen ohne seine Kleider vor, nackt bis auf eine kurze Hose, der Körper bemalt mit Kokosnussöl und Kalk, und er hatte seinen Mörder.

Esther drehte sich um und schlenderte zum Ausgang. Vreeling bewegte sich im Rhythmus der Musik auf den Jungen zu. Van Leeuwen stand auf, wandte dem Raum aber weiter den Rücken zu. Er hoffte, dass auch Hoofdinspecteur Gallo den schwarzen Jungen bemerkt hatte und ihm den Weg zur Treppe abschnitt.

Plötzlich gab es Unruhe an der Bar, dort, wo Julika stand. Glas klirrte, und jemand schrie. Der Hooligan stieß einen anderen Gast von seinem Hocker zu Boden und trat auf ihn ein. Julika hielt sich das Gesicht, als wäre sie auch geschlagen worden. Der zweite Hooligan kam dazu, abwechselnd traten sie auf den Liegenden ein. Der Junge an der Tanzfläche blieb stehen, verharrte wie ein Wildtier, das Gefahr wittert. Er starrte zur Bar hinüber, gerade als Julika den zweiten Hooligan wegstieß, ihren Plastikausweis zückte und dabei »*Politie! Politie!*« rief.

Das war's, dachte der Commissaris. Er drehte sich um und versuchte zu retten, was zu retten war.

Die Band setzte wieder ein, die Scheinwerfer strichen mit ihren roten, gelben und blauen Strahlen über die Köpfe des Publikums. Inspecteur Vreeling drängte sich durch die Tänzer zum Rand der Tanzfläche, aber Van Leeuwen konnte nicht sehen, wohin er wollte. Dann entdeckte er den Jungen in der Nähe des Ausgangs.

Der Junge schien unsicher, versuchte offenbar zu begreifen, was vorging. Ob der Zwischenfall etwas mit ihm zu tun hatte. Er wandte Van Leeuwen das Gesicht zu. Er weiß, wer du bist, dachte der Commissaris. Er wusste es schon am Abend auf dem Markt, aber jetzt weiß er auch, weswegen du hier bist, sein Instinkt sagt es ihm. Der Junge drehte sich um und hetzte in großen Sätzen die Treppe hinauf.

»Ton! Julika! Er entwischt uns!« Van Leeuwen stürmte los, und das Meer der roten Mützen teilte sich vor ihm. Mit beiden Händen schaufelte er die Hip-Hopper aus seinem Weg. Er lief quer über die spiegelglatte Tanzfläche, seine Mantelschöße flogen. Vor ihm arbeitete sich Vreeling durchs Gedränge und neben ihm Gallo. Beide hatten ihre SIG Sauer gezogen, aber keiner kam schneller vorwärts als er. Er erreichte die Stahltür und dann die Treppe, die Steinstufen, das Trottoir vor dem Club, die Straße.

Die Straße war leer. Er sah sich um, aber die Straße blieb leer. Im Licht der leicht schwankenden Laternen lag sie da, und wieder dachte Van Leeuwen, *das war's also*.

»Ich hab's verbockt«, sagte Brigadier Tambur atemlos hinter ihm. »Das war meine Schuld. Es tut mir so verdammt leid. Ich hab's total verbockt.«

»Du hast es verbockt«, sagte Inspecteur Vreeling, als er dazukam.

»Ich weiß«, sagte Julika. »Ich weiß, dass ich es verbockt habe.«

Gallo verstaute seine Pistole im Gürtelhalfter. »So was passiert«, sagte er.

»Ich komme mir so beschissen vor«, sagte Julika, den Tränen nah.

»So was passiert«, sagte Gallo noch einmal.

Van Leeuwen sagte nichts. Aber er konnte sie auch nicht ansehen, noch nicht. Langsam fand sein Herz zu seinem eigenen Rhythmus zurück, in dem es erst eine Weile schlagen musste, bevor er wieder jemanden ansehen oder mit jemandem reden konnte.

17

»Es war meine Schuld«, sagte der Commissaris. »Meine Anweisungen waren nicht klar genug.«

Der Hoofdcommissaris stand am Fenster und sah auf die Platane und den hölzernen Fischreiher im Innenhof hinaus. Nur sein Rücken, der noch schmaler war als sonst, verriet seinen Zorn.

»Weißt du überhaupt noch, in welcher Stadt wir leben?«, fragte er.

»Hast du irgendeine Verbindung zum Rest der Welt, Bruno?! Du bist verschollen, verirrt im Van-Leuwen-Land, und zu dem haben wir anderen keinen Zutritt. Nicht *Betreten auf eigene Gefahr* oder *Betreten verboten*, nein, *Betreten unmöglich!* Manchmal denke ich, du bist wie deine Frau, du hast einfach vergessen, dass es um dich herum noch eine andere Welt gibt. Du schreibst keine Berichte. Du entwendest Beweismittel aus der Asservatenkammer. Du wandelst selbstherrlich durch die Straßen unserer Stadt, die immer noch Amsterdam heißt und nicht Van Leeuwendam, und statt den Gesetzen zu dienen, die für uns alle verbindlich sind, handelst du nach eigenem Gutdünken. Bisher habe ich ein Auge zugedrückt, aber damit ist jetzt Schluss! Mit der verpatzten Festnahme unseres Hauptverdächtigen gestern Abend hast du die Arbeit von einer ganzen Woche zunichtegemacht, und was noch schlimmer ist: Jetzt weiß der Verdächtige, dass wir ihm auf der Spur sind.«

»Er ist mehr als nur ein Verdächtiger«, sagte Van Leeuwen. »Er ist der Mörder.«

»Umso schlimmer, dass er dir entkommen ist. Aber selbst wenn es, wie Hoofdinspecteur Gallo steif und fest behauptet, nicht deine Schuld war, trägst du trotzdem die Verantwortung für die Aktion.«

Der Hoofdcommissaris drehte sich noch immer nicht um. »Oder siehst du das anders?«

»Nein«, sagte Van Leeuwen.

»Wie du dich erinnern wirst, habe ich dir schon bei unserem letzten Gespräch gesagt, dass ich durchaus Verständnis für deine private Situation habe«, fuhr der Hoofdcommissaris fort. »Ich respektiere deine Entscheidung, deine Frau zu Hause zu behalten, statt sie in ein Heim zu geben, ich bewundere diese Entscheidung sogar bis zu einem gewissen Punkt. Aber wenn die Sorge um Simone dazu führt, dass du deinen Aufgaben nicht mehr gewachsen bist, muss ich die Konsequenzen ziehen.«

»Meine Frau hat mit der missglückten Festnahme nichts zu tun«, sagte Van Leeuwen.

»Sie ist dir weggelaufen, gestern Abend auf dem Markt an der Nooderkerk, drei Stunden vor der Operation im *Blue Note*«, sagte der Hoofdcommissaris. »Sie ist verloren gegangen, und man hat mir berichtet, wie verstört du warst, selbst danach noch, als du sie längst wieder gefunden hattest.«

»Das ist nicht zum ersten Mal passiert«, sagte Van Leeuwen, »und meine Arbeit hat noch nie darunter gelitten.«

»Vielleicht bis jetzt noch nicht, aber der Tag wird kommen, und dafür bin ich da, um das vorauszusehen und zu verhindern.« Der Hoofdcommissaris wandte sich vom Fenster ab, ohne sich ganz umzudrehen. »Ich will, dass du dich entscheidest, und zwar sofort: entweder die Mordkommission oder deine Frau. Im Klartext: Solange Simone bei dir lebt, ziehe ich dich von diesem Fall ab, und du kriegst auch keinen anderen, sondern du machst Innendienst bei der –«

»Wer hat dir erlaubt, meine Frau beim Vornamen zu nennen, Jaap?!«

Jetzt erstwandte der Hoofdcommissaris Van Leeuwen das Gesicht zu. Er seufzte und deutete auf den Stuhl vor seinem Schreibtisch.

»Setz dich doch endlich, bitte!«

»Ich dachte, wir wären fertig«, sagte Van Leeuwen und blieb stehen.

»Du denkst, ich habe keine Ahnung, wie es in dir aussieht, oder?« Der Hoofdcommissaris setzte sich hinter seinen Schreibtisch.

»Ich weiß, wie du mich nennst. Den Ayatollah. Die Taliban – mich und die anderen, die sich nicht wie du von ganz unten hochgedient haben. Aber was weißt du über mich? Weißt du, wie ich lebe, ob ich verheiratet bin? Weißt du, dass ich einen Bruder habe? Er ist älter als ich, zwei Jahre. Er war Apotheker, in Rotterdam, ein friedlicher, freundlicher Mann, der mich praktisch großgezogen hat, nachdem unser Vater bei einem Unfall auf einer Bohrinsel in der Nordsee ums Leben gekommen war. An meine Mutter habe ich keine Erinnerung, sie ist irgendwann auf und davon, war vor meiner Zeit, sozusagen. Aber zurück zu meinem Bruder, dem Apotheker, der bei einem Überfall auf seine Apotheke von Junkies zum Krüppel geschossen wurde. Querschnittsgelähmt, von heute auf morgen.«

Der Hoofdcommissaris fing an, eine Heftklammer auseinanderzubiegen, die er aus einer Schale neben seiner Schreibunterlage genommen hatte.

»Ich dachte, ich schaffe es. Ich behalte ihn bei mir und kümmere mich um ihn. Ich rasiere ihn am Morgen, wasche ihn, und danach mache ich ihm das Frühstück, bevor ich zur Arbeit gehe. Am Abend komme ich wieder, koche ihm was zum Abendessen, sehe ein bisschen fern mit ihm und bringe ihn dann ins Bett. Aber er wollte nichts essen, nicht mal so viel, wie er brauchte, um am Leben zu bleiben. Ich bringe ihm einen Milchkaffee und einen Teller mit Rührei und Schinken, und er trinkt den Kaffee, und den Teller nehme ich wieder mit.«

Nachdem er die Heftklammer zu einem fast geraden Stück Draht auseinandergebogen hatte, versuchte der Hoofdcommissaris, sie wieder in ihre alte Form zu bringen.

»Ich hatte eine Frau, Hannah, die ich heiraten wollte«, sagte er, »*wir* wollten heiraten. Ich glaube, sie hat mich geliebt – im Rahmen ihrer Möglichkeiten, sozusagen. Tja, der Rahmen war leider zu klein, wie sich herausstellte, und das Bild darin hat ihr nicht mehr gefallen, als mein Bruder plötzlich mit drauf war, im Rollstuhl, in unserer Wohnung, jeden Tag. Sie hat mich verlassen. Sie ging, und mein Bruder blieb, aber dann merkte ich, dass ich mir etwas vorgemacht hatte. Ich konnte nicht beides, für ihn da sein und für meine Arbeit. Und ich wollte es auch nicht. Ich habe ihn in ein Pflegeheim gegeben. Das war meine Entscheidung.«

Er warf die Heftklammer, die sich seinen Bemühungen widersetzt hatte, in den Resopalpapierkorb neben seinem Schreibtisch.

»Ich habe mich anders entschieden«, sagte der Commissaris.

»Dann will ich dich in meiner Polizei nicht mehr sehen«, sagte der Hoofdcommissaris und kehrte zurück zu dem unverbogenen Heftklammerton, in dem er von jeher seine dienstlichen Anweisungen erteilt hatte. »Du bist mit sofortiger Wirkung vom Dienst beurlaubt.«

Es war dunkel in der Wohnung, bis auf den Widerschein der Straßenlaternen, der vom Wasser in der Gracht als Lichtspiel an die Wohnzimmerdecke geworfen wurde. Die Fenster der Häuser auf der anderen Seite der Gracht waren fast alle hell erleuchtet; Van Leeuwen konnte den Bewohnern durch das grüne Blättergewirr der Ulmen bei ihrem Feierabend zusehen. Er saß auf der Couch und dachte über die letzten Tage nach, ob er sich richtig verhalten hatte, welche Fehler ihm unterlaufen waren.

Der Hoofdcommissaris hatte Recht, es war unverzeihlich, dass sie den Jungen im *Blue Note* hatten entkommen lassen. Jemand musste dafür die Verantwortung übernehmen. Ein Mörder, der wusste, dass man ihm auf der Spur war, konnte so gefährlich werden wie ein angeschossener Löwe im afrikanischen Busch. Aber in Wirklichkeit haben wir gar keine Spur, dachte Van Leeuwen.

Wenn er vorsichtig ist, sich gut versteckt und sich von dem Club und den Kindern fernhält, werden wir ihn nie mehr zu sehen kriegen. Und in Amsterdam kann man sich sehr gut verstecken.

Nach dem Gespräch mit dem Hoofdcommissaris war Van Leeuwen hinunter in sein Büro gegangen und hatte Gallo, Vreeling und Julika Tambur von seiner Beurlaubung berichtet. Er hatte ihre Proteste und Zornesausbrüche im Keim erstickt und Hoofdinspecteur Gallo die Leitung der Ermittlungen übertragen. Der Hoofdinspecteur hatte gesagt: »Wir halten dich über jeden Schritt auf dem Laufenden. Für uns ist das weiter *dein* Fall.«

»Lasst die Kinder nicht aus den Augen.« Van Leeuwen gab zum Abschied jedem die Hand. »Die Überwachung darf auf keinen Fall eingestellt werden. Er war gestern und vorgestern nur im *Blue Note*, weil er Tic und Robbie gesucht hat. Wo Deniz wohnt, weiß er schon. Sie waren eine Clique. Was immer das Geheimnis ist, er hat Angst, Kevin könnte es ihnen erzählt haben. Wenn er klug ist, hält er sich versteckt. Aber ich glaube nicht, dass er so klug ist. Ihr habt ihn alle gesehen, ihr wisst, wie er aussieht. Lasst eine Phantomzeichnung anfertigen, mit und ohne Hut, Sonnenbrille und Mantel. Gebt die Zeichnung an alle Reviere und an jeden Streifenwagen, aber nicht an die Presse oder ans Fernsehen. Großfahndung *ja*, aber so unauffällig wie möglich. Nehmt euch vor allem die Schulen vor – Schulen, Jugendclubs, Discos, die ganze Szene: Hip-Hopper, Breakdancer, alles, wo Farbige sich treffen.«

Der Commissaris saß im dunklen Wohnzimmer auf der Couch und fragte sich, ob er sich richtig entschieden hatte. Vielleicht saß auch der Hoofdcommissaris gerade in seiner Wohnung auf der Couch und fragte sich, ob er die richtige Entscheidung getroffen hatte. Aber wahrscheinlich war der Hoofdcommissaris heute dort, wo er war, weil er seine Entscheidungen anders traf, unter anderen Gesichtspunkten. Und wahrscheinlich galt das für alle Menschen, also gab es gar nicht so viel nachzudenken.

»Stell dir vor, ich bin suspendiert worden«, hatte er Simone erzählt, als er nach Hause gekommen war. »Über dreißig Jahre bei der Polizei, und jetzt bin ich vom Dienst beurlaubt worden.«

»Nichtso schlimm«, hatte Simone tröstend gemurmelt, »bestimmt nicht so schlimm.«

Beurlaubt oder nicht, es bleibt *dein* Fall, dachte Van Leeuwen, ganz wie Ton gesagt hat. Nur ist kein Fall so wichtig, dass du deine Frau deswegen aufgibst. Du wirst sie früh genug aufgeben müssen, wenn dir alles über den Kopf wächst, aber noch ist es nicht so weit. Etwas später gestand er sich ein, dass er bis jetzt nur die halbe Wahrheit betrachtet hatte. Die andere Hälfte der Wahrheit konnte sein, dass er vor seinem Fall weglaufen wollte, weil er nicht mehr weiter wusste. Wie sonst ließ es sich erklären, dass er, wenn auch nur für kurze Zeit, die Möglichkeit in Betracht gezogen hatte, der Mord könnte tatsächlich von einem Kopfjäger oder sogar von einem Kannibalen begangen worden sein? Nicht von einem weißen Kannibalen, der übers Internet Gleichgesinnte suchte – Opfer, denen die Aussicht, verspeist zu werden, Lust bereitete. Sondern von einem der letzten echten Menschenfresser, wie Doktor Holthuysen von der Pathologie bei seinem nächtlichen Anruf angedeutet hatte.

Es war der Bambussplitter, der diese merkwürdigen Vorstellungen von schwarzen Kopfjägern und anderen Wilden mit längst ausgestorbenen Riten nährte, sogar im heutigen Amsterdam. Aber wenn man es einen Moment lang mal nicht als merkwürdig abtat, dann musste die Frage lauten: warum ausgerechnet im Amsterdam von heute? Wo kam der Kannibale her? Wie war er nach Holland gelangt? Warum mordete er nicht in einer anderen Stadt Europas, in Berlin, London oder Paris? Warum war er überhaupt ein Menschenfresser? Warum war er so jung? Wer waren seine Eltern? Und wenn er nun wirklich Menschen aß, warum hatte er so viel von Kevin übrig gelassen?

Unsinn, dachte der Commissaris wütend. Es gab keine Menschenfresser, und bei jedem Fall kam ein Punkt, wo man die absurdesten Überlegungen anstellte; das passierte ihm nicht zum ersten

Mal. Ihm war einfach keine andere Wahl geblieben, als den Fall abzugeben, nachdem der Hoofdcommissaris ihn vor die Entscheidung gestellt hatte.

Er stand auf und ging im Dunkeln in die Diele, an deren Ende eine Abstellkammer war, voll mit alten Kleidern, Schuhen, Bildern, defekten Elektrogeräten und Erbstücken, für die sie in ihrer Ehe nie eine Verwendung gefunden hatten. In der Kammer des Schreckens, wie Simone sie irgendwann genannt hatte, standen auch ihre seit Jahren nicht mehr benutzten Koffer. Van Leeuwen knipste das Licht an. Er arbeitete sich bis zu dem Holzregal vor, unter dem die Koffer standen, die von Simone vorne, denn sie war öfter verreist als er, meistens im Auftrag ihrer Redaktion.

Er hob den Koffer an und stellte überrascht fest, dass er so schwer war, als hätte sie beim letzten Mal vergessen, ihn auszupacken. Die Ecken waren abgestoßen, aber der Griff hielt noch, und die Schlösser schnappten auf, kaum dass Van Leeuwen sie ausprobierte.

Im Licht der schmucklos verkleideten Lampe an der Wand setzte er sich neben den offenen Koffer auf den Boden, um zu schauen, was er enthielt. Dabei fertigte er in Gedanken eine Liste aller Gegenstände und ihrer möglichen Bedeutung an, wie an jedem Tatort. Unter einer sorgfältig gefalteten Wolldecke fand er als Erstes eine alte Schirmkappe mit Schottenmuster, die Simone als Mädchen gern getragen hatte.

Dann fand er ein dickes Kuvert aus braunem Papier, halb zugeklebt, ohne Beschriftung.

Er fand einen abgewetzten Rindslederhandschuh, hellbraun. Er fand ein Bündel Briefe, mit Bindfaden verschnürt.

Er fand eine zerfledderte schwarze Kladde, die sich als Notizbuch entpuppte, die Seiten bedeckt mit verblasster grüner Tinte: Gedanken für Artikel, Beobachtungen, Stilübungen.

Er fand eine billige Plastikuhr zum Schwimmengehen.

Ah, der silberne Amethystring, der einmal ihrer Mutter gehört hatte und den sie wenige Wochen vor ihrer ersten Untersuchung in der Klinik noch hektisch gesucht hatte.

Er fand Stadtpläne von Siena, Florenz, Lissabon, Rom. *Lissabon? Da waren wir doch nie zusammen*, dachte Van Leeuwen, und allein ist sie dort auch nicht gewesen.

Er fand vier Stücke eines Puzzles, bunt, aber abgegriffen, aus der Zeit, als sie noch Muße für Spiele hatten. Als Simone sich die Regeln noch merken konnte, als sie noch wusste, wie man ein Stück an die Stelle legte, an die es gehörte, damit das fertige Bild einen Sinn ergab.

Er fand drei verschrumpelte Kastanien.

Er fand ein Paar teuer aussehende Ohrringe, Weißgold und Platin, in einer mit rotem Samt ausgeschlagenen Schatulle. Schöne Stücke, etwas schwer vielleicht. *Die müsste ich kennen*, dachte Van Leeuwen und versuchte sich zu erinnern, wann er sie an seiner Frau gesehen hatte. Es gelang ihm nicht.

Wer war diese Frau, der dieses merkwürdige Sammelsurium gehörte? Warum hatte sie das alles hier zusammengepackt? Als hätte sie schon vor Jahren geahnt, dass sie krank werden würde, und vorsorglich Erinnerungen gesammelt.

Er fand ein kleines Bild ohne Rahmen, in Seidenpapier eingehüllt, 15 mal 15 Zentimeter, auf Zink gemalt, von einem unbekannten Künstler. Es zeigte eine nackte Frau auf einem Badetuch am Ufer eines kleinen Bachs. Sie lag auf dem Rücken. Schatten von Piniengezweig warfen ein Muster auf ihre Haut. Ein Bein war angezogen, man sah ihre Scham. Ihr Gesicht war zur Seite gedreht, die Augen geschlossen, aber man konnte es erkennen. Zusammen mit den blonden Haaren konnte man es durchaus erkennen.

Siena, dachte Van Leeuwen, der kleine Fluss unter dem Weinberg.

Etwas in ihm verschob sich, als könnte ihm gleich übel werden.

Aus dem nur halb zugeklebten Kuvert rutschte ein Foto heraus, das Polaroid eines lächelnden jungen Mannes mit dunklen Haaren – schlank, sonnengebräunt, schön wie ein Stummfilmstar –, der Van Leeuwen vage bekannt vorkam. Wer war dieser Mann? Hinter dem unschuldig wirkenden Lächeln glaubte der Commissaris eine Mischung aus Boshaftigkeit und Vulgarität zu erkennen. Warum besaß Simone dieses Foto? Warum hatte sie es aufbewahrt?

Neben dem Kopf des Mannes ragte ein Turm aus rötlichem Stein in einen strahlend blauen Himmel, unverkennbar das Rathaus von Siena.

Weißt du noch, wie glücklich wir in Siena waren? Wir waren überall glücklich.

Aber in Siena waren wir besonders glücklich.

Vielleicht sollten wir noch einmal dorthin fahren, dachte Van Leeuwen; vielleicht ist das der beste Ort, um uns ein Stück der Vergangenheit zurückzuholen, besser als Madrid oder Paris oder Rom.

Er dachte an all die Orte, an denen sie glücklich gewesen waren, an die Hügel Kastiliens im Frühling, die Weinberge der Toskana im August, an Venedig im Herbst und die schneebedeckten Berge der Schweiz. Das war ihre letzte gemeinsame Reise gewesen, Klosters im Winter, nur ein paar Tage über Silvester. Er erinnerte sich noch an das Feuerwerk, an den Widerschein der bunten Raketen auf den weißen Hängen.

Ganz am Anfang ihrer Ehe, als das Geld noch nicht zu mehr reichte, waren sie nur nach Zandvoort gefahren und am Meer spazieren gegangen. Es war immer kalt gewesen und immer schlechtes Wetter, ein tiefer, grauer Himmel über den bleiernen Wellen der Nordsee, und sie waren eng umschlungen den langen Strand entlanggelaufen. Er sah es vor sich, als wäre es gestern gewesen, wie sie über den endlosen verlassenen Strand gingen, er hörte das Rauschen der Wogen und die einsamen Schreie der Möwen, und er spürte Simone in seinem Arm, wie sie sich an ihn schmiegte und Schutz suchte vor den schneidenden Böen, die über den klammen Sand fegten.

Auch in Zandvoort waren sie glücklich gewesen. *Glück ist, zu wissen, warum man lebt,* hatte Simone damals gesagt.

Und zu wissen, warum man weint, dachte Van Leeuwen.

Er wollte den Koffer gerade wieder schließen, als er ganz unten einen Flecken Rot leuchten sah: ein Höschen aus roter Seide, dessen Gummizug mit schwarzen Pailletten bestickt war. Zusammengeknüllt wie ein benutztes Taschentuch lag es da, und Van Leeuwen fragte sich, was es in Simones Koffer zu suchen hatte. Er hielt es ins Licht. Es schien in seiner Hand zu atmen. Die Größe konnte passen, aber es gehörte ihr trotzdem nicht; niemals hätte seine Frau ein solches Dessous angezogen. Er legte es zurück. Nie, dachte er; wie oft hast du in den letzten Minuten das Wort *nie* gedacht?

Er spürte, wie sein Magen sich umdrehte. Deine Frau hätte so was nicht getragen, aber vielleicht eine andere Frau, eine Frau *in* deiner Frau, die sich zeigte, wenn sie nicht mit dir zusammen war. Für wen hat sie dieses Höschen angezogen, für einen anderen Mann oder nur für sich? Wann war sie in Lissabon, und mit wem? Wer hat den Akt auf dem Zinkquadrat gemalt, diese Frau, die Simone so sehr ähnelt? Von wem stammen die Ohrringe?

Van Leeuwen kannte keine Zurückhaltung mehr. Er riss das Kuvert auf, betrachtete die Fotos. Schnappschüsse, schwarz-weiß und farbig, von ihm, von ihr, von gemeinsamen Freunden; sie reichten zurück bis fast in ihre Kindheit in Nes. Der Mann vor dem Rathaus in Siena tauchte nicht noch einmal auf.

Mit seinem Taschenmesser zerschnitt Van Leeuwen den Bindfaden, der die Briefe zusammenhielt. Es gab keinen Absender auf den Kuverts, nur Simones Namen und ihre Adresse in kühner, nach rechts geneigter Schrift. Italienische Briefmarken, deren Wert noch in Lira angegeben war. Er zog einen der Briefe aus seinem Kuvert. Sie waren auf Italienisch, immer dieselbe Schrift, große Abstände zwischen den Zeilen.

Van Leeuwen spürte, wie die Luft vor seinen Augen zu flimmern begann. Es war die Anrede. Er konnte nicht genug Italienisch, um zu verstehen, was in dem Brief stand, aber die Anrede verstand er: *amore mio*. Und er verstand einzelne Worte, verteilt auf die wenigen Zeilen mit den großen Abständen dazwischen, noch einmal *amore* und *desiderio* und da, *passione*, und da, *ti amo tanto*, und endlich, am schlimmsten, *Sim carissima*. Auf der anderen Seite las er die Unterschrift: *Sandro*.

Sandro, das war der Name, den sie gesagt hatte, vor einigen Nächten.

Van Leeuwen konnte sich nicht einreden, dass diese Briefe an eine andere Frau gerichtet waren; das ging nun nicht mehr. Aber bestimmt war es eine aussichtslose, einseitige Affäre gewesen. Dieser Sandro – wer immer das war, wo immer sie ihn kennen gelernt hatte – hatte ihr geschrieben, in seiner Sprache, in *ihrer* Sprache, denn sie konnten ja Italienisch, sie beide.

Warum hatte Simone ihm nicht davon erzählt? Sie hatten einander immer bedingungslos vertraut, in allem. Es musste einen Grund geben, warum sie ihm die Existenz eines Mannes verheimlichte, der ganz offenbar in sie verliebt war. Er hatte versucht, sich in ihr Leben zu drängen, das auch sein Leben war.

Van Leeuwen zählte die Briefe, es waren neun. Der letzte war enger beschrieben, die Schrift war anders und die Tinte auch. Wie die acht anderen war er auf Italienisch, sodass Van Leeuwen einen Moment lang brauchte, bis ihm klar wurde, dass es die Schrift seiner Frau war. Er las die Anrede, *Sandro caro, carino!*, und als er das Blatt umdrehte, sah er die Unterschrift: *per sempre, Sim*.

Sim.

Er merkte, wie ihm übel wurde. Er blinzelte. Das Licht der Lampe an der Wand über seinem Kopf erschien ihm plötzlich blendend hell. Ihm war, als drehte sich der kleine Raum um ihn. Er saß auf dem Boden neben dem Koffer, und dann stand er im Schlafzimmer neben dem gemeinsamen Bett, und noch immer drehte sich alles. Er begriff nicht ganz, was geschah. Er wartete darauf, dass noch etwas anderes geschah, etwas, das er begreifen konnte. Dass er wütend wurde oder dass Simone aufwachte und ihn sah und mit ihm redete, damit sein Leben aufhörte, sich um ihn zu drehen. Er stand im Dunkeln vor dem Bett, und Simone lag da und schlief, und nichts geschah.

Endlich begriff er, dass nichts mehr geschehen würde, weil alles schon geschehen war.

Er zog sich aus und ging ins Bett. Aber obwohl er so müde war wie selten zuvor, schlief er nicht ein. Er lag neben seiner Frau, die er nicht mehr kannte. Wovon träumt jemand, der alles vergessen hat?, dachte er. »Hast du mich je geliebt?«, flüsterte er. »Hast du mich überhaupt jemals geliebt?«

18

Der Zorn kam erst später. Der Zorn kam mitten in der Nacht, und von nun an war er da. Van Leeuwen stand auf, denn er konnte plötzlich nicht mehr neben seiner Frau liegen. Da lag sie und schlief, während sich in ihm ein Messer drehte. Wenn er sie ansah, war ihm, als schwanke die Erde. Er wollte sie packen, schütteln und auf sie einschreien, *warum hast du das getan, war es das erste Mal, wie lange hat es gedauert, wer ist dieser Sandro, antworte, antworte!*

Aber er ließ sie schlafen und fühlte sich doppelt betrogen, denn nie würde er eine Antwort auf diese Fragen erhalten. Er konnte nicht tun, was jeder Mann und jede Frau an seiner Stelle getan hätte. Er konnte niemanden zur Rede stellen, keine Erklärungen verlangen, sie nicht zu Scham und Reue zwingen. Die Worte aus ihrem Brief kreisten in seinem Kopf, aber er konnte sie ihr nicht entgegenschleudern. Er konnte sie nicht verhören, beschuldigen, in die Enge treiben. Er konnte sie nicht zu einer Aussage nötigen, zu einem Schuldeingeständnis, das seinen Schmerz linderte und seinem Zorn die Nahrung entzog.

Es war ein fremder, zerstörerischer Zorn, der deshalb nicht verschwand, weil er kein Ziel hatte.

Van Leeuwen ging in die Küche und schenkte sich ein Glas Wein ein, ohne das Licht anzumachen. Er trank im Dunkeln. Er erinnerte sich daran, wie Simone das letzte Mal aus Italien zurückgekommen war, mit dem neuen Alfa, den sie dort preisgünstig erstanden hatte. Sie war zwei Wochen fort gewesen. Er hatte sie zu Hause erwartet, es musste also ein Sonntag gewesen sein. Äußerlich war sie ganz unverändert – dieselbe kleine Nase, die hoch angesetzten Wangenknochen, das ausgeprägte Kinn mit den vertrauten Linien, die faltenlose Stirn und die großen braunen Augen. Kurz, das Gesicht hatte nichts von seiner sinnlichen Eleganz verloren, die Kleidung war von verführerischer Saloppheit, alles wie immer, etwas weicher vielleicht, als er es während ihrer Abwesenheit vor sich gesehen hatte, strahlender – gleichsam gefirnisst.

Er hatte sie in seine Arme gezogen, sie hatte sich umarmen lassen, nach zwei Wochen durfte er sie wieder halten. »Ich bin völlig erledigt«, hatte sie gesagt, »bitte, lass mich erst ein Bad nehmen, sonst will ich nichts.«

Jetzt, wo er den Inhalt des Koffers kannte, sah er, was falsch gewesen war an diesem Bild. Was ihm hätte auffallen müssen. Er stellte sich vor, wie sie heimkehrte, und er wusste plötzlich, warum sie so anziehend war, noch anziehender als vorher: weil sie mit einem Mal nicht mehr nur *ihm* gehörte. Er blickte ihr in die Augen und entdeckte einen Anflug von Panik, ganz weit hinten.

Sie trat rasch an ihm vorbei in die Diele, überließ es ihm, die Tür zu schließen. Auch ihre Reisetasche ließ sie einfach im Flur stehen, bevor sie direkt ins Badezimmer ging. »Machst du mir bitte einen doppelten Martini?«

Er brachte ihr den Martini an die Wanne, wo Simone es sich in ihrem Element bequem gemacht hatte, unter einer Schaumschicht unsichtbar bis zum Hals. Ihr Gesicht glänzte, die Augen waren geschlossen »Ohne Eis?«, fragte sie, als könnte er während ihrer Abwesenheit ihre Gewohnheiten vergessen haben. »Ohne Eis«, bestätigte er. Die Finger ihrer ausgestreckten Hand zappelten, *gib schon her*.

»Willkommen daheim«, sagte er. Er hatte sich zu sehr über ihre Rückkehr gefreut, um zu merken, dass sie zu lange fort gewesen war. Und zu weit.

Ihre Augen, endlich wieder geöffnet, waren leicht gerötet, als hätte sie geweint. Ihr Blick unterschied sich von jedem anderen Blick, den er je an ihr bemerkt hatte, so wie sich diese Rückkehr von allen anderen unterschied. Er spürte es, und er hatte keine andere Wahl, als sie zu fragen: »Wer war es?«

Ihre Hand mit dem Glas zitterte nicht. »Wie bitte?«

»Du brauchst mir nichts vorzumachen«, sagte er.

Sie trank einen Schluck von dem Martini. Ihre Haut war großporiger geworden, das heiße Wasser begann zu wirken, das Wassser und dann der Alkohol; der Glanz auf dem leicht geröteten Gesicht wurde stärker. Sie stellte das Glas auf den Wäschekorb neben der Badewanne und fing an, sich einzuseifen, als wäre Van Leeuwen gar nicht da.

Die Fremde, die nach Hause kam, dachte er. Sie hielt in der Bewegung inne und sagte: »Es ist besser, wenn du jetzt gehst – zieh dich zurück, lass mich allein, übe Gnade vor Recht. Wir reden, wenn ich fertig bin.«

Er verspürte eine Regung, die er sonst nur von seiner Arbeit her kannte – den Wunsch, sie in die Enge zu treiben. Stattdessen trat er den Rückzug aus seinem eigenen Badezimmer an. Eine halbe Stunde später setzte sie sich zu ihm ins Wohnzimmer. Sie war wie immer perfekt geschminkt, tadellos frisiert, und natürlich trug sie zu Hause keinen Schmuck; ihr Gesicht war Schmuck genug.

Sie zündete sich eine Zigarette an und sagte: »Also, was willst du wissen? Wie er hieß? Er hieß Sandro. Wie lange es ging? Es ist vorbei und wird nicht wieder anfangen. Wie es dazu kommen konnte? Ich habe nicht die geringste Ahnung. Du hast mich nicht vernachlässigt oder so. Es war eine Dummheit, und es tut mir Leid, weil ich dir nie wehtun wollte. Du wirst doch Mama und Papa nichts davon erzählen?«

»Nein«, sagte Van Leeuwen, aber dann dachte er, dass er es ihr nicht so leicht machen sollte, und ergänzte: »Ich weiß noch nicht.«

»Ich bitte dich um einen Gefallen«, sagte Simone.

»Ist es wegen deines Ehebruchs?«, fragte er.

»Das ist kein sehr schönes Wort«, sagte sie.

»Es ist auch kein sehr schöner Vorgang«, sagte er. »Wer ist dieser

Sandro? Wo hast du ihn kennen gelernt? Was hat er für einen Beruf?«

Aber so war es natürlich nicht gewesen. Sie war zurückgekommen, hatte ein Bad genommen und sich dann zu ihm ins Wohnzimmer gesetzt, aber er hatte nichts gemerkt, keine Fragen gestellt. Er war nur glücklich gewesen, sie zurückzuhaben.

Daran konnte er sich genau erinnern. Er hatte keinen Verdacht geschöpft.

Immer war er sich ihrer Liebe sicher gewesen, vom ersten Kuss an. Er hatte gewusst, dass diese Liebe weder unsicher noch bedroht war und dass er im Leben nun niemals mehr ohne sie sein würde. Es gab keinen Zweifel, keine Furcht. Er fand keinen Fehler an ihr, nichts, was er gern anders hätte. Sie nutzte sich nicht ab, nicht unter seinen Küssen, nicht unter seinen Umarmungen.

Hatte er sich so sehr geirrt? War das Glück verloren gegangen, während er noch glaubte, es könnte ewig halten? War Simone neben ihm nicht nur älter und schöner geworden, sondern auch ruheloser und trauriger? War, was er für Ausgeglichenheit und Erfüllung gehalten hatte, in Wirklichkeit nur die schmerzliche Gelöstheit einer Frau gewesen, die sich mehr und mehr von ihm entfernte?

Er fragte sich, ob sie deswegen krank geworden war. Ob sie Trost im Vergessen gesucht hatte. Fast konnte er es verstehen. Verstehen, aber nicht verzeihen.

Als es endlich Morgen wurde, saß er noch immer in der Küche. Er wusste nicht, wie er seiner Frau begegnen sollte, wenn sie aufwachte. Wenn sie ihn sah und beruhigt lächelte, weil er da war. Sein Herz war schwer wie Blei von all den unbeantworteten Fragen. Er dachte an das Plakat in seinem Arbeitszimmer, den Titel von Goyas Capricho: *Der Schlaf der Vernunft gebiert Ungeheuer*. Manchmal, dachte er, warten die Ungeheuer nicht, bis die Vernunft eingeschlafen ist; manchmal kommen sie einfach. Er ging ins Badezimmer und duschte, und mit dem Mut eines müden Mannes nach einer Nacht ohne Schlaf ging er danach ans Telefon und rief die Nummer an, die man ihm im Sekretariat der Universitätsklinik gegeben hatte.

Vielleicht war Professor Josef Pieters trotz der frühen Stunde schon in seinem Büro. Und vielleicht war er bei seinen Forschungen weiter, als Professor Terlinden dachte. Vielleicht hatte er doch einen Weg gefunden, wie man Alzheimer-Patienten wenigstens vorübergehend ihre Erinnerungen zurückgab, sodass sie darüber reden konnten.

Dass sie auf Fragen antworten konnten.

Van Leeuwen ließ es lange läuten, aber am anderen Ende wurde nicht abgehoben. Eine halbe Stunde später versuchte er es noch mal, aber wieder ging niemand an den Apparat. Erst bei seinem dritten Anruf kam eine Verbindung zustande, und eine Frau sagte: »Sekretariat Professor Pieters.«

»Ich möchte gerne mit Professor Pieters sprechen«, sagte Van Leeuwen.

»In welcher Angelegenheit?«

»In einer Privatangelegenheit.«

»Ich bedaure, Professor Pieters ist den ganzen Tag in einer Konferenz –«

»Vielleicht habe ich mich falsch ausgedrückt«, sagte Van Leeuwen. »Hier spricht Commissaris Bruno van Leeuwen von der Amsterdamer Polizei, und ich möchte ihn sofort sprechen, egal, was er gerade tut.«

Am anderen Ende herrschte einen Moment lang Schweigen, dann sagte die Frau: »Ich will sehen, ob er da ist.«

»Doktor Josef Pieters«, meldete sich wenig später ein Mann mit einer tiefen, ruhigen Stimme. »Womit kann ich Ihnen helfen?«

»Entschuldigen Sie die Störung«, sagte der Commissaris. »Mein Name ist Bruno van Leeuwen. Meine Frau ist in Behandlung bei einem Ihrer Kollegen, Professor Terlinden, und von ihm habe ich erfahren, dass Ihnen ein Durchbruch bei der Erforschung von Creutzfeldt-Jakob und Alzheimer gelungen sein soll –«

»Ob es ein Durchbruch ist, muss sich erst noch zeigen«, unterbrach Pieters ihn. »In der Wissenschaft wird man gelegentlich zu schnell gefeiert und dafür später umso heftiger verspottet.«

»Könnten Sie mir vielleicht trotzdem erklären, worin Ihr Fortschritt besteht, in einfachen Worten, sodass auch ich es verstehe?«

»Den eigentlichen Durchbruch stellt der Umstand dar, dass ich die Pharmaindustrie aufgeweckt habe«, antwortete Pieters in einem Ton, der zu seinem Lächeln auf dem Titelbild von *Science Monitor* passte. »Die waren nämlich bisher der Meinung, es lohnt sich nicht, Millionen und Abermillionen in die Erforschung von Creutzfeldt-Jakob zu stecken, um ein Heilmittel zu gewinnen – zu wenig Fälle, keine Aussicht auf Profit. Schließlich ist CJD keine Volkskrankheit wie Alzheimer. Aber wenn es gelänge, ein Medikament auf den Markt zu bringen, das bei beiden Krankheiten zum Einsatz kommen könnte, sähe die Sache schon anders aus. Deswegen haben wir, meine Kollegen und ich, angefangen, die Rückenmarksflüssigkeit von Alzheimer-Patienten zu untersuchen, um eine Methode der Früherkennung zu finden. Im Rückenmark, müssen Sie wissen, findet die Spülung fürs Gehirn statt, und bei CJD und Scrapie ist es uns jetzt gelungen, im Liquor der Wirbelsäule Ablagerungen der Erkrankung im Gehirn festzustellen –«

»Und wenn Ihnen das bei Alzheimer auch gelingt –«

»Es ist nur eine Diagnosemöglichkeit, noch keine Therapie, Mijnheer«, wiegelte Pieters ab. »Aber als meine Sekretärin mir Ihren Namen nannte, dachte ich, es handele sich um eine dienstliche Angelegenheit. Ich habe Ihr Bild in der Zeitung gesehen. Sie ermitteln in einem Mordfall.«

»Ich rufe nicht als Polizist an«, sagte Van Leeuwen.

Pieters schwieg einen Moment lang. Dann sagte er: »Mijnheer van Leeuwen, ich nehme an, bei jemandem aus ihrer Familie ist Alzheimer diagnostiziert worden?«

»Ja.«

»Das tut mir leid. Ich kann Ihre Sorge und Ihren Schmerz nachvollziehen, und ich bedaure Ihr Schicksal. Aber meine Forschungen gehen in eine ganz andere Richtung. CJD und BSE mögen vielleicht immer häufiger in einem Atemzug mit Alzheimer genannt werden, aber die einzigen Ähnlichkeiten sind amyloide Plaques und anomale Eiweißkörper, falls Ihnen das etwas sagt. Nichts von dem, was ich tue, kann die Zeit zurückdrehen und Ihnen Ihren Verwandten so wiedergeben, wie er einmal –«

»Warum werden die Rinder wahnsinnig?«, fragte Van Leeuwen.

»Wie bitte?«

»Ich habe Rinder immer gemocht«, sagte der Commissaris. »Es sind sehr friedliche, freundliche Tiere. Warum werden sie wahnsinnig?«

»Zuerst sind es die Schafe«, antwortete Pieters ohne den geringsten Anflug jener Herablassung, die sich in Terlindens Erklärungen einzuschleichen pflegte. »Erst werden die Schafe wahnsinnig und dann die Rinder. BSE beginnt mit Scrapie, einer natürlich vorkommenden, aber leider übertragbaren Gehirnerkrankung von Schafen. Nachdem sie gestorben sind, werden ihre Kadaver zu Tiermehl verarbeitet und an Rinder verfüttert, Fleisch, Knochen, Gehirn, alles. Dabei stecken sich die Rinder an, indem sie die Kadaver von an Scrapie verendeten Schafen fressen. Waren Sie schon einmal in einem Schlachthof, Mijnheer?«

»Nein.«

»Ich schon. Ich habe zugesehen, wie die Köpfe geschlachteter Rinder zur Weiterverwertung auf Lastwagen verladen werden, hundertfünfzig, zweihundert, alle auf einem riesigen Haufen auf der Ladefläche eines einzigen Lastwagens. Ich stand nah genug, um zu sehen, wie die Gehirnflüssigkeit aus den abgetrennten Hälsen auf die Köpfe darunter gelaufen ist. Sie hat alles verseucht, womit sie in Berührung gekommen ist, und als die Köpfe in der Abdeckerei ankamen, wurde das Fleisch aus den Backen geschnitten, um daraus Hamburger zu machen.«

Van Leeuwen dachte an die Aufnahmen, die er im Fernsehen

gesehen hatte, von den Bulldozern und den Holstein-Rindern: wie die Bulldozer mit ihren Schaufeln diese Berge von Kadavern vor sich hergeschoben hatten und wie apokalyptisch dieser Anblick auf ihn gewirkt hatte. »Warum das Fleisch von Köpfen?«, fragte er.

Pieters antwortete: »Weil es billig ist, von sehr schlechter Qualität. Am Ende stehen dann Menschen mit Creutzfeldt-Jakob, die auf dieselbe schreckliche Weise sterben wie die von BSE befallenen Rinder. Man könnte sagen, die Tiere wehren sich dagegen, gefressen zu werden, vor allem von ihresgleichen. Sie schlagen zurück, und den Menschen trifft es, weil er sich nicht scheut, Tiere an Tiere zu verfüttern. Er zwingt sie gewissermaßen zum Kannibalismus, und dann isst er sie auch noch.«

Kannibalismus, dachte Van Leeuwen; erst bei den Menschen, dann bei den Tieren. Oder umgekehrt. Er konnte nicht mehr klar denken. »Was passiert dann erst, wenn Menschen andere Menschen essen«, sagte er gedankenlos und rieb sich die brennenden Augen.

Am anderen Ende der Leitung war einen Moment lang nur Pieters' Atmen zu hören. Dann fragte der Professor vorsichtig: »Was wollen Sie damit andeuten?«

»Nichts«, sagte der Commissaris und fragte sich, ob es an der Nacht ohne Schlaf und an dem Inhalt des Koffers lag, dass sich ihm das Gespräch plötzlich wie eine Schlinge um den Hals zu legen schien. »Es war nur ein Gedanke.«

Er blickte durch das Fenster auf die Giebel der gegenüberliegenden Häuser und sah sich außerstande, die Untiefen dieses Gesprächs auszuloten. Er spürte, dass sie da waren, unter der Oberfläche, aber er konnte sich nicht auf die Fragen konzentrieren, die er stellen musste. Er rief sich das Titelbild der Zeitschrift in Erinnerung – den sonnengebräunten Mann mit den schweißverklebten Haaren und dem glücklichen Lächeln vor der dunkelgrünen Wand des Dschungels, seine Safarikleidung, den durchdringenden, leuchtenden Blick. Das Bild passte zu der tiefen, Vertrauen erweckenden Stimme.

»Auf dem Titelbild von dieser Zeitschrift, *Science Monitor*«, sagte der Commissaris, »wo waren Sie da? Ich frage nur, weil Rinderwahnsinn und Creutzfeldt-Jakob doch von England zu uns gekommen sind. Müssten Sie da nicht hier oder in Cornwall arbeiten?«

»Bei uns tritt CJD nur bei Menschen auf, die BSE-verseuchte Rinder gegessen haben«, sagte Pieters. »Auf dieser Insel im Pazifischen Ozean dagegen gibt es eine Krankheit, bei der manche Männer und Frauen kurz vor ihrem Tod BSE- und CJD-ähnliche Symptome aufweisen, obwohl sie nie in ihrem Leben mit Rindfleisch in Berührung gekommen sind –«

»– die Kuru –«

»– nein, die Fore. Kuru heißt die Krankheit.« Pieters schwieg plötzlich und wechselte abrupt das Thema. »Sind Sie nicht gerade mit einer Morduntersuchung befasst? Irgendetwas mit einem toten Jungen im Vondelpark …?«

»Ja«, sagte Van Leeuwen und dachte, *konzentrier dich*, »ja, aber wie ich schon sagte, ist das nicht der Grund meines Anrufs.« Oder doch, überlegte er; am Ende doch?

»Wie wurde der Junge getötet?«, wollte der Professor wissen.

»Er wurde erwürgt«, sagte Van Leeuwen, »und sein Gehirn wurde entfernt. Jemand hat seinen Unterkiefer ausgehebelt und mit einem Meißel oder einer Keule seinen Gaumen durchstoßen. Innen an den Schläfen und unter der Schädeldecke gab es feine Kratzspuren, wie von einem Löffel.«

So hatte er es noch nie ausgesprochen, so selbstverständlich, dachte er. Es schien einfach zu diesem Gespräch zu passen, zu der Aufmerksamkeit, die Pieters ihm vermittelte.

»Und Sie glauben, dass es sich dabei um einen Akt von Kannibalismus handelt?«, fragte Pieters nach einer langen Pause. Seine Stimme hatte sich verändert, war leiser und vorsichtiger geworden.

»Nein, eigentlich nicht. Andererseits weiß ich zurzeit nicht genau, was ich glauben soll. Genau genommen weiß ich auch nicht, was ich mir von diesem Anruf bei Ihnen erhofft hatte, wegen meiner Frau, meine ich. Alle Medikamente, die es bisher gibt, verlangsamen ja nur den Verlauf der Krankheit, umkehren kann ihn keins davon. Ich würde nur gern – manchmal würde ich gern noch einmal mit ihr reden, so wie früher. Aber ich weiß, dass es keine Hoffnung gibt.«

»Hoffnung ist ein Wort, das ich nicht benutze«, sagte Pieters. »Mit dem Begriff verbindet sich immer eine Voreingenommenheit, die sich bei echter wissenschaftlicher Arbeit als hinderlich erweist. Ich halte es mit Edward O. Wilson: *Wir müssen die Reise ins dunkle Innere des Gehirns ohne jede Voreingenommenheit antreten, und die Schiffe, die uns bis zu diesem Punkt gebracht haben, müssen an der Küste zurückgelassen und versenkt werden.*«

»Das habe ich längst getan«, sagte der Commissaris.

Er hörte ein Geräusch hinter sich, und als er sich umdrehte, stand seine untreue Frau auf der Schwelle und lächelte ängstlich.

»Also«, sagte sie, »also, musst du schon gehen?«

»Wenn Sie mich jetzt entschuldigen würden«, sagte Professor Pieters in seinem fernen Büro.

»Ja, herzlichen Dank«, sagte Van Leeuwen. Er legte auf, und als Simone auf ihn zukam, sah er, dass ihre Windeln gewechselt werden mussten. »Warum konntest du die Briefe nicht besser verstecken?«, fragte er voller Bitterkeit. »Warum hast du sie da in dem blöden Koffer vergessen?«

19

Staunend über die Wucht seiner Empörung, verbrachte der Commissaris den ersten Tag seiner Suspendierung wie ein Schlafwandler. *Zu Hause ist der schlimmste Ort*, wer hatte das gesagt oder geschrieben? Mehrmals war er kurz davor, die Wohnung zu verlassen, um ins Präsidium zu gehen. Aber dann fiel ihm ein, dass er als Offizier der Königin dem Befehl eines vorgesetzten Offiziers Folge zu leisten hatte, solange dieser Befehl nicht gegen sein Gewissen verstieß.

Dann will ich dich in meiner Polizei nicht mehr sehen.

Nachdem er Simone gewaschen hatte, bereitete er ihr das Frühstück. Er brühte Kaffee auf, kochte zwei Eier, toastete Brot und bestrich es mit Butter, gemäß dem Befehl, den er als Offizier der Königin sich selbst erteilte. Er stellte fest, dass er in der Nacht Rotwein auf das Tischtuch in der Küche verschüttet hatte, und warf das Tuch in den Wäschekorb neben der Badewanne. Als er sah, wie voll der Korb schon war, fing er an, die Wäsche zu sortieren, bunt und weiß, und die Waschmaschine zu füllen. Waschen und Bügeln war fast so gut wie Putzen, wenn man den Boden unter den Füßen verloren hatte. Plötzlich fiel ihm wieder ein, wie Simone schon früher zu kleinen Betrügereien geneigt hatte, liebenswerten Mogeleien beim Spielen, genau genommen bei jedem Spiel. Dabei machte es ihr gar nichts aus, zu verlieren; es spielte keine Rolle für sie. Sie mogelte einfach aus Lust daran, jemanden hinters Licht zu führen. Sogar wenn sie ein Puzzle zusammensetzte, hatte sie manchmal ein Stück einfach an eine Stelle gequetscht, wo es zwar von Farbe, Form und Ausschnitt hingehören konnte, aber doch nicht ganz passte.

»Wenn ich das bei einem meiner Fälle machen würde«, hatte er tadelnd gesagt, »so mein Puzzle lösen …« Aber sie hatte nur gelächelt, leicht den Kopf geschüttelt und mit einem bezaubernden Ruck das Haar nach hinten geworfen: »Das könntest du nie.«

In Gedanken ging er den Inhalt des Koffers immer wieder durch, die Ohrringe, das kleine Gemälde, den Stadtplan von Lissabon; versuchte die Bedeutung seines Fundes zu begreifen.

Und wenn sie nun gar nicht krank ist?, schoss es ihm durch den Kopf. Wenn sie nur so tut? Wenn sie in Wirklichkeit gesund ist, kerngesund? Wenn sie mir nur vorspielt, alles vergessen zu haben – mir und vielleicht sogar sich selbst? Damit sie sich nicht zu erinnern braucht, damit sie nie mit mir darüber reden muss, damit ich sie nie mit dem offenen Koffer konfrontieren kann?

Er ging ins Wohnzimmer, wo Simone vor dem Fernseher saß und einen Film über junge Eisbären sah. »Komm mit«, sagte er und gab sich keine Mühe, den Zorn in seiner Stimme zu unterdrücken. Er zog sie hoch und hinter sich her zur Kammer des Schreckens. Er riss die Tür auf, knipste das Licht an, zerrte den Koffer in den Flur. Er öffnete ihn und kippte ihr den Inhalt vor die Füße. »Was ist das?«, fragte er. »Kannst du mir sagen, was das alles ist?«

Sie bückte sich und hob den einen Ohrring auf. »Wollen wir verreisen?«, fragte sie. Sie hielt den Ohrring in der Hand und betrachtete ihn wie eine Erinnerung, für die sie keine Worte fand. »Also, ich weiß nicht …«, murmelte sie.

»Ich weiß auch nicht«, sagte er laut und bitter, »aber für mich ist das keine Ausrede! Für mich ist das entsetzlich, verstehst du, schrecklich und entsetzlich!«

Er lief zur Kommode im Flur und zerrte die unterste Schublade heraus, in der die Kartons mit den Spielen lagen. Er fand ein Puzzle, das er im Souvenirshop des Prado gekauft hatte: ein Gemälde von Goya, *Die Inquisition*. Er schüttete die vielfältig geformten Pappteilchen auf den Tisch im Wohnzimmer. »Hier! Mal sehen, wie du dich jetzt durchmogelst.«

Er schob ihr einen Stuhl hin. Eifrig beugte sie sich über die Teilchen und betrachtete sie lange, ohne eines davon zu berühren. Endlich legte sie ein Stück aus dem Bein eines Inquisitors an ein anderes, das zu dem spitzen Hut des Angeklagten gehörte. Sie versuchte, ein Gesicht aus der düster verschwimmenden Masse des tobenden Mobs – nein, nur den Mund dieses verzerrten Gesichts – mit einem winzigen Ausschnitt des flammenbeschienenen Gewölbes zu verbinden, in dem das Tribunal stattfand. Die Teile passten nicht zueinander.

Van Leeuwen sah seine Frau vor dem Puzzle sitzen und dachte, warum hast du mich nicht einfach umgebracht? Warum hast du so viel von mir übrig gelassen, dass ich nicht aufhören kann, mich elend und unwürdig und wertlos zu fühlen? Wieder flammte seine Wut höher. »Ich habe gesagt, du sollst das Puzzle zusammensetzen!«, brüllte er. »Hör auf, mir was vorzumachen! Du bist nicht krank, du lügst und betrügst und willst mich für dumm verkaufen! Glaubst du, ich lasse mir das noch lange gefallen? Diesen Wahnsinn?!«

Sie hörte auf und betrachtete das Durcheinander der Puzzleteilchen, und als sie zu weinen begann, merkte er es erst nicht, weil sie die Tränen vor ihm zu verbergen versuchte. Er merkte erst später, dass sie sich auf einmal schämte – dass sie sich an dieses Gefühl erinnerte: das Gefühl der Scham.

»Uns ist nicht zu helfen«, sagte er leiser.

Danach war es, als erwachte er allmählich aus einer Narkose. Während die Wirkung der Betäubung nachließ, nahmen die Einzelheiten des lange zurückliegenden Betrugs in grausamer Unerbittlichkeit immer schärfere Konturen an. Die Worte aus den Briefen kreisten vor seinen Augen, *amore, desiderio, passione, per sempre* ... Sogar in alphabetischer Reihenfolge, dachte er.

Erfüllt von Zorn, Zweifel und Demütigung, bewegte er sich wie ein Gespenst durch das Halbdunkel seiner Wohnung, und wenn Simone plötzlich hinter ihm auftauchte, schlug er ihr die Tür vor der Nase zu. Am Nachmittag legte er sich dann hin. Kurz vor dem

Einschlafen dachte er, dass es nicht nur der Betrug war, der ihm so zusetzte, sondern vor allem die Angst, seinem ganzen bisherigen Leben nicht mehr trauen zu können.

Als er zwei Stunden später aufwachte, lag Simone schlafend neben ihm. Er fühlte sich noch elender als vorher. Verlust, dachte er, was für ein kurzes, schroffes Wort.

Durch die offene Tür konnte er die Kommode in der Diele sehen, auf der die Briefe lagen, wie gefährliche Fallen, die nur darauf warteten, dass er die Hand danach ausstreckte, um zuzuschnappen und sein Leben weiter zu vergiften. Endlich, als es im Zimmer schon dunkel zu werden begann, gab er sich einen Ruck und dachte, jetzt hast du dich genug bemitleidet. Du lässt dich von niemandem aus der Bahn werfen, von keinem Hoofdcommissaris, keinem Kopfjäger und keinem Liebhaber aus der Vergangenheit.

Er stand auf, um noch einmal zu duschen und sich die Haare zu waschen. Als er die Dusche aufdrehte, sickerte ein rostfarbenes Rinnsal aus der ächzenden, klopfenden Leitung. Er wartete, bis das Wasser klar wurde, ehe er unter den Duschkopf trat und sein Gesicht mit geschlossenen Augen dem kalten Prasseln entgegenhielt. Exorzismus, dachte er und spürte, wie sich der von Alkohol und mangelndem Schlaf geschwollene Körper straffte.

Später rief er Ellen an, und als sie kam, stand er schon auf dem Treppenabsatz. Er ging zur Straßenbahnhaltestelle Rozengracht, um mit der Tram zum Weesperplein zu fahren, wo er die Metro Richtung Gein nehmen wollte. Es war wieder kühler geworden. Am Weesperplein stieg er um. Aus dem U-Bahn-Schacht schlug ihm warmer Dunst entgegen. Lautsprecheransagen hallten in den gekachelten Gängen wider. Donnernd schoben die U-Bahn-Züge verbrauchte, staubige Luft durch die Gleisröhren. Schon nach wenigen Atemzügen spürte Van Leeuwen, wie sich ihm Ruß und der Geruch nach versengtem Gummi auf die Lunge legten.

Während er auf die Linie 54 wartete, musterte er die anderen

Fahrgäste, die mit ihm am Bahnsteigrand standen. Ein Blick auf die verschlossenen Gesichter genügte, und er wusste, wen er vor sich hatte. Er sah sie, und er wusste alles, er kannte jeden. Es gab kein Geheimnis. Außer in seinem eigenen Haus.

Der Zug fuhr ein. Der Commissaris wartete, bis die Fahrgäste ausgestiegen waren, dann betrat er den Waggon und blieb gleich an der Tür stehen. Die Beleuchtungskörper an der Decke flackerten. In der Tunnelröhre verwandelten sich die Fenster in eine spiegelnde Fläche, und Van Leeuwen sah sich und die anderen Passagiere, durchscheinend wie Geister. Er spürte den Druck der Briefe auf seiner Brust. Nach einiger Zeit verließ die Bahn den Untergrund und stieg hinauf in die Nacht, und noch etwas später ratterte sie auf Stelzen dahin. Am Bahnhof Bijlmer stieg Van Leeuwen aus. Ein scharfer Wind, noch kälter als in der Stadt, packte ihn. Er wünschte, er hätte einen dickeren Mantel angezogen.

Hinter der Haltestelle ragten die Betonwaben von Bijlmermeer in den Abendhimmel, wie die Felsbänke einer riesigen vorzeitlichen Kultstätte. Die erleuchteten Fenster stanzten geheimnisvolle Muster in die Dunkelheit. Dazwischen schwebten die Zufahrtsstraßen auf Zementträgern, und die Scheinwerfer der Autos bildeten ein glitzerndes Laufband über den Dächern der Geschäfte. Vereinzelte Peitschenlampen begleiteten die asphaltierten Fußgängerwege von der Metrostation zu den Parkhäusern und dann weiter in die Kluften zwischen den Häuserblocks.

Jeder Polizist kannte den Ruf der Trabantenstadt zehn Kilometer südöstlich des Zentrums: die Bronx von Amsterdam; fünfzigtausend Bewohner, acht von zehn eingewandert, legal und illegal, von den Antillen, aus Surinam, Pakistan oder Ghana. Ein futuristisches Ghetto, in dem mehr als die Hälfte der Häuser leer stand, während daneben eine gigantische Hightech-Bürostadt mit spiegelnden Fassaden hochgezogen worden war, deren obere Stockwerke noch das Licht der längst untergegangenen Sonne zu speichern schienen. Van Leeuwen schob die Hände in die Jackentaschen und lehnte sich gegen den Wind. Die Luft roch nach feuchtem Abfall. Der Wind zerrte an den Plakaten, mit denen die Wände der Einkaufscenter unter den Straßenbrücken beklebt waren. Hier und dort türmten sich kleine Hügel nassen Laubs, die den letzten Winter überlebt hatten. Die wenigen Passanten eilten mit verfrorenen Gesichtern dicht an den Häusern entlang. Nur die Afrikaner, die in ihren Overalls zur Nachtschicht in den Flughafenputzkolonnen nach Schiphol aufbrachen, schienen weder den Wind noch die Kälte zu spüren.

Van Leeuwen passierte eine Imbissbude, einen Teppichladen und einen Waschsalon. Er ging an einem Import-Export-Geschäft vorbei, dann an einem Balkangrill und an einem Videoshop, dessen Eingang von violett blinkenden Glühlampen eingefasst war. Die meisten anderen Türen und Fenster waren schon durch heruntergelassene Metallrollos gesichert.

In einem Müllcontainer hinter einem Parkhaus brannte ein Feuer. Eine Horde dunkelhäutiger Jungen mit Rastalocken bildete eine Traube um den qualmenden Müll. Sie rauchten, tranken Dosenbier und spielten auf Gitarren und Bongos die Musik ihrer Heimat.

Vor einem der Wohnblocks aus schartigem Beton blieb Van Leeuwen stehen. Schimmelflecken zogen sich über die Fassade. Auf den winzigen Balkonen standen Bierkästen, ausrangierte Möbel und Wäschespinnen mit vergessenen Unterhemden, Slips und Strümpfen. Die Eisenbrüstungen verfielen zu Rost, von den Fensterrahmen blätterte die Farbe. Lockere Jalousien schepperten im Wind, der mit unmelodischem Summen zwischen die Wohnsilos fuhr.

Die meisten Klingelschilder fehlten. Die Eingangstür war nur angelehnt.

An der Fahrstuhltür hing ein Schild mit der Aufschrift *Außer Betrieb*. Daneben stand ein aufgeplatzter Müllsack. Van Leeuwen stieg die Treppe hinauf, bis er den achten Stock erreicht hatte. Er ging einen endlosen, schlecht beleuchteten Korridor entlang, und der Lärm hinter den zerkratzten Türen, die Gerüche, die Schmierereien an den Wänden, der Schmutz, alles erinnerte ihn an jeden schäbigen dunklen Korridor, durch den er in seinem Leben als Polizist gegangen war. An der Tür mit der Nummer 817 blieb er stehen und klingelte.

Brigadier Tambur öffnete nach dem zweiten Klingeln. »Commissaris, sind Sie das?!«, entfuhr es ihr überrascht. Sie trug eine weit geschnittene Freizeithose aus Segeltuch mit Gummizug im Bund, ein khakifarbenes Unterhemd und Turnschuhe. Sie war ungeschminkt und wirkte jung und verletzlich. Sie hatte sich das Gel aus dem Haar gewaschen, und nun war nur noch ein schönes Tizianrot übrig geblieben, offenbar ihr natürlicher Ton. Hinter ihrem rechten Ohr klemmte eine filterlose Zigarette. Aus der Küche drang der Geruch von gebratenen Zucchini.

»Darf ich reinkommen?«, fragte Van Leeuwen. In der Wohnung nebenan lief der Fernseher auf voller Lautstärke; der Commissaris hörte Applaus, johlendes Publikum, Showfanfaren.

»Bitte.« Julika trat zur Seite. »Natürlich, entschuldigen Sie, Mijnheer, ich wollte mir gerade was zu essen kochen.«

»Riecht lecker«, sagte Van Leeuwen. Der Flur hinter der Tür war schmal. Das Licht aus der Küche enthüllte einen Garderobenständer, einen Spiegel und ein Bücherregal, aber es reichte nicht aus, dass man die Titel lesen konnte. Es gab eine weitere Tür, geschlossen, die wahrscheinlich zum Bad führte, und eine angelehnte gleich neben der Küche.

»Sind Sie allein?«, fragte Van Leeuwen.

»Ja«, antwortete Julika. Sie ging voran. Als er ihr folgte, nahm er einen schwachen Duft von Parfum wahr. Er fragte: »Erwarten Sie jemanden?«

»Nein.«

In der Küche brannte eine Honigwachskerze auf einem Tisch mit rot-blau karierter Decke. An dem Tisch stand nur ein Stuhl.

An der Wand, auf die man von dem Stuhl aus schaute, hing Julikas Polizeidiplom in einem schlichten Metallrahmen. Sonst waren die Wände schmucklos. Durch das kleine Fenster fiel der Blick des Commissaris auf die Hochbahn, mit der er gekommen war. Er stellte sich vor, dass Brigadier Tambur manchmal hier im Dunkeln saß und die vorbeifahrenden Züge beobachtete.

Beim spärlichen Schein einer kleinen Lampe über dem Herd rührte Julika abwechselnd in zwei Aluminiumtöpfen, in dem einen waren Spaghetti, in dem anderen köchelte Tomatensauce. Sie kostete die Sauce, nahm die Pfanne mit den gebratenen Zucchinischeiben von der Gasflamme und sagte: »Viel zu viel für einen. Möchten Sie mitessen?«

»Nein. Danke.«

Sie stellte die Pfanne auf einen Holzuntersetzer und holte einen vorgewärmten Teller aus dem Backofen. Sie deutete auf eine Flasche kalifornischen Rotwein in einem winzigen Weinständer unter dem Fenster. »Dann könnten Sie inzwischen den da aufmachen. Korkenzieher liegt auf dem Fensterbrett. Was trinken werden Sie ja wohl, oder? Sie sehen aus, als wären Sie dem Teufel begegnet.«

»Ich habe ihn geheiratet«, sagte Van Leeuwen, oder vielleicht dachte er es auch nur. Er entkorkte die Flasche, während Julika die Nudeln abtropfen ließ und auf den Teller häufte. Sie gab die Zucchinischeiben dazu, bevor sie alles mit der Tomatensauce übergoss. Van Leeuwen roch Knoblauch und geröstete Zwiebeln, und ihm fiel ein, dass er außer dem Frühstück den ganzen Tag nichts gegessen hatte.

»Nun setzen Sie sich schon, Mijnheer«, forderte Julika ihn auf. Er sah sich um, entdeckte aber nur einen Holzschemel ohne Lehne. Er zog den Schemel an den Tisch und schenkte den Wein in zwei blitzblank gespülte Gläser mit zartem Goldrand. Julika griff nach ihrem Glas und hob es, um mit ihm anzustoßen. »Auf Sie, Commissaris. Sie hätten das nicht tun müssen. Es war mein Fehler, und ich wäre auch damit klargekommen, wenn Sie mich rausgeschmissen hätten.«

»Sind Sie nicht gern Polizistin?«

»Doch, und wie.«

»Danach wären Sie keine mehr gewesen.« Van Leeuwen sah zu, wie sie trank, und dann trank er selbst, als sie zu essen begann. Der Wein war nicht so schlecht, wie er befürchtet hatte. »So oder so, viele Fehler können Sie sich nicht mehr leisten.«

»Ich weiß.« Julika runzelte die Stirn, aß aber weiter; offenbar war sie sehr hungrig gewesen. »Ich bin Ihnen wirklich dankbar, Commissaris. Wahrscheinlich denken Sie, ich werde nie richtig gut, eine gute Polizistin.«

Van Leeuwen sagte: »Ich habe Ihre Akte gelesen. Da steht alles Mögliche über Sie drin, Ihre Ausbildung, Ihre Beurteilungen, was Sie können, aber nicht, warum Sie zur Polizei gegangen sind.« Eigentlich wollte er gar nicht mit ihr darüber reden, warum sie Polizistin geworden war. Er wollte wissen, was in den Briefen stand, die er bei sich trug, aber er hatte auch Angst davor, deswegen zögerte er es hinaus.

Julika aß schweigend noch einige Bissen. Dann ließ sie die Gabel sinken, holte die Zigarette hinter ihrem Ohr hervor und zündete sie an der Kerze auf dem Tisch an. »Als ich ein kleines Mädchen war, hatte ich immer Angst«, sagte sie schließlich. »So eine Angst können Sie sich gar nicht vorstellen. Alles, was ich von morgens bis abends wollte, war weglaufen. Damals wohnten wir in einer anderen Gegend, meine Eltern und ich, aber besser als die hier war sie auch nicht. Es gab viel Straßenkriminalität, viel Gewalt, aber wenn man in so einem Viertel wohnt, gehört das dazu, man stört sich nicht daran. Die Kinder spielen trotzdem auf der Straße oder auf dem Spielplatz, zwischen weggeworfenen Spritzen und verbogenen Cracklöffeln. Ich war die Einzige, die Angst hatte. Ich hatte beim Spielen meine Augen immer überall, und deswegen machte mir das Spielen auch nie wirklich Spaß.«

Julika stand auf, holte einen kleinen Messingaschenbecher aus dem Küchenschrank und setzte sich wieder.

»Manchmal hörte man Schreie«, fuhr sie fort, »sogar am helllichten Tag, Schreie, bei denen einem das Herz stehen blieb. Sie drangen aus irgendeinem Keller oder aus dem Hinterhof eines Abbruchhauses oder aus dem Treppenhaus eines Rohbaus, und jeder wusste, dass da gerade etwas passierte, dass da jemand zusammengeschlagen wurde oder gefoltert oder manchmal sogar ermordet, und meistens sah man kurz danach ein paar Männer ganz ungeniert den Keller oder den Hinterhof oder das Treppenhaus verlassen und in einen viertürigen Wagen steigen. Es waren immer mehr als zwei Männer, meistens drei, und immer viertürige Wagen. Manche liefen auch zu Fuß weg, aber die meisten hatten Autos.«

Ihr Blick wanderte zu dem gerahmten Diplom an der Wand.

»Wenn das passierte, hörten wir auf zu spielen. Während die Schreie ertönten, spielten wir noch weiter, als hätten wir nichts gehört, aber sobald die Männer weg waren, hörten wir auf, und einige von uns liefen dann dorthin, wo die Schreie hergekommen waren. Sie liefen hin, um nachzuschauen, was dort los gewesen war, aus kindlicher Neugier. Ihre Neugier war größer als ihre Angst, obwohl sie bestimmt wussten, dass das, was sie dort fanden, sie tagelang verfolgen würde, bis in den Schlaf hinein – ein schwer verletzter oder toter Mann in einer Lache aus Blut, vielleicht verstümmelt, Blut auf dem Boden und Blut an den Wänden und ein abgeschnittener Finger oder ein ausgedrücktes Auge oder ein Ohr, das irgendwo lag.«

Julika rauchte und stocherte mit der Gabel in den restlichen Spaghetti auf ihrem Teller herum, schob sie in der Tomatensauce hin und her, zerteilte eine Zucchinischeibe, ohne sie zu essen.

»Bei mir war die Angst immer größer als die Neugier«, sagte sie. »Statt nachzusehen, rannte ich nach Hause, und auf dem ganzen Weg hörte ich diese Schreie, und als ich daheim war, lief ich in unser Zimmer, das von meiner Schwester und mir, und da versteckte ich mich im Schrank. Ich kauerte mich unten auf den Boden, zog die Tür zu und hielt mir die Ohren zu. Das ging ein paarmal so, aber der Schrank beschützte mich nicht, er gab mir keine Sicherheit, die Schreie hörten nicht auf. Es lag daran, dass ich nicht hingeschaut hatte. Ich hatte nur meine Vorstellung, nur meine Phantasie, und was die sich ausmalten, war hundertmal schlimmer als der Anblick, vor dem ich weggelaufen war. Es hatte hundert blutige Gesichter statt nur eins.«

Van Leeuwen hörte ihr zu und stellte sich das Kind vor, das sie gewesen war, und dann dachte er an Kevin und den Hoofdcommissaris und dessen Bruder, und er fragte sich, was mit der Welt los war. Hatte denn heute jeder Angst? Verbargen sich in jedem Haus Versehrte und Verstümmelte, lauter geheime Gespenster?

Julika trank einen Schuck von ihrem Rotwein, und als sie weitersprach, klang ihre Stimme anders, ruhiger.

»Eines Tages wollte ich dieses Kind nicht mehr sein, und ich wollte auch nicht die Erwachsene sein, die aus diesem Kind vielleicht geworden wäre. Ich wollte nicht mehr weglaufen und mich meiner Phantasie ausliefern, statt hinzusehen. Und ich wollte dafür sorgen, dass niemandem mehr solche Schmerzen zugefügt werden, dass niemand mehr so sterben muss, im Keller eines fremden Hauses. Dass Kinder auf der Straße spielen können, ohne solche Schreie hören zu müssen. Deswegen bin ich Polizistin geworden.«

»Das ist ein guter Grund«, sagte Van Leeuwen.

»Aber um das zu erfahren, sind Sie doch nicht gekommen, oder?«

»Nein. Ich bin hier, weil ich in Ihrer Akte gelesen habe, dass Sie fließend Italienisch sprechen. Ich möchte, dass Sie etwas für mich übersetzen.« Er griff in die Brusttasche seines Sakkos und holte die Briefe hervor. Seine Hand zitterte, aber so schwach, dass sie es vielleicht nicht merkte.

Er legte die Briefe ohne die Kuverts auf den Tisch, genau in die Mitte, und er war sich bewusst, dass ihr Verhältnis von nun an und für immer ein anderes sein würde, wenn sie einen davon nahm und las.

Julika griff nach den zusammengefalteten Briefen und breitete sie vor sich aus wie Spielkarten. »Hat das was mit unserem Fall zu tun?«

»Nicht direkt«, antwortete der Commissaris ausweichend. »Aber es ist trotzdem wichtig.«

Sie überflog den ersten, dann den zweiten. »Das sind Liebesbriefe«, sagte sie überrascht.

»Ich weiß«, sagte er. »Könnten Sie mir bitte sagen, was drinsteht? Lesen Sie sie mir einfach vor.«

Julika drückte ihre Zigarette aus. »Die Anrede ist klar, oder? *Amore mio* – das heißt, ›meine Liebe‹ oder ›meine Geliebte‹, aber auch ›mein Geliebter‹. *Du bist erst einen Tag fort, und schon sehne ich mich nach dir ... nach deinen Augen ... deinem Mund ...* und *baci*, das sind Küsse – *nach deinen Küssen und deinen – deinen Berührungen und danach, wie mein Herz unter ihnen* – entschuldigen Sie, ich muss erst wieder reinkommen – *aufblüht?* Etwas schwülstig, oder?«

»Den Kommentar können Sie sich für später aufheben«, sagte Van Leeuwen.

»*Wir haben uns die ganze Nacht geliebt*«, fuhr Julika zögernd fort, »*und am Morgen, heute Morgen, bist du gefahren, aber ich bin gar nicht müde. Die Erinnerung an dich ist hellwach in mir, und wenn du jetzt da wärst, würde ich dich noch einmal lieben, ich müsste dich überall berühren, streicheln, küssen, immer wieder und an all den Stellen, die uns so viel Lust bereiten.*« Sie stockte. »*Am liebsten würde ich dir die Haut vom Körper lecken, um ganz tief in dein Innerstes zu dringen, tiefer, als ich es mit meiner Zunge oder meinem cazzo*, also meinem Schwanz, *kann. Ich will an dein Herz rühren, Sim, deine Seele schmecken. Deine Leidenschaft ist wie ein fulmine*, wie ein Blitzschlag, *sie hüllt mich in ein Feuer, in dem ich neu geboren werde, statt zu verbrennen.*«

Julika sah auf. »Um was für einen Fall geht es denn da?«, fragte sie leise.

»Bitte, lesen Sie weiter«, sagte der Commissaris.

Julika las die ersten Zeilen des nächsten Briefs und sagte: »Der hier ist etwas, na ja, pornografisch. Wollen Sie den auch hören?«

Nein, dachte Van Leeuwen, aber ich habe keine Wahl.

»*Ich rieche dich noch immer an meinen Fingern, dort, wo der Ring saß*«, las Julika, und eine leichte Röte überzog ihre Wangen, stieg hoch bis zur Stirn. »*Mit beiden Händen teile ich deinen Hintern wie die Hälften eines reifen, süßen Pfirsichs, ich spüre das saftige Fleisch, nachgiebig, glatt und fest, und dein Innerstes weitet sich mir rosig entgegen. Du greifst hinter dich, packst meinen steifen cazzo so gierig und unschuldig wie ein Kind, ich kann dich stöhnen hören. Du reibst ihn zwischen deinen Beinen bis zu deiner Scham, immer wieder. Du ziehst mich in dich hinein, und da bleibe ich, aber kurz bevor du kommst, drehe ich dich um, und auf deinem Gesicht ist ein Staunen, als wärst du noch nie so geliebt worden, so tief, so innig, als hättest du dich nie zuvor so gegeben, während du mich mit deinen Beinen umschlingst und immer tiefer in dich ziehst –*«

Ich will das nicht hören, dachte Van Leeuwen, es geht doch um meine Frau, und was soll dieses *Sim*, sie heißt Simone! Er schämte sich so sehr, dass er nicht wusste, wo er hinschauen sollte. Er sah auf seine Hände, auf die brennende Kerze, auf den Herd, aber was er wirklich sah, war seine Frau, wie sie all das tat, was in dem Brief beschrieben war. Er rieb sich die Augen mit den Handballen, bis blaue und rote Kreise hinter seinen Lidern tanzten.

Julika las weiter. Er öffnete die Augen wieder, denn plötzlich fiel ihm ihr Tonfall auf. Sie schämt sich auch, dachte er überrascht. Während er weiter zuhörte, betrachtete er ihr Gesicht, hielt sich daran fest, versuchte sich darauf zu konzentrieren, sodass er alles andere vergaß.

Es war nicht schön im landläufigen Sinn – gleichmäßig, aber ohne vordergründige Harmonie. Die Nase – klein, gerade und sommersprossig – schien auf merkwürdige Weise jünger zu sein als die Augen und der Mund. Die wie poliert wirkende Haut spannte sich blass über den ausgeprägten Wangenknochen und der hohen Stirn. Ihr Mund, feucht vom Rotwein und vom Vorlesen, wirkte samtig, wie ein Tulpenblatt nach dem Regen.

Van Leeuwen glaubte, all die Julikas sehen zu können, die es im Lauf der Jahre gegeben hatte. Wie sie alle eingeflossen waren in dieses Gesicht, ohne ganz zu verschmelzen. Wenn man es genau betrachtete, konnte man sie noch durchschimmern sehen, übereinander gelagert wie Farbschichten auf einem Ölgemälde, von Fassung zu Fassung ein wenig mehr verändert und jede dennoch nur ein weiterer Entwurf.

Er hörte sie vorlesen und wünschte sich, sie wäre die Frau, an die der Brief gerichtet war, die all das mit einem fremden Mann getan hatte, *du hältst meinen Kopf mit beiden Händen zwischen deinen Schenkeln, presst mein Gesicht gegen deine Scham, als könntest du so besser und tiefer sehen, hältst ihn mit deinen zarten, streichelnden, zupackenden Fingern, und du bist so schnell feucht, innen und außen, und* – und wieder schloss er die Augen, bis Julika herausplatzte: »Herrgott, soll ich nicht lieber aufhören, Commissaris?!«

»Nein«, sagte Van Leeuwen.

»Wirklich nicht? Was noch kommt, ist alles mehr oder weniger dasselbe Zeug …«

»Nein! Ich sage Ihnen schon, wenn es genug ist.«

Sie sah ihn an und sagte: »Diese Briefe haben gar nichts mit irgendeinem Fall zu tun, oder?«

»Doch.«

»Und *Sim* ist die Kurzform von Simone, die Koseform«, fuhr Julika ungerührt fort. »Simone van Leeuwen. Wollen Sie mir immer noch erzählen, dass es sich um einen Fall handelt?«

»Ja«, sagte Van Leeuwen. »Um den Mord an meiner Ehe.«

»Das hätten Sie nicht tun dürfen«, sagte Julika.

»Was?«

»Damit zu mir kommen. Das war nicht richtig. Sie werden mir das nie verzeihen.«

»Natürlich«, sagte Van Leeuwen. »Ich kann abstrahieren. Lesen Sie weiter.«

»Das ist mir sehr unangenehm.«

»Ich weiß. Mir auch.«

»Jetzt kommt ein anderer Brief, die Handschrift ist anders, unterschrieben mit *Sim.*« Als Julika weiterlas, klang auch ihre Stimme anders, trotziger. »*Dein Schwanz war so lustvoll und groß in mir, und noch jetzt tränkt mich jeder Gedanke daran aufs Neue, Sandro, caro, ich kann nicht genug davon bekommen, von dir und deinem –*«

Van Leeuwen dachte, wie kannst du so ruhig hier sitzen? Warum versinkst du nicht vor Scham im Boden? Warum tut er sich nicht unter dir auf? Das ist jetzt nicht der andere, das ist Simone, die diesen Brief geschrieben hat. So war es nie, wenn sie sich dir hingegeben hat; solche Worte hat sie nie benutzt. Doch störrisch hörte er weiter zu, lauschte widerwillig den Beschwörungen fremder Leidenschaften und dachte, Brigadier Tambur hat Recht, ich hätte sie da nicht mit hineinziehen dürfen.

Je länger er Julika dieser Folter aussetzte, desto mehr rührte ihn ihr Gesicht. In Gedanken trug er eine Schicht nach der anderen ab und stieß auf all die enttäuschten Sehnsüchte, die Hoffnungen, die sich nicht erfüllt hatten. Aber er fand auch ungebrochenen Stolz und den gerechten Zorn, den in seinen Augen jeder gute Polizist haben musste; er fand Sanftmut und Güte.

Es gab selbst jetzt noch mehrere Julikas, dachte er, mindestens zwei, die in ihrer Seele ein und aus gingen wie die Figuren eines Wetterhäuschens. Die eine schien die Kontrolle über ihr Leben zu haben; der anderen glitt es immer wieder aus den Händen. Wo ist der Unterschied?, dachte er; sie ist wie wir alle.

»*Danach*«, las Julika, »*nach dem letzten Mal, im Morgengrauen, hast du mich angesehen mit deinen vor Erschöpfung fast farblosen Augen, und in deinem Blick konnte ich lesen, dass du glaubtest, ich hätte dich und uns, unsere Liebe verraten. Dann hast du mich geküsst und bist aufgestanden, und wenn es nicht deine Wohnung gewesen wäre, wärst du ohne ein Wort gegangen. Aber caro, carino, es war kein Verrat. Es war nur das Einlösen eines Versprechens, das ich mir selbst gegeben habe. Du wusstest, dass es ihn gibt, dass ich ihn liebe und dass ich ihn nie verlassen werde, das wusstest du, und selbst wenn es für dich Liebe war, war es auch eine Komödie, denn vergiss nicht, du bist Italiener, und ich bin Niederländerin.«*

Ihn – war *er* das, sprach sie so von ihm, ohne Namen? Warum hatte sie diesen Brief nie abgeschickt? Oder war er zurückgekommen, die Anschrift durchgestrichen, die Annahme verweigert von einem in seinem Stolz zutiefst verletzten jungen Mann aus Siena? Van Leeuwen stand abrupt auf und steckte die Briefe wieder ein.

»Ich muss jetzt gehen«, sagte er.

»Wissen Sie, was ich glaube?«, fragte Julika und gab ihm den letzten, den sie gerade vorgelesen hatte, den mit der Unterschrift *Sim*.

»Nein. Und ich will es auch nicht wissen.« Er trat in den Korridor hinaus und ging zur Wohnungstür, wo er sich noch einmal umdrehte. »Sie haben Recht – ich hätte damit nicht zu Ihnen kommen dürfen.«

Julika stand in der Küche und sagte: »Ich glaube, das war das Mutigste, was Sie in Ihrem Leben je getan haben.«

Er öffnete die Tür zum Hausflur. »Denken Sie an die Liste von Professor Terlinden. Wir haben sonst keine Spur, wir haben keine Strategie, wir haben nichts! Was sind wir nur für Polizisten?!«

Er verließ die Wohnung. Erst unten vor dem Haus wurde ihm übel, und er musste sich an die kalte Betonmauer lehnen. So endet es, dachte er; so endet alles, wenn man es am wenigsten erwartet. Mit eiligen Schritten ging er durch die Nacht zur Straße. Er bemerkte einen Linienbus, der gerade anfahren wollte, und rannte los, um ihn noch zu erreichen. Mit einem Zischen öffneten sich die hydraulischen Türen, und er stieg ein. Nachdem er einen Fahrschein gelöst hatte, setzte er sich nach ganz hinten auf die erhöhte Bank, obwohl der Bus fast leer war.

Die ganze Fahrt über dachte er an einen fremden Mann namens Sandro und eine unbekannte Frau namens Simone. Niemand kennt den anderen, dachte er, das wusste schon Goya; er hat es unter eine seiner Radierungen geschrieben. Dann dachte er, dass er zwar diese Frau namens Simone nicht mehr fragen konnte, den Mann namens Sandro dagegen sehr wohl.

Wir fahren nach Siena, Sim, was hältst du davon? Es wird dir guttun, du wist dich erinnern. Einer von euch wird sich erinnern.

Er schloss die Augen und lehnte sich müde zurück. *Wie sagt man auf Italienisch: Ich suche einen Mann, er heißt Sandro, das ist alles, was ich weiß. Hier, ich habe ein Bild von ihm, kennen Sie ihn vielleicht?*

»*Sto cercando un uomo, il nome e Sandro …*«, murmelte er vor sich hin, oder so ähnlich. Das war das Letzte, was er Brigadier Tambur gefragt hatte, bevor er ihre Küche verlassen hatte.

20

Es war eine von den guten Nächten.

Als es dunkel wurde, spürte Deniz den weißen Ball kommen. Der weiße Ball kam in letzter Zeit immer öfter, und von Mal zu Mal war er schneller und größer. Im Schein einer flackernden Kerze kauerte der Junge mit nacktem Oberkörper auf seiner Matratze hinter den Kartons und biss auf das Ende des Gummischlauchs, den er mit der rechten Hand um den linken Unterarm schlang.

Er fing schon an zu zittern. Erst zitterten nur seine Hände, aber dann griff das Zittern auf seinen ganzen Körper über, und er hatte Mühe, den Schlauch richtig festzubinden. Mach schon, dachte er, mach schnell, wie willst du sonst durch die Nacht kommen?

Mach endlich. Er pumpte sich Blut in die Vene und zog den über der Kerzenflamme aufgelösten Stoff in die Spritze. Obwohl ein kalter Wind durch das Dachgeschoss des Abbruchhauses fegte, stand ihm der Schweiß auf der Haut. Er hatte Mühe, die schwach pochende Ader in seinem mit Einstichnarben übersäten Arm zu finden. Kaum war die Spritze leer, löste er den Gummischlauch und ließ sich mit einem Seufzer zurücksinken.

Er spürte, wie seine Handflächen zu kribbeln begannen, und etwas später kribbelten seine Beine, und er hörte auf zu zittern, und der kalte Schweiß auf seiner Haut trocknete. Er zog die Nase hoch und lächelte. Allmählich löste sich der weiße Ball auf, und jetzt wusste Deniz, dass es eine von den guten Nächten war. Den ganzen Tag hatte er Angst gehabt, es könnte wieder eine von den schlechten Nächten werden, in der nichts und niemand den weißen Ball aufhalten konnte; in der er den Tod sah, der auf ihn zurollte und ihn unter weißer Kälte begrub.

Aber dann hatte Robbie ihm ein bisschen Stoff von einem ihrer Freier gebracht, nicht viel, nur genug, um die Lunte an seinem Herzen anzuzünden. Es war immer so, er brauchte ein bisschen Stoff, um an mehr Stoff zu kommen, das war das System. Er hatte an Kevin gedacht, der sein bester Freund gewesen war. Er glaubte nicht, dass Kevin wirklich tot war, denn er konnte ihn noch um sich spüren. Ganz in seiner Nähe.

Es ging ihm jetzt wieder so gut, wie es einem nur gehen konnte. Er sprang auf, wusste auf einmal nicht, wohin mit seiner Energie. Am liebsten hätte er etwas zerbrochen oder zerschlagen oder mit seinen Zähnen zerrissen. Wie ein ungezähmtes Pferd, das mit den Hufen gegen die Bretter seiner Box keilt.

Er fuhr in ein schwarzes Sweatshirt, stopfte es in die Jeans und bückte sich nach seiner Lederjacke. Der Rucksack stand neben dem Fußende der Matratze. In dem Rucksack steckten fünfzehn Sprühdosen mit matten und glänzenden Farben, ein Sortiment Ventile zum Austauschen, eine Lampe, ein Paar Handschuhe, mehrere Lappen, ein Schlüsselbund und die Skimaske, damit man ihn nicht erkennen konnte, falls er beim Sprayen in der Metrostation von einer Videokamera aufgenommen wurde.

Er blies die Kerze aus und wartete, bis seine Augen sich an die Dunkelheit gewöhnt hatten. Er hörte ein Geräusch, aber das bedeutete nichts, denn in einem Haus wie diesem gab es dauernd irgendwelche Geräusche, vom Wind oder den Tauben oder den Ratten. Er fuhr mit den Armen unter die Träger des Rucksacks, kletterte über die Leiter in das darunterliegende Stockwerk und rutschte an dem Seil hinunter ins Erdgeschoss.

Durch die Ritzen in den mit Brettern vernagelten Fenstern konnte er sehen, dass der Polizeiwagen noch immer vor dem Haus stand. Die Leute, die darin saßen, konnte er nicht erkennen, trotzdem wusste er, dass sie da waren. Sie standen unter einer kaputten Laterne und dachten, sie wären unsichtbar. Tatsächlich war *er* unsichtbar. Im Dunkeln stapfte Deniz durch das, was früher einmal eine Schusterwerkstatt gewesen war, schob das lose Brett in der Türverschalung zur Seite und schlüpfte hinaus in den Hinterhof. Draußen wurde ihm erst ein bisschen schwindlig, und einen Moment lang fürchtete er, dass er vielleicht wieder umkehren musste. Dann dachte er an sein Ziel, und es ging ihm gleich besser. Unsichtbar überquerte er den Hinterhof, kletterte auf den Schuttcontainer am anderen Ende und anschließend über den Maschendrahtzaun.

Der Zaun gab ein leises Scheppern von sich, als er daran hochkletterte und sich auf der anderen Seite wieder hinunterließ. Es war das einzige Geräusch, das er verursachte. Auf dem angrenzenden Hinterhof ging er an mehreren Garagen vorbei. Er kannte den Weg inzwischen so gut, dass er sich immer zurechtfand, bei Tag und bei Nacht. Kurz bevor er das Tor zur Straße erreichte, hörte er den Drahtzaun noch einmal scheppern. *Ein Windstoß*, dachte er.

Er ging die Grote Bickerstraat am Westerdok entlang. Außer ihm war niemand hier unterwegs, nicht mitten in der Nacht. Nachts gehörte diese Straße ihm allein, wie er es mochte. Es war ruhig; es gab keine Stimmen. Nur das Rauschen der Blätter hoch oben in den Ulmen und das Wasser, das gegen die vor Anker liegenden Schleppkähne und gegen das Ufer schwappte.

Wenn er über den Damrak, die Damstraat oder die Kalverstraat ging, dann war es, als schaltete er den Fernseher ein: Er hörte Stimmen. Sie sprachen zu ihm aus Gameboys, Computern, Uhren, Lederjacken, Motorrädern und DVD-Playern. Sie redeten mit den rot geschminkten Lippen der Models aus der Werbung, mit ihren manikürten Händen, ihren verführerischen Gesten und ihren tiefen Blicken, dem Duft der teuren Parfums.

Am Anfang hatte er sich den Stimmen gegenüber taub gestellt, aber sie waren beharrlich geblieben, *du bist nichts ohne uns, wir sind die Welt, dein Leben, wir sollten dir gehören, aber wir tun es nicht*. Er hatte kein Geld, um für die Welt zu bezahlen, also musste er sie sich nehmen, sie erobern. Er war hungrig; er liebte und begehrte genug, um ein Risiko einzugehen. In seinen Adern floss Piratenblut. Wenn etwas sagte, *nimm mich, hol mich*, wenn es ihm gehören wollte, dann erfüllte er ihm diesen Wunsch.

Er nahm es mit auf seine Schatzinsel.

So war es in den guten Nächten. Aber es gab auch die schlechten, und in denen konnte er keinen Schritt tun, ohne dass er am liebsten geschrien hätte. Wie ausgehöhlt bewegte er sich dann unter den herausgeputzten Passanten vor den teuren Geschäften, sah die Leute aus der Werbung in coolen Restaurants vor Tellern mit kleinen Portionen sitzen, während sich sein Magen zusammenzog. Er trat gegen die Luxuslimousinen auf den reservierten Parkplätzen, denn er wusste, es waren nicht seine Autos, nicht seine Kleider, nicht seine Restaurants, und sie würden es nie sein.

In diesen Nächten stand der Atem schwer wie Blei in seiner Brust, wie ein erstickendes Gewicht. Dann stellte er sich vor, wie er der Stadt den Krieg erklärte, wie er durch die Straße marschierte und alles in Schutt und Asche legte – Uhren, Designerklamotten, Autos und die Menschen, die nicht genug davon kriegen konnten. Er zerschlug die Neonröhren, trank das Licht und spuckte Flammen auf die Scherben.

Aber heute war eine von den guten Nächten. Der Himmel war tiefblau und klar, und als hätte er's bestellt, tutete weit draußen auf dem Ijsselmeer ein Nebelhorn. *Willst du wissen, wie Freiheit klingt?*, hatte Kevin einmal gefragt. *So*. Deniz hörte das Nebelhorn und dachte an Kevin, und plötzlich war ihm zum Heulen zumute. Er dachte das Wort *tot*, und zum ersten Mal hatte es eine Bedeutung für ihn. Noch nie war jemand gestorben, den er kannte; nur im Kino hatte er Leute sterben sehen, wenn sie von Kugeln oder Schwertern oder Laserwaffen getroffen wurden. Allerdings ging es da immer ganz schnell, sie rannten in einen violetten Strahl und verschmorten, bevor sie sich auflösten. *Tot*, dachte er, *tot*.

Er ging vorbei an den alten Fabrikhallen, zwischen denen er die fernen Positionslichter der Kräne draußen an den Kais sehen konnte und die Silhouetten der Frachter auf ihrem Weg durch den

Noordzee Kanaal. Plötzlich schauderte ihn. In seiner Brust tat sich ein Loch auf, und er empfand einen Schmerz, der anders war als jeder Schmerz, den er kannte. Ein heißes Sehnen erfüllte ihn, gemischt mit Scham, er wollte nicht, dass Kevin tot war. Überrascht merkte er, dass er weinte. Sein ganzes Gesicht war nass. Die Tränen rannen kitzelnd über seine Wangen, während er durch die ausgestorbene Straße und über die Zugbrücke an der Realengracht stapfte, deren Schatten wie ein Galgen auf dem Pflaster lag.

Er erinnerte sich, wie sie das letzte Mal draußen bei den Pferden gewesen waren, auf der Rennbahn, Kevin und Tic und Robbie und er. Er erinnerte sich an das Lachen in Kevins Augen, an ein Pferd namens Spinoza, das sie angefeuert hatten. Nach dem Rennen war Kevin zu dem Schimmel gegangen und hatte sein Gesicht an den schweißflockigen Pferdehals gepresst.

Ein Pferd, dachte Deniz; ein kobaltblauer Himmel und ein Silbermond und darunter ein Pferd, das den Ozean durchpflügt wie ein Schiff, mit einem zinnoberroten Feuer im Bauch. Pferde hatte Kevin mehr gemocht als alles auf der Welt, fast mehr als Tic. Und darunter sein Name, als Vermächtnis, *Kevin*. Während er ging, hörte Deniz schon das Zischen des Treibgases aus der Dose, roch den berauschenden Duft der Farben, genoss das Vorgefühl seiner heimlichen, schnellen Macht.

Muss dir nicht nach Heulen sein, dachte er, Kevin ist tot, und du lebst, das ist alles. Hat nichts mit dir zu tun, dass er umgebracht worden ist. Ist schließlich eine von den guten Nächten. Und wenn du es schaffst, vom Stoff wegzukommen und Robbie von der Straße zu kriegen, werden auch die Tage gut. Einfach ein paar gute Tage, das ist das Einzige, was du Kevin schuldest.

Der weiße Ball war zu einem Nichts geschmolzen. Trotzdem hielt Deniz sich dicht bei den Häusern, trat nicht ins Licht der Straßenlaternen. Einmal, kurz vor dem Basketballplatz an der Elandsgracht, blieb er abrupt stehen und tat, als müsste er die Schnürsenkel seiner Sneakers nachziehen, um zu sehen, ob ihm jemand folgte.

Der Schatten war da und sofort wieder verschwunden, und Deniz dachte, *eine Wolke*.

Vor ihm ragte der Eisenbahnviadukt auf, ein schwarzer Wall, über den die Schnellzüge mit gelb flackernden Fenstern donnerten. Er huschte an den Gittern des Basketballplatzes vorbei zum Eingang der Arkaden unter dem Viadukt. In den Bögen lagen Büros und Geschäfte, alle geschlossen, die meisten mit Eisenjalousien verrammelt. Ein schmaler Betonweg mit dicken Pfeilern führte an den dunklen Fenstern vorbei von Bickerseiland zum Haarlemmerplein. Wie ein langer Balkon hing er über dem leise schmatzenden Wasser der Elandsgracht. Die Platanen jenseits der Gracht schüttelten sich im Nachtwind.

Noch einmal warf Deniz einen Blick zurück auf den leeren Platz hinter sich. Rasch kletterte er auf die Brüstung des Betonstegs und schwang sich an dem mit Eisenstacheln bewehrten Gittertor vorbei, das von einer kaputten Videokamera beäugt wurde. Um ein Haar hätte er sich an einem der spitzen Stacheln aufgespießt. Er blieb hängen, riss sich los und spürte ein scharfes Brennen, wo der Stahl seine Haut aufgeschürft hatte. *Macht nichts, so was spürst du doch gar nicht*. Geduckt lief er über den schmalen Betonsteg, im Schatten der Pfeiler, vorbei an den großen Glasfenstern leerer Büros, leerer Läden, leerer Geschäfte, grauen Yuppiehöhlen, die noch niemand bezogen hatte.

Dann fand er, was er gesucht hatte. Ein großer Raum, noch nicht einmal gestrichen, hinter einem riesigen Schaufenster. Er blieb stehen, schaute sich um, lauschte. Über seinem Kopf raste ein Zug vorbei, ratterte auf den Schwellen, Licht flog glitzernd über die Bucht und über das schäbige Inselufer auf der anderen Seite, ohrenbetäubend. Er konnte nichts hören, und was er sah, war nicht wirklich: der Schatten, der hinter ihm von einem Pfeiler zum nächsten glitt.

Mit einem heftigen Ellbogenstoß zerbrach Deniz die Scheibe des Ladens, der noch kein Laden war, und duckte sich weg, während die Scherben zu Boden prasselten. Über die Glassplitter stieg er in den großen, kahlen Raum. Vor der Rückwand blieb er stehen und ließ den Rucksack von den Schultern gleiten. Er holte die Grubenlampe heraus, schaltete sie ein und stellte sie so auf den Boden, dass sie die Betonwand anstrahlte. Dann nahm er die Dosen, die er als erste benötigte, aus dem Rucksack und baute sie vor sich auf. Rot, blau, schwarz und gelb, seidenmatt oder glänzend, er konnte die Farbtöne fast mit geschlossenen Augen unterscheiden. Er fing mit den groben Spraydüsen an, für die großen Flächen.

Er holte den Walkman aus dem Rucksack, befestigte ihn am Gürtel, stöpselte die Kopfhörer ein und drückte die Starttaste. Der Techno-Beat explodierte zwischen seinen Schläfen.

Einige Herzschläge lang stand er nur da, mit geschlossenen Augen, um auf seiner Netzhaut zu sehen, wonach ihm war, und als er es sah, wusste er, dass es tatsächlich das Pferd war, ein Pferd mit Feuer im Bauch.

Er griff nach den Dosen mit Zinnober und Purpur, hielt sie in beiden Händen und begann im Rhythmus der Musik aus seinem Walkman zu tänzeln. Zuerst den Rücken, dachte er und zog einen roten Bogen über die Mauer, vom Hals bis zum Schweif. Aus dem feinen Nebel entstand ein dicker roter Farbstreifen, den er mit weit schwingenden, kreisenden Bewegungen zum Leib ausformte, auf den er später kräftige Muskeln aus dunklerem Violett und Schwarz packen würde.

Die Dosen waren mit seinen Händen verwachsen, sie bündelten seine Energie und schossen sie auf die Mauer. Als er die frische, glänzende Farbe roch, war es wie ein Rausch, der ihn mitriss. Er sah nur noch das feurige Pferd, in gestrecktem, rasendem Galopp mit weit aufgerissenen Augen und Gischt an den Hufen, wo es durch die Wellen jagte. Er fühlte sich leicht und schnell und eins mit dem Tier.

Der Techno-Sound hämmerte in seinem Kopf. Er bückte sich und griff nach den Dosen mit den feineren Sprühköpfen, Chinablau für die Augen und für die Wellen und Orange für die Flammen, aus denen die Mähne bestehen sollte. Er trat ein Stück zurück, betrachtete seine Arbeit aus etwas größerer Entfernung, dann sprang er wieder auf die Mauer zu, um den Schweif in Angriff zu nehmen. Der Schlag traf ihn so plötzlich, dass sein Herz aussetzte. Ein eiskalter Blitz fuhr ihm vom Rückgrat bis ins Gehirn. Eine Sekunde lang war er wie gelähmt. Die Spraydosen entglitten seinen Fingern. Er taumelte vorwärts und prallte mit der Stirn gegen die Betonwand. Die Musik aus dem Walkman dröhnte weiter in seinem Kopf, während er verzweifelt um Atem rang.

Seine Knie gaben nach, und er hatte Blut und Tränen in den Augen. Er schrie, und dann musste er husten und schnappte nach Luft. Seine Brust krampfte sich zusammen. Die Dunkelheit um ihn begann zu flimmern, sie wurde körnig und unscharf.

Aber da war der Stoff, den er sich gespritzt hatte. Der Stoff beschützte ihn. Er war stärker als der Schmerz. Und da war das ganze Adrenalin, und das machte Deniz beweglich und schnell, und er duckte sich und drehte sich um, und da sah er etwas, das er noch nie in seinem Leben gesehen hatte, etwas Grauweißes, das aus der Dunkelheit kam. Nur kurz geriet es in den Lichtstrahl der Grubenlampe, es bewegte sich schnell und irgendwie ruckartig, wie eine Figur aus einem Computerspiel. Es trug eine weiße Maske mit zwei weit aufgerissenen Augen, mit einem roten Loch, wo der Mund war, und mit etwas unter der Nase, das aussah wie ein Stück von einem geschälten Ast. Aber ehe Deniz die blitzschnell durch sein Gehirn schießenden Eindrücke ordnen konnte, schlug der Angreifer zum zweiten Mal zu, mit einer schweren, kurzen Keule, und diesmal traf der Schlag Deniz an der Stirn, und die Musik hörte abrupt auf, und jetzt hatte er wieder Angst, denn das, was da auf ihn zusprang und ihn schlug, bis er in die Knie ging, und dann weiterschlug, bis er am Boden lag, das war nichts anderes als der große weiße Ball, der ihn überrollte und für immer unter sich begrub.

Er spürte, dass er Kevin so nah war wie nie zuvor. Es war eine von den guten Nächten.

21

Bruno van Leeuwen rannte. Er war fünfunddreißig Jahre alt, und sein Atem ging leicht. Er spürte das Gewicht auf seinen Schultern kaum. Er hörte, wie Simone juchzte und ihn lauthals anfeuerte, aber er lief nicht so schnell, wie er konnte, denn inzwischen ging es abwärts auf die Casato-Kurve zu. Er lag jetzt gleichauf mit dem Deutschen, und vor dem Palazzo Publico wollte der Deutsche ihn abdrängen, nur dass Van Leeuwen einen Haken schlug, um ihm auszuweichen, und danach lief er noch einmal schneller und setzte sich an die Spitze.

Er war glücklich, denn er hatte Simone noch nie so ausgelassen erlebt. Er presste ihre Beine mit beiden Armen gegen seine Brust, während sie sich mit den Händen an seiner Stirn festhielt. Ihre Schenkel waren fest und warm an seinen Ohren. Sie lachte und beugte sich vor, um seinen Scheitel zu küssen, und jetzt konnte ihn keiner mehr schlagen, denn sie gingen in die letzte Runde.

Die Fenster der Häuser rings um die Piazza del Campo waren dunkel, aber der Mondschein lag silbern und blau auf den Steinen, und nur wenn Van Leeuwen durch den Schatten des Torre del Mangia lief, konnte er einen Augenblick lang nichts erkennen, kurz bevor die Steigung zur San-Martino-Kurve kam. Die Steigung machte ihm nichts aus, denn er war fünfunddreißig und fühlte sich wie sechzehn, und er musste nur noch einmal rund um den Platz laufen, die Hälfte davon abwärts, dann hatte er gewonnen. Der Schweiß durchtränkte sein Hemd, er spürte ihn warm über Brust und Rücken rinnen. Es war ein gutes Gefühl, so zu schwitzen und die Kraft in seinen Beinen zu spüren und wie sein Atem sich nicht veränderte, während er den anderen davonrannte.

Hinter sich hörte er das deutsche Ehepaar, die Frau hielt noch die halb volle Weinflasche in der Hand, sie lachte schrill, und der Mann keuchte unter ihrer Last auf seinen Schultern, als ginge ihm bald die Puste aus, und noch weiter zurück lag das italienische Pärchen, hoffnungslos abgeschlagen, und außer ihnen war um diese Zeit niemand auf dem abschüssigen Platz vor dem Rathaus von Siena. Achtzehn Jahre, dachte Van Leeuwen, achtzehn Jahre war das jetzt her. Er erinnerte sich noch, wie das Wetter an jenem Tag gewesen war, an die Sonne, den Wind, das mit satten Farben getränkte Licht; und doch schon eine erste, viel zu frühe Ahnung von Herbst in der Luft.

Sie waren betrunken gewesen, ganz eindeutig, und sie hatten mehr Lärm gemacht als die Pferde und die zigtausend Zuschauer beim echten Palio. Sie hatten die anderen am Abend in einem Restaurant oben am Dom kennen gelernt, die Deutschen aus dem Ruhrgebiet und das italienische Pärchen aus Mailand, und nach dem Essen waren sie weitergezogen zu einer Bar an der Piazza del Campo. Gegen Mitternacht, nach einigen Flaschen *birra* und mehreren Grappas, hatte der Deutsche seine Frau auf die Schultern genommen und Van Leeuwen und den Italiener herausgefordert, und als Van Leeuwen das Funkeln in Simones Augen gesehen hatte, war ihm klar gewesen, dass er nicht kneifen durfte, nicht vor einem Moffen.

»Weißt du noch, wie wir damals um Mitternacht da unten unseren Palio veranstaltet haben, diese verrückten Moffen, die Mailänder und wir beide?«, fragte er. Er saß auf der Marmorbrüstung des Fonte Gaia oberhalb der konkaven, abschüssigen Piazza, und Simone saß neben ihm auf ihrer Jacke und erinnerte sich nicht.

»Wann gehen wir schwimmen?«, fragte sie.

»Morgen«, sagte er.

Die Sonne war längst untergegangen, und der Himmel über dem Palazzo Publico dämmerte grün. An den Tischen der Restaurants rund um die hallende Muschel des Platzes brannten kleine Windlichter, und Van Leeuwen fragte sich, ob an einem davon Sandro saß. Er tastete nach dem Polaroid in der Brusttasche seines Polohemds.

»Erinnerst du dich denn an gar nichts mehr?«, fragte er bekümmert. Simone summte *Penny Lane*. Als er nicht aufhörte, sie anzusehen, wandte sie ihm das Gesicht zu und erwiderte seinen Blick mit ernster Miene, ernst und verständnisvoll, wie sie ihn früher manchmal angesehen hatte. Dann beugte sie sich vor, nahm seinen Kopf in beide Hände und küsste ihn auf den Mund. »Eskimos«, sagte sie leise, bevor sie ihre Nase an seiner Wange rieb.

Gegen zehn Uhr morgens hatten sie sich Florenz genähert, und als die Dächer der Stadt unter ihnen lagen, war er noch voller Hoffnung gewesen, erfüllt von dem Gedanken, dass es auf der ganzen Welt keinen schöneren Anblick gab als die rotbraune Kuppel des Doms im hellen Dunst des Vormittags. Ein Anblick, den niemand jemals vergessen konnte. »Schau, wo wir sind«, sagte er. »Erinnert dich das an was?«

Simone hatte ein hellblaues Kopftuch getragen, zum Schutz gegen den Fahrtwind, und eine billige Sonnenbrille, deren Gläser mit ihren Fingerabdrücken übersät waren. »Wo sind wir?«, fragte sie mit einem Lächeln, als wüsste sie genau, wo sie waren, und wollte ihm nur verheimlichen, dass sie sich längst wieder erinnern konnte.

»Wo sind wir denn?«

»Tokio.«

»Warum hast du mir nicht gesagt, dass wir verreisen?« Das hatte sie schon vorgestern gefragt, als sie in Amsterdam losgefahren waren, und danach alle paar Stunden, in Deutschland, in der Schweiz, an der italienischen Grenze und das letzte Mal an diesem Morgen beim Aufstehen in ihrem Hotel kurz hinter Modena. Sie hatte einen leichten Sonnenbrand im Gesicht, denn seit der Schweiz war das Wetter so gut gewesen, dass sie mit offenem Verdeck fahren konnten.

»Wo fahren wir hin?«, fragte sie.

»Überraschung«, sagte er.

»Du musst es mir sagen, wenn wir verreisen«, beharrte sie. Ihr Kopftuch flatterte im Fahrtwind. Die Sonnenbrille hatte ein extravagantes gelbes Gestell mit schwarzen Punkten wie aus einem Fellini-Film. *La dolce vita*, dachte er, mit Sandro in Siena.

Sie waren ohne Halt durch Florenz gefahren und dann ein Stück weit am Arno entlang, bevor sie den Fluss überquerten und die Landstraße quer durch das Hügelland nahmen. Simone musterte aufmerksam alles um sich herum. Das versonnene Lächeln auf ihrem Gesicht kam und verschwand, aber es schien nichts zu bedeuten. Kurz vor Poggibonsi steuerte Van Leeuwen den Alfa an den Straßenrand, weil sie sagte, sie wolle ein Picknick machen und schwimmen gehen, und das kam einer Erinnerung so nah, dass ihm einen Moment lang schwindlig wurde vor Hoffnung.

Er holte Weißbrot, hart gekochte Eier, kaltes Brathuhn und eine Flasche Wein aus einem Korb auf dem Rücksitz. Abseits der Straße breitete er eine Decke im trockenen Gras aus. Simone sagte: »Erst schwimmen gehen.«

»Siehst du hier irgendwo das Meer?«, fragte Van Leeuwen. »Oder einen See? Oder auch nur einen Bach? Wenn du etwas gegessen hast, fahren wir weiter, und ich zeige dir, wo wir früher schwimmen waren. Erinnerst du dich an den kleinen Fluss unter dem Weinberg?«

»Weißt du, wo wir hinfahren?« Beunruhigt setzte Simone sich in ihrem zerknitterten Hosenanzug aus beigefarbenem Leinen auf die Decke und sah ihm zu, wie er einen Hühnerschenkel abriss und in eine Papierserviette wickelte, bevor er ihr das Ganze in die Hand drückte. Es dauerte nicht lange, bis ihr Mund, das Kinn und beide Wangen von Hähnchenfett glänzten, aber es schien ihr zu schmecken; sie summte wieder vor sich hin.

Die Luft roch nach warmer Erde und Salbei. Über der Straße stand ein Habicht, gegen die Sonne kaum zu sehen. Der Himmel wahrte Abstand, lag weniger zudringlich auf den Hügeln als im

Hochsommer. Die Pappeln am Straßenrand wirkten saftig und jung. Dort wo die Äcker und Felder über den Hügelkämmen verschwanden, wucherte fahlrotes Heidekraut unter den vereinzelten Zypressen. In der diesigen Ferne erhoben sich zwei Gutshäuser mit roten Schindeldächern – wie Scharniere, an denen die Erde hing.

Auf der anderen Seite der Straße konnte Van Leeuwen ein Dorf erkennen, aber die Entfernung ließ sich nur schwer schätzen, denn das flirrende Mittagslicht verwischte die Konturen der ockerfarbenen Häuser. Im Schatten hinter den Toren der Scheunen und Ställe schimmerten Sensen und Mistforken. Aus dem Glockenstuhl eines klobigen Campanile fielen zwei Messingschläge und verklangen über dem Land. Weiter hinten türmten sich hohe Wolkengebirge, ohne näher zu rücken.

»Komm mal her.« Van Leeuwen nahm eine Papierserviette und wischte Simone den Mund ab. »Möchtest du noch etwas Wein?«

»Möchte jetzt schwimmen«, sagte sie.

»Ja«, sagte er, »später, wenn wir am Wasser sind.« Er griff in die Brusttasche seines Polohemds, holte das Foto von Sandro heraus und zeigte es seiner Frau. »Und das?«, fragte er. »Erinnert dich das an was?«

Simone betrachtete das Polaroid. Ihre Miene veränderte sich nicht. Mit der freien Hand schob er ihr die Brille in die Stirn. »Sieh mich an«, sagte er. Sie blinzelte verwirrt und gehorchte. »Sandro«, sagte er.

«Macht doch nichts«, sagte sie. Ihre braunen Augen blieben verschlossen, nur ihr Mund lächelte, als wollte sie ihm gleich sagen, dass sie ihn liebe.

»Lass uns weiterfahren«, sagte er und steckte dann das Bild wieder ein.

»Wo fahren wir hin?«

Am späten Nachmittag hatten sie Siena erreicht und den Alfa auf einem öffentlichen Parkplatz vor der Stadtmauer abgestellt, denn ihr Albergo lag in der für Autos gesperrten Altstadt. Es war dasselbe kleine Hotel, in dem sie beim ersten Mal gewohnt hatten, als sie noch auf den Cent schauen mussten, sogar dasselbe Zimmer. Und auch das Zimmer hatte sich nicht verändert; die staubigen Vorhänge, der abgetretene Linoleumboden mit Bastmatten zu beiden Seiten des Betts anstatt eines Teppichs, alles war gleich geblieben. Damals war Simone, kaum dass sie ihre Koffer abgestellt hatten, zu dem schlecht schließenden Fenster gegangen, um die Vorhänge zuzuziehen. Daran erinnerte er sich genau, wie sie in dem honigfarbenen Halbdunkel begann, ihre Kleider auszuziehen, die Jeans, die olivfarbene Bluse, den Büstenhalter, das Höschen. Sie hatte ihm den Rücken zugewandt, fast wie aus Scham, und so blieb sie stehen, die Arme vor der Brust verschränkt, die Handflächen lagen auf den Schultern, als wollte sie sagen: Es ist so weit, ich warte.

Auch er hatte sich ausgezogen und war zu ihr gegangen, hatte ihr den Arm um die Schulter gelegt, hatte sie zum Bett geführt und gefühlt, wie bereit sie für ihn war, als er sie nahm. Danach lagen sie nebeneinander auf der schmalen Matratze, hielten sich weiter umarmt. In dem kleinen Spiegel an der Schranktür konnte er Simones Hintern sehen, nur den Hintern. Vor dem Spiegel stand ein runder Tisch mit einer ziegelroten Decke unter einer Glasplatte. Auf dem Tisch lag Simones offene Handtasche und alles, was herausgerutscht war: Lippenstift, Geld, Kamm, Pass, eine Rolle Pfefferminzdrops.

Er konnte seine Hände auf ihrem Hintern sehen, wie sie sich bewegten. Sie seufzte leise, dicht an seinem Ohr. »Weißt du, wie das ist?«, flüsterte sie, »wie das ist, wenn du mich streichelst und küsst? Als würdest du mich umdrehen, mein Innerstes nach außen kehren. Als würde mein Körper gewendet wie eine Jacke, das Futter nach außen, und als fühlte er sich umgedreht viel natürlicher an, viel schöner. Deine Hände wissen, was sie wollen. Sie sind sehr aufrichtig.«

Nichts hatte erkennen lassen, dass sie sich daran erinnerte, als sie sich in dem winzigen Zimmer umsah.

Aber er erinnerte sich an alles, sogar daran, dass es ein paar Straßen weiter einen Platz gab, auf dem ein Kinderkarussell gestanden hatte, und dass er das Lachen und das Geschrei der Kinder gehört hatte, während sie sich liebten, den fröhlichen Lärm und die Oldies von einem leiernden Tonband irgendwo im Bauch dieses Karussells, *Azzuro* und *Something Stupid* und *Penny Lane*, ja, jetzt fiel es ihm wieder ein, *Penny Lane*.

Danach waren sie durch die engen Gassen zu dem kleinen Platz gegangen, wo die Kinder im Schatten des späten Nachmittags unter bunten Glühbirnen auf wippenden Pferden ritten oder zwischen den Flügeln kunstvoll geschnitzter weißer Schwäne hockten. Simone hatte ihn auf eine Holzbank am Rand des Platzes gezogen. Dort saßen sie dann nebeneinander, Wange an Wange, wie siamesische Zwillinge, und sahen zu, wie das Karussell sich drehte, bis Van Leeuwen schwindlig geworden war.

Penny Lane.

Es war eine Erinnerung, die ihm wehtat, wie so viele. Aber als sie in dieser Nacht, siebzehn Jahre später, in ihr Albergo zurückkehrten, schliefen sie – müde nach der langen Fahrt – sofort ein. Am nächsten Morgen war Simone schon wach, als Van Leeuwen die Augen aufschlug. Sie lag auf dem Rücken neben ihm, sah ihn an und fragte: »Gehen wir jetzt schwimmen?«

Er wusch sie und half ihr, den Badeanzug richtig herum anzuziehen, suchte eine Hose und eine Bluse für sie aus und achtete darauf, dass sie ihr Gesicht beim Schminken nicht in das eines Zirkusclowns verwandelte. Sie verließen das Hotel, aber schon nach wenigen Schritten zog Simone ihn in ein kleines Stehcafé, dessen Eingang mit einem Bambusperlenvorhang verhängt war. Neben der Tür stand ein einzelner runder Metalltisch mit zwei schlecht gepolsterten Stühlen. Aus dem Dunkel einen Nebenraums hinter einem weiteren Perlenvorhang drang leise Musik, eine Arie aus einer Oper, die Van Leeuwen nicht kannte. Die Häuser längs der Gasse hatten kleine vergitterte Fenster, und auf dem Pflaster glänzte noch die Kühle der Nacht, während die Dachrinnen schon das Sonnenlicht auffingen. Während des Frühstücks ließ Van Leeuwen Simone nicht aus den Augen. Warum dieses Café?, dachte er. Weil es dunkel ist und leer? Weil der Kaffeeduft sie angelockt hat? Oder weil sie hier mit Sandro war? Er beobachtete die Männer, die das Café betraten, schnell ihren Espresso tranken, Zigaretten kauften, ein *Ciao, Paolo* riefen und wieder gingen.

War einer von ihnen Sandro? Gab es ein geheimes Erkennungszeichen, ein Blinzeln, das ihm entging? Warum blieb der Blick des Besitzers so lang auf Simone ruhen, als er ihr den Cappuccino servierte? Erkannte er sie wieder? Wusste er, wer Sandro war?

Van Leeuwen zog das Polaroid aus der Brusttasche und zeigte es dem Besitzer. »*Sto cercando un uomo*«, sagte er, »*questo uomo. Il suo nome e Sandro …*« Der Besitzer schüttelte den Kopf, breitete bedauernd die Arme aus und sagte etwas, das Van Leeuwen nicht verstand. Nach dem Frühstück schlenderten sie durch die inzwischen belebten Gassen zum Wagen, wo er die Straßenkarte studierte. »Wie wär's mit dem Lago Trasimeno?«, fragte er seine Frau.

Sie fuhren eine Stunde, und als sie den See erreichten, war es so warm, dass Van Leeuwen sich auf das Wasser freute. Der schmale Weg von der Straße zum See endete in aschgrauen Kieseln, der Strand lag menschenleer in der blendenden Sonne. Simone zog sich sofort aus, vergaß aber die Strümpfe. Bevor Van Leeuwen etwas sagen konnte, lief sie an ihm vorbei und warf sich lachend ins Wasser. Er sah ihr einen Moment lang zu, dann zog er sich aus, legte seine Sachen sorgfältig gefaltet auf das Badetuch und folgte ihr. Den Wagenschlüssel hatte er unter einem Brocken Vulkangestein versteckt.

Das Wasser war am Ufer nicht sehr tief, und er musste ein gutes Stück waten, bis es seine Oberschenkel erreichte. Dann ließ er sich vornüberfallen und kraulte mit weit ausholenden Bewegungen. Simone blieb hinter ihm zurück. Er schwamm immer weiter, bis er nur noch die glitzernde Oberfläche und den Himmel sah. Je weiter das Ufer hinter ihm lag, desto kälter wurde das Wasser. Er wäre gern für immer so weitergeschwommen.

Schließlich kehrte er um und ließ sich zurücktreiben. Simone saß an einer seichten Stelle und bespritzte sich selbst mit Wasser. Als sie ihn erblickte, schwamm sie ihm entgegen, immer noch so geschmeidig wie ein Otter, sodass es einen Moment lang schien, als hätte es die letzten zwei Jahre nicht gegeben. Sie brauchte ihn nicht; sie brauchte nur das Wasser. Er drehte sich auf den Rücken und schloss die Augen, paddelte mit den Füßen und lauschte dem Wind und den heiteren Delphinlauten seiner Frau. Kleine Wellen plätscherten in seine Ohren, spülten über seine Lippen.

Als er wieder an den Strand ging, folgte Simone ihm sofort und setzte sich auf das Badetuch. Er trocknete sie ab, damit sie sich nicht erkältete. Der Widerschein der Sonne auf dem See blendete ihn, aber er hatte seine Sonnenbrille im Auto gelassen. Simone hatte sich auf den Rücken gelegt und die Augen geschlossen. Er kramte ihre Dolce-Vita-Sonnenbrille zwischen ihren Sachen hervor und setzte sie auf. Ein wenig betäubt von der Sonne und der Stille starrte er auf das Wasser hinaus, bis das Bild zu flimmern begann. Die Brille half nicht sehr viel. Nichts half jemals viel. »Möchtest du zurückfahren?«, fragte er.

Simone antwortete nicht. Ruhig hob und senkte sich ihre Brust im Schlaf. Ihre Fähigkeit zu schlafen war unerschöpflich. Durch die Brille betrachtet, hatte ihre Haut beinahe die gleiche Farbe wie die Strandkiesel. Van Leeuwen sah zu, wie sich an einigen Stellen Schweiß sammelte, unter ihrem Kinn, in den Achselhöhlen, am Brustansatz. Du solltest sie an die Stelle bringen, wo er sie gemalt hat, dachte er, wo sie nackt für ihn Modell lag. Vielleicht wohnt er da irgendwo in der Nähe.

Ohne etwas zu essen, blieben sie bis zum Abend am Strand sitzen, während um sie herum andere Badegäste kamen und gingen. Als Simone wieder erwachte, schaute sie sich verwirrt um. »Wo sind wir?«, fragte sie.

»Wir sind in Siena«, sagte er.

»Du hättest mir sagen müssen, dass wir wegfahren.«

»Und du hättest mir sagen müssen, dass du eine Affäre hattest«, sagte er. »Weißt du überhaupt, warum wir hier sind?«

Auf der Straße über ihnen drängten sich die Autos. Der Tag verwandelte sich in einen fliederfarbenen Abend. Der Strand leerte sich. Auf der anderen Seite des Sees reflektierten die Fenster eines hoch gelegenen Hauses die sinkende Sonne. Dann verschwand die Sonne ganz im Abenddunst, ohne dass es gleich dunkel wurde. Eine Zeit lang teilten sich Himmel und Wasser dasselbe Rot, in dem ein blasser Halbmond prangte, bevor es von dem tiefen Toskanaviolett abgelöst wurde, an das Van Leeuwen sich von früher erinnerte.

»*Andiamo*«, sagte er. Sie zogen sich an und stiegen den schmalen Weg zur Uferstraße hinauf, und eine Stunde später sahen sie die erleuchtete Silhouette von Siena vor dem Nachthimmel auftauchen.

»*Sto cercando un uomo, il nome e Sandro …*«

Er konnte nicht mehr tun, als Fragen zu stellen. Er begann mit den Speiselokalen und Bars rund um die Piazza del Campo, dann nahm er sich die Stehcafés, die Tabakläden und Zeitschriftenkioske vor. Er präsentierte das Polaroid wie einen Ausweis und sagte, dass er einen Mann suche, diesen Mann, der Sandro hieß, vielleicht ein Maler, ein Kellner oder Taxifahrer.

Sto cercando un uomo, questo uomo, Sandro …

Überall erntete er dasselbe Kopfschütteln, dieselben ausgebreiteten Handflächen. *Scusi, no conosco.* Er verließ die Piazza und tauchte in die Nebenstraßen ein. Er ließ keinen Laden, keinen Imbiss, keine noch so winzige Eisdiele aus. An jedem Gemüsestand, bei jeder Blumenfrau blieb er stehen, zeigte das Polaroid und fragte nach Sandro. *Scusi, Signora, il mio nome e Van Leeuwen, commissario Van Leeuwen …*

Aber es war, als spürten die Menschen, dass er diesen Sandro nicht aus lauteren Motiven suchte, nicht wie ein Polizist einen

Verbrecher oder auch nur einen Zeugen suchte oder suchen sollte; dass sie ihm deswegen nicht helfen mussten. Ihre Lippen blieben versiegelt. Er hätte ein Austernmesser gebraucht, um sie aufzubrechen, und selbst dann hätte sich vielleicht herausgestellt, dass sie die Wahrheit sagten, dass sie diesen Mann namens Sandro nicht kannten und nie gesehen hatten.

Simone schlief. Nachdem er ihr beim Abendessen ein Glas unverdünnten Wein zu trinken gegeben hatte, damit sie müde wurde, hatte er sie gewickelt und zugedeckt und ihr einen Gutenachtkuss gegeben, bevor er noch einmal aufgebrochen war, um, wie ihm jetzt klar wurde, seine Niederlage komplett zu machen.

Er ging und ging. Unvermittelt blieb er stehen, ohne zu wissen, wo er war. Am Ende der Straße schimmerten die Lichter eines Restaurants, aber hinter den Fenstern der eng stehenden Häuser herrschte tiefste Dunkelheit. Es war, als hätte er erst jetzt die Finsternis ringsumher bemerkt. Vorsichtig setzte er einen Fuß vor den anderen. Es waren nur noch wenige Schritte bis zu dem erleuchteten Restaurant, da fiel sein Blick auf ein Geschäft, *chiuso*, dessen Eisenjalousie nur halb heruntergelassen war. In der Auslage des Schaufensters dahinter erkannte er Pinsel, Farbtuben, Rahmen, Paletten und Malkästen.

Van Leeuwen blieb stehen. Ein kleines, halb verrostetes Metallschild unter der Türklinke nannte in winzigen Buchstaben den Namen des Besitzers. Er versuchte, die Buchstaben zu entziffern, aber das Licht reichte nicht aus. Er ging das letzte Stück zu dem erleuchteten Restaurant, hielt einen der Kellner auf und bat ihn um Streichhölzer. Der Kellner verstand ihn nicht, selbst dann nicht, als er sich eine unsichtbare Zigarette in den Mund steckte und die Geste des Anzündens nachahmte. Van Leeuwen verlor die Geduld. Er ging zu einem der Tische, nahm das darauf stehende Windlicht und kehrte damit in die Gasse zurück. Der Kellner folgte ihm laut protestierend.

Van Leeuwen blieb vor dem Laden für Malereibedarf stehen und hielt das Windlicht an das halb verrostete Metallschild. *Alessandro Mariano, proprietario.*

Van Leeuwen suchte nach einem Klingelknopf, fand jedoch keinen. Er hämmerte mit der Faust gegen die Tür, gegen die Eisenjalousie. Nichts geschah, kein Fenster öffnete sich, die Tür blieb verschlossen. Wütend versetzte er ihr einen Fußtritt. »Sandro!«, brüllte er. »Alessandro Mariano! Hier ist Bruno van Leeuwen aus Amsterdam, der Mann von Simone! Der Mann von *Sim!*«

Der Kellner stand neben ihm und schrie auf ihn ein. »*Chiamo i carabinieri, signore!*« Er verstand, nur ein Wort, *carabinieri!*

»Ich bin selber Polizist! *Commissario!*«, schrie Van Leeuwen zurück und hielt das Windlicht hoch, um sein Gesicht zu beleuchten. Der Kellner wich zurück. »*Chiamo i carabinieri*«, sagte er noch einmal, etwas leiser, während er sich Schritt für Schritt aus der dunklen Gasse zurückzog.

In dem Geschäft für Malereibedarf blieb es weiter still, und langsam kam Van Leeuwen wieder zu sich. Er stellte das Windlicht auf den Boden, wie in einer Geste des Gedenkens an etwas, das hier gestorben war. Er blieb noch kurz vor dem Geschäft stehen und dachte, was willst du eigentlich hier? Was hast du dir erwartet? Wie viele Sandros gibt es in Siena und Umgebung? Und selbst wenn du den richtigen findest, was willst du mit ihm machen? Ihn verprügeln? Eine Gegenüberstellung mit Simone vornehmen: *Schau her, das ist sie heute, deine Geliebte, meine Frau, willst du sie wiederhaben?!*

Er sah an der Fassade des schmalen Hauses hoch, zu den schwarzen Fenstern, hinter denen sich nichts rührte. Er ging zurück, denselben Weg, den er gekommen war, und jetzt fiel es ihm nicht schwer, sich zu orientieren; die Gasse führte geradewegs auf die Piazza del Campo. Er schritt durch einen Torbogen, eine flache Treppe hinunter und stand am Rand des abschüssigen Platzes, über den späte Passanten zu ihren Unterkünften schlenderten.

Was immer seine Frau hier gesucht haben mochte, welches Glück, welche Lust, sie hatte es wieder verloren. Aber warum hatte sie es überhaupt gesucht? Oder wenn sie es nur gefunden und gar nicht gesucht hatte, warum war sie nicht weitergegangen, ohne es aufzuheben? War es nicht in Wahrheit *seine* Schuld gewesen und nicht ihre? Hätte es diese Affäre mit einem fremden, unbedeutenden Liebhaber überhaupt gegeben, wenn er mehr auf sie geachtet hätte, auf das, was ihr fehlte?

Und die Briefe – wer versteckte Briefe in einem Koffer, wenn er nicht wollte, dass sie gefunden wurden?

Es tut mir leid, dachte er.

Hatte sie geahnt, was manchmal in seinen Gedanken vorgegangen war? Wie oft hatte er in seiner Phantasie mit einer anderen Frau geschlafen, einer Verdächtigen, einer Zeugin, einer Kollegin, sogar einer der Schaufensterprostituierten auf den Wallen ... Er hatte diese Vorstellungen nicht gesucht, aber sie waren da gewesen, und vielleicht hatte seine Frau es gewusst. Vielleicht hatte sie es ihm angesehen. Er hatte seine Gedanken nie in die Tat umgesetzt, und doch – hatte Simone sich von ihm betrogen gefühlt, bevor sie ihn betrog?

Es tut mir leid.

Und noch ein Gedanke: Sie war wieder glücklich gewesen, wenn auch vielleicht nur für Momente.

Vorher war sie mit ihm glücklich gewesen, erst in Nes, dann in seiner kleinen Wohnung in Amsterdam. Sie hatten ihre Liebe gehabt und mitgenommen in die größere Wohnung an der Egelantiersgracht. Dort hatte sich ihr Leben verändert, aber die Liebe war geblieben. Simone hatte angefangen zu schreiben, erste Artikel, den sie bald schon verkaufen konnte. Eine Zeit lang hatte sie als freie Journalistin gearbeitet, um etwas zu tun zu haben, während er seiner Tätigkeit als Polizist nachgegangen war.

Sie war erfolgreich gewesen, und oft hatte er, wenn er abends nach Hause kam, die Wohnung voller fremder Menschen vorgefunden, andere Journalisten, Künstler, Maler, Schriftsteller, Filmemacher. Und andere Frauen, modern und gebildet, die schnell redeten, leidenschaftlich über Literatur, Politik, Sport und moderne Kunst diskutierten. Es hatte ihn nicht gestört, dass sie da waren, obwohl er manchmal wünschte, sie wären es nicht.

Er war nie auf den Gedanken gekommen, dass er vielleicht *sie* störte. Das meiste, worüber sie redeten, interessierte ihn nicht; es hatte nichts mit seinem Leben zu tun. Er redete, wenn er gefragt wurde. Von sich aus sagte er selten etwas, dazu verstand er zu wenig von dem, was Simones Freunden wichtig erschien. Danach, wenn alle fort waren, hatten sie zusammen ein letztes Glas getrunken, nebeneinander auf dem Sofa, die siamesischen Zwillinge.

Oft war er schon ins Bett gegangen, wenn Simones Gäste im Wohnzimmer noch heftig debattierten. Irgendwann in der Nacht hatte sie sich dann zu ihm gelegt, ihn geweckt, ihn geliebt. Und noch später hatte sie ihn nicht mehr geweckt, und er war meistens zu müde, um es überhaupt zu bemerken. Vermutlich waren sie da schon nicht mehr glücklich gewesen, aber geliebt hatten sie sich immer noch. Glück wurde einem geschenkt, wie die Liebe, aber dem Streben danach misstraute er. Es gab zu viele Menschen, die glaubten, für ihren Anspruch auf Glück stehlen, betrügen und morden zu dürfen. Trotzdem hatte er Verständnis für jeden, der glücklich sein wollte; der es wenigstens versuchte. Ein Fremder namens Sandro hatte seine Frau glücklich gemacht, zu einer Zeit, in der er selbst dazu nicht fähig gewesen war. Vielleicht sollte er ihm dankbar sein.

Andererseits, vielleicht auch nicht.

Jedenfalls tat es ihm leid, besonders jetzt, wo es keinen Sandro mehr gab.

Er saß im Mondschein auf der kühlen Marmorbrüstung des Fonte Gaia und sah auf den leeren Platz hinunter. Er sah sich im Kreis rennen, nicht wie er damals gewesen war, mit fündunddreißig, sondern wie er heute war: ein Mann über fünfzig, dessen Atem seine Leichtigkeit verloren hatte, mit flatterndem Trenchcoat, seine Frau auf dem Rücken.

Er trug sie noch immer. Und er dachte: Sie hat jetzt nur dich. Du musst dich für sie erinnern. Du musst ihr Gedächtnis sein, damit sie ein bisschen von dem bleiben kann, was sie einmal war.

Sein Mobiltelefon summte. Er holte es aus der Jackentasche und meldete sich. Am anderen Ende der Verbindung war Hoofdinspecteur Gallo. »Deniz ist verschwunden«, sagte er.

»Wie lange?«

»Seit drei Tagen.«

»Er ist tot«, sagte der Commissaris. »Ich komme zurück.«

22

»Vielleicht ist er gar nicht tot«, sagte Hoofdinspecteur Gallo.

»Er ist tot«, sagte der Commissaris. »Der Mörder hat aus seinem Fehler vom letzten Mal gelernt und die Leiche beseitigt. Wir müssen sie nur finden.«

Sie saßen in einem *bruin café* an der Prinsengracht, in das er seine Offiziere und Brigadier Tambur zur Lagebesprechung bestellt hatte. Das Café gehörte zu den Kneipen, die niemals als Geheimtipp in Hochglanzmagazinen auftauchten. Es war zwar sauber, aber schlecht beleuchtet, und es gab keine Getränke mit bunten Papierschirmen in zerstoßenem Eis. Eine Jukebox jammerte alte Chansons und englische Schlager aus der Zeit, als Superstars noch nicht im Fernsehen zusammengebaut wurden. Dabei leuchtete sie wie ein Pavianhintern im Abendrot. Zwischen den Liedern war aus der Küche das Scheppern von Geschirr zu hören.

Einmal am Tag fiel die Sonne durch die Tür in den Schankraum und beleuchtete das ausgezehrte Gesicht Vincent van Goghs auf einem vergilbten Ausstellungsplakat an der Wand über der Jukebox. Auf dem Ebenholztresen schimmerten eine vernickelte Registrierkasse, eine chromglänzende Kaffeemaschine und ein Papierserviettenspender aus Messing. Daneben gestattete eine Glasvitrine den Blick auf trockenen Kuchen, welkende Salate und halb leere Vorspeisenschüsseln unter Frischhaltefolie.

Der Commissaris und seine Leute saßen in einer Ecke, in der das Licht kaum ausreichte, dass man sein Glas finden konnte. Die Holzplatte des runden Tischs war mit Brandspuren von Zigarettenglut und Bierflecken bedeckt, und am rauchgeschwärzten Plafond über ihren Köpfen drehte sich ein Metallpropeller in der stickigen Luft.

»Wo sollen wir mit dem Suchen anfangen?«, fragte Julika. Sie gab durch nichts zu erkennen, dass sie sich seit dem Abend in ihrer Wohnung zu Vertraulichkeiten berechtigt fühlte. Gut, dachte Van Leeuwen; er hatte sie richtig eingeschätzt.

»In der Nähe, da wo der Junge gewohnt hat«, sagte er. »Je weiter er sich davon entfernt hat, desto größer ist das Risiko für den Mörder geworden. Beim ersten Mal war es eine spontane Tat, vielleicht, weil er schnell handeln wollte oder von einem Instinkt mitgerissen wurde. Diesmal hat er sein Opfer vorher beobachtet. Die Gegend um das Abbruchhaus ist einsam, nachts muss sie wie ausgestorben sein. Vielleicht hat er ihn in den Hafen geworfen. Ihr solltet die Wasserpolizei um Hilfe bitten. Was ist mit den anderen, mit dieser Robbie und mit Tic?«

»Die wohnen beide bei ihren Eltern«, antwortete Gallo. »Die von Robbie sind etwas merkwürdig, nicht wirklich bereit zur Zusammenarbeit. Erst wollten sie uns nicht glauben, dass ihre Tochter hin und wieder auf den Strich geht, was ja verständlich ist. Aber dann haben sie sich überzeugen lassen, vor allem, weil wir ihr nichts anhängen wollten. Zumindest in der nächsten Zeit dürfte der Mörder es schwer haben, an eine von den beiden ranzukommen, falls er das überhaupt will.«

»Gut«, sagte Van Leeuwen. »Was hat die Fahndung ergeben?« Gallo breitete die Hände aus. »Nichts. Manchmal habe ich das Gefühl, hier leben inzwischen mehr Einwanderer als Amsterdamer, und die meisten davon sind farbig, besonders unter den Jugendlichen.«

Van Leeuwen nickte; damit hatte er gerechnet. »Haben wir inzwischen von Professor Terlinden die Liste mit dem Klinikpersonal?« Julika holte ein Kuvert aus ihrer Lederjacke, dem sie mehrere Bögen Papier entnahm. »Kam heute Morgen mit der Post. Es sind ungefähr sechzig Personen – Professoren, Chefärzte, Oberärzte, Assistenzärzte, Anästhesisten, Pfleger, Schwestern ...«

Sie gab Van Leeuwen die Liste. Er überflog die Namen, die nach

Abteilungen und noch einmal nach Anfangsbuchstaben geordnet waren. Er entdeckte auch die Namen van Leer und Terlinden.

»Viele von denen sind weltweit anerkannte Koryphäen«, sagte Julika, »Kapazitäten auf ihrem Gebiet, Forscher, preisgekrönte Wissenschaftler –«

»Wissenschaftler sind auch nur Menschen«, brummte Van Leeuwen, »selbst wenn sich einige von ihnen aufführen wie ein Pfau. Ihr wisst doch, was die alten Römer mit Pfauen gemacht haben. Sie haben ihnen die Federn ausgerissen und sie sich beim Essen in die Speiseröhre geschoben, damit sie besser kotzen konnten. Die Vorstellung hilft, falls einer unbedingt sein Rad vor euch schlagen will.«

Inspecteur Vreeling deutete auf die Namensliste. »Und die sollen wir alle verhören, Mijnheer?«

»Jeden Einzelnen«, sagte der Commissaris. »Findet heraus, wer Zugang zu Drogen hatte und zu welchen, was für Kontrollinstanzen es gibt, wie man sie umgehen kann, ob was fehlt, seit wann es fehlt, wann es wieder reinkommt, und vor allem, lasst euch nicht einschüchtern.«

»Da fällt mir ein, beim Hoofdcommissaris hat sich einer von denen nach unserem Fall erkundigt«, warf Gallo ein, »ein gewisser Doktor Pieters. Er sagte, du hättest ihn angerufen und ihm erzählt, dem toten Jungen sei das Gehirn entfernt worden.«

»Das stimmt«, gab Van Leeuwen zu.

»Er wollte alle Einzelheiten wissen«, sagte Gallo. »Der Fall schien ihn zu faszinieren.«

Van Leeuwen suchte den Namen von Doktor Pieters auf der Liste und fand ihn. »Den übernehme ich selbst«, sagte er.

Gallo sagte: »Der Hoofdcommissaris klang, als hätte er Eiskristalle auf der Zunge. Er hat irgendwas von unbefugter Weitergabe interner Ermittlungsergebnisse gemurmelt und –«

»Von mir aus kann er auf seiner eigenen Zunge Schlittschuh laufen«, sagte Van Leeuwen. »Wenn ihr die Leute auf der Liste befragt, fangt mit denen an, die in unmittelbarer Umgebung von Doktor Ruth van Leer arbeiten. Vielleicht ist der Junge nur zufällig auf etwas gestoßen, auf das, was ihm diese Heidenangst eingejagt hat. Aus Versehen, als er eigentlich seine Mutter besuchen wollte.« Er spürte den Splitter in seiner Hosentasche nicht, aber er wusste, dass er da war. »Eine falsche Tür ist schnell geöffnet, aber danach kriegt man sie oft nie wieder zu.« Er legte das Geld für die Rechnung auf den Tisch und stand auf. »Danke, dass ihr mich auf den neuesten Stand gebracht habt.«

Inspecteur Vreeling fragte: »Haben Sie einen *Panasonic*?«

»Einen *Panasonic*?«, fragte Van Leeuwen.

»Fernseher«, sagte Vreeling. »*Panasonic* ist eine Marke.«

»Ich weiß, dass *Panasonic* eine Marke ist«, sagte Van Leeuwen. »Aber ich weiß nicht, welche Marke mein Fernseher hat. Warum?«

»Weil Sie jetzt doch viel Zeit zum Fernsehen haben«, meinte Vreeling, »da empfiehlt es sich, auf Qualität zu setzen. Es gibt eine Statistik, der zufolge die meisten Fernseher, die noch laufen, von *Panasonic* sind.«

»Die wann noch laufen?«

»Nachdem ihre Besitzer gestorben sind. Haben Sie sich noch nie gefragt, von was für einer Firma der Fernseher war, wenn Sie in der Zeitung gelesen haben, dass er noch lief, als die Leiche des Besitzers in der Wohnung gefunden wurde? Der Besitzer war beim Fernsehen gestorben, und drei Monate später wurde er gefunden, und der Apparat lief noch. Ich finde, das spricht für eine Marke. Laut Statistik waren die meisten von *Panasonic*.«

»Ich werde nicht beim Fernsehen sterben«, sagte Van Leeuwen, schon in der Tür. »Mein Fernseher wird beim Fernsehen sterben, und ich werde auf seinem Grab tanzen.«

Er ging, bevor jemand ihn fragen konnte, wie es in Italien gewesen war. Er hatte Ellen versprochen, um sieben Uhr wieder zu Hause zu sein. Aber als er um die Ecke zur Egelantiersgracht bog, wusste er plötzlich, dass er nicht dorthin wollte. Er wollte in die Elandsgracht, ins Präsidium, in sein Büro, an seinen Schreibtisch. Er wollte kreuz und quer durch die Stadt fahren, um sich zu vergewissern, dass man ihn brauchte. Er wollte zu dem Haus gehen, in dem Deniz Aylan untergekrochen war, in dem er ihn nicht hatte beschützen können.

Er wollte Doktor Pieters befragen, um herauszufinden, warum er sich für seinen Fall interessierte.

Der Commissaris saß auf der Holzbank vor Doktor Josef Pieters' Büro im dritten Stock der Medizinischen Fakultät der Universitätsklinik. Es war vier Uhr nachmittags, und er wartete seit einer Dreiviertelstunde. Wenn er ein Vulkan gewesen wäre, hätte sich schon ein deutlicher Anstieg der Temperatur in seinem Inneren abgezeichnet. Er war kurz davor, den ersten Ascheregen auszustoßen, als die Tür von Pieters' Büro geöffnet wurde und der Professor persönlich auf der Schwelle erschien. »Ich hoffe, Sie mussten nicht allzu lange warten«, sagte Pieters.

»Der Graf von Monte Cristo hätte es überhaupt nicht als Warten empfunden«, sagte Van Leeuwen. Er stand auf und legte seine ganze Kraft in den Händedruck, mit dem er den Arzt begrüßte, doch Pieters schien seine kleine Rache nicht zu bemerken. Er sagte nur: »Ich freue mich, Sie endlich kennen zu lernen!«

Der Arzt sah älter aus als auf dem Cover des Wissenschaftsmagazins in Doktor Terlindens Büro, aber seine grünen Augen strahlten genauso hell, und sein Lächeln war noch immer jugendlich und ansteckend. Statt eines weißen Kittels trug er ein olivfarbenes Hemd mit Schulterklappen, ausgewaschene Chinos und dunkelbraune Turnschuhe ohne Strümpfe. Er führte den Commissaris in sein Büro, das zwischen Stapeln von Fachzeitschriften, Büchern, Zeitungen und gehefteten Fotokopien nur noch Platz für einen Schreibtisch und einen Stuhl sowie einen zerschlissenen Ledersessel bot. Das kleine Fenster war von wildem Wein zugewuchert. Eine

Lampe mit einem grünen Glasschirm sorgte eher für Schatten als für Licht.

Pieters setzte sich auf die Schreibtischkante und deutete einladend auf den Sessel. »Darf ich Ihnen etwas anbieten?«

»Danke, nein.« Van Leeuwen versank in dem Sessel und merkte sofort, dass es ein Fehler gewesen war, entgegen seiner Gewohnheit nicht stehen zu bleiben. Er blickte zu Pieters auf, der zu lächeln schien, aber so genau ließ sich das im Halbdunkel des Raums nicht sagen.

»Wie kann ich Ihnen helfen?«, fragte der Professor.

»Sie können mir einige Fragen beantworten«, sagte der Commissaris.

»Geht es um Ihre Frau?«

»Nein, nicht um meine Frau.« Van Leeuwen verlagerte das Gewicht und schlug ein Bein über das andere. »Es hat mich überrascht, zu hören, dass Sie sich bei meinem Vorgesetzten nach dem Mordfall erkundigt haben, in dem ich ermittle.«

»Sie selbst hatten mir doch davon erzählt«, sagte Pieters. »Unser Gespräch hat mich den ganzen Tag nicht mehr losgelassen. Ich wollte, soweit möglich, Einzelheiten wissen. Als ich dann bei der Polizei anrief, habe ich extra nach Ihnen verlangt, aber man sagte mir, Sie seien verreist. Sind Sie deswegen aufgebracht?«

»Nein.« Van Leeuwen rutschte zur anderen Seite und wechselte die Stellung der Beine. »Ich habe mich nur gefragt, was für ein Interesse ein Spezialist für Creutzfeldt-Jakob an einem ermordeten Jungen im Vondelpark haben könnte.«

»Es war das, was Sie über das Gehirn des Jungen gesagt haben«, erklärte Pieters. »Es hat mich an etwas erinnert, deswegen war ich neugierig.«

»Woran hat es Sie erinnert?«

»Das ist eine sehr lange Geschichte.«

»Ich habe sehr viel Zeit.«

Pieters glitt von der Schreibtischkante und setzte sich auf zwei fast gleich hohe Stapel gelber *National-Geographic*-Hefte. »Ich war nicht immer Neuropathologe«, sagte er. »Angefangen habe ich als Kinderarzt, aber mit der Zeit entdeckte ich in mir einen leidenschaftlichen Hang zur Anthropologie, und noch später begann ich mich auch für Virologie zu interessieren. Vor ein paar Jahren machte ich auf dem Rückweg von Forschungsarbeiten im australischen Busch Station in Neuguinea, um mich einige Monate lang mit Wachstum und Entwicklung von Kleinkindern in primitiven Kulturen zu befassen.«

Als der Commissaris *Neuguinea* hörte, beugte er sich vor, spürte aber sofort, wie die Schwerkraft ihn wieder nach hinten zog.

Pieters fuhr fort: »In Port Moresby gab es einen australischen Arzt, Will Ahern, der den dortigen Gesundheitsdienst leitete. Als ich mich ihm vorstellte, bekundete er außerordentliche Freude über meine Anwesenheit, denn einer seiner Beamten hatte ihm von einer seltsamen tödlichen Krankheit berichtet, die im östlichen Hochland der Insel grassierte. Zum ersten Mal aufgetreten war sie in einer abgelegenen Siedlung mit Namen Kainantu, und zwar unter Angehörigen des Stamms der Fore. Die Fore nannten diese Krankheit Kuru und glaubten, sie sei durch Hexerei entstanden. Der Beamte des Gesundheitsdienstes dagegen hielt es für eine bisher unbekannte Gehirnentzündung. Kann ich Ihnen wirklich nichts anbieten?«

»Nein, wirklich nicht.«

Pieters nickte knapp, ein Asket, der eine verwandte Seele erkannte. »Die Fore, müssen Sie wissen, sind eine der letzten steinzeitlichen Kulturen. Sie waren wie geschaffen für meine Forschungen. Ich verlor keine Zeit, nahm mir ein paar *bois*, das sind einheimische Träger, und reiste sofort nach Kainantu, besser gesagt, wir schlugen uns dorthin durch. Wir bahnten uns unseren Weg durch dichte Regenwälder, wateten durch knietiefen Morast und schleppten uns bei glühender Hitze schroffe Berghänge hinauf. Aber welche Mühen es auch kostete, wir wurden überreich belohnt. Alles, was ich als Mensch und Wissenschaftler erlebt und erreicht habe, jeder Erfolg, jede Auszeichnung, ist bedeutungslos im Vergleich zu den Erfahrungen, die ich bei den Fore machen durfte. Es sind die letzten Exemplare des Menschen in seinem Urzustand, und dass sie vom Aussterben bedroht sind, nein, dass sie mit Gewissheit bald aussterben werden, hat die Begegnung mit ihnen so unendlich kostbar gemacht.«

»Ich weiß nicht ganz, was ich mir darunter vorstellen soll«, sagte Van Leeuwen, »unter dem Menschen in seinem Urzustand.«

Pieters hielt inne. »Können Sie mit dem Begriff ›Hominide‹ etwas anfangen?«

»Eine Vorstufe des Menschen in der Evolution«, sagte Van Leeuwen.

»Ein aufrecht gehender Primat«, bestätigte Pieters. »Mein Kollege Johanson bezeichnet ihn entweder als ausgestorbenen Vorfahren des Menschen, einen nahen Verwandten des Menschen oder einen richtigen Menschen. Alle Menschen sind Hominiden, aber nicht alle Hominiden sind Menschen. Der religiösen Definition nach ist ein Mensch ein Wesen mit einer Seele, wie Sie vermutlich wissen. Die Anthropologie dagegen hat bisher noch keine Definition gefunden, zumindest keine, die eindeutige Aussagen zulässt, wie etwa ›Das ist ein Mensch‹ oder ›Das ist noch kein Mensch‹. Das Gehirn und seine Größe werden wohl immer die Kriterien sein, die zur Abgrenzung herangezogen werden – ausgerechnet das Gehirn, das uns in die Lage versetzt hat, alle evolutionären Anstrengungen mit einem einzigen Knopfdruck ein für alle Mal zu beenden.«

»Oder zu vollenden«, sagte Van Leeuwen.

»Man kann die Fore daher mit seltenen Orchideen vergleichen«, nahm Pieters den Faden wieder auf, »die nur an einem Ort und unter bestimmten Bedingungen gedeihen und überleben können. Die Begegnung mit unserer modernen Zivilisation bedeutet ihr sicheres Ende. Obwohl ich das schnell begriff, wusste der Arzt in mir, dass wir ihre Krankheiten nicht heilen konnten, ihre Wunden nicht behandeln und ihre sterbenden Kinder nicht retten, ohne dass wir unsere Welt mit in ihre Abgeschiedenheit brachten. Und als Anthropologe zweifelte ich nicht daran, dass sie sich bald wünschen würden, diese Welt zu sehen und kennen zu lernen; dass es dann kein Zurück mehr gab. Eine verdammte Zwickmühle, das können Sie mir glauben. Verstehen Sie mich richtig, es war keine Idylle, in der sie lebten. Ihre Existenz war bestimmt von Aberglauben, Angst, Hunger, Krieg, Mord und Seuchen, aber auch erfüllt von Weisheit, Liebe und einzigartiger Schönheit.« Er hielt plötzlich inne. »Entschuldigen Sie, das alles ist für Sie wahrscheinlich völlig unverständlich.«

»Wenn mir etwas unverständlich ist, frage ich«, sagte Van Leeuwen. »Sie wollten mir etwas über Kuru erzählen.«

»Natürlich, Kuru«, erwiderte Pieters. »Als ich in Kainantu eintraf, gab es dort zwei alte Frauen, die davon befallen waren. Sie hatten bereits das Stadium erreicht, in dem sie nicht mehr gehen konnten. Sind Ihnen die Symptome von Creutzfeldt-Jakob ein Begriff?« Der Commissaris sagte: »Ich kenne nur die torkelnden Kühe, die irgendwann zuckend am Boden liegen und nicht mehr aufstehen können.«

»Das ist BSE – Rinderwahnsinn«, erklärte Pieters, »verwandt, aber nicht identisch.« Er stand auf, trat an ein Bücherregal und zog ein Buch heraus. »Das erste bekannte Opfer von CJD in Europa hieß Bertha Elschker, ein Dienstmädchen in einem Kloster in Breslau.« Er schlug das Buch auf, blätterte ein paar Seiten hin und her, dann las er vor: »Im Juni 1913 erlitt Bertha Elschker einen Zusammenbruch. Man brachte sie in die dortige Universitätsklinik, die von dem berühmten Neurologen Alois Alzheimer geleitet wurde. Einer von Alzheimers Assistenten, ein junger Arzt namens Hans-Gerhard Creutzfeldt, hielt die Krankengeschichte der dreiundzwanzigjährigen Waise fest. Etwa einen Monat zuvor hatte sich ihr bis dahin freundliches Wesen ganz plötzlich verändert. ›Sie wollte auf einmal weder essen noch baden‹, notierte Creutzfeldt. ›Sie achtete nicht mehr auf ihr Äußeres, wurde schmutzig und nahm seltsame Körperhaltungen ein‹. Drei Tage, bevor er sie zu sehen bekam, ›schrie sie plötzlich, ihre Schwester sei tot, es sei ihre Schuld, sie sei vom Teufel besessen und wolle sich opfern‹.«

»›Diese Veränderungen hätten erste Anzeichen einer Geisteskrankheit sein können‹«, las Pieters weiter vor, wobei er das Buch dicht unter den grünen Glasschirm der Schreibtischlampe hielt, »aber Berthas verwirrter Gesichtsausdruck, ihr albernes Kichern, das Augenzwinkern und der unsichere Gang zeigten nach Creutzfeldts Ansicht ganz eindeutig, dass sie an einer schweren körperlichen Schädigung des Gehirns litt. Der junge deutsche Arzt untersuchte die ausgemergelte Frau und stellte bebende Gesichtsmuskeln, unkontrollierte Zuckungen der Arme, anomale Reflexe, eine verzerrte Sprache und unmotivierte Ausbrüche von Gelächter fest. Ihr körperlicher Zustand verschlechterte sich zusehends. Mehrere Tage lang schrie sie ununterbrochen, und an anderen Tagen verharrte sie in völliger Starre. Ihre letzten Tage beschreibt er so: ›Am 6. August findet ein epileptischer Anfall statt, gegen Abend ein zweiter Anfall. An den folgenden Tagen liegt die Patientin zuckend da. Während der letzten Stunden nimmt der Stupor zu, das Schluckvermögen ist beeinträchtigt. Der Tod tritt am 11. August im Status epilepticus ein.‹ Nachdem Bertha gestorben war, nahm Creutzfeldt eine Obduktion vor und untersuchte ihr Gehirn. Dort stieß er auf umfangreiche Schäden, fand aber keine Entzündung. *Irgendetwas* hatte Millionen Gehirnzellen absterben lassen.«

Pieters klappte das Buch zu und stellte es an seinen Platz im Regal zurück. »Etwa zur gleichen Zeit stellte ein Kollege von Creutzfeldt, Doktor Alfred Jakob in Hamburg, bei einigen seiner Patienten ähnliche Symptome fest und kam zu dem gleichen Obduktionsbefund.« Er runzelte die Stirn. »Auch die beiden Fore-Frauen zitterten unkontrolliert, ihre Arme und Beine wurden von ständigen Zuckungen geschüttelt. Soweit ich das beurteilen konnte, waren sie bei klarem Verstand, aber wenn sie zu sprechen versuchten, klang es wie das Lallen eines Betrunkenen. Immer wieder verzogen sie die Gesichter zu einem sinnlosen Grinsen, das der Beamte des Gesundheitsdienstes in seinem Bericht als ›pathologisches Lachen‹ bezeichnet hatte. Als die Presse in Sidney diesen Bericht in die Finger bekam – dieser Teil Neuguineas stand unter australischer Verwaltung –, hatten die Sensationsjournalisten ihren großen Tag. Ab da hieß Kuru in der westlichen Welt *Der lachende Tod*.«

»Der lachende Tod …«

»Die Symptome bei Kuru waren die gleichen wie bei den Verfallskrankheiten des Gehirns, die wir in den westlichen Industrieländern kennen – Parkinson, Alzheimer, multiple Sklerose, CJD, aber keine davon verbreitet sich epidemieartig. Es konnte also sein, dass eine Krankheit, die bei uns erst seit knapp hundert Jahren bekannt ist, dort parallel, aber schon viel früher aufgetreten war. Und – noch faszinierender – die Pidgin-Diagnose der Einheimischen war mindestens ebenso präzise wie unsere moderne medizinische Beurteilung.«

»Was meinen Sie mit Pidgin-Diagnose?«, fragte Van Leeuwen.

»Pidgin ist die Umgangssprache in Neuguinea«, erklärte Pieters, »ein Eintopf aus Englisch, Deutsch, Spanisch, mit ein paar Eingeborenenwörtern als Würze. Am Anfang haben unsere Assistenten, die *dokta bois*, für uns gedolmetscht, aber ich brauchte nicht lange, um Fore zu lernen. Die Medizinmänner des Stamms teilten Kuru in fünf Stadien ein: *kuru laik i-kamap mau*, lautmalerisch nach dem englischen *kuru like he come up now*, was nichts anderes heißen soll als ›Kuru fängt jetzt an‹. Die nächste Phase hieß *wok-about yet* – Englisch: *walkabout yet* – ›Kann noch gehen‹. Dann kam *sindaun pinis* – Englisch: *sit down finish* – für ›Kann nicht mehr gehen‹, gefolgt von *slip pinis* – *sleep finish*: ›Erstarrung‹. Das letzte Stadium nannten sie *klostu dai nau* – das brauche ich wohl nicht zu übersetzen.«

»*Close to die now*«, sagte der Commissaris, inzwischen widerstandslos in die Tiefen des abgenutzten Sessels gesunken. »›Auf der Schwelle des Todes‹. Aber ich verstehe immer noch nicht, was das mit dem ermordeten Jungen im Vondelpark zu tun hat.«

Pieters sagte: »Die beiden Frauen waren nicht die einzigen Kuru-Opfer, die ich in Kainantu zu sehen bekam. Ein paar Tage später brachte man einen siebenjährigen Jungen, der ganz offensichtlich dem Tode nahe war. Er konnte nicht mehr gehen; wenn er sprach, war es unmöglich, ihn zu verstehen; um sich zu erleichtern, suchte er nicht etwa den Abort auf, sondern tat es da, wo er gerade saß oder lag, obwohl er weder an Inkontinenz noch an Durchfall litt. Natürlich musste er gefüttert werden, denn er war mittlerweile auch unfähig, das Essen selbst zum Mund zu führen. Sein Tod war grausam – er konnte nicht mehr schlucken, sodass er gleichzeitig verhungert und verdurstet wäre, hätte ihn nicht vorher eine Lungenentzündung dahingerafft. Er starb mit sieben Jahren, obwohl er – wie alle, die ihn kannten, übereinstimmend berichteten – noch drei Monate vorher laufen, spielen und fröhlich lachen konnte wie jedes andere Kind.«

Pieters schwieg, und Van Leeuwen dachte, dass er ihn jetzt nach den Drogen fragen sollte, damit er ihn von der Liste streichen konnte. Aber der Professor war noch nicht fertig.

»Es war erstaunlich«, sagte er, »wirklich erstaunlich – eine klassisch fortschreitende Alterskrankheit, die sich aber auf Frauen und junge Männer vor der Pubertät zu beschränken schien. Ich nahm mir ein paar *bois*, um die Nachbardörfer zu besuchen. Dort fand ich ganze Gruppen rein äußerlich gesunder junger Steinzeitmenschen, die zitternd und zuckend herumtorkelten, ein hysterisches Grinsen im Gesicht. Das war ein Anblick, den man erst mal verdauen musste.« Der Commissaris stellte sich diesen Anblick vor und dachte, dass es ihm wahrscheinlich ganz gut gelang, denn das Bild vor seinem inneren Auge sah aus, als wäre es von Goya gezeichnet worden: die verrenkten dunklen Gestalten, der Wahnsinn in ihren verzerrten Gesichtern, das irre Grinsen.

Pieters sagte: »Doktor Ahern in Port Moresby, mit dem ich über Funk Kontakt hielt, vermutete, die Krankheit würde durch einen Erreger verursacht und übertragen. Aber eine Virusinfektion verursacht eine Entzündung und Fieber, weil das Immunsystem eine Abwehrreaktion in Gang setzt. Nichts davon bei den Kuru-Opfern. Ich weiß nicht, ob ein Nichtmediziner verstehen kann, was es bedeutet, wenn man in einem solchen Fall keine Entzündung feststellt. Es *müsste* eine geben, aber es gibt keine. Absolut keine!«

Wie wenn man einen Mord untersucht und kein Motiv findet, dachte der Commissaris; es sollte eins geben, weil es immer eins gibt, aber diesmal findet man es nicht.

Das Telefon klingelte, doch Pieters achtete nicht darauf. »Wir kamen zu der Überzeugung, dass wir das Gehirn eines Kuru-Opfers sezieren müssten, denn ganz offensichtlich befand sich dort der Krankheitsherd. Wir mussten uns ein vollständiges Gehirn beschaffen, es konservieren und von Neuguinea via Australien in ein Labor schaffen. Also blieb uns nichts anderes übrig, als mitten im Busch des östlichen Hochlands einen der an Kuru krepierten Fore zu obduzieren und ihm das Gehirn zu entnehmen.«

Nach dem fünften Klingeln gab der Anrufer auf. »Damals kannte ich mich in der Pathologie noch nicht aus und versuchte das Gehirn gleich an Ort und Stelle in Scheiben zu schneiden«, sagte Pieters, »mit dem Ergebnis, dass ich am Ende nur einen einzigen schrecklichen Brei vor mir liegen hatte. Frisches Gehirn, müssen Sie wissen, ist so labbrig wie weiches Rührei. Aber schon beim zweiten Mal – inzwischen hatte ich mich über Funk instruieren lassen – legte ich es gleich nach der Entnahme zwei Wochen lang zum Konservieren in Formalin, bevor ich es in Verbandsmull wickelte und per Buschpilot zum nächsten Flugplatz schickte. Inzwischen fühlte es sich an wie ein weicher Gummiball. Aber auch der Kollege im Labor fand keinerlei Hinweis auf eine Entzündung. Deswegen meinte er, die Ursache für die Erkrankung könnte irgendein Gift sein, mit dem die Fore über ihre Nahrung oder ihre Umgebung in Berührung kamen. Allerdings fand er etwas anderes, oder besser, *ich* fand es, als er mir seine Ergebnisse zukommen ließ.«

Wieder klingelte das Telefon, und diesmal ging der Professor an den Apparat. »Pieters«, meldete er sich knapp. Als er die Stimme am anderen Ende der Leitung hörte, trat ein Lächeln auf sein Gesicht.

»Ja«, sagte er leise, »ja, gut«, bevor er Van Leeuwen den Rücken zuwandte, um sich auf seinen Gesprächspartner zu konzentrieren, »nein, heute nicht mehr, ich bin bald zu Hause.«

Es klang, als spräche er mit einer Geliebten oder mit einem Kind, nur wenige Worte, zärtlich betont. Schließlich sagte er: »Ich dich auch«, und legte auf. Er wandte sich wieder Van Leeuwen zu. »Mein Sohn«, erklärte er. »Wo war ich stehen geblieben?«

»Was haben Sie gefunden?«, fragte Van Leeuwen.

»Wie bitte?«

»In dem Gehirn des toten Steinzeitmenschen, was haben Sie da gefunden?«

»Löcher«, antwortete Pieters. Er betrachtete noch einen Moment lang das Telefon, dann warf er einen Blick auf seine Armbanduhr.

»Damals war ich kein Pathologe. Deswegen habe ich die Löcher bemerkt. Die Zellkörper der Nervenzellen waren durchlöchert wie ein Schwamm. Der Arzt im Labor hatte ihnen keine Bedeutung beigemessen, weil Pathologen einen Widerwillen gegen Leere haben, sie verabscheuen Löcher. Eine Diagnose aus etwas abzuleiten, was *nicht* da ist, verursacht ihnen Albträume. Aber genau das ist das entscheidende Merkmal von Creutzfeldt-Jakob: die Löcher.«

»Ich liebe Löcher«, sagte der Commissaris. »Meine Arbeit basiert geradezu auf Löchern – in einem Körper, in einem Kleidungsstück, in einem Alibi, in einem Zeitablauf. Löcher sind das, wonach ich als Erstes suche.« Er hielt inne, denn deswegen war er nicht hier. »Kuru und CJD führten also zu ähnlichen Gehirnschäden, habe ich Sie da richtig verstanden?«

Pieters wirkte plötzlich geistesabwesend. »Mit dem einen Unterschied: CJD befällt hauptsächlich ältere Menschen über vierzig, das durchschnittliche Todesalter liegt bei sechzig. Kuru raffte häufig schon Kinder dahin. Symptome und Verlauf waren bei Kuru immer gleich. Bei CJD dagegen haben wir die ganze Palette, von Gleichgewichts- und Koordinationsstörungen über Erblinden und Persönlichkeitsveränderungen, die bis zum Wahnsinn führen. CJD ist sozusagen eine Symphonie, Kuru dagegen nur eine hübsche kleine Melodie.«

Wie um dieses Bild zu illustrieren, summte der Professor vor sich hin – Bruchstücke einer Melodie, die Van Leeuwen bekannt vorkam, ohne dass ihm einfiel, woher.

»Trotzdem«, unterbrach Pieters sich selbst, »es gab noch immer keine Antwort auf die Frage nach der Ursache. Welche Verbindung bestand zwischen den beiden rätselhaften Gehirnkrankheiten? War es die Art, wie sie übertragen wurden? Bei CJD gibt es verschiedene Wege, zum Beispiel durch menschliches Gewebe, etwa bei der Verpflanzung von Haut, Knochen, Knochenmark, Blutgefäßen, Nerven, Hirnhaut oder ganzen Organen. Bloß dass die Fore noch nie von Transplantationen gehört hatten. Und wenn sie in den Krieg gegen einen Nachbarstamm zogen, kämpften sie zwar mit Keulen, Speeren, Steinäxten oder Pfeil und Bogen, aber eine Ansteckung am offenen Wundgewebe eines Feindes konnte ebenfalls ausgeschlossen werden.«

Pieters schwieg erneut und summte die Melodie, ein paar Takte nur, die sich, gerade wenn er glaubte, sie wiedererkannt zu haben, Van Leeuwen beharrlich entzogen. Stattdessen sah er die Kämpfer der Fore – halb nackt, mit Kriegsbemalung –, wie sie sich mit Keulen und Äxten auf ihre Feinde stürzten, ihnen klaffende Wunden zufügten. Eine weitere Goya-Zeichnung, dachte er, mit kühnen, zornigen Federstrichen ausgeführt. Schwarz-weiß und von beklemmender Grausamkeit. Dann dachte er noch einmal, *schwarzweiß und von beklemmender Grausamkeit*, und plötzlich spürte er, dass er der Lösung seines Falls auf der Spur war.

So fing es immer an, mit einer Intuition. Irgendwo in diesem Bild versteckte sich der Hinweis auf das, was er suchte. »Sie hatten doch bestimmt einen Verdacht«, sagte er, »oder eine Vermutung, wie Kuru übertragen wurde.«

»Ja«, antwortete der Arzt nach einer langen Pause. »Am Anfang war es eher eine Intuition.«

»Die sich dann bewahrheitet hat.«

»Sonst wäre es ja keine Intuition gewesen«, bestätigte Pieters.

»Die Idee der Intuition setzt voraus, dass man auf die Wahrheit stößt, wenn man einen Weg findet, aus Löchern eine Brücke zum Ziel zu bauen.« Der Commissaris konnte das Gesicht des Arztes nicht mehr erkennen; es war nur noch ein Schattenriss vor dem zugewachsenen Fenster. »Aber wenn ich es Ihnen sage, werden Sie mir wahrscheinlich nicht glauben. Ich habe nur mit sehr wenigen Menschen darüber gesprochen, und selbst von denen hat mir kaum einer geglaubt.«

Van Leeuwen sagte nichts.

»Für einen Anthropologen war es eine sensationelle Entdeckung«, erklärte Pieters, »aber für die meisten Menschen war es so unvorstellbar, dass ihr Verstand sich weigerte, es zu begreifen.«

Van Leeuwen wartete.

Pieters sagte: »Sie dürfen nicht vergessen, ich befand mich in einem der abgelegensten, erst kürzlich erschlossenen Gebiete Neuguineas, im unzugänglichen Hochland, wo die Einheimischen noch immer mit Speeren und Äxten aufeinander losgingen und wo Religion oder Moral, wie wir sie verstehen, unbekannt waren.«

Van Leeuwen schwieg und wartete.

Pieters sagte: »An einem der letzten Abende meines ersten Aufenthalts bei den Fore haben sie vor meinen Augen den Körper einer an Kuru gestorbenen Frau gekocht und ihren Kindern zu essen gegeben. Es handelte sich, wie ich erfuhr, um den üblichen Bestattungsritus.«

Es wurde kühl in Pieters' Büro; auch die Wände waren jetzt zugewachsen mit Schatten. Eine Uhr tickte hinter den Bücherstapeln, aber die Zeit stand still. Das Mobiltelefon in Van Leeuwens Brusttasche vibrierte. Er meldete sich. Er hörte zu, dann sagte er: »Danke, ich bin gleich da.« Er unterbrach die Verbindung. »Ich muss gehen«, sagte er.

23

Die Straße hinter dem Eisenbahnviadukt war mit Holzböcken abgesperrt. An den Böcken hingen orangefarbene Warnleuchten. Dazwischen flatterten fluoreszierende Zellophanbänder mit der Aufschrift *Politie* im Wind. Streifenwagen blockierten die Fahrbahn, ihr zuckendes Blaulicht spiegelte sich auf dem nassen Asphalt. Ein Krankentransporter mit offenen Hecktüren sah aus wie ein weißes Fenster in der Nacht.

Der Commissaris ging auf das Licht zu.

Ein Scheinwerferfahrzeug der Spurensicherung leuchtete den Kanal aus. Die Hochdrucklampen schufen einen grünen Trichter im trüben Wasser. Schwarzer Glanz lag auf den öligen Wellen. Ein leichter Kran der Wasserpolizei dümpelte über dem grünen Trichter.

Der Commissaris ging auf das Licht zu, und wie immer fürchtete er sich vor dem, was er gleich zu sehen bekam, denn ein Leichenfundort in der Nacht war anders als am Tag. Er war aufregender, beunruhigender. Es gab keinen Schatten, das künstliche Licht drang in jede Ecke wie Quecksilber. Es überzog alle Oberflächen, aber es war ohne Wärme. Die Beamten, die den Ort sicherten, wirkten kleiner und verlorener, wenn sie sich um die Leiche scharten. Bei Nacht sah der Körper aus, als wäre er schon immer ohne Leben gewesen. Außer wenn er, wie jetzt, gerade aus dem Wasser gezogen wurde. Dann sah es aus wie eine Geburt; als würde eine Leiche geboren.

Ein Agent der Schutzpolizei trat dem Commissaris in den Weg, erkannte ihn und ließ ihn passieren. »Guten Abend, Mijnheer.« Van Leeuwen ging durch das schattenlose Licht zum Hafenbecken, wo Hoofdinspecteur Gallo und Inspecteur Vreeling die Taucher bei ihrer Arbeit als Geburtshelfer beobachteten. »Ist es Deniz?«, fragte er.

Gallo sagte: »Auf alle Fälle ist es ein Junge.«

»Wer hat ihn gefunden?«

»Der Skipper einer Motoryacht«, antwortete der Hoofdinspecteur.

»Er saß auf Deck, mit seiner Frau, und als es kühl wurde, hat sie sich umgezogen. Dabei ist ihr Bikinioberteil ins Wasser gefallen. Er holt einen Kanthaken, sie hält die Stablampe, um ihm zu leuchten, und sie entdecken den Bikini und darunter eine Leiche. Die Fische hatten da schon das meiste von seinem Gesicht –«

»Aber es ist nicht sicher, dass es sich um Deniz handelt?«, unterbrach Van Leeuwen ihn.

»Nein, sicher ist nur, dass die Frau des Skippers den Schreck ihres Lebens gekriegt hat, und dass ihrem Mann nicht nur die Yacht gehört, sondern auch ein Verlag und ein paar Zeitungen. Schmierblätter. Rate mal, welche.«

»Das heißt, gleich wimmelt es hier von Reportern, und auf den Hoofdcommissaris müssen wir auch nicht mehr lange warten«, warf Inspecteur Vreeling ein. Dann deutete er auf den grünen Trichter im Wasser. »Da kommt unser Frühchen.«

Zwei Taucher hievten einen schmalen Körper an die Oberfläche.

Im weißen Licht der Scheinwerfer schimmerte der tote Junge wie Elfenbein. Wasser strömte in glitzernden Fäden aus den Ohren, den Augen und dem klaffenden Loch unter dem Gaumen. Es war kein Blut zu sehen, denn es gab im ganzen Gesicht kein Fleisch mehr, das bluten konnte.

»Scheiße«, murmelte Gallo.

Van Leeuwen spürte, wie sich die Haut auf seinem Rücken zusammenzog. Plötzlich war ihm eiskalt, als würde ihm auf einen Schlag alle Körperwärme entzogen. Die Taucher schwammen mit dem Toten zur Kanalmauer, wo die Sanitäter eine Trage zu ihnen hinunterließen. Die Taucher legten den Jungen auf die Trage. Er war nackt, und seine Beine baumelten wie die einer Marionette, als hätte er keine Knochen.

»Wo ist sein Schwanz?«, fragte Vreeling. »Ich seh seinen Schwanz nicht.«

»Vielleicht hatte er keinen«, sagte Gallo.

»Wo sind seine Kleider?«, fragte Van Leeuwen. »Kleider hatte er doch, oder?«

»Da unten im Kanal hatte er sie jedenfalls nicht an«, erklärte Vreeling, nachdem er Rücksprache mit den Tauchern gehalten hatte. Selbst auf die Entfernung konnte der Commissaris die Einstichstellen an den dünnen Armen des Jungen sehen, schwärzlich in der bleichen Haut. Das hätte nicht sein müssen, dachte er; das alles hätte nicht sein müssen. »Was ist mit seinen Beinen los? Es sieht aus, als wären sie gebrochen.«

»Seine Füße waren festgeklemmt«, sagte Gallo. »Vielleicht hat er versucht, sich zu befreien, sie herauszuziehen, und hat sich dabei die Beine gebrochen.«

»Das würde bedeuten, dass er noch am Leben war, als er ins Wasser geworfen wurde«, sagte Van Leeuwen. »Wie viele Leute kennst du, die ohne Gehirn leben können?«

»Nur in Amsterdam?«, fragte Gallo.

»Lass mir eine Kopie vom Bericht des Pathologen zukommen«, sagte Van Leeuwen. »Und sorg dafür, dass die Gegend hier Millimeter für Millimeter abgesucht wird, jede Mülltonne, jeder Container, jede Ecke, jede Toreinfahrt. Er ist zwar nackt auf die Welt gekommen, aber nicht ohne Kleider seinem Mörder in die Hände gelaufen. Alle Gullydeckel müssen überprüft werden und auch der Bereich unten im Gully. Die Taucher sollen den gesamten Kanal –«

»Wie hat man bloß die Mörder gefasst, bevor du den Polizeidienst angetreten hast«, sagte Gallo. »Soll ich auch noch nach

Zeugen suchen lassen, die den Jungen oder den Mörder oder die Tat selbst beobachtet haben könnten?«

»Entschuldige«, sagte Van Leeuwen. »Das ganze Adrenalin … Aber vielleicht hat er diesmal seine Waffe hinterher weggeworfen. Es könnte ein Knüppel sein, vielleicht auch eine Keule oder sogar eine Axt. Vorausgesetzt natürlich, Deniz wurde hier angegriffen und der Mörder musste ihn niederschlagen. Vielleicht findet ihr Blut – Deniz hat sich möglicherweise gewehrt und ihm im Todeskampf eine Verletzung zugefügt …«

»Glaubst du, er war es?«, fragte Gallo. »Dein Erfinder?«

»Ja.« Der Commissaris sah zu, wie der Junge aus dem Wasser gehoben und auf der Kaimauer abgelegt wurde. »Aber inzwischen bin ich nicht mehr sicher, ob es sich um einen Erfinder handelt. Jedenfalls nicht um einen Erfinder im klassischen Sinn. Es kann sein, dass der Täter gar nicht weiß, dass er etwas erfunden hat. Oder dass es für uns nur wie eine Erfindung aussieht, aber woanders gab es das schon immer.«

Jetzt, wo die Leiche geborgen war, wirkte sie wie ein Magnet. Alle, die an der Kanalmauer gestanden und zugesehen hatten, wie sie aus dem Wasser geholt worden war, drängten sich nun um die Trage, die Fotografen der Spurensicherung, die Sanitäter. Der Arzt beugte sich über den dünnen Körper mit den merkwürdig verkrümmt daliegenden Beinen.

Auch der Commissaris und seine Offiziere näherten sich dem toten Jungen. »Ist er das?«, fragte Gallo. »Ist das Deniz Aylan?«

»Wer soll es sonst sein?«, fragte Vreeling.

»Wenn er es nicht ist, haben wir die Pest in Amsterdam«, sagte Van Leeuwen. In dem Licht, das keine Schatten warf, ging von dem Anblick des kahlen Schädels mit dem fehlenden Unterkiefer nur ein abstrakter Schrecken aus; Knorpel, Zähne und Höhlen wirkten künstlich. »Wie lange ist er schon tot?«

»Hat er noch gelebt, als er in den Kanal geworfen wurde?«, fragte Gallo.

Der Arzt drehte den Schädel vorsichtig hin und her, fuhr mit tastenden Fingern über die Schläfen, die Stirn und den Hinterkopf, spähte in die klaffende Gaumenhöhle.

»Ich muss mich korrigieren«, sagte er. »Sie hatten Recht, Commissaris. So etwas tut nicht jeder, nicht mal in Amsterdam.« Er richtete sich wieder auf und schluckte mehrmals. »Aber *wer* tut so etwas?«

Gallo sagte: »Die gebrochenen Beine … Könnte es sein, dass er versucht hat, sich –«

»Warten Sie, bis ich ihn auf dem Tisch habe«, sagte der Arzt. »Dann kann ich Ihnen sagen, wie lange er tot ist, ob er Wasser in den Lungen hat, wann seine Beine gebrochen worden sind und was er vielleicht noch versucht haben könnte und was wahrscheinlich nicht. Vorausgesetzt, der Commissaris besteht nicht wieder darauf, dass der Chef persönlich die Obduktion durchführt.«

»Der Commissaris ist nicht mehr in der Lage, auf irgendetwas zu bestehen«, sagte der Commissaris, dann nahm er seinen Hoofdinspecteur zur Seite. »Da fällt mir noch was ein, Ton. Erinnerst du dich an den Arzt, der bei dir angerufen hat, um sich nach dem Toten im Vondelpark zu erkundigen? Doktor Pieters?«

»Ja.«

»Sieh mal nach, ob der Computer irgendetwas über ihn weiß. Ohne es an die große Glocke zu hängen.«

»Glaubst du, er hat was mit den Morden zu tun?«

»Nein, nein, nicht direkt jedenfalls. Bis jetzt ist es nur ein Verdacht.«

»Ein Verdacht gegen wen?«, fragte der Hoofdcommissaris, der sich von hinten genähert hatte, rasierklingendünn und mit seiner metallischen Aura in dem quecksilbrigen Licht so befremdlich schimmernd und blinkend wie ein eben gelandeter Außerirdischer. Er trug seine Ausgehuniform mit allen Litzen und Borten und einen zuammengeschobenen Knirps, den er jederzeit aufspannen konnte, sollte es überraschend zu regnen beginnen. Er griff nach Van Leeuwens Ellbogen und fragte leise: »Hast du dich entschlossen, deine Frau doch ins Heim zu geben, Bruno?«

»Nein.«

»Ich dachte, ich hätte mich klar ausgedrückt.« Der Hoofdcommissaris ließ Van Leeuwens Ellbogen los, wandte sich Gallo zu und bedachte ihn mit einem Stirnrunzeln. »Hast du den Commissaris informiert?«

»Ich habe den Polizeifunk gehört«, sagte Van Leeuwen. »Und wer hat dich informiert?«

»Mich braucht niemand zu informieren«, sagte der Hoofdcommissaris schmallippig. »Wo ist denn Mijnheer DeGruyter – ich meine, der Zeuge, der den Toten gefunden hat?«

»Mijnheer DeGruyter bringt seine Frau nach Hause«, erklärte Gallo. »Aber wie's aussieht, lässt er sich durch seine apokalyptischen Reiter vertreten.«

Vor der Absperrung hielten zwei Wagen mit der Aufschrift *Goedemorgen Nederland* auf den Türen. Vier Männer mit Kameras und Tonbandgeräten sprangen heraus und schoben die Sägeböcke beiseite. Als ein uniformierter Agent sich ihnen in den Weg stellte, wedelten sie mit den eingeschweißten Presseausweisen, die sie an dünnen Lederkordeln um den Hals trugen. Einer der Reporter erspähte Van Leeuwen. »Commissaris!«, rief er. »Mijnheer van Leeuwen! Nur ein paar Fragen! Können Sie uns schon etwas sagen? Gibt es einen Zusammenhang mit dem Toten im Vondelpark? Handelt es sich um eine Mordserie?«

»Ich erledige das«, raunte der Hoofdcommissaris und ging auf die Absperrung zu. »Die Ermittlungen in diesem Fall werden von einer Sonderkommission unter meiner persönlichen Leitung durchgeführt«, erklärte er den Reportern. »Morgen früh hält mein Büro eine Pressekonferenz ab, auf der Sie umfassend über alle Maßnahmen zur Aufklärung dieser Morde und zum Schutz der Bürger Amsterdams informiert werden.«

Aber die Reporter ignorierten ihn und richteten ihre Kameras und Mikrofone weiter auf Van Leeuwen. »Also ist es richtig, dass die Stadt von einem Serienmörder heimgesucht wird? Haben Sie schon eine heiße Spur, Commissaris?«

»Commissaris van Leeuwen ist vom Dienst suspendiert worden!«, rief der Commissaris ihnen und der ganzen Welt zu.

»Stimmt das?!« Jetzt bestürmten die Reporter wieder den Hoofdcommissaris. »Haben Sie Ihren besten Mann beurlaubt, während unsere Kinder von einem Irren abgeschlachtet werden?«

Der Hoofdcommissaris hob abwehrend beide Hände. »Es handelt sich lediglich um eine Verlagerung der Zuständigkeiten innerhalb der Mordkommission. Commissaris Van Leeuwen hat selbst um seine Beurlaubung gebeten, aus privaten Gründen, die unsere Behörde respektieren muss.«

Auch Van Leeuwen trat an die Absperrung und schickte sich an, den Leichenfundort zu verlassen. »Besuchst du deinen Bruder eigentlich manchmal in dem Heim, in dem du ihn untergebracht hast?«, fragte er den Hoofdcommissaris, während er das Signalband hochhob und sich darunter durchschob.

»Sie haben einen Bruder, Hoofdcommissaris?«, fragte einer der Reporter. »Von was für einem Heim hat der Commissaris gesprochen?« Während Van Leeuwen zu seinem Wagen ging, spürte er den Blick des Hoofdcommissaris wie einen Dolch zwischen seinen Schulterblättern. Bei jedem Schritt drang die Klinge tiefer ein.

24

Der Commissaris träumte von Krähen. Die Krähen rotteten sich auf den Feldern zusammen wie Banden von Gassenjungen, und dabei stießen sie ihre schwermütigen, wütenden Schreie aus, bevor sie aufstoben, um in einen düsteren grauen Himmel zu steigen. In seinem Traum stand der Commissaris mitten auf den herbstlich kahlen Feldern. Um ihn herum war die Luft schwarz von flatternden Flügeln. Aber plötzlich waren die Krähen keine Vögel mehr, sondern kleine schwarze Menschen, die mit Äxten und Speeren nach ihm hieben. Sie sprangen auf ihn zu und stießen Krähenschreie aus, während sie ihn von allen Seiten bedrängten.

Die Schreie weckten ihn auf. Der Traum beunruhigte ihn, wie ein Röntgenbild, das eine geheime Krankheit zum Vorschein bringt. Wie die Röntgenbilder von Simones Gehirn, die Professor Terlinden ihm immer wieder gezeigt hatte. Mit hämmerndem Herzen und schwer atmend, lag er eine Zeit lang auf dem Rücken, bis er die Reste des Traums abgeschüttelt hatte.

Er erinnerte sich an die Krähen auf den abgeernteten Feldern rings um Nes, als er klein gewesen war; an ihr Krächzen, das mit dem Ende des Sommers lauter zu werden schien. Er erinnerte sich an die Kartoffelfeuer im Herbst, den beißenden süßen Geruch, der mit dem Rauch über die Äcker zog und den Sonnenuntergang verschleierte. Er erinnerte sich an den ersten Regen nach einem langen heißen August – große warme Tropfen, die auf der trockenen Erde zerplatzten, ehe sie die Ackerfurchen in kleine Bäche verwandelten. Er erinnerte sich an Simone, die auf dem Fahrrad auftauchte, aus dem Regen.

Regen. Keine Regenwälder. Und keine Kopfjäger weit und breit;

keine Krieger mit Keulen und Steinäxten. Die westliche Zivilisation hat ihre Vorteile, dachte Van Leeuwen. Dann dachte er, dass vielleicht nur *er* es so sah und dass Kids wie Kevin, Deniz, Esther oder Tic ganz anderer Meinung waren. Und vielleicht war sogar Professor Pieters nicht dieser Meinung. Der Commissaris war sicher, dass Pieters den Jungen im Vondelpark nicht ermordet hatte, sonst hätte er sich anders verhalten. Aber es gab eine Verbindung zwischen ihm und dem Fall – ein Missing Link, von dem der Anthropologe vielleicht selbst nicht einmal wusste.

Die Drogen waren es jedenfalls nicht, auch das wusste Van Leeuwen intuitiv. Bei seinem Aufbruch hatte er danach gefragt, weil es zu seiner Arbeit gehörte, aber ohne großen Nachdruck, und Pieters' Antwort – »ja, natürlich habe ich mit chemischen Substanzen zu tun, aber ich führe genau Buch darüber, wem ich was verabreicht habe, auch in welcher Dosierung und wann« – hatte der Commissaris zu Protokoll genommen.

Am naheliegendsten wäre es gewesen, Pieters zu fragen, ob er sich vorstellen konnte, dass ein Fore Kevin ermordet haben könnte, aber die Vernunft hatte Van Leeuwen davon abgehalten. Er konnte ihm diese Frage immer noch stellen, wenn er anders nicht weiterkam. Bis jetzt wusste er nicht einmal, ob Pieters die Geschichte nicht von A bis Z erfunden hatte, um sich zu amüsieren – ein Puzzle, das er vor einem aufdringlichen Polizisten ausbreitete, während er Bruchstücke einer halb vertrauten Melodie summte.

Was war das bloß für ein Lied gewesen?

Van Leeuwen warf einen Blick auf die Digitalanzeige des Radioweckers auf dem Nachttisch. Kurz nach vier, eigentlich schon Morgen. Morgen. Er traute dem Wort nicht mehr. Seit er die Briefe gefunden hatte – vor allem aber, seit er suspendiert worden war –, suchte er eine neue Bedeutung dafür. Es war kein Gerüst mehr, versprach keinerlei tröstliche Routine. Nichts Verlässliches oder Vertrautes lag darin. Er musste es noch mit neuen Gewohnheiten auspolstern. Alltäglichkeiten, an denen er sich wie an einem

Dienstplan orientieren konnte, mit etwas Besonderem hier und da.

Erst jetzt fiel ihm auf, dass er seit Tagen nicht mehr von dem brennenden Kind geträumt hatte. Aber er sah schon den nächsten Traum: ein elfenbeinweißer Junge, der aus dem Wasser gezogen wird, immer wieder, ohne Gesicht.

Er hatte nur zwei Stunden geschlafen, aber er war nicht mehr müde. Er stand auf und ging auf die Toilette und anschließend im Morgenrock in die Küche, um sich Kaffee zu kochen. Danach suchte er sein Abeitszimmer auf, wo er in den *Caprichos* Goyas zu blättern begann, bis er zu den Skizzen des napoleonischen Eroberungsfeldzugs durch Spanien gelangte.

Die Soldaten, die mit Bajonetten aufeinander einstachen wie mit Speeren. Der Pöbel, der mit Äxten und Keulen auf Verwundete losging, Schädel zertrümmerte, Gliedmaßen abtrennte. Die verrenkten Körper der Toten, einer auf Knien, mit angezogenen Beinen. An den Ästen knorriger Tamarinden baumelnde Gehängte, aus denen Blut troff wie Wasser. Und die Ärzte, die aussahen wie Esel, überheblich und ratlos zugleich.

Der Commissaris schob den aufgeklappten Goya-Bildband aus dem Lichtkreis der Schreibtischlampe und griff nach dem Bericht des Pathologen, den er bereits zweimal vor dem Schlafengehen gelesen hatte. Der Bericht war nüchtern und klar und enthielt sich jeglicher Spekulation, was seinen Inhalt noch erschreckender wirken ließ.

Der Körper des toten Deniz Aylan wies mehrere Verletzungen auf: einen Riss im Hinterhauptbein, der von einem heftigen Schlag auf den Schädel herrühren konnte, ausgeführt von einem Angreifer, der ebenso groß oder kleiner als das Opfer sein musste; gesplitterte Schläfenbeine, wo der Unterkiefer herausgebrochen und entfernt worden war; eine große, fast kreisrunde Öffnung im Gaumen; außerdem ein Gebissabdruck am rechten Oberarm, dicht an der Schulter.

Die Wahrscheinlichkeit, dass zwei Gebisse einander gleichen, ist nicht größer als 1:2,5 Billionen, schrieb der Pathologe. *Im vorliegenden Fall erleichtert eine eindrucksvolle Lücke zwischen den oberen Schneidezähnen die Identifikation zusätzlich (s. Anlage 1). Es hat den Anschein, als hätte das Opfer sich nach dem Schlag auf den Hinterkopf noch heftig gewehrt und wäre im Verlauf eines Kampfes gebissen worden.* Anlage 1 war ein Foto der Zahnabdrücke am Körper des toten Jungen.

Weitere Besonderheiten, die auf einen Kampf hindeuteten: mikroskopisch kleine Mengen von Blut der Gruppe B (nicht identisch mit der des Opfers) und winzige Hautpartikel unter den Fingernägeln. Die Farbe der Partikel war dunkelbraun, fast schwarz, trotz einer Beschichtung durch Kokosnussöl und Kalk.

Die Genitalien des Jungen waren abgeschnitten worden. Die Nieren fehlten, die Entnahmewunden wiesen umfangreiche Spuren von Fischbissen auf. Beide Oberschenkelknochen waren zertrümmert, als hätte man mit einer Axt auf die Beine eingeschlagen. In den Venen gab es Einstiche von Injektionsnadeln und Schnitte, die wahrscheinlich – so vermutete der Pathologe – mit der Absicht angebracht worden waren, das Blut aus dem Körper abzulassen, *das ganze* Blut.

Wer tut so etwas, dachte der Commissaris; warum tut jemand so etwas?

Außerdem befanden sich an den Fingern des Opfers Spuren wetterresistenter Acrylfarbe, zinnoberrot. Aufgeschürfte Knie und Schienbeine. Kein Wasser in den Lungenflügeln. Als das Opfer in den Kanal geworfen wurde, musste es schon tot gewesen sein, denn natürlich konnte ihm keine der Wunden von den Fischen beigebracht worden sein, die ansonsten seinen Schädel von innen säuberlich leer gefressen und anschließend außen weitergemacht hatten. *Nota bene: Der Exitus ist allerdings schon Tage vorher eingetreten, und zwar aufgrund eines Bruchs der Halswirbel zwischen dem …*

Eine Fundgrube, dachte Van Leeuwen; dieser Bericht ist die reinste Fundgrube. Warum war der Mörder diesmal so unvorsichtig gewesen? War es ihm egal, ob er gefasst wurde? *Wollte* er gefasst werden? Oder wusste er nicht, über welche Methoden der Täterermittlung die Polizei heutzutage verfügte, weil es dort, wo er herkam, gar keine Polizei gab? *Oder* – noch ein *Oder*, das beängstigendste *Oder* – wusste er einfach nicht, dass es ein Verbrechen war, Menschen zu töten?

Der Commissaris klappte den Bericht zu, legte ihn beiseite und nahm sich die Ergebnisse der Spurensicherung vor, die Gallo ihm auch zugeschickt hatte. Die Beamten hatten den Abdruck eines Schuhs am Ufer des Westerkanaals gefunden, genau genommen hatten sie die Abdrücke mehrerer Schuhe am Kanal gefunden, aber nur einer der Abdrücke hatte durch die Berührung mit dem feuchten Untergrund Spuren von getrocknetem Blut zurückgelassen, und zwar Blut der Gruppe AB positiv, was der Blutgruppe des Opfers entsprach. Außerdem gab es Schleifspuren von Gummisohlen, die, ergänzt durch das Muster der Sohle, zu Turnschuhen der Marke *Puma* passten, Größe 6.

Das wird immer besser, dachte der Commissaris. Bevor er weiterlas, sortierte er die Informationen, legte sie an die Stelle des Puzzles, wo sie hingehören konnten. Wo sie ins Bild passten. Er starrte auf das Bild, das durch die dürren Worte der Berichte schimmerte, er sah es stärker und farbiger werden, und dann war er selbst da, in dem Bild. Nicht am Kanal, denn dort hatte sich der Mord nicht ereignet. Er war unterwegs vom Barentszplein in die Stadt. Vielleicht nahm er die Galgenstraat, und etwas in ihm dachte, wie passend, wie unheimlich zutreffend der Name der Straße für das war, was hier gleich geschehen würde.

Die Spuren zinnoberroter Acrylfarbe an den Fingern von Deniz Aylan brachten den Commisaris an diesen Ort, denn er erinnerte sich an einen anderen Bericht, den Hoofdinspecteur Gallo von ihrem Besuch im Abbruchhaus verfasst hatte: die Liste der unter dem Dach vorgefundenen Habseligkeiten des Jungen, darunter ein Rucksack mit einer kompletten Sprayerausrüstung.

Den Rucksack trug er jetzt auf dem Rücken, als er Deniz Aylan war und die Straße entlangstapfte, bei Nacht, um unbemerkt zu bleiben, vor allem von den Polizisten, die vor dem Haus Wache hielten. Er war durch die Hinterhöfe gelaufen, hatte einen Bogen geschlagen. Er brannte darauf, die Spraydosen rauszuholen und loszulegen, sein Werk auf einer Wand zu hinterlassen, wo vorher nichts gewesen war, leerer Raum, weiße Fläche. Deswegen ging er schnell, weil er anfangen wollte und weil das Zeug, das er sich gespritzt hatte, nicht ewig vorhielt.

Er hatte keine Angst, er hatte nie Angst, wenn er flog, warum sollte er sich also umschauen? Jemand folgte ihm, aber das spürte er nicht. Er hörte auch nichts, keine Schritte, kein Atmen hinter sich, und falls er doch etwas hörte, kümmerte es ihn nicht. Es konnte alles sein, jeder Laut konnte alles sein, der Wind, das Wasser, das gegen das Schanzkleid eines Hausboots schwappte, das Knarren von Segelmasten.

Er suchte eine Stelle, wo ihn niemand sehen konnte, aber sie durfte nicht zu weit weg sein. Dachte er an Kevin, seinen Freund? Vielleicht, aber Kevin war woanders getötet worden, fast auf der anderen Seite der Stadt. Von jemandem, den er kannte, dem Doktor? Deniz kannte niemanden, und niemand wusste, wo er wohnte, außer Robbie.

Er ging vielleicht in Richtung Eisenbahnviadukt, weiter nicht, denn gleich wurde er ja überfallen und getötet, und der Mörder konnte ihn nicht durch die halbe Stadt transportieren. Er konnte ihn nur irgendwo verstecken, ganz in der Nähe, wo er dann in sein Blut trat. Doch noch war es nicht so weit, noch lebte Deniz. An seinen Fingern klebte auch noch keine Acrylfarbe, denn der Bericht des Pathologen ließ keinen Zweifel daran, dass sich das Blut der Gruppe B und die Farbe zur selben Zeit unter den Fingernägeln festgesetzt hatten.

Aber das wusste Deniz natürlich nicht, genauso wenig wie er wusste, dass der Mörder mit der Blutgruppe B ihm folgte. Er folgte ihm von der Straße in eine Seitengasse oder in die dunkle Unterführung des Viadukts, wo Deniz seine Spraydosen auspackte und im Licht einer batteriebetriebenen Lampe anfing zu sprühen, zinnoberrot auf die Wand. Da traf ihn, jählings, mit niederschmetternder Gewalt, der Schlag auf den Hinterkopf.

Benommen ging er in die Knie, drohte das Bewusstsein zu verlieren. Aber dann kam er wieder hoch. Er starrte in ein verzerrtes Gesicht, grauweiß, Kokosöl und Kalk, weit aufgerissene Augen, die Zähne gefletscht und eine Lücke zwischen den Schneidezähnen. Er schlug um sich. Er stieß und kratzte, er biss vielleicht.

Der Commissaris wechselte die Perspektive, versetzte sich in den Mörder, der überrascht war angesichts der Gegenwehr. Er war dem gefährlichen Jungen von dessen Haus aus gefolgt, unhörbar, in sicherem Abstand. Er hatte lange auf eine Gelegenheit gewartet, ihn töten zu können, allein, ohne Zeugen und in der Nacht. Er trug Turnschuhe der Marke *Puma*, in denen er so lautlos laufen konnte, als wäre er barfuß. Er trug wahrscheinlich kurze Hosen, vor allem aber einen leichten Staubmantel, unter dem nicht auffiel, wie eigenartig er in seiner Bemalung aussah; den Mantel ließ er erst fallen, wenn er zuschlug.

Unter dem Mantel umklammerte er seine Keule. Der Junge, der bald sterben musste, ging schnell, aber es bereitete dem Mörder nicht die geringste Mühe, ihm zu folgen. Selbst in der Dunkelheit verlor er ihn nicht aus den Augen. Außerdem war es nicht wirklich dunkel, der Mond schien, genau wie zu Hause, auf der Insel, im Hochland von Kainantu.

Warum muss ich dich töten?, frage sich der Commissaris. Was für eine Gefahr stellst du für mich dar? Warum musste auch Kevin sterben? Warum ist mein Modus Operandi beim zweiten Mord anders als beim ersten? Warum raube ich diesmal außer deinem Gehirn auch deine Nieren? Warum schneide ich dir die Genitalien ab? Was mache ich damit? Warum breche ich dir beide Oberschenkelknochen und lasse das Blut aus deinen Venen fließen? Was bedeutet diese Anordnung der Verletzungen für mich?

Das Telefon klingelte. Es riss den Commissaris aus seinen Gedanken, aber er fand nicht sofort zurück in die Wirklichkeit. Es war halb sechs. Er stand langsam auf und ging zum Apparat in der Diele. Er streckte die Hand nach dem Hörer aus, hob aber nicht ab. Es hat noch einen gegeben, dachte er, noch einen Mord. Warum sollte sonst jemand anrufen, um diese Zeit? Wer ist es diesmal? Esther, Tic, Robbie? Er fürchtete sich vor der Stimme am anderen Ende der Leitung, vor dem, was sie zu sagen hatte. Er hob ab. »Ja«, meldete er sich schroff.

»Commissaris, habe ich Sie geweckt?«

Erleichtert lehnte er sich gegen die Wand. »Brigadier Tambur, was fällt Ihnen ein, wollen Sie mich umbringen?«

»Manchmal auch das«, sagte Brigadier Tambur. »Aber jetzt wollte ich mich nur erkundigen, wie es Ihnen geht.«

»Wie Edgar Allan Poe, als er schrieb: *Im eigentlichen Sinn bleibt denn auch ein jegliches Verbrechen ohne Klärung.*«

»Wer ist denn dieser Poe?«, fragte Julika. »Schreibt der für eins von DeGruyters Schmierblättern?«

»Wieso sind Sie schon auf?«, fragte Van Leeuwen.

»Ich kann nicht schlafen, und ich dachte, Sie würden gern wissen, dass der Hoofdcommissaris heute im Frühstücksfernsehen auftritt. Ich schau's mir jedenfalls an. Außerdem wurden wir von der Pressestelle vorgewarnt, dass DeGruyter heute eine Extraausgabe an die Zeitschriftenstände bringt, mit sämtlichen Einzelheiten über den Stand unserer Ermittlungen.«

»Woher weiß die Presse denn davon?«

»Mijnheer, seit Sie nicht mehr da sind, sickern die Informationen aus dem Büro der Sonderkommission wie Wasser aus einer Gießkanne. Von uns gehört übrigens nur Hoofdinspecteur Gallo der Kommission an.«

»Wenn es sonst nichts gibt, würde ich jetzt gern wieder schlafen gehen«, sagte der Commissaris.

Julika sagte nichts, Van Leeuwen hörte sie nur leise atmen.

Dann fragte sie: »Wie schaffen Sie das alles? Wie werden Sie damit fertig?« Die Frage traf ihn unvorbereitet; er hatte nicht damit gerechnet, sie gehörte auch nicht hierher. »Ich klappe das Buch zu«, sagte er trotzdem.

»Das verstehe ich nicht.«

Er sagte: »Es ist, als ob man am Abend ein Buch liest und nicht darauf achtet, dass das Licht schwächer wird. Man hält inne, weil es etwas mühsam wird, und plötzlich merkt man, dass das Licht verschwunden ist. Es ist dunkel geworden, und wenn man wieder ins Buch schaut, kann man nichts mehr entziffern, und der Text hat keinen Sinn mehr.«

»Ich sehe am Abend immer fern«, sagte Julika. »Zum Lesen habe ich keine Kraft mehr.«

»Dann kaufen Sie sich einen *Panasonic*.«

»Hab schon einen. Von Inspecteur Vreeling.«

»Läuft da was zwischen Ihnen und dem Inspecteur?«

»Nein, und mit Hoofdinspecteur Gallo auch nicht. Remko kann billig an die Dinger kommen, irgendwas in seiner Verwandtschaft. Na gut, ich weiß, ich setz mich jetzt in die Nesseln, und es geht mich auch nichts an, aber wenn Sie sich *und* Ihrer Frau helfen –«

»Ich soll sie in ein Heim geben, ich weiß«, sagte Van Leeuwen müde und zu seiner eigenen Überraschung gar nicht aufgebracht. »Aber das wäre, als würde ich ihr das Buch ganz wegnehmen.«

»Darf ich offen sprechen, Mijnheer?«

Van Leeuwen schwieg; lieber nicht, dachte er.

Julika sagte: »Ich kenne wahrscheinlich die Texte von sämtlichen traurigen Liedern der Welt auswendig. Ich weiß, wie viele Wodka auf Eis ich aus einer 0,7-Liter-Flasche *Moskowskaja* quetschen kann und nach dem wievielten die Lieder noch trauriger klingen, aber ich weiß auch, wann ich mein Gewissen auf Automatik stelle und mir hole, was gut für mich ist.«

»Mein Gewissen hat keinen Autopilot«, sagte Van Leeuwen.

»Und ich trinke nicht.« Erstaunt stellte er fest, dass er in der Tat seit Tagen keinen Tropfen mehr getrunken hatte, als wäre er in eine entscheidende Phase seines Lebens getreten, die er unbedingt bei klarem Kopf durchlaufen wollte.

»Er traut niemandem, jetzt schon gar nicht mehr«, sagte Julika.

»Er verstellt sich nicht. Er verträgt keine Lügen, und er will keine Schonung. Seine Worte sind hart, aber sein Herz ist weich. Er verletzt einen dauernd, obwohl er es nicht will. Zweifel sind ihm fremd. Er ist launisch und unberechenbar. Er lebt am liebsten für sich, versucht nie, einen Vorteil für sich herauszuschinden oder etwas abzustauben. Seine Würde geht ihm über alles. Er verachtet die Menschen nicht, was ein Wunder ist, wenn man bedenkt, was er alles schon gesehen hat. Aber wenn man ihm zu nahe kommt, muss man sich vorsehen, und wenn man ihn angreift oder das, woran er glaubt, wird er zum Berserker.«

»Was ist das?«, fragte Van Leeuwen.

»Das ist aus einem Schulaufsatz mit dem Titel *Mein Chef*. Was ich eigentlich meine, ist: Wenn Sie wollen, helfe ich Ihnen beim Suchen und –«

»Danke, Mevrouw, Sie sollten jetzt nicht weiterreden.« Er legte auf, und als er sich umdrehte, sah er Simone im dunklen Wohnzimmer stehen.

»Bruno?«, fragte sie besorgt. »Bruno?«

»Ja.«

»Muss telefonieren …«

»Wen willst du denn jetzt anrufen?«

»Weiß nicht. Telefon hat geklingelt.« Sie begann vor sich hin zu summen, die Fetzen irgendeines Liedes, das aus den Nebeln der Vergangenheit den Weg zu ihr gefunden hatte.

»Komm, ich bringe dich wieder ins Bett. Wir wollen schlafen gehen.«

»Gut. *Andiamo*.« Sie summte weiter, als er sie zum Schlafzimmer führte, wo sie in der Zwischenzeit das Bett abgezogen hatte. Die Bettwäsche lag, zu einem bleichen Haufen getürmt, in der Mitte des Zimmers auf dem Teppich. Wie lange noch, dachte er; *wie lange noch*?

»Warum hast du das gemacht?«, fragte er, plötzlich bebend vor Wut. »Was hast du dir dabei gedacht?! Was summst du da überhaupt die ganze Zeit?«

»*Penny Lane*«, sagte sie mit der klaren, gesunden Stimme, die sie manchmal hatte, der Stimme aus einer anderen Zeit.

Van Leeuwens Zorn löste sich in Rauch auf, so plötzlich, wie er gekommen war. Das war es, das war das Lied, das auch Professor Pieters gesummt hatte – *Penny Lane*. *Was für ein Zufall*, dachte er – was für ein Zufall … wenn man an Zufälle glaubte.

25

Um halb sechs schaltete Van Leeuwen den Fernseher ein, um den Hoofdcommissaris in *Goedemorgen Nederland* zu sehen. Der Auftritt übertraf seine schlimmsten Befürchtungen.

Zu Beginn hielt der Moderator die in grellem Rot auf tiefschwarzem Grund gestaltete Sonderausgabe einer Boulevardzeitung in die Kamera. »Mit diesem vierseitigen Sonderdruck, den die Redaktion von *Het Parool* in Zusammenarbeit mit der Polizei von Amsterdam veröffentlicht hat und millionenfach im ganzen Land verteilen lässt, wird die Öffentlichkeit heute zur Mithilfe bei der Aufklärung einer Mordserie von beispielloser Grausamkeit aufgerufen!« Nach einer Pause, deren Länge der Dramatik seiner Ankündigung entsprach, verkündete er: »Noch nie hat auf den Straßen unserer Stadt ein Mord so viel Angst und Schrecken ausgelöst wie die Blutorgie, die ein bisher unbekannter Täter an den beiden minderjährigen Jungen Kevin van Leer und Deniz Aylan verübt hat. Und noch nie vorher war die Polizei so hilflos. Unser Gast im Studio ist heute Hoofdcommissaris Jaap Joodenbreest vom Hoofdbureau van Politie. Guten Morgen, Mijnheer Joodenbreest.«

Der Hoofdcommissaris saß in seiner dunkelblauen Uniform auf einer schwarzen Couch, die Beine übereinandergeschlagen: eine Studie in monochromer Gelassenheit. »Guten Morgen, Mijnheer Loosen. Nun, als Erstes –«

»Stimmt es«, unterbrach ihn der Moderator, »dass Sie einen Ihrer fähigsten Mitarbeiter, Commissaris Bruno van Leeuwen, schon vor dem zweiten Mord von diesem Fall abgezogen haben?«

»Nun, lassen Sie mich zuerst anmerken, dass die Polizei keineswegs so hilflos ist, wie Sie es eben dargestellt –«

»Aber es stimmt doch, dass Sie Commissaris Van Leeuwen beurlaubt haben, einen Beamten, der – korrigieren Sie mich, wenn ich mich irre – im Lauf seiner verdienstvollen Tätigkeit für die Amsterdamer Polizei achtzehn Morde aufgeklärt hat?«

»Nun, es war von vornherein gar nicht Mijnheer van Leeuwens Fall«, sagte der Hoofdcommissaris. »Er hat die Ermittlungen gewissermaßen an sich gerissen und leider auch, um ein Bild aus dem Fußball zu bemühen, bei der Aufstellung seiner Mannschaft keine glückliche Hand bewiesen –«

»Haben Sie Ihre Entscheidung mit dem Bürgermeister abgestimmt?«

»Dazu bestand nicht die geringste Veranlassung«, entgegnete der Hoofdcommissaris unruhig; seine Gelassenheit bröckelte. »Es handelte sich um eine normale polizeiinterne Maßnahme, wie sie jeden Tag vorkommt. Es musste etwas getan werden, und ich habe es getan. Die Kriminalität in unserem Land hat eine neue Qualität angenommen, unsere Gesellschaft befindet sich im Umbruch –«

»Was genau haben Sie getan, um weitere Ritualmorde wie die an Kevin van Leer und Deniz Aylan zu verhindern, Mijnheer Joodenbreest?«

Das rechte Bein des Hoofdcommissaris zuckte, als wollte er einen kläffenden Köter wegstoßen. »Ich habe eine Sonderkommission ins Leben gerufen, die, seit sie ihre Arbeit aufgenommen hat, bereits eine Fülle von Ergebnissen vorweisen kann –«

»Als da wären?«

»Nun, zum Beispiel haben wir inzwischen ein ziemlich genaues Täterprofil, wir kennen seinen Modus Operandi, und aus den Spuren, die er am Tatort hinterließ, können wir uns ein Bild von seinem Aussehen machen –«

Was tut er denn, dachte Van Leeuwen, was, um Himmels willen, tut er denn da?

»Der Täter ist ungewöhnlich klein«, fuhr der Hoofdcommissaris fort, »und von dunkler Hautfarbe. Er hat Blutgruppe B, die bekanntlich sehr selten ist, und Schuhgröße 6. Er fällt seine Opfer von hinten an, schlägt sie mit einem schweren Gegenstand nieder und erwürgt sie dann, bevor er ihren Schädel öffnet und vollständig –«

Ungläubig hörte Van Leeuwen zu, wie der Hoofdcommissaris eine Karte nach der anderen aufdeckte und Stück für Stück alles preisgab, was sie bisher sorgfältig zusammengetragen, aber bewusst zurückgehalten hatten. Wie er dem Mörder vor laufender Kamera riet, seine Vorgehensweise komplett zu ändern. Wie er mögliche Nachahmungstäter einlud. Wie er mit jedem Indiz, das er ausplauderte, Entsetzen und damit Panik säte.

»Wir haben die Abdrücke seines Gebisses auf dem Körper der letzten Leiche gefunden«, sagte der Hoofdcommissaris, »außerdem einen Turnschuhabdruck der Marke *Puma* in der Nähe der Stelle, an der Deniz Aylan gefunden wurde. Wir gehen davon aus, dass es sich um Morde mit einer stark nekrophilen Komponente handelt –« Erzähl ihnen noch von den Nieren, den geöffneten Venen, dem Bambussplitter, dachte Van Leeuwen; du willst doch nicht etwa einen letzten Trumpf in der Hand behalten? Das Telefon klingelte, aber er ging nicht an den Apparat.

»Dann beantworten Sie uns bitte noch eine Frage«, verlangte der Moderator. »Wann wird der Kannibale wieder zuschlagen?«

Der Hoofdcommissaris schwitzte. Es war ein heißer Tag.

Es war der erste wirklich heiße Tag in diesem Sommer, nicht so heiß wie ein Sommertag in Athen, Istanbul oder Mexiko City, aber für Amsterdam war es ein heißer Tag. Der Commissaris ließ seine Frau dösend im Schatten der Wohnung zurück, um zu laufen, um durchzuatmen. Die Angst lag ihm schwer auf der Brust, und seit er Jaap Joodenbreest auf der Mattscheibe gesehen hatte, war sie noch größer geworden. Er brauchte Luft, den Geruch des Wassers, den Glanz des Lichts.

Er war nicht der Einzige, der Angst hatte. Die Schlagzeilen der Zeitungen, auch der seriösen, schrien die allgemeine Angst hinaus und heizten sie an. An Litfasssäulen, Hausmauern und Baumstämmen klebten Plakate, rote Hilfeschreie auf schwarzem Grund: »Helfen Sie der Polizei, den Kindermörder zu stoppen!« – »Helfen Sie mit, weitere Morde zu verhindern!« – »Halten Sie die Augen offen!« – »Er ist unter uns!« – »Ist der Mörder Ihr Nachbar? Ihr Arbeitskollege? Der Mann neben Ihnen – im Bus, am Tresen, in der ArenA?« – »Wer ist der Kannibale von Amsterdam?« – »Wer wird das nächste Opfer des Kannibalen?« – »Wann schlägt er wieder zu?«

Klein, dunkle Haut, Zahnlücke, Blutgruppe B, alles, was der Hoofdcommissaris im Fernsehen ausgeplaudert hatte, fand sich auch in den Aufmachern der Zeitungen, den Leitartikeln und Kommentaren. Eine Phantomzeichnung prangte auf jeder Titelseite, und sofort wusste Van Leeuwen, dass der Mörder so nicht aussah. Er kaufte ein paar Zeitungen, *Telegraaf*, *Handelsblad*, *Het Parool*, *De Volkskrant*, aber er konnte nicht alle kaufen, jedes einzelne Exemplar, um zu verhindern, dass die Angst sich weiter ausbreitete.

Es war ein heißer Tag, und die Angst mochte Hitze. Sie gedieh gut, wenn es heiß war.

Wieder zu Hause, überflog der Commissaris die Berichterstattung in der Presse. Die Artikel waren unterschiedlich in Stil und Niveau, auch ihre Schlussfolgerungen unterschieden sich, aber alle endeten mit der gleichen Forderung – Commissaris Bruno van Leeuwen sollte wieder auf den Fall angesetzt werden; er und niemand sonst sollte die Leitung der Ermittlungen übernehmen, den wahnsinnigen Mörder zur Strecke bringen.

Wer ist der Kannibale von Amsterdam?

Den ganzen Tag über klingelte das Telefon, bis Van Leeuwen den Stecker aus der Buchse zog, weil das ständige Klingeln seine Frau beunruhigte. Er hatte alle Hände voll damit zu tun, sie zu beschäftigen, und er schämte sich, dass er immer ungeduldiger wurde. Er konnte nichts dagegen tun, sein Zorn war zu groß. Am schlimmsten war, dass er dem Zorn kein Ziel geben konnte, kein Ventil. Gegen Abend stöpselte er den Apparat wieder ein, denn er wollte einen Termin mit Professor Pieters verabreden, um das durch Deniz Aylans Tod unterbrochene Gespräch fortzusetzen.

»Professor Pieters ist bis auf weiteres verreist«, erklärte die Vorzimmerdame, nachdem Van Leeuwen gesagt hatte, weswegen er anrief.

»Wann erwarten Sie ihn zurück?«

»Das kann ich Ihnen leider nicht sagen. Der Professor hinterlässt nie, wie lange er fortbleibt.«

»Ah ja, und wohin ist er verreist?«

»Auch das entzieht sich meiner Kenntnis«, sagte die Sprechstundenhilfe, aber diesmal klang ihre Stimme weniger aufrichtig.

»Wie Ihnen vielleicht bekannt ist, wird sein Name immer wieder im Zusammenhang mit der diesjährigen Verleihung des Nobelpreises für Medizin genannt, und manchmal zieht er sich einfach eine Zeit lang zurück, wenn ihm der Medienrummel zu viel wird.«

»Hat er etwas für mich hinterlassen?«, fragte Van Leeuwen.

»Leider finde ich hier nichts für Sie, Mijnheer van Leeuwen.« Mir würde der Medienrummel auch zu viel, dachte der Commissaris, vor allem wenn mein Name im Zusammenhang mit einer Morduntersuchung genannt wird. »Haben Sie vielen Dank«, sagte er. »Und bitte notieren Sie, er möchte sich gleich nach seiner Rückkehr bei mir melden.«

Kaum hatte er aufgelegt, klingelte das Telefon wieder, und nach kurzem Zögern meldete er sich. »Ja?«

»Schalt den Fernseher ein«, sagte Ton Gallo.

»Welchen Kanal?«

»Das Spiel Ajax gegen Juventus.«

Die Amsterdam ArenA, das Clubstadion von Ajax, erstrahlte im Licht starker Scheinwerferbatterien. Es sah aus wie ein eben gelandetes Ufo unter einem bläulich leuchtenden Nachthimmel. Das Spiel hatte noch nicht angefangen. Die Fernsehkameras zeigten den leeren Rasen, die beiden Tore und die fünfzigtausend Zuschauer, die sich im künstlichen Licht auf den Rängen drängten und Fahnen mit den Farben von Amsterdam und Turin schwenkten. In den Kurven schunkelten die Schlachtenbummler in Wellen hin und her. Dabei sangen sie *Guantanamera.*

Der Commissaris hatte das Telefon mit ins Wohnzimmer genommen.

»Und?«, fragte er.

»Hörst du, was sie singen?«, sagte Gallo.

»Diese olle Kamelle, *Guantanamera*«, sagte Van Leeuwen.

»Nein, das ist nur die Melodie. Du musst auf den Text achten.« Van Leeuwen versuchte zu verstehen, was da aus zigtausend Kehlen stieg, was die Amsterdamer in die TV-Kameras grölten, und plötzlich wurden ihm die Knie weich. »Bruno van Leeuwen«, sangen die Zuschauerchöre, »wir wollen Bruno van Leeuwen«, es klang nur wie *Guantanamera*, »Bruno van Leeuwen, wir wollen Bruno van Leeuwen!« Dabei rollten die bunten Wellen auf den Bänken hin und her, und die Stimme des Stadionreporters überschlug sich fast, als er für das Publikum zu Hause wiederholte, was in den Kurven improvisiert wurde.

»Wer ist der Kannibale?«, brüllte jetzt ein Fanblock in betrunkenem Rap-Stakkato, und im selben Rhytmus antwortete eine andere Gruppe genauso laut: »Ich bin der Kannibale!«

»... *Bruno van Leeuwen* – wir wollen Bruno van *Leeuwen* ...«

»*Wer* ist der Kannibale?«

»*Ich* bin der Kannibale!«

»... wir wollen Bruno van *Leeuwen* ...«

»Was sagst du jetzt?«, fragte Gallo. »Das sind deine Amsterdamer! Willst du immer noch nicht zurückkommen?!«

»Nein«, sagte der Commissaris. »Das sind nur Betrunkene.«

Gallo sagte: »Seit du weg bist, geht bei uns alles drunter und drüber. In der Sonderkommission weiß die rechte Hand nicht, was die linke tut. Ich wette, der Ayatollah würde dir auf Knien danken, wenn du stillschweigend wieder zum Dienst antrittst. *Frag nicht, was dein Land für dich tut, frag dich, was du für dein Land tun kannst.*«

»Wie weit seid ihr mit dem Personal der Uniklinik?«

»Als wir die Oberärzte in Angriff nehmen wollten, hat der Ayatollah uns zurückgepfiffen. Er meint, die Klinik wäre eine tote Spur. Es sei denn, die Nieren wurden von einem Organhändler geraubt.«

»Habt ihr schon einen Hinweis darauf, wo Deniz Aylan ermordet worden ist?«

Gallo sagte: »An der Wand eines leeren Geschäftsraums unter dem Eisenbahnviadukt haben unsere Leute ein angefangenes Graffito gefunden, zinnoberrot. Deniz hat da ja ganz in der Nähe gewohnt. Vielleicht hatte er gerade begonnen zu sprayen, als der Mörder ihn angegriffen hat. Die Spurensicherung hat Stücke von einem Walkmankopfhörer gefunden, sonst absolut nichts, kein Blut, keine Fußabdrücke, auch keine zurückgelassenen Düsen oder Farbdosen. Hat vielleicht gar nichts mit dem Mord zu tun.«

»Gibt es sonst irgendeine neue Spur?«

»Nichts. Nur jede Menge Anrufe von Irren, die glauben, der Kannibale wohnt in ihrem Haus oder in ihrer Straße oder ist im selben Bus gefahren. Jeder, der schon immer was gegen Einwanderer, Asylbewerber, Moslems oder Menschen mit anderer Hautfarbe hatte, investiert seine halbe Frührente in Ortsgespräche. Wusstest du, dass wir ein Volk von Spitzeln und Spionen sind?«

»Was ist mit Josef Pieters – hast du über den inzwischen was in Erfahrung gebracht?«

»Noch nicht«, antwortete Gallo. »Die Soko kann ich darauf nicht ansetzen, der Ayatollah würde mich steinigen lassen –«

»Dann schick Vreeling und Tambur los«, verlangte der Commissaris, »die gehören doch nicht zur Sonderkommission. Sie sollen ein bisschen herumfragen, bei Ämtern, Behörden, Kollegen des Professors, bei seinen Nachbarn und Freunden, diskret natürlich, ohne gleich die Dienstmarke zu zeigen. Ich bin sicher, Pieters hat keine Vorstrafen, aber bei jemandem von seinem Format und bei den entsprechenden Beziehungen kommt es manchmal gar nicht erst zu einer formellen Anklage. Vielleicht gibt es irgendwo einen außergerichtlichen Vergleich, einen Kuhhandel, eine niedergeschlagene Untersuchung, ein Verfahren, das aus Mangel an Beweisen eingestellt werden musste, wegen Bestechung, Steuerhinterziehung, Trunkenheit am Steuer, was weiß ich. Oder es existieren Strafverfahren, die verschleppt oder hinausgeschoben wurden, aber noch anhängig sind. Ich nehme das auf meine Kappe. Ruf mich an, sobald ihr etwas habt.«

Simone setzte sich in den Fernsehsessel und blickte gebannt auf den Bildschirm. »Kenne ich«, sagte sie und begann, *Guantanamera* mitzusummen, »ist schön.«

»Ich muss jetzt Schluss machen«, sagte Van Leeuwen in den Hörer. »Glaubst du, dass Ajax heute gewinnt?«

»Nein.«

»Ich auch nicht. Trotzdem könnten sie endlich anpfeifen, damit dieses Gesinge aufhört.«

26

Sie trafen sich wieder in dem schlecht beleuchteten Café, diesmal in der oberen Etage, wo sie ganz für sich waren. Sie saßen am Fenster, und von den Tischen unten auf dem Bürgersteig drang Stimmengemurmel und Gelächter herauf. Auf der Gracht tuckerten mit Lichterketten bekränzte Aussichtsschiffe vorbei. Es war fast elf Uhr nachts.

»Also, folgende Fragen«, sagt der Commissaris. »Haben wir es bei dem Mord an Deniz mit demselben Täter zu tun wie bei dem Mord an Kevin? Wenn ja, warum hat er seine Vorgehensweise verändert? Warum hat er dem Toten die Nieren entnommen und ihm beide Oberschenkel gebrochen? Warum hat er ihm die Genitalien abgeschnitten? Warum ist dem Körper das Blut entzogen worden? Was hat die Löcher in den Venen verursacht? Was bedeutet es, dass ihm gerade diese Verletzungen zugefügt wurden und keine anderen?«

»Die fehlenden Nieren könnten für die Klinikspur sprechen«, sagte Vreeling, »aber anders, als wir bisher gedacht haben. Vielleicht ist Kevin einem Organhändlerring auf die Spur gekommen –«

»Und warum hat der Täter dann dessen Nieren nicht auch entfernt?«, fiel Julika ihm ins Wort.

»Er wurde gestört, die Zeit war zu knapp«, antwortete Vreeling. »Der Vondelpark war viel zu belebt, um mit der Leiche zu verschwinden, und genauso unmöglich war es, ihr dort Organe zu entnehmen –«

»– oder abzuschneiden«, unterbrach Julika ihn erneut, »und das, obwohl wir wissen, wie begehrt gerade Genitalien und Gehirne bei

Organhändlern sind. Mir sieht das alles nach wie vor eher nach einem Ritual aus, das erst bei Deniz ungestört und in vollem Umfang vollzogen werden konnte.«

»Und was für ein Ritual soll das sein?«, fragte Vreeling.

»Zerbrecht euch nicht den Kopf über das Ritual«, sagte Van Leeuwen. »Ich habe einen Verdacht, aber mir fehlen die Beweise. Geht jeder Spur nach, egal, wie abwegig sie scheint. Was habt ihr über Pieters herausgefunden?«

Hoofdinspecteur Gallo klappte sein Notizbuch auf und las vor: »Pieters, Josef Nikodemus, geboren in Utrecht, zweiundsechzig Jahre alt, unverheiratet, keine Kinder. Studium in Amsterdam und Amerika, unter anderem an der renommierten *Harvard Medical School* und dem *Caltech* in Kalifornien. Student und Assistent der Nobelpreisträger Linus Pauling und Carleton Gadjusek. Ausbildung zum Kinderarzt, außerdem Abschlüsse in Anthropologie, Biophysik, Biochemie, Neurologie, Neuropathologie. Lehrstühle an mehreren Universitäten im In- und Ausland. Heißer Anwärter auf den Nobelpreis für Medizin aufgrund seiner Beiträge zur Erforschung von Creutzfeldt-Jakob. Ein Genie.«

»Ein Genie mit einer merkwürdigen Vorliebe für Kinder«, sagte Vreeling und zückte sein Notizbuch. »Ihre Intuition war wieder mal erstklassig, Commissaris. Ich habe hier zwei Anzeigen, und zwar wegen sexueller Belästigung eines Minderjährigen –«

»Ein*es* oder ein*er*?«, fragte Gallo.

»Beides Jungen, einer vor zwölf Jahren in Den Haag, der andere –«, Vreeling schaute in sein Notizbuch, »– vor zehn Jahren in Amsterdam.«

»Wie alt waren die Jungen?«, fragte der Commissaris.

»Acht und neun.«

»Die Umstände? Wann, wo und wie?«

»Beide Male in einem Schwimmbad. Er, also Pieters, hat sich den Jungen genähert und sie berührt, später hieß es, er habe sie nur gestreichelt, so über den Scheitel –«

»Die Einzelheiten interessieren mich nicht«, sagte der Commissaris. »Belästigung, Missbrauch, das ist ein schlimmes Verbrechen, aber nicht immer ist es auch tatsächlich passiert. Vielleicht war es tatsächlich nur eine spontane Geste der Zärtlichkeit –«

»Zwei Mal?«, fragte Vreeling.

»Was ist aus den Vorfällen geworden?«

»Eine Anzeige wurde niedergeschlagen, die andere zurückgezogen. Die Jungen verstrickten sich in Widersprüche, und nur im zweiten Fall gab es einen Zeugen, der sich aber plötzlich nicht mehr genau erinnern konnte. Die Vorfälle gehörten zu den Delikten, wo früher gern das Opportunitätsprinzip angewandt wurde: Die Staatsanwaltschaft hätte Anzeige erheben können, musste es aber nicht. In Pieters' Fall war wohl erkennbar, dass sie von einer Strafverfolgung absehen würde. Am Ende hat sogar die Polizei den Eltern geraten, die Sache nicht weiterzuverfolgen.«

»Und der Beschuldigte war Josef Amadeus Pieters?«, fragte der Commissaris noch einmal.

»Nikodemus«, sagte Gallo. »Josef Nikodemus Pieters.«

»Ja«, bestätigte Vreeling, »Jedenfalls Ihr Professor Pieters. Vielleicht sollten wir eine Gegenüberstellung ansetzen, mit Tic und Robbie.«

Van Leeuwen schüttelte den Kopf. »Sie haben den Doktor, von dem Kevin gesprochen hat, nie gesehen. Ich glaube auch nicht, dass er dieser Doktor war. Da fällt mir ein: Wie verkraften sie denn den Tod von Deniz? Sie kriegen doch noch Polizeischutz, oder? Werden sie psychologisch betreut?«

»Wie soll ein Kind so etwas schon verkraften«, sagte Gallo. »Aber zurzeit dürften sie zu den am besten gesicherten Personen in Amsterdam gehören.«

»Gut. Brigadier Tambur, was haben Sie?«

»Die Einwanderungsbehörde«, sagte Julika. »Offenbar hatte Pieters vor einigen Jahren angefangen, Kinder aus Mikronesien zu adoptieren und mit nach Hause zu nehmen –«

»Er hat sie hierher gebracht?«, fragte Van Leeuwen.

»Ja.«

»Und sie stammten aus Mikronesien, nicht aus Neuguinea?«

»Genau darum ging es bei der Auseinandersetzung mit dem Einwanderungsamt«, erklärte Julika. »Die Behörde vermutete, er hätte bei einigen der Kinder falsche Angaben gemacht, konnte es aber nicht beweisen, weil sie keine Papiere hatten. Er hat behauptet, er wünsche sich eine große Familie und gleichzeitig wolle er den eingeborenen Stämmen, die ihn bei seinen Forschungen so großzügig aufgenommen hätten, etwas zurückgeben, indem er ihren Kindern eine gute Ausbildung verschafft. Er hat wohl ziemlich taktiert, hat holländische Toleranz gegen Behördenengstirnigkeit ins Spiel gebracht, multikulturelle Utopie gegen rückwärts gewandten Moralmief und so weiter. Damit konnte man zu der Zeit praktisch jeden niederbügeln, vor allem, wenn man Pieters' Referenzen hatte. Und einige der besten Anwälte des Landes malten sein Bild in den zartesten Farben: das Porträt eines etwas exzentrischen Kinderarztes mit einem Herzen aus Gold.«

»Wie viele Kinder hat er auf diese Weise ins Land geholt?«, fragte Van Leeuwen. »Und wo sind sie heute?«

»Einen der Jungen hat er wohl behalten«, sagte Vreeling. »Nach meinen Informationen hat er nämlich einen Adoptivsohn, vierzehn Jahre alt.«

»Die anderen blieben jeweils nur eine Zeit lang bei ihm«, sagte Julika, »bevor er sie bei Freunden und Kollegen untergebracht hat, bei Ärzten, Wissenschaftlern, Universitätskollegen, die entweder alleinstehend waren oder ihrem Familiensalat noch ein exotisches Gewürz hinzufügen wollten.«

»Findet die Namen dieser Leute heraus«, sagte Van Leeuwen, »und zwar ohne großes Aufsehen. Vielleicht müssen wir sie noch befragen, falls es sich als notwendig erweisen sollte, aber im Moment möchte ich nicht, dass einer von denen zum Telefon greift und Pieters anruft. Oder den Hoofdcommissaris.« Ein Gedanke tauchte auf und nahm allmählich Form an. »Die beiden Jungen, die er angeblich belästigt hat, waren die von hier?«

»Ja, kleine weiße Holländer.«

»Und später gab es nie wieder irgendwelche Beschwerden gegen ihn?«

»Nein.«

»Das ist ziemlich interessant«, sagte der Commissaris. »Ihr habt gute Arbeit geleistet. Danke.«

»Ich habe noch was für Sie«, sagte Julika und kramte in ihrem Rucksack, »hier, zur Abrundung des Bildes.« Sie holte eine VHS-Kassette hervor und legte sie vor Van Leeuwen auf den Tisch.

»Was ist das?«

»Eine Sendung über Pieters, die das Fernsehen vorbereitet hat, um nicht kalt erwischt zu werden, falls er dieses Jahr den Medizinnobelpreis kriegt. Ich habe den Sender gebeten, mir eine Kopie zu machen.«

»Wunderbar.« Der Commissaris lächelte zum ersten Mal an diesem Tag. »Jetzt muss ich nur noch herausfinden, wo er sich gerade aufhält.«

»Er hat eine Villa auf dem Land«, sagte Gallo. »Ziemlich einsam gelegen, am Ijsselmeer, zwischen Monnickendam und Hoorn.«

»Ob er für den Abend des Koninginnedags wohl ein Alibi hat?«, murmelte der Commissaris gedankenverloren.

»Das habe ich schon überprüft«, sagte Gallo. »Er war in Den Haag. Gehörte zu einer Gruppe von Wissenschaftlern, die den König und die Königin bei ihrem Bad in der Menge begleiten durften.«

Zu Hause schob der Commissaris die VHS-Kassette in den Videorecorder und schaltete ihn ein. Das Material auf der Kassette war noch ungeschnitten. Es begann mit Dokumentaraufnahmen ohne Ton, die Pieters in jüngeren Jahren auf einer Expedition zeigten. Begleitet von dunkelhäutigen Trägern, kämpften er und sein Team sich durch einen Urwald aus Schlingpflanzen und Farnen. Dann sah man die Forscher, umlagert von Eingeborenen, in einem Kral an einem brennenden Feuer. Pieters und seine Mannschaft trugen nur Shorts und Sandalen, die Männer und Frauen aus dem Kral waren nackt.

Darauf folgten Schwarz-Weiß-Aufnahmen, die einen noch jüngeren Pieters in einem Labor zeigten. Eine Stimme aus dem Off erklärte: »In jeder freien Minute zog es den jungen Josef auf den Dachboden des elterlichen Hauses in Utrecht, wo er mit seinem Chemiebaukasten experimentierte, um Kristalle zu züchten und so die Grundlagen für seine ersten Forschungsarbeiten zu legen. Durch Kristallisation nämlich, so sollte er später entdecken, vermehren sich auch die Erreger von Scrapie, Kuru und Creutzfeldt-Jakob. Ein Vorgang, der bei anderen Ausgangsbedingungen zu Knochen, Zucker, Schneeflocken oder Tropfstein führt, bringt im Nervengewebe des Gehirns die letzten Endes tödlichen Amyloidplaques hervor.«

Es folgte die Aufnahme eines menschlichen Gehirns unter dem Mikroskop: Mit den Plaques durchsetzt, sah es aus wie ein Meer weißer Sterne vor einem grauen Himmel.

Danach präsentierte eine Serie schnell geschnittener Filmclips die Stadien von Pieters' Karriere, die mit einer noch unkommentierten Außenaufnahme der Schwedischen Akademie in Stockholm endete. In kurzen Kommentaren äußerten sich Zeitzeugen, Kollegen und Konkurrenten des Wissenschaftlers vor der Kamera.

»Josef Pieters ist krank«, sagte ein alter, grauhaariger Mann, »über die Maßen brillant, genial, exzentrisch, aber vor allem wahnsinnig. Man sollte ihn einsperren, so wie Einstein, Newton oder Madame Curie eingesperrt gehört hätten. Oder Mozart. Er ist eine Gefahr, für Sie, für mich, für die Welt. Wenn Menschen wie er sie betreten, ist sie danach nie mehr dieselbe. Solche Gestalten verändern unseren Planeten und das Leben komplett. Sie sprengen Normen, schaffen neue Dimensionen, *über*beschleunigen den Fortschritt.«

»Wenn man sich mit ihm unterhält«, sagte ein anderer, »lernt man an einem Abend mehr als in einem Jahr an der Universität. Er sprudelt über vor Ideen, entwickelt stundenlang ganze Gedankenpyramiden, schlägt einen mit seinen fesselnden Geschichten in seinen Bann. Er redet, wenn er kommt, und er redet immer noch, wenn er geht, und zwischendurch lässt er niemand anderen zu Wort kommen. Ehrlich gesagt, sein Redefluss hat etwas Zwanghaftes, es könnte sich um eine Art epileptische Störung handeln. Dazu passt, dass er sich nicht entspannen kann; er kann nicht allein sein. Sie und ich, wir kennen das Bedürfnis nach Ruhe, wir wollen manchmal einfach abschalten. Bei Josef löst allein der Gedanke an Ausruhen entsetzliche Migräneschübe aus.«

»Er ist hochintelligent«, sagte eine Frau, »sein Intelligenzquotient liegt irgendwo bei 180 oder darüber. Seine emotionale Reife dagegen entspricht der eines Fünfzehnjährigen. Er hat nie gelernt, sich anzupassen oder gar unterzuordnen. Er ist egoistisch, dickfellig und rücksichtslos. Die Gefühle anderer interessieren ihn nicht. Unzulänglichkeit kann er nicht ertragen, bei sich nicht und bei niemandem sonst. Er kennt keine Angst, weder um sein Leben noch um das eines anderen. Wenn ihm jemand in die Quere kommt, dann walzt er ihn nieder. Er ist ein Ekel, aber ein geniales. Frauen? Fehlanzeige. Ich habe ihn nie in Gesellschaft einer Frau gesehen, sie interessieren ihn einfach nicht, außer als Kollegen.«

Sie lächelte ein wenig traurig, als wäre sie eine dieser Frauen gewesen, die ihn nie interessiert hatten. »Aber Kinder, für Kinder würde er sich umbringen. Er könnte längst ein steinreicher Mann sein, wenn er nicht jedes Mal sein letztes Hemd für irgendeinen Jungen oder ein Mädchen geben würde, dem er ein besseres Leben ermöglichen will. Seinen letzten Cent gibt er für sie. Das ist schon fast manisch. Aber er liebt sie – völlig selbstlos. So wie Keo, zum Beispiel.«

Übergangslos wurde wieder der Kral gezeigt, in dessen Mitte das Feuer brannte. Die Eingeborenenfrauen tanzten vor den lodernden

Flammen, beobachtet und angefeuert von den Männern, die einen Kreis um sie gebildet hatten. Die Männer und die Frauen waren noch immer nackt, bis auf ihre Lendentücher und ein paar Elfenbeinketten. Erst nach ein paar Sekunden begriff Van Leeuwen, dass es sich in Wirklichkeit gar nicht um Elfenbein handelte, sondern um Knochen. Die Ketten bestanden aus lauter kleinen Knochen.

Einige der Männer hatten auch ihre Nasen mit dünnen, elfenbeinweißen Knochen geschmückt.

Pieters und noch zwei Weiße saßen an dem Feuer und klatschten im Rhythmus des Tanzes in die Hände. Aber während die beiden anderen Männer den Frauen zusahen, schien Pieters nur Augen für einen Jungen zu haben, der auf der gegenüberliegenden Seite des Feuers saß. Ihre Blicke begegneten sich über der prasselnden Glut. Der Junge lächelte. Zwischen seinen Schneidezähnen klaffte eine breite Lücke.

Gebannt betrachtete Van Leeuwen die klatschenden Hände, den Blickwechsel zwischen Pieters und dem Jungen. Er sah die tanzenden Frauen, die Männer mit den Knochen in der durchstoßenen Nasenwand.

Vielleicht war es ein Punker, hatte Gallo bei ihrer allerersten Besprechung nach dem Mord am Sonntagmorgen gesagt, *ein kleiner zehnjähriger Punker mit durchstochener Nase. Dem Mädchen – wie hieß sie noch? Beatrix? – ist irgendwas in seinem Gesicht aufgefallen, eine Art Piercing.*

Oder ein Knochen.

Der Mörder war kein Zehnjähriger, er war nur so klein wie ein Junge von zehn. Alle Eingeborenen, die Van Leeuwen auf dem Video sah, waren kaum größer als ein Junge von zehn, egal, wie alt sie tatsächlich waren. Sie hörten Musik, sie tanzten, sie klatschten, genau wie die Amsterdamer am Koninginnedag.

Auch der junge Schwarze, der Van Leeuwen auf dem Noordermarkt verfolgt hatte, war klein gewesen. Inzwischen hatte der

Commissaris keinen Zweifel mehr, dass er ihnen gefolgt war, ihm und seiner Frau. Er hatte sich ihnen genähert, sie beobachtet, sie umschlichen. Simone war plötzlich nicht mehr da gewesen, und Van Leeuwen hatte sie wiedergefunden, vor der Drehorgel, die *Penny Lane* gespielte hatte.

Manchmal hörte man ein Lied und behielt es im Unterbewusstsein, man summte es oft tagelang vor sich hin, je einfacher es war, desto öfter. Jemand anderer hörte, wie man es summte, und es sprang auf ihn über. Es sprang auf ihn über wie ein Virus, und er summte es auch. *Penny Lane*, zum Beispiel. Wie Professor Pieters in seinem Büro, als Van Leeuwen ihn besucht hatte.

Das ist kein Beweis, dachte der Commissaris; das alles ist kein Beweis, nur eine mögliche Verbindung.

»Das erste Kind, das er mit nach Hause brachte, war ein zwölfjähriger Junge vom Stamm der Fore, der ihm bei der Untersuchung und Obduktion einiger Kuru-Patienten geholfen hatte. Ich weiß noch, wie er mit dem Jungen in Australien auf dem Flughafen ankam. Keo trug ein Polohemd, Shorts und Sandalen, alles war ihm viel zu groß, denn die Kleider hatten einem von Josefs Assistenten gehört. Vor dem Weiterflug nach Europa mussten sie erst mal mit ihm in ein Kaufhaus gehen und ihn einkleiden. Nach der Ankunft in Amsterdam meldete Josef Keo in einer exklusiven Privatschule an.«

Ein kalkweißer Gnom in kurzen Hosen.

Plötzlich fiel Van Leeuwen wieder ein, was er vor einigen Wochen im Internet entdeckt und in sein Unterbewusstsein abgelegt hatte, weil ihm damals nicht klar gewesen war, ob er es bei der Suche nach Kevin van Leers Mörder verwenden konnte. Jetzt tat sich eine Stelle im Puzzle auf, an die das Stück passen konnte; an die es vielleicht sogar gehörte.

Bei den Ureinwohnern Neuguineas, hatte er gelesen, vielmehr bei *einigen* Stämmen der steinzeitlichen Ureinwohner wurden die minderjährigen Jungen durch die körperliche Begegnung mit einem älteren Mann aus ihrem Dorf in die Welt der Erwachsenen eingeführt.

»Danach brachte er im Lauf der letzten Jahre noch über dreißig Kinder nach Europa«, fuhr die Frau aus dem Off fort. »Er finanzierte ihnen die Schule und manchen sogar noch die Universität. Fast sein ganzes Vermögen setzte er dafür ein. Später stellten ihm wohlhabende Freunde und Förderer ein Herrenhaus auf einem riesigen Grundstück am Meer zur Verfügung, in dem die Kinder vorübergehend leben durften. Aber Keo blieb immer etwas Besonderes für Josef, wahrscheinlich weil er der Erste gewesen war.«

Van Leeuwen schaltete den Ferrnseher aus, er hatte genug gesehen. Es gab zwei Ärzte, dachte er, einen ›Doktor‹, der vielleicht gar kein wirklicher Arzt war, sondern nur einen weißen Kittel trug und Kevin mit Drogen beliefert hatte; vor dem hatte er sich aber nicht gefürchtet. Und es gab den anderen, dem Kevin – genau wie Van Leeuwen – nie begegnet wäre, hätte er nicht in der Klinik eines Nachts nach dem ›Doktor‹ gesucht. Dieser andere war der, vor dem der Junge solche Angst gehabt hatte.

Der eine war nun unwichtig, ein Fall für die Drogenfahndung, mehr nicht. Der andere war in zwei Morde verwickelt.

Ich denke, es war Josef Pieters, sagte der Commissaris, als er todmüde neben seiner schlafenden Frau ins Bett sank.

Seine schlafende Frau sagte nichts, sondern wartete darauf, dass er weiterredete.

Er sagte: *Ich weiß noch immer nicht, was genau zu Kevins Tod und dann zu dem von Deniz Aylan geführt hat, aber Pieters ist der Dreh- und Angelpunkt dieses Falls.*

Warum denkst du, dass er es war?, fragte seine schlafende Frau, und es war wie früher, wenn er mit ihr einen Fall besprochen hatte, an dem er gerade arbeitete; er hörte sogar den liebevollen leisen Spott in ihrer Stimme. *Weil es dir deine untrügliche Intuition eingibt? Weil dich logische Überlegungen, psychologische Charakterdeutung und sorgfältige Polizeiarbeit an diese Erkenntnisschwelle geführt haben?*

Nein, weil ich niemand anderen habe, sagte Van Leeuwen. *Josef Pieters ist mein einziger Verdächtiger, und jetzt muss ich ihn unter das Mikroskop legen und von allen Seiten studieren, bis ich weiß, wer er ist, wo er herkommt und was er noch anrichten kann.*

27

Der Commissaris steuerte den Alfa auf dem Autobahnring über die kleinen Buchten des Ijsselmeers, das unter der weit geschwungenen Brücke hindurch seine Fühler ins Herz von Amsterdam ausstreckte. Zu beiden Seiten der Buchten glitzerten Hafen- und Industrieanlagen in der Sonne, und jenseits der Dämme erstreckten sich die Vororte und dahinter das flache Land, dessen wogendes Grün bis zum Horizont reichte.

Die Reihenhäuser rechts und links der Autobahn prunkten mit blitzblank geputzten Fenstern, alle ohne Vorhänge, damit jeder sehen konnte, dass es hier nichts zu verbergen gab. In den kleinen Gärten vor den Häusern standen Fischreiher aus Keramik, und hinter den weiß gestrichenen Staketenzäunen wechselten sich sorgfältig gestutzte Berberitzen mit Tulpenrabatten ab.

Der Commissaris verließ die Autobahn an der Ausfahrt Richtung Edam. Am Straßenrand standen Pappeln schlank vor dem blauen Himmel. Kanäle durchzogen die fetten Polder, in denen ziegelrot gedeckte Gehöfte mit Komposthaufen unter den Küchenfenstern und Milchkannen vor den Bretterscheunen anheimelnde Inseln bildeten. Windmühlenflügel drehten sich bedächtig über frisch gedüngten Feldern mit Rotkohl, Weißkohl und Wirsing.

Kurz vor Monnickendam wurde der Nachmittagshimmel tiefschwarz. Am Horizont türmten sich brodelnde Gewitterwolken. Die Weiden neben der Straße wurden von den Böen des aufziehenden Sturms geschüttelt. Wenig später schlug peitschender Regen herab. Die Scheibenwischer des Alfa kapitulierten vor den herabstürzenden Wassermassen, sodass Van Leeuwen den Wagen an die

Böschung lenkte und anhielt, um zu warten, bis das Unwetter vorüber war.

Reglos hinter dem Steuer sitzend, lauschte er dem Prasseln des Regens. Das Verdeck schloss nicht richtig. Wasser lief an der Innenseite der Fenster herunter. Ein vorbeirauschender Tanklaster pflügte Gischt gegen die Karosserie des Wagens. Nach einer Viertelstunde ließ das Unwetter nach. Im Osten wuchs ein Regenbogen in den Himmel, wölbte seine zarten Farben durch den Dunst über den Feldern und verhieß der Welt einen weiteren Aufschub bis zum Jüngsten Tag.

Van Leeuwen fuhr weiter. Auf halbem Weg zwischen Monnickendam und Edam erreichte er hinter einer Holzbrücke eine kleine Kreuzung und bog nach rechts in einen Feldweg Richtung Küste. Ein Straßenschild warnte vor *Slechte Wegdek*. Wenig später rumpelte der Wagen über Schlaglöcher und Bodenwellen, vorbei an vereinzelten bunt bemalten Holzhäusern und kleinen Tümpeln, auf denen Enten ihre Köpfe zum Schlafen ins Gefieder betteten.

Der Weg endete vor einem schmiedeeisernen Tor in einer hohen Buchsbaumhecke. Hinter dem Tor führte der Weg weiter zu einem hinter Platanen und Lorbeerbüschen halb verborgenen Herrenhaus im Kolonialstil, errichtet aus weißem und braunem Holz und verziert mit kleinen Säulen, Erkern und Giebeln. Die Jalousien vor den Fenstern im Erdgeschoss waren heruntergelassen.

Van Leeuwen parkte den Alfa, stieg aber nicht aus. Er beobachtete das Anwesen und sah zu, wie die Buchsbaumhecke sich im Abendlicht rötete, während die Schatten länger wurden. Über den Platanen und dem fernen Dach des Hauses stiegen Möwen auf und ließen sich wieder fallen.

Auch als es dunkel wurde, ging hinter den Jalousien und Fenstern des Hauses kein Licht an. Der Commissaris wartete, bis der Himmel über dem Meer die letzte Helligkeit verloren hatte. Er wartete, ob sich auf dem Anwesen etwas bewegte, ein Mensch oder ein

Wachhund. Als er lange genug gewartet hatte, stieg er aus, um das Gesetz zu brechen.

Das Tor war verschlossen. Es gab weder eine Klingel noch ein Namensschild. Van Leeuwen versuchte, das Schloss mit einem Dietrich zu öffnen, aber es gelang ihm nicht. Er ging an der Buchsbaumhecke entlang, bis er eine Stelle fand, an der sie etwas weniger dicht gewachsen war. Mit seinem ganzen Gewicht zwängte er sich durch das noch vom Regen nasse Blattwerk. Federnd gaben die dünnen Äste nach, leisteten dann aber heftigen Widerstand. Gerade als der Commissaris glaubte festzustecken, verlor er das Gleichgewicht. Er fiel auf die andere Seite der Hecke, stolperte und fing sich gerade noch rechtzeitig, sonst wäre er auf eine von Efeu überwachsene Marmorbank gestürzt.

Vorsichtig tastete er sich über den verwilderten Rasen auf die Veranda des Hauses zu, das sich knochenbleich im Mondschein erhob. Wilder Wein bedeckte die Fassade wie ein wuchernes Muttermal. Der Wind, der von der Markensee landeinwärts wehte, raschelte in den Kronen der Platanen. Van Leeuwen stieg die Stufen zum Eingang des Hauses hoch. Er bemühte sich jetzt nicht mehr, leise zu sein, und als er neben der Tür einen Klingelknopf entdeckte, drückte er darauf. Er hörte ein Glockenspiel im Inneren des Hauses, aber sonst rührte sich nichts. Niemand erschien an der Tür.

Das Haus war leer.

Der Commissaris zog den Bund mit den Dietrichen aus der Hosentasche, und diesmal hatte er Glück: Er konnte die beiden Schlösser der Eingangstür öffnen. Er stieß die Tür auf, schlüpfte hindurch und schloss sie wieder. Während er darauf wartete, dass seine Augen sich an die Finsternis hinter der Tür gewöhnten, holte er schwarze Seidenhandschuhe aus der anderen Hosentasche und streifte sie über.

Das Haus war still.

Es war eine Stille, wie Van Leeuwen sie noch nie erlebt hatte. Er hörte nichts außer seinen Atemzügen und seinem Herzschlag, der in seiner Brust zu hallen schien. Die Luft war feucht und warm und erfüllt von einem abgestandenen süßen Geruch, als wären die Räume schon lange nicht mehr bewohnt worden. Es roch wie in einem botanischen Garten. Sobald Van Leeuwen genug sehen konnte, um sich zu orientieren, ging er von einem Fenster zum anderen und kontrollierte, ob die Jalousien fest geschlossen waren. Er sah die schattenhaften Umrisse von Möbeln und die Türen und eine Treppe auf der anderen Seite des Raums, auf deren Stufen der Widerschein eines Buntglasfensters lag. Er ging so langsam, dass er die Möbel spürte, bevor er dagegenstieß.

Etwas streifte sein Gesicht. Er erschrak, zuckte zurück und riss einen Arm hoch, um sich zu schützen. Als kein Schlag folgte, streckte er die Hand aus und bewegte sie vorsichtig hin und her, bis er gegen etwas Schwebendes stieß, das sich ihm sofort entzog.

Ein Blatt, fleischig und fest, an einer dünnen Ranke.

Er blieb stehen, bis er wieder ruhig atmete. Nachdem er sich durch das ganze Erdgeschoss getastet und alle Türen und Fenster geschlossen hatte, holte er eine kleine Taschenlampe aus seiner Jacke und schaltete sie ein. Der Lichtstrahl fiel auf einen Bastteppich, wanderte weiter zu einem Bambustisch und einer Gruppe von Rattansesseln.

Hinter den Sesseln stand ein mit Schnitzereien verzierter Totempfahl, der fast bis zum Plafond reichte. Er endete in einem Kopf mit grausamen Gesichtszügen. Aus Tontöpfen zu beiden Seiten des Pfahls wuchsen riesige Farne in die Höhe. Es gab eine Rattancouch, Schränke und Regale aus Tropenholz, gefüllt mit Büchern, Videokassetten, Töpfen und primitiven Werkzeugen.

Van Leeuwen warf einen Blick auf seine Armbanduhr. 22:37 Uhr. Länger als eine Stunde wollte er nicht in Pieters' Haus bleiben. Er sah sich um. Dutzende von exotischen Puppen und Statuetten bevölkerten den Raum, aus Holz geschnitzt, aus Bast geflochten oder aus Ton gebrannt. Sie lagen auf den Fensterbrettern, standen auf dem Kaminsims. An den Wänden hingen hölzerne Masken, bemalte Schilde und Speere mit Steinspitzen, kaum sichtbar durch ein Gewirr fleischiger Palmwedel.

Der hin und her huschende Lichtkegel verirrte sich immer wieder zwischen großen Blättern und verschlungenen Ranken. Bemalte Fratzen sprangen aus der Dunkelheit, ohne ihren Platz an den Wänden zu verlassen. Ein Kanu baumelte an der Decke, lang und flach wie der Bauch eines Hais.

Langsam ging der Commissaris durch den großen Salon, öffnete alle Türen. Dahinter lagen das Arbeitszimmer, das Esszimmer, die Küche, ein Gästebad, eine Abstellkammer. Als er sicher war, dass sich im Erdgeschoss niemand aufhielt, betrat er die Treppe ins obere Stockwerk. Auf dem Holzboden neben der untersten Stufe lag ein Motorradhelm, zu klein für den Kopf eines ausgewachsenen Mannes.

Der Commissaris leuchtete auf seine Füße, damit der Lichtstrahl nicht nach draußen drang. Die Stufen knarrten unter seinen Schuhen, und sobald er stehen blieb, kehrte die unheimliche Stille zurück. Auf der Haut zwischen seinen Schulterblättern saß ein Frösteln, das nicht weichen wollte.

Im oberen Stockwerk führte ein breiter Gang zu einem Wintergarten, hinter dessen angelehnten Türen ein weißer Oleander mit halb verdorrten Blüten die Sicht auf den Himmel nahm. Van Leeuwen bewegte sich ruhig durch den Korridor und öffnete jede Tür, an der er vorbeikam. Alle Zimmer, deren Türen er öffnete und schloss, waren leer, aber trotzdem hatte er das Gefühl, als breite sich das Frösteln auf seinem Rücken immer weiter aus.

Was suchst du denn nur in diesem Haus?, fragte Simone.

Ich suche etwas, das seine Bewohner mit den beiden Morden in Verbindung bringt, antwortete Van Leeuwen. *Ich suche Beweise, die mich überzeugen, dass ich auf der richtigen Spur bin. Ich suche Erkenntnisse darüber, was Josef Pieters für eine Rolle spielt; was es mit den Kindern der Kannibalen auf sich hat. Ich suche die Tatwerkzeuge.*

Und Simone sagte, *aber du weißt doch, dass du nichts von dem, was du da findest, gegen die Verdächtigen verwenden kannst, weil du es auf illegale Weise beschafft hast.*

Ja, das weiß ich. Aber trotzdem …

In Wirklichkeit waren die Zimmer nicht ganz leer, auch das Bad und die Kammern nicht. Im Bad hingen zwei Handtücher und ein zerschlissener Frotteebademantel. Auf der Ablage über dem Waschbecken lagen nur wenige Toilettengegenstände: ein Rasierpinsel, Rasierklingen, ein Kamm, aber es gab weder Deodorant noch Eau de Toilette oder Cremes. Die Seife – ein großes Stück – duftete schwach nach Meersalz.

Van Leeuwen betrat das Zimmer, in dem Pieters zu schlafen schien, was er aus einer schlaffen Luftmatratze auf dem Boden schloss. Daneben lag ein Stapel medizinischer Fachzeitschriften, die alle noch mit dem Adressenetikett beklebt waren. Er öffnete den Kleiderschrank. Es war nicht mehr als ein Metallgestell, umhüllt von einer Wasser abweisenden Plane mit aufknöpfbarem Verschluss. Darin hingen eine Lederjacke mit Lammfellfutter, ein Regenmantel, zwei Safariparkas von *Abercrombie & Fitch*, mehrere Hosen aus derbem Uniformstoff und ein Rucksack. Oben lagen sorgfältig zusammengefaltete Hemden, Unterhemden und Unterhosen, die meisten khakifarben; unten standen Stiefel mit hohen Stulpen und einige Paar abgenutzte Turnschuhe. Van Leeuwen knöpfte den Verschluss sorgfältig wieder zu.

Auf dem Boden des nächsten Zimmers lagen Bastmatten, ein Schlafsack und unordentlich verstreute Kleidungsstücke, die zu klein für einen Erwachsenen waren. An den Wänden hingen Masken und Totems, genau wie im Erdgeschoss. Getrocknete Hibiskusblüten und Orchideen lagen auf dem Fensterbrett. In einer Ecke lehnte eine mit Fingerfarben kunstvoll bemalte Trommel. An der Tür gab es große Farbfotos von merkwürdig schroff geformten Bergen; von grünen Hügeln und Urwaldbäumen im Nebel. *Heimat*, dachte der Commissaris; das sollten diese Bilder sagen – willkommen zu Hause.

Er atmete die verbrauchte Luft, versuchte den Geruch zu identifizieren. Er trat ans Fenster, von dem aus man auf die See blicken konnte. Er hob die Trommel hoch; sie war überraschend leicht. Er setzte sich auf den Schlafsack, in dem vielleicht der Mörder geschlafen hatte, und legte sich zurück. Er war zu lang für die Unterlage. Er spürte etwas Hartes unter seinem Kopf, setzte sich auf und hob das Kopfende des Sacks an. Dann knipste er die Taschenlampe an.

Unter dem Kopfende lag eine Axt. Der Griff war mit kunstvollen Verzierungen bedeckt, das Blatt aus messerscharf und papierdünn geschliffenem Stein. Die Schneide war sauber, aber das bedeutete nichts.

So einfach war das also. Der Commissaris hegte keinen Zweifel daran, dass diese Axt bei den beiden Morden auf die eine oder andere Weise benutzt worden war. Da lag sie, und er musste sie liegen lassen. Er konnte sie nicht mitnehmen, nicht gegen seinen Verdächtigen verwenden. Er legte sie wieder unter das Kopfende des Schlafsacks.

Die Stille war so bedrückend, dass er das linke Handgelenk ans Ohr hob, um seine Armbanduhr ticken zu hören. Auf einmal kehrten auch die anderen Geräusche zurück, die es immer gab, sogar hier: das Summen eines Kühlschranks, der sich einschaltete; ein tropfender Wasserhahn; das Rauschen des Meeres und der Wind, der unruhig durch den Garten strich. Dennoch blieb das Gefühl drohender Gefahr, der Gegenwart des Todes.

Der Commissaris ging zurück ins Erdgeschoss, um das Haus auch unten gründlich zu durchsuchen. Noch immer verspürte er das Frösteln, aber nun gesellte sich die Erregung der Jagd hinzu. Er rief sich die Berichte des Pathologen und der Spurensicherung in Erinnerung. Auf der untersten Stufe der Treppe stehend, richtete er den Lichtstrahl auf den Motorradhelm. Er dachte, *Haare, Hautpartikel, Schweiß*.

Dann richtete er den Lampenkegel auf den Kamin und sah einen kleinen Berg feiner weißer Asche unter dem Rauchabzug. *Kokosöl und Kalk.* Er richtete die Lampe auf die verschiedenen Bambusgeräte an den Wänden und dachte an den Splitter, den er in einem Kuvert in seinem Schreibtisch verwahrte.

Er ging in die Küche, und als er alle Schränke öffnete, entdeckte er mehrere Flaschen mit Öl und Essig. Er hielt sie an die Nase, aber keine roch nach Kokosnuss. Danach suchte er alle Toiletten auf, und in einer fand er eine Flasche, die nach Kokosnuss roch. Er holte eine Plastiktüte und einen Holzspatel aus der Innentasche seines Jacketts und träufelte etwas von dem Öl auf den Spatel, den er dann in der Tüte verstaute, bevor er sie sorgfältig wieder verschloss und einsteckte. Er zupfte Haare aus den Bürsten und riss einige Borsten aus den Zahnbürsten, die er in einer zweiten Tüte verstaute.

Wieder am Fuß der Treppe, nahm er den Motorradhelm genauer in Augenschein. Er fand ein weiteres Haar, das er mit etwas Abrieb vom Schaumstofffutter des Helms in eine weitere Tüte schüttelte. Anschließend legte er den Helm wieder so hin, wie er ihn gefunden hatte. Im Licht der Taschenlampe bemerkte er eine kleine Tür im Sockel der Treppe, vor der sich ein staubfreier Halbkreis auf dem Holzboden abzeichnete. Er öffnete die Tür mit dem drehbaren Knauf, der als Griff diente, und leuchtete in das Fach dahinter.

Auf dem Boden lag eine Plastiktüte. Er zog sie heraus, um hineinzuschauen. Die Tüte enthielt einen Walkman der Marke *Sony*. Das schwarze Gehäuse wies Spritzer einer getrockneten Flüssigkeit auf, bei der es sich um Blut handeln konnte. Außerdem war es mit einem schwachen Film roter Farbe bedeckt, die vielleicht beim Sprayen darauf geraten war.

So einfach.

Warum hatte Pieters zugelassen, dass diese Gegenstände in seinem Haus blieben? Weil er nicht damit rechnete, dass jemand ihn verdächtigte, geschweige denn hier eindrang? Oder weil er keine Ahnung davon hatte, dass sie überhaupt da waren?

Der Commissaris widerstand der Versuchung, die Plastiktüte mitzunehmen; stattdessen legte er sie zurück und schloss das Fach wieder. Es war mehr, als er erwartet hatte, und er wusste nun, wo er es finden konnte. Er richtete sich wieder auf und überlegte, *was noch?* Das Frösteln umschloss ihn jetzt ganz, vom Nacken bis zu den Lenden. Er schaltete die Taschenlampe aus und überlegte.

Das Arbeitszimmer. Vielleicht fand er dort etwas, das ihm Aufschluss über die Zusammenhänge gab: warum alles so gekommen war; warum zwei Jungen ihr Leben verloren hatten und die Beweise gegen den Täter sich in diesem Haus befanden. Vielleicht fand er Briefe, ein Tagebuch, Aufzeichnungen, wie jeder Wissenschaftler sie vornahm.

Das Arbeitszimmer des Professors war schlicht. Der Strahl der Taschenlampe erfasste einen Büffelgrasteppich, mehrere überquellende Bücherregale und einen Klappstuhl hinter einer großen aufgebockten Holzplatte, die als Schreibtisch diente. Auf der Holzplatte stand ein Computer.

An der Wand gegenüber vom Schreibtisch hing ein faustgroßes knochiges Gebilde in einem Gestell aus Bambusstäben, an dem eine Muschelkette baumelte. Eine zweite Kette schien aus einem Dutzend vertrockneter Bohnenschoten zu bestehen. Eine Pendeluhr tickte abwechselnd laut und leise vor sich hin. Auch hier gab es einen Dschungel aus tropischen Pflanzen, der von allen Seiten auf den Schreibtisch zuwucherte.

Der Commissaris legte die eingeschaltete Taschenlampe auf den Schreibtisch, setzte sich auf den Klappstuhl und suchte den *On*-Schalter des Computers. Er drückte ihn, und während er darauf wartete, dass das System hochfuhr, fiel sein Blick auf ein Foto neben dem Monitor.

Das Foto zeigte Professor Pieters und einen dunkelhäutigen Jungen, beide etwa in dem Alter, in dem sie auch in dem Expeditionsvideo am Feuer des Krals gewesen waren. Der Anthropologe, groß und schlank, hatte seinen Arm um die Schultern des zierlichen und viel kleineren Jungen gelegt. Sie standen vor einer Hütte aus Lehm und Blättern, übergossen von grellem Sonnenschein, der die Aufnahme etwas überbelichtet wirken ließ. Pieters schien trotz seines Lächelns ein wenig verlegen zu sein.

Der Computer summte. Die Uhr auf dem Bücherregal hinter Van Leeuwen erweckte mit ihrem abwechselnd lauten und dann wieder leisen Ticken den Eindruck, dass die Sekunden auf der Stelle traten, statt zu vergehen. Der Computer verlangte ein Passwort, das der Commisaris nicht kannte.

Versuchsweise gab er *Pieters* ein, dann *Kuru*, anschließend *Nobelpreis* und zu guter Letzt *Keo*; keiner der Begriffe erlaubte ihm den Zugriff auf die Dateien. Wie gern hätte er dem Monitor einen Schlag mit der Taschenlampe versetzt; stattdessen schaltete er ihn aus.

Wieder warf er einen Blick auf die Uhr. 23:11 Uhr.

Unter der Arbeitsplatte stand ein kleiner Rollschrank, gesichert durch ein Schloss, das man mit einer zurechtgebogenen Büroklammer aus einer Schale unter der Schreibtischlampe öffnen konnte. In mehreren Fächern stapelten sich Papiere in Klarsichtfolien, Disketten, Briefe und Schreibhefte. Der Commissaris nahm eines der Hefte heraus und schlug es auf. Die schwach linierten Seiten waren engzeilig beschrieben, zwar von Hand, aber in einer klaren, gut lesbaren Schrift. Van Leeuwen überflog die erste Seite, blätterte weiter, überflog auch die zweite und dritte und hatte das Gefühl, auf einen Schatz gestoßen zu sein: Pieters' Notizen von seiner ersten Reise zu den Fore im Hochland von Neuguinea.

Neuguinea ist die letzte Wildnis der Erde. Noch heute schreckt ihr blutrünstiger Ruf viele Forscher ab, las der Commissaris. *Die Insel liegt im Westpazifik – südlich des Äquators, nördlich von Australien und östlich von Sumatra und Borneo. Sie ist zweimal so groß wie Frankreich, fast zweieinhalbtausend Kilometer lang und sechshundert Kilometer breit; ein lang gestrecktes Zentralgebirge bildet ihr Rückgrat, geschützt von malariaverseuchten Mangrovensümpfen und undurchdringlichen Regenwäldern.*

Port Moresby gehört zum australisch verwalteten Teil der Insel. Kurz nach meiner Ankunft hörte ich von einer seltsamen Krankheit, von der die Eingeborenen im Hochland von Kainantu heimgesucht wurden, und auf Bitten des hiesigen Arztes machte ich mich sofort auf den Weg dorthin, begleitet nur von ein paar einheimischen Trägern. Ich hatte nicht die geringste Ahnung, worauf ich mich einließ.

Ich wusste nicht, dass die Expedition mich geradewegs zurück in die Steinzeit führte, zu Kopfjägern und Kannibalen, von denen ich für immer verändert zurückkehren sollte.

Van Leeuwen übersprang einige Seiten. Er wünschte, er könnte das Heft mitnehmen und zu Hause in Ruhe lesen, denn er spürte, dass es von allem, was er hier gefunden hatte, das Wichtigste war – der Schlüssel zu der Tür, hinter der sein Mörder stand.

Seit drei Tagen sind wir jetzt unterwegs. Bereits am Morgen des zweiten Tages mussten wir den Landrover zurücklassen. Wir haben nur das Zelt, den Schlafsack, den Kocher, das Funkgerät, meine Reiseschreibmaschine und ein paar Vorräte mitgenommen.

Es ist ein beschwerliches Marschieren durch diesen Urwald, wie ich noch nie vorher einen gesehen habe, las der Commissaris, *erst durch scharfes, schulterhohes Gras, riesige Schwertfarne und leuchtend rotes Schleierkraut, dann vorbei an mächtigen Pilzen mit schillernden Köpfen und gewundenen Stielen. Mit Machetenschlägen bahnen wir uns einen Weg durch Bambusstängel, Lianen und wuchernde Schlinggewächse. Zwischen den Bäumen herrscht ein unheimliches Halbdunkel. Die Luft ist erstickend, sie umkriecht uns wie warmer Weihrauch,*

der uns die Ausdünstung von allem, was hier in den letzten Jahrhunderten gestorben, verfault und aus der Fäulnis neu gereift ist, in die Nase steigen lässt. Unsere Schritte, die Schläge unserer Buschmesser sind das einzige Geräusch in der brütenden Stille.

Allmählich stolpern wir nur noch durch ein wucherndes, tastendes Gewölbe aus feuchtem Blattwerk. Klebrige Nässe tropft und sickert noch zähflüssiger von Blatt zu Blatt als das spärliche Tageslicht. Sie rinnt über fleischige grüne Sicheln in weit geöffnete Blütenkelche, sickert in die Schimmelkissen an den Baumstämmen und verdampft schließlich, ehe sie die Erde erreicht.

Die Wurzeln der Bäume unter unseren Füßen sind dicker als Elefantenrüssel, und die verwachsenen Äste bilden ein undurchdringliches Dach über unseren Köpfen. Zwischen den Wurzeln gibt es Schlangen jeder Art und in allen Farben, Skorpione mit hochgerecktem Stachel; handtellergroße pelzige Giftspinnen; lange weiße Tausendfüßler. Jedes Tier scheint seine eigene Welt in diesem Gewirr zu haben, hat sein Netz gespannt, einen Tunnel für seine Flugbahn geschaffen, falls es sich nicht im Dickicht dahinschlängelt oder im harzigen Sud auf und nieder krabbelt. Kleine Affen turnen geschmeidig wie Trapezkünstler von Baumkrone zu Baumkrone. Tukane und Sittiche flattern durch das schattige Zwielicht und kreuzen einen verirrten Sonnenstrahl.

Die Stille ist keine Stille. Das Zwitschern zahlloser Vögel begleitet unser Vordringen, und jeder unserer Schritte gebiert ein vielfältiges Rascheln, Flattern und Schnattern. Manchmal habe ich das Gefühl, als schliche jemand neben uns her, der stets im selben Augenblick stehen bleibt wie wir; jemand oder etwas.

Seit Tagen haben wir den Himmel nur noch in Ausschnitten gesehen, keine Sonne und keinen Mond; die Welt erscheint mir wie ein einziges verschlungenes Labyrinth. Moskitos fallen in Schwärmen über uns her. Zecken regnen von den Unterseiten der Blätter und graben sich unter die Haut, wo sie zu kleinen rötlich schwarzen Geschwülsten werden. Die Abende verbringen wir damit, sie uns am Feuer gegenseitig aus dem Fleisch zu brennen. Manchmal höre ich einen grausigen Schrei, und man sagt mir, das sei ein Silberlöwe – »Natur, rot an Zahn und Klaue«, wie Lord Tennyson schreibt.

Die Taschenlampe flackerte. Der Commissaris sah hoch, und einen beunruhigenden Moment lang glaubte er, selbst im Urwald zu sein. Das Licht wurde schwächer. Van Leeuwen stand auf und ging zum Fenster, überprüfte, ob die Lamellen der Jalousie gut schlossen. Danach schaltete er die Taschenlampe aus, damit die Batterie sich erholen konnte. Auf dem Tisch stand eine kleine Lampe. Er knipste sie an, begierig darauf, weiterzulesen. Die Lampe spendete nur wenig Helligkeit; sie reichte für das aufgeschlagene Heft, aber nicht einmal bis zu den Wänden.

Aus dem tragbaren Funkgerät dringt hin und wieder ein grelles Zirpen, aber wenn ich mich melde, ist niemand dran, nur weißes Rauschen.

Morgens löst sich der nebelartige Dunst zwischen den Bäumen kaum noch auf, er hängt in den Kronen der mannshohen Riesenfarne und rankt sich um die Stängel leuchtend roter Giftblumen; vielleicht sind es schon Wolken. Die Luft wird dünner. Ich ermüde schnell und schlafe schlecht, sodass mir der Marsch durch den Urwald mehr und mehr vorkommt wie ein einziger quälender Albtraum.

Alle paar Meter muss ich mit zitternden Oberschenkeln stehen bleiben, ich bin am ganzen Körper in Schweiß gebadet. Die Luft ist zum Auswringen, voller scharfer, sämiger Gerüche. Das Meckern und Gackern über unseren Köpfen begleitet uns wie ein spöttischer Kommentar zu unserer bedauernswerten Verfassung. Kraftlos kämpfen wir uns voran, durch Schleier von nebligem Licht, Schatten und schwebende Spinnweben.

Ich weiß nicht mehr, ob die giftigen, schillernden Farben, ob der ganze Urwald wirklich ist oder nur ein fiebriger Wahn. Phantasiere ich, wenn ich in der süßlichen Schönheit einer Orchidee schamlose Lüsternheit sehe und von ihrem zarten, lockend zur Schau gestellten Kern erregt werde wie von einem knospenden menschlichen Geschlechtsorgan?

Van Leeuwen spürte, wie sein Puls sich beschleunigte, als er die Witterung aufnahm, in Pieters hineinzuschauen begann. Er überflog die nächsten Seiten, bis das kleine Expeditionskorps den Urwald hinter sich gelassen und das Hochland erreicht hatte.

Der Himmel – Gott sei Dank! Plötzlich endet der Wald, und wir sehen den Kegel eines schroffen Berges aufragen; über den steilen grüngelben Hügeln steigt er empor aus dem Dunst und wirkt so kühl in seiner Nacktheit, dass sich mir der Gaumen zusammenzieht. Die Bäume schieben sich noch ein Stück weit die Hänge hinauf, dann folgt Vulkangestein, Lava, die in erstarrten Strömen bis in den Dunst über den letzten Baumwipfeln herabfließt. Eine Tertiärlandschaft.

Der Sonnenuntergang ist nah, der Berggipfel färbt sich rot. Kleine bunte Papageien steigen auf in das letzte Licht, ein quirliger Schwarm, der einige Minuten lang krächzend und meckernd durcheinanderflattert, ehe er sich zum Schlafen wieder niederlässt. Ich habe immer stärker das Gefühl, dass wir beobachtet werden, von wachsamen Augen, versteckt hinter Zweigen und Laub. Manchmal glaube ich, etwas zu sehen, eine schnelle Bewegung, einen dunklen Körper, ein schneeweißes Gesicht, doch es ist verschwunden, bevor es von den Sinnen erfasst werden kann. Die Fore sind Wilde, hat man mir gesagt – sie führen blutige Kriege gegen andere Stämme und Eindringlinge, mit den Waffen der Steinzeit, Blasrohr, Speer, Pfeil und Bogen.

Meine Bois werden immer stiller. Der Weg führt jetzt steil bergan und ist so schmal, dass wir hintereinander gehen müssen. Wieder und wieder rutschen wir auf kleinen Steinchen aus, die hinter uns in die Tiefe prasseln. Vor uns erhebt sich eine massive Felswand, darin öffnet sich eine Höhle wie ein dunkler Mund. Die Sonne brennt fast senkrecht herab, wir haben keinen Schatten mehr. Als wir uns der Höhle nähern, senken die Bois den Kopf, damit die Geister, die darin hausen, ihre Gesichter nicht sehen können. Ich werfe einen Stein in die Höhle. Er wird von ihr verschluckt, ohne dass man einen Aufprall vernimmt.

Nur wenige Schritte vom nächsten Plateau entfernt, hören wir auf einmal ein seltsames Klirren und Klingeln, das ich mir nicht erklären kann. Es wird lauter, während wir weiterklettern und, geblendet von den schräg fallenden Sonnenstrahlen, eine Lichtung erreichen. Einer meiner Bois stößt einen Schrei des Erschreckens aus. Auf der Lichtung steht ein Schädelhaus, ein Bambusgerüst, an dem dicht an dicht Totenköpfe hängen, kleine und große, geschmückt mit Muschelketten, und es sind die Muscheln, die sich im Wind drehen und klirrend gegeneinanderstoßen. Die leeren Augenhöhlen der Schädel scheinen uns zu fixieren, die Kieferknochen sind zu einem steten Grinsen erstarrt.

Plötzlich fährt ein heftiger Windstoß über das Hochplateau, und nun schwingen auch die Schädel hin und her, all die Köpfe von Männern, Frauen und Kindern, die hier zwischen Himmel und Erde ihr luftiges Grab gefunden haben.

Jetzt wusste der Commissaris, woher der Gegenstand stammte, der ihm gegenüber auf der anderen Seite des Schreibtisches an der Wand hing; er wusste es, ohne aufschauen zu müssen, und er wusste, dass auch er von leeren Augenhöhlen angestarrt wurde.

Kaum hatten wir unsere Zelte aufgebaut, setzte die Dämmerung ein. Schnell, wie überall in den Tropen, geht die Sonne unter, und einen Moment lang scheint vollkommene Stille zu herrschen. Dann erklingen im Busch wieder die Stimmen zahlloser Vögel; Insekten summen und zirpen noch lange nach Einbruch der Dunkelheit. Wir haben ein Feuer angezündet, denn nachts wird es unangenehm kalt. Das Gefühl, beobachtet zu werden, wird stärker, und auf der Lichtung sitzen wir wie auf einer hell beleuchteten Bühne, umflattert von großen weißen Motten.

Wir sind längst auf dem Gebiet der Fore. Im Schein der Flammen notiere ich meine Eindrücke, und wenn ich den Blick von den weißen Seiten hebe, bin ich fast blind für alles, was außerhalb des Feuerscheins liegt. Es ist weniger eine Blindheit der Sinne als eine der bedrückten Seele; ich fühle mich einsam, klein und schwach. Aus der Finsternis zwischen den Bäumen kriecht weißer Nebel über die Lichtung.

Immer wenn die Insekten mit ihren monotonen Lebensgeräuschen kurz innehalten, glaube ich, Trommeln zu hören, abwechselnd nah und weit weg, je nachdem, woher der Wind weht – Trommeln und Flötenklänge. Plötzlich verstummen die Bois und starren in die Dunkelheit. Ich bemerke, dass sich jenseits des Feuers der Nebel verdichtet, bis er die Form einer menschlichen Gestalt annimmt. Die Gestalt kommt näher, und dann fließen die Nebelschwaden auseinander, und ein Mann tritt in den Lichtkreis des Feuers. Es sieht aus, als glühten seine Augen, aber es ist nur das Feuer, das sich darin spiegelt. Er trägt nichts am Leib, nur Ohrringe, Armreifen und Fußringe aus Muscheln, außerdem eine bis zu den Knien reichende schnabelartige Röhre, in der sich sein Geschlecht befindet.

Sein ganzer Körper, schwarz wie Ebenholz, glänzt im Widerschein der tanzenden Flammen. Seine Hände sind leer. Dennoch geht von der kleinen muskulösen Gestalt etwas vage Bedrohliches aus, vor allem von dem dicken Nasenknochen in dem wulstigen, unausgewogen proportionierten Gesicht. Weiße Streifen ziehen sich durch die kräftigen schwarzen Locken. Auch die Wangen und Kiefer sind mit weißen Streifen bemalt, es sieht aus wie ein mit Kalk nachgezeichneter Schädel.

Meine Bois stoßen sich an und deuten auf den Bauch des Buschmanns, wo sich eine frisch vernarbte Wunde vom Nabel bis zum Brustbein hochzieht. Auf einmal breitet der Mann die Arme aus und wölbt dabei die Schultern vor, sodass er aussieht wie ein Raubvogel, der zum Flug ansetzt. Mit einer für seine Größe erstaunlich tiefen Stimme schleudert er uns einen einzigen unverständlichen Laut entgegen. Dann wirft er einen Blick zurück und verschwindet mit einem Satz aus dem Feuerkreis.

Hinter ihm, kaum sichtbar in der grauweißen Nacht, erscheint im selben Moment eine Schar weiterer Männer, die im Gegensatz zu dem Verschwundenen mit Speeren und Äxten bewaffnet sind. Ohne Zweifel sind sie auf Menschenjagd, aber uns lassen sie in Ruhe. Es ist unsere erste Begegnung mit dem als friedlich und liebenswürdig bekannten Stamm der Fore. Erst später werde ich begreifen, was es mit der Wunde am Bauch des Mannes auf sich hat. Ich frage meine Bois, was er gerufen hat, aber es scheint, als hätten sie die Sprache verloren.

Der Commissaris versank in der Lektüre. Er dachte nicht mehr daran, wo er war, und er vergaß, auf die Uhr zu schauen. Er las.

Gegen Mittag des nächsten Tages erreichen wir endlich unser Ziel, das Dorf der Fore, wo wir so freudig begrüßt werden, als wäre die Begegnung der vergangenen Nacht nur ein böser Spuk gewesen. Kleine, muskulöse Schwarze mit dichten Locken drängen sich um mich, sie lachen und weinen gleichzeitig. Sie tragen Halsketten aus Schweinezähnen und einen Lendenschurz aus Rinden- oder Grasgeflecht. Manche der Männer verzichten sogar auf den Lendenschurz und schmücken sich stattdessen mit einer Art Phallushülle aus Muscheln oder aus dem Schnabel des Nashornvogels. Ihre Haare sind mit Federn und Perlen verziert. Die Frauen sind genauso nackt wie die Männer, nur ein Grasröckchen bedeckt ihre Scham. Einige von ihnen tragen Halsbänder mit den kleinen, verschrumpelten Händen verstorbener Babys. Die Finger sind nicht einmal so groß wie Bohnenschoten.

Mit vor Aufregung zitternden Händen betasten sie mich, denn sie haben noch nie einen Weißen gesehen und halten mich für einen Verwandten, der von den Toten auferstanden und zu ihnen zurückgekehrt ist. Mit Hilfe meiner Bois erkläre ich ihnen, dass ich ein Doktor von jenseits der Berge bin und nach ihren Kranken sehen will. Ein aufgeweckter, besonders hübscher Junge bietet mir an, mich zu ihnen zu führen. Er ist elf Jahre alt und heißt Keo.

Auf dem Weg zu den kranken Frauen frage ich Keo nach den Symptomen der Krankheit, die sie Kuru nennen. Obwohl ich kein Wort von dem verstehe, was er sagt, sprechen seine Gesten Bände, und ich frage mich, ob ich noch immer von Fieberphantasien heimgesucht werde. Entweder das, oder ich bin hier im abgelegensten Hochland von Neuguinea einer medizinischen Sensation auf der Spur.

Kuru bedeutet so viel wie Zittern, und erst dachten die Angehörigen der Kranken, sie zittern vor Angst oder vor Kälte. Aber dann erkannten sie, dass das Zittern nicht mehr aufhörte und unausweichlich zum Tod führte, als hätte jemand sie mit einem Fluch belegt.

Die an Kuru erkrankten Frauen fingen an zu torkeln und konnten irgendwann überhaupt nicht mehr gehen. Sie verloren die Fähigkeit, zusammenhängend zu sprechen, und grinsten vor sich hin. Auch schlucken konnten sie bald nicht mehr, sie wurden aber trotzdem immer dicker, und das Ende – klostu dai nau, *wie es hier in Pidgin genannt wird, was so viel bedeutet wie* close to die now *– geht meistens mit einer Lungenentzündung einher.*

All diese Symptome erinnern mich stark an Creutzfeldt-Jakob, aber ich kann nicht glauben, dass es hier, wo die Menschen noch in der Steinzeit leben, bereits eine Krankheit geben soll, die bei uns erst vor hundert Jahren zum ersten Mal aufgetreten ist. Die Kranken – es sind vier – leben nicht mit den anderen Frauen des Stammes im Frauenhaus, sondern etwas abseits in einer kleinen Hütte. Offenbar werden nur Frauen und Kinder Opfer dieser geheimnisvollen Krankheit, keine Männer.

Ob es damit zu tun hat, dass bei den Fore Männer und Frauen getrennt leben? Es gibt in jedem Dorf ein Frauenhaus und ein großes Männerhaus, in dem die Männer und die älteren Jungen zusammen wohnen, denn die Männer sind der Meinung, der Kontakt mit den Frauen raube ihnen ihre Kraft. Männer und Frauen begegnen sich nur zum Geschlechtsakt unter freiem Himmel.

Auch beim Essen herrscht eine klare Rangordnung. Wenn ein Schwein geschlachtet wird, steht den Männern das beste Stück zu. Der Rest wird nach Verwandtschaftsgrad verteilt, wobei für viele Frauen oft nichts mehr abfällt. Auch die im Wald mit Fallen oder Pfeil und Bogen erjagten kleinen Tiere wie Vögel, Eidechsen und Opossums beanspruchen die Männer für sich.

Die Frauen sind auf Kuchen aus Yamswurzeln oder Bohnen, Kartoffeln und Zuckerrohr angewiesen, die sie selbst anbauen müssen. Über dem Feuer geröstete handtellergroße Spinnen und Maden sind eine Delikatesse, stillen ihr Bedürfnis nach Fleisch aber nur notdürftig.

Auch Keo glaubt, dass Kuru ein Fluch ist, mit dem böse Zauberer die Frauen des Stammes belegt haben, damit die Fore aussterben. Wer ein Zauberer ist und woran man ihn erkennt, scheint niemand genau zu wis-

sen. Um den Frauen zu beweisen, dass sie den Tod nicht fürchten, jagen die Männer die Zauberer, die sie ausgemacht haben, und töten sie auf grausame Weise. Sie schneiden ihnen die Nieren heraus, zerstampfen ihre Genitalien, zerschlagen ihnen mit Steinäxten die Oberschenkelknochen und treiben Bambussplitter in die Venen, um sie auszubluten. Nur selten entkommt ihnen eines ihrer bedauernswerten Opfer, und selbst wenn, wo sollte es sich verstecken? Es scheint, dass der Mann, der gestern Nacht an unserem Feuer aufgetaucht ist, so ein Zauberer war.

Der Commissaris sah die Wunden vor seinem inneren Auge, aber nicht im Körper des Zauberers, sondern so, wie er sie immer gesehen hatte, seit der tote Junge, Deniz, im Westerkanaal gefunden worden war. Ein weiteres Teilchen des Puzzles lag an dem Platz, an den es gehörte: die Anordnung der Wunden; die Antwort auf die Frage, was sie bedeuten sollte. Sogar der Bambussplitter passte nun ins Bild.

Es ist schon dunkel, als wir die Hütte der kranken Frauen erreichen. Sie liegt im Schein des Vollmonds am Rand eines Kletterpflanzengestrüpps, in dem Nachtvögel gackern, rascheln und kreischen, um sich gegenseitig vor dem überall lauernden Tod zu warnen. Über dem Eingang schaukelt eine Geistermaske in einer Windbö.

Ein schrecklicher Gestank nach Fäulnis und Exkrementen schlägt mir entgegen, als ich die Hütte betrete, und die kranken Frauen, die nackt auf Grasmatten liegen, haben nichts Menschliches mehr an sich. Sie grimassieren und zucken, lachen und kreischen, kaum anders als die Nachtvögel im nahen Gestrüpp. Es gibt kein Licht in der Hütte, nur den blassen Mondschein, der durch den Eingang hereinfällt. Die Maske, die zum Schutz gegen die bösen Geister dienen soll, wirft einen unheimlichen, geisterhaften Schatten.

Auf den Grasmatten zeichnen sich große dunkle Flecken ab, wo die kranken Frauen Blut gespuckt haben. In den Malanjari-Blättern am Giebel raschelt der Wind. Auch sie dienen der Geisterbeschwörung, und

Keo warnt mich, dass ich auf keinen Fall darunter hindurchgehen darf, sonst würde Kuru auch mich dahinraffen. Er setzt sich zu Füßen der Frauen in einen kleinen Tümpel aus Mondlicht, holt eine Bambusflöte heraus und beginnt, eine monotone Weise zu spielen. Es hört sich an wie ein Klagelied. Ich erfahre, dass eine der Frauen seine Mutter ist.

Ich sage: Keo, wir müssen sie sofort in ein Krankenhaus schaffen.

Er sagt: Sie kann nicht mehr gehen. Sie hätte schon das Stadium erreicht, das die Fore sindaun pinis *nennen,* Kann nicht mehr gehen. *Sie ist kräftiger als die anderen, fast dick. Keo sagt: Sie wird gut zu essen sein. Ich bin nicht sicher, ob mein Boi Keos Worte richtig übersetzt hat; jedenfalls verstehe ich ihren Sinn nicht. Über Funk nehme ich Kontakt mit Okapa auf, der nächstgelegenen Polizeistation, damit man mir einen Jeep schickt.*

Die ganze Zeit kann ich an nichts anderes denken als daran, wie die Fachwelt reagieren wird, wenn ich meinen Bericht über diese Reise veröffentliche.

Der Commissaris war an das Ende des ersten Hefts gelangt und griff sofort zum zweiten. Auf den ersten Seiten beschrieb Pieters, wie er zwei Tage später die beiden Frauen, deren Krankheit am weitesten fortgeschritten war, in Begleitung eines Polizeibeamten auf dem Rücksitz eines Jeeps nach Okapa brachte. Von dort sollten sie mit einem Helikopter abgeholt und in eine Klinik in Port Moresby gebracht werden, aber beide starben, bevor der Helikopter eintraf.

Der Commissaris las, wie Pieters versuchte, eine der beiden Toten zu obduzieren, um ihr Gehirn zur Untersuchung nach Port Moresby zu schicken, und wie es ihm praktisch zwischen den Fingern zerrann. Er las, wie der Arzt in Okapa blieb und darauf wartete, dass ihm per Helikopter mehrere Einheiten Formalin geschickt wurden, damit er bei der nächsten Obduktion die Fehler der ersten vermeiden konnte. Er las, wie Pieters mit dem Formalin die Rückfahrt ins Dorf der Fore antrat und dort erfuhr, dass während seiner Abwesenheit weitere Frauen an der tödlichen Seuche erkrankt waren.

Bei meiner Rückkehr erfahre ich, las der Commissaris, *dass inzwischen auch Keos Mutter mit dem Tode ringt. Sie stirbt noch am selben Tag, und auf mein inständiges Bitten hin erlauben mir Keo und sein Vater, dass ich der Toten das Gehirn entnehme. Sie haben sie gesäubert, sie liebevoll mit Kalk bemalt und ihr ein letztes Mal ihren ganzen Muschelschmuck angelegt. Ich erkläre ihnen, dass wir nur auf diese Weise einen Gegenzauber finden können, der vielleicht den Fluch von den Fore-Frauen nimmt. Allerdings weigert sich der Mann der Toten, mir bei der Obduktion zur Hand zu gehen. Allein Keo erklärt sich bereit, mir zu helfen.*

Um es nicht zu beschädigen, öffne ich den kleinen Schädel der Toten im Gaumenbereich und hole das Gehirn mit einer Hand wie mit einer Schaufel aus der Knochenschale, bevor ich es in das bereitgestellte Glas mit Formalin gleiten lasse. Keo beobachtet mich genau, wie ein Medizinstudent seinen Professor. Es scheint ihm überhaupt nichts auszumachen, dass es sich um seine Mutter handelt. Ich merke, dass er mir vertraut wie einem älteren Freund, der ihn in die Geheimnisse des Lebens und des Todes einweist. Er ist sehr tapfer. Und so schön.

Zum ersten Mal kommt mir der Gedanke, was für ein Leben Keo bevorsteht. Schon Kinder werden hier in Kriegsführung unterrichtet, darin, wie man kämpft und einen Feind tötet. Nur wenige Kilometer von unserem Dorf entfernt, jenseits eines reißenden Flusses mit Namen Lamari, leben die Kukukuku, die sich für die einzigen wahren Ureinwohner halten – ein wilder, herrischer Stamm, die Apachen Neuguineas. Es ist nur eine Frage der Zeit, bis die Kukukuku die Fore überfallen oder umgekehrt. Was wird dann aus Keo?

Auf der anderen Seite gibt es bei den Fore eine Fülle farbiger Riten und eine fast grenzenlose Freiheit, die ausschließlich den Männern zugutekommt. Einem Jungen wie Keo, dessen Sexualität erwacht, wird jede Erfahrung geschenkt, die er sich nur wünschen kann: die sexuelle Begegnung mit anderen Jungen oder älteren Männern; die Möglichkeit, mit einer oder mehreren Frauen, gleich welchen Alters, zu schlafen und zu leben; den Rausch der Liebe und der Sinne mit psychogenen Pilzen oder

Wurzeln zu steigern, und all das, ohne dass jemand urteilt, wertet oder Vorhaltungen macht.

Ein Paradies, vielleicht das letzte dieser Erde.

Keo kommt zu mir ins Zelt, ganz aufgeregt, weil heute Abend seine Mutter und eine weitere Tote beerdigt werden. Es scheint eine Zeremonie zu sein, auf die sich alle freuen. Keo erweist mir eine besondere Ehre. Er lädt mich ein, der Bestattung beizuwohnen. Sein Blick ist voller Stolz und Erregung, als würde heute etwas mit ihm geschehen, was ihn für immer verändert. Aber da schwingt noch eine andere Saite mit; seit wir gemeinsam das Gehirn seiner Mutter entnommen haben, verbindet uns etwas, das nur wir teilen – Respekt, eine Komplizenschaft, vielleicht mehr. Er reicht mir eine Betelnuss und Kalk, damit ich mich auf das nächtliche Fest vorbereiten kann.

Ich schaue ihm nach, als er mein Zelt wieder verlässt. Die Muskeln seines Gesäßes mit dem Lederstreifen in der Mitte spannen sich bei jedem Schritt. Ich betrachte ihn, ich betrachte die anderen Männer und Frauen, die mich so freundlich aufgenommen haben und die mir so sehr vertrauen, dass sie mich Zeuge ihrer geheimsten Rituale werden lassen, und ich zittere vor Glück. Ich bin gekommen, um ihnen zu helfen, stattdessen werde ich reich beschenkt. Es ist ein grenzenloses Gefühl, erfüllt von Liebe und tiefer Freundschaft.

Der Commissaris hörte ein Geräusch, nahm es aber nur mit dem Unterbewusstsein wahr. Gefangen von Pieters' Bericht, war ihm, als befände er sich selbst bei dem Anthropologen im Dorf der Fore, als sei er angesteckt von dessen Besessenheit, dessen schleichendem Wahnsinn.

Es ist ein heißer Tag, der heißeste, seit ich bei den Fore bin. Das Atmen fällt schwer; auch der Wind bringt keine Erleichterung. Die Sonne brennt durch einen kupfernen Dunst von dem niedrigen Himmel, und alles riecht angesengt, als könnte es sich jeden Moment selbst entzünden. Gegen Abend höre ich ungewöhnliche Geräusche – Bambusflöten und Trom-

meln, die sich in das Gurren, Meckern und Gackern aus dem Busch mischen, dazu ein eiliges Trampeln.

Ich verlasse mein Zelt. Die Fore rotten sich zusammen, sie tragen Fackeln in den Händen. Aber ich sehe nur Frauen und Kinder, weder Männer noch die älteren Jungen. Ich schließe mich der Menge an, halte mich jedoch im Hintergrund, denn ich will nicht stören. Mein Herzschlag passt sich dem Rhythmus der Trommeln an, er erfüllt meinen Brustkorb wie eine hallende Muschel, und ich merke, dass er nicht mehr mir gehört. Statt Panik empfinde ich Euphorie. Ich bin offen für alles, so wie ein Kind offen ist, denn alle meine früheren Erfahrungen scheinen ihre Bedeutung verloren zu haben.

Die Dunkelheit fällt schnell herab. In dem Süßkartoffelgarten hinter den Hütten brennt ein großes Feuer, entzündet aus den Fackeln der gut dreißigköpfigen Menge. Mehrere der am Feuer sitzenden jungen Frauen halten Trommeln im Schoß, als wollten sie sie wiegen. Ihre Hände scheinen die Trommeln kaum zu berühren, doch der dumpfe Klang ergreift mehr und mehr Besitz von uns allen.

Die hohlen Schläge dringen über das Dorf hinaus in den schwarzen Busch jenseits der Hütten und steigen mit dem Rauch empor zum Dach der Welt. Eine kleine Gruppe halb nackter Frauen, die eingeölten Körper glänzend im Flammenschein, nähert sich dem Garten vom Rand der Lichtung. Auch Keo ist unter ihnen. Auf den Schultern tragen sie den Körper seiner toten Mutter und der anderen Toten. Der Kopf der zweiten Frau ist mit Bananenblättern zusammengebunden und wirkt unversehrt.

Sie legen die nackten Leichen neben dem Feuer nieder. Jetzt verstummen die Trommeln, und auch die Flöten schweigen. Stille legt sich über den Garten, nur das Knacken von Holz in der Glut ist zu hören. Alle Frauen und Kinder sehen zu, wie die Schwestern und Töchter der Toten mit glasscharfen Messern aus gespaltenem Bambusrohr auf die beiden Leichname zutreten und anfangen, sie für das Fest zu zerlegen.

Das Knistern der Flammen steigt mit den Funken und dem dünnen Rauch in den dunklen Himmel, die Hitze nimmt mir die Luft zum At-

men. Eine der jungen Frauen setzt das Bambusmesser am Handgelenk von Keos Mutter an, hält den Unterarm fest und schneidet die Hand ab. Haut und Sehnen lassen sich leicht zerteilen, aber die Knochen und die harten Knorpel bereiten ihr Mühe. Die junge Frau beginnt zu sägen. Die Muskeln ihrer Oberarme und über ihren Brüsten sind gespannt.

Eine zweite junge Frau schneidet die andere Hand ab. Die Fore-Frauen rings um das Feuer lassen sie nicht aus den Augen. Im Widerschein der tanzenden Glut wirken sie wie zu schnell gealterte Kinder. Sie kauern da, gespannt vor Gier, und lecken sich in höchster Erregung über die Lippen. Die beiden Frauen, es sind Schwestern der Toten, reichen die abgeschnittenen Hände an eine ältere Frau weiter, die sie vor sich auf die Erde legt. Bei ihr muss es sich um die Mutter handeln. Danach wenden sich die jungen Frauen den Füßen der Toten zu und schneiden auch diese ab. Die Füße bekommen die Töchter und Schwiegertöchter.

Als Nächstes schlitzen die Frauen die Haut an Armen und Beinen auf, zerteilen das Fleisch, trennen die Muskeln von den Knochen und verteilen sie an Verwandte und Freunde. Sie öffnen die Brust, schneiden die Leber heraus, dann das Herz; es ist noch schwer und dunkelrot von geronnenem Blut.

Keo erhält das Herz. Behutsam legt er es vor seinen gekreuzten Beinen auf einige Bananenblätter.

Der Körper der toten Frau wird immer kleiner. Dass sie auf grauenvolle Weise an einer schrecklichen, unbekannten Krankheit dahingesiecht ist, scheint keinem der Anwesenden etwas auszumachen.

An der zweiten Toten vollzieht sich in der Zwischenzeit dasselbe Ritual. Zum Schluss durchtrennt eine junge Frau Kehlkopf und Speiseröhre, sägt den Knorpel zwischen den Halswirbeln durch, zerschneidet das Rückgrat und reicht den Kopf an eine andere Frau weiter. Diese zieht geschickt die Kopfhaut ab, greift nach einer bereitliegenden Steinaxt, zertrümmert den Schädel und löffelt die weiche, matt glänzende Gehirnmasse in eine Bambusröhre vom Umfang einer Weinflasche.

Jede der Frauen in der Menge hat so eine Bambusröhre, in die sie das ihr zugeteilte Stück Fleisch vom Körper der beiden Toten schiebt, um es zusammen mit Salz, Ingwer und Blattgemüse im Feuer zu schmoren. Sofort verändert sich die Farbe der Flammen, statt rot brennen sie jetzt auch bläulich und violett. Der Rauch wird dichter und schwerer; fast schwarz breitet er sich über der Lichtung aus.

In der Hitze der Glut spannt sich der Bambus, er knackt und scheint zu pfeifen und zu singen. Kleine Flämmchen lecken an den Kochröhren. Die Silhouetten der Frauen sind zuckende Schatten, ihre Augen glitzern wie die von Besessenen. Sobald eine glaubt, das Mahl in ihrer Röhre sei gar, reißt sie es aus dem Feuer und verschwindet damit in der Dunkelheit, wo sie es entweder allein isst oder mit ihren Kindern teilt. Fleisch zu essen, gleich ob von Schwein oder Mensch, ist eine Orgie der Sinne, der man sich in schamhafter Abgeschiedenheit hingibt.

Keo ist der einzige heranwachsende Junge, der an dem Fest teilnimmt. Die Männer der Fore essen keine Toten. Einmal begegne ich Keos Blick. Er sitzt ein Stück entfernt von mir auf der anderen Seite des Feuers und betrachtet die Bambusröhre, in der das Herz seiner Mutter gart. Plötzlich schaut er auf, mir direkt in die Seele, so trifft mich sein Blick, und seine Augen sind wie große braune Luftblasen, die jeden Moment zu platzen drohen.

Ich werde Zeuge, wie die Frauen und Kinder nach und nach beide Leichname aufessen, sogar die Knochen, die sie in der Glut verkohlen lassen, bis sie weich sind. Dann zerkrümeln sie die schwarzen Überreste und streuen sie über das Fleisch. Herz, Gehirn und Geschlechtsorgane aber sind die begehrtesten Köstlichkeiten, die nur den Ehepartnern oder deren nächsten Verwandten zustehen. Im Grunde werden die Teile der Leichen nach dem gleichen Schlüssel verteilt, der auch für die Verteilung von Schweinen gilt.

Für mich als Fremden bleibt natürlich nichts übrig.

Der Commissaris lehnte sich zurück und schloss die Augen. Er verspürte eine Müdigkeit, die über alles hinausging, was er kannte. Vielleicht war dies die einzige Regung, die einem noch blieb, wenn man in das Gesicht des Grauens geschaut hatte – eine tiefe, erschöpfungsähnliche Müdigkeit. Gleichzeitig verspürte er ein anderes Gefühl, das ihm zunächst so abwegig erschien, dass er es nicht einzuordnen vermochte. Aber dann, als es sich deutlicher bemerkbar machte, musste er sich voller Scham die wahre Natur dieses Gefühls eingestehen: Was er verspürte, war nagender Hunger.

Eine Seite noch, dachte er. Er hatte das zweite Heft kaum bis zur Hälfte durchgelesen, und in dem Rollschrank lag noch ein ganzer Stapel davon. Er sah auf seine Armbanduhr und stellte fest, dass es erst kurz vor Mitternacht war, obwohl er das Gefühl hatte, schon Stunden mit der Lektüre von Pieters' Aufzeichnungen verbracht zu haben.

Also gut, eine Seite noch. Aber wirklich nur eine Seite.

Er ist zu mir gekommen, las der Commissaris, *heute Nacht, in mein Zelt. Ich habe geschlafen und werde plötzlich von einer zarten Berührung geweckt. Das Mondlicht zeigt mir Keo, der neben mir liegt und so klein, schlicht und reizend aussieht, mehr wie eine Form, eine schattenhafte Gestalt, nicht wie ein Mensch aus Fleisch und Blut. Ein schlanker, leicht harzig riechender Körper. Ebenholzdunkel liegt er da, nur die Augen und Zähne schimmern weiß. Er lächelt. Leicht zu erfreuen, aber ebenso schnell zu verdrießen wie alle Männer seines Stamms.*

Und da liege ich, welch merkwürdiger Zufall, neben einem solchen Jungen, der – nun ganz allein auf der Welt – bereit ist, sich mir zu öffnen, unbewusst, vertrauensvoll, zart wie eine Kinderfaust. Ich nehme ihn in die Arme, es ist so natürlich, ganz selbstverständlich.

Wir reiben die Nasen aneinander und küssen uns. Zuerst sind seine Küsse trocken, arglos, unverdorben – eine Unschuld, aus der er ungeduldig erlöst werden will. Er schließt die Augen nicht, und die ganze Zeit bin ich wie gebannt von seinem Wolfsblick, von den dicht neben der Nasenwurzel in die Knochen geschnitzten Augen.

Mit der Leidenschaft wächst indes auch meine Unruhe, der eine vage Betrübnis folgt, denn ich weiß, dass ich nur eine Gelegenheit wahrnehme, während er sich eine Zukunft ausmalt. Aufrichtig ist nur meine Verzü-

ckung, meine Hingabe, während er kommt und geht wie Ebbe und Flut, Gezeiten aus Fleisch und Blut. Es ist das erste Mal für ihn. Danach halten wir uns lange fest, erkennen uns, ohne uns sehen zu können, und schlafen schließlich ein.

Unvermittelt hatte der Commissaris ein Déjà-vu-Gefühl. Schon wieder las er die intimen Gedanken eines Menschen, die Zeilen eines Liebenden, die nicht für ihn bestimmt waren; schon wieder erhielt er ungewollt Einblicke in das Herz eines Menschen. Dazu hast du kein Recht, dachte er. Er schämte sich. Was ist aus dir geworden?, fragte er sich; kein Verdacht rechtfertigt das alles hier.

Der frühe Morgen ist unwirtlich. Als ich erwache, ist Keo fort, und meine Gedanken beginnen eine einsame, ruhelose Wanderung. Wie kann ich einordnen, was ich gestern erlebt habe? Stehe ich unter Schock? Was soll aus Keo werden, aus all den anderen Kindern hier, die sich von Toten ernähren und die dem Tode geweiht sind? Nach dieser Nacht, muss ich da nicht wenigstens ihn *retten?*

Sind wir nicht auf der Welt, um wenigstens einen *anderen Menschen glücklich zu machen?*

Der Commissaris zuckte zusammen. Das Handy vibrierte an seiner Brust, es fühlte sich an wie ein Stromstoß mitten ins Herz. Einen Moment lang saß er wie erstarrt, während das Blut durch seine Adern raste. Er griff in die Jacketttasche, um das Telefon herauszuholen, aber ehe er den Anruf entgegennehmen konnte, hörte er wieder ein Geräusch. Es klang wie ein leises Scharren. Hastig schaltete er die Schreibtischlampe aus. Das Handy vibrierte weiter in seiner Hand, und er drückte die Taste zur Rufunterbrechung.

Er lauschte. Das Scharren drang von außerhalb des Büros an sein Ohr, aber er konnte nicht hören, ob es im Haus war oder im Garten. Leise schob er das Handy zurück in die Brusttasche seines Jacketts, klappte das Heft zu und legte es auf den Schreibtisch. Dann tastete er nach der Taschenlampe.

Er wünschte, er wäre eine Katze und könnte im Dunkeln sehen; oder eine Eule. Er hörte den Wind, und irgendwo beschleunigte ein Auto, bevor sein Motor leiser wurde. Er hörte die Uhr, die im Dunkeln Sekunde um Sekunde von der Zukunft kratzte und auf den Haufen der Vergangenheit warf. Er roch die Pflanzen, die ihn umgaben, die feuchte Erde. Auf einmal hatte er das Gefühl, dass er nicht allein war.

Er versuchte, die Dunkelheit zu durchdringen, und ihm fiel die Schublade seines Schreibtischs im Büro ein, in der die Luger lag. Die Pistole war gesichert und entladen, und sie lag in der Schublade seines Schreibtischs. Er umklammerte die Taschenlampe, schaltete sie aber nicht ein, um sich nicht zu verraten. Erst im letzten Moment, dachte er, erst wenn du Schritte hörst; erst wenn du seine Körperwärme spürst. Unwillkürlich zog seine Haut sich zusammen, das kalte Kribbeln war wieder da.

Er versuchte, nicht zu atmen. Zu laut, dachte er, fast so laut wie mein Herzschlag. Jemand war da, nicht weit von ihm; er spürte es.

Da! Ein Knacken. Seine Müdigkeit war wie weggeblasen. Er horchte in die Stille des Hauses, die keine Stille mehr war. Plötzlich hörte er immer mehr Geräusche, unzählige Laute, die ihn umgaben und seinen Herzschlag beschleunigten. Wenn ich nur eine Katze wäre, dachte er, wenn ich sehen könnte, ohne gesehen zu werden.

Es war an der Eingangstür. Es klang, als hätte ihr jemand einen Stoß versetzt, bevor er sie in kurzen Abständen mit etwas Weichem berührte. Nicht wie ein Schlüssel, dachte der Commissaris. Er hatte auch keine Schritte im Garten gehört oder einen Wagen, der sich auf dem Kies dem Haus näherte.

Allmählich veränderte sich die Dunkelheit, wurde heller. Vorsichtig legte er das zweite Heft zurück auf den Stapel im Rollschrank und dann das erste, bevor er ihn so geräuschlos wie möglich wieder schloss. Die verbogene Büroklammer steckte er ein. Er stand auf. Er kannte die Wohnung jetzt gut genug, um ohne Licht zur Eingangstür zu finden. Das schwache scharrende Geräusch setzte aus und wieder ein, aus und ein.

Der Commissaris verharrte an der Schwelle. Er holte tief Luft, tastete mit der freien Hand nach dem Drehknauf und riss die Tür auf. Die Taschenlampe in der erhobenen Faust, stürmte er auf die Veranda. Die Veranda war leer, der Garten dunkel. Der Commissaris ließ die Taschenlampe sinken.

Vor seinen Füßen lag eine verletzte Ente, die benommen mit den Flügeln schlug. Dummes Vieh, dachte er, was hast du hier auch zu suchen, mitten in der Nacht? Warum schläfst du nicht wie die anderen Enten? Sie musste im Flug gegen die Tür geprallt sein, und jetzt drehte sie sich langsam im Kreis, wobei ihre Flügel das scharrende Geräusch auf den Holzbohlen der Veranda verursachten. Er hob sie auf und hielt sie, bis sie mit den Füßen strampelte und wieder zu fliegen versuchte. Er ließ sie los, und sie flog.

Das Telefon an seiner Brust vibrierte aufs Neue. Diesmal meldete er sich. »Ja?«

»Bruno, hier ist Ton. Simone ist wieder verschwunden.«

28

Simone van Leeuwen irrte im Nachthemd zwischen den dicht besetzten Caféhaustischen auf dem Leidseplein umher. Sie trug Filzpantoffeln und ihre Finnenmütze, aber keine Strümpfe. Sie ging von Tisch zu Tisch, als suchte sie ein vertrautes Gesicht. Manchmal blieb sie bei einem der Gäste stehen und fragte: »Sind Sie mein Mann?« Ohne die Antwort abzuwarten, ging sie weiter, zum nächsten Tisch, und fragte auch dort: »Sind Sie mein Mann?«

Sie erntete Kopfschütteln, Schulterzucken und Gelächter, und sie ging weiter. Es war eine warme Nacht. Der Himmel war dunkelblau. Auf den Tischen lag der Widerschein der altmodischen Kutscherlaternen zwischen den dicht belaubten Bäumen. Glühbirnenketten zeichneten Giebel und Fenster nach. Aus den offenen Türen und Fenstern der Bars, Restaurants und Cafés rings um den Platz drang laute Musik. Grelle Neonschilder priesen Speisen aller Art an, *manchurian food, seafood, fish & chips, kebap, pizza, chicken tandoori*. Unter den bunten Sonnenschirmen – *Coca Cola, Pepsi, Heineken, Smirnoff* – saßen viele Touristen, aber auch Nachtschwärmer aus dem Viertel. Alle aßen und tranken, Hamburger von *Burger King*, Eis von *Häagen Dazs*, Steaks aus dem *New York Steakhouse*, Bier aus dem *Irish Pub*, und alle sahen den Artisten, Clowns und Porträtzeichnern auf dem Platz vor den Straßenbahnhaltestellen zu. Feuertänzer schlugen brennende Räder in die Nachtluft. Gitarristen und Stehgeiger gingen vor den Tischen auf und ab.

Simone fröstelte. Der Wind fuhr unter ihr Nachthemd, und ihre nackten Arme und Beine waren mit einer Gänsehaut bedeckt. Eine Zeit lang sah sie den Straßenkünstlern zu, aber dann bekam sie Angst und hielt einen Kellner auf. »Sind Sie mein Mann?«

»Tut mir leid«, sagte der Kellner. »Möchten Sie etwas trinken?«

»Ich bin verheiratet«, sagte Simone.

»Vielleicht ist das da Ihr Mann«, sagte der Kellner. Er deutete auf einen Pantomimen, der ebenfalls von Tisch zu Tisch ging, das weiß geschminkte Gesicht eine Maske der Trauer. Simone betrachtete den Pantomimen, und während sie ihn beobachtete, wurde ihr Gesicht genauso traurig wie seins. Er bemerkte sie, blieb stehen und wandte sich ihr in Zeitlupe zu. Fragend deutete er mit dem Zeigefinger auf sein Herz, immer noch in Zeitlupe, und in Zeitlupe schüttelte Simone den Kopf. »Sie sind nicht mein Mann«, sagte sie.

»*Ich* bin dein Mann«, sagte der Commissaris.

Sie drehte sich um, und als sie lächelte, sah er ihr Herz in ihren Augen. Sie griff nach seinem Arm, hängte sich ein und sagte: »Hab dich gesucht.«

»Komm, ich bring dich nach Hause.« Van Leeuwen führte sie am hell erleuchteten Foyer der *Amsterdam Stadsschouwburg* vorbei zu seinem Wagen, den er vor dem *American Hotel* geparkt hatte. »Steig ein.« Er hielt ihr den Schlag auf, weil er wusste, dass sie das mochte. Dann setzte er sich hinters Steuer, holte sein Handy heraus und tippte eine Nummer ein. »Wen rufst du an?«, wollte Simone wissen.

»Ton«, sagte Van Leeuwen. »Kannst du dir vorstellen, was du uns wieder für Ärger machst? Ich muss nur kurz auf dem Land was erledigen, und schon steht meine Frau auf, nimmt ihr Bett und wandelt.«

»Du hast mir nicht vorgelesen«, sagte Simone mit zitternder Stimme. »Du warst nicht da.«

»Aber Ellen war da«, sagte er. »Auch wenn sie geschlafen hat, es war jemand da, und es gab keinen Grund für dich, auf die Straße zu gehen. Weißt du, was die Streifenbeamten gemeldet haben? Eine verwirrte Frau belästigt die Gäste der Straßencafés am Leidseplein. Das bist du, die Frau in dieser Meldung, die verwirrte Frau ist meine Frau, und mein Hoofdinspecteur muss mir Bescheid sagen.« Er hielt das Handy ans Ohr. Gallo meldete sich, und der Commissaris sagte: »Sie war's. Ich bringe sie nach Hause. Danke, Ton.«

Simone streckte die Hand nach dem Apparat aus. »Muss auch telefonieren«, sagt sie.

»Nein«, sagte er. »Musst du nicht.« Er unterbrach die Verbindung und startete den Wagen. »Du musst nach Hause, das ist alles, was du musst.« Er war zerknirscht und reumütig, aber er war auch wütend. Auf Ellen, die eingeschlafen war, statt über Simones Schlaf zu wachen; auf seine Frau, weil sie krank war, und ganz besonders auf sich, weil er noch immer so tat, als könnte es ewig so weitergehen, obwohl er wusste, dass es nicht so weiterging. »Was wolltest du denn am Leidseplein? Hast du vergessen, dass fremde Menschen dir Angst machen?«

»Theater«, sagte Simone. »Theater gehen.«

»Wir waren doch schon seit Jahren nicht mehr im Theater«, sagte er. »Bist du das ganze Stück gelaufen?«

Sie antwortete nicht. Plötzlich ging ein durchdringender Geruch von ihr aus.

»Ich kann dich nicht mehr beschützen«, sagte er. »Ich muss dich irgendwohin bringen, wo du gut aufgehoben bist.«

Er fand einen Parkplatz vor dem Haus, brachte Simone nach oben in die Wohnung, wusch sie und legte sie ins Bett. Er las ihr ein paar Seiten aus der *Schatzinsel* vor, denn das war zurzeit ihr Lieblingsbuch. Als sie eingeschlafen war, ging er in die Küche und entkorkte eine Flasche Rotwein. Er nahm die Flasche mit in sein Arbeitszimmer und setzte sich an den Schreibtisch. Er schaltete den Computer ein, denn er wollte so viel wie möglich von Pieters' Aufzeichnungen festhalten. Er glaubte zwar nicht, dass er jemals etwas davon vergessen konnte, aber darauf wollte er sich nicht verlassen.

Er wusste, er konnte sie nicht verwenden.

Josef Pieters war ein weltberühmter Wissenschaftler, vielfach ausgezeichnet und sogar für den Nobelpreis vorgeschlagen; für eine offizielle Hausdurchsuchung gab es keine Handhabe. Nichts von dem, was Van Leeuwen in dessen Haus entdeckt hatte, konnte er verwenden. Er konnte es nicht einmal jemandem erzählen, weder Hoofdinspecteur Gallo noch Brigadier Tambur, um sie nicht in Gewissenskonflikte zu stürzen. Er konnte es nur aufschreiben, und das tat er. Als er damit fertig war, wusste er, dass niemand ihm glauben würde, wenn er keine Beweise vorlegte.

Er wollte den Computer gerade ausschalten, als ihm noch eine Idee kam. Er gab den Namen *Josef Pieters* in die Suchmaschine ein, dann *Publikationen* und schließlich *Neuguinea* und *Kuru*. Die Liste der Artikel war endlos, alle erschienen in Fachzeitschriften, deren Namen Van Leeuwen noch nie gehört hatte. Er klickte ein paar davon an, überflog die ersten Sätze, Nach einer Stunde stieß er auf einen Artikel in einem Magazin namens *Lancet*. Das Wort *Kannibalismus* fiel ihm ins Auge, und er ging zurück bis zum Beginn des Absatzes.

Wenn Fore im Sterben liegen, las er, *bitten sie darum, gegessen zu werden, damit ihr Leichnam nicht in der Erde verwest. Schon im Voraus verteilen sie ihre Körperteile an ihre liebsten Verwandten. ›Ich fress dich‹, ist ein häufig gehörter Gruß, der tiefe Zuneigung ausdrückt.*

Auch wir sagen ja manchmal zu jemandem, den wir besonders lieben: ›Ich hab dich zum Fressen gern.‹ Das süßlich schmeckende Fleisch der Verstorbenen erfreut sich größter Beliebtheit bei den Frauen; die Männer dagegen halten sich lieber an die kleinen wilden Schweine.

Für die Fore ist das Verzehren ihrer Verwandten ein Akt der Liebe, eine Totenfeier. Aber für viele unter ihnen ist es auch ihr Todesurteil, wie mir schlagartig klar wurde, als mir bei einem Zwischenstopp auf den Fidschi-Inseln eine mehrere Wochen alte Ausgabe der Zeitschrift Time *in die Hände fiel. Darin entdeckte ich einen Artikel über einen Forscher, der kleine Plattwürmer, die in der Erde leben, darauf trainiert hatte, ihren Weg durch ein einfaches Labyrinth zu finden. Anschließend hatte er die solcherart ›ausgebildeten‹ Würmer klein gehackt und anderen Würmern ihrer Gattung zu fressen gegeben. Es gelang ihm, zu beweisen, dass die Würmer, die mit ihresgleichen auch deren ›Wissen‹ gefressen hatten, den Weg durch das Labyrinth schneller fanden als andere, die dieses ›Futter‹ nicht bekommen hatten.*

Durch ›Kannibalismus‹ konnten also bestimmte Informationen weitergegeben werden, und was ist ein Virus anderes als ein Informationsträger? Die Gewohnheit der Fore, ihre Leichen zu essen, ließ die Vermutung zu, dass auf diesem Weg auch virale Erreger übertragen werden. Endlich begriff ich, warum Kuru lediglich bei Frauen und männlichen Kindern auftritt: Nur sie beteiligen sich an diesen kannibalistischen Orgien. Nur sie essen das Gehirn der Toten.

Es scheint mir daher im Umkehrschluss auch immer wahrscheinlicher, dass die Ursache von Kuru ein übertragbarer Erreger mit langer Latenzzeit ist. Notabene: Natürlich werden noch jahrelange aufwändige Experimente mit Ratten und Affen notwendig sein, bis ich diese Vermutung beweisen kann, vorausgesetzt, man stellt mir die entsprechenden Mittel zur Verfügung.

Der Gedanke, diese faszinierende Erkenntnis nun auf dem mühseligen, von Zweiflern, Neidern und Spöttern begleiteten ›wissenschaftlichen Weg‹ in den klinischen Labors unserer Universitäten und Pharmakonzerne unter Beweis stellen zu müssen, erfüllt mich mit Sorge.

Drei Jahre lang habe ich in einer steinzeitlichen Welt gelebt, in der es keinen Unterschied zwischen Erwachsenen und Kindern gibt; einer Welt voll kindlicher Phantasie, kindlichem Humor und kindlicher Lust auf sofortige Befriedigung jeder Leidenschaft. Das Wort Verantwortung kennen die Fore genauso wenig wie den Begriff der Moral. Ich musste, um Kinder zu haben, um ihnen all meine Liebe geben zu können, weder Vater noch Ehemann sein; nichts war unwiderruflich, nichts stellte eine Verpflichtung dar.

Diese Welt, in der ich höchstes Glück kennen gelernt habe, nun zu verlassen, bereue ich schon jetzt, und die Vorstellung, wieder in Amsterdam oder Utrecht, in der so genannten Zivilisation zu leben, erfüllt mich mit Widerwillen und Furcht. Thomas Hobbes hatte Unrecht, als er schrieb, bei den Primitiven sei das Dasein einsam, elend, bitter, grausam und kurz. Das Gegenteil ist der Fall – Hobbes beschrieb unsere moderne Welt.

Ja, empfinde ruhig Furcht, dachte Van Leeuwen, und meinetwegen auch Widerwillen, aber in unserer so genannten Zivilisation gibt es nun mal eine Moral, und im Namen dieser Moral werde ich dich zur Verantwortung ziehen, denn du hast den Tod nach Amsterdam gebracht.

Aber warum hat Professor Pieters dir denn dann überhaupt von diesen Kannibalen erzählt?, wollte Simone wissen. *Warum hat er das getan und dich damit auf seine Spur gebracht? Und warum ist er so plötzlich verschwunden?*

Das verdanken wir dem Hoofdcommissaris und seinem Presserummel, sagte Van Leeuwen. *Bis dahin hatte Pieters gar keine Ahnung, dass sein Sohn der Mörder ist. Am Anfang war es nur Neugier, fachliches Interesse an den Tatumständen, die ihn an seine Erlebnisse bei den Fore erinnert haben. Er wusste nicht, dass Keo der Mörder ist.*

Aber dann hat der Hoofdcommissaris unser Täterprofil an die Medien gegeben, ganz Amsterdam suchte einen kleinen Kannibalen, dunkelhäutig, mit einer auffälligen Lücke zwischen den vorderen Schneidezähnen, Blutgruppe AB, Schuhgröße 6, und irgendwann muss Pieters zwei und zwei zusammengezählt haben.

Wahrscheinlich hat er Keo einfach gefragt, und der hat ihm geantwortet, denn in seinen eigenen Augen hatte der Junge ja nichts Böses getan. Etwas muss kurz vor dem Koninginnedag geschehen sein, etwas, das Keo veranlasst hat, den kleinen Kevin zu jagen und zu töten, wie in seiner Heimat die Zauberer getötet wurden. Aber was? Warum sind seine atavistischen Instinkte hier erwacht, wo sie nicht hingehören?

Er hatte Angst, sagte Simone.

Van Leeuwen sah sie an, sah sie vor seinem inneren Auge, wie sie gewesen war, als sie noch jeden Fall miteinander besprochen hatten.

»Was meinst du?«, fragte er halb laut. »Möchtest du, dass ich dich fresse, wenn du mal tot bist?«

Mit Haut und Haar, antwortete sie lächelnd.

Er holte sein Handy aus der Tasche und wählte Hoofdinspecteur Gallos Nummer. »Ton, ich bin's. Hast du schon geschlafen? Gut, ich habe vergessen, dir zu sagen, dass ich morgen Abend kurz im Präsidium vorbeischaue und dir ein paar Sachen vorbeibringe, die du für mich im Labor untersuchen lassen musst. Nein, ich kann dir nicht sagen, was oder warum, jedenfalls jetzt noch nicht. Hauptsache, du behältst es für dich und sprichst mit niemandem darüber. Also dann, gute Nacht. Bis morgen.«

Er legte das Handy auf den Schreibtisch und gab einen neuen Begriff in die Suchmaschine ein. Nach ein paar Sekunden erschienen die Namen von Alzheimer-Betreuungsstätten auf dem Bildschirm – Selbsthilfegruppen, Tageskliniken und Pflegeheime überall in den Niederlanden. Er klickte erst die in Amsterdam an, dann die in der näheren Umgebung; er betrachtete die Außenansichten, las die Beschreibungen, stellte sich seine Frau darin vor. Keine der Einrichtungen sagte ihm zu. Schließlich stieß er auf ein Heim in Emmen, das ihm gefiel.

Er schickte eine E-Mail an die Heimleitung und bat um einen Termin.

29

Der Commissaris steuerte den Alfa auf den Parkplatz vor dem lang gestreckten Flachbau mit der Glasfront, in der sich die Sonne spiegelte, und er dachte, *es ist zu weit weg*. Er stieg aus und betrachtete die Wiesen, die das Heim umgaben, und den Garten vor den bis zum Boden reichenden Fenstern, und er dachte, *schön, aber es ist zu weit weg*. Auf den Wiesen grasten Schafe, und im Garten wuchsen Rosen, und Ahornbäume spendeten Schatten. Es war trotzdem zu weit weg.

Van Leeuwen betrat das einstöckige Gebäude durch eine Glastür und fand sich statt in einer Eingangshalle in einem überdachten Dorf wieder. In dem Dorf gab es einen kleinen Supermarkt, ein Restaurant und ein Café mit einer winzigen Terrasse, deren Tische alle besetzt waren. Es gab einen Frisörsalon und ein Blumengeschäft. Unter einem Baum stand eine Parkbank. Passanten flanierten durch eine Fußgängerzone, Besucher und Patienten, aber auf den ersten Blick konnte man nicht erkennen, wer was war.

Die Wände zwischen den Fenstern waren farbig gestaltet, so lebhaft wie die Farben der Wiesen und des Gartens, und es machte keinen großen Unterschied, ob man auf den breiten Wegen draußen spazieren ging oder auf den Gängen des Heims.

Ein schlanker blonder Mann mit einer Schildpattbrille kam Van Leeuwen auf einem der Gänge entgegen. Er trug Hush Puppies, dunkelbraune Kordhosen und eine Strickjacke mit großem Schottenkaro über einem hellblauen Leinenhemd. Er ging schnell und winkte im Gehen. »*Goedendag*, Mijnheer van Leeuwen!«

Van Leeuwen nickte. »Doktor Ten Damme?«

»Soll ich Sie ein bisschen herumführen?«, fragte Ten Damme.

»Das Dorf gehört zur Therapie. Es ist unser Theater, unsere Kulissenwelt, die Bühne, auf der wir alle hier, Ärzte, Pfleger und Patienten, miteinander spielen. Kennen Sie Shakespeares *Wie es euch gefällt?*« Er ging neben Van Leeuwen her, deutete mit sparsamen Gesten die Richtung an. »*Die ganze Welt ist Bühne nur – der letzte Akt, mit dem die seltsam wechselnde Geschichte schließt, ist zweite Kindheit, gänzliches Vergessen, ohn' Augen, ohne Zahn, Geschmack und alles.*«

»Der Rest ist Schweigen«, sagte Van Leeuwen.

»Nur dass wir keine Schauspieler sind«, erklärte Ten Damme.

»Die Kleider, die Sie in dem Geschäft hier kaufen können, sind echt, die Zeitungen sind aktuell, und der Kakao ist frisch. Der Sommer draußen vor den Fenstern ist nah, man kann ihn sehen und riechen, die Blumen, das Gras. Im Herbst werden die Blätter braun und fallen ab, und der Schnee im Winter ist kalt und schmilzt in der Hand. Wie alt ist Ihre Frau, Mijnheer?«

»Sie wird in vier Monaten sechsundfünfzig«, antwortete Van Leeuwen.

»Das ist jung«, sagte der Arzt. »Bestimmt läuft sie viel herum. Die meisten Alzheimer-Kranken müssen immerzu laufen. Ihr Zustand macht ihnen Angst, und wie Kinder versuchen sie, vor dem wegzulaufen, was ihnen Angst macht. Die Gänge und Wege hier lassen genügend Platz, sodass niemand in Panik gerät, und wir binden niemanden an und stellen auch niemanden ruhig. Jeder Patient wird täglich so oft gewaschen wie nötig, und wir achten darauf, dass er ausreichend isst und vor allem trinkt.«

Sie gingen einen Flur mit mehreren verschiedenfarbigen Türen entlang, und Ten Damme klingelte an einem in weichem Ocker gestrichenen Eingang, der mit den beiden gardinengeschmückten Fenstern rechts und links aussah, als gehörte er zu einem richtigen Haus. »Mal sehen, ob jemand da ist«, sagte er. Die Tür hatte die Nummer 12. »Unsere Wohneinheiten liegen außerhalb des Verwaltungstrakts, damit unsere Patienten gar nicht erst das Gefühl bekommen, in einer Klinik zu sein. Sie können auch Haustiere mitbringen, wenn sie wollen. Jede Wohneinheit hat eine eigene kleine Küche, allerdings gibt es nur Vierbettzimmer.«

In den Fenstern neben den Türen mit den Nummern 11 und 13 zeigten sich die Konturen von Köpfen, blasse Gesichter. Einige der Frauen und Männer, die auf dem Flur unterwegs waren, blieben stehen, ohne etwas zu sagen. Sie trugen weder Morgenrock noch Bademantel, und nur der Simone-Look verriet ihr Leiden.

Die Tür blieb geschlossen. Der Arzt unternahm keinen Versuch, sie mit einem Generalschlüssel zu öffnen. »Er schläft vielleicht. Ich zeige Ihnen ein anderes Zimmer.«

»Es reicht, wenn Sie mir ein Foto zeigen«, sagte Van Leeuwen. Ten Damme ging weiter. »Die Pfleger wohnen außerhalb des Heims«, fuhr er fort. »Sie kommen morgens und gehen abends wieder nach Hause, aber sie bleiben immer die Bezugspersonen der Kranken, derselbe Arzt, dieselbe Schwester, dieselben Therapeuten, von der Einlieferung bis zum endgültigen Abschied. Sie kennen sich, die Betreuer wissen aus langer Beobachtung, wen sie vor sich haben, registrieren Veränderungen, wissen, wann Fröhlichkeit hilfreich ist und wann sie jemandem seine Trauer lassen müssen.«

»Das ist gut«, sagte Van Leeuwen. »Wir waren immer gern zusammen traurig.«

»Im Übrigen können Sie Ihre Frau jederzeit besuchen, Mijnheer«, sagte Ten Damme, »falls Sie sich entschließen, sie zu uns zu bringen –«

Einen Moment lang verlor Van Leeuwen beim Zuhören den Faden. Seine Brust wurde bleischwer. Er sah in eine Zukunft, die diesen Namen nicht verdiente, und schnappte nach Luft.

»Der Aufenthalt hier ist zwar nicht billig –«

»Dreitausend im Monat, habe ich gelesen«, sagte Van Leeuwen und folgte Ten Damme durch eine Tür, die erst geöffnet werden konnte, nachdem der Arzt zwei Knöpfe gleichzeitig gedrückt hatte. Hinter dieser Tür begann das Weiß, das den Patienten erspart blieb.

Ten Damme führte den Commissaris zu einem schlicht gehaltenen Raum mit seinem Namensschild an der Tür. »Dreitausend Euro, stimmt«, sagte er, »aber die müssen Sie ja nicht allein aufbringen. Sie haben doch bestimmt eine Versicherung, es gibt staatliche Zuschüsse, die Sie beantragen können, und wenn Ihre Frau das Rentenalter erreicht hat, kommt noch die Rente dazu. Jeder Patient erhält ein Taschengeld, damit er so lange wie möglich an dem Leben teilnehmen kann, wie er es vielleicht in Erinnerung hat – eine Zeitung kaufen, Blumen, ein Konzert besuchen, ein Glas Sekt trinken. Setzen Sie sich doch, Mijnheer van Leeuwen.«

»Danke, ich stehe lieber«, sagte Van Leeuwen.

»Ich auch«, sagte Ten Damme und nahm eine bereits gestopfte Pfeife vom Schreibtisch, der neben zwei Stühlen und einem Aktenschrank das einzige Mobiliar bildete. Er sengte den Tabak im Pfeifenkopf mit mehreren Flammenstößen aus einem altmodischen Benzinfeuerzeug an, wobei er so viel Rauch einsaugte und wieder ausstieß, dass der Sommer vor dem Fenster auf einmal wie eine Nebellandschaft aussah.

»Ich weiß, wie schwer es für Sie sein muss, hier zu sein«, sagte er. »Sie sehen keine andere Möglichkeit mehr, und trotzdem kommen Sie sich vor, als übten Sie Verrat an dem Versprechen, das Sie Ihrer Frau einmal gegeben haben.«

Van Leeuwen sagte nichts.

Ten Damme respektierte das Schweigen. »Es ist kein Verrat«, sagte er dann. »Sie lieben Ihre Frau, aber sie hat Sie vergessen. Sie ist in einem anderen Land. Sie erlebt eine Zeit, lange bevor Sie sich kennen gelernt haben: die Zeit der Kindheit, in der man umgeben ist vom Zauber des Anfangs, ohne Kummer, ohne Schmerz. Mit dem erdrückenden Gefühl, dass es kein Zurück in die Welt der Gesunden gibt, dass dieses Leiden durch immer tiefere Verwirrung nirgendwohin führt, außer in den Tod, mit diesem Gefühl sind Sie allein. Ich bin sicher, ich sage Ihnen nichts, was Sie nicht schon von anderen Ärzten gehört haben oder aus eigener Erfahrung wissen. Das Gepäck, das Ihre Frau auf ihrer Reise in die Dunkelheit nach und nach ablegt, bürden Sie sich auf, ob Sie wollen oder nicht, und diese Reise kann noch viele Jahre dauern. Jahre, in denen diese Bürde immer schwerer wird, in denen Sie vielleicht Schritt zu halten versuchen, aber irgendwann wird es über Ihre Kräfte gehen. Am Ende kann es Ihnen passieren, dass Sie, gesund, wie Sie aussehen, vor Ihrer schwer kranken Frau sterben, vor lauter Erschöpfung.«

Van Leeuwen dachte, dass er nichts dagegen hatte, vor Simone zu sterben.

»Natürlich«, sagte Ten Damme, »können Sie sie auch in eine Tagesklinik geben. Sie bringen Ihre Frau morgens hin und holen sie abends wieder ab, wie ein Kind im Kindergarten, wo sie mit anderen Patienten singt und tanzt und isst. Viele Verwandte von Alzheimer-Patienten fahren gut mit dieser Methode.«

»Ich weiß nie, wie lange meine Arbeit mich beansprucht«, sagte Van Leeuwen. »Ich komme zu sehr unregelmäßigen Zeiten nach Hause.« Er merkte, dass er eine Entscheidung getroffen hatte, ohne es eigentlich zu wollen; er wollte wieder arbeiten, nicht heimlich, ganz offiziell. »Wann können Sie meine Frau aufnehmen?«

»Es gibt eine Warteliste«, sagte Doktor Ten Damme. »Ich kann mit dem Direktorium sprechen, ihnen den Fall vortragen. Sie sind bekannt, Sie tun eine nützliche Arbeit, das wird ins Gewicht fallen. Vor dem Jahreswechsel aber auf keinen Fall. Bis dahin können Sie es sich immer noch überlegen.«

Van Leeuwen nickte und wandte sich zur Tür. »Auf Wiedersehen, Doktor. Und danke.«

Ten Damme verabschiedete ihn mit einer Rauchwolke. »Glauben Sie mir, Sie tun das Richtige.«

»Es ist sehr weit weg«, sagte Van Leeuwen.

30

Als er am frühen Abend nach Hause kam, war die Wohnung leer. Er rief: »Ich bin wieder da!«, aber er bekam keine Antwort. Er ging durch alle Räume, und alle waren leer. Keine Lampe brannte. Das letzte Licht des Himmels spiegelte sich in einer großen Wasserlache unter dem Wohnzimmerfenster. Sämtliche Blumentöpfe standen auf dem Boden in der Wasserlache, und die Blumen lagen herausgerissen in der Erde neben den Töpfen.

Beunruhigt griff Van Leeuwen nach seinem Handy. Niemand hatte ihn angerufen, *warum hat niemand angerufen?* Er stellte fest, dass der Akku leer war. Er ging zum Telefon in der Diele und entdeckte neben dem Apparat einen Zettel mit Ellens Handschrift, und noch ehe er gelesen hatte, was darauf stand, dachte er, *jetzt ist es passiert. Irgendwann musste es passieren, und jetzt ist es so weit.*

Er schaltete das Dielenlicht ein und las den Zettel.

Mijnheer,
Ihre Frau hat sich verletzt, aber nicht schwer. Ich habe den Notarzt gerufen. Wir bringen sie in die nächste Klinik, und ich gebe Ihnen dann so schnell wie möglich Bescheid, wo sie ist. Ihr Handy ist kaputt. Ellen.

Das Telefon blieb stumm. Er wusste nicht, was er tun sollte, außer Ellen um Verzeihung zu bitten für alles, was er ihr abverlangte. Ohne sie, ohne jemanden wie sie, hätte er Simone schon längst weggeben müssen. Er überlegte, ob er die Kollegen bitten sollte, herauszufinden, in welches Krankenhaus man seine Frau gebracht hatte, aber dazu waren sie nicht da, und wenn Ellen sagte, es war nicht schlimm, dann war es auch nicht schlimm. Was konnte schon schlimmer sein als das, was er jeden Tag hatte.

Er holte einen Eimer und einen Wischlappen aus der Küche, legte sein Jackett ab und krempelte die Ärmel hoch. Dann kniete er sich hin und begann, die Begonien wieder einzutopfen. Er hörte nicht, wie der Schlüssel in die Wohnungstür geschoben wurde. Plötzlich stand Ellen im Raum und sagte: »Regen Sie sich nicht auf.«

»Ich rege mich nicht auf«, sagte er und zwang sich, nicht aufzustehen.

»Es geht ihr gut«, sagte Ellen, »den Umständen entsprechend. Sie hat sich den Oberschenkel gebrochen. Sie wollte die Blumen da gießen. Ich habe einen Moment lang nicht hingeschaut. Sie ist in dem verschütteten Wasser ausgerutscht. Die Ambulanz hat sie in die Klinik gebracht. Sie schläft jetzt. Morgen früh können Sie sie besuchen.«

»Ich werde sie gleich nachher besuchen«, sagte Van Leeuwen und drückte die Erde um die Narzisse fest, nicht zu fest, damit die Wurzeln atmen konnten. Ellen trat ans Fenster, unternahm aber keinerlei Anstalten, ihm zu helfen. Sie trug Turnschuhe, Jeans, einen offenen Sommermantel und ein nach Piratenart gebundenes Kopftuch. In dem spärlichen Licht des Abendhimmels wirkte sie verändert, anders als die Ellen, die er kannte. Er entdeckte einen harten Zug um Mund und Augen, den nicht einmal das Zwielicht mildern konnte.

Sie ist eine schöne Frau gewesen, dachte er überrascht, bis vor kurzem noch. Jetzt waren die Konturen ihres Gesichts schärfer geworden, und sie wurden durch ein schlechtes Make-up unvorteilhaft betont, aber der leicht gereizte, etwas verwirrte Ausdruck in ihren grün schimmernden Augen verriet, dass sie noch nicht bereit war, sich mit dem Verlust dieser Schönheit abzufinden. Eine Strähne ihres kupferroten Haars hing unter dem Kopftuch hervor.

Van Leeuwen stellte sich vor, wie Ellen die Strähne um den Zeigefinger wickelte, wenn sie mit einem Mann flirtete, wie sie die kaum geschminkten unruhigen Augen niederschlug und den Blick wieder hob. Sofort hatte er eine Erklärung für das Schlampige, eigenartig Provisorische, von dem sie heute Abend umgeben war: Wie sie angezogen, frisiert und geschminkt war, war ihr nicht gleichgültig, es war vielmehr ein Lockruf. *Ich fühle mich am wohlsten im Bett, ohne Kleider, mit zerwühltem Haar*, sagte das alles, *komm, lass uns gehen*. Ihr Mund war bereit, zu lächeln, bereit, geküsst zu werden; doch den bitteren Ausdruck würde niemand fortküssen können.

Unsinn, dachte Van Leeuwen; das ist Ellen, die Pflegerin deiner Frau, die gerade von ihrem Krankenbett kommt. Als Mann interessierst du sie nicht, sie mag dich nicht einmal. Warum hat sie nicht einfach angerufen?

»Ich hätte Sie anrufen können«, sagte Ellen und verwies mit einem angedeuteten Schulterzucken auf den Apparat in der Diele, »aber dann dachte ich, es ist persönlicher, wenn ich einfach ins kalte Wasser springe und rüberschwimme.«

»In welches kalte Wasser? Wo rüber?«, fragte Van Leeuwen und griff nach dem nächsten Blumentopf.

»Zu Ihnen, zu Ihrer Insel«, sagte Ellen. »Zu der es keine Brücke gibt.«

»Dazu ist sie zu klein«, sagte Van Leeuwen.

Ellen sah aus dem Fenster. »Merkt man daran, dass man alt wird? Dass man sich hinter dem Wörtchen *zu* versteckt? Dass man nicht mehr warten will? Nicht, dass ich etwas dagegen hätte, alt zu werden … Das Schöne am Alter ist doch das Wissen um die eigene Unzulänglichkeit, oder?«

»Aber gleich danach kommt das Wissen um die Unzulänglichkeit der anderen«, sagte Van Leeuwen.

»Genau deswegen bin ich hier«, sagte Ellen. »Ich kenne nur wenige Menschen, müssen Sie wissen. Nur wenige Männer. Ich treffe mich mit kaum jemandem. Die meisten sind so …« Wieder deutete sie ein Schulterzucken an. »Sie sind anders, Bruno.« Sie wickelte die Strähne um den Zeigefinger.

Van Leeuwen sah zu ihr auf. »Ich habe nicht vergessen, was Sie alles für uns getan haben, Mevrouw«, sagte er vorsichtig, »für *mich.*«

»Das ist gut«, sagte sie. »Vergessen ist schlimmer als versagen.« Ihr Gesicht trug jetzt einen warmen Schimmer vom Licht der Laternen an der Gracht. Versonnen fuhr sie fort: »Kennen Sie das – dass man manchmal etwas hört oder sieht und auf einmal das Gefühl hat, ganz kurz nur, dass man das ganze Leben begreift? Das Geheimnis, wie alles zusammenhängt ... Und im nächsten Augenblick, wenn man es festhalten will, ist es schon wieder weg, und man weiß nur, dass es mal da war ... Und was komisch ist – was wirklich komisch ist: dass es keine Skala für Einsamkeit gibt. Man ist nicht ein bisschen einsam oder fünfundvierzig Grad oder zwölf Zentimeter. Man steckt mittendrin, es geht nicht höher und nicht tiefer, und selbst wenn die Welt um einen herum vor Schönheit nur so aus den Nähten platzt, wird dadurch nichts leichter und nichts schwerer. Alles, was man tun kann, ist warten, dass es vorbeigeht, und es muss vorbeigehen, weil niemand so leben kann.«

Van Leeuwen sagte: »Es sei denn, man entwickelt auch noch ein Gefühl für die Unzulänglichkeit des Lebens.«

»Ja«, sagte Ellen, »darin bin ich inzwischen ziemlich gut.« Sie drehte sich abrupt um, als wäre ihr auf einmal klar geworden, dass sie gerade einen großen Fehler beging. »Also, ich geh dann mal wieder ...«

»Haben Sie denn überhaupt niemanden?«, hörte Van Leeuwen sich fragen. »Keine Familie? Freunde? Einen verflossenen Geliebten, der manchmal anruft?«

»Ich habe einen Hund. Aber mit dem streite ich gerade um das Sorgerecht für die Welpen.«

»Und weswegen sind Sie *wirklich* gekommen?«

»Es war schön, Sie vor mir auf den Knien zu sehen«, sagte Ellen, schon an der Tür.

»Vor den Begonien«, sagte Van Leeuwen. »Es waren die Begonien.«

Leise betrat er das dunkle Krankenzimmer, in dem nur die Nachtbeleuchtung brannte. Mit dem Kopfende zum Fenster standen zwei Betten, von denen eins leer war. In dem anderen lag Simone und schlief. Ihre Augen waren geschlossen, die Hände hielt sie über dem Bauch gefaltet. Sie atmete tief und ruhig. Ihr linkes Bein war vom Knie bis zur Hüfte bandagiert und wurde von einem kleinen Galgen am Fußende des Betts in leichter Schräglage gehalten.

Van Leeuwen setzte sich auf einen Stuhl zwischen den beiden Betten. »Was machst du denn wieder für Sachen?«, fragte er seine Frau. Die Nachtschwester hatte ihn zuerst nicht zu ihr lassen wollen, aber nach einem Blick auf seinen Ausweis und einem kurzen, nichtsdestoweniger erbitterten Wortgefecht war ihr mulmig geworden, und sie hatte ihn sogar bis zur Zimmertür geführt. Nun saß er da, betrachtete den Schlaf seiner Frau und dachte, *gut, dass du nicht weißt, wo ich heute Nachmittag war.*

Sie öffnete die Augen, sah ihn aber nicht. Ihr Blick war auf die Zimmerdecke gerichtet. Sie bewegte sich, und der kleine Galgen, an dem ihr Bein hing, klirrte. Unvermittelt ging ihr Atem schneller. Sie sah nach rechts und links, erkannte den Raum nicht. »Hallo«, sagte Van Leeuwen, bevor sie in Panik geraten konnte.

Ihr Blick blieb an ihm hängen. Er knipste die Nachttischlampe an, damit sie ihn sehen konnte. Sie lächelte. »Vorlesen?«, fragte sie.

»Ja«, sagte er. Er holte die zerfledderte Ausgabe der *Schatzinsel* aus der Jackentasche, schlug den Anfang auf und hielt die Seiten ins Licht. Mit sanfter, etwas heiserer Stimme las er die ersten Sätze, die er in den letzten Monaten schon viele Male vorgelesen hatte: *»Unser Gutsherr, Baron Trelawney, Doktor Livesay und die übrigen Herren drangen in mich, eine genaue Darstellung unserer Reise nach der Schatzinsel niederzuschreiben und nichts auszulassen als die Angabe* *ihrer Lage, und auch das nur, weil dort noch ungehobene Schätze liegen …«* Er las, bis Simone wieder eingeschlafen war, einen friedlichen Ausdruck auf dem Gesicht, friedlich und doch von trauriger Starre. Dann schloss er das Buch wieder, steckte es ein, stand auf und beugte sich vor, um ihr einen Kuss auf die Stirn zu geben. »Schlaf gut«, flüsterte er, »und träum nicht von ungehobenen Schätzen.«

So leise, wie er gekommen war, verließ er das Krankenzimmer wieder.

Eine halbe Stunde später betrat er das Hoofdbureau durch den Seiteneingang und fuhr mit dem Aufzug in den ersten Stock. Er ging über den Flur, und nichts hatte sich verändert; alles hatte ihm gefehlt.

Sämtliche Büros waren hell erleuchtet, die Türen standen offen. Telefone klingelten, verstummten und klingelten wieder. Die Männer und Frauen saßen an ihren Schreibtischen, an ihren Computern, an ihren Telefonen. Sie standen am Kaffeeautomaten, am Fenster, an der Pinnwand mit den Fotos der letzten Mordopfer. Sie trugen Uniformen oder Straßenkleidung. Sie kamen und gingen, zogen ihre Jacken an oder aus, verglichen ihre Notizen, überprüften ihre Waffen in den Schulter-, Gürtel- und Schenkelhalftern. Einer von ihnen war Hoofdcommissaris Joodenbreest.

Der Hoofdcommissaris stand in seiner bis zum Hals zugeknöpften Uniform vor einer Leinwand, auf die von einem Overheadprojektor das Gesicht eines dunkelhäutigen jungen Mannes geworfen wurde, und sprach in das Licht des Projektors, ohne ein einziges Mal zu blinzeln. Nach und nach verstummten die Männer und Frauen, legten den Hörer auf oder schalteten den Computer aus. Van Leeuwen blieb im Schatten des Korridors an der Tür stehen, wo der Hoofdcommissaris ihn nicht sehen konnte. Er entdeckte Hoofdinspecteur Gallo, der sich ganz im Hintergrund hielt, wo der Hoofdcommissaris auch ihn nicht sehen konnte.

Gallo bemerkte ihn sofort und schob sich im Rücken der anderen auf die Tür zu. »Die üblichen Verdächtigen«, erklärte er, während das Gesicht auf der Leinwand wechselte, »wir verschwenden nur unsere Zeit, aber der Ayatollah meint, wenn er die Eieruhr oft genug umdreht, zappelt irgendwann unser Mörder von selbst und für alle sichtbar im Netz.«

Der Commissaris holte die Tüten mit den Haar-, Haut- und Ölproben aus der Jackentasche. »Lass die vom Technischen Dienst für mich untersuchen, aber sag niemandem, woher du die hast. Am besten tust du so, als wäre es dir zugespielt worden, und du lässt es nur analysieren, weil du ein gründlicher Mensch bist.«

»Was ist das?«, fragte Gallo. »Woher hast du die?«

»Das sage ich dir, wenn die Ergebnisse vorliegen.«

»Vertraust du mir nicht mehr?«

Van Leeuwen sagte: »Natürlich vertraue ich dir, Ton, aber es reicht ja wohl, wenn einer von uns beiden seinen Schreibtisch räumen musste.«

»Mach dir keine Sorgen um meinen Schreibtisch«, sagte Gallo. »Wenn du da irgendwelches Beweismaterial hast, will ich es wissen, und auch, was du tun musstest, um es in die Hand zu bekommen. Wir sitzen im selben Boot. Du hast mir die Leitung der Ermittlungen übertragen –«

»Ich tue das, um dich zu schützen«, sagte der Commissaris.

Nach einem kurzen Zögern griff Gallo nach den Tüten und ließ sie in der Tasche seiner Lederjacke verschwinden. Fast im selben Moment spürte der Commissaris eine Hand auf seiner Schulter.

»Bruno«, sagte der Hoofdcommissaris hinter ihm, »gut, dass du da bist. Ich wollte dich schon anrufen. Ton, entschuldige uns einen Moment, ich möchte den Commissaris kurz in meinem Büro sprechen.«

Er nahm seine Hand von Van Leeuwens Schulter und trat durch die automatischen Türen in den holzgetäfelten Gang zu seinem Büro, den er bis zum Ende ging, ohne ein weiteres Wort zu sagen und ohne zu schauen, ob Van Leeuwen ihm folgte. Das Büro war dunkel. Im Innenhof unter dem großen Fenster schlief der von einer unruhig flackernden Lampe beleuchtete Zierwald. Der hölzerne Fischreiher warf seinen Schatten auf die Backsteinmauer, und hinter dem Gittertor zum Bootssteg glitzerte der Singel.

»Du fragst dich wahrscheinlich, warum ich dich sprechen möchte«, eröffnete der Hoofdcommissaris das Gespräch, nachdem er die Glastür geschlossen hatte. Er verzichtete darauf, das Licht einzuschalten, als könnte die Antwort auf diese Frage nur im Dunkeln ihre volle Wirkung entfalten. »Ich habe nachgedacht, über dich und mich, Bruno, über unser Verhältnis. Über das, was wir gemeinsam haben. Und das, was wir ändern müssen.«

»Ich wusste nicht, dass es so schlimm steht«, sagte Van Leeuwen. Der Hoofdcommissaris trat ans Fenster und sah hinaus auf seinen privaten kleinen Wald und die Gracht. Der Commissaris rührte sich nicht. Warum musste er plötzlich an die Versuchung Christi denken?

»Die Männer mögen dich, Bruno, die Kolleginnen auch, alle hier«, sagte der Hoofdcommissaris. »Ich stoße überall nur auf Ablehnung, auf den ersten Blick schon. Manchmal frage ich mich, warum sich niemand die Mühe machen will, mich wirklich kennen zu lernen …«

»Um Zeit zu sparen«, sagte Van Leeuwen.

»Ich habe einen Fehler gemacht«, fuhr der Hoofdcommissaris fort, als hätte er die Bemerkung gar nicht gehört. »Ich habe dich vor eine Entscheidung gestellt, vor die ich dich nicht hätte stellen dürfen. Versteh mich nicht falsch, dienstrechtlich gesehen, gab es daran nichts auszusetzen. Aber trotzdem …« Er drehte sich um, eine schmale schwarze Silhouette vor den Lichtern der Autos auf der Nassaukade. »Ich möchte, dass du wieder die Leitung der Ermittlungen im Fall der beiden toten Jungen übernimmst.«

Er ging zu seinem Schreibtisch, schaltete die Tischlampe ein und setzte sich. »Du kannst mit der Sonderkommission arbeiten oder sie auflösen, was immer du willst. Du hast jedenfalls meine volle Unterstützung.«

Er zog eine Schublade auf, warf einen Blick hinein und runzelte die Stirn, als gefiele ihm ganz und gar nicht, was er darin sah. »Ich habe noch nie selbst einen Mordfall bearbeitet«, sagte er. »Ich glaube, ich habe ein ziemliches Chaos angerichtet.«

Auch Van Leeuwen setzte sich. »An diesen Punkt kommt man früher oder später bei jeder schwierigen Morduntersuchung«, sagte er. »Einen Punkt, wo alles, was man bis dahin in Erfahrung gebracht hat, nur eins ergibt: das reine Chaos. Ein Bild vollständiger Verwirrung. Opfer, Tatort, Waffen, Modus Operandi, mutmaßliche Täter, mögliche Motive, wer, wann, wo, warum, echte und falsche Alibis, richtige und falsche Zeugenaussagen, das alles wimmelt einem im Kopf herum wie ein Sardinenschwarm, und man steht davor und versucht das Unmögliche: jedes einzelne Fischchen die ganze Zeit im Auge zu behalten. Den ganzen Tag über hast du diesen Schwarm im Kopf, und in der Nacht auch, da wimmelt er weiter, während du schläfst. Die Zeit läuft dir davon, und der Druck wird stärker und stärker. Immer wieder nimmst du einen Käscher und fischst ein paar Sardinen heraus und schaust sie dir genauer an, bevor du sie wieder zurückwerfen musst, weil sie dir allein nicht weiterhelfen, aber irgendwann – wenn du lange genug durchhältst –, irgendwann erkennst du pötzlich ein Muster in diesem Schwarm, die ganzen kleinen durcheinanderwimmelnden Fische ergeben ein Bild. Ein Bild, das die ganze Zeit da war, ein Sardinenmosaik, wenn du so willst, und es zeigt dir den Täter und sein Motiv. Du musst noch ein paar Fischchen aussortieren, einige Hindernisse aus dem Weg räumen, vielleicht alles einen Moment lang in einem anderen Licht betrachten. Aber das Bild wird plötzlich immer klarer. Wir sind ja nur Ermittler. Wir sind keine Künstler, wir haben das Bild nicht gemalt. Wir haben es nicht versteckt. Wir sind auch keine Erfinder. Wir sind Entdecker. Denn alles, was da ist, auch wenn es noch so gut versteckt wurde, kann von jemandem gefunden werden, er muss nur geduldig genug sein.«

Der Hoofdcommissaris blickte weiter mit gerunzelter Stirn in die offene Schublade. Was immer er darin sah, es ergab kein Bild; oder das Bild gefiel ihm nicht. »Tu alles, was nötig ist«, sagte er.

»Und wenn du etwas tun musst, das ich besser nicht wissen sollte, dann erzähl es mir nicht, und schreib es auch nicht in deinen Bericht. Und wegen deiner Frau –«

Van Leeuwen unterbrach ihn: »Ich habe mich nach einem Pflegeplatz für sie umgesehen.«

»Und ich habe meinen Bruder besucht«, sagte der Hoofdcommissaris. »Letzte Woche.« Abrupt schloss er die Schublade, als könnte er den Anblick nicht eine Sekunde länger ertragen. »Sie kommen da nie wieder raus, weißt du.«

Noch in derselben Nacht stand Commissaris Bruno van Leeuwen, wieder in Amt und Würden, am Fenster seines Büros und sagte: »Ab jetzt verfolgen wir nur noch *eine* Spur, aber wir reden mit niemandem mehr darüber. Nicht mit den Medien, nicht mit den Verwandten der Opfer, nicht mit den Anwälten der Eltern. Der Mann, auf den wir unsere Ermittlungen konzentrieren, ist Professor Josef Pieters. Er hält sich zurzeit weder in seinem Büro noch in seinem Landhaus auf. Er ist untergetaucht, zusammen mit seinem Adoptivsohn Keo, vierzehn, und niemand weiß, wo. Ich will aber wissen, wo er ist. Ich will wissen, warum er gerade jetzt abgetaucht ist. Und ich will wissen, wann er zurückkommt. Ein Nobelpreiskandidat kann doch nicht einfach so vom Erdboden verschwinden.«

»Was ist mit dem Zeug in den Tütchen?«, fragte Hoofdinspecteur Gallo. »Ich habe es zur Analyse in die Sarphatistraat geschickt, das war doch richtig?«

»Ja«, bestätigte der Commissaris, »aber was immer die da herausfinden, wir können es nicht gegen Pieters verwenden.«

»Warum nehmen wir nicht ganz offiziell eine Hausdurchsuchung vor?«, fragte Vreeling.

»Mit welcher Begründung?«, fragte Julika. »Wir haben nicht die geringste offizielle Handhabe, und wenn er mitkriegt, dass wir in seiner Abwesenheit auf seinem Landsitz das Unterste zuoberst gekehrt haben, bleibt er abgetaucht und kommt erst in Stockholm wieder an die Oberfläche, um seinen Preis entgegenzunehmen und uns vor der gesamten Weltöffentlichkeit Polizeiterror und Gestapomethoden vorzuwerfen.«

Gallo sagte: »Wenn es nach mir ginge, könnte er sich seinen Nobelpreis ins Gefängnis schicken lassen.«

Vreeling fuhr sich mit den gespreizten Händen durch die kurzen Locken. Er war verwirrt. »Also ist Pieters der Mörder? Nicht sein Adoptivsohn?«

»Die Morde begangen hat Keo«, sagte Van Leeuwen, »aber ich glaube, Pieters hat ihn auf die eine oder andere Weise dazu angestiftet.«

»Dieser Professor ist doch ein hoch angesehener Mann«, warf Julika ein, »ein studierter, gebildeter Mensch! Wie rechtfertigt so jemand das alles vor sich selbst? Wie kann er damit leben?«

»Indem er es sich nicht eingesteht«, sagte Van Leeuwen. »Was man sich nicht eingesteht, was man nicht zulässt, existiert nicht. Leute wie Pieters teilen ihr Leben in kleine Schachteln ein, es zerfällt in Räume, die sie ihrer Selbstwahrnehmung gemäß eingerichtet haben. Wenn jemand von uns einen dieser Räume betritt, wenn wir dort eindringen und eine andere Wirklichkeit mitbringen, die sie zwingt, diesen ganzen Raum in Frage zu stellen, dann schließen sie ihn einfach ab und richten sich einen neuen Raum ein. Aus unserer Sicht ist er ein Verbrecher, in seinen eigenen Augen verhält er sich völlig normal und tut nichts Böses.«

»Was ich trotzdem nicht verstehe«, sagte Vreeling, »ist die Methode. Was bedeutet sie? Und wenn es sich in beiden Fällen um denselben Täter handelt, warum ist er nicht beide Male nach derselben Methode vorgegangen?«

»Es handelt sich um rituelle Tötungen«, erklärte Van Leeuwen. »Auf diese Weise wurden bei den Eingeborenen in Neuguinea, wo Pieters' Adoptivsohn herkommt, Männer getötet, die als böse Zauberer galten. Die andere verhexten oder in Angst und Schrecken versetzten. Man brachte sie um, und nach ihrem Tod zerschmetterte man ihre Oberschenkel, raubte ihnen die Nieren, zerstampfte die Genitalien, entfernte das Gehirn und öffnete ihre Venen, damit sie ausbluteten. Ich glaube, dass der Mörder, als er Kevin van Leer getötet hat, gestört wurde, sodass er nicht das ganze Ritual durchführen konnte. Beim zweiten Mal hat er sich besser vorbereitet, das Opfer länger beobachtet und dann an einem Ort und zu einer Zeit ermordet, wo niemand dazukommen konnte, bevor er mit ihm fertig war. Der Bambussplitter, den ich bei Kevin van Leer im Vondelpark gefunden habe, sollte wahrscheinlich dazu dienen, dessen Venen aufzuschneiden. Der Täter muss den Splitter aus irgendeinem Grund in der Dunkelheit verloren haben, deswegen hat er sich darauf beschränkt, das Gehirn zu entnehmen, und zwar auf eine Weise, die er bei Professor Pieters beobachtet hatte. Für mehr blieb keine Zeit. Wahrscheinlich ist das Gehirn das Wichtigste.«

»Das Gehirn als Sitz der Seele?«, fragte Vreeling.

Van Leeuwen nickte nachdenklich. »Könnte sein. In den Venen fließt das böse Blut, das den Zauberer am Leben erhält. In den Nieren sammeln sich die bösen Säfte. Die Oberschenkel werden gebrochen, damit er sich seinen Opfern nicht mehr nähern und seinen Mördern nicht nachlaufen kann. Die Genitalien werden zerstampft, damit er sich nicht fortpflanzen kann. Im Gehirn sitzt die Seele, die alle bösen Gedanken gebiert und später vielleicht Rache fordert. So etwas in der Art, meine ich. Darum ging es dem Mörder.«

Julika fragte: »Aber warum? Was haben die Jungen ihm denn getan?«

»Kevin hat ihm Angst eingejagt, ihm oder jemandem, der dem Mörder alles auf der Welt bedeutet. In seinen Augen haben sie einen bösen Zauber auf ihn und den geliebten Menschen gelegt, zuerst Kevin und dann Deniz, weil der von seinem Freund den bösen Zauber geerbt hat.«

»Aber warum auch Deniz?«, fragte Vreeling.

»Ich stelle mir das so vor«, sagte Van Leeuwen. »Kevin hat Deniz und den anderen erzählt, was er gesehen hat, und das hat der Mörder mitgekriegt. Vielleicht im *Blue Note*. Da sind sie ja oft gewesen, Kevin, Deniz und die anderen, und, wie wir wissen, auch Keo. So war es ein Leichtes für ihn, die Freunde zu belauschen.«

Alle schwiegen. Schließlich sagte Hoofdinspecteur Gallo: »In welchem Jahrhundert leben wir eigentlich?«

»In der Steinzeit«, sagte Van Leeuwen. »Und von der Steinzeit bis in die Gegenwart hat man seine Beute immer auf dieselbe Weise gefangen. Man wiegt sie in Sicherheit und lockt sie dann in eine Falle.«

»Und was sollen wir jetzt machen?«, wollte Gallo wissen.

»Darüber denke ich noch nach«, sagte der Commissaris. Etwas zusammenhanglos fügte er hinzu: »Ich war heute auf dem Land, um mir ein Pflegeheim anzusehen, für Simone.«

Niemand sagte etwas. Schließlich stand Gallo auf und sagte: »Hör mal, das ist vielleicht ganz gut. Oder? Vielleicht ist es das Beste, für dich und für sie.«

»Es ist sehr weit weg«, sagte Van Leeuwen.

31

Am übernächsten Morgen, nach zwei Nächten ungestörten Schlafs, erhielt der Commissaris die Ergebnisse der Laboranalyse. Der Technische Dienst hatte die Haare einem DNA-Test unterzogen, das Gemisch aus Kalk und Öl mit den an der Haut der Opfer gefundenen Proben verglichen und die Hautpartikel aus dem Motorradhelm zugeordnet. Die Haare und die Haut wiesen dieselbe DNA auf wie das Blut unter den Fingernägeln von Deniz Aylan, auch das Öl war identisch.

Van Leeuwen musste sich eingestehen, dass er sich geirrt hatte: Sein Täter war kein Erfinder; er hatte sich keinen neuen Mord ausgedacht, um ihn als Erster zu begehen. Er hatte nur auf eine Weise gemordet, die so alt und so fern und fremd war, dass sich niemand daran erinnern konnte. Niemand konnte es sich vorstellen, der nicht gleichzeitig in der Gegenwart und in dieser fernen, fremden alten Zeit lebte.

Er saß noch immer über den Bericht gebeugt, als Inspecteur Vreeling klopfte und sein Büro betrat. »Ist Ihnen schon was eingefallen, wie Sie Pieters in die Falle locken können?«, fragte er.

»Noch nicht«, sagte der Commissaris.

»Ich habe eine Idee, wollen Sie sie hören?« Ohne auf Van Leeuwens Antwort zu warten, fuhr er fort: »Wenn Pieters nicht von selbst wieder auftaucht, weil er Angst hat, dass wir seinen Sohn verhaften, lancieren wir die Meldung, dass wir den Mörder gefasst haben. Dann gibt es keinen Grund mehr für ihn, sich vor uns zu verstecken.«

»Das geht nicht.«

Der Inspecteur schloss die Tür und lehnte sich mit dem Rücken dagegen. »Wieso nicht? *Ich* kann das machen. Sie brauchen ein Gesicht, ein farbiges Gesicht, das Sie der Öffentlichkeit verkaufen können, dem Fernsehen, den Zeitungen, den Leuten da draußen. Aber Sie können nicht irgendjemanden nehmen, es dürfen nur wenige Leute eingeweiht sein. Sie brauchen jemanden, der dichthält, der dem Druck standhält. Offiziell ein Polizist, der plötzlich durchgedreht ist, weil er mit der Straßenkriminalität nicht mehr klargekommen ist. Sie nehmen mir meine Marke weg, lassen mich festnehmen, und ich wandere in U-Haft. Es muss so echt wie möglich aussehen. Irgendwann, wenn wir Pieters haben, rücken Sie mit der Wahrheit heraus und rehabilitieren mich.«

Der Commissaris war fast gerührt. »Das kommt überhaupt nicht in Frage«, sagte er.

Aber in der kurzen Zeit, die Vreeling gebraucht hatte, um seine Idee auszuführen, hatte Van Leeuwen den Vorschlag in Gedanken bereits in all seinen Aspekten und Konsequenzen geprüft, Vorteile und Nachteile gegeneinander abgewogen und den Plan tatsächlich kurz in Erwägung gezogen. »Es muss einen anderen Weg geben«, sagte er.

Im selben Augenblick klopfte wieder jemand an die Tür. Er rief: »Ja!« Die Tür flog auf, Vreeling wurde zur Seite geschoben, und Gallo platzte ins Zimmer. »Pieters ist wieder aufgetaucht«, verkündete er.

»Wo?«, fragte der Commissaris.

»Schiphol.«

»Am Flughafen? Wann?«

»Vorgestern. Allem Anschein nach hat er ein Flugticket gekauft. Und jetzt ratet mal, wohin.«

»Was heißt ›allem Anschein nach‹?«, fragte Van Leeuwen. »Hat er oder hat er nicht? Und wohin?«

»Nach Port Moresby, via Auckland. Mit KLM. Aber nicht für sich, sondern für seinen Adoptivsohn Keo.«

»Er schafft ihn außer Landes. Wann geht der Flug?«

»Du meinst, wann er *ging*. Gestern. Inzwischen dürfte der Junge längst in Neuseeland sein.«

»Herrgott, warum erfahren wir das erst jetzt? Woher weißt du das alles überhaupt?«

»Vom Finanzamt.«

»Seit wann greift das Finanzamt uns bei einer Morduntersuchung unter die Arme?«

»Offenbar besteht der Verdacht, dass Pieters in seiner Steuererklärung falsche Angaben gemacht hat«, antwortete Gallo, »nicht zum ersten Mal übrigens, deswegen fragen die Steuerfahnder regelmäßig bei den Banken und Kreditkarteninstituten seine Kontostände und Geldtransfers ab –«

»Das dürfen die doch gar nicht«, unterbrach Vreeling.

»Ach, nein? Sie tun's aber. Wir tun ja auch manchmal ein bisschen mehr, als wir dürfen, oder? Wie auch immer, jedenfalls hat seine Kreditkartenfirma eine Abbuchung von KLM und so weiter –«

»Und wie sind die Steuerfahnder auf die Idee gekommen, dass uns das interessieren könnte?«, fragte Van Leeuwen.

»Ich hab's ihnen gesagt, vor ein paar Wochen schon. Alles, was einen Josef Pieters betrifft ...«

Van Leeuwen spürte, wie das Blut in seinen Adern schneller zu fließen begann. »Und es ist wirklich Keo gewesen?«

»Der Beschreibung nach. Außerdem lautete das Ticket auf seinen Namen.«

»Ruf die Polizei in Auckland an – und die in Port Moresby auch. Sie sollen den Jungen festhalten.«

Gallo griff nach dem Telefon auf Van Leeuwens Schreibtisch. »Für Neuseeland dürfte es ein bisschen knapp werden, wenn er sofort einen Anschlussflug gekriegt hat. Und selbst wenn nicht, werden die einen Haftbefehl sehen wollen, vom Oberstaatsanwalt unterzeichnet.«

»Und Pieters ist nicht mitgeflogen?«

»Nein.«

»Dann ist er inzwischen wieder zu Hause.« Der Commissaris hörte auf sein Blut, stieß seinen Stuhl zurück und stand auf. Gleichzeitig öffnete er die Schreibtischschublade, in der die Luger lag. Er nahm die Pistole, überprüfte, ob sie geladen und gesichert war, und steckte sie in die Außentasche seines Trenchcoats, der am Mantelständer hing. »Der Technische Dienst hat bestätigt, dass die Proben, die ich aus Pieters' Haus mitgenommen habe, von Kevins und Deniz Aylans Mörder stammen. Wenn wir jetzt ganz offiziell die Verbindung zu Pieters und Keo herstellen, kriegen wir auch einen Haftbefehl.«

»Und woher kriegen wir den Durchsuchungsbefehl für Pieters' Haus?«

Van Leeuwen sagte: »Den brauchen wir nicht. Professor Josef Pieters ist ein Ehrenmann, zumindest in seinen Augen. Jetzt, wo er wieder da ist, wird er nichts dagegen haben, dass wir uns ein bisschen bei ihm umsehen.«

Die drei Dienstwagen der Kriminalpolizei von Amsterdam-Amstelland fuhren schnell. Mit blitzendem Blaulicht und eingeschalteten Sirenen fuhren sie über das flache Land, aber nur wenn Van Leeuwen den Mittelstreifen der Straße betrachtete, spürte er, wie schnell sie fuhren. Die Polder rechts und links glitten dagegen fast träge vorbei, und die Trauerweiden an den Kanälen und die Windmühle am Horizont brauchten noch länger, bis er sie aus den Augen verlor. Aber wenn er wieder auf die Fahrbahn schaute, merkte er, dass der Konvoi dahinraste.

Der Commissaris spürte die Gegenwart der anderen stärker als sonst. Er spürte Ton Gallo neben sich, und er spürte Remko Vreeling und Julika Tambur in seinem Rücken. Die Anspannung umgab alle mit etwas, das man fast berühren konnte; es schmolz den Raum zwischen ihnen zusammen, so stark war es. Niemand sagte etwas. Sie saßen da, und jeder empfand dasselbe, als wären ihre Sinne gleichgeschaltet worden.

»Was ist, wenn er nicht da ist?«, fragte Gallo, als sie von der Schnellstraße in Richtung Ijsselmeer abbogen.

»Er ist da«, sagte Van Leeuwen.

»Woher weißt du das?«

»Ich weiß es.«

»Aber was machen wir, wenn er doch nicht da ist?«

»Dann warten wir.«

»Worauf?«

»Dass er kommt.«

»Das kann lange dauern.«

»Ja.«

»Vielleicht ist er in der Stadt geblieben, um sich heute Abend die ganzen Schwulen und Lesben auf den Grachten anzuschauen.«

»Glaube ich nicht.«

Als sie sich Pieters' Anwesen näherten und die Buchsbaumhecke sahen, die den Blick auf das Ijsselmeer verdeckte, konnte Van Leeuwen erkennen, dass das Tor offen stand. Sie fuhren auf das Grundstück, und dann sah er auch, dass die Jalousien an den Fenstern hochgezogen waren, und er sah einen Rover in der Zufahrt stehen. Sie hielten hinter dem Rover. Sie schalteten die Sirenen und das Blaulicht aus. Es war kurz vor fünf Uhr nachmittags.

Der Commissaris stieg aus. Gefolgt von Hoofdinspecteur Gallo, Inspecteur Vreeling, Brigadier Tambur und acht Agenten in Uniform, ging er auf das Haus zu und stieg die Treppe zum Eingang hinauf. Er klingelte. Die Tür wurde sofort geöffnet. Professor Pieters stand barfuß im Türrahmen. Er trug eine eierschalfarbene Leinenhose, ein hellblaues Baumwollhemd und einen geflochtenen Gürtel aus kastanienbraunem Leder. In der Hand hielt er ein halb volles Whiskeyglas.

»Entschuldigen Sie die Störung, Mijnheer Pieters«, sagte Van Leeuwen höflich. »Würden Sie uns den Zutritt zu Ihrem Haus gestatten?«

»Ich bin überrascht«, sagte Pieters, obwohl er ganz und gar

nicht überrascht wirkte. »Worum geht es denn, wenn ich fragen darf?«

»Wir ermitteln noch immer im Fall der beiden ermordeten Jungen«, sagte Van Leeuwen weiterhin höflich. »Es gibt Verdachtsmomente, die uns zu Ihnen geführt haben.«

»Ich nehme nicht an, dass Sie einen Durchsuchungsbefehl vorweisen können, Mijnheer van Leeuwen«, sagte der Professor genauso höflich.

»Leider nicht.«

»Das dachte ich mir. Aber ich habe nichts zu verbergen. Bitte, kommen Sie herein.« Pieters trat zur Seite und ließ den Commissaris vorbei. Sofort wurde Van Leeuwen von dem feuchten, schwülen Geruch umfangen, der ihm von seinem nächtlichen Besuch in Erinnerung geblieben war. Er hatte das Gefühl, eine Doppelseite aus dem *National Geographic* zu betreten. Im Nachmittagslicht wirkten die Dschungelpflanzen, mit denen Pieters sein Haus dekoriert hatte, wie ein verzauberter Wald aus Sonne, Spinnweben und Schatten.

Der Commissaris deutete auf die Treppe zum oberen Stockwerk und in die Richtung von Pieters' Arbeitszimmer. »Da unten der Verschlag, da hinten im Arbeitszimmer der Rollschrank und oben im zweiten Zimmer rechts unter dem Schlafsack.«

Die uniformierten Beamten schwärmten aus. »Sie können einen Anwalt hinzuziehen, wenn Sie wollen«, sagte Van Leeuwen zu dem Professor.

»Das werde ich, das werde ich«, antwortete Pieters gleichmütig. »Ich will nur abwarten, wie weit Sie noch gehen.«

»Professor Pieters verzichtet zum gegenwärtigen Zeitpunkt auf anwaltlichen Beistand«, sagte der Commissaris zu Julika, die mit einem kleinen Diktiergerät neben ihm stand, um zu protokollieren, welche Beweise an welchem Ort zu welchem Zeitpunkt der Durchsuchung gefunden wurden.

Van Leeuwen beobachtete, wie einer der Beamten die Holztür

des Verschlags unter der Treppe öffnete, während zwei weitere in Pieters' Büro verschwanden. Die Treppe zitterte unter den Schritten der anderen Männer, die ins obere Stockwerk stürmten. »Sind Sie allein?«, fragte Van Leeuwen den Professor.

»Ja. Jetzt und immerdar.«

Der Commissaris betrachtete Pieters. »Halten Sie das für einen Spaß, das alles hier? Wo waren Sie in der Nacht vom 30. April auf den 1. Mai?«

»Sie meinen, am Abend des Koninginnedags?« Pieters nippte an seinem Whiskey. »Da bin ich mit einem Haufen vertrottelter Kollegen der königlichen Familie in Den Haag hinterhergelaufen.«

»Und Ihr Adoptivson Keo, war der auch dabei?«

»Nein, warum?«

»Was hat er an dem Abend gemacht?«

»Wahrscheinlich mit seinen Freunden gefeiert. Ich lasse ihm die Freiheit, die er gewohnt ist. Bei den Fore gilt man in seinem Alter praktisch schon als Erwachsener. Als ich am nächsten Morgen nach Hause kam, lag er noch im Bett und schlief.«

»Und in der Nacht auf den 8. Juni, wo waren Sie da?«

Wieder schien Pieters zu überlegen. »Da müsste ich schon die genaue Uhrzeit wissen. Ich arbeite oft bis spät in die Nacht. Vermutlich war ich in der Universitätsklinik oder hier, ich müsste erst nachschauen.«

»Sie waren nicht zufällig vor oder nach der Arbeit beim Westerdok?«

»Was sollte ich denn beim Westerdok?«

»Und Ihr Sohn, war der auch nicht dort?«

»Nicht, dass ich wüsste.«

»Ich glaube aber, dass er da war, so wie er in der Nacht des Koninginnedags im Vondelpark war. Ich glaube, er war da, um einen Mord zu begehen, vielmehr zwei, um genau zu sein. An Kevin van Leer und Deniz Aylan.«

Pieters schüttelte den Kopf. Es sah fast tadelnd aus. »Und warum hat er das getan, Ihrer Ansicht nach?«

»Das würde ich ihn gern selbst fragen.«

»Sehen Sie ihn hier irgendwo?«

»Nein, ich sehe ihn in Neuguinea bei seinem Stamm.«

Pieters lächelte, zufrieden wie eine Katze, die sich nach einem ausgiebigen Mahl zu putzen beginnt.

»Aber aus Neuguinea kann man ihn zurückholen«, fuhr Van Leeuwen fort. »Auch dort gibt es Behörden, die Haftbefehle ausstellen, und Polizisten, die sie ausführen.«

»Verlangen diese Behörden dort nicht auch Beweise, aufgrund deren sie Amtshilfe leisten? Wollen sie nicht erst einmal einen Haftbefehl sehen, der von den Behörden *hier* ausgestellt worden ist?« Inspecteur Vreeling kehrte mit einem der Beamten aus dem Arbeitszimmer zurück. »Da ist nichts in dem Rollschrank, Commissaris. Er ist leer.«

»Leer?«, fragte Van Leeuwen überrascht.

Am Treppengeländer im oberen Stock erschien Hoofdinspecteur Gallo. »Kannst du mal raufkommen und mir genau zeigen, was du gemeint hast, Bruno?«

»Die Axt!«, rief Van Leeuwen.

Der Beamte, der vor dem Verschlag unter der Treppe kauerte, drehte sich um und sagte: »Nichts, Mijnheer!«

»Kein Schutzhelm? Kein CD-Walkman?«

Julika warf dem Commissaris einen erstaunten Blick zu.

Van Leeuwen ging zu dem Beamten unter der Treppe und bückte sich, um in den Verschlag zu schauen. Der Beamte leuchtete mit einer starken Taschenlampe in das Dunkel, das tatsächlich nichts verbarg, keinen Motorradhelm, keinen farbverschmierten Walkman.

Van Leeuwen ging in Pieters' Büro und schaute in den Rollschrank unter dem Schreibtisch, doch er enthielt weder Tagebücher noch andere Papiere. Er lief die Treppe hinauf, in Keos Zimmer, um nach der Axt unter dem Schlafsack zu schauen. Es gab keinen Schlafsack mehr und keine Axt.

Als der Commissaris wieder ins Erdgeschoss zurückkam, hatte sich der Professor im Wohnzimmer auf die Rattancouch gesetzt und nahm einen weiteren Schluck aus seinem Whiskeyglas. *Glaubst du, ich merke es nicht, wenn jemand während meiner Abwesenheit in meinem Haus herumschnüffelt?*, schienen seine Augen zu sagen, *glaubst du das wirklich?*

Gallo, Vreeling und Julika scharten sich um den Commissaris, während die uniformierten Beamten auf weitere Anweisungen warteten. »Und was jetzt?«, fragte Gallo mit leiser Stimme, die seine Enttäuschung verriet.

»Jetzt«, sagte Van Leeuwen laut, »jetzt durchsucht der Technische Dienst das ganze Haus, vom Keller bis zum Speicher. Jedes Haar in jeder Bürste wird eingetütet, jeder Teppich wird nach Hautpartikeln abgesaugt. Von allem, was Pieters oder Keo berührt haben, werden Fingerabdrücke genommen und –«

»Entschuldigen Sie, Mijnheer«, sagte Pieters von der Couch aus, »Sie glauben doch hoffentlich nicht, dass ich Ihnen nach diesem Fiasko gestatte, dass Sie und Ihre Beamten sich weiter in meinem Haus aufhalten, ohne dass ein Staatsanwalt mit einem gültigen Durchsuchungsbefehl dabei ist?«

Gallo flüsterte: »Bei der Beweislage kriegen wir weder einen Staatsanwalt noch jemanden von der Spurensicherung hier raus.«

»Ich hätte aber einen anderen Vorschlag«, sagte Pieters zu Van Leeuwen. »Sie lassen Ihre Kollegen abrücken, und ich unterhalte mich mit Ihnen allein, nur Sie und ich, unter vier Augen. Ich sage Ihnen alles, was Sie wissen wollen, ohne Anwalt, ohne Aufnahmegerät, und danach entscheiden Sie, ob ich Schuld auf mich geladen habe oder nicht.«

»Ich bin kein Richter«, sagte Van Leeuwen.

»Und ich bin kein Angeklagter«, sagte Pieters. »Wir sind nur zwei Männer, die die Wahrheit suchen.«

32

»Was ist Wahrheit?«, fragte der Commissaris, als sie allein waren. Er stand am Fenster, mit dem Rücken zum abendlichen Garten, und sah zu, wie Pieters einen Stapel aus Holzscheiten im Kamin aufschichtete.

»Pontius Pilatus«, sagte der Professor. »Keine schlechte Eröffnung für unser kleines Schachspiel.«

»Sie täuschen sich, wenn Sie denken, ich sei hier, um zu spielen«, sagte Van Leeuwen.

»Warum sind Sie überhaupt hier?«, fragte Pieters.

»Weil ich Polizist bin«, sagte Van Leeuwen. »Ich muss dahin gehen, wohin der Fall mich führt.«

»Ich glaube, mit der Wahrheit verhält es sich wie mit der Schönheit«, sagte Pieters. »Sie liegt im Auge des Betrachters. Und wenn jemand sie mit den Augen eines Polizisten sucht, findet er vielleicht Verbrechen, wo andere etwas anderes sehen würden. Es stört Sie doch nicht, wenn ich ein Feuer anzünde?«

Er stopfte Fidibusse zwischen die Scheite. »Ich weiß, dass Sie schon einmal hier waren und Dinge gesehen haben, die Sie heute nicht mehr finden konnten. Es war, das muss ich nicht extra betonen, ein unerwünschter, unrechtmäßiger Besuch. Wahrscheinlich haben Sie sogar meine Reisetagebücher gelesen. Was uns zu der nächsten Frage bringt, nämlich zu der Frage, was für ein Polizist Sie sind.«

Er griff nach einer Schachtel mit langen Streichhölzern, riss eines an und entzündete die Fidibusse. »Ich friere leicht, müssen Sie wissen. Vor allem, wenn ich mich in der Gesellschaft von jemandem befinde, der von Berufs wegen dem Recht dienen sollte, dieses

Recht aber offenbar als etwas betrachtet, das er nach persönlichem Gutdünken dehnen oder sogar brechen kann.«

»Kevin und Deniz«, sagte Van Leeuwen, »warum mussten die beiden Jungen sterben? Was wussten sie? Was hatten sie gesehen?«

»Auf der einen Seite haben wir das Recht«, redete Pieters unbeirrt weiter, »das seinen Ausdruck in Gesetzen findet. Auf der anderen Seite haben wir die Menschen, auf die es angewendet wird. Niemand steht über dem Recht und den Menschen, nicht einmal der Papst. Niemand außer Gott. Halten Sie sich für Gott, Mijnheer van Leeuwen?«

»Nein«, sagte der Commissaris, »und ich glaube auch nicht, dass der Zweck die Mittel heiligt. Aber manchmal diktiert er sie. Da Sie verschwunden waren, musste ich auf andere Weise in Erfahrung bringen, was ich wissen wollte.«

Der Professor pustete in die kleinen Flämmchen, die sofort an den Holzscheiten zu lecken begannen. Dann sagte er: »Also gut, nachdem wir jetzt geklärt haben, dass Sie nicht Gott sind, wenden wir uns der Frage zu, was für ein Mensch Sie sind. Würden Sie sagen, dass Sie ein ordnungsliebender Mensch sind, Commissaris? Und dass ein Verbrechen – jedes Verbrechen, aber besonders ein Mord – diese von Ihnen so geliebte Ordnung stört? Sie wollen die Welt schön sauber, geordnet und überschaubar haben, eine adrette Welt, in der nichts hinter geschlossenen Vorhängen passiert oder verborgen werden muss. In der alle Menschen aufrecht und ehrlich und ohne Falsch sind, keine dunkle Leidenschaften, kein Chaos, richtig?«

»Ich habe nichts gegen das Chaos, solange es sich an die Jahreszeiten hält«, sagte Van Leeuwen.

»Wie bitte?« Der Professor blinzelte ihn überrascht an. Die Flammen im Kamin loderten knisternd höher, schufen Schatten, wo vorher keine gewesen waren.

Van Leeuwen sagte: »Es gibt eine natürliche Ordnung, das ist die, nach der auf den Winter der Frühling folgt und auf den Sommer der Herbst. Oder nach der die Töne bei einem Bachkonzert angeordnet sind. Eine logische, keine künstliche. Recht und Ordnung sind künstlich geschaffen, aber um eine tiefere, natürliche Logik des Lebens zu schützen. Die Logik, der zufolge etwas geboren wird, damit es leben kann, und wenn sein Leben zu Ende geht, muss es sterben. Aber es muss von selbst sterben; es muss seine Jahreszeiten erleben können.«

»*Mors certa hora incerta*«, sagte Pieters. »Sicher ist der Tod, ungewiss ist nur die Stunde …«

»Es gibt Krankheiten, die ein Leben vorzeitig beenden«, sprach Van Leeuwen weiter, »aber in gewisser Weise gehören sie zur natürlichen Ordnung, zur Logik der Dinge. Es gibt den Krieg, aber gegen den kann ich leider nichts ausrichten. Und schließlich gibt es das Verbrechen, den Mord, den Totschlag, und ich sage: Kein Mensch hat das Recht, einem anderen das Leben zu nehmen. Gott vielleicht. Gott hat vielleicht dieses Recht, und selbst Gott würde ich deswegen manchmal am liebsten vor Gericht bringen. Aber da ich den nun mal nicht zu fassen kriege, halte ich mich an die kleinen Mörder, die bloß denken, sie wären Gott und könnten sich der irdischen Gerechtigkeit entziehen.«

Pieters stand auf, griff nach seinem Whiskeyglas, das er auf dem Kamin abgestellt hatte, und ging zur Kredenz, um sich nachzuschenken. Dabei fragte er: »Aber was ist, wenn etwas, das in Ihren Augen ein Verbrechen darstellt, in den Augen des Täters gar keins ist? Wenn er vom Leben eine ganz andere Vorstellung hat als Sie? Wenn es einer völlig anderen Logik gehorcht?«

Der Comissaris schüttelte den Kopf. »Einen anderen Menschen zu töten kann einem vielleicht manchmal logisch erscheinen, vielleicht sogar zwingend notwendig, aber es ist deswegen trotzdem nicht richtig, aus den Gründen, die ich eben genannt habe.« Er hielt inne, überlegte kurz. »Zugegeben, manchmal geschieht etwas, das niemand will, das aber auch niemand verhindern kann. Es geschieht sozusagen aus sich selbst heraus und kann doch als Verbrechen dastehen. Kevin ist tot, und niemand kann ihn wieder zum Leben erwecken. Dasselbe trifft auf Deniz zu. Wenn Sie mir jetzt sagen, was geschehen ist, wie es geschehen ist und warum es geschehen ist, wenn Sie mir die Wahrheit sagen, werde ich nicht mehr nur das Verbrechen sehen.«

»Und dann?«

»Dann werde ich dafür sorgen, dass aus Recht Gerechtigkeit wird«, sagte Van Leeuwen.

Pieters seufzte. »Sie glauben, Sie könnten die Welt wieder einrenken? Sie sind sehr stolz, Mijnheer van Leeuwen, das ist auch eine Sünde. Nicht, dass ich an die Sünde glauben würde – oder an Gott. Ich bin Wissenschaftler. Religion, Gut und Böse, gottgefälliges Handeln – das, wissen Sie doch, ist nur Opium fürs Volk, sonst nichts.«

»Und eine Wissenschaft, die nicht zum richtigen Handeln führt, ist nichts anderes als Opium für Intellektuelle«, entgegnete Van Leeuwen gereizt.

Pieters hob sein Glas, eine Geste, die besänftigend wirken sollte. »Wie wär's mit einem Whiskey, Commissaris? Oder trinken Sie nicht im Dienst?«

»*Natürlich* trinke ich im Dienst«, antwortete Van Leeuwen. Es war allmählich dunkel geworden, und das Kaminfeuer warf seinen flackernden Flammenschein zwischen die Palmen und Urwaldgewächse, deren Wedel aus dem Dunkel ins Licht wuchsen.

»Wir drehen uns im Kreis, Commissaris, merken Sie das nicht?«, sagte Pieters, nachdem er Van Leeuwen einen großen Whiskey eingeschenkt hatte. »Richtiges Handeln setzt eine absolute moralische Wahrheit voraus, an der man sich orientieren kann. Aber vorhin haben Sie selbst gefragt: *Was ist Wahrheit?*, weil Sie tief in Ihrem Innern und entgegen Ihren Worten wissen, wie unsicher der Boden ist, auf dem Sie sich bewegen. Wer sagt uns, was richtig ist, wenn wir nicht an Gott glauben? Unsere Intuition? Unser Gewissen? Sie wissen so gut wie ich, dass dieser Kompass, der den Menschen den Weg zu seinem Tun weist, in jedem Land, zu jeder Zeit und in jedem Individuum verschieden ist. In *einem* Kulturkreis wird ein Mensch durch diesen Kompass zu einer Tat veranlasst, die Sie ein Verbrechen nennen würden. In einem *anderen* wird er davor gewarnt, je nachdem, wie er als Kind erzogen worden ist und welche Gebräuche um ihn herum üblich waren. Ich frage Sie also noch einmal: Was ist, wenn der, der den Mord begeht, aus einer Kultur kommt, in der diese Tat gar kein Mord ist, gar kein Verbrechen? Weil es dort andere Normen und andere Gesetze gibt und keinen inneren Polizisten namens Gewissen? Und was ist, wenn er diesem inneren Kompass entsprechend richtig handelt, aber es in einem Land tut, in dem das als falsch gilt? Mit welchem Recht kann man ihn dann bestrafen?«

»Mit dem Recht«, hielt Van Leeuwen unbeirrt dagegen, »und *nach* dem Recht, gegen das er am Ort der Tat verstoßen hat. Und nach dem Recht, nach dem man auch den bestrafen wird, der ihn an diesen Ort geführt hat, ohne ihn darüber zu belehren, welche anderen Gesetze dort herrschen. Selbst wenn Sie, Professor Pieters, sich wie Ihr Adoptivsohn in der Kultur der Fore zu Hause fühlen und die der Niederlande heute ablehnen, haben Sie den Jungen um die Möglichkeit der freien Wahl betrogen, die zu einem zivilisierten Land gehört.«

Pieters lachte müde. Er trank einen Schluck und gleich noch einen. Die Palmwedel warfen ein unruhiges Schattengeflecht über sein Gesicht. »Seit wann ist ein Land zivilisiert? Und seit wann sind denn die Menschen zivilisiert? Seit ein paar Jahrhunderten vielleicht, und trotzdem wird immer noch getötet, weil der Drang zu töten viel älter ist als jede Zivilisation. Seit es Menschen gibt, töten sie sich gegenseitig, allein oder in Rotten, zufällig oder mit voller Absicht, im Zorn oder mit Vorbedacht. Die Geschichte der Menschheit ist eine Geschichte des Blutvergießens, aus politischen, religiösen oder ganz privaten Motiven. Sie können mir glauben, Commissaris – von den ersten drei Menschen war einer ein Mörder, und auch von den letzten beiden wird einer ein Mörder sein. *Quod erat demostrandum.*«

»Und der andere wird der Polizist sein, der ihn für seine Tat zur Rechenschaft zieht«, sagte der Commissaris und trank einen kleinen Schluck von seinem Whiskey. »So wie ich den Mörder von Kevin und Deniz stellen und vor Gericht bringen werde. Damit wären wir wieder bei Ihnen, Professor, denn die Spuren, die ich bei Ihnen gefunden habe, bringen Sie unzweifelhaft mit den beiden Morden in Verbindung. Und wenn Sie hundertmal für den Nobelpreis nominiert sind und glauben, Sie hätten alle Beweise beiseitegeschafft, ich werde nicht eher ruhen –«

In Pieters' Augen glitzerte der Widerschein der Flammen. »Also gut, Commissaris, meinetwegen, werfen wir doch einmal einen Blick auf Ihre Spuren: ein paar Haare, ein bisschen Haut, mehr ist es doch nicht, wenn ich Sie richtig verstanden habe. Aber was beweisen Ihre Funde denn? Selbst wenn sie mit etwas übereinstimmen, das Sie bei den beiden toten Jungen gefunden haben, heißt das etwa, dass ich ihr Mörder bin? Beweisen sie, dass ich jemand anderen zu den Morden angestiftet habe? Führen sie uns zu diesem anderen Täter, solange Sie nicht nachweisen können, von wem die Funde stammen? Sie haben Haare und Haut und wer weiß was noch in diesem Haus gefunden, aber wer sagt, dass die Funde in Ihren kleinen Tütchen jemandem gehören, der in diesem Haus wohnt? Vielleicht stammen sie von einem Besucher, einem Freund meines Sohnes, einem meiner Gäste aus aller Welt … Oder vielleicht ist jemand während unserer Abwesenheit hier eingedrungen und hat die Spuren hinterlassen, die Sie auf ebenso fragwürdige Weise beschafft haben. Brauchen Sie nicht ein bisschen mehr als nur ein paar Mutmaßungen und Indizien, solange Sie weder eine Mordwaffe haben noch ein Motiv?«

»Ich kenne das Motiv«, sagte Van Leeuwen. »Es ist Angst.«

»Angst? Angst wovor?«

»Angst, entdeckt zu werden. Angst, bloßgestellt zu werden.

Angst, Ansehen, Erfolg und die damit verbundenen Privilegien zu verlieren.«

»Wessen Angst?«

»*Ihre* Angst. Die Angst, die Ihr Adoptivsohn bei Ihnen gespürt hat. Eine derart große Angst, dass er keinen anderen Weg sah, als den zu töten, der für diese Angst verantwortlich zu sein schien. Der böse Zauberer, dessen Tod die Angst von Ihnen nehmen würde. Aber der böse Zauberer war nur ein Junge, der selber Angst hatte.«

Pieters schürzte nachdenklich die Lippen, dann spielte ein kaum wahrnehmbares Lächeln um seine Lippen. »Angst, nicht wahr, das älteste Motiv der Welt ... Was für eine einzigartige Gelegenheit: Ein kleiner Commissaris aus der holländischen Provinz erhält im einundzwanzigsten Jahrhundert praktisch die Chance, einen Mord aus der Steinzeit aufzuklären, er steht sozusagen mit jedem Bein an einem Ende der bisher bekannten Menschheitsgeschichte. In gewisser Weise haben Sie es mit der Idee des Mordes selbst zu tun, dem *Warum* allen Tötens durch die Jahrtausende, und in der ganzen Zeit hat sich das stärkste Motiv nicht geändert. Sie sehen, Sie sollten mir eigentlich dankbar sein.«

»Ich bin Ihnen dankbar«, sagte der Commissaris und trank wieder einen Schluck, »aber aus einem anderen Grund, als Sie denken.« Das Kaminfeuer, dachte er; es muss mit dem Feuer zu tun haben. »Ich erzähle Ihnen jetzt etwas, das ich noch nie jemandem erzählt habe, niemandem außer meiner Frau.«

Er trank noch einen Schluck, einen größeren diesmal, ehe er mit grimmiger Entschlossenheit fortfuhr: »Es ist die Geschichte eines zehnjährigen Jungen, der sich lieber verbrannt hat, als auch nur noch ein Mal von seinem Vater geschändet zu werden. Der Junge hatte eine Zwillingsschwester, sie sahen einander zum Verwechseln ähnlich, und eigentlich hatte der Vater mit dem Mädchen angefangen. Das Mädchen hatte er zuerst missbraucht, drei Jahre lang, zweimal die Woche, hier in Amsterdam, mitten unter uns. Als das Mädchen es nicht mehr ertrug, hat es sich seiner Mutter anvertraut. Die Mutter wollte mit dem Mädchen zur Polizei gehen, aber vorher wollte sie noch mit dem Vater sprechen. Ich weiß nicht, was sie sich dabei gedacht hat.

Der Vater hat sie und das Mädchen getötet, bevor sie ihn verraten konnten. Er hat es aussehen lassen, als hätte die Frau erst das Mädchen und dann sich selbst umgebracht. Danach war der Junge dran. Jetzt waren sie allein, er und sein Vater. Pass auf, sagte der Vater zu ihm; bleib weg von der Polizei, bleib weg von fremden Menschen. Rede mit niemandem, denk an deine Mutter. Der Vater hat ihn gezwungen, das Kleid seiner toten Schwester anzuziehen. Es war ihm etwas zu klein, denn es war ein Kleid aus der Zeit, als der Vater gerade angefangen hatte, das Mädchen zu missbrauchen. Der Junge hielt nicht so lange durch wie das Mädchen. Ein halbes Jahr lang musste er im Kleid seine Zwillingsschwester zweimal in der Woche zu seinem Vater kommen. Wenn er etwas länger durchgehalten hätte …

Wenn er nur etwas länger durchgehalten hätte … Es war am 10. Oktober, voriges Jahr. Wir waren dem Vater auf der Spur, es war eine Frage von Minuten, ich stand schon auf der Leiter … Aber der Junge war schneller als ich, er hatte seinen Vater angezündet, als der im Bett lag, er hatte die ganze Wohnung in Brand gesteckt und sich selbst gleich mit. Er war auf die Fensterbank geklettert, und ich hatte ihn beinahe, fast hatte ich ihn. Sein Gesicht, es war so bleich und leer wie der Tod, und er schrie mich an, *geh weg, geh weg*, aber dann war *er* es, der ging … Ich konnte ihn nicht halten, die dumme Jacke, die er über das Hemdchen gezogen hatte … Am 10. Oktober war das.« Van Leeuwen sah in sein Glas. »Es war der schlimmste Fall, den ich je hatte, und ich dachte, das Bild des brennenden Jungen auf dem Fensterbrett würde mich bis an mein Lebensende verfolgen. Aber jetzt weiß ich – dank Ihnen und Keo weiß ich jetzt –, dass diese Bilder nicht bleiben. Ich werde andere Bilder sehen. Ich werde Kevin sehen, wie er an einem frühen Morgen ohne Gehirn im Gras liegt, und ich werde Deniz sehen, wie wir ihn aus dem Wasser gefischt haben, die nasse, glänzende leere Hülle eines Jungen. Aber ich werde wissen, dass diese Bilder nicht bleiben, dass sie verschwinden, wenn das nächste Opfer vor mir liegt oder wenn ich wieder jemanden nicht retten konnte. Dafür bin ich Ihnen dankbar.«

Pieters sagte nichts.

Die Holzscheite knisterten im Kamin, und die Schatten der Palmwedel glitten über die Wände.

Dem Commissaris war heiß, vom Feuer und vom Whiskey.

»Es war doch nur ein Kuss«, sagte Pieters endlich, so leise, dass der Commissaris nicht sicher war, ob er überhaupt etwas gesagt hatte.

»Drei Jahre lang war alles gut gegangen. Keo hatte sich wunderbar eingelebt, er vermisste seine Heimat kaum, und die Schule machte ihm Spaß. Er hatte sogar ein paar richtige Freunde gefunden. Er war so dankbar. Er liebte mich, und ich liebte ihn. Es war ganz anders als in Ihrer Geschichte, es war nichts Krankes oder Widernatürliches daran. Aber wie – wie will man das jemandem erklären, in diesem Land, in dem jeder sofort das Schlechteste denkt?«

»Was geschah am Abend des Koninginnedags?«, fragte Van Leeuwen.

»Es begann schon am Abend davor«, erklärte Pieters. »Ich war den ganzen Tag bis spät in die Nacht in der Klinik gewesen und hatte gearbeitet. Keo war in der Stadt gewesen, mit seinen Freunden. Wir hatten ausgemacht, dass er mich am Abend abholen sollte, damit wir zusammen nach Hause fahren konnten. Als er in die Klinik kam, war er ein wenig betrunken, und ich musste mit ihm schimpfen, denn ich will nicht, dass er trinkt, und es gefiel mir schon gar nicht, dass er noch mit der Vespa unterwegs war. Er war ein bisschen überdreht, die vielen Menschen und die Musik in den Straßen, die Trommeln, die Fröhlichkeit – er nahm meinen Tadel nicht ernst und begann, mit mir herumzualbern.

Auch ich war etwas überdreht, die Arbeit den ganzen Tag, die Aussicht auf den Nobelpreis, ich hatte es erst am Morgen erfahren … Die Büros und Gänge um uns herum waren schon verlassen, denn die stationäre Behandlung findet in einem anderen Gebäude statt. Wir dachten, wir wären allein auf den dunklen Fluren. Er lief vor mir weg, wollte Verstecken spielen. Er verkroch sich in einer Kammer. Natürlich fand ich ihn sofort, und wir begannen uns zwischen den Stapeln von Bettlaken und Kopfkissenbezügen und Handtüchern zu balgen. Wir küssten uns, unsere Kleider verrutschten, und plötzlich, ich weiß nicht, wie lange er da schon stand, plötzlich bemerkte ich einen Jungen in der Tür, er hatte da nichts zu suchen, er sah aus, als wäre er von der Straße hereingekommen. Er starrte uns an, im Licht der Notbeleuchtung, aber er konnte uns trotzdem erkennen, mich und Keo und was wir taten, und ich wusste, dass er begriff, ich konnte es auf seinem Gesicht sehen, und ich wusste auch, dass er mich nicht kannte, aber bald würde mein Foto um die Welt gehen …«

Pieters' Hände drehten das leere Whiskeyglas auf seinem Schoß, erst nach links, dann nach rechts, wieder nach links und wieder nach rechts, hin und her, hin und her. »Keo hat so feine Antennen. Er spürt alles. Er spürt, was ich fühle, bevor ich selbst weiß, dass ich es fühle. Er spürte mein Erschrecken, meine jähe Angst. Er sah den Jungen, der von der Tür zurückwich und dann weglief. Wir hörten, wie seine Turnschuhe auf dem Boden quietschten und dass er sehr schnell weglief. Etwas, das wegläuft, muss man jagen, instinktiv und schnell. Manchmal hat man nur *eine* Chance. Plötzlich war ich allein, Keo war verschwunden. Er tauchte erst am Morgen des 1. Mai wieder auf, draußen, in unserem Haus. Er war müde, erschöpft, aber auch merkwürdig *erhellt* … Er sagte mir nicht, wo er gewesen war oder was er getan hatte. Er umarmte mich und sagte auf Fore: *Hab keine Angst* …«

Pieters' Gesicht lag im Schatten, nur ein schwacher Glanz verriet seine Augen. »Er ist ihm gefolgt. Er ist dem Jungen, Kevin, gefolgt und hat ihn beobachtet. Er ist gut darin, jemanden zu verfolgen und ihn zu beobachten. Kevin hatte ein Fahrrad, aber Keo war ja mit der Vespa unterwegs, es war leicht für ihn. Er ist Kevin bis zum Haus seiner Mutter gefolgt. Jetzt wusste er, wo er wohnt. Dann ist er nach Hause gefahren und hat, noch bevor ich dort ankam, alles geholt, was er brauchte. Danach hat er sich auf die Lauer gelegt, und vom Morgen des Koninginnedags an hat er Kevin nicht aus den Augen gelassen, hat gewartet, bis die Gelegenheit günstig war. Hat beobachtet, mit wem er sich trifft, mit wem er redet. Dieser andere Junge und ein Mädchen, bestimmt hat er ihnen erzählt, was er gesehen hat …«

Pieters' Stimme verlor sich einen Moment lang. »Die Menschenmassen auf den Straßen und in den Parks, die Trommeln den ganzen Tag, die Musik, alle sind betrunken oder bekifft oder verrückt, jeder ist verkleidet, die Gesichter sind angemalt mit blauer, roter und weißer Farbe oder dem Orange von Oranje – es kam ihm vor wie daheim, es lag ihm im Blut, müssen Sie wissen, es geht niemals verloren, und selbst mit seiner Bemalung war er nur einer unter vielen, vor allem, als es dann Nacht geworden war …«

Bedächtig leerte der Commissaris sein Glas.

»Von alldem wusste ich nichts«, sagte Pieters. »Das habe ich erst später erfahren, nachdem Sie bei mir gewesen waren, als mir dieser Verdacht kam. Es war ein schrecklicher Verdacht, ich konnte es erst nicht glauben … Aber auf einmal passte alles zusammen. Ich habe Keo gefragt. Ich habe gehofft, er würde mich auslachen, er würde *nein* sagen. Aber er sagte *ja*, ganz schlicht und einfach *ja. Ja* zu Kevin, und *ja* zu diesem anderen Jungen. Einfach *ja*. Er hatte keinen Grund zu lügen; er hatte nichts Böses getan.«

Ein kühler Luftzug fuhr Van Leeuwen über den Nacken. Die Palmwedel bewegten sich sacht. »Keo hat nicht nur Kevin und Deniz verfolgt«, sagte der Commissaris, »er ist auch mir gefolgt, mir und meiner Frau.«

»Er hat Sie bei mir gesehen. Er wollte mich besuchen und hat Sie aus meinem Büro kommen sehen –«

»– und danach hat er wieder Ihre Angst gespürt, eine neue Angst, denn erst durch meinen Besuch war Ihnen klar geworden, dass Keo der Mörder der beiden Jungen sein könnte –«

»– und dass Sie nicht lockerlassen würden, ehe Sie den Fall aufgeklärt haben –«

»– dass *ich* die neue Bedrohung war. Er hat keine Ahnung, wie die Polizei hier arbeitet – dass meine Kollegen alles wissen, was ich weiß; dass jemand anderer an meine Stelle treten wird, wenn er mich tötet …«

Van Leeuwen sprach es aus, als wäre es völlig logisch, ein zwingender Gedanke. Das Feuer im Kamin war inzwischen fast heruntergebrannt, aber die Schatten der Palmblätter an den Wänden standen nicht still. Ein Rascheln ging durchs Haus. Etwas klapperte leise, und plötzlich musste Van Leeuwen an die Schädelhäuser in Pieters' Aufzeichnungen denken, an die Totenhäuser im Hochland von Neuguinea, an das Klappern und Klirren, wenn die aufgehängten Schädel im Wind gegeneinanderstießen, wenn ein Luftzug unter die Muscheln fuhr.

Einige Herzschläge lang war ihm, als hätte er keinen festen Boden mehr unter den Füßen, nichts, woran er sich halten konnte. Er spürte den Wind. Er hörte die Muscheln und die Schädel. Und er wusste, dass er beobachtet wurde, aus dem Urwald heraus. Der Luftzug strich kühl durch den Raum. Van Leeuwen folgte dem Geräusch, *klick klack*, *klick klick*, und er sah, wie die Holzkugeln an den Kordeln der Sonnenblenden sich berührten, wie sie gegeneinander stießen und wieder gegeneinanderstießen und dann aufhörten und still herunterhingen.

Etwas bewegte sich zwischen den Dschungelgewächsen, in dem dichten, fleischigen Gezweig. Das Glas in Pieters' Schoß hingegen bewegte sich nicht mehr, er hielt es ganz ruhig und gelassen in beiden Händen.

»Es hat zwei Tote gegeben, und jemand wird dafür zur Rechenschaft gezogen«, sagte der Commissaris.

Pieters schwieg. Sein Gesicht lag im Dunkeln, bis auf den Mund und das Kinn, und der Mund schien sich zu kräuseln.

»Wen haben Sie in das Flugzeug nach Neuseeland gesetzt?«, fragte der Commissaris. »Es war nicht Ihr Sohn. Es war einer der anderen Jungen, oder? Einer von denen, die Sie später hergeholt haben, etwa in seinem Alter, mit ähnlichem Aussehen und ähnlicher Statur. Keo ist gar nicht in Neuguinea. Er ist hier. Er ist hier in diesem Haus.«

Pieters' Mund lächelte. Langsam beugte der Professor sich vor, in den Feuerschein. Es war ein Lächeln, doch, das war es, aber es war wie das Lächeln eines Irren. »Wie geht es Ihrer Frau, Commissaris?«, fragte der Professor. »Sie haben sie in eine Klinik bringen müssen, habe ich gehört.«

Van Leeuwen spürte, wie ihm das Blut in den Kopf schoss und sein Hals anschwoll. Die Luger fiel ihm ein, draußen im Dienstwagen, in der Tasche seines Trenchcoats. Er sah Simone in ihrem Klinikbett. Er dachte, dass Keo vielleicht gar nicht im Haus war, nicht mehr, sondern unterwegs in die Stadt. Plötzlich hatte er wieder Angst. Er sprang auf und rannte fast in die Diele.

»Sehen Sie, Commissaris, die Steinzeit hat nicht nur auf Neuguinea überlebt«, sagte Pieters leise, »sondern auch in uns.«

33

Van Leeuwen hörte die Musik, bevor er die Menschen sah, und dann sah er die Lichter und etwas später das Feuerwerk über den Bäumen. Die Menschen standen an der Prinsengracht, auf der ein Corso großer Boote langsam dahintuckerte. Die Boote waren mit bunten Luftballons und Lampions geschmückt, und an Bord drängten sich Männer und Frauen jeden Alters und setzten sich für die Zuschauer auf den Brücken und Kaimauern in Szene.

Die Männer und Frauen trugen Phantasiekostüme mit Federn und Strapsen oder Lederuniformen oder knappe Tangas, glitzernden Flitter und Goldfarbe auf Muskeln und Haut, silbernes Makeup. Einige tanzten in träger Sinnlichkeit zu der Musik, die aus den großen Lautsprecherboxen auf den Decks dröhnte. Andere umarmten sich, lachten, winkten und warfen Handküsse in die Menschenmenge am Ufer.

Van Leeuwen hatte den Wagen zurückgelassen, als er merkte, dass er nicht weiterkam, und jetzt schob er sich zu Fuß durch das Gedränge. Er hatte auch den Trenchcoat im Wagen zurückgelassen, aber nicht die Luger. Die Pistole steckte in seinem Hosenbund, links unter dem zugeknöpften Sakko. Er ging langsam, hielt Ausschau nach dem Jungen. Er sah ihn nicht, aber er wusste, dass er da war, irgendwo unter den Schaulustigen.

Menschenströme säumten den Kanal und verstopften die schmalen Gassen. Viele der Zuschauer waren genauso verkleidet wie die Männer und Frauen in der Parade, und auch auf den Hausbooten an den Kaimauern oder zwischen den Ulmen am Ufer wurde getanzt. Die ganze Zeit während der Fahrt in die Stadt hatte Van Leeuwen sein Herz schlagen gespürt, schnell und zornig. Er hatte Keo und seine Vespa nicht entdeckt, aber er wusste, dass der Junge nie weit weg gewesen war. Einmal hatte er geglaubt, Pieters' Rover im Rückspiegel zu sehen. Er hatte Gallo angerufen und dafür gesorgt, dass zwei Agenten in die Klinik geschickt wurden, um Simones Zimmer zu bewachen.

Er dachte, er wäre der Jäger, aber vielleicht war er der Gejagte. Er sah in jedes Gesicht, das vorbeitrieb. Er spürte, dass er beobachtet wurde. Die laut aufgedrehten Bässe trafen auf seine Brust wie Fäuste. Rechts und links der Gracht stiegen Feuerwerkskörper in den Nachthimmel, wo sie zu Kaskaden grüner und blutroter Funken zerplatzten. Katharinenräder tauchten die Giebel der Häuser in blassblaue Helligkeit. Raketen flogen mit heulenden Flammenschweifen durch die Luft, bevor sie goldschimmernden Regen auf die Dächer gossen. Die Lichtfontänen am tiefvioletten Himmel überschütteten die Gesichter der Menge mit flüchtigen Schauern von Purpur, Türkis, Honig und Orange. Die Glut explodierender Knallfrösche und weiß zischender Lunten spiegelte sich auf dem Wasser der Gracht.

Van Leeuwen näherte sich der Klinik. Er entdeckte einen Mann im Gewühl, einen Mann in einer eierschalenfarbenen Leinenhose, der jedoch verschwand, kaum dass der Commissaris ihn wahrgenommen hatte. Er spürte, dass er angerempelt wurde, aber er achtete nicht darauf. Er hörte die Musik und lautes Lachen und die krachenden Feuerwerkskörper, und er schob sich weiter durch die Menge, hielt Ausschau nach Keo, nach Pieters in seinem Leinenanzug. Aber es gab viele Männer in hellen Anzügen und viele dunkle Gestalten mit weiß bemalten Gesichtern, die auftauchten und wieder verschwanden vor der verwischten Kulisse aus Feuer und wirbelnden Lichtern.

Über Van Leeuwens Kopf explodierten die Raketen jetzt schnell hintereinander. Ihre Kometenschweife kreuzten sich, und die zerplatzten Hüllen fielen vom Himmel wie verglühender Regen. Das Hämmern der Trommeln und das Wummern der Bässe erreichte einen neuen Höhepunkt, als wieder ein Boot auf dem Wasser vorbeiglitt.

Plötzlich vernahm der Commissaris hinter sich einen Laut, ein Geräusch, das zu leise war, als dass er es wirklich hören konnte. Er spürte es mehr. Es zog sich über seinen Nacken wie ein Schnitt mit einer Rasierklinge; es war wie ein Kitzeln, wenn die Haut sich öffnet und das erste Blut hervortritt. Sofort wusste er, was dieses Gefühl bedeutete. Er war nah. Der Mörder war dicht hinter ihm. Van Leeuwen blieb stehen, dann drehte er sich schnell um und starrte in die Gesichter der Menschen um ihn herum. Noch während er überlegte, aus welcher Richtung die Gefahr drohte, teilte sich die Menge für eine Sekunde, und er sah Keo.

Er sah den Jungen zum ersten Mal so, wie ihn nur seine Opfer sahen. Er sah eine kleine schwarze Gestalt mit kalkweißem Gesicht, dunkel glänzenden Augen und hellroten Lippen. Er sah die weißen Strähnen im Haar und einen Knochen von der Größe eines kleinen Fingers in der Nasenwand. Die Muskeln des fast nackten Körpers waren fest, die Haut war straff. Er hielt eine Steinaxt in der Faust, und ein Messer aus Bambusrinde steckte im Gürtel des Lendenschurzes. Im nächsten Moment war der Junge mit dem weißen Gesicht verschwunden, untergetaucht in dem Gedränge der anderen genauso auffällig verkleideten Gestalten. Van Leeuwen wollte ihm nachlaufen, aber die Menge hatte sich schon wieder geschlossen. Er riss seinen Ausweis heraus und hielt ihn hoch. »Kriminalpolizei!« Jetzt wichen die Passanten ihm aus, aber nicht schnell genug, nicht so schnell, wie der Junge sich bewegte.

Er schaffte es bis zur Kaimauer, wo er auf einen Poller stieg, um über die Köpfe hinwegsehen zu können. Er konnte Keo nirgendwo mehr entdecken. Aber er wusste, dass der Junge ihn sah. Er dachte, dass er sich von der Gracht wegbewegen sollte, in eine der schmalen Seitengassen, weg von den Menschen. An der Mündung einer dieser Gassen sah er einen Mann in einem hellen Anzug, und diesmal war er sich sicher, dass es Pieters war.

Der Mann sah in seine Richtung. Er war etwa acht Meter entfernt. Er hielt etwas in der Hand, das Van Leeuwen nicht erkennen konnte. Er hob die Hand über die Köpfe der Menschenmenge, und da begriff der Commissaris und sprang von dem Poller. Er sah noch das Mündungsfeuer, aber die Kugel verfehlte ihn, und das Krachen des Schusses ging in dem Feuerwerk unter.

Van Leeuwen zog die Luger aus dem Hosenbund und arbeitete sich durch das Gedränge auf die Gasse zu. Er konnte Pieters noch sehen. Er konnte sehen, dass dieser in der Menge nach ihm suchte, und dann entdeckte Pieters ihn, und im nächsten Augenblick war er verschwunden. Van Leeuwen ging schneller, duckte sich zwischen die Schaulustigen, ging gebückt, bis er die Gasse erreicht hatte.

Er holte sein Handy heraus, drückte die Notruftaste. Er brauchte Hilfe, jemanden, der ihm den Rücken freihielt; der verhinderte, dass er Keo oder Pieters erschießen musste. Als er seinen Namen sagen wollte, stolperte eine Frau neben ihm und versetzte ihm einen Stoß. Das Handy rutschte ihm aus der Hand und fiel aufs Pflaster. Bevor er es wieder aufheben konnte, trat ein Mann dagegen, und es rutschte weg, vor einen anderen Fuß, der es wegstieß, bis zur Kaimauer, dann fiel es ins Wasser.

Van Leeuwen lief in die Gasse. Schon bald löste sich das Gedränge auf. Das Stampfen und Hämmern der Musik folgte ihm in die Dunkelheit, und er dachte an Keo, wie er sich fühlte, wenn er die Trommeln hörte, wenn die Erinnerungen in seinem Blut zu leben begannen. Am anderen Ende der Gasse erblickte er einen Mann im hellen Anzug, der gerade um die Ecke bog.

Er ging schneller, die Luger in der rechten Hand dicht an den Oberschenkel gepresst, noch nicht entsichert. Er wollte niemanden erschießen, aber er wollte auch nicht erschossen werden.

Der Mann im hellen Anzug verschwand in der nächsten Gasse. Van Leeuwen ging schneller, um ihn nicht zu verlieren. Er war jetzt allein. An der Ecke blieb er stehen. Eine vereinzelte Rakete kratzte

Funken aus dem Himmel. Die Musik klang hier gedämpft, und das Licht der Laternen reichte kaum bis zum Pflaster. Steinzeit, dachte der Commissaris; Dunkelheit, bevölkert von bösen Geistern.

Der Angriff kam plötzlich und lautlos. Ein weißer Schatten, mehr war es nicht, ein Luftzug, der ihn streifte. Dann eine Gestalt, die jäh aus der Nacht tauchte, ihn ansprang, eine Axt in der erhobenen Faust. Das Gesicht mit den gefletschten Zähnen und dem hellen Knochen kam so schnell näher, dass Van Leeuwen ihm wie gelähmt entgegenstarrte. Erst in letzter Sekunde riss er den Arm hoch und duckte sich weg. Die Schneide der Axt prallte klirrend von der Hausmauer hinter ihm ab, schlug weiße Funken aus dem Stein.

Van Leeuwen strauchelte. Er riss die Luger hoch. Nicht, dachte er, nicht so, nicht hier, nicht so sinnlos, so allein. Bilder schossen ihm durch den Kopf, Fetzen von Bildern jagten vorbei und erloschen wie Leuchtspurgeschosse. Dann, von einer Sekunde auf die andere, verlangsamten sich die Bilder, wurden zu einem trägen Fluss, einem gedehnten Zeitbild, zu den quälend langsam auftauchenden Worten, *nicht hier, nicht jetzt, nicht so.*

Keo sprang zurück, scharf keuchend wie ein verwirrtes wildes Tier. Seine Hände waren leer. Van Leeuwen begriff, dass ihm die Axt aus der Faust geprellt worden war.

»Es ist zu Ende«, sagte er.

Der Junge zögerte, starrte auf die Pistole. Seine Hand tastete nach dem messerscharfen Bambussplint im Gürtel seines Lendenschurzes. Doch statt ihn zu ziehen, drehte er sich um und hetzte in großen Sprüngen davon.

»Bleib stehen!«, rief der Commissaris, aber der Junge rannte weiter, zur Mündung der Gasse, auf die Gracht zu. Van Leeuwen sah gerade noch, wie Keo am Ende der Gasse zwischen den Zuschauern der Bootsparade verschwand. Er hörte Schreie, sah Menschen auseinanderspritzen und wegrennen. Er begann zu laufen, getrieben von einer unheilvollen Ahnung, dem Gefühl drohenden Schreckens. Die Luger in der rechten Hand, stürzte der Commissaris dem Jungen nach, erreichte die Gracht, drängte sich rücksichtslos durch die Menge. »Polizei!«, brüllte er. »Platz da! Polizei!«

Ein Stück weit vor sich entdeckte er die Bewegung, die er suchte, einen weißen Schatten auf der Flucht. Er rannte weiter, schob und stieß, bis die Menschen ihm auswichen und ihn vorbeiließen. Keo verharrte auf der Kaimauer, blickte sich um, nach rechts, nach links. Dann sprang er, und Van Leeuwen sah ihn springen, geschmeidig, er sprang und landete auf dem Deck eines Hausboots. Unbemerkt von den Leuten auf dem Boot rannte Keo über die Decksplanken. Er sprang über eine leere Hängematte, schlüpfte unter einer Wäscheleine durch, schlängelte sich durch ein paar Topfpflanzen.

Van Leeuwen sah die Silhouette, klein und weiß, im flackernden Licht des Feuerwerks über das Boot huschen und auf das Dach klettern, aber gerade, als er selbst das Boot erreicht hatte, nahm Keo Anlauf und sprang wieder, setzte vom Bug des Kahns auf das Heck des nächsten, und auch dort bemerkte ihn niemand, alle starrten zu den bunt geschmückten Booten der *Pride Parade* mit den dröhnenden Musikanlagen an Bord.

Van Leeuwen lief an der Kaimauer entlang, wich den Ulmen aus, den Bänken, den Schaulustigen, und er sah Keo springen und wieder springen, von Boot zu Boot, und die Reihe der Hausboote an der Gracht war unendlich, und er dachte, dass er den Jungen verlieren würde, wenn er am Ufer blieb, und das wollte er nicht, er wollte es zu Ende bringen, von diesem Jungen wollte er sich nicht abhängen lassen wie damals von Deniz, *ich muss es zu Ende bringen, ich muss es zu Ende bringen, ich muss –*

Er polterte über einen schmalen Holzsteg. Die Boote sahen groß aus, wenn man sie vom Ufer aus betrachtete, aber sie waren klein und schmal, sobald man sie betrat, alles war klein und schmal, und Van Leeuwen rannte an der niedrigen Reling entlang, und auch um ihn kümmerte sich niemand an diesem ausgelassenen Abend, nicht einmal um die Pistole in seiner Hand. Mit der Linken versuchte er, sich vor Hindernissen zu schützen, die er erst zu spät sah, vor straff gespannten Leinen, flatternden Wimpeln, Elektrokabeln, scharfblättrigen Pflanzen.

Er erreichte den Bug, von dem Keo sich mit seinem Sprung gelöst hatte, nahm Anlauf und sprang ebenfalls, warf sich vorwärts, ohne zu überlegen, und es ging, er landete schwer, aber sicher auf dem nächsten Boot. Keuchend lief er weiter, stolperte über Kisten und Blumenkästen, stieß Liegestühle um und riss Wäscheleinen herunter, jetzt, dachte er, jetzt bin *ich* der Jäger. Aber seine Beute war schnell und geschickt, der Abstand zwischen ihnen wuchs mit jedem Sprung von Boot zu Boot. Die kleine, muskulöse Gestalt flog fast durch die Nacht, und auch Van Leeuwen sprang wieder, doch dann stolperte er und rutschte aus, glitt über glitschige Planken, kroch auf Händen und Füßen. Er rappelte sich wieder hoch und lief weiter, rannte, was seine erschöpften Beine hergaben, hechelnd und fluchend. Der Schweiß spritzte von seinem Körper wie Schaum von den Flanken eines erbarmungslos geschundenen Pferdes.

Die Boote schwankten. Die Decksplanken rückten näher heran, dann schienen sie sich wieder zu entfernen. Die Aufbauten standen schräg, als drohten sie zu kippen; das Deck wogte wie bei bewegter See. Plötzlich spürte Van Leeuwen, wie ihn etwas an der Stirn traf, dicht über den Brauen, und er kniff die Augen zusammen, um sie zu schützen. Als er sie wieder öffnete, sah er alles seltsam grobkörnig, farblich verblichen, als betrachte er einen auf sehr schlechtes Material kopierten Film, einen Film von einem Hausboot, dem sich schwankend ein Mann mit einer Pistole in der Hand näherte, und der Mann war er selbst, und der andere war Keo, eine Gestalt wie aus einem Fiebertraum.

Ein Holzsplitter hatte ihm die Stirn aufgeschlitzt. Blut rann ihm über die Wange, vermischte sich mit Schweiß und Galle zu klebrigen Tropfen. Er blinzelte und stolperte weiter. Auf dem nächsten Boot blieb Keo stehen. Seine Schulterbätter zuckten wie verstümmelte Flügel. Er atmete genauso schwer wie Van Leeuwen. Langsam wandte er sich um und blickte seinem Verfolger in die Augen. Er neigte den Kopf zur Seite und lauschte.

Die Musik schien auf einmal weniger laut, und nur noch vereinzelt explodierten Feuerwerksraketen am Himmel. Van Leeuwen versuchte, seinen Atem zu kontrollieren. Durch das Keuchen glaubte er eine menschliche Stimme zu hören. *»Keo! Keo!? Keo?«*

Der Commissaris stellte fest, dass sie in einen dunklen Seitenarm der Gracht geraten waren. Der Bootscorso hinter ihnen nahm eine andere Richtung. Die Hauskähne hier waren unbeleuchtet, bewohnt, aber vorübergehend verlassen. Der Commissaris schwankte leicht, sein Herz schlug unregelmäßig, und immer wenn es kurz aussetzte, musste er nach Luft schnappen. Er ließ die Augen nicht von dem Jungen, der jetzt mit einer einzigen gleitenden Bewegung die lange Bambusklinge zückte.

»Keo!«, rief Van Leeuwen schwer atmend. »Ich will dir nichts tun … Ich will dir helfen. Zwing mich nicht, zu schießen.« Er merkte, dass er noch immer die Luger in der Hand hielt, und bestimmt war es die Pistole, die den Jungen ängstigte, und deswegen bückte er sich, um sie vor sich auf die Planken zu legen. »Hier, du siehst, ich lege meine Waffe weg –«

Doch ehe die Luger das Deck berührte, ging plötzlich alles sehr schnell. Der Commissaris hörte einen Knallfrosch explodieren, und er spürte, wie etwas ihn streifte, wie es glühend und hart durch das Haar und die Haut am Hinterkopf fuhr, und er warf sich zur Seite, und gleichzeitig sah er, wie dasselbe Etwas Keos Brust traf, mit voller Wucht, so heftig, dass Fleisch und Blut herausgeschleudert wurden.

»Keo!«

Nur wenige Schritte von dem Hausboot entfernt stand Professor Pieters am Ufer. Er hielt die Pistole, mit der er geschossen hatte, in der rechten Hand, und einen Moment lang schien er zu lachen, lautlos, bis er die Pistole fallen ließ und das Lachen allmählich zu groß wurde für sein Gesicht, es auseinanderzureißen schien, während der Junge taumelte und auf die Knie sank und zusammengekauert auf dem dunklen Deck kniete.

Pieters lief zum nächsten Steg und kletterte an Bord des Boots, auf dem Keo kniete. Als der Junge ihn kommen sah, hob er den Kopf, und obwohl es dunkel war, konnte der Commissaris erkennen, dass er die Lippen bewegte; er konnte sogar das Wort erkennen, das Keo sagte.

Pieters kauerte sich neben den Jungen, nahm ihn in beide Arme und strich ihm über das Haar, über den gebeugten Hals. Tränen liefen ihm über die Wangen. Er blickte zum Himmel, als könnte von irgendwo dort oben Hilfe kommen, und dabei tropften die Tränen auf Keos Schultern.

Plötzlich spürte der Commissaris, wie kalt es über der Gracht geworden war. Pieters' Atem zeichnete Wolken in die Luft, und von Keos Körper stieg Dampf auf. Er schien zu schrumpfen, schien kleiner zu werden. Erschöpft blickte Keo zu seinem Vater auf. Pieters schrie: »Keo …!« Verzweifelt begann er, den Jungen zu streicheln, als könnte er so dessen Leben retten. Keo tastete nach Pieters' Hand und hielt sich daran fest. Die Beine des Jungen zuckten, und Van Leeuwen glaubte, unter der Haut seinen Herzschlag zu sehen, hektisch wie den eines Vögelchens. Keo zitterte in den Armen seines Vaters, seine Zähne schlugen aufeinander.

Pieters hielt Keos Kopf jetzt mit beiden Händen, und er schien alle Kraft dafür zu brauchen, denn ein Beben lief durch den Körper des Jungen, vom Hals bis zu den nackten Füßen, ein weißes Zittern in der Nacht. Die dünnen braunen Handgelenke fielen zur Seite, die Finger öffneten sich, wie um etwas zu empfangen.

Van Leeuwen ging langsam zur Reling des Hausboots, die Pistole in der Hand. Plötzlich wurde ein Scheinwerfer auf ihn gerichtet, und eine Stimme rief: »Lassen Sie die Waffe fallen! Lassen Sie sofort die Waffe fallen!« Es dauerte einen Moment, bevor der Commissaris begriff, dass die megafonverstärkte Stimme *ihn* meinte. Das

Licht blendete ihn, und er gehorchte und drehte sich um. »Ich bin Polizist!«, rief er. »Ich bin Commissaris Bruno van Leeuwen von der Kriminalpolizei!«

Aus dem gleißenden Lichtkegel sah er mehrere Gestalten näher kommen, Agenten in Uniform, mit Schusswaffen in den ausgestreckten Händen. Als sie nah genug waren, um ihn erkennen zu können, sagte einer: »In Ordnung, er ist es. Es ist der Commissaris.« Der, der gesprochen hatte, bückte sich und hob Van Leeuwens Luger auf, um sie ihm zurückzugeben. »Was ist hier passiert, Mijnheer?«, fragte er.

»Leuchten Sie da rüber, auf das Boot da!«, befahl der Commissaris. Der Scheinwerfer schwenkte zu der Stelle, wo Pieters und Keo auf dem Deck des Nachbarboots gekniet hatten.

Da war niemand.

34

Die Scheinwerfer bohrten einen Tunnel in die Nacht, aus dem ihm die Straße entgegenflog. Da war die Abzweigung, dann der Feldweg, an dessen Ende das Landhaus hinter der Buchsbaumhecke wartete. Van Leeuwen drosselte die Geschwindigkeit und riss das Steuer herum. Der Wagen schleuderte in die Kurve, schoss auf den Weg. Die Federung fing die Schlaglöcher ab. Van Leeuwen gab sofort wieder Gas und raste über die von der Sommerhitze hart gebackene Erde und die klappernden Bohlen der Holzbrücke, und dann sah er die Hecke und das offene Tor, und als er nah genug war, sah er auch den Rover und den schwachen Lichtschein im Haus.

Er hatte sich nicht geirrt.

Er schaltete die Scheinwerfer aus. Das letzte Stück legte er im Dunkeln zurück, fuhr den Wagen langsam durch das Tor und bis zur Eingangstreppe. Er stieg aus, drückte leise die Tür ins Schloss und versuchte, ins Innere des Rovers zu schauen. Der Beifahrersitz wies einen großen dunklen Fleck auf, wo Keos Blut in das Polster gesickert war.

Van Leeuwen ging zur Eingangstreppe, folgte der Spur weiterer Flecken, die im Mondschein fast schwarz aussahen, die Stufen hinauf. Er spähte durch die Fenster rechts und links vom Eingang, konnte aber weder Pieters noch Keo sehen. Er drückte die Türklinke; die Tür war unverschlossen. Er zog die Luger, entsicherte sie und schob sie wieder in den Hosenbund. Dann betrat er Pieters' Haus.

Die Luft in der Diele war wie ein feuchter, heißer Vorhang, der sich nicht zerteilen ließ. Die letzte Glut im Kamin warf die Schatten der Palmwedel auf die Wände. Das glimmende Holz knackte und knisterte leise unter der Asche. Ein merkwürdiger Geruch, anders als am Nachmittag, erfüllte die Räume. Van Leeuwen wartete, bis seine Augen sich an das schwache Licht gewöhnt hatten. Die dunklen Flecken führten durch das Wohnzimmer in den Flur dahinter. Ein leises Klirren, wie von Metall auf Stein, drang Van Leeuwen entgegen.

Klirrschab.

Langsam folgte der Commissaris der Spur der Flecken zu der Tür am anderen Ende des Raums, wo das Geräusch herkam, das zitternde, klirrende, schnelle Schaben.

Klirrschab, klirrschab.

Der Geruch wurde intensiver, nach scharfen Gewürzen, angekokeltem Holz und Schmorfleisch. Van Leeuwen legte die Hand auf den Griff seiner Pistole. »Professor Pieters?«, rief er.

Das Geräusch hörte nicht auf. *Klirrschab*, eintönig und leise, *klirrklirrklirr, schabschabschab*, und während Van Leeuwen langsam einen Schritt vor den anderen setzte, spürte er, wie das Geräusch nicht mehr nur in der Dunkelheit um ihn herum war, sondern auch in ihm, eisig und hart, wie es zu etwas Schwerem in seiner Brust wurde. Sein Atem ging schneller,

»Keo?«, rief er. Er folgte dem Geräusch, ging ihm nach, fand allmählich die Orientierung wieder, zwischen den Palmen, den stacheligen Riesenfarnen und wuchernden Schlingpflanzen. Du warst schon einmal hier, *klirrschab*, erinnere dich, *klirrschabklirrschab*, das kommt von rechts, da liegt die Küche, es kommt aus der Küche, dachte er, und dann dachte er, ein Messer.

Es war weniger Blut, als er erwartet hatte. Es war erstaunlich wenig Blut, genau betrachtet. Pieters saß auf dem Kachelboden vor dem offenen Backofen, in dem ein Kreis aus kleinen bläulichen Gasflämmchen brannte. Er hatte sich vorgebeugt, beide Beine ausgestreckt und hielt ein Messer – ein Fleischmesser mit einer langen, breiten Klinge – in der rechten Hand, die neben seinem Oberschenkel auf dem Boden lag. Die Hand lag da und bewegte sich zuckend und klirrend hin und her wie ein kleines verletztes Tier, und die Klinge des Messers schabte über die Steinkacheln, am Rand einer Blutlache, die sich unter Keo ausgebreitet hatte.

Klirrschabklirrschabklirrschabklirrschab.

Kopf und Schultern des Jungen ruhten in Pieters' Schoß, die nackten Beine lagen verkrümmt da, wie die einer Puppe. Die Wunde über Keos Herz, ein kleiner, klatschmohnroter Krater im Weiß der bemalten Brust, blutete nicht mehr. Das meiste Blut kam aus einem langen, kreisrunden Schnitt, der sich zwischen der Stirn und dem Haaransatz um den Schädel zog.

Pieters sah auf, und Van Leeuwen musste sich Mühe geben, um ihn wiederzuerkennen. Es sah aus, als hätte der Arzt eine schlecht gefertigte Maske übergestülpt, eine Maske aus feucht glänzender Haut und schlaffen Muskeln, mit strähnigem Haar, das ihm in die sorgenzerfurchte Stirn fiel, und mit einem merkwürdig verzerrten Mund.

»Ich kann es nicht«, sagte Pieters leise. Er sah zu Van Leeuwen auf, und das Messer in seiner Hand hörte nicht auf, hin und her zu schaben auf dem blutigen Kachelboden, wie ein blinkender Scheibenwischer.

Klirrklirrklirrschabschabschab.

»Ich kann es nicht«, sagte Pieters. »Ich kann es nicht. Ich kann es nicht.«

Erst jetzt fiel dem Commissaris der linke Arm des Jungen auf, der halb von Pieters' Oberschenkel verdeckt wurde. Das Handgelenk fehlte. Er hatte sich geirrt, das meiste Blut kam nicht von dem Schnitt unter der Kopfhaut. Es kam von dem Arm. Er suchte die Hand, aber sie lag nirgendwo auf dem Boden.

Sein Blick wanderte wieder zum Backofen hinüber, und erst jetzt entdeckte er, dass die bläulichen Flämmchen unter einer Bambusschale flackerten. Die Schale war nicht sehr groß, nicht groß genug für einen ganzen Arm oder auch nur für einen Fuß. Aber vor dem Herd standen andere, größere Gefäße aus Ton und Bambus bereit.

Mit leeren Augen sah Pieters zu Van Leeuwen auf. Einen Moment lang schienen sie etwas zu sehen, etwas in Van Leeuwen, etwas, das eine Erinnerung auslöste. Van Leeuwen beobachtete die Augen, sah ihren Ausdruck wechseln und wieder wechseln, und plötzlich wusste er, was Pieters suchte, und er wusste auch, dass Pieters es nicht mehr finden würde, nie mehr, solange er lebte.

»Ich habe es ihm versprochen«, sagte Pieters und schaute Van Leeuwen weiter unverwandt an, ohne ihn zu sehen. »Ich wollte ihn beerdigen … Er hätte es getan, er hat alles für mich getan … Ich habe es versucht … aber ich schaffe es nicht … Ich habe es versucht … aber ich schaffe es nicht … Ich habe es versucht … aber ich schaffe es nicht … Ich schaffe es nicht …«

35

Der erste Schnee fiel spät in diesem Jahr, einen Tag nach Weihnachten. Simone stand am Fenster des Schlafzimmers und sah zu, wie der Schnee sich auf dem Fensterbrett sammelte, dann ging sie ins Wohnzimmer, um von dort aus zuzuschauen, wie das teerschwarze Wasser der Gracht die tanzenden Flocken verschluckte. Wieder und wieder ging sie zwischen den Räumen hin und her, und nur wenn Van Leeuwen ihr wieder ein Kleidungsstück anziehen wollte, blieb sie kurz stehen.

Am Nachmittag holte er ihren Koffer aus der Kammer, kippte den Inhalt in einen großen Karton und legte den Koffer dann auf das ungemachte Bett. Das Pflegeheim hatte ihm eine Liste der Dinge geschickt, die Simone mitbringen sollte. Er suchte das meiste davon zusammen und packte es ein, und er dachte, dass er ihr die anderen Sachen mitbringen konnte, wenn er sie das erste Mal besuchen fuhr.

»Fahren wir weg?«, fragte Simone.

»Ja.«

»Wohin fahren wir?«

»Überraschung«, sagte er.

Eine Zeit lang hielt sie der fallende Schnee noch davon ab, sich Gedanken über das Wegfahren zu machen, aber dann wurde sie unruhig und fing an, weitere Kleidungsstücke aus dem Schrank zu nehmen und in den offenen Koffer zu legen. Sie zog ihre Strümpfe aus und legte sie dazu. Sie holte einen Teller mit Kastanien, Tannenzapfen und einem getrockneten Seestern, um auch das im Koffer zu verstauen.

»Wenn du meinst, du brauchst das«, brummte Van Leeuwen. Es

schneite den ganzen Tag, abwechselnd leicht wie zarter Pollenflug oder stark in dichten, schweren Flocken. Die Äste der Ulmen an der Gracht hoben sich wie Tuschezeichnungen vom Weiß der Umgebung ab. In den Fensterwinkeln hatten sich Reifblumen auf dem Glas gebildet, und wenn eine Fallbö am Haus vorbeifegte, zerstäubte sie die frischen Flocken auf dem Fensterbrett zu Kaskaden von pulvrigem Weiß. Auf ihren Wanderungen zwischen den beiden Zimmern blieb Simone jedes Mal bei Van Leeuwen stehen und fragte: »Wann fahren wir denn?«

Am frühen Nachmittag hielt er es in der Wohnung nicht mehr aus. »Jetzt gehen wir erst mal spazieren«, sagte er. »Was hältst du davon?«

Sie runzelte die Stirn. »Mein Bein.«

»Dein Bein ist wieder völlig in Ordnung«, sagte Van Leeuwen.

»Schnee«, sagte sie, »glatt.«

»Ich pass schon auf«, sagte er. Geduldig wartete er, bis sie den Simone-Winterlook zusammengestellt hatte, dann half er ihr die enge Treppe hinunter. Auf der Straße hängte sie sich bei ihm ein, und er hielt sie, während sie langsam die Straße hinaufgingen bis zur Prinsengracht.

»Wo gehen wir hin?«, fragte Simone.

»Den Wagen holen«, sagte er.

Auf halber Strecke zum Jordaan Garten hörte es auf zu schneien, und die Sonne kam heraus. Das dünne Eis auf den Stämmen und Ästen der Ulmen schmolz; für kurze Zeit brannte die Borke in scharfem Glanz. Es war kalt im Schatten, aber warm in der Sonne. Nach einiger Zeit verschwand die Sonne wieder. Nur ein fuchsroter Fleck tief am Dezemberhimmel zeigte noch, wo sie stand, und Nebel legte sich auf die Grachten. Der Nebel war kälter als die Luft, und etwas später begann es wieder zu schneien. Ein schwacher Wind trieb den Schnee in körnigen Schleiern über das Pflaster. Die klamme Luft presste Van Leeuwens Gesicht zusammmen. Seine Augen begannen zu tränen.

Ein Zeichen, dachte er. Wann hatte es in Amsterdam je so lange geschneit, und wann war der Schnee auch noch liegen geblieben? Simone las die Namen der Hausboote auf der Gracht und murmelte sie vor sich hin: »*Firenze, Picasso, Proust, Shangri La* …« Als sie das *Europarking* gegenüber vom Präsidium erreicht hatten, war noch nicht genug Zeit vergangen, um den Wagen zu holen, und deshalb gingen sie trotz der Kälte weiter zum Park.

Im Park türmte sich der Schnee in weißen Wechten um das Vondel-Denkmal, und das Eis der Seen spiegelte den grauen Himmel. Eis, dachte Van Leeuwen, Schneewechten. Der Ausnahmezustand, nie da gewesen, außer auf Gemälden.

Die Stahlkufen der Schlittschuhläufer schimmerten in dem diesigen Licht wie poliertes Blei. Van Leeuwen und Simone blieben fast den ganzen Nachmittag im Park, bis ihm zu kalt wurde und er sie in ein Café führte. Sie fanden einen Tisch am Fenster, gleich neben der Heizung. An der Regenrinne über dem Fenster hingen Eiszapfen nebeneinander wie Orgelpfeifen.

Van Leeuwen trank ein Glas Rotwein, und Simone bekam eine heiße Schokolade. Das Café war voll, aber keiner der anderen Gästen nahm Notiz von ihnen. Simone trank die Schokolade in kleinen Schlucken, lächelte ziellos und sagte: »Muss nach Hause, muss fertig packen.«

»Gleich«, sagte Van Leeuwen. Er wünschte, der Tag wäre schon vorüber. Je länger er dauerte, desto düsterer wurde seine Stimmung. Die verstreichende Zeit legte sich auf ihn wie ein graues Tuch. Er aß zwei Scheiben Toast und einen Teller gebackene Muscheln, und es war vier Uhr. Er bestellte noch ein Glas Rotwein und ein Stück Kuchen für Simone, und an den Nebentischen wechselten mehrmals die Gäste, und es war fünf Uhr. Er ging zur Toilette, wusch sich die Hände, und dann brachte er Simone zur Toilette, und sie kam sehr lange nicht heraus, und als sie herauskam, wusch er ihr die Hände, und als er das nächste Mal auf die Uhr sah, war es sechs Uhr.

Er winkte einer Kellnerin, um zu bezahlen. Die Kellnerin hielt ein Tablett mit leeren Cocktailgläsern in der Hand. Sie stellte das Tablett auf den Tisch und addierte die Rechnung auf einem Papierblock. In den Gläsern war noch etwas zerstoßenes Eis, eine halbe Orangenschale, etwas Minze und ein kleiner zusammengefalteter Papierschirm.

Als die Kellnerin das Tablett wegnehmen wollte, stieß Simone einen hellen Laut des Protests aus und griff nach dem roten Papierschirm. »Mitnehmen«, sagte sie.

Die Kellnerin zuckte mit den Schultern. Van Leeuwen stand auf und half seiner Frau in Mantel, Mütze und Handschuhe, bevor er sie zur Tür bugsierte. Er wollte ihr den Papierschirm in die Manteltasche stecken, aber sie hielt ihn fest. »Erwartest du Regen?«, fragte er.

Sie traten in den kalten, dunklen Winterabend. Der Schnee fiel in großen, schweren Flocken vom Himmel. Simone spannte den winzigen Schirm auf und hielt ihn hoch. »Schnee«, antwortete sie.

Noch eine Erinnerung, dachte er, als er sah, wie sie den Kopf in den Nacken legte und den kleinen roten Papierschirm hochhielt, mit geschlossenen Augen. Dann nahm er ihren Arm, und sie gingen zurück zur Singelgracht, und nach zwanzig Minuten waren sie in der Elandsgracht. Sie überquerten das beleuchtete Gelände der *Texaco*-Tankstelle unten im *Europarking* und fuhren mit dem Lift bis zum obersten Deck des Parkhauses.

Der Alfa stand auf einem Platz an der Außenmauer. Hier oben war der Wind scharf und beißend, und die wirbelnden Schneeflocken stachen wie feine Nadeln. Van Leeuwen führte Simone an die Brüstung. Unter ihnen erstreckten sich die Dächer der Stadt, und hunderte und aberhunderte von Glühbirnen an den Brücken und Häuserfassaden ergossen ihr Licht über das Wasser der Grachten und den Schnee auf den Kaimauern.

Auf der Nassaukade floss der Feierabendverkehr wie eine träge Strömung voll winziger silberner und roter Leuchtfische, die in zwei lang gezogenen Schwärmen aneinander vorbeitrieben. Die Straßen des Zentrums schimmerten und funkelten, Straßenlaternen und Neonreklamen und die erleuchteten Busse und Straßenbahnen, unzählige Lichter bewegten sich aufwärts und abwärts, bis sie entweder in ferner Dunkelheit verschwanden oder an den großen Plätzen in einen endlosen Strudel gerieten.

»Was machen wir?«, fragte Simone.

»Ich zeige dir unsere Stadt«, sagte Van Leeuwen, »unser Leben.«

»Wann fahren wir?«

»Jetzt«, sagte er, sperrte ihr die Beifahrertür auf und half ihr, sich anzuschnallen, bevor er sich ans Steuer setzte.

»Wohin fahren wir?«

Überraschung, dachte er. Langsam steuerte er den Alfa von Deck zu Deck bis ins Erdgeschoss des Parkhauses, und dann bog er auf die Maarnixstraat. Als sie die Egelantiersgracht erreichten, war Simone eingeschlafen, wie er es gehofft hatte. Er holte ihren Koffer aus der Wohnung und dachte, *wie ein Dieb, bei Nacht und Nebel; so bringe ich meine Frau fort aus unserer Stadt.*

Sie schlief fast die ganze Strecke bis nach Emmen, sodass er nicht mit ihr reden musste, und er hätte auch nicht gewusst, was er sagen sollte. Als sie auf den Parkplatz vor dem Pflegeheim fuhren, wachte sie auf.

»Wo sind wir?«, fragte sie ängstlich.

»Bei guten Menschen«, sagte er, um sich zu beruhigen, »die sich um dich kümmern werden.«

Die Tür des Gebäudes öffnete sich, und Doktor Ten Damme trat ins Freie, und er sah aus wie ein guter Mensch, der sich um sie kümmern würde. Van Leeuwen holte den Koffer aus dem Kofferraum und trug ihn zum Eingang des Heims. Der Doktor wusste, dass es jetzt nichts zu sagen gab; er schüttelte ihm nur die Hand. Van Leeuwen ging zum Wagen zurück und öffnete die Beifahrertür. Nach kurzem Zögern stieg Simone aus. Van Leeuwen wollte ihren Arm ergreifen, aber sie verschränkte die Arme und entzog sich ihm. Allein ging sie auf die erleuchtete Tür des Heims zu.

Ten Damme nahm den Koffer und führte Simone durch die Tür, und sie wehrte sich nicht. Erst auf der anderen Seite, hinter der gläsernen Wand, blieb sie plötzlich stehen. Sie blieb stehen, und dann drehte sie sich um, und obwohl Van Leeuwen ein Stück weit entfernt stand, sah er ihr Gesicht und den stummen Vorwurf, der darauf lag.

Sie winkte nicht. Sie stand nur da und blickte in die Dunkelheit, in der er darauf wartete, dass sie es ihm leicht machte. Schließlich berührte der Arzt sie am Ellbogen, und sie vergaß, wonach sie geschaut hatte, und folgte ihm durch den langen, hellen Gang, in dem sie kleiner und kleiner wurde und schließlich ganz verschwand.

Nachwort

Der Verfasser dankt Jaap de Waard und Remco Gerretsen vom Hoofdbureau van Politie in Amsterdam für ihre Unterstützung und für die Geduld, mit der sie ihn über Aufbau und Arbeitsweise der niederländischen Polizei informiert haben. Sollten sich trotzdem Fehler und Irrtümer in den Text geschlichen haben, fallen diese allein in seine Verantwortung oder gehen zulasten der notwendigen künstlerischen Freiheit.

Das Buch *Tödliche Mahlzeit* von Richard Rhodes (erschienen im Goldmann Verlag) diente dem Verfasser als Grundlage der Schilderung von Natur und Riten der Fore auf Neuguinea sowie als Inspiration für die Figur des Anthropologen Josef Pieters. Wesentliche Informationen über die Alzheimer-Krankheit und verwandte Leiden verdankt er den Büchern *Alzheimer* von Michael Jürgs (erschienen im List Verlag) und *Iris* von John Bailey (erschienen bei C. H. Beck).

Monika Peetz hat ihn über das selbst unter Freunden zu erwartende Maß hinaus mit endloser Geduld und Akribie vor allzu großen Fehlern bei der Schilderung des Alltags in Amsterdam bewahrt. Danke.

Claus Cornelius Fischer

Der zweite Fall für Commissaris van Leeuwen

* Cover- und Preisänderungen vorbehalten

Claus Cornelius Fischer

Commissaris van Leeuwen und die Händler des Bösen

Kriminalroman

Piper Taschenbuch, 384 Seiten
€ 10,00 [D], € 10,30 [A]*
ISBN 978-3-492-31367-4

Auf einem Amsterdamer Hausboot wird die Leiche eines jungen Inders gefunden. Die Ermittlungen führen Commissaris Bruno van Leeuwen in die farbenprächtige Welt indischer Einwanderer und zum Clan der Sharmas, der einen florierenden Gewürzhandel betreibt. Doch erst der Tod der schwangeren Lebensgefährtin des Mordopfers bringt den Commissaris auf eine Fährte. Unbeirrt treibt er die Untersuchungen voran – bis eine Tragödie sein Leben erschüttert und eine Katastrophe unabwendbar scheint ...

PIPER

Leseproben, E-Books und mehr unter www.piper.de